KNAUR

Im Knaur Taschenbuch ist von der Autorin bereits erschienen:
Ich warte auf dich, jeden Tag

Über die Autorin:
Clarissa Linden ist promovierte Soziologin. Die Geschichte der Frauenbewegung und die Aufarbeitung des Nationalsozialismus waren und sind ihre Themen, zu denen sie für diesen Roman intensiv recherchiert hat. Clarissa Linden lebt in Kassel.

CLARISSA LINDEN

UNSERE HÄLFTE DES HIMMELS

ROMAN

KNAUR

Besuchen Sie uns im Internet:
www.knaur.de

FSC
www.fsc.org
MIX
Papier aus verantwortungsvollen Quellen
FSC® C083411

Originalausgabe Januar 2017

Ein Imprint der Verlagsgruppe
Droemer Knaur GmbH & Co. KG, München
Redaktion: Silvia Kuttny-Walser

Umschlaggestaltung: Mediabureau Di Stefano, Berlin
Umschlagabbildung: ullstein bild / Hedda Walther
Satz: Daniela Schulz, Puchheim
Druck und Bindung: CPI books GmbH, Leck
ISBN 978-3-426-51901-1

2 4 5 3 1

»Frauen tragen die Hälfte des Himmels.«
Chinesisches Sprichwort und Slogan
der internationalen Frauenbewegung

»Den Frauen steht das Recht zu, ihr Leben zu leben, ob sie nun das Tuch mögen, das sie weben, oder das Tiefblau des Himmels lieben, den sie durchfliegen. Ich habe mich auf das Spiel der Männer nicht eingelassen, um sie zu imitieren, ich bin Fliegerin geworden, um zu fliegen.«
Danielle Décuré,
erste Flugkapitänin der Air France

DIE PERSONEN

1935

Johanna (Hanni) Beese	Fliegerin
Harri Beese	Johannas Bruder
Christel-Marie Beese	Johannas Mutter
Theodor Beese	Johannas Vater
Amelie (Melli) Reichard	Fliegerin
Luise Reichard	Amelies Mutter
Benno Reichard	Amelies Vater
Martha Puschke	Amelies Tante, lebt in Hannover
Horst Puschke	Amelies Onkel, lebt in Hannover

Johannas und Amelies Segelfluggruppe:

Therese
Gudrun
Vera
Helma
Hertha
Irma

Felix von Bissing	Flieger
Wolf von Bissing	Felix' Vater
Charlotta von Bissing	Felix' Mutter
Jonni Möhring	Fluglehrer in Rangsdorf

1971

Lieselotte Frank	Amelies Tochter
Eduard Frank	Lieselottes Ehemann
Frau Schiller	Amelies und Lieselottes Nachbarin
Marga Paulus	Amelies und Lieselottes neue Nachbarin
Cat Ballou	Margas Kater
Uwe	Margas Chef
Georgia	Historikerin und Margas Freundin
Alix	Krankenschwester
Dr. von Dewitz	Ärztin
Gudrun Görgen	Fliegerin, lebt in Göttingen
Therese Pogge	Fliegerin, lebt in Fulda

PROLOG

»Der Flug ist das Leben wert.«

Margret Fusbahn

Frankfurt am Main, 1924

Johanna, wo bleibst du denn? Johanna!« Die Stimme ihrer Mutter klang wieder einmal verärgert. Auf den Holzdielen des Flurs klapperten ihre schnellen, energischen Schritte, als sie sich Johannas Zimmer näherte. Das Mädchen drückte sich tiefer in die Kissen und setzte eine leidende Miene auf. Monatelang hatte sie den heutigen Tag vorbereitet. Hatte heimlich geplant, mit Engelsgeduld Holzstücke und Stofffetzen gesammelt, so dass deren Fehlen niemandem auffiel. Hatte Holz und Stoff miteinander verbunden, immer in Sorge, dass jemand sie entdeckte, bevor sie ihren Plan in die Tat umsetzen könnte. Doch keiner schien auf die Idee zu kommen, dass eine Neunjährige so geschickt vorgehen würde.

Heute nun galt es, die Vorbereitungen in die Tat umzusetzen. Zuerst musste Johanna ihre Mutter überzeugen. Als die Tür zu ihrem Zimmer sich öffnete, täuschte Johanna einen Hustenanfall vor, der ihren Körper schüttelte.

»Kind. Wir wollen in die Frühmesse«, begann die Mutter, um dann besorgt zu fragen: »Ist dir nicht gut?«

»Mir ist heute gar nicht wohl«, log Johanna. Mit schlechtem Gewissen, weil man nicht lügen sollte, aber sie wollte keinen Tag länger warten. »Ich hab mich bestimmt in der Schule angesteckt.«

»Fieber hast du keines.« Kühl lag die Hand der Mutter auf Johannas Stirn. Doch so durchdringend sah ihre Mutter sie an, dass Johanna beinahe ihren Plan verraten hätte. »Aber wir wollen lieber nichts riskieren.«

»Ich schlaf noch ein bisschen.« Johanna wandte ihrer Mutter den Rücken zu und biss sich auf die Lippe, damit ihr kein weiteres Wort entweichen konnte.

»Ich sehe nach dir, wenn wir aus der Kirche zurück sind.«

Endlich schloss sich die Tür hinter der Mutter, und Johanna drehte sich erleichtert um. Sie horchte auf die vertrauten Geräusche im Haus. die ungeduldigen Rufe ihres Vaters, der sicher bereits ausgehfertig an der Haustür stand. Die Schritte ihres Bruders, die eilig die Treppe herunterpolterten, weil Harri wieder einmal zu spät dran war. Endlich, endlich das Klappen der Holztür.

Mit angehaltenem Atem lauschte Johanna weiter, besorgt, dass ihre Mutter es sich anders überlegt hätte und ihrer kranken Tochter Gesellschaft leisten wollte. Doch alles blieb ruhig. Langsam zählte Johanna bis einhundert. Dann sprang sie aus dem Bett. Mit fliegenden Fingern zerrte sie sich einen Rock aus dem Schrank, griff nach ihrem blauen Lieblingspullover. Beim Anziehen der wollenen Strumpfhose verhedderte sie sich, weil sie vor Aufregung ins falsche Bein gestiegen war. Als hätte sich alles gegen sie verschworen, riss auch noch der Schnürsenkel ihres linken Stiefels. Johanna zog ein Ende durch die Ösen, verknotete es mit dem anderen und band eine Schleife, so gut es eben ging. Endlich, endlich war sie angekleidet für ihr großes Abenteuer. Bevor sie die Tür zu ihrem Zimmer öffnete, verharrte Johanna einen Moment, sammelte allen Mut zusammen, den sie besaß. Heute würde es sich entscheiden, ob sich ihr großer Traum, ihr einziger Traum, erfüllen ließ.

Auf Zehenspitzen, obwohl niemand im Haus war, der sie hören könnte, schlich Johanna den Flur entlang, bis sie am Aufgang zum Dachboden angekommen war. Vorsichtig drehte sie den Schlüssel, der quietschte, als wollte er sie warnen. Sonnenlicht schien durch das hohe Fenster und überhauchte den Staub, den Johannas Schritte aufwirbelten, mit goldenem Schimmer, so schön, dass Johanna einen Moment innehielt. Ihr Blick wanderte prüfend zum Fenster. Nur wenige Wölkchen standen am blauen Himmel. Heute war ein perfekter Tag zum Fliegen.

Sie konnte es kaum erwarten, zu der Holztruhe zu gelangen, in der ihre Eltern alte Kleidungsstücke aufbewahrten, die irgendwann einmal zu Putzlappen zerschnitten werden sollten. Niemand ahnte, dass seit einigen Tagen neben den Lumpen nun Johannas größter Schatz lagerte. Mit angehaltenem Atem öffnete sie den schweren Deckel.

Das Mädchen lächelte, als es sie sah – ihre Flügel. Beinahe so lang wie Johanna selbst. Eine Sperrholzkonstruktion, mit bunten Stoffresten bespannt, die Johanna heimlich in ihrer Kammer zusammengenäht hatte. In der Bibliothek ihres Vaters war sie fündig geworden. In einem Buch mit Zeichnungen von Leonardo da Vinci hatte sie das Modell der Flügel entdeckt und sofort gewusst, dass es ihr Schicksal war, deren Flugtüchtigkeit zu erproben. Heimlich hatte sie das Buch in ihr Zimmer gebracht und die Abbildungen mit Butterbrotpapier abgepaust, bevor sie den Band wieder in die Bibliothek zurückgestellt hatte. Tag für Tag, Abend um Abend hatte sie daran gearbeitet, ihre Flügel zu vollenden. Vor drei Tagen hatte sie letzte Hand an die Lederriemen gelegt, mit denen sie die Flügel an ihren Armen befestigen wollte. Dann hatte sie geduldig abgewartet bis zum heutigen Sonntag. Bis zu dem Tag, an dem sie allein zu Hause blieb.

»Ikarus«, flüsterte Johanna. »Ich werde fliegen wie Ikarus. Der Sonne entgegen. Aber abstürzen werde ich nicht. Ich nicht!«

Warum nur pochte ihr Herz so laut, dass sie ihre gewisperten Worte kaum verstehen konnte? Wenn sie es heute nicht wagte, müsste sie lange warten, bis sie eine erneute Gelegenheit erhielte. Noch einmal würde die Mutter Johanna nicht glauben, dass diese zu krank für die Frühmesse wäre.

Vorsichtig, als wäre er aus feinstem, zerbrechlichem Porzellan, hob Johanna den ersten Flügel heraus. Mit den Fingern strich sie über den hölzernen Rahmen, tastete nach Fehlern oder Bruchstellen, aber er war perfekt. So, wie er sein sollte. Auch sein Zwilling wies keinerlei Fehler auf. Nun gab es keine Ausrede mehr. Jetzt oder nie.

Johanna nahm die Flügel in die Arme und ging zum Fenster, das auf die Remise zeigte. In den letzten Wochen hatte Johanna alle Möglichkeiten des Absprungs geprüft und war doch immer wieder zum Schuppen zurückgekehrt. Sein Dach war weniger steil als das des Hauses. Außerdem war er nicht so hoch. Nach einem letzten Zögern öffnete Johanna das halbhohe Fenster. Vorsichtig, damit sie keinen Flügel beschädigte, schob sie das Paar auf das braune Dach der Remise. Geschickt kletterte sie hinterher und hob ihre Flügel auf. Erst steckte sie den rechten Arm in die Lederriemen, dann den linken. Probeweise schlug sie mit den Flügeln. Ja, es fühlte sich richtig an.

Zaghaft trat sie einen Schritt nach vorn, so dass sie über die Dachkante und die Regenrinne blicken konnte. Von unten war ihr der Schuppen gar nicht so hoch erschienen. Von hier oben jedoch wirkte die Erde furchtbar weit entfernt. Johanna schloss die Augen, trat noch einen Schritt nach vorn und noch einen, bis sie keinen Boden mehr unter den Füßen spürte. Hektisch schlug sie mit den Flügeln, fühlte den Wind in ihrem Gesicht und lachte. Laut und glücklich.

»Ich fliege. Ich fliege. Endlich.«

In dem Augenblick flaute der Wind ab, als hätte es ihn nie gegeben.

Johanna trudelte der Erde entgegen, schneller und schneller, so verzweifelt sie auch mit ihren Flügeln schlug. Mit der Schulter voran prallte sie auf dem Rasen auf.

»Der Flug war es wert«, war ihr letzter Gedanke.

KAPITEL 1

Kassel, 1971

»Bringst du mir ein Bier?«

Am liebsten möchte Lieselotte ihm sagen, dass er sich sein Getränk gefälligst selbst holen kann. Schließlich hat Eduard nichts anderes zu tun, als vor dem Fernseher zu sitzen und darauf zu warten, dass die *Tagesschau* beginnt. Aber in seiner Welt ist es unvorstellbar, dass ein Mann sich sein Bier selbst holt, wenn er eine Ehefrau hat, die ihn bedienen kann. Vielleicht haben die Frauen ja recht, die fordern, dass ihnen die Hälfte der Welt gehören soll. Die Frauen, die auf die Straße gehen, um Rechte einzufordern. »Emanzenpack«, nennt Eduard die Demonstrantinnen und gerät in Wut, wenn die *Tagesschau* mal wieder über sie berichtet.

»Gleich«, antwortet Lieselotte, während sie die Teller zusammenstellt. Sie wirft die Pelle der »Ahle Worschd« in den Mülleimer. Die luftgetrocknete Mettwurst gehört für Eduard zu einem Abendessen einfach dazu. Wehe, wenn Lieselotte vergisst, Bauernbrot oder saure Gurken zu kaufen, die unverzichtbaren Beilagen zur »Ahle Worschd«. Als Lokalpatriot trinkt Eduard auch nur Martini-Bier der Brauerei Kropf in der Kölnischen Straße oder der Herkules-Brauerei in der Hafenstraße.

Andere Ehemänner helfen zumindest mit. Eduard hingegen meint, dass er genug geleistet hat, wenn er das Geld nach Hause bringt. Früher hat er wenigstens ab und zu gesagt, dass ihm das Essen geschmeckt hat. Jetzt essen sie schweigend.

Eduard schaufelt alles in sich hinein, als würde er gar nichts schmecken. Zu Beginn ihrer Ehe hat sich Lieselotte noch bemüht, ihn mit neuen Gerichten zu überraschen – Liebe geht schließlich durch den Magen. Aber da ihm nie etwas so gut mundete wie bei seiner Mutter, hat sie es aufgegeben, ihn zu verwöhnen. Wie sie auch vieles andere aufgegeben hat. Nur weil sie eine falsche Entscheidung getroffen hat.

Soll das alles gewesen sein?, fragt sich Lieselotte, während sie noch etwas »Pril« ins Spülwasser gibt. Mechanisch säubert sie die Teller, spült nach und stapelt das Geschirr auf der Spüle. Soll ihr Alltag immer und ewig so weitergehen? Kochen, putzen, fernsehen, kochen, putzen, fernsehen – während draußen das Leben tobt. Erst gestern stand wieder etwas in der Zeitung über die frechen Frauen, die mit wilden Aktionen ihr Recht einfordern. In Frankfurt haben sie ein Go-in im Dom veranstaltet – ein Riesenskandal. In ihrer Heimatstadt, die sie für Eduard und Kassel aufgegeben hatte.

Ob sie sich an den Aktionen der Frauen beteiligt hätte, wenn sie noch in Frankfurt lebte, hat Lieselotte sich gefragt. Wohl nicht, muss sie sich eingestehen. Den Mut hat sie nicht, das weiß Lieselotte nur zu gut. Sie ist einfach zu brav, um sich mehr als das zu wünschen, was sie hat. Nein, das stimmt nicht. Wünschen tut sie sich mehr, aber sie wagt es nicht, die Wünsche in die Tat umzusetzen.

»Lieselotte, der *Tatort* fängt gleich an. Wo bleibt mein Bier?«

Der *Tatort.* Viel lieber würde Lieselotte den Film im Zweiten sehen, aber bei ihnen zu Hause entscheidet Eduard, welche Sendung im Fernsehen angeschaut wird. Eduards Stimme klingt vorwurfsvoll, weil er immer noch auf sein Bier warten muss. Wenn er so gelaunt bleibt, wird es ein langer Sonntagabend. Lieselotte trocknet ihre Hände am Geschirrtuch, öffnet den Kühlschrank und holt eine Flasche Bier heraus. Sie sucht ein Glas und den Flaschenöffner, arrangiert alles auf einem Tablett. Dann öffnet sie eine Tüte mit Salzbrezeln, die sie auf einer Schale anrichtet. Ihre Hand greift nach der sonnengelben Verpackung der »Treets«, die sie so gerne nascht. Dann aber hält Lieselotte inne. Erst gestern hat Eduard zu ihr gesagt, dass sie mehr auf sich achten solle. »Twiggy bist du auf keinen Fall.«

Als ob er ein Adonis wäre. Früher sah Eduard gut aus – das haben Lieselottes Kolleginnen jedenfalls gesagt. Ihr ist das nicht so wichtig gewesen, aber nachdem Erika damals gemeint hat, dass Eduard sie an Hellmut Lange erinnere, einen Kommissar der *Stahlnetz*-Reihe, hat Lieselotte sich die Serie einmal angesehen. Wie der Schauspieler hat auch Eduard kantige Gesichtszüge, ein eckiges Kinn und dunkle Haare und Augen. Eduard versucht alles, diese Ähnlichkeit zu betonen, indem er seine Haare so frisiert wie der Fernsehstar. Außerdem schaut er jede Serie und jeden Film, in denen Hellmut Lange mitspielt. Inzwischen allerdings machen sich Bier und »Ahle Worschd« bei ihrem Ehemann bemerkbar und schlagen sich auf seinen Hüften nieder. Rund ist er geworden in den sechs Jahren ihrer Ehe. Rund, aber nicht gemütlich, sondern kühl und lieblos.

Warum nur findet sie nicht die Kraft, ihn zu verlassen? Stattdessen bringt sie ihm das Tablett und bemüht sich um ein Lächeln. Die Mühe hätte sie sich sparen können, weil ihr Ehemann nur Blicke für das Bier und den Fernseher hat.

»Hier, dein Bier. Und ein bisschen was zu knabbern.«

Eduard brummt nur etwas als Antwort. Er schaut Lieselotte gar nicht an, sondern greift nach dem Bier, öffnet die Flasche und gießt die Flüssigkeit in das geschwungene Glas. Der bittere Geruch lässt Lieselotte die Nase rümpfen. Hoffentlich kommt er heute nicht auf die Idee, mit ihr schlafen zu wollen.

Seinen Bieratem könnte sie nicht ertragen. Aber sie würde es überstehen, so wie jedes Mal.
Ein Bericht der *Tagesschau* weckt ihre Aufmerksamkeit. In ganz Deutschland demonstrieren Frauen gegen den Paragraphen 218.
»Wir haben abgetrieben.« Erst hat Lieselotte die ganze Aufregung um das *Stern*-Titelbild nicht verstanden, aber neugierig war sie doch und hat sich die Zeitschrift gekauft. Die 374 Frauen, die sich dort zu einem Schwangerschaftsabbruch bekannten, gaben damit zu, gegen ein Gesetz verstoßen zu haben. Nun müssen sie mit Konsequenzen rechnen. Ob sie so mutig gewesen wäre?, überlegt Lieselotte. Sie kann nicht einmal sagen, ob sie es falsch oder richtig findet, was diese Frauen gemacht haben. Beide Seiten in dieser Debatte bringen gute Argumente ins Spiel. Schade, dass sie keinen Kontakt mehr zu ihren früheren Kolleginnen gehalten hat, mit denen hätte sie gerne über die Aktion geredet. Was Eduard davon hält, das hat er deutlich gesagt.
»In den Knast gehören die alle.« Zweifel scheint Eduard nicht zu kennen. Auch jetzt schimpft er wieder.
Als die unverwechselbare Titelmelodie des *Tatorts* beginnt, holt Lieselotte sich den Nähkorb. Sie sucht sich die Socken heraus, die sie während des Krimis stopfen will. So haben ihre Hände etwas zu tun, während ihre Gedanken wandern. Was ist nur los mit ihr? Warum ist sie so unzufrieden? Eduard ist zwar nicht mehr so liebevoll wie vor sieben Jahren, als er um sie geworben hat, aber er ist ein guter Mann. Verdient ordentlich Geld, geht nicht fremd und beschwert sich nicht, dass sie keine Kinder haben.
Obwohl er nicht ahnt, dass es Lieselottes Entscheidung war. Vielleicht würde ein Kind ihnen ja helfen. Jemand, den Lieselotte umsorgen, dem sie ihre Liebe schenken kann. Ein

Haustier hat Eduard abgelehnt, weil es zu viel Schmutz macht und er keine Lust hat, sich darum zu kümmern. Das hat er jedenfalls gesagt. Lieselotte jedoch hegt den Verdacht, dass Eduard nicht bereit ist, ihre Aufmerksamkeit zu teilen, auch wenn er sie nicht mehr liebt. Falls er sie überhaupt je geliebt hat.

Während auf dem Schwarzweißfernseher der Krimi seinen Lauf nimmt, kämpft Lieselotte gegen Tränen an. Sie blinzelt und kann die Socke durch den Tränenschleier kaum noch erkennen. *Reiß dich zusammen. Wenn Eduard mitbekommt, wie nah du am Wasser gebaut hast, dann …*

»Hol mir noch ein Bier.« Nicht einmal das Wörtchen »bitte« kann er sich noch abringen. Wie konnte sie nur auf die Idee kommen, dass ihr Ehemann erkennen würde, wie unglücklich sie ist.

Ohne etwas zu sagen, steht Lieselotte auf, geht in die Küche und kehrt mit einer Flasche Bier zurück. Kein Wort des Dankes bekommt sie von ihrem Mann zu hören, viel zu sehr ist Eduard auf den *Tatort* konzentriert. Gerade als Kommissar Finke aus Kiel und sein Assistent Jessner einen Verdächtigen befragen, klingelt das Telefon.

»Eine Unverschämtheit«, grummelt Eduard, während er sich aus dem ledernen Fernsehsessel hievt. »Wer ruft nur mitten im *Tatort* an?«

Ich könnte an den Apparat gehen, denkt Lieselotte, weil ihr der Krimi egal ist, aber das würde Eduard niemals zulassen.

»Du kannst es klingeln lassen. Wenn es wichtig ist, rufen sie noch einmal an«, schlägt sie stattdessen vor.

»Das Geräusch raubt einem die Ruhe.« Eduard erhebt sich. Nach einem vorwurfsvollen Blick auf Lieselotte, als könnte die etwas für den vorwitzigen Anrufer, geht er ans Telefon.

»Frank!«, blafft er in den Hörer, damit sein Gegenüber zu

spüren bekommt, wie unverschämt es ist, sonntagabends um diese Uhrzeit zu stören.
Dann schweigt er.
»Ja, das ist die Mutter meiner Frau.«
Etwas in seinem Tonfall lässt Lieselotte aufhorchen. Sie legt die Socke aus der Hand, streicht sie glatt und steht dann auf. Ihr Herz schlägt schneller. Ihre Mutter ruft nie abends an. Das empfindet Amelie als unhöflich. Außerdem haben sie doch erst heute Nachmittag miteinander telefoniert. So wie jeden Sonntag.
»Ja, gut. Auf Wiederhören.« Eduard legt den Hörer vorsichtig auf, als könnte jede hastige Bewegung das Telefon zerbrechen. Er ist blass geworden. So kennt Lieselotte ihn nicht. Angst greift nach ihr. Ihre Kehle fühlt sich trocken an. Sie räuspert sich.
»Ist etwas mit Mutter?« Eduard weicht ihrem fragenden Blick aus. Lieselotte stolpert und greift sich mit der Hand ans Herz.
»Sag doch etwas, Eduard. Bitte.«
»Lieselotte.« Noch immer schaut Eduard zu Boden, als könnte er dort Hilfe finden. »Lieselotte.«
Die kalten Finger der Angst halten Lieselotte fest im Griff.
»Eduard, bitte sag mir, was geschehen ist.«
Hinter sich hört sie dramatische Musik, ein Zeichen, dass der *Tatort* sich seinem Höhepunkt nähert. Wieso schweifen ihre Gedanken nur dorthin ab? Noch immer schweigt Eduard. Lieselotte möchte ihn packen, möchte die Informationen aus ihm herausschütteln. Gleichzeitig fürchtet sie sich vor dem, was er sagen wird. Aber lieber ein Ende mit Schrecken als ein Schrecken ohne Ende, wie ihre Großmutter immer sagte. Die Ungewissheit erscheint Lieselotte unerträglich.
»Es gab einen Unfall«, sagt Eduard schließlich. Nicht mehr.
»Was heißt das?« Um Himmels willen, kann ihr Mann nicht

ein einziges Mal etwas konkret und klar sagen? »Was für einen Unfall?«
»Mit dem Auto.« Eduard lässt sich jedes Wort aus der Nase ziehen. »Deine Mutter ist bei jemandem mitgefahren, der mit einem anderen zusammengestoßen ist.«
»Und?« Wieder muss Lieselotte an sich halten, um ihren Ehemann nicht zu schütteln. Wie kann er nur so ruhig über etwas derart Furchtbares reden? »Wie geht es ihr? Hast du mit ihr gesprochen?«
»Amelie liegt im Krankenhaus. Im Markus-Krankenhaus.«
»Ist es schlimm?« Lieselottes Stimme überschlägt sich. Warum nur ist sie nicht ans Telefon gegangen? Dann müsste sie nicht darauf hoffen, dass Eduard endlich zur Sache kommt. Weil immer ihr Ehemann an den Apparat geht. So ist das nun einmal geregelt. »Eduard, bitte.«
»Im Koma. Deine Mutter liegt im Koma.«
Lieselotte taumelt. Suchend tastet ihre Hand nach der Sesselkante. Sie muss sich hinsetzen, weil ihre Beine unter ihr wegzuklappen drohen. Ihr Magen fühlt sich flau an, als müsste sie sich gleich übergeben. Warm wird ihr und kurz darauf eiskalt. Während ihre Hand noch immer nach dem Sessel sucht, verlassen sie ihre Kräfte. Lieselotte rutscht auf den Teppich, ringt nach Luft.
Benommen sieht sie zu Eduard auf, der wiederum auf sie herabsieht, ohne einen Finger zu rühren. Beinahe anrührend wirkt er in seiner offensichtlichen Hilflosigkeit.
»Wasser. Bitte. Ein Glas Wasser«, flüstert Lieselotte mit einer Stimme, die ihr selbst fremd erscheint.
Eduard dreht sich um und marschiert in die Küche, ohne sie auch nur zu fragen, wie es ihr geht.
Obwohl sich in ihrem Kopf alles dreht und sie sich immer noch fühlt, als ob sie gleich das Abendbrot herauswürgen

müsste, zieht Lieselotte sich am Sessel hoch. Schwer lässt sie sich in das graue Polster fallen. Sie schließt die Augen.
Mutter. Im Koma. Wie kann das sein? Nicht meine Mutter. Nicht Amelie. Sie ist … sie war doch immer so stark.
»Hier.« Eduard drückt ihr ein halbleeres Glas Wasser in die Hand.
Beinahe kann er Lieselotte leidtun, wie er so vor ihr steht, ungelenk und hilflos, der Situation nicht gewachsen. Aber dann erwacht der Zorn in ihr. Wenn es andersherum wäre, wenn Eduards Mutter etwas Schlimmes zugestoßen wäre, dann hätte ihr Ehemann erwartet, dass Lieselotte weiß, was zu tun ist. Dass Lieselotte die richtigen Worte findet. Worte des Trosts und des Mitgefühls.
Warum kann ich das nicht von ihm verlangen? Warum habe ich geheiratet, wenn ich in meiner Not dann doch allein bin?
Aber sie schluckt ihren Zorn hinunter, wie schon so oft, und spült mit dem lauwarmen Wasser nach. Langsam fühlt sie sich besser, obwohl ihr der Schreck immer noch in den Gliedern sitzt. Nachdem Lieselotte zweimal tief durchgeatmet hat, steht sie auf. Ein wenig taumelig noch, aber es muss gehen. Mit vorsichtigen kleinen Schritten geht sie auf die Tür zu.
»Wo willst du hin?«
»Nach Frankfurt.«
»Frankfurt ist nicht sicher«, murmelt Eduard. »Erinnerst du dich nicht, dass es im Februar diese Schießerei zwischen Terroristen und der Polizei gegeben hat?«
»Ach ja.« Lieselotte kann sich nicht zurückhalten. Als ob das jetzt wichtig wäre. »Und die beiden Banküberfälle hier in Kassel hast du wohl vergessen?«
»Ich sorg mich ja nur um dich.«
»Wir müssen zu Mutter. Ich packe unsere Koffer.« Ja, so ist es gut. Lieselotte benötigt eine Aufgabe, ein Ziel, damit sie nicht

weiter darüber nachdenken muss, was Eduards Worte bedeuten. Damit sie nicht grübelt, was alles mit dem winzigen Wort »Koma« einhergeht. »In einer halben Stunde können wir losfahren.«

»Was denkst du denn? Ich kann nicht mir nichts, dir nichts morgen von der Arbeit wegbleiben.« Lieselotte dreht sich zu ihrem Ehemann um, der den Kopf schüttelt und sie ansieht, als sei sie ein unverständiges Kind. »Du weißt doch, wie ungern ich nachts fahre.«

»Ich muss nach Frankfurt. Es geht um meine Mutter.« Lieselottes Stimme droht sie zu verlassen. Nein, nur nicht weinen. Wenn sie den Tränen erst einmal nachgibt, wird sie nicht mehr aufhören können zu weinen. Das spürt sie. »Ich muss bei ihr sein, wenn sie aufwacht.«

»Du verstehst dich doch gar nicht mit ihr.«

»Das ist jetzt nicht wichtig.« Wie kann er nur so … so stumpf sein? Ihre Mutter liegt im Krankenhaus. Allein. Das muss selbst jemand wie Eduard kapieren. Nun ist unwichtig, ob sie sich mit Amelie versteht oder nicht. Eine Familie steht einander bei, wenn es schlimm wird. »Mutter braucht mich.«

»Sie liegt im Koma, hat der Arzt gesagt.« Eduards Stimme klingt kalt und geschäftsmäßig, als spräche er von jemandem aus dem Fernsehen oder von seiner Arbeitsstelle und nicht von seiner Schwiegermutter. »Da kann man ohnehin nicht viel machen. Es genügt, wenn du morgen früh fährst.«

Ungläubig schaut Lieselotte ihren Ehemann an. Das kann er nicht ernst meinen. Haben sie nicht vor Gott und der Welt geschworen, einander in guten wie in schlechten Tagen zur Seite zu stehen? Sein demonstratives Desinteresse, seine Unfähigkeit, ihr zu helfen, lässt Lieselotte verstummen. Sie verspürt nicht einmal mehr Zorn, nur Müdigkeit und den Wunsch, allein zu sein. Nun endlich kann sie ihre Augen nicht mehr vor der Wahrheit verschließen. Ihre Ehe ist nur eine Fassade, die vom kleinsten Windstoß umgeweht werden kann. Einen Sturm, wie den Unfall ihrer Mutter, verträgt diese Ehe erst recht nicht. Aber was das für sie bedeutet, darüber kann und will Lieselotte jetzt nicht nachdenken.

»Ja«, hört sie sich sagen, tonlos, als brächte selbst ihre Stimme keine Kraft mehr auf. »Ja, du hast wohl recht. Ich gehe ins Bett und werde morgen früh mit dem Zug fahren.«

»Dann ist es ja gut.« Eduard bemüht sich um ein Lächeln und tätschelt ihr die Schulter. Trotzdem kann Lieselotte nicht umhin zu bemerken, dass er an ihr vorbei auf den Fernsehschirm starrt. Wenn sie jetzt geht, kann er noch in Ruhe den *Tatort* zu Ende schauen. »Soll ich dich zur Bahn bringen?«

»Lass gut sein.« Lieselotte geht zur Tür, setzt einen Fuß vor den anderen. Nur nicht nachdenken, nicht zweifeln, einfach weiter funktionieren. »Du musst ja zur Arbeit.«

Nachdem sie sich gewaschen und sich die Zähne geputzt hat, schlüpft Lieselotte in ihr Flanellnachthemd. Sie legt sich auf die Bettdecke und starrt nach oben an die holzgetäfelte Decke. Ihr Kopf fühlt sich leer an, ihr Herz noch leerer.

Ich muss den Nähkasten noch wegräumen, denkt sie. *Ich kann nicht nach Frankfurt fahren und die Wohnung unordentlich zurücklassen. Wer weiß, wann ich wieder zurückkomme.*

KAPITEL 2

Kassel, 1971

Grüß Amelie von mir, wenn sie wach ist«, hat Eduard heute Morgen gesagt, bevor er zur Arbeit gegangen ist. Das Frühstück haben Lieselotte und er schweigend hinter sich gebracht. So wie jeden Morgen. Als wäre nichts Besonderes geschehen. »Alles Gute für sie. Das wird schon wieder.«

»Danke.« Mehr hat Lieselotte nicht sagen können. Ihre Enttäuschung hat sie heruntergeschluckt wie eine bittere Medizin. »Ich rufe an, wenn ich weiß, wie lange ich in Frankfurt bleibe.«

Nun steht sie im Schlafzimmer, hat den hellbraunen Koffer geöffnet auf die Tagesdecke gelegt und sucht die Kleidung für ihre Reise zusammen. Erst einmal hat sie den Koffer abstauben müssen. Viel zu lange hat er ungenutzt auf dem Dachboden gestanden. Wie lange will sie bleiben? Wie viel soll sie einpacken? Vielleicht ist es doch klüger, erst einmal mit dem Krankenhaus zu telefonieren, um herauszufinden, wie es um Amelie steht. Nachher ist alles nicht so schlimm, und Lieselotte macht sich lächerlich, weil sie Hals über Kopf nach Frankfurt gefahren ist. Und das alles für Amelie, die sich wahrscheinlich nicht einmal darüber freuen wird, dass Lieselotte extra aus Kassel angereist ist. *Sie ist meine Mutter*, sagt Lieselotte sich. *Es gehört sich einfach, dass ich zu ihr fahre, wenn sie im Krankenhaus liegt.*

Wie lange steht sie nun schon vor der geöffneten Schranktür und starrt auf ihre Blusen und Röcke, die ordentlich

aufgereiht dort hängen? Wann hat sie das letzte Mal einen Koffer gepackt, fragt sich Lieselotte, die sich immer noch nicht aufraffen kann, sich für die Kleidungsstücke zu entscheiden, die sie mitnehmen will. Braucht sie eine Strickjacke für abends? Soll sie für ein paar Tage packen oder für länger? Vor drei Jahren sind Eduard und sie eine Woche in den Harz gefahren. Da hat Lieselotte den Koffer gebraucht. Allein verreist ist sie noch nie. Vielleicht haben die jungen Frauen doch recht, die fordern, dass jede Frau ein eigenständiges Leben führen sollte. Immerhin hat Lieselotte ein wenig eigenes Geld. Auf einem Postsparbuch, von dem Eduard nichts weiß. Eines ihrer kleinen Geheimnisse, mit denen sie ihn für seine Lieblosigkeit bestraft. Endlich kann sie sich bewegen, greift wahllos einen Arm voll Blusen heraus. Sorgfältig legt sie die Oberteile zusammen, bevor sie sie übereinander neben den Koffer stapelt. Unten gehören die schweren Stücke hinein. Die Röcke und Hosen. Drei dunkelblaue Hosen mit scharfen Bügelfalten und zwei Röcke, einen grauen und einen braunen, packt Lieselotte in den Koffer. Nun noch die Unterwäsche, Strümpfe, Perlonstrumpfhosen und die Kulturtasche, und sie ist reisefertig.
Jetzt fehlt nur noch eines. Lieselotte öffnet die Schmuckschatulle, nimmt die Packung »Anovlar« aus ihrem Versteck. Noch vier Tabletten muss sie nehmen. Das darf sie auf keinen Fall vergessen. Nachdem alles verstaut ist, setzt sich Lieselotte neben den Koffer auf ihr Bett. Ein wenig mulmig ist ihr zumute. Allein mit dem Zug nach Frankfurt zu fahren und mit den Ärzten zu sprechen erscheint ihr auf einmal als unlösbare Aufgabe. Vielleicht sollte sie heute Abend mit ihrem Mann reden und Eduard bitten, dass er am Wochenende mit ihr zusammen nach Frankfurt fährt. Ihr Blick fällt auf das Hochzeitsfoto, das auf dem Nachttischchen steht. Eduard in

dunklem Anzug, sie in einem hellen Kostüm. Beide schauen sie ernst und auch etwas verwundert in die Kamera, als könnten sie es nicht fassen, dass sie einander gerade geheiratet haben.

»Wir haben abgetrieben« – das haben letzte Woche Frauen im *Stern* bekannt, und Lieselotte bringt nicht einmal den Mut auf, ohne ihren Ehemann nach Frankfurt zu fahren. Warum kann sie ihre Reise nicht als Abenteuer begreifen, sondern ängstigt sich davor? *Mutter wäre sofort angereist, wenn mir etwas Schlimmes passiert wäre. Außerdem kann ich so endlich wieder einmal ein paar Tage zu Hause verbringen.* Zu Hause – das ist für sie immer noch Frankfurt. Der Gedanke gibt Lieselotte die Kraft, aufzustehen, den Koffer zu nehmen, ihren Sommermantel anzuziehen und die Haustür hinter sich abzuschließen.

Die vier Kinder der Familie, die erst vor kurzem nebenan eingezogen ist, spielen vor dem Mietshaus, in dem Eduard und Lieselotte wohnen. Wild laufen sie durcheinander und schreien. Erst als ein Mädchen mit roten Haaren sie beinahe umrennt, versteht Lieselotte die Worte. Sie schüttelt den Kopf. Die Kinder spielen Baader-Meinhof und Polizei, so, wie Lieselotte früher Räuber und Gendarm gespielt hat. *Ist kein Wunder, dass die Kinder sich so etwas ausdenken,* meint sie, als sie an der Litfaßsäule vorbeikommt, an der das Fahndungsplakat der Baader-Meinhof-Bande klebt. Die linke Ecke hat sich gelöst und verdeckt das Gesicht von Ulrike Meinhof. Auch die Schrift ist nur halb zu sehen, aber Lieselotte hat das Plakat so oft gesehen, dass sie den Text beinahe auswendig kann: *Anarchistische Gewalttäter – Baader-Meinhof-Bande – Wegen Beteiligung an Morden, Sprengstoffverbrechen, Banküberfällen und anderen Straftaten werden steckbrieflich gesucht …*

Noch vor einem halben Jahr hat sie gedacht, dass sie in Kassel sicher ist, dass die Terroristen nur in den großen Städten ihre Verbrechen begehen. Doch im Januar hat die Baader-Meinhof-Bande hier eine Bank überfallen. Auf einmal war die Gefahr nah. Etwas, was man sonst nur in der *Tagesschau* sieht, hat sich plötzlich vor der eigenen Haustür ereignet. Nichts scheint mehr sicher.

»An die Wand stellen sollte man die«, hat Eduard gesagt, der zu allem stets eine eindeutige Meinung vertritt. »Eine Schande, dass die Polizei die immer noch nicht erwischt hat.«

Lieselotte hat geschwiegen. So, wie sie immer den Mund hält, wenn Eduard sich über Politik auslässt. Selbst wenn er Willy Brandt beschimpft, den Lieselotte eigentlich ganz gern mag. Eduard meint, dass sie sich nicht für Politik interessiert. Niemals käme er auf die Idee, dass seine Frau nur nicht *mit ihm* über das Tagesgeschehen reden will. Weil er sowieso keine Meinung außer seiner eigenen gelten lässt.

»Halt die Augen offen«, hat Eduard abschließend gesagt. »Die hunderttausend Mark Belohnung kämen mir gerade recht.«

Ob Zugfahren noch sicher ist?, fragt sich Lieselotte, während sie ihren Koffer einen Augenblick abstellt. Ihr Blick sucht nach Anzeichen in den jungen Gesichtern auf den Plakaten, dass die Frauen und Männer wirklich gefährliche Anarchisten sind. Aber sie sehen aus wie viele andere auch. *Ich würde sie wahrscheinlich nicht einmal erkennen, wenn ich sie sehe. Belohnung hin oder her.*

Ein Blick auf die Uhr zeigt Lieselotte, dass noch Zeit bleibt, bis ihr Zug fährt. Daher steigt sie am Königsplatz aus der Straßenbahn, um einen Blick in die Schaukästen des *Kaskade*-Kinos zu werfen. Vielleicht kann sie Eduard ja überreden, gemeinsam ins Kino zu gehen, wenn Lieselotte aus Frankfurt wieder zurück ist. Eduard mag das Fernsehen, das »Heimkino« lieber, weil ihn da keine Fremden stören. Lieselotte hingegen liebt die Wasserspiele, die im *Kaskade* vor Beginn des Films stattfinden.

Ein Mädchen, wohl zwölf Jahre alt, kommt ihr entgegen. In der Hand hält es eine Glasflasche mit »Kwatsch«. Lieselotte erkennt die typische rote Farbe des Getränks und die Glaskugel, die den Flaschenhals verschließt. Auf einmal bekommt sie Durst auf diese Limonade, obwohl sie weiß, wie süß sie schmeckt. Aber sie entscheidet sich dagegen und macht sich auf den Weg zum Bahnhof.

Obwohl sie getrödelt hat, ist Lieselotte zu früh am Bahnhof angekommen. Sie kauft sich eine Fahrkarte und geht zum Gleis, damit sie ihren Zug nicht verpasst. *Noch kann ich umkehren. Ist zwar schade um das Geld, aber davon muss ich Eduard ja nichts erzählen. Schließlich ist es mein Geld.*

»Bin ich hier richtig für den Zug nach Frankfurt?«, fragt Lieselotte eine junge Frau, deren gelangweilter Gesichtsausdruck Lieselotte den Eindruck vermittelt, dass sie eine erfahrene Reisende ist. Hot Pants trägt sie, wie es die Mode vorschreibt, so kurz, dass Lieselotte aufpassen muss, dem Mädchen nicht auf die Beine zu starren. »Kennen Sie sich aus?«

»Ja. Und ja.« Der Blick, mit dem die junge Frau Lieselotte mustert, ist wenig freundlich. »Frankfurt stimmt.«

»Danke«, sagt Lieselotte und tritt zur Seite, weil ihr das Mädchen eindeutig signalisiert, dass es kein Interesse an einem weiteren Gespräch hat. Sie setzt sich auf eine Bank, den Koffer neben ihren Knien, und wartet auf den Zug. Endlich fährt er ein. Erstaunlich wenig Menschen steigen ein, so dass Lieselotte ein Abteil für sich allein hat.

Ein paar Stunden hat sie nun Zeit, bis sie in Frankfurt eintreffen wird. Zeit, in der sie ihre Gedanken sortieren kann.

Zeit, in der sie ihren Zorn bändigen kann. Nachdem Lieselotte vorhin die Haustür hinter sich abgeschlossen hat, hat sie sich einen Augenblick lang gefragt, wie es wohl wäre, wenn sie nicht nur für ein paar Tage ginge, sondern für immer. Einfach die Tür hinter sich zuziehen und niemals mehr zurückkehren. Eduard verlassen und ein neues Leben beginnen. Ob Eduard überhaupt bemerken würde, dass sie nicht mehr da ist? *Spätestens dann, wenn der Kühlschrank leer ist,* hat sie gedacht und sich über die Bitterkeit ihrer Gedanken erschreckt.

Nachdem sie ihren Koffer verstaut hat, setzt Lieselotte sich auf die unbequeme Bank des Zugabteils. Die dunkelroten Polster sind durchgesessen und schmuddelig. Um sich abzulenken, blättert sie in der *Brigitte,* die sie in der Bahnhofsbuchhandlung gekauft hat. Aber ihre innere Unruhe ist so groß, dass sie sich nicht auf die Bilder schlanker, modisch gekleideter Frauen konzentrieren kann. Noch immer meint Lieselotte zu träumen. Amelie im Krankenhaus. Ein Autounfall. Ihre Mutter ohne Bewusstsein, hat der Arzt gesagt. Mehr hat Eduard Lieselotte nicht berichten können, weil er nicht nachgefragt hat. Weil ihn wohl mehr interessiert hat, wer im *Tatort* der Schuldige ist, als wie es ihrer Mutter geht.

Lieselotte hätte den Arzt selbst anrufen können, aber sie telefoniert nicht gern mit Fremden. Außerdem hat sie befürchtet, dass sie in Tränen ausbrechen wird, sollte der Doktor eine schlimme Prognose abgeben. Sie ist sich sicher, dass sie schlechte Nachrichten besser ertragen kann, wenn sie dem Arzt direkt gegenübersteht. Nervös knetet Lieselotte ihre Finger. Sie schaut aus dem Fenster des Zuges, ohne die Landschaft wirklich wahrzunehmen. Zu groß ist ihre Sorge, wie schlimm es um ihre Mutter wohl steht. Amelie, die immer so stark und unverwundbar wirkte. Lieselotte kann sich ihre

Mutter nicht schwach und hilflos vorstellen. Solange Lieselotte sich erinnern kann, ist ihre Mutter niemals ernsthaft krank gewesen.

Ich muss wohl träumen. Gleich wird der Wecker klingeln, und ich werde erwachen. Mutter kann nicht krank sein. Nicht Mutter. Nicht jetzt. Nicht bevor ich sie fragen kann, was es mit meinem Vater auf sich hat. Ob sie wirklich nichts gewusst hat. Von damals. Wenn sie nicht wieder aufwacht, kann ich Mutter nie sagen, wie unglücklich ich bin. Wie unglücklich ich immer war. Ob ich aber den Mut aufbringe, ihr das zu sagen, wenn sie erwacht?

Wie lange kann ich in Frankfurt bleiben, bis Eduard sich aufregt?

Das kann mir jetzt auch egal sein. Wenn es ihn nicht einmal interessiert, dass Mutter ohne Bewusstsein ist. Warum soll ich mit ihm verheiratet bleiben, wenn ich mich in der Not nicht auf ihn verlassen kann?

Der Zug fährt in einen Bahnhof ein und hält an. Lieselotte sieht Menschen ein- und aussteigen und beneidet die Fremden darum, dass sie angekommen sind. Immer wieder ertappt sie sich bei der Frage, ob sie ihre Ehe wirklich weiterführen will. Wie von selbst legt sich ihre Hand an die Kehle, es fühlt sich an, als würde jemand Lieselotte ersticken. *Wenn meine Mutter stirbt, bleibt mir nur Eduard. Besser eine lieblose Ehe als die Einsamkeit.*

Endlich fährt der Zug in Frankfurt ein. Obwohl sie bereits sechs Jahre mit Eduard in Kassel lebt, fühlt Lieselotte sich hier immer noch zu Hause, auch wenn die Stadt sich in den letzten Jahren sehr verändert hat. Lieselotte staunt über die vielen Baustellen, an denen die Straßenbahn vorüberfährt. Nach kurzer Fahrt hat sie das Markus-Krankenhaus in der

Wilhelm-Epstein-Straße erreicht. Vor der Eingangstür bleibt Lieselotte stehen, um Atem zu holen. Während der Zugfahrt hat sie viele Möglichkeiten im Kopf durchgespielt, aber noch immer fühlt sie sich für schlechte Nachrichten nicht ausreichend gewappnet.

Aber es muss sein. Vom Pförtner erfährt Lieselotte die Station, auf der ihre Mutter liegt. Mit müden Schritten geht sie die hellgrün gestrichenen Gänge entlang, bis sie ihr Ziel erreicht hat.

»Es tut mir leid.« Das junge Mädchen im weißen Kittel einer Krankenschwester schaut Lieselotte voller Mitgefühl an, als meine sie jedes Wort ernst. »Aber die Besuchszeiten sind vorbei.«

»Kann ich dann wenigstens mit dem Arzt sprechen, bitte?« Lieselotte kommt sich dumm vor, wie sie auf dem hellgrün gestrichenen Flur steht. In ihrem besten Mantel, denn schließlich hat sie eine Reise in die große Stadt angetreten, neben sich den hellbraunen Koffer. Vernünftig wäre es gewesen, das Gepäck irgendwo abzustellen. Oder wenigstens im Krankenhaus anzurufen und sich zu erkundigen, wann Besuchszeiten sind. Wie ein kopfloses Huhn ist Lieselotte losgelaufen, aufgeschreckt von der Nachricht, dass ihre Mutter den Unfall hatte. Eduard hat wohl recht damit, dass Lieselotte jemanden braucht, der sich um sie kümmert. Ohne ihn fühlt sie sich verloren, steht der Krankenschwester hilflos gegenüber.

»Tut mir leid«, sagt das Mädchen wieder. »Da müssen Sie morgen früh zur Besuchszeit kommen. Dann hat der Doktor bestimmt Zeit für Sie.«

Lieselotte spürt, dass ihre Unterlippe zittert. Ihre Augen füllen sich mit Tränen, sosehr sie dagegen auch ankämpft. Es kann nicht sein, dass sie ihre Mutter heute nicht mehr sieht. Ausgerechnet jetzt, wo sie sich das erste Mal in ihrer Ehe gegen Eduard aufgelehnt hat. Wenn sie jetzt und heute scheitert, dann …

»Bitte, wie geht es meiner Mutter?« Lieselottes Nase ist verstopft, und sie schnieft. Was für ein Bild sie wohl abgibt? Was soll die Krankenschwester nur von ihr denken? »Kann ich sie wenigstens kurz sehen?«

Die junge Frau, auf deren Namensschild Alix steht, schüttelt den Kopf. Bedauernd.

»Alix.« Lieselotte versucht zu lächeln. Sie möchte sich mit der jungen Krankenschwester gut stellen, damit diese sich gern um Amelie kümmert. »Ein ungewöhnlicher Name.«

»Ja, da leide ich auch darunter.« Das hübsche blonde Mädchen, dessen Haut vor Jugend und Gesundheit strahlt, hebt die Hände. »Meine Oma hieß so. Mama hat sie sehr bewundert.«

»Und Sie?« Das Gespräch mit der Krankenschwester lenkt Lieselotte von ihren Sorgen ab. »Mögen Sie Ihre Großmutter?«

»Gehen Sie rein. Aber schnell. Eigentlich darf ich das nicht.« Sanft fasst Schwester Alix Lieselotte am Arm und dirigiert sie vor sich her zum letzten Zimmer im Flur. »Schauen Sie nur kurz hinein und sagen Sie Ihrer Mutter guten Tag, aber bitte beeilen Sie sich.«

Lieselotte bewegt sich nicht, weil sie nicht glauben kann, dass die junge Frau gegen die Regeln verstößt.

Ängstlich blickt Schwester Alix über ihre Schulter. »Wenn die Oberschwester zurückkommt, bekomme ich Ärger.«

»Danke«, flüstert Lieselotte. Die Freundlichkeit der Krankenschwester tut ihr gut. Verstohlen öffnet sie die Tür und späht ins Krankenzimmer. Zwei Betten stehen dort. Das vorn an der Tür ist leer. Im zweiten, dicht am Fenster, liegt eine schmale Gestalt, in der Lieselotte erst auf den zweiten Blick ihre Mutter erkennt. Amelies Kopf ist mit weißen Bandagen umwickelt, die ihr Haar bedecken und bis unters Kinn reichen. *Wie eine Mumie sieht sie aus,* schießt es Lieselotte durch den Kopf. Sofort schämt sie sich für diesen Gedanken. Im Zimmer hängt der typische Krankenhausgeruch nach Desinfektionsmitteln und Bohnerwachs, der Lieselotte zum Würgen reizt, als sie langsam auf das Bett zugeht. Einen Fuß setzt sie bedächtig vor den anderen, als müsste sie eine Eisenkugel hinter sich herschleifen.

Ich muss mich sputen, damit Schwester Alix nicht meinetwegen Ärger bekommt.

Obwohl sie dieser Gedanke nicht loslässt, bleibt Lieselotte erst einmal stehen. Sie streckt die linke Hand aus, aber noch ist sie nicht nah genug am Bett, um ihre Mutter berühren zu können. In Amelies Arm steckt ein Schlauch, der zu einem Tropf mit einer hellen Flüssigkeit führt. Das rechte Bein der Mutter ist eingegipst und hängt in einem Streckverband. Hinter dem Bett stehen mehrere Kästen und Geräte, von denen Drähte zum Körper ihrer Mutter führen. Lieselotte starrt auf die Kurven und das helle Flackern auf den Bildschirmen – nur um ihre Mutter nicht ansehen zu müssen.

»Frau Reichard«, hört sie Schwester Alix' Stimme. Sie klingt drängend. »Bitte. Kommen Sie.«

»Ich heiße Frank«, erwidert Lieselotte automatisch. »Reichard ist der Name meiner Mutter. Einen Moment noch, bitte.«

Durch Schwester Alix' Drängen ist Lieselotte aus der Starre erwacht. Mit zwei Schritten tritt sie ans Bett und streicht über die Hand ihrer Mutter. Entsetzlich bleich sieht sie aus, so als hätte Amelie bei dem Unfall viel zu viel Blut verloren. Und kalt fühlt die Hand sich an, wie die Hand einer Toten.

»Mama«, flüstert Lieselotte. »Mama, ich bin da.«

Wie lange ist es her, dass sie ihre Mutter »Mama« genannt hat? Schon als kleines Kind hat Lieselotte bemerkt, wie wenig

dieses Kosewort zu der starken Frau passte, die sie großgezogen hat. Alles, was in Lieselottes Leben weich und liebevoll war, hat sie ihrer Großmutter zu verdanken – Oma Luise. Ohne die wäre Lieselottes Kindheit freudlos und einsam gewesen. Nach Oma Luises Tod hatten sich Amelie und Lieselotte eher noch weiter voneinander entfernt, beide gefangen in der Trauer um Luise. Unfähig, eine Brücke über die Traurigkeit zu bauen, die sie einander hätte näher bringen können. Jetzt wünscht Lieselotte sich, sie hätte damals mehr Mut gehabt, hätte es gewagt, einen Schritt auf ihre Mutter zuzugehen, aber zu stark war die Angst vor Ablehnung gewesen.
Kurz streicht Lieselotte noch einmal über die leblose Hand ihrer Mutter. Dann dreht sie sich um, streckt den Rücken und rafft alle Kraft zusammen, die sie in sich finden kann. Amelie würde es nicht gutheißen, wenn ihre Tochter sich schwach zeigte. Schwäche war und ist ihrer Mutter verhasst.
»Es war eine harte Zeit. Wer nicht kämpfen konnte, hatte schon verloren«, hat ihre Mutter einmal gesagt, nachdem Lieselotte weinend und auf Trost hoffend früher aus der Schule nach Hause gekommen war, weil eines der anderen Mädchen gemein zu ihr gewesen war. »Wenn du jetzt wegläufst, wirst du dein Leben lang weglaufen. So eine Tochter will ich nicht.«
Also biss Lieselotte die Zähne zusammen und ging zurück zur Schule. Von diesem Tag an versuchte sie niemals wieder, die Unterstützung ihrer Mutter zu erlangen, sondern focht jeden Kampf allein aus, egal, wie schmerzhaft es sein mochte.
Eigentlich sollte ich gut auf die Einsamkeit vorbereitet sein. Warum also fürchte ich mich so davor, dass meine Mutter stirbt?, denkt Lieselotte und wendet sich um. An der Tür bleibt sie kurz stehen und wirft noch einen Blick über ihre Schulter. Noch immer fällt es ihr schwer, in der zarten, bewegungslosen Gestalt ihre starke Mutter zu erkennen.

»Vielen Dank.« Lieselotte nickt Schwester Alix zu. Morgen muss sie der jungen Frau Blumen mitbringen oder Pralinen – zum Dank. »Auf Wiedersehen.«
»Bis morgen.« Schwester Alix erwidert Lieselottes Gruß. Ihr Gesicht wirkt so ernst, dass sich der Schrecken erneut auf Lieselotte senkt. »Seien Sie gegen neun hier. Da hat der Doktor bestimmt Zeit für Sie.«
»Vielen Dank.« Lieselotte leckt sich die trockenen Lippen. Es fühlt sich wie ein Aufschub an, dass sie erst morgen die Wahrheit erfahren wird.

KAPITEL 3

Frankfurt am Main, 1971

Vom Krankenhaus aus fährt sie mit der Straßenbahn nach Bockenheim. Die Nähe fremder Menschen hilft Lieselotte, ihre Tränen zurückzudrängen. Niemand soll erfahren, wie schlecht es ihr geht. Niemals die Gefühle nach außen tragen – das ist das Credo ihrer Mutter. Obwohl Lieselotte unter der Härte und der Kälte ihrer Mutter gelitten hat, trägt sie wohl mehr von Amelie in sich, als sie je zugeben möchte. In der Öffentlichkeit kann sie ihre Empfindungen so gut verbergen, dass sie selbst manchmal nicht mehr weiß, was sie fühlt. So auch jetzt nicht. Nach dem ersten Schrecken über die Leblosigkeit der Mutter spürt Lieselotte … gar nichts mehr. Sosehr sie auch in sich hineinlauscht, es ist, als wäre sie taub und kalt. Als wäre etwas in ihr gestorben. Wenn nur Luise noch lebte, dann könnte Lieselotte mit ihr reden, könnte sich vergewissern, dass ihre Gefühle zurückkehren werden.

Klick. Klack. Lieselotte fährt zusammen, als der Lärm von »Prallis« sie aus ihren Gedanken reißt. Ein dicker Junge schlägt die Kugeln zusammen, als bekäme er Geld dafür. Den Menschen, der die Klicker-Kugeln erfunden hat, sollte man dazu zwingen, einen Tag lang Straßenbahn zu fahren, damit er am eigenen Leib erfährt, was für einen infernalischen Lärm diese Dinger machen. Immerhin lenkt es sie ab.

Nachher werde ich Eduard anrufen.

Als ob ich mit ihm darüber sprechen könnte.

Als ob er mich verstehen könnte.

Lieselotte stößt ein bitteres Lachen aus, das ihr einen erstaunten Blick der Frau auf dem Sitzplatz gegenüber einbringt. Als Lieselotte entschuldigend lächelt, löst dies bei ihrem Gegenüber nur ein Schulterzucken aus. Dann wendet die Frau den Blick ab, als wäre Lieselottes Benehmen ihr peinlich.
Dann eben nicht, liebe Tante. Dann nehmen wir den Onkel. Das ist auch ein schöner Mann.
Nun lächelt Lieselotte, in Erinnerung an Luise, die diesen Spruch so oft zum Besten gab. Auch weil ihre Großmutter wusste, wie sehr Amelie sich jedes Mal über diese Lebensweisheit ärgerte. Als Kind hat Lieselotte ihrer Oma diesen Spruch nachgeplappert, obwohl sie nicht begriffen hat, was er eigentlich bedeutet. Großmutter und Enkelin haben sich dann angegrinst, während Amelie nur den Kopf schüttelte: »Mama, du sollst der Kleinen nicht so einen Blödsinn beibringen.«
Lieselotte ist so tief in ihren Erinnerungen versunken, dass sie beinahe die Haltestelle verpasst. Eilig springt sie auf, greift nach dem Koffer und rempelt aus Versehen die Frau ihr gegenüber an, die empört den Kopf schüttelt.
»Entschuldigung«, stammelt Lieselotte und stolpert erneut.
»Jaja, aber passen Sie wenigstens jetzt auf«, lautet die patzige Antwort.
Lieselotte lächelt noch einmal schuldbewusst und steigt aus. Die wenigen Schritte bis zum Haus, in dem ihre Mutter wohnt, kommen ihr viel zu kurz vor. Gerne würde sie es noch hinauszögern, die leere Wohnung zu betreten. In dem Beet vor dem Achtparteienhaus blühen Studentenblumen, gelborangefarbene Farbtupfer vor dem Grau der Fassade und dem anthrazitfarbenen Gehweg. Lieselotte bleibt vor der Haustür stehen. In ihrer Handtasche sucht sie nach dem Schlüssel, den ihr die Mutter vor Jahren für Notfälle gegeben hat.

»Was für ein Quatsch!«, hat Eduard damals gesagt. »Sollen wir etwa für jeden Kieks und Kaks extra aus Kassel anreisen? Es muss ja wohl in Frankfurt jemanden geben, dem deine Mutter ihren Schlüssel geben kann.«

»Es gehört sich so.« Nur dieses eine Mal hat Lieselotte sich gegen ihren Ehemann aufgelehnt. »Mutter wird uns bestimmt nicht wegen Kleinigkeiten stören.«

Ein Schauder läuft über ihren Rücken, als sie sich an den Streit erinnert. Hier und jetzt kommt es Lieselotte so vor, als habe sie damals bereits geahnt, dass sie den Schlüssel einmal benötigen wird. Um sich abzulenken, studiert sie die Klingelschilder, während ihre Finger sich um den kalten Stahl des Schlüssels legen. Ein paar neue Namen entdeckt sie, nur Frau Schiller wohnt immer noch in der Wohnung im Erdgeschoss rechts. Wie alt ist die wohl inzwischen? Schon als sie noch ein Kind war, kam es Lieselotte vor, als wäre Frau Schiller bereits hundert Jahre alt. Mit den vielen Falten, dem grauen Haar, das sie zu einem festen Dutt aufgesteckt trug, und der großen Warze am Kinn war Frau Schiller ihr immer wie die böse Hexe aus *Grimms Märchen* erschienen. Dass Frau Schiller das Geschehen im Mietshaus mit Argusaugen beobachtete und jede noch so kleine Verfehlung Lieselottes sofort an deren Mutter weitergab, trug nicht dazu bei, dass das Mädchen die Alte besser leiden konnte. Wahrscheinlich war Frau Schiller nur einsam, erklärt sich Lieselotte der Verhalten der Mieterin heute, aber selbst mit viel Verständnis geht sie der Frau lieber aus dem Weg.

Automatisch tritt Lieselotte sich die Schuhe an der Fußmatte ab, als sie das Miethaus betritt. Die grauen Steinfliesen des kleinen Flurs wirken sauber, als hätte sie vor wenigen Minuten jemand feucht gewischt. Wie schon in ihrer Kindheit rümpft Lieselotte die Nase über den Geruch nach Reiniger und Erbsensuppe, der so intensiv ist, als wäre er zusammen mit der Farbe auf die Wände aufgetragen. Im letzten Jahr ist die Holztreppe gestrichen worden. Statt des dunklen Brauns, das Lieselotte ihr Leben lang kannte, ist sie jetzt von einem tiefen Jägergrün, was nicht so recht zu den hellgrauen Stufen passen will. Lieselotte atmet tief durch, bevor sie ihren Koffer anhebt und die Treppe bis zum zweiten Stock hinaufsteigt. An der Wohnungstür hängt ein ebenfalls hellgraues Schild an einem Nagel. *Kleine Kehrwoche* steht darauf.

Nicht das auch noch, denkt Lieselotte. *Dafür habe ich jetzt gar keinen Kopf!*

Aber sie wird ihrer Pflicht nachkommen müssen, sonst gibt es bestimmt Ärger mit Frau Schiller. Manche Dinge ändern sich nie – darauf würde Lieselotte wetten.

Die Wohnung wirkt leer und unbewohnt. Nein, das muss sie sich wohl einbilden. Schließlich liegt ihre Mutter erst seit gestern im Krankenhaus. In der kurzen Zeit vereinsamt ein Zuhause noch nicht. Lieselotte bleibt im Türrahmen stehen, weil sie sich wie ein Eindringling fühlt. Ob ihre Mutter damit einverstanden wäre, dass Lieselotte mir nichts, dir nichts hier ihr Quartier aufschlägt?

Doch was denkt sie da nur? Schließlich haben sie beide hier lange gemeinsam gewohnt. Zwanzig Jahre haben Lieselotte und ihre Mutter die Wohnung geteilt, sieben Jahre davon hat auch noch die Großmutter bei ihnen gelebt. An ihre erste gemeinsame Wohnung in Frankfurt erinnert Lieselotte sich nur dunkel, überwiegend aus den Erzählungen ihrer Mutter. Ausgebombt worden sind sie, so dass Lieselotte und Amelie die Kriegszeit bei Verwandten in Baden-Baden verbrachten. Erst nach Kriegsende sind sie hier eingezogen. Drei Frauengenerationen.

Nach Luises viel zu frühem Tod hat Lieselotte sich in der

Dreizimmerwohnung einsam gefühlt. Einsam und voller Sorge, dass sie bis an ihr Lebensende in diesem Achtparteienhaus wohnen müsste. In dem Haus, das immer nach Bohnerwachs und scharfem Reiniger stinkt, als habe jemand gerade erst vor fünf Minuten die große Hauswoche erledigt. Diese Angst hat Lieselotte dazu gebracht, mit Eduard auszugehen, den ihr eine Arbeitskollegin vorgestellt hat.

Schön war es damals. Im Büro. Mit den anderen Frauen. Auch wenn die Arbeit selbst weder anspruchsvoll noch interessant war. Auch wenn Karl, der einzige Mann im Büro der Baufirma, am wenigsten arbeitete und beinahe doppelt so viel Geld bekam wie Lieselotte und deren Kolleginnen Ilse und Erika. Trotzdem hat es Spaß gemacht. Mit ihren Kolleginnen hat Lieselotte sich wohl gefühlt. Gemeinsam haben sie sich hinter Karls Rücken über ihn lustig gemacht, wenn er sich wieder als kleiner Chef aufgespielt hat. Gemeinsam haben sie bei der Postfiliale angerufen, wo der Mann gearbeitet hat, den sie nur vom Telefon kannten. Seine Stimme, schmelzender als die eines Schlagersängers, hat sie alle drei verzaubert. An einem Freitagnachmittag sind sie zu dritt in die Postfiliale gefahren, um sich den Mann anzuschauen.

Klein war er, mit Bauchansatz und beginnender Glatze.

»Wir hätten uns den Traum bewahren sollen«, hat Erika gesagt, nachdem sie endlich herausgefunden hatten, wer der Mann mit der unvergleichlichen Stimme war. »Vielleicht ist träumen besser, als die Wahrheit zu suchen.«

»Was ist denn mit dir los?«, hat Ilse gesagt und ihrer Freundin einen Vogel gezeigt. »Hast du wieder ein Buch gelesen?«

Viel zu schnell war die schöne Zeit vorüber gewesen. Erst hat Erika geheiratet, dann Ilse, so dass Lieselotte allein zurückgeblieben war. Sicher, es haben neue Sekretärinnen angefangen, aber die waren jünger, viel jünger. Lieselotte war es immer so vorgekommen, als schauten die jungen Dinger sie mit einer Mischung aus Mitgefühl und Arroganz an, weil Lieselotte bereits Ende zwanzig war, bei ihrer Mutter lebte und keinen Freund hatte.

Torschlusspanik – so nennt man das wohl, was Lieselotte dazu bewogen hat, mit Eduard auszugehen, sich von ihm küssen zu lassen, obwohl sie sich vor seiner breiten, feuchten Zunge geekelt hat. Die Angst, übrig zu bleiben, hat Lieselotte dazu veranlasst, Eduards Antrag anzunehmen, auch wenn sie ihm so gar nichts zu sagen hatte. Obwohl sie sich weder für Motorräder noch für Fußball interessierte. Für die beiden Themen also, über die Eduard stundenlang reden konnte. Als Lieselotte ihn gefragt hat, welches Buch er zuletzt gelesen hat, hat er sie angesehen, als wäre sie nicht ganz klar im Kopf. Da fragte sie sich zum ersten Mal, ob es wirklich die richtige Entscheidung war, weiterhin mit ihm auszugehen. Verzweifelt klammerte sich Lieselotte an die Hoffnung, dass es besser würde, wenn Eduard und sie erst verheiratet wären.

Wenn sie ehrlich ist, hat sie sich damals nur davor gefürchtet, den Rest ihres Lebens mit ihrer Mutter teilen zu müssen. In der Dreizimmerwohnung in Bockenheim, in der sie fast ihr ganzes Leben verbracht hatte. Selbst heute, nach sechs Jahren Ehe ohne Liebe, erscheint Lieselotte ihre Entscheidung immer noch vernünftig. Sie musste hier raus, um jeden Preis.

Inzwischen ist sie ins Wohnzimmer getreten, das immer noch so aussieht wie damals, als Lieselotte ausgezogen ist. Ihre Mutter verdient gut und könnte es sich bestimmt leisten, die alte Polstergarnitur zu ersetzen, aber das ist Amelie nicht wichtig. *Ich weiß allerdings nicht,* was *ihr wirklich wichtig ist.*

Lieselotte seufzt. Sie nimmt den Koffer, um damit in das Zimmer zu gehen, das einmal ihres war. Erst hat sie es mit Oma Luise teilen müssen, nach Luises Tod gehörte es Lieselotte allein. Nach Lieselottes Heirat hat ihre Mutter nur wenig in dem Zimmer verändert, so als hätte sie erwartet, dass ihre Tochter bald zurückkehren würde. In den sechs Jahren ihrer Ehe hat sie nicht einmal bei ihrer Mutter übernachtet, weil Eduard das nicht wollte. Zu Amelies Geburtstag und an jedem zweiten Weihnachtstag sind sie zum Kaffee aus Kassel angereist und nach dem Abendessen wieder zurückgefahren. Für Lieselotte fühlt es sich jedes Mal an wie eine Zeitreise in ihre Vergangenheit, wenn sie die Tür zu ihrem Zimmer öffnet. Das schmale Bett, ein Schreibtisch aus hellem Holz, die weiß angestrichene Kommode, ein Erbstück von Oma Luise. Auf den zwei Regalbrettern an der Wand stehen immer noch einige der Bücher, die sie als Kind gelesen hat. *Heidi, Der Trotzkopf, Peterchens Mondfahrt.*

Tränen verschleiern Lieselottes Blick. So wenig ist von ihrem Leben übrig.

So ein Blödsinn. Natürlich ist mehr davon geblieben – alles, was ich nach Kassel mitgenommen habe. Wenn ich anfange, mich dermaßen gehenzulassen, bin ich Mutter keine Hilfe.

Lieselotte stellt den Koffer ab, packt ihre Sachen aus und hängt sie in den dunkelgrün gestrichenen Schrank, der dort seit ihrer Kindheit steht. Als sie die Türen öffnet, weht ihr der Geruch von Mottenkugeln entgegen. Ordentlich zusammengefaltet liegen Handtücher und Waschlappen auf den Regalböden. Vorsichtig schiebt Lieselotte sie zur Seite, damit ihre Wäsche Platz findet. An der Kleiderstange aus Holz hängen zwei schwere Wintermäntel in Plastiküberzügen. Lieselotte bringt ihre Hosen und Röcke daneben unter.

Als Nächstes geht sie in jedes Zimmer, um die Fenster zu öffnen. So kann der Geruch nach Einsamkeit und Traurigkeit entweichen. Lieselotte schaut in den Kühlschrank. Nein, einkaufen muss sie heute nicht. Weil ihr die Decke auf den Kopf

zu fallen droht, nimmt sie sich Besen, Handfeger und Kehrblech, um die kleine Hauswoche zu erledigen.
»Aber hallo, wer bist du denn?« Vor der Wohnungstür sitzt eine große schwarze Katze und blinzelt Lieselotte aus grünen Augen an. »Wie elegant du bist mit deinem weißen Brustfleck. Als ob du ein Smokinghemd trägst.«
Vorsichtig hält sie der Katze ihre Hand hin, unsicher, wie sie mit dem Tier umgehen soll. Ihre Mutter hat sich stets gegen Haustiere ausgesprochen, weil die Arbeit angeblich nur an ihr hängenbleiben würde. Und Eduard mag nichts, was schmutzt, wie er sagt. Also hat Lieselotte sich damit abgefunden, ihre Tage allein und mit Hausarbeit zu verbringen. Aber wenn es nach ihr ginge, dann lebte sie mit einer Katze. Sie mag die Stubentiger, die so unabhängig und freiheitsliebend sind.
Die Katze streckt sich, dehnt ihren Rücken und gähnt. Dabei zeigt sie so spitze Zähne, dass Lieselotte ihre Hand sicherheitshalber wieder zurückzieht. Das sieht das Tier als Gelegenheit an, sich rasch an Lieselottes Waden zu schmiegen, bevor es an ihr vorbei in die Wohnung schlüpft. Einen Moment steht Lieselotte wie erstarrt, dann ruft sie: »Halt! Nein, das darfst du nicht. Raus mit dir!«
In diesem Augenblick geht die Tür zur Wohnung gegenüber auf. Dort, wo kein Namensschild hängt und wo früher Frau Rasche gewohnt hat. Eine junge Frau schaut auf den Flur heraus, die dunklen, kurzen Haare verwuschelt, als wäre sie gerade erst aufgestanden. Auch den Kissenabdruck auf ihrer linken Wange und das Gähnen mit offenem Mund, ohne sich die Hand vorzuhalten, wertet Lieselotte als Anzeichen, dass sie mit ihrer Vermutung richtigliegt. Schlaftrunken blinzelt die junge Frau sie aus erstaunlich hellen grauen Augen an. Sie trägt ein übergroßes gestreiftes Männerhemd, mehr nicht. Keinen Rock, keine Hose, keine Schuhe.

»Hallo. Entschuldigen Sie bitte. Cat Ballou weiß genau, dass er nicht in die Wohnung darf.« Mit fragendem Blick kratzt sie sich am Kopf. »Sind Sie neu?«

»Cat Ballou?« Lieselotte ist etwas irritiert. »Das war doch eine Frau … und er ist ein Kater, oder?«

Den Western kennt sie, weil Eduard gern Western ansieht, aber der Film *Cat Ballou – Hängen sollst du in Wyoming* hat ihm nicht sehr gefallen, weil eine Frau die Hauptrolle spielt. Außerdem mag er die Schauspielerin Jane Fonda nicht, Lieselotte hingegen gefielen sowohl der Film als auch Jane Fonda, was sie jedoch – wie so oft – für sich behalten hat.

»Ja, Cat Ballou war eine Frau, aber das weiß der Kater ja nicht.« Die junge Frau zuckt mit den Schultern. »Er guckt nicht gern Western. Da kommen ihm zu wenig Tiere drin vor, glaube ich.«

»Mhm«, antwortet Lieselotte, die sich nicht hundertprozentig sicher ist, ob die Nachbarin einen Witz gemacht hat oder ob sie das ernst meint. »Mein Name ist Lieselotte Frank. Ich bin die Tochter.«

»Ist etwas mit Amelie?« Die junge Frau tritt aus der Tür und schiebt dabei die Fußmatte in den Rahmen, damit die Tür nicht hinter ihr zufällt. »Ich bin übrigens Marga.«

Lieselotte sagt nichts, weil es sie irritiert, dass diese Marga, die bestimmt zehn Jahre jünger ist als Lieselotte, deren Mutter Amelie nennt, als wären sie Freundinnen. Dabei hat ihre Mutter bei den sonntäglichen Anrufen, die sie pünktlich wie ein Uhrwerk tätigt – immer um vierzehn Uhr, nach dem Mittagessen und vor dem Kaffeetrinken –, nie von der Nachbarin erzählt.

»Cat Ballou, komm her.« Marga scheint nicht bemerkt zu haben, wie überrascht Lieselotte ist. Nun geht die Nachbarin ebenfalls an ihr vorbei in die Wohnung. Lieselotte riecht einen

Hauch Zigarettenrauch und noch etwas. Patschuli. Der eigenartig würzige Duft kribbelt in Lieselottes Nase. Kopfschüttelnd folgt sie Marga, die inzwischen im Schlafzimmer angekommen und halb unter das Bett gekrabbelt ist, das an der Wand steht. »Cat Ballou! Böser Kater. Komm jetzt her.«
Lieselotte kann nur stumm zusehen, wie eine ihr fremde Frau so weit unter das Bett robbt, bis nur noch der Hintern zu sehen ist. Endlich reckt sich dieser wieder in die Höhe, als Marga rückwärts krabbelt, was Lieselotte so sehr an die sich rekelnde Katze erinnert, dass sie kichern muss.
»Tut mir leid, Lieselotte.« Marga zuckt mit den Schultern. Sie bemüht sich, zerknirscht zu wirken, aber es gelingt ihr nicht. »Cat Ballou stellt sich mal wieder stur. Du hast nicht zufällig ein bisschen Gehacktes im Kühlschrank?«
Lieselotte stutzt.
»Doch«, antwortet sie. »Woher wissen Sie das?«
Auch wenn die junge Frau sie einfach beim Vornamen genannt hat, bringt Lieselotte es nicht über sich, Marga einfach zu duzen. Nicht so ein Mädchen, das nachmittags schläft, nach Zigaretten stinkt und nach wer weiß was.
»Amelie hat immer eine Leckerei für den Kater.« Marga lächelt. »Obwohl ich ihr sage, dass sie Cat Ballou nicht so verwöhnen soll. Er ist eh schon ein Chauvi.«
Ein was?, denkt Lieselotte, aber sie wird auf gar keinen Fall nachfragen.
»Ich hol mal das Gehackte«, sagt sie stattdessen und verschwindet in die Küche. Diese Neuigkeit muss sie erst einmal verdauen – ihre Mutter füttert eine Katze mit Leckereien? Über die Schulter ruft sie: »Wie viel soll ich denn mitbringen?«
»Es reicht, wenn du mit der Einpackfolie raschelst.« Marga ist Lieselotte gefolgt. Lässig lehnt sie sich an den Rahmen der

Küchentür, während sie Lieselotte mustert, die vor dem geöffneten Kühlschrank steht und sich albern vorkommt. »Aber du kannst ihm auch gern etwas zu futtern geben.«
Als wollte er Margas Worte bestätigen, kommt der Kater mit hochgerecktem Schwanz aus dem Schlafzimmer galoppiert, als Lieselotte die Einpackfolie berührt.
»Wie lange kennen Sie meine Mutter?«, fragt Lieselotte, während sie Cat Ballou beobachtet, der das Gehackte mit wenigen Bissen verschlingt. Gleich danach schmiegt er sich an Lieselottes Beine und miaut … nein, eigentlich gurrt er. Wie eine Taube. »Kann er nicht miauen?«
»O doch, Cat Ballou beherrscht viele Laute. Jetzt gerade möchte er noch mehr Hackfleisch, weil ich ihn hungern lasse.« Marga scheint einen Augenblick zu überlegen. »Amelie kenne ich, seit ich hier eingezogen bin. Eine tolle Frau. Du hast echt Glück, sie als Mutter zu haben.«

KAPITEL 4

Frankfurt am Main, 1971

Heute fährt Lieselotte erst in die Stadt zum Einkaufen, bevor sie dann zu Fuß zum Krankenhaus geht. Sie hat viel Zeit, und die Bewegung tut ihr gut. Außerdem meint sie, dass sie so ihrer Geburtsstadt wieder ein wenig näherkommen kann. Altvertraut kommt ihr Frankfurt vor, obwohl sich vieles verändert hat. Einige Geschäfte auf der Zeil haben gewechselt, mehr Autos sind auf den Straßen unterwegs und dazwischen die immer gleichen Wagen der Straßenbahn. Neu sind die Gruppen von Männern, die mit nacktem Oberkörper auf Parkbänken sitzen und Bier trinken. Als ein Herr in Anzug vor ihnen stehen bleibt und sie beschimpft, stört sie das gar nicht. Fröhlich prosten sie ihm zu, so dass dem Anzugträger nur der geordnete Rückzug bleibt.

Frankfurt kommt Lieselotte bunter vor als Kassel. Man merkt einfach, dass Frankfurt eine Großstadt ist, wo die neue Mode schneller ankommt als in einer kleinen Stadt wie Kassel. Die Hosen und die Haare der Mädchen hier sind viel, viel kürzer, als Lieselotte es in Kassel je gesehen hat; dafür lassen die Frankfurter Jungen ihre Haare lang wachsen. Lieselotte lächelt, als sie sich an den Fernsehbericht erinnert, dass die jungen Bundeswehrsoldaten Haarnetze tragen sollten, damit sie das Land gut verteidigen können. Aus dem Ausland gab es für diesen Erlass viel Häme. Zu Recht, findet Lieselotte.

Aber auch weniger schöne Seiten hat die Stadt entwickelt. An Männer in abgerissener Kleidung, die vor U-Bahn-

Schächten schlafen, kann Lieselotte sich aus ihrer Kindheit nicht erinnern. Aber die vielen Tauben, die auf den Häusern sitzen, sich auf Denkmälern niederlassen und jede Rasenfläche besetzen, kennt sie aus der Kinderzeit. Man musste immer Sorge haben, dass die Vögel einem auf den Kopf kacken, was zwar angeblich Glück bringen soll, es jedoch nicht wirklich besser macht.
Als sie über die Große Bockenheimer Straße, die Fressgass, schlendert, fällt Lieselottes Blick auf das Schaufenster der Metzgerei Weiß. Deren Spezialität könnte Cat Ballou schmecken, denkt sie. Kurz entschlossen betritt sie das Geschäft. Hier hat sich wenig verändert, während draußen die Welt schneller wurde.
Lauter und härter erscheint ihr die Stadt; die Menschen um sie herum hetzen, als müssten sie zu einem wichtigen Termin. Und vielleicht ist das ja auch so. Vielleicht ist sie der einzige Mensch in Frankfurt, der weder Arbeit noch Aufgabe hat. Nur Sorge um ihre Mutter.
Im Krankenhaus hat sie Glück und kann endlich mit einem Arzt über Amelies Zustand sprechen.
»Wie lange dauert so ein Koma?« Lieselotte bringt die Worte kaum heraus. Sie brennen in ihrer Kehle und drohen sie zu ersticken. »Wann wird meine Mutter erwachen? Wird sie überhaupt wieder aufwachen?«
Nach einem Blick auf Lieselotte, die wie ein Häufchen Elend neben Amelies Bett sitzt und die Hand ihrer Mutter hält, hat der Arzt Lieselotte angesprochen und sie gebeten, mit ihm vor die Tür zu gehen. In knappen Worten, durchsetzt mit medizinischen Fachausdrücken, hat er Lieselotte berichtet, wie es um ihre Mutter steht. Eine schwere Kopfverletzung. So viel hat sie verstanden. Alles, was der Doktor danach sagt, rauscht an ihr vorbei. Bis endlich das Wort »Koma«

fällt, das sie so fürchtet. Nun kann Lieselotte nicht mehr vor der Frage davonlaufen, die sie den ganzen Morgen schon begleitet hat.

»Wird meine Mutter aufwachen?«

»Das lässt sich jetzt noch nicht sagen.« Die Art, wie der Arzt an ihr vorbeischaut, wie er ihrem Blick ausweicht, zeigt Lieselotte deutlicher als seine Worte, wie schlecht es um ihre Mutter steht. »Ein Koma ist … immer … schwierig.«

»Kann ich etwas tun?«, fragt Lieselotte und ärgert sich sogleich über ihre naiven Worte. Was soll sie schon machen können, was der Doktor nicht könnte? Sicher verärgert sie ihn mit so einer dummen Frage. »Irgendetwas? Ich … ich fühle mich so hilflos.«

Der Arzt sieht sie lange an. So lange, dass Lieselotte schon fürchtet, er wird ihr keine Antwort geben. Endlich zuckt er mit den Schultern.

»Na ja. Neue Studien aus Amerika sagen, dass Komapatienten ansprechbar sind.«

»Was heißt das?« Kann er nicht einfach sagen, was er sagen will? Muss ein Doktor immer um alles herumreden?

»Es gibt Indizien, dass Menschen im Koma verstehen, was man ihnen sagt.« Er ringt sichtlich nach Worten, mit denen er Lieselotte begreifbar machen kann, was für ihn Alltagswissen ist. »Theoretisch kann es helfen, jemanden aus dem Koma zu holen, wenn man seine Erinnerungen weckt.«

»Wie soll ich das machen?«, fragt Lieselotte tonlos. Ihre Mutter hat nie von früher gesprochen.

Auf Dinge, die nicht mehr zu ändern sind, muss auch kein Blick zurück mehr fallen! Was getan ist, ist getan und bleibt's.

Immer, wenn Lieselotte ihre Mutter nach der Vergangenheit befragt hat, nach ihrem Vater, hat Amelie mit diesem Shakespeare-Zitat geantwortet. Nicht einmal den Namen

ihres Vaters kennt Lieselotte, weil Amelie sich jedem Gespräch über früher verweigert hat.
»Er ist im Krieg gefallen. Mehr brauchst du nicht zu wissen«, hat Amelie jedes Mal geantwortet, wenn Lieselotte es wagte, nach ihrem Vater zu fragen. Dabei zog ihre Mutter ein derart böses Gesicht, dass sich Lieselotte selbst als Erwachsene nicht traute, mehr erfahren zu wollen.
Als Kind wunderte Lieselotte sich immer, warum ihr Vater nicht einfach wieder aufgestanden ist, nachdem er gefallen war. Ob es ihre Schuld war, dass der Vater die Mutter verlassen hatte. Denn an irgendetwas musste Lieselotte die Schuld tragen, sonst wäre die Mutter nicht so hartherzig zu ihr. Einmal gelang es Lieselotte, einen Streit zwischen ihrer Mutter und ihrer Großmutter zu belauschen, in dem es um sie ging.
»Du kannst das Kind nicht dafür bestrafen, was geschehen ist«, hatte Oma Luise gesagt. »Das Mädchen wird noch verhuscht und unglücklich, wenn du es nicht besser behandelst.«
»Mama.« Den harten Ton in der Stimme ihrer Mutter kannte Lieselotte nur zu gut und fürchtete ihn. »Lieselotte ist meine Tochter. Wenn es dir nicht passt, wie ich sie erziehe, kannst du gern ausziehen. Eine Frau muss hart sein, wenn sie überleben will.«
Nach langem Schweigen sagte Luise schließlich mit weicher Stimme: »Amelie, denk doch nicht nur an das Schlechte, das sie dir gebracht hat. Erinnere dich an eure guten Zeiten.«
Statt eine Antwort zu geben, ging ihre Mutter einfach aus dem Zimmer, was Lieselotte bemerkte, als die Tür zugezogen wurde. Später sollte sie das zur Genüge kennen und auch hassen lernen. Die Art, wie ihre Mutter jeden Streit beendete, indem sie ging. Ohne ein Wort.
Einige Male fragte Lieselotte ihre Großmutter nach dem ab-

wesenden Vater, aber Luise sagte jedes Mal das Gleiche: »Es steht mir nicht an, darüber zu reden. Frag deine Mutter.«
In ihrer Phantasie stattete Lieselotte den Vater mit all der Liebe aus, die sie bei ihrer Mutter vermisste. Nachdem das Kind verstanden hatte, was es bedeutete, im Krieg zu fallen, entwickelte Lieselotte immer ausgefeiltere Geschichten, mit deren Hilfe sie ihren Alltag überstand. Der Vater war nicht tot, sondern nur in Gefangenschaft geraten, wie so viele andere Soldaten. Weil er seine Tochter so sehr vermisste, unternahm er etliche heldenhafte Fluchtversuche, bis ihm endlich einer gelang. Eines Tages würde er vor der Tür ihrer Wohnung stehen und Lieselotte in die Arme schließen. Gemeinsam würden sie weggehen, an einen besseren Ort – ohne die Mutter.
Aber mein Vater ist nicht gekommen, denkt Lieselotte, als sie das Krankenhaus verlässt. Den Weg nach Hause beschäftigt sie sich mit der Frage, ob es ihr geholfen hätte, wenigstens seinen Namen zu kennen. Sie ist mit ihrer Mutter und ihrer Großmutter allein geblieben und hat gelernt, die Hoffnung aufzugeben. So, wie sie gelernt hat, ihrer Mutter keine Fragen mehr zu stellen. *Was für eine Ironie, dass ich jetzt endlich herausfinden kann, wer ich bin. Wo ich herkomme. Wer mein Vater war. Weil sich Mutter nicht dagegen wehren kann,* denkt sie, nachdem sie ihre Jacke im Flur aufgehängt hat.
Sofort schlägt das schlechte Gewissen über ihr zusammen – eiskalt und lähmend wie ein See im Februar. *Ich kann doch nicht in den Sachen meiner Mutter herumwühlen!* Mit hängenden Schultern steht Lieselotte vor dem Sekretär, in dem ihre Mutter die Papiere aufbewahrt. Vor Nervosität knetet Lieselotte ihre Unterlippe mit den Zähnen und meint die Stimme der Mutter zu hören. »Lass das, Lieselotte. Benimm dich nicht wie ein kleines Kind.«

Vorsichtig streckt sie ihre Hand aus, streicht über das gemaserte Holz, als könnte es ihr Absolution gewähren. Vielleicht reicht es ja aus, wenn sie ihrer Mutter etwas vorliest. Amelie hat Bücher und Lesen immer geliebt. Bestimmt ist ihrer Mutter das wichtiger als Erinnerungen, die Amelie selbst niemals zur Sprache gebracht hat. Wenn wenigstens Eduard hier wäre, mit dem Lieselotte sich beraten könnte, ob sie es wagen soll, in die Vergangenheit ihrer Mutter einzubrechen. Nein, sagt sich Lieselotte, Eduard wäre ihr keine Hilfe. Ihr Ehemann würde überhaupt nicht verstehen, warum es Lieselotte so schwerfällt, die Geheimnisse ihrer Mutter zu enthüllen.

Warum hat sie nur keinen Kontakt zu ihren Kolleginnen gehalten? Mit Erika oder Ilse hätte sie bestimmt über ihr Dilemma reden können. Warum hat sie nur nie versucht, in Kassel eine Freundin zu finden? Weil Eduard sie voll und ganz beansprucht hat. Der Gedanke an ihren Ehemann versetzt sie in schlechte Laune, so dass Lieselotte ihre Skrupel vergisst. Sie tritt an den Sekretär heran und greift nach der linken Tür. Nachdem Lieselotte endlich ihre Scheu überwunden hat, zerrt sie mit zitternden Fingern eine Schublade nach der anderen heraus, schüttet deren Inhalt auf den Fußboden, bis sich ein Berg aus Papieren vor ihr auftürmt. *Mutter wird wütend sein,* denkt Lieselotte und ärgert sich über ihre Dummheit. Anstatt die Papiere ordentlich zu sortieren, damit sie alle Unterlagen später wieder ebenso ordentlich zurücklegen kann, hat Lieselotte nun einen Haufen Papier vor sich. Auf jeden Fall wird Amelie erkennen, dass ihre Tochter in ihren Sachen gewühlt hat.

Es klingelt an der Tür. Misstrauisch schaut Lieselotte durch den Türspion. Ist es etwa Frau Schiller, die sich über die Ausführung der Kehrwoche beschweren will? Möglicherweise ein Hausierer oder ein Zeitungsverkäufer. Doch es ist die junge Frau, die gegenüber wohnt. Dieses Mal allerdings ist sie vollständig angezogen – langer Pullover, kurzer Rock, hohe Stiefel.

»Hallo. Ich muss zur Arbeit, und Cat Ballou ist noch nicht nach Hause gekommen.« Marga ist sichtlich beunruhigt. Die Finger ihrer linken Hand wühlen in den dunklen Haaren, die ohnehin schon zerzaust sind. »Könntest du ab und zu mal nachsehen, ob er vor der Haustür sitzt, und ihn in meine Wohnung lassen, bitte? Hier ist der Schlüssel.«

Sie überreicht Lieselotte einen Schlüsselbund, und bevor diese ihr antworten kann, hat Marga sich schon umgedreht und läuft die Treppen hinunter. Kurz vor der Haustür bleibt sie stehen. »Vielen Dank. Bis später.«

Sie kann mir doch nicht so einfach ihren Wohnungsschlüssel geben, denkt Lieselotte. *Ich würde das nie tun.*

Aber sie fühlt sich auch geschmeichelt, dass die junge Frau ihr vertraut. Dann jedoch ärgert sie sich, weil sie sich nun um die Katze kümmern muss, anstatt ihre Angelegenheiten erledigen zu können. Was bildet diese Marga sich nur ein? Wenn sie keine Zeit hat, sich um ein Tier zu sorgen, dann sollte sie sich auch keines anschaffen.

»Solche verantwortungslosen Menschen kann ich gut leiden«, murmelt Lieselotte, während sie die Tür hinter sich schließt. Im Wohnzimmer fällt ihr Blick auf den Berg von Unterlagen, den sie in ihrer Ungeduld produziert hat. Bei dem Gedanken, dass sie jedes Stück Papier in die Hand nehmen muss, um es wieder in den Schubladen zu verstauen, fühlt Lieselotte sich matt und erschöpft. Sie will nichts über ihre Mutter herausfinden, möchte nicht in deren Leben herumschnüffeln, als wäre Amelie bereits tot.

Also schließt Lieselotte die Wohnzimmertür hinter sich, nimmt ihre Jacke von der Garderobe und verlässt die Wohnung, in der sie ihre Kindheit und Jugend verbracht, aber sich nie zu Hause gefühlt hat. Vor der Tür empfängt sie ein strahlend blauer Himmel, der so gar nicht zu Lieselottes trauriger und bitterer Stimmung passen will.

»Cat Ballou, komm her, Miezmiez«, ruft sie, während sie auf dem Fußweg ein paar Schritte auf und ab geht. »Komm her. Miezmiez.«

»Suchst du den schwarzen Kater?« Frau Schiller, die schon immer in der Wohnung im Erdgeschoss wohnt, öffnet das Fenster. »Den, der dieser Studentin gehört? Der immer streunt?«

»Ja.« Insgeheim seufzt Lieselotte ein bisschen. Nur zu gut erinnert sie sich daran, dass Frau Schiller immer viel Zeit hat und gern über die Nachbarn tratscht. »Haben Sie ihn gesehen?«

»Nein. Wo ist denn deine Mutter? Die habe ich heute auch noch nicht gesehen.« Neugierig streckt Frau Schiller den Kopf noch weiter aus dem geöffneten Fenster. »Du warst auch ewig nicht mehr hier. Wie lang bleibste denn zu Besuch?«

Lieselotte hat gar keine Lust, der alten Frau vom Unfall ihrer Mutter zu erzählen. Aber sie ist zu höflich, um die Nachbarin anzulügen.

»Mutter hatte einen Unfall.«

»Ach herrje«, sagt Frau Schiller, aber ihre Augen funkeln, als freute sie sich, dass endlich wieder etwas passiert ist. »Wie geht es ihr denn?«

»Den Umständen entsprechend«, antwortet Lieselotte, was nicht ganz gelogen ist, aber auch nicht der Wahrheit entspricht. Zu ihrem Glück taucht in diesem Moment der schwarze Kater zwischen den Büschen auf und läuft auf sie zu.

»Da ist ja der Streuner.« Frau Schiller schüttelt den Kopf. »Der pinkelt bestimmt zwischen die Blumen.«
»Komm her, Cat Ballou. Tut mir leid, Frau Schiller.« Lieselotte bemüht sich um ein Lächeln. »Ich muss den Kater in die Wohnung bringen.«
»Sag mir Bescheid, wie's deiner Mutter geht.« Frau Schiller beugt sich zu Lieselotte herab. »Du kannst auch gern auf einen Kaffee zu mir kommen, wenn du allein bist.«
»Danke.« Lieselotte nickt und nimmt den Kater hoch, der sofort zu maunzen beginnt. »Aber ich habe viel zu tun.«
»Schon gut.« Frau Schiller ist die Enttäuschung so deutlich anzusehen, dass Lieselotte ein schlechtes Gewissen bekommt. Was kostet es sie schon, wenn sie einen Nachmittag mit der alten Frau verbringt?
»Vielleicht in den nächsten Tagen einmal. Tschüs, Frau Schiller.«
»Tschüs, Lieselotte.«
Nachdem sie Cat Ballou in Margas Wohnung gebracht und ihn gefüttert hat, weil sie dem hungrigen Blick des Katers nicht widerstehen konnte, macht Lieselotte sich daran, die Papiere durchzusehen. Obenauf liegen Rabattmarken und -hefte vom »Seifenplatz«, wie sie auch Lieselotte sammelt. Darunter befinden sich Papiere, die Lieselotte sorgfältig liest. Mit jedem Zettel, den sie zur Seite legt, wächst ihre Enttäuschung. Nur offiziell wirkende Dokumente, die man aufheben muss. Es sieht wirklich so aus, als hielte ihre Mutter überhaupt nichts davon, an Erinnerungen festzuhalten. Nichts, womit sie ihre Mutter aus dem Koma holen könnte. Mutlos glättet Lieselotte die Briefe und legt sie zurück in die Schublade. Da rutscht ein vergilbtes Stück Papier heraus, das sie wohl vorher übersehen hat. Lieselotte faltet es auseinander und liest:

Amelie, mein Albatros. Ich kann verstehen, dass Du mich hasst. Aber bitte lass mich nicht ohne ein Zeichen von Dir.
Amelie, bitte vergib mir. Denk an all das, was uns einmal verbunden hat.
Bitte. Du weißt, wie Du mich erreichen kannst.
Ich vermisse Dich so sehr.
Hanni

Irritiert lässt Lieselotte den Brief zu Boden fallen. Zwei Gedanken schießen ihr durch den Kopf. Der erste, nahezu undenkbar: *Ist das etwa ein Liebesbrief – von einer Frau?* Der zweite, voller Erstaunen: *Wer, um Himmels willen, ist Hanni?*

KAPITEL 5

»Ich habe doch diese herrlichen, unabhängigen
Zeiten erlebt, als man am Himmel
ganz für sich alleine war!
Ich hatte das Glück, in einer Zeit fliegen zu dürfen,
als das wirklich noch ein Abenteuer war.«

Elly Beinhorn

Frankfurt am Main, 1935

Wo die anderen nur bleiben?« Mit eleganter Geste führte Hanni die Zigarette zum Mund, bevor sie sie an Amelie weiterreichte. Den Rauch blies sie in vollendeten Ringen aus, etwas, das Amelie schon hundert Mal probiert hatte, ohne dass es ihr gelingen wollte. Hanni drehte das Handgelenk, um auf ihre zierliche goldene Uhr zu sehen. »Vor zehn Minuten wollten wir uns treffen. Ich kann Unpünktlichkeit nicht leiden.«

Glühend beneidete Amelie ihre Freundin um deren Selbstsicherheit und Grazie. Überhaupt sah Hanni aus, als wäre sie einer UFA-Wochenschau entsprungen, die Werbung für das deutsche Mädel machte. Hochgewachsen, schlank, aber nicht mager, mit dichten blonden Haaren, die sie in Wellen legte, und einer gesunden, gebräunten Hautfarbe, als würde sie täglich auf den Feldern arbeiten. Amelie musste zu ihrer Freundin aufschauen, weil sie einen Kopf kleiner war als diese. Obwohl es ihr beim Segelfliegen Vorteile brachte, zierlich zu sein, sorgte sie sich, dass es ihr beim Fliegen mit Motor-

flugzeugen hinderlich sein könnte, dass ihr die Kraft fehlen könnte, den Flieger zu beherrschen. Neben ihrer schönen Freundin fühlte Amelie sich oft noch kleiner, noch unscheinbarer als ohnehin schon. Manchmal fürchtete Amelie, dass Hanni nur mit ihr befreundet war, weil sie neben Amelies dunkler Zierlichkeit noch goldener und strahlender wirkte. Dann jedoch schämte sie sich für derartige Gedanken. Denn niemals hatte Hanni ihr Anlass gegeben, an ihr zu zweifeln.
Überhaupt hätte Amelie lieber so ausgesehen wie Hanni. Das Einzige, was sie an sich leiden mochte, waren ihre Augen. Grün waren sie, mit einem braunen Strahlenkranz um die Iris, umrahmt von langen, dunklen Wimpern, wie auch ihre Mutter sie hatte. Amelies Augenfarbe musste wohl vom Vater kommen, da ihre Mutter braune Augen hatte.
»Vielleicht ist das Auto wieder zusammengebrochen«, sprach Amelie ihre Befürchtung aus. Nachdem die letzten Wochenenden verregnet gewesen waren, strahlte heute endlich wieder die Sonne vom Himmel. Es durfte einfach nicht sein, dass ihnen der Mercedes ihrer Freundin Gudrun einen Strich durch die Rechnung machte. »Beim letzten Mal hat er schon aus dem letzten Loch gepfiffen.«
»Ach, Albatros, immer musst du schwarzsehen.« Hanni zuckte mit den Schultern. Sie erhob sich auf die Zehenspitzen und beschattete die Augen mit der Hand, um nach dem Automobil Ausschau zu halten. »Es wird schon gutgehen.«
Amelie zog die Nase kraus, als ihre Freundin sie bei dem ungeliebten Spitznamen nannte. Dem Namen, den sie Hanni verdankte. Albatros – elegant in der Luft, ungelenk am Boden, so hatte Hanni sie nach Amelies erstem Alleinflug beschrieben, und die anderen Fliegerinnen hatten sich begeistert auf den Spitznamen gestürzt. Obwohl Amelie sich immer gegen die Bezeichnung wehrte, war sie auch ein wenig stolz,

dass sie als Erste einen Fliegernamen verpasst bekommen hatte. Außerdem musste sie sich eingestehen, dass Hannis Beschreibung stimmte. In der Luft fühlte Amelie sich frei, wie ein ganz anderer Mensch. Alle Ängste und Unsicherheiten, alle Alltagssorgen und Nöte verschwanden, wenn es nur sie und das Flugzeug und den Wind unter den Flügeln gab. Jede Landung hingegen war unsanft, nicht weil sie Amelie nicht gelang, sondern weil die Bodenberührung sie aus der Freiheit riss und sie auf die Erde zurückbrachte, wo sie sich unpassend und fehl am Platze fühlte. Selbst Hanni, die Amelies Leidenschaft fürs Fliegen teilte, konnte nicht zur Gänze begreifen, wie viel ihrer Freundin jeder Segelflug bedeutete.

Möglicherweise auch deshalb, weil Hanni keine Entbehrungen auf sich nehmen musste, wenn sie fliegen wollte. Auch wenn Hannis Eltern wenig von dem Interesse ihrer Tochter hielten, gelang es dieser jedoch immer wieder, ihrem Vater Geld für Flugunterricht abzuschmeicheln. Selbst für Stunden in einem Motorflugzeug, etwas, wovon Amelie bisher nur träumen konnte. Aber das würde sich, wenn ihr Glück sich endlich wendete, bald ändern. Wenn Hannis und Amelies Zukunftspläne sich erfüllten.

»Träumst du, mein Albatros?« Hanni schaute Amelie an, den Kopf ein wenig nach links geneigt, eine Bewegung, die so typisch für sie war, dass Amelie lachen musste. »Sorgst du dich wegen Berlin?«

»Du etwa nicht?« Amelie wünschte, sie wäre mehr wie ihre Freundin, würde darauf vertrauen, dass sich für sie alles zum Guten wendete. »Wenn sie uns nicht wollen, dann …«

»Sch«, machte Hanni. »Du redest noch das Unglück herbei. Freu dich doch einfach. Heute haben wir endlich wieder Wind und Sonnenschein. Genieß den Augenblick. Was morgen wird, darüber sorge dich auch morgen.«

»Du hörst dich an wie ...« Demonstrativ verdrehte Amelie die Augen. »Wie ein Kalenderblatt voller Lebensweisheiten. Ich habe nur diese eine Chance.«

»Ach, Albatros.« Nun klang Hanni missgestimmt. Sie runzelte die Stirn und schüttelte den Kopf. »Manchmal glaube ich, dass du gar keinen Erfolg haben *willst.* In Wahrheit hast du nämlich Angst, Frankfurt und deine Mutter zu verlassen.«

Amelie zuckte zusammen, bemüht, sich ihren Schrecken nicht anmerken zu lassen. Wie konnte es nur sein, dass Hanni sie so gut kannte? Niemals hatte Amelie ihrer Freundin gegenüber auch nur angedeutet, dass sie sich hin- und hergerissen fühlte, dass sie aus tiefstem Herzen nach Berlin wollte und sich gleichzeitig ihrer Mutter und Frankfurt verpflichtet fühlte. Hanni war zu beneiden. Sie schien niemals zu zweifeln oder zwischen widerstreitenden Gefühlen gefangen zu sein. Für Amelies Freundin gab es nur eines – das Fliegen. Nichts und niemand schien Hanni von ihrem Ziel abbringen zu können.

»Ich will genauso sehr wie du nach Berlin ...« Um ihre Freundin abzulenken, nahm Amelie einen Zug von der Zigarette, was sie zum Husten brachte. Das Rauchen schmeckte ihr nicht, aber weil Hanni es tat, überwand Amelie ihre Abneigung gegen das Nikotin und investierte ihr knappes Geld in Zigaretten, die Hanni und sie teilten. »Wenn wir die Stellen bekommen, sind wir frei.«

»Frei bin ich nur, wenn ich fliege.« Sehnsuchtsvoll starrte Hanni einem Schwarm Spatzen nach, der sich in die Luft erhob. Amelie kannte keinen anderen Menschen, der seinem Traum so intensiv nachjagte wie ihre Freundin. »Meine Eltern wollen es unterbinden. Schon wieder.«

»Was hast du gemacht?« Niemals würde Hanni sich ihre Flugstunden verbieten lassen, da war sich Amelie sicher.

Trotzdem schauderte sie bei der Vorstellung, dass ihre Freundin sie im Stich lassen könnte. »Du gibst nicht auf, oder?«

»Ich habe gedroht, dass ich das Studium hinwerfe.« Hanni zuckte mit den Schultern. Ihr Lächeln wirkte kalt, weil es sich nicht in den Augen wiederfand. »Mit der Schande könnten sie nicht leben. Schließlich ist Vater ein hohes Tier in der Partei.« Hannis Blick schien durch Amelie hindurchzugehen, als wollte sie allem entfliehen, was sie an den Erdboden band. Nur zu gut konnte Amelie sich die Szene vorstellen, die Hanni ihren Eltern geliefert hatte. Hannis Mutter war eine langweilige Frau, die ihren Lebenssinn darin sah, jedem Befehl ihres Ehemanns zu folgen, als wäre er der Führer persönlich. Hannis Vater gehörte zu denen, die rechtzeitig in die Partei eingetreten waren und eine steile Karriere durchlaufen hatten. Das war ihm nicht gut bekommen, pflegte Hanni zu sagen. Nun hielt er sich auch zu Hause für wichtig und wollte, dass sich Frau und Tochter seinem Willen fügten.

»Da, schau«, lenkte Amelie ihre Freundin ab und deutete nach vorn, wo ein grauer Mercedes die Straße entlangkroch. Ein Typ 170, wie Gudrun nicht müde wurde, zu betonen. Amelie war so etwas egal. Sosehr sie Flugzeuge liebte, so wenig konnte sie mit Automobilen anfangen. Dicke, dunkle Rauchschwaden quollen aus dem Auspuff, hüllten das hintere Ende des Autos ein und zogen sich wie eine Nebelbank hinter ihm her.

»Na endlich. Das wurde ja auch Zeit.« Schwungvoll warf Hanni die Zigarette zu Boden und trat sie mit der Fußspitze aus. »Ich will auf der Rückbank sitzen.«

»Wir werden bestimmt angehalten«, konnte Amelie sich nicht verkneifen zu sagen, als der Wagen sich ihnen näherte. Wie bei jeder gemeinsamen Fahrt waren die hinteren Fenster des Mercedes mit dunklem Stoff verhängt, so dass man nicht ins

Wageninnere sehen konnte. »So, wie das Ding vor sich hin qualmt.«
Da hielt der Wagen auch schon vor ihnen an. Therese öffnete die Tür, sprang heraus wie ein Gummiball und schüttelte ihren flott geschnittenen dunklen Bubikopf. Therese war die Kleinste von allen, so zierlich, dass sie immer ein Kissen bei sich trug, auf das sie sich im Flieger setzen musste, damit sie auch ausreichend sehen konnte. Gleichzeitig war sie die Fröhlichste von ihnen. Es schien nichts zu geben, was Therese die gute Laune verhagelte. Immer trug sie ein Lächeln auf den Lippen, was Amelie nur allzu oft auf die Nerven ging. Hanni nannte Therese heimlich »die Strahlezwergin«.
»Tut mir leid. Zwischendrin fing die Kiste an zu stottern.« Therese grinste breit. Ihre Zähne schimmerten, als würde das Mädchen sie jeden Morgen mit Zitronensaft bleichen. »Aber bis in den Taunus kommen wir hoffentlich noch. Toi, toi, toi.«
Amelie begrüßte Gudrun, die das Auto organisiert hatte und daher am Steuer saß. Sie war die Damenhafte, diejenige von ihnen, die sehr viel Wert auf ihr Äußeres legte und der es gelang, selbst beim Arbeiten am Segelflieger ihre manikürten Fingernägel zu schonen. »Sie wird uns verlassen, sobald der erste Mann auftaucht, der ihren Ansprüchen genügt«, lautete Hannis Einschätzung von Gudrun. »Sie liebt das Fliegen nicht so wie du und ich.«
»Alles klar.« Hanni nickte ihrer Kameradin zu, bevor sie den Kopf ins Wageninnere streckte. »Na, ist hier noch Platz für zwei Fliegerinnen?«
»Immer rein in die gute Stube«, konnte Amelie Helmas Stimme von der Rückbank hören. Tief klang sie, wie bei einem Mann. Und so sah sie auch aus: kräftig, stämmig, kurzhaarig. »Ist ein bisschen eng, aber gemütlich.«

»Hallo«, hörte Amelie Irmas leise Stimme, gefolgt von Vera, die sie ungeduldig wie immer mit »Redet nicht so viel, beeilt euch« begrüßte.
Vera war lang und schlaksig; mit ihren karottenroten Haaren und der übergroßen Nase fiel sie stets auf, was sie aber nicht störte. Amelie wunderte sich immer wieder, wie gelassen und in sich ruhend Vera wirkte, obwohl sie oft Spottnamen wie Giraffe oder Möhre auf sich zog.
»Ich rücke noch ein bisschen. Dann passt das schon.« Das konnte nur Hertha sein, die wie immer praktisch dachte. Hertha und Irma sahen aus wie Zwillinge, obwohl sie nicht einmal verwandt waren. Die hellbraunen Haare zu Bubiköpfen geschnitten, die schmalen Gesichter mit vergeistigtem Blick, interessierten die beiden sich nur für die Fliegerei und für Bücher. Wenn eine von ihnen überhaupt einmal den Mund aufmachte, dann sprach sie sehr leise, hingehaucht, so dass man sich konzentrieren musste, um sie zu verstehen. Trotzdem mochte Amelie die beiden sehr, da sie stets zuverlässig waren und sich beim Fliegen nie vordrängten, sondern geduldig warteten, bis die Reihe an ihnen war.
Schön, wir sind zu acht, dachte Amelie. Damit bekommen wir das Flugzeug auf jeden Fall in die Luft.
Nachdem Hanni sich mit viel Gekicher und Drängelei zu den anderen vier Frauen auf die Rückbank gequetscht hatte, blieb Amelie nichts anderes übrig, sich einen Platz auf dem Schoß der anderen Frauen zu suchen. Zu acht drängten sie sich in den Mercedes, der einem guten Freund von Gudrun gehörte. Die hinteren Fenster hielten sie bei ihren Fahrten zum Segelflugplatz aus dem Grund verdeckt, damit niemand sehen konnte, dass der Wagen vollkommen überladen war. Dennoch fürchtete Amelie an jedem Wochenende, wenn sie derart beengt die rund dreißig Kilometer in den Taunus zurücklegten, von der

Polizei entdeckt zu werden. Sicher würden die Frauen eine deftige Strafe zahlen müssen, wenn sie erwischt wurden. Geld, das Amelie beim besten Willen nicht würde aufbringen können. Aufgeregt zupfte sie an der Nagelhaut ihres Daumens.

»Es wird schon gutgehen«, flüsterte Vera ihr zu, deren Gesicht ihrem so nahe war, dass Amelie das Zitronenbonbon im Atem der anderen riechen konnte. Veras Eltern führten einen Kolonialwarenladen, so dass deren Tochter einen unerschöpflichen Vorrat unterschiedlichster Bonbons bei sich hatte. »Es ist immer gutgegangen. Möchtest du ein Pfefferminz?«

»Wollen wir etwas singen?«, fragte Gudrun, die hinter dem Lenkrad saß. Das stämmige Mädchen war die Einzige von ihnen, die Auto fahren konnte. »Sonst ist mir langweilig.«

»Bloß nicht«, antwortete Hanni kategorisch. »Die Luft hier drin ist schon zum Schneiden.«

»Hoffentlich üben wir heute nicht wieder nur Rutsche und Sprünge«, mischte sich Helma ein, bevor Hanni und Gudrun wieder aneinandergeraten konnten. »Das kommt mir langsam zu den Ohren raus.«

»Wir müssen dankbar sein, dass sich überhaupt jemand findet, der uns unterrichtet«, widersprach Hertha. So unerfreulich es war, Amelie musste ihr zustimmen. Nur mit viel Überredungskunst und unter Aufwendung all ihrer begrenzten finanziellen Mittel gelang es den Fliegerinnen, einen Fluglehrer zu finden, der sich die Mühe machte, sie zu unterrichten. »Selbst wenn wir immer das Gleiche üben, lernen wir doch etwas.«

Nach einer holprigen Fahrt, während der sich Amelie mehrfach den Kopf am Wagenhimmel des Mercedes gestoßen hatte, erreichten sie endlich ihr Ziel. Gudrun brachte das Automobil zum Stehen, und Therese sprang sofort heraus. Sie öffnete die hintere Tür, damit Amelie herauskrabbeln konnte. Obwohl die Reise nur eine Dreiviertelstunde gedauert hatte, fühlten sich Amelies Muskeln verspannt an. Nur gut, dass sie gleich die Gelegenheit haben würde, sich ausreichend zu bewegen.

»Wir sind zu spät!«, stellte Hanni fest, kaum dass sie aus dem Wagen ausgestiegen war. »Schaut euch nur an, wie viele Flieger schon hier sind. Ich habe keine Lust, mich anzustellen.«

»Bei dem guten Wind werden wir schnell drankommen.« Irma sprach so leise, dass Amelie sich anstrengen musste, sie zu verstehen.

»Hier sind die Zettel.« Helma hatte ihren weichen dunkelblauen Filzhut abgenommen und die Papierstückchen bereits dort hineingelegt. »Amelie?«

»Danke.« Amelie schloss die Augen und zog mit klopfendem Herzen einen Zettel. Sie öffnete die Augen, entfaltete das Stück Papier und lächelte. »Mensch! Endlich einmal habe ich Glück. Die Eins!«

»Ich bin Siebte.« Gudrun zog eine Schnute. »Immer bin ich bei den Letzten.«

Was die anderen sagten, hörte Amelie nicht mehr. Sie richtete ihre Aufmerksamkeit nur noch auf das Flugzeug, das bereits auf der Bergkuppe auf sie wartete, prüfte den Wind und bemühte sich, ihre Ungeduld im Zaum zu halten. Endlich hatten alle Mädchen eine Startnummer gezogen und gingen gemeinsam den Hügel hinauf. Als sie an einer Gruppe von Hitlerjungen vorbeikamen, die dabei waren, die Führungsleinen in den Segelflieger einzuhaken, ernteten sie scheele Blicke.

»Frauen gehören ins Haus, nicht ins Flugzeug«, rief ein schmaler Junge, dessen nackter Oberkörper trotz der frühen Tageszeit schon von einem Sonnenbrand gerötet war. »Kommt uns bloß nicht in die Quere.«

Hanni öffnete den Mund, um dem Kerl eine passende Antwort zu erteilen, aber Vera legte ihr eine Hand auf den Unterarm und schüttelte den Kopf. »Der ist es nicht wert. Wir sollten uns den schönen Tag nicht von so einem dummen Burschen verderben lassen.«

»Sie hat recht«, pflichtete Amelie ihrer stillen Freundin bei. In ihren Gedanken bereitete sie sich schon auf den Flug vor und wollte ihn nicht durch einen unnützen Streit hinauszögern. »Wir werden ihnen zeigen, wie gut Frauen fliegen können.«

Hanni nickte, aber Amelie konnte ihrer Freundin ansehen, wie sehr es diese in den Fingern juckte, die Hitlerjungen in ihre Schranken zu weisen. Manchmal sorgte Amelie sich, dass Hanni sich durch ihr Temperament und ihre Impulsivität noch einmal in große Schwierigkeiten bringen könnte.

»Ihr seid zu spät dran«, sagte der Fluglehrer statt einer Begrüßung. Ein Student war es, den Helma kannte und der sich bereit erklärt hatte, die Frauen auszubilden. »Ihr seid alle schon allein geflogen?«

»Guten Tag«, antworteten sie brav und gut erzogen, wie sie alle nun mal waren, und nickten. Jede von ihnen hatte einige Erfahrung in der Luft gesammelt, aber die meisten Fluglehrer wollten das nicht glauben und gestatteten den Frauen nicht, mehr als ein paar Meter zu fliegen, was eher einem Hüpfen gleichkam.

»Na gut, dann wollen wir den Wind nutzen. Wer ist die Erste?« Der junge Mann schaute von einer zur anderen, wobei sein Blick länger auf Hanni verweilte, die er anlächelte.

»Ich«, sagte Amelie, die er kaum eines Blickes gewürdigt hatte, was sie ärgerte. Doch all das verschwand sofort aus ihren Gedanken, als sie endlich ins Flugzeug geklettert war.

Amelies Mutter konnte bei aller Liebe zu ihrer Tochter nicht begreifen, was dieser am Fliegen so gefiel.

»Kind, ich stehe jedes Mal Todesängste aus, wenn ich mir vorstelle, wie du in diesem zerbrechlichen Ding sitzt und in die Luft gehst.«

Amelie hingegen empfand das weiße Segelflugzeug nicht als zerbrechlich, sondern als elegant und zierlich. Auf das Wesentliche reduziert, perfekt dazu geeignet, auf den Winden zu gleiten.

Sie rutschte ein wenig auf dem schmalen Sitz hin und her, bis sie bequem saß. Gut, dass sie so klein war und die Knie nur wenig anziehen musste, um Platz zu finden. Noch einmal tief Luft geholt, und dann fühlte sie sich bereit für das Abenteuer. Der Wind frischte auf und zerzauste ihre Haare. Ein guter Zeitpunkt für den Abflug.

Gudrun, die als Älteste die Koordinierung des Starts beaufsichtigte, schaute Amelie fragend an. Als Antwort hob sie die Hand mit hochgerecktem Daumen. Aufregung und Freude wie vor jedem Start durchfluteten sie. Hoffentlich ließ der Wind sie nicht im Stich.

Eingespielt, wie sie es als Gruppe inzwischen waren, nahmen die Mädchen ihre Plätze ein. Hertha und Irma übernahmen die Rolle der Schwanzmannschaft und hielten das hintere Ende des Flugzeugs fest. Nachdem vier von ihnen das Gummiseil in den Haken an der Schnauze des Segelflugzeugs eingehängt hatten, verteilten sie sich an den Enden des Seils. Damit sie den Vogel überhaupt in die Luft bekamen, fasste der Fluglehrer mit an. Gudrun, die die kräftigste Stimme und daher das Kommando hatte, rief aus vollem Hals: »Ausziehen!«

Die beiden Startmannschaften zogen mit aller Kraft an den Seilenden und gingen nach vorn. Amelie holte tief Luft. Die Momente vor dem Start waren immer die aufregendsten. Jedes Mal fürchtete sie, dass hier etwas schiefgehen konnte, da sie auf die anderen Frauen angewiesen war. In der Luft gab es nur sie und ihr Flugzeug. Hier am Boden musste sie sich darauf verlassen können, dass ihre Fliegerkameradinnen ihre Arbeit richtig ausführten. Amelie spannte die Muskeln an und konzentrierte sich auf die Kommandos.

Nachdem Gudrun »Laufen!« gerufen hatte, rannten die beiden Seilmannschaften vorwärts, bis das Seil sich spannte.

»Los!«

Amelie spürte den Ruck, als die Schwanzmannschaft losließ, was ihren Segler nach vorn schießen ließ, als würde er aus einem Katapult geschleudert. Der Segelgleiter erhob sich ein wenig vom Boden, fiel zu Amelies Entsetzen jedoch wieder zurück. Dann endlich trat das Glück an ihre Seite. Eine Windbö ergriff das Segelflugzeug und trug es in die Luft. Mit einem zweiten Ruck lösten sich die Leinen aus dem Führungsring, und Amelie flog, flog, flog.

Sie betätigte das Fußpedal, um durch das Seitenruder die Richtung zu ändern. Hoffentlich fanden sich genügend Aufwinde, damit sie recht lange in der Luft bleiben konnte. Mit Kennerblick beobachtete sie die Wolken. Ja, heute war ein guter Tag zum Fliegen. Wie von selbst drückten ihre Hände den Steuerknüppel in die richtige Position, um das Unvermeidliche noch ein wenig hinauszuzögern – die Landung, die Rückkehr auf den Boden.

Der Wind zerrte an ihren Haaren, spielte mit ihrer Jacke und rauschte in ihren Ohren. »Nur in der Luft fühle ich mich frei«, erinnerte Amelie sich an das, was Hanni zu ihr gesagt hatte. Ja, jubelte sie innerlich. Ja, sie hat recht. Nirgendwo kann die Freiheit größer sein als hier. Allein und frei.

Aus den Augenwinkeln sah sie, dass ihre Kameradinnen am Boden mit dem Flugzeug mitliefen, aber das interessierte Amelie nicht. Sie nahm nur den Himmel wahr, der sich endlos

blau vor ihr erstreckte, und hoffte, dass der Wind auffrischen und sie weiter und weiter tragen würde.
Sanft zog sie den Steuerknüppel nach links, damit das Flugzeug eine Kurve flog, die Amelie zurück zu ihren Kameradinnen brachte, die sie den Berg herablaufen sah.
Viel zu schnell glitt das leichte Flugzeug dem Erdboden entgegen. Warum nur konnte der Flug nicht ewig dauern? Warum nur musste sie sich jedes Mal der Schwerkraft ergeben und nach viel zu kurzer Zeit wieder landen?
Sanft glitt sie durch die Luft, doch der Boden kam unaufhaltsam näher, bis sich Amelie geschlagen geben musste und zur Landung ansetzte. Am Boden warteten die Freundinnen, bereit, gemeinsam mit Amelie das Flugzeug den Berg hinaufzuziehen, damit die Nächste von ihnen die Gelegenheit bekam, sich in die Luft zu erheben.
»Wie war es?«, fragte Helma, die als Zweite an die Reihe kam. »Trägt der Wind?«
»Kurz vor der Landung hat er noch einmal aufgefrischt.«
Amelies Herz schlug immer noch schneller. Noch immer erfüllte sie das eben erlebte Glück. »Ach, hätte der Flug nur nie geendet.«
Dann nahm sie ihre Position neben Hanni ein, damit sie alle gemeinsam den Segelgleiter den Berg hinaufzogen und die Nächste von ihnen fliegen konnte. Ihre Freundin beugte sich zu Amelie, um ihr ins Ohr zu flüstern: »Nur noch drei Tage, mein Albatros. Nur noch drei Tage.«

KAPITEL 6

»Jede echte Fliegerin ist auch gleichzeitig eine echte Frau, die an Gefühlstiefe keiner anderen nachsteht.«

Liesel Bach

Frankfurt am Main, 1935

»Wie war es heute beim Fliegen?«, fragte ihre Mutter beim Abendessen. Gemeinsam saßen sie um den Tisch in der Küche, so wie jeden Abend. Gleichgültig, was auch am Tag geschehen sein mochte – Amelie und ihre Mutter bemühten sich, das Ritual einer gemeinsamen Mahlzeit aufrechtzuerhalten. »Warst du auch vorsichtig? Du weißt, wie sehr ich mich sorge.«

»Ach, Mama«, erwiderte Amelie, weil sie diese Unterhaltung schon so oft geführt hatten. Sosehr sich Amelie auch bemühte, ihre Mutter davon zu überzeugen, wie ungefährlich das Fliegen war, so sehr beharrte diese darauf, dass sie sich ängstigte. »Du solltest mir vertrauen. Ich passe schon auf mich auf.«

»Amelie, Kind.« Ihre Mutter seufzte. In ihren tiefbraunen Augen konnte Amelie die Sorge erkennen. Selbst die Sommersprossen, die dem runden Gesicht ihrer Mutter eine gewisse Fröhlichkeit verliehen, wirkten heute blass. »Ich möchte, dass du deine Träume leben kannst, aber …«

»Ich weiß, ich weiß«, unterbrach Amelie. Zu oft hatte sie diese Diskussion geführt; zu gut kannte sie alle Argumente. »Fliegen ist kein Beruf für Frauen … Wovon soll ich leben …«

»Selbst Elly Beinhorn hat eingestehen müssen, dass es immer schwerer wird, sich als Fliegerin einen Namen zu machen.«
Amelie konnte nicht anders. Sie musste aufstehen und ihre Mutter kurz umarmen, weil diese sich so sehr für die Wünsche ihrer Tochter interessierte, dass sie in Zeitungen und Illustrierten stets nach Berichten über die großen deutschen Fliegerinnen suchte. Und das, obwohl Luise die Fliegerei ihres einzigen Kindes voller Sorge sah. Sie befürchtete, dass Amelie einen furchtbaren Unfall erleiden könnte wie so viele Frauen vor ihr.
»Aber Marga von Etzdorf ist bei der Luft Hansa geflogen.«
Auch dieses Argument hatte Amelie schon oft gebracht und ahnte, was ihre Mutter ihr entgegnen würde.
»… und schau dir an, was aus der armen Frau wurde.« Für Luise war das Schicksal Marga von Etzdorfs, die sich nach einem Flugunfall erschossen hatte, ein mahnendes Beispiel. »›Der Flug ist das Leben wert‹ – wie kann man so einen Quatsch nur auf einen Grabstein schreiben?«
Es ist kein Quatsch, wollte Amelie antworten, sondern die Wahrheit. Nichts kommt dem Fliegen gleich. Aber wie sollte ihre Mutter das verstehen, die bisher noch nie den Himmel erobert hatte?
»Ach, Mama. Ich weiß, was du sagen willst. Aber es wäre besser, wenn es etwas Ungefährliches wäre. Ballett oder Malerei oder schreckliche Gedichte schreiben.«
»O nein. Das auf keinen Fall. Die müsste ich mir dann ja anhören und womöglich auch noch behaupten, dass ich sie gelungen finde.« Ihre Mutter lächelte, was Amelie ein schlechtes Gewissen bereitete, weil sie eben ungeduldig gewesen war und weil sie ihre Mutter anlügen musste. »Ich weiß nur nicht, von wem du deine Liebe zum Fliegen hast.«
»Von Papa vielleicht?« Amelie erinnerte sich nicht an ihren

Vater, der im Ersten Weltkrieg gefallen war. 1918, kurz vor Kriegsende, hatte ihm eine französische Kugel das Leben genommen. Ihre Mutter beharrte darauf, dass Amelie sich doch erinnern müsste, wie glücklich ihr Vater auf seinem Heimaturlaub gewesen war, als er das erste Mal seine Tochter in die Arme schließen konnte. Amelie wünschte, sie könnte sich erinnern, aber alles, was sie mit ihrem Vater verband, waren die Geschichten, die ihre Mutter ihr erzählte. Die Geschichten und alte Fotos, die einen jungen Mann in Uniform zeigten, der sehr ernst in die Kamera blickte. Da sie ihn nicht gekannt hatte, vermisste sie ihn nicht, sondern war zufrieden mit ihrem Leben, wie es war. Nur ihre Mutter und sie.

»Nein, Benno hatte furchtbare Höhenangst. Er konnte nicht einmal über eine der Mainbrücken gehen, ohne blass zu werden.«

Luise sprach mit dieser leisen Stimme, in die sie immer verfiel, wenn sie von ihrem vor siebzehn Jahren verstorbenen Ehemann sprach. Die »Erinnerungsstimme« nannte Amelie sie heimlich. Manchmal fragte sie sich, ob ihre Mutter sich wirklich noch an den Mann erinnern konnte, mit dem sie vier Jahre verheiratet gewesen war. Vier Jahre, von denen sie nur ein halbes wirklich zusammengelebt hatten, bevor Benno in den Krieg gezogen war. Was es wohl bedeutete, sich von einem geliebten Menschen zu verabschieden, der in den sicheren Tod ging? Oft hatte Amelie sich das schon überlegt, ohne dass ihre Phantasie ausreichte, sich diesen Schrecken auszumalen.

Auf den wenigen Fotos, die es von Amelies Vater gab, sah er – wie sie sich eingestehen musste – aus wie einer unter vielen. Ein junger Mann in Soldatenuniform mit kurzen Haaren und noch unfertigen Gesichtszügen. Oft fragte sie sich, wie er wohl ausgesehen hätte, hätte er die Chance gehabt, sein Leben zu leben. Zu welcher Art von Mann er wohl geworden wäre? Zu einem guten, hoffte sie.

»Dann vielleicht von den Großeltern«, antwortete sie ihrer Mutter, um ihre Gedanken von den traurigen Geschehnissen abzulenken. »Oder doch von dir. Komm doch einmal mit zum Fliegen. Bestimmt gefällt es dir auch.«

»Bloß nicht«, wehrte ihre Mutter ab, so wie jedes Mal. »Was soll eine alte Frau wie ich denn da? Deine Freundinnen würden schauen, wenn du mit mir ankämst.«

»Nein, sie würden sich freuen, noch eine Fliegerin in ihrer Mitte zu haben.« Amelie zwinkerte ihrer Mutter zu. »Wir brauchen immer kräftige Hände, die das Flugzeug den Berg wieder hochhieven.«

»Ich wusste doch, dass du deine alte Mutter nur zum Arbeiten mitnehmen willst.« Luise lächelte. »Immer einen Hintergedanken, mein Fräulein Tochter. Hast du viel zu tun in der nächsten Woche?«

»Nur Montag und Dienstag. Wir bekommen neue Stoffe, die ich zuschneiden soll.« Amelie musste schlucken, weil die Lüge, die sie gleich erzählen würde, ihr in der Kehle saß wie ein dicker Brocken, den sie zu eilig heruntergeschlungen hatte und der sie nun zu ersticken drohte. Aber sie hatte Hanni nun einmal versprochen, dass sie ihren Plan geheim halten würde. Also räusperte sie sich und sprach leichthin weiter. »Mittwoch werde ich weg sein und komme erst Donnerstagabend nach Hause.«

Nervös spielten ihre Finger mit dem Messer neben dem Holzbrettchen, auf dem eine halb aufgegessene Scheibe Brot mit Margarine und Gurke lag. Amelie war der Appetit vergangen, obwohl sie wusste, dass ihre Mutter sofort misstrauisch würde, sollte Amelie keinen Hunger haben. Ihre Anspannung war so groß, dass ihr das Messer aus der Hand fiel und

klappernd auf dem graugemusterten Linoleumboden der Küche landete.
Ihre Mutter sah auf und schaute Amelie mit diesem typischen Blick an, der bis in deren Seele zu blicken schien und jedes Geheimnis entdeckte. »Du kommst nicht zum Abendessen nach Hause?«
Amelie schluckte. Sie bückte sich, um das Messer aufzuheben und dem durchdringenden Blick ihrer Mutter zu entgehen. Warum nur hatte Hanni von ihr verlangt, dass sie Schweigen über ihre Reise bewahrte? Gewiss würde es Luise nicht gefallen, was Amelie vorhatte, aber diese war sich sicher, dass ihre Mutter letztlich doch mit ihren Plänen einverstanden wäre. Schließlich wünschte Luise sich, dass Amelie glücklich war. Einen Augenblick lang fühlte Amelie sich versucht, ihr Versprechen Hanni gegenüber zu brechen, aber dann glaubte sie die Stimme ihrer Freundin zu hören: »Mein Albatros, das ist unser Abenteuer, unsere große Chance, bitte lass nicht zu, dass man sie uns nimmt.«
»Nein, werde ich nicht.« Amelie versuchte, dieses Wort mit so viel Kraft zu sagen, dass ihre Mutter nicht weiterfragen würde, allerdings ohne große Hoffnung, dass ihr das gelänge. Daher entschloss sie sich, ihre Mutter auf eine andere Fährte zu führen. »Mama, ich bin beinahe volljährig. Muss ich dir wirklich immer sagen, was ich wann vorhabe? Vertraust du mir nicht?«
»Ach, Kind. Ich mache mir doch Sorgen, wenn du nachts nicht nach Hause kommst.« Luise seufzte. Die Fröhlichkeit, die sie eben noch begleitet hatte, verblasste. Luises Schultern senkten sich, ihre braunen Augen sahen dunkler aus, wie immer, wenn sie traurig war. Auf einmal wirkte ihre Mutter erschöpft und bedrückt, was in Amelie den überwältigenden Wunsch weckte, sich zu entschuldigen und alles zu beichten.
»Ich weiß nur zu gut, was du für mich getan hast.«

»Mama, nicht. Bitte.« Nun fühlte sich Amelie hundeelend, weil ihre Mutter sich bei ihr entschuldigte. Dabei hatte es für Amelie überhaupt nicht zur Debatte gestanden, von der Schule abzugehen, um die Ausbildung als Näherin zu beginnen, als ihre Mutter so krank gewesen war, dass sie nicht mehr arbeiten konnte. Aber Luise sah Amelies Entscheidung als großes Opfer an, da sie sich wünschte, dass ihre Tochter studiert hätte. Nun, da Luise wieder vollkommen gesund war, sprach sie immer mal wieder an, dass Amelie doch noch ihr Abitur nachholen könnte, um dann zu studieren. Etwas, das Amelie vor drei Jahren erstrebenswert erschienen wäre, aber heute hatte sie andere Pläne, für die sie kein Abitur benötigte. Nur schnell das Thema wechseln, bevor sie alles verriet. »Wir sind heute wieder mit dem Mercedes gefahren. Es war so eng, dass ich mich quer über die Beine der anderen legen musste. Immer ich, obwohl Therese die Kleinste ist. Aber ich bin eben die Zweitkleinste.«

»Tut mir leid, dass ich nicht größer bin.« Fast schien es Amelie, als wäre auch ihre Mutter froh darüber, dass sie von etwas anderem zu erzählen begann. »Doch eigentlich solltest du mir dankbar sein. Stell dir vor, ich wäre zwei Meter groß. Dann würdest du niemals in das winzige Segelflugzeug passen.«

»Aber alle hätten einen Heidenrespekt vor mir«, scherzte Amelie. »So wie vor Hanni.«

»Ja, deine Freundin Johanna.« Luise bemühte sich nicht einmal vorzugeben, dass sie Amelies beste Freundin mochte. Bisher hatte Amelie noch nicht herausfinden können, was ihre Mutter gegen Hanni hatte. Von der ersten Begegnung an herrschte Abneigung zwischen den beiden Menschen, die Amelie am meisten bedeuteten. »Hat das, worüber du nicht reden willst, mit ihr zu tun?«

»Mutter!« Amelie seufzte. Warum konnten die beiden Men-

schen, die ihr so viel bedeuteten, einander nicht leiden? »Du versuchst ja nicht einmal, Hanni zu mögen.«
Bevor ihre Mutter antworten konnte, stand Amelie auf. Sie ging ins Wohnzimmer, um die Bettcouch für die Nacht umzubauen. Nur gut, dass ihre Mutter wieder mit ihrer Abneigung gegen Hanni angefangen hatte. So fühlte Amelie sich nicht mehr in Versuchung, Luise alles zu beichten.

»Heute war ich am längsten von allen in der Luft. Am Samstag hat der Fluglehrer für mich eine Flugstunde vereinbart.« Johanna bemühte sich, ihre Stimme leichthin klingen zu lassen, aber selbst sie hörte das leichte Zittern darin und konnte nur hoffen, dass ihr Vater es nicht bemerkte. Sobald der spürte, wie viel ihr die Flugstunde bedeutete, würde er ihr die Geldzuwendung streichen. »Nicht mehr lange, und ich kann zur Prüfung antreten.«
»Von wem du das nur hast«, seufzte ihre Mutter. Laut und theatralisch, so, wie Johanna es befürchtet hatte. Bestimmt würde sie in wenigen Augenblicken die ewig gleiche Litanei anstimmen. »Fliegen ist so gefährlich. Kannst du nicht etwas … etwas Fraulicheres unternehmen?«
»Ach, Mutti«, unterbrach Johanna ihre Mutter, bevor diese wieder mit der Geschichte ihres ersten Flugversuchs vom Dach der Remise anfangen konnte. So wie jedes Mal. Als wäre Johanna immer noch das neunjährige Kind, das mit selbstgebauten Flügeln den Himmel erobern wollte. »Das haben wir doch alles schon durch.«
»Werde nicht frech, junges Fräulein.« Ihr Vater, der damit beschäftigt gewesen war, die Pellkartoffeln zu zerquetschen, legte die Gabel zur Seite. Sie klirrte am Tellerrand. So laut, dass Johanna zusammenzuckte. »Sonst bleibst du Samstag hier zu Hause.«

»Es ist mein Geld«, protestierte Johanna und ärgerte sich gleich darauf, dass sie ihren Mund nicht halten konnte. »Ich meine, es tut mir leid.«

»Es ist das Geld deiner Oma«, entgegnete ihr Vater. Der Blick seiner kleinen wasserhellen Augen schien Johannas Gedanken durchdringen zu wollen. Dann, an seine Frau gewandt: »Wenn deine Mutter ihr nicht das Geld gegeben hätte, Christel-Marie …«

Anklagend schaute er ihre Mutter an. Ihr Vater war ein paar Zentimeter kleiner als die Mutter, was er durch Massigkeit wettmachte. In den letzten beiden Jahren, seitdem seine Partei die Macht übernommen hatte, hatte ihr Vater deutlich an Gewicht zugelegt, als brächten die Gewinne der NSDAP ihm ebenfalls Zuwachs. Johannas Meinung nach ähnelte er immer mehr dem dicken Hermann Göring.

Johannas Mutter hingegen gab sich jede erdenkliche Mühe, Magda Goebbels zu ähneln. Sie kaufte die gleichen Kleider wie die von ihr verehrte Gemahlin des Reichspropagandaministers, und mit jeder neuen Frisur Magda Goebbels' änderte auch Christel-Marie Beese ihr Aussehen. Diese Woche trug sie ihr Haar zu einem dicken Zopf geflochten, der in einem Kranz um ihren Kopf lag. In der vergangenen Woche waren es weiche Wasserwellen gewesen. Manchmal kam es Johanna vor, als wollte ihre Mutter sich gänzlich hinter dem Aussehen einer anderen verstecken.

Johanna hatte das alles so satt. Die ewig gleichen Debatten, die ewig gleichen Vorwürfe, aber noch musste sie bleiben. Noch konnte sie nicht aus Frankfurt flüchten. Erst musste sie ihren Flugschein erhalten oder endlich einundzwanzig Jahre alt werden, damit sie eigene Entscheidungen treffen durfte. Dann würde ihr Leben beginnen. Wenn ihr Vater seine Drohung jedoch in die Tat umsetzte, dann käme sie ihrem Traum niemals nahe. Johanna schaute auf ihren Teller. Ihr war der Appetit vergangen, obwohl Grüne Soße zu ihren Lieblingsgerichten zählte. Ihr musste etwas einfallen, mit dem sie ihren Vater wieder gnädig stimmen konnte. Vor Nervosität kaute sie auf der Unterlippe herum, was ihr einen strafenden Blick ihrer Mutter einbrachte.

»Papa …« Glücklicherweise hatte sie den rettenden Einfall. Sie lächelte ihren Vater an, als meinte sie ihre Worte ehrlich. »Ich dachte, es würde dir gefallen, wenn ich die zweite Therese Pogge werde.«

»Eine Frau gehört ins Haus. Sie soll dem Führer und dem deutschen Volk gesunde Kinder schenken und dem deutschen Mann eine treue Gefährtin sein«, dozierte der Vater – wie so oft. Glaubte er etwa an die Plattitüden, die er da von sich gab? »Das Fliegen und auch das Autofahren soll sie dem Mann überlassen.«

»Du hast bestimmt recht, Papa«, schmeichelte Johanna, auch wenn sie sich über jedes Wort ihres Vaters ärgerte. Genauso wie sie sich darüber ärgerte, dass ihr als Mädchen die Flieger-HJ verschlossen blieb. »Aber der Führer selbst hat Elly Beinhorn und Thea Rasche zu ihren Erfolgen gratuliert.«

Hilfesuchend sah sie ihre Mutter an, aber die gab vor, ganz mit ihrem Essen beschäftigt zu sein. So wie jedes Mal. Warum nur konnte Johanna die Hoffnung nicht aufgeben, dass ihre Mutter ihr ein Mal, ein einziges Mal nur zur Seite springen würde? Als wüsste sie es nicht besser. Johanna spürte Hass auf ihre Mutter in sich aufwallen. Auf diese bieder aussehende Frau, die ihre dicken blonden Haare zu mädchenhaften Zöpfen flocht und dann in einem Haarkranz trug wie Magda Goebbels. Auch die dunklen Kleider ihrer Mutter schienen nur einem Zweck zu dienen – sie möglichst unauffällig erscheinen zu lassen.

Wenn wenigstens Harri hier gewesen wäre, dem es stets gelang, mit einem Scherz die angespannte Stimmung zu entschärfen. Seitdem ihr großer Bruder zum Studieren nach Göttingen gegangen war, kamen Johanna die Abendessen mit ihren Eltern noch unerfreulicher vor. Ihr Bruder, der ihr so ähnlich sah, dass viele Menschen sie für Zwillinge hielten. Vor allem das Grübchen am Kinn fiel auf, das weder Mutter noch Vater hatte.

»Das mag sein.« Ihr Vater hatte die linke Hand erhoben. Sein Zeigefinger stach in die Luft, während er Johanna fixierte. »Aber unser Führer hat nur zu deutlich gemacht, dass die Fliegerinnen Ausnahmefrauen sind. Irgendwann werden auch sie heiraten und ihre wahre Bestimmung finden.«

»Wenn ich so erfolgreich wäre wie Therese Pogge …«, schmeichelte Johanna weiter. Sie kannte ihren Vater nur zu gut und wusste, wie sie ihn auf ihre Seite ziehen konnte. »… dann würde der Führer mir bestimmt auch gratulieren. Und dir dazu, weil du mir dies alles ermöglicht hast.«

Aus den Augenwinkeln sah Johanna, dass ihre Mutter den Kopf hob und den Mund öffnete, als wollte sie etwas sagen. Dann jedoch starrte sie erneut auf ihren Teller und schwieg. So wie schon den größten Teil des Abends. Und aller vorangegangenen Abende. Besser so, dachte Johanna. *Von ihr habe ich eh nichts zu erwarten.*

Ihr Vater musterte Johanna derart durchdringend, dass sie fürchtete, er hätte ihre Scharade durchschaut. Dann jedoch nickte er. »Also gut. Aber bist du wirklich so eine geschickte Fliegerin, wie du meinst?«

»Ich werde auch den Hindenburg-Pokal erhalten.« Johanna hob den Kopf und reckte das Kinn. Ihre Eltern mochten sagen, was sie wollten. Sie kannte ihren Weg und ihr Ziel und würde sich von niemandem davon abhalten lassen. Mit

Amelie zusammen würde sie die Pilotenausbildung abschließen, um dann durch spektakuläre Flüge rund um die Welt auf sich aufmerksam zu machen. So wie ihr großes Vorbild. »So wie Elly Beinhorn.«

»Das sind große Worte«, sagte ihr Vater. Johanna konnte ihm ansehen, wie er mit sich rang. »Ob du sie in Taten umsetzen kannst?«

Innerlich atmete Johanna auf. Nun hatte sie ihren Vater genau dort, wo sie ihn haben wollte. Nach außen versteckte sie ihren Triumph, blieb weiterhin devot und lächelte. »Mein alter Fluglehrer hat extra einen neuen Ausbilder für mich gesucht, weil er mir nichts mehr beibringen kann.«

»Mach mir keine Schande.« Ihr Vater widmete sich wieder den Kartoffeln und der Grünen Soße. Mit dem Messer schnitt er ein großes Stück von dem gekochten Rindfleisch, um das Johanna ihn glühend beneidete. Ihrer Mutter und ihr blieben hartgekochte Eier, während der Vater selbst an einem Werktag Fleisch bekam. »Aber das Studium geht vor.«

»Sicher.« Nun senkte Johanna den Kopf, damit die Eltern ihr Lächeln nicht sehen konnten. Das hätte ihr gerade noch gefehlt, dass sie die Flugstunde am Samstag nicht wahrnehmen könnte, wo sie dermaßen neugierig auf ihren neuen Lehrer war. Erich Wiegmeyer, ihr alter Fluglehrer, hatte in den höchsten Tönen von dem Mann geschwärmt, so dass Johanna ihre Neugier kaum zügeln konnte. »Ich stehe gut da.«

Das war glatt gelogen. Johanna hatte keinen Spaß am Studium und kam gerade so durch, mit dem geringsten Aufwand, der möglich war. Sie studierte nur, weil ihr Vater das wünschte. Wenn es nach ihr ginge, würde sie nichts anderes tun als fliegen. Und wenn ihr Plan Erfolg trüge, würden Amelie und sie sich bald diesen Traum erfüllen. Ach, verflixt, das musste sie ihren Eltern auch noch beibringen.

»Mittwochabend komme ich nicht nach Hause. Eine Studienexkursion.« Hoffentlich klang sie glaubwürdig. Nur schnell etwas anderes sagen, das die Aufmerksamkeit ihrer Eltern ablenkte. »Amelie hat heute einen tollen Start hingelegt. Obwohl sie so winzig ist.«

»Was du nur immer mit Amelie hast«, sagte ihre Mutter zu Johannas Überraschung. »Als gäbe es keine anderen Mädchen. Was ist denn mit deinen Kommilitonen?«

Nur zu deutlich war herauszuhören, dass sie mit »andere Mädchen« natürlich »reichere Mädchen« meinte. Jetzt auf einmal konnte Mutter sich ins Gespräch einmischen und hatte nichts Besseres zu tun, als Johanna in den Rücken zu fallen. Was ihre Mutter gegen Amelie hatte, hatte Johanna nie wirklich herausfinden können. »Sie ist nicht gut für dich«, war das Einzige gewesen, was sie als Antwort erhalten hatte. Daher hegte Johanna den Verdacht, dass ihre Mutter ihr die Freundschaft zu Amelie nicht gönnte, ganz einfach, weil ihre Mutter selbst keine Freundin hatte. Die Mutter lebte nur für Haushalt, Kinder und ihren Ehemann – ganz die perfekte deutsche Frau, die ihr Vater sich wünschte.

»Die wollen aber nichts mit mir zu tun haben«, entgegnete Johanna schnippisch. *Vorsicht,* mahnte sie sich selbst. *Wenn ich zu frech werde, verbietet mir Vater doch noch das Fliegen.* Also griff sie zur besten Waffe, die ihr zur Verfügung stand. Sie ließ die Unterlippe zittern, dachte daran, nie wieder fliegen zu dürfen, und spürte, wie ihr prompt die Tränen in die Augen stiegen. »Die meisten meiner Kommilitonen meinen, sie wären etwas Besseres als ich, weil ihre Väter Generaldirektoren oder Ärzte sind. Sie schneiden mich …«

»Die werden sich auch noch umschauen!« Der Vater schlug mit der Faust auf den Tisch, genau wie Johanna es gehofft hatte. Obwohl er inzwischen eine steile Karriere gemacht hatte, da er zu den ersten Parteimitgliedern in Frankfurt gehörte, blieb es ein Stachel in seinem Fleisch, dass die Frankfurter Bürger des Westends und vom Schaumainkai weiterhin auf ihn herabsahen, als wäre er noch ein kleiner Beamter. »Alles Verbündete der Juden.«

Den Rest seines Sermons ließ Johanna an sich vorbeirauschen. Ihre Gedanken drehten sich nur um den Mittwoch und ihre Reise. Gemeinsam mit Amelie würde sie Erfolg haben. Ihr Traum musste einfach wahr werden. Zu Hause würde sie es nicht mehr lange aushalten.

KAPITEL 7

»Für mich gibt es keinen Grund, warum das Flugzeug nicht auch Frauen fruchtbare Karrieren eröffnen sollte.«

Harriet Quimby

Auf dem Weg nach Berlin, 1935

Was hast du deiner Mutter erzählt?« Hannis Wangen glühten vor Aufregung, als wäre alles ein großes Abenteuer und nicht der Schritt, der über den Rest ihres Lebens entscheiden sollte. »Ich habe meinen Eltern gesagt, dass wir einen Studienausflug unternehmen. Aber denen ist eh egal, was ich mache.«

»Ich habe nur gesagt, dass ich bis morgen Abend unterwegs sein werde.« Amelie hatte es nicht über sich gebracht, ihre Mutter anzulügen, und hatte es daher vorgezogen, alles im Vagen zu lassen. Was sie, falls Luise nachgefragt hätte, geantwortet hätte, wusste sie nicht. Möglicherweise hätte sie ihren Plan aufgegeben. »Was meinst du, haben wir Chancen?«

»Auf jeden Fall. Die können froh sein, wenn sie uns bekommen.« Aufgeregt hüpfte Hanni auf und ab wie ein kleines Mädchen. »Wie lange dauert die Fahrt? Wo nur der Zug bleibt!«

»Fünf Stunden. Wenn alles gutgeht.« Amelie rollte mit den Augen, lächelte aber, als sie ihre Freundin beobachtete, für die das ganze Leben ein Ausflug zu sein schien. Sicher war es Hanni gelungen, ihrem Vater das Geld für die Reise abzuschmeicheln, während Amelie es sich mühsam hatte zusammensparen müssen. Wäre es nach ihr gegangen, hätten sie nicht den teuren Schnellzug genommen, der erst vor kurzem auf die Schiene gebracht worden war, sondern lieber die billigere, aber eben auch langsame Verbindung. Doch Hanni hatte sich nicht darauf einlassen wollen, so dass Amelie ihre Ersparnisse angreifen musste, die eiserne Reserve, die sie nur im äußersten Notfall hatte auflösen wollen.

»Da, schau. Ist er nicht schön?« Hanni deutete mit der Hand nach vorn, wo der auffallend gefärbte Wagen sich näherte. Schon von weitem konnte man den breiten, lilafarbenen Streifen erkennen, der sich über den stromlinienförmigen Zug erstreckte, unterbrochen von den elfenbeinfarbenen Streben der Fensterrahmen. »Wirklich elegant. Wie gut, dass wir uns dafür entschieden haben.«

Amelie nickte nur, während sie ein Stück von der Bahnsteigkante zurücktrat. Vor Hanni hätte sie es niemals zugegeben, aber die rasanten Züge machten ihr ein wenig Angst. Was vollkommen unverständlich war, wenn man bedachte, wie sehr sie das Fliegen liebte. *Aber dort sitze ich selbst am Steuer*, versuchte Amelie sich ihre Sorge zu erklären. Der Fahrtwind wühlte in ihren Haaren, als der Zug, den der Volksmund »Fliegender Hamburger« nannte, einfuhr. Sie schauderte. Wahrscheinlich war sie nur nervös, weil sie sich vor dem Gespräch fürchtete, das sie in Berlin erwartete.

»Lass uns unsere Plätze suchen«, sagte sie daher zu Hanni, die nach ihrem Koffer griff und zielstrebig auf eine der Zugtüren zuhielt. So selbstsicher wirkte sie, dass die wartenden Menschen ihr wie selbstverständlich Platz machten. Amelie schüttelte den Kopf, hob ihren Koffer an, der alt und abgegriffen aussah, so dass sie sich für ihn schämte, und folgte ihrer Freundin. Zum Glück hatten sie zwei Plätze nebeneinander in dem Großraumwagen, der Platz für bestimmt fünfzig Reisende bot, wie Amelie eilig durchzählte.

Endlich waren alle Reisenden eingestiegen und hatten ihre Plätze gefunden. Sanft setzte sich der Zug in Bewegung, und Amelie richtete sich auf. Unglaubliche hundert Stundenkilometer schnell sollte der Zug fahren, wie sie gelesen hatte. Zu ihrer Überraschung allerdings war davon nichts zu spüren. Nur die Landschaft, die an den Fenstern vorbeiglitt, zeigte an, dass sie sich rasch vorwärtsbewegten. Im Innern hingegen fühlte es sich nicht anders an als in einem der langsameren Züge. Nach und nach entspannte sie sich. Mit der Ruhe kam der Hunger, da sie am Morgen nicht gefrühstückt hatte. Zu schwer drückten das schlechte Gewissen ihrer Mutter gegenüber und die Sorge, dass sie bei dem entscheidenden Gespräch versagen könnte. Nein, bloß nicht daran denken. Amelie kramte in ihrem Beutel, holte die Platzdeckchen hervor, die sie für sich und Hanni eingepackt hatte. Mit einem Lächeln reichte sie ihrer Freundin den blauen Stoff, gefolgt von einer geblümten Serviette.

»Komm, lass uns etwas essen.«

»Mist. Das habe ich vergessen.« Hanni schaute zerknirscht. Aber nur einen Moment, dann lächelte sie wieder. »Ich war so aufgeregt, dass ich die halbe Nacht nicht schlafen konnte. Vor lauter Müdigkeit habe ich die Tasche dann in der Küche stehen lassen.«

»Gut, dass ich dich kenne.« Amelie stellte ihren Beutel auf den Sitz neben sich, der glücklicherweise frei geblieben war, und holte die Stullen im Pergamentpapier, zwei Eier und den kleinen Salzstreuer heraus. Ein belegtes Brot und ein Ei reichte sie ihrer Freundin. »Hier. Keine Reise ohne harte Eier, hat meine Oma immer gesagt.«

»Du bist ein Schatz, mein Albatros.« Hanni beugte sich über

den Sitz, um sie zu umarmen. »Immerhin habe ich an etwas zu trinken gedacht.«

Sie beugte sich vor, nahm eine Flasche Limonade und zwei Becher aus ihrer eleganten Umhängetasche und stellte alles auf den Fußboden. Dann schraubte sie die Flasche auf, goss Limonade ein und reichte Amelie einen Becher. »Prost, mein Albatros. Auf uns. Auf unseren Erfolg.«

»Toi, toi, toi«, erwiderte Amelie und sah sich nach irgendetwas aus Holz um, auf das sie klopfen konnte. Am Sitz wurde sie fündig, pochte dagegen und wiederholte: »Toi, toi, toi. Nur nichts beschwören.«

»Es wird schon klappen«, entgegnete Hanni. Sie trank einen Schluck Limonade, bevor sie die Stulle auswickelte. »Oh, Käse. Lecker.«

Wie so oft wünschte Amelie sich, dass sie Hannis Zuversicht hätte und darauf vertrauen könnte, dass das Leben es gut mit ihnen meinte. Stattdessen sah Amelie immer die Hindernisse vor sich, die sie zum Stolpern bringen könnten. Sie lächelte ihre Freundin an. Doch anstatt in ihr Brot zu beißen, schaute Hanni Amelie mit großen Augen an. Die Zuversicht, die ihre Freundin eben noch ausgestrahlt hatte, schien wie weggeblasen. Als wäre sie eine Maske, die Hanni nun abgesetzt hatte, weil sie ihr zu eng schien.

»Wenn Bücker uns nicht nimmt …« Nervös leckte Hanni sich über die Lippen. Aus Sorge vor dem, was ihnen bevorstand, ballte sie die Hände zu Fäusten, nur um sie gleich wieder zu öffnen und sich durch Gesicht und Haare zu fahren. »… dann bleibt uns nichts.«

Hannis Nervosität ließ Amelies Sorgen anwachsen, wusste sie doch nur zu gut, dass sie ihrer einzigen Chance entgegenreisten, jemals ihren Traum leben zu können. Bücker war der einzige Chef eines Flugzeugwerks, der bereit war, Frauen als

Auszubildende einzustellen und ihnen das Fliegen zu ermöglichen.

»Deine Eltern würden dir sicher die Sportfliegerschulen bezahlen.« Obwohl sie ihrer Freundin ihr Glück gönnte, spürte Amelie ein wenig Neid, weil Hanni auf jeden Fall einen Weg finden würde, den Flugschein zu machen. »Du könntest nach Würzburg gehen. Das ist nicht so weit weg wie Berlin oder Böblingen.«

»Nein.« Hanni schüttelte entschieden den Kopf. »Entweder wir beide oder keine. Außerdem will ich ernst genommen werden. Also müssen wir Geld mit dem Fliegen verdienen.«

Amelie zuckte mit den Schultern. Warum sollten die Bücker-Werke sich ausgerechnet für Hanni und sie entscheiden? Sicher gab es Dutzende, wenn nicht gar Hunderte von Bewerbungen für die Stellen als Einflieger. Wieso also sollte die Firma sich für zwei Frauen entscheiden, von denen eine keine Motorflugerfahrung hatte. Erst wollte sie in Ruhe etwas essen, bevor sie über diese Frage weiter nachdachte. »Guten Appetit.«

»Dir auch«, antwortete Hanni und widmete sich Brot und Ei, neidisch beäugt von dem Mann, der ihnen gegenübersaß und offensichtlich keinen Proviant für seine Reise eingepackt hatte. Einen Moment lang fühlte Amelie sich versucht, ihr Essen mit ihm zu teilen, aber es lag etwas derart unangenehm Gieriges in seinem Blick, dass sie davon absah. Nachdem sie aufgegessen hatte, sammelte sie Eierschalen und Pergamentpapier zusammen und steckte den Abfall in eine Tüte, die sie extra dafür eingepackt hatte. Dann lehnte Amelie sich zurück, um kurz die Augen zu schließen. Sie benötigte diese kurze Zeitspanne, um den Mut zu finden, der bitteren Wahrheit ins Angesicht zu sehen.

»Und wenn sie nur eine von uns nehmen?«, sprach Amelie

schließlich aus, was ihr auf der Seele lag, seit sie beide die Einladung nach Berlin erhalten hatten. »Was machen wir dann?«
»Dann gehen wir da nicht hin«, platzte Hanni heraus, ohne zu überlegen. Sie runzelte die Stirn und strich sich ihren blonden Pony aus dem Gesicht. »Wir sind doch die zwei Musketiere. Eine für alle, alle für eine. Oder würdest du ohne mich nach Berlin gehen?«
Ihre Augen wurden groß und erschrocken, als wäre dies ein entsetzlicher Gedanke, den sie heute das erste Mal dachte. So kannte Amelie ihre Freundin gar nicht, die doch immer so selbstsicher und eigensinnig wirkte.
»Natürlich nicht«, wiegelte Amelie ab. Wenn sie ehrlich war, hatte sie darüber bisher nicht viel nachgedacht. Und wenn doch, dann war sie sich sicher gewesen, dass die Bücker-Werke sich sowieso eher für Hanni und nicht für sie entscheiden würden. Falls es anders käme, würde sie ihre Freundin im Stich lassen? Nein, auf keinen Fall. »Uns gibt es nur im Doppelpack oder gar nicht.«
»Was sagen wir, wenn sie fragen, warum wir Fliegerinnen werden wollen?«, stellte Hanni zum hundertsten Mal die Frage, die sie im Vorstellungsgespräch erwartete. »Und wenn sie uns nach Heiraten und Kinderkriegen fragen.«
»Das haben wir doch schon besprochen.« Amelie leierte die Antworten herunter. »Fliegerinnen wollen wir werden, weil wir uns nichts anderes vorstellen können. Weil wir es wollten, seit wir das erste Mal auf einer Flugschau gewesen sind.«
»Ach, mein Albatros.« Hanni nahm Amelies Hände fest in ihre. Warm legten sich ihre Finger um Amelies kalte. »Wie wunderbar, dass wir beide uns gefunden haben. Uns kann niemand trennen, nicht wahr?«
»Nichts und niemand«, versicherte Amelie ihrer Freundin und wunderte sich wieder einmal, dass jemand, der so stark

war wie Hanni, sie zur Freundin gewählt hatte. »Aber nun lass mich noch einmal lesen, was ich über die Bücker-Werke herausgefunden habe. Gute Vorbereitung ist alles.«

»Du hast das doch schon tausend Mal gelesen.«

»Sie werden bestimmt danach fragen.«

»Dann lies es eben und erzähl mir nachher das Wichtigste.« Hanni sprang auf. Sie war niemand, die lange still sitzen und lesen konnte. Warum sie studierte, konnte Amelie nicht nachvollziehen. Wohl nur, weil Hannis Vater sich das für seine Kinder wünschte, selbst wenn Frauen an den Universitäten politisch nicht mehr gewollt waren. »Ich kann nicht mehr sitzen und gucke mir jetzt mal an, wer noch alles mit uns im Zug sitzt.«

»Viel Spaß.« Amelie schüttelte den Kopf. Niemals wäre sie so frech, sich nicht wieder und wieder vorzubereiten, wo es doch morgen um alles ging. Morgen früh würde sich entscheiden, ob sie beide ihren großen Traum verwirklichen und Fliegerinnen werden könnten. Hanni mit ihrer Erfahrung durch die vielen Flugstunden hatte sicher gute Chancen, aber sie ... Nervös zog Amelie ihre Unterlippe zwischen die Zähne. Würde es ausreichen? Würden die Bücker-Werke ihre wenigen Flugstunden auf der *Messerschmitt Me 108* überhaupt akzeptieren?

Ja, versuchte sie sich zu beruhigen. Der Flugzeugbauer hätte sie nicht eingeladen, wenn er nicht von ihrer Qualifikation überzeugt wäre. Aber wenn sie sich tatsächlich nur für eine von ihnen beiden entschieden?

Amelie schmeckte den metallischen Geschmack von Blut und suchte in ihrem Beutel nach einem Taschentuch. Sie presste den rosafarbenen Stoff gegen ihre Lippe. Das fehlte ihr gerade noch, dass sie mit einer dicken Lippe im Vorstellungsgespräch säße. Wo Hanni nur blieb? Ohne ihre Freundin hatten

Amelies Gedanken die unangenehme Angewohnheit zu wandern. Sorgen und Hindernisse türmten sich vor ihr auf. Wie sollte Amelie ihrer Mutter beibringen, dass sie nach Berlin gehen wollte, sollte der morgige Tag erfolgreich enden? Luise würde sich sicher für ihre Tochter freuen, weil deren größter Wunsch in Erfüllung ginge, aber …

Ihre Mutter hatte alles für Amelie getan, hatte sie allein großgezogen und dafür gesorgt, dass sie eine gute Ausbildung bekam. Nachdem Amelie sich für die Fliegerei zu interessieren begann, hatte ihre Mutter sie auch dabei unterstützt, obwohl sie sich sorgte, dass ihre Tochter einen furchtbaren Unfall erleiden könnte.

Wenn ich genug verdiene, nehme ich Mama einfach mit nach Berlin. Oder nein, ich hole sie später nach, selbst wenn Hanni das nicht gefallen wird. Wenn ich morgen durchfalle, muss ich mich nicht zwischen Hanni und Mama entscheiden.

Wie konnte ihr so etwas Furchtbares nur in den Sinn kommen? Solange sie denken konnte, war es Amelies Wunsch gewesen, zu fliegen. Niemals würde sie ihren ersten Segelflug vergessen, auch wenn dieser nur kurz und holprig gewesen war und viel zu schnell endete. Aber von dem Tag an hatte sie gewusst, dass sie dazu bestimmt war, den Himmel zu erobern. Sobald sie von den Frankfurter Segelfliegerinnen gehört hatte, hatte sie alles unternommen, dieser Gruppe beizutreten. Dass sie dort Gleichgesinnte getroffen hatte, war wunderbar. Dass sie dort Hanni gefunden hatte, war das Beste, was ihr passieren konnte.

Vom ersten Tag an war Hanni Amelie zur Seite gesprungen und hatte ihr geholfen, sich bei den Segelfliegerinnen heimisch zu fühlen. Auch wenn die anderen Frauen vieles auf sich nahmen, um fliegen zu können, fehlte ihnen das letzte Quentchen Ehrgeiz oder Leidenschaft oder Zielstrebigkeit, über das Hanni und sie verfügten. Vom ersten Tag an hatten sie aneinander den gleichen brennenden Wunsch entdeckt. Gemeinsam hatten sie ihre Bewerbungen für die Bücker-Werke geschrieben, gemeinsam hatten sie die Briefe abgeschickt, gemeinsam hatten sie die unerträglich lange Zeit des Wartens auf Antwort durchgestanden.

Als die Einladung zum Vorstellungsgespräch endlich eingetroffen war, hatte Amelie sich sofort auf ihr Fahrrad geschwungen und sich auf den Weg zu Hanni gemacht. Auf halber Strecke war ihr die Freundin entgegengekommen, den Arm schwenkend. In der Hand hatte sie, ebenso wie Amelie, die Einladung zum Vorstellungsgespräch gehalten.

Nein. Sosehr sie ihre Mutter liebte, niemals würde Amelie ihren Traum vom Fliegen für einen anderen Menschen aufgeben. Genau wie für Hanni stand bei ihr an erster Stelle das Fliegen. Alles andere verblasste dahinter. Nichts war wichtiger und schöner, als frei über den Wolken zu schweben, als sich von den Zwängen des Bodens zu lösen und die Welt von oben zu betrachten. Es gab nur diese eine Chance, sich ihren Traum zu erfüllen. Das würde Amelie nicht aufgeben – auch nicht für ihre geliebte Mutter.

Ich muss sie überzeugen. Mit meinem Ehrgeiz, meinem Wissen, auch wenn ich zu wenige Flugstunden habe. Nervös zerrte sie an der Nagelhaut ihres Daumens, riss winzige Fetzchen ab, bis Blut kam. Ausgerechnet in dem Moment musste Hanni zurückkommen.

»Nicht, mein Albatros.« Sanft legte ihre Freundin ihre Hand auf Amelies. Sie schüttelte den Kopf. »Wenn du so aufgeregt bist, werde ich auch noch ganz verrückt. Wir schaffen das. Du und ich.«

»Aber …« Amelie konnte einfach nicht aus ihrer Haut. Gestern Nacht hatte sie kaum geschlafen, weil sie die Fragen, die sie so sehr beschäftigten, im Kopf wieder und wieder durchgegangen war, ohne eine Antwort zu finden, die ihr geholfen hätte. »Warum sollten sie Frauen einstellen? Hast du dich das je gefragt?«

»Wegen des Werbeeffekts.« Hanni zuckte mit den Schultern. »Erinnerst du dich nicht mehr an all die Berichte über Elly Beinhorns Abenteuer?«

»Doch. Natürlich.« Unbehaglich leckte Amelie sich die trockenen Lippen. »Aber das war eine andere Zeit. Heute sollen Frauen Mütter werden und keine Abenteuer erleben.«

»Hör dir doch nur selbst zu!« Hanni schüttelte in gespieltem Entsetzen den Kopf. Sie beugte sich zu Amelie herüber und flüsterte ihr ins Ohr. »Lass dich nur nicht mit solchen kritischen Reden erwischen.«

Sofort sah sich Amelie erschrocken um. »So habe ich das nicht gemeint. Das weißt du doch.«

»Ach, mein Albatros.« Hanni setzte sich neben Amelie. »Egal, um welche Zeit es geht. Die Zeitungen werden sich immer für fliegende Frauen interessieren. Und was die Zeitungen interessiert, ist auch interessant für die Bücker-Werke.«

»Aber warum sollte jemand darüber lesen wollen, dass wir beide Einfliegerin werden?«, beharrte Amelie, die keinen Grund hatte finden können, so intensiv sie auch gegrübelt hatte.

»Weil die Menschen gern von ungewöhnlichen Dingen erfahren.« Hanni gähnte hinter elegant vorgehaltener Hand. »Frauen, die fliegen, sind wie klavierspielende Hunde oder Katzen. Weck mich, wenn wir in Berlin sind.«

Ihre Freundin schloss die Augen, als befänden sie sich auf einem langweiligen Ausflug und nicht auf dem Weg zu ihrer großen Chance.

Sollte Hanni recht haben?, fragte sich Amelie. Hatten die

Bücker-Werke sie nur deshalb eingeladen, weil sie klavierspielenden Katzen glichen?

»Ich kann es mir auf keinen Fall leisten, die Grundausbildung selbst zu bezahlen.« Amelies Kehle schnürte sich zu, wenn sie an die Kosten dachte, die eine Flugausbildung mit sich brachte. Selbst wenn sie nur von trockenem Brot und Wasser leben würde, wäre sie alt und grau, bis sie das Geld zusammengespart hätte. Ärger über die Ungerechtigkeit flammte in ihr auf, dass Frauen für die Grundausbildung doppelt so viel zahlen mussten wie Männer. Aber dann erlosch die Wut auch wieder. So war es eben, und sie musste versuchen, ihren Weg zu finden.

»Mein Vater würde mir das Geld niemals geben.« Hanni schlug die Augen auf. Ihr Gesicht wirkte angespannt und sah aus wie eine Maske. »Amelie, wenn wir scheitern, dann … dann bringe ich mich um.«

»Hanni!« Vor Schreck schrie Amelie auf, so dass die anderen Reisenden sie mit erstaunten oder vorwurfvollen Blicken musterten. »So etwas darfst du nicht sagen, nicht einmal denken. Wir finden einen Weg. Gemeinsam.«

KAPITEL 8

»Mut ist der Preis, den das Leben verlangt, wenn es Frieden mit dir schließen soll.«

Amelia Earhart

Frankfurt am Main, 1935

Begleitet von Jubelrufen der Menschenmenge, stieg das Flugzeug in den Himmel, steil, als existierte die Schwerkraft nicht. Junge Frauen in ihrem besten Sonntagsstaat drängten sich an der Absperrung, die die Flieger vom Publikum trennte, und versuchten, die Aufmerksamkeit der jungen Männer auf sich zu ziehen, die als Nächste die Flugzeuge besteigen würden. Selbst die Mechaniker, sonst im Schatten der Piloten, ernteten heute Interesse und Anerkennung. Allerdings eher von älteren Herren, die sich nach Details der Flugzeuge erkundigten, als von den Mädchen, die kicherten und verstohlene Blicke mit den Fliegern tauschten.

Amelie und ihre Freundinnen interessierten sich nicht für die Flieger, die betont gelassen und gelangweilt neben ihren Maschinen standen, bis sie ihren Einsatz hatten. Sie konzentrierten sich allein auf die Kunststücke, die die Piloten vorführten. Kunststücke, die derart spektakulär waren, dass Amelie sich fragte, wie lange man wohl üben musste, bis man sein Flugzeug so gut beherrschte. Fasziniert beobachtete sie, wie der Doppeldecker sich in schwindelerregende Höhen schraubte, um dann einen Looping zu drehen, der der Schwerkraft spottete. Stahlblau war der Rumpf des Flugzeugs, die Flügel von

hellem Grau. Der Propeller schwirrte so schnell, dass seine Farbe kaum zu erkennen war.
Vor Amelie stand eine Gruppe vielleicht zehnjähriger Jungen in kurzen Hosen und Oberhemden, die sich eben noch gebalgt hatten. Nun blickten sie alle gebannt in den Himmel, beschatteten die Augen mit der Hand, sichtlich fasziniert vom Können des Piloten. Plötzlich geriet dessen Maschine ins Trudeln, torkelte durch die Luft, als hätte der Pilot die Gewalt über sein Flugzeug verloren. Erschrecktes Aufstöhnen erklang aus den Reihen der Zuschauer, das bald in erleichtertes Lachen überging, als die Maschine sich ausrichtete und in den Wolken verschwand.
»Ein tollkühner Kerl«, war aus der Menge zu hören. »Ein zweiter Udet.«
Fremde klopften einander auf die Schultern, nickten wissend und tauschten sich über die Flugschauen aus, die sie bisher gesehen hatten. Nur Amelie vermochte sich der ausgelassenen Stimmung nicht anzuschließen. So wenig wie ihre drei Freundinnen, mit denen sie hierher angereist war.
»Wir hätten nicht herkommen sollen.« Tränen der Wut stiegen Amelie in die Augen, als sie von einer Freundin zur nächsten schaute. Alle Gesichter waren dem Himmel zugewandt, wo die Männer in ihren Doppeldeckern weiterhin Kreise drehten. Auf allen Gesichtern zeichnete sich Sehnsucht ab, eine derart tiefe, unerfüllte Sehnsucht, dass es Amelie ins Herz traf. »Es gibt nichts Schlimmeres, als nur zusehen zu müssen.«
Vor einigen Jahren noch hatte es Frauen bei den Flugschauen gegeben, einige wenige zwar, aber dafür kannte jeder deren Namen. Elly Beinhorn, Thea Rasche, Marga von Etzdorf. Flugwettbewerbe speziell für Frauen hatte es gegeben, bei denen man sich einen Namen machen konnte. Heute jedoch

waren es nahezu ausschließlich Männer, die sich in die Lüfte erheben durften. Frauen sollten ihnen zujubeln und sie bewundern, aber nicht mit ihnen um Rekorde und Preise konkurrieren.

»Selbst wenn wir nicht fliegen, lohnt es sich schon wegen der Maschinen.« Helma, optimistisch wie stets, konnte in allem etwas Gutes finden. »Ich werde nachher versuchen, mich bei den Piloten einzuschleichen. Den Motor der *Flamingo* will ich mir unbedingt ansehen.«

»Eines Tages werde ich auch dort oben schweben, und die Menschen werden *mir* zujubeln.« Hanni beschattete die Augen mit der Hand, während ihr Blick der *Raka RK 26 a Tigerschwalbe* folgte, die in den Wolken verschwand. »Und dir auch, mein Albatros.«

Lachend umarmte Amelie ihre Freundin, deren Zuversicht sie ihre schlechte Laune vergessen ließ. Vielleicht hatten Helma und Hanni ja recht, und es war wichtig, den Moment zu genießen und sich an dem zu erfreuen, was sie hatte, anstatt über das zu jammern, was sie nicht bekam.

»Die *Tigerschwalbe* wollte doch Gudrun unbedingt sehen. Warum ist sie eigentlich nicht mitgekommen?« Amelie hatte sich sehr gewundert, dass die passionierte Segelfliegerin sie heute Morgen nicht am Bahnhof erwartet hatte. »Wollte sie nicht nur am Boden stehen?«

Etwas, das Amelie nur zu gut verstehen konnte. Bei jeder Flugschau, die in der Nähe von Frankfurt stattfand, fühlte sie sich hin- und hergerissen zwischen dem Wunsch, die Kunststücke zu bewundern, und dem Neid, nicht selbst fliegen zu dürfen.

»Nein.« Vera schaute zu Boden, als wagte sie es nicht, Amelie ins Gesicht zu sehen. »Nein. Das ist es nicht.«

»Nun hör auf mit der Geheimnistuerei.«

»Gudrun hat einen neuen Freund«, platzte Helma heraus. Noch nie hatte die stämmige Frau ein Geheimnis lange für sich behalten können. Daher hatten Amelie und Hanni ihr auch nichts von ihren Plänen erzählt. »Einen SA-Mann. Er will nicht, dass Gudrun fliegt. Das gehört sich nicht für eine Frau, sagt er.«

»Sie lässt euch grüßen«, fügte Vera leise hinzu. Nun blickte sie auf, und Amelie konnte die Traurigkeit in ihren Augen erkennen. »Gudrun wird in Zukunft auch an unseren Wochenenden nicht mehr dabei sein.«

Keine von ihnen sagte ein Wort. Diesen Schreck mussten sie erst einmal verdauen. *Nicht Gudrun!,* dachte Amelie. Gudrun war diejenige gewesen, die immer fest daran geglaubt hatte, dass Frauen alles erreichen könnten, wenn sie nur wollten. So wie sie alle hatte Gudrun große Zukunftspläne geschmiedet, die ums Fliegen kreisten. Eine zweite Marga von Etzdorf hatte sie werden wollen. Mit ihren Rekorden hatte Gudrun die Welt und ihre Familie beeindrucken wollen. Und nun das.

»Für einen Mann?« Amelie konnte und wollte es nicht glauben, dass ihre Kameradin eine derart weitreichende Entscheidung aus so einem nichtigen Grund getroffen hatte. »Für einen Mann gibt sie das Fliegen auf. Warum?«

»Ach, mein Albatros.« Hanni boxte sie neckend in die Seite. »Wenn du das nicht begreifen kannst, werden wir es dir auch nicht erklären können.«

»Würdet ihr für einen Mann euren Traum aufgeben?« Forschend wanderte Amelies Blick von einer Freundin zur nächsten. »Nun sagt schon.«

»Es ist nun einmal die Bestimmung der Frau, zu heiraten«, antwortete Helma schließlich, die trotzig die Unterlippe vorschob, als wäre sie bereit, sich gegen jede Kritik zu verteidigen.

»Ich liebe das Fliegen auch, aber spätestens, wenn ich Mutter bin, werde ich damit aufhören müssen.«

Von dir habe ich auch nichts anderes erwartet, dachte Amelie, ohne es jedoch auszusprechen. Helma gehörte zu denen, die auch schon einmal einen Segelflugtag ausfallen ließen, um stattdessen im Schwimmbad das schöne Wetter zu genießen. Nun musterte sie Vera, deren schmales Gesicht rot angelaufen war, als wäre ihr das alles furchtbar peinlich. Vera war die Gelassenste von ihnen, diejenige, die stets zurücksteckte, wenn eine andere fliegen wollte. Obwohl sie nun bereits seit mehr als einem Jahr miteinander flogen, wusste Amelie nicht viel über die andere Frau. Manchmal dachte sie, dass Vera ein großes Geheimnis hinter ihrer ruhigen Art verbarg, an anderen Tagen meinte sie, dass ihre Kameradin einfach nur erwachsener wäre als sie alle.

»Nein, würde ich nicht.« Nun sah Vera Amelie direkt an, mit einem derart brennenden Blick, dass diese sich wunderte. »Nicht für einen Mann. Aber es gibt Wichtigeres als die Fliegerei, auch wenn du dir das nicht vorstellen kannst.«

»Was meinst du?« Fast schien es Amelie, als wäre hinter der ruhigen, stillen Fassade die wahre Vera aufgeblitzt, eine Frau, die sie nicht kannte und die sie sicher überraschen würde. »Ich dachte, dir bedeutet das Fliegen so viel wie uns.«

»Ich liebe es«, entgegnete Vera mit unglaublicher Vehemenz. Ihre hellen Augen blitzten, als wollten sie Amelie durchschauen. »Du hast keine Ahnung, wie sehr. Aber in einer Zeit wie dieser zählen individuelle Wünsche nicht.«

Nach diesen Worten drehte sie sich um und verschwand in der Menge, die nun voller Begeisterung einem jungen Piloten zusah, der sich an dem Kunststück versuchte, das durch Ernst Udet berühmt geworden war. Amelie sah ihr nach und schüttelte ungläubig den Kopf. Auf der Rückfahrt nach Frankfurt

würde sie versuchen herauszufinden, was sich hinter Veras überraschendem Ausbruch verbarg. Nun blieb nur noch eine, die ihre Frage nicht beantwortet hatte.
Dann wandte sie ihre Aufmerksamkeit dem Flieger zu, der sein Flugzeug tief zu Boden senkte, so dass man ihm die Anstrengung ansehen konnte, die ihm das Husarenstück abverlangte. Mit konzentriertem Blick richtete der Mann seine Maschine schräg aus, um mit dem linken Flügel das Taschentuch aufzuheben, das die Helfer dort plaziert hatten. Aber er patzte. Beim ersten Anlauf, beim zweiten und auch beim dritten. Schließlich musste er unverrichteter Dinge wieder in die Höhe aufsteigen, was ihm dennoch freundlichen Applaus einbrachte.
»Das hätte jede von uns besser gekonnt«, murmelte Helma. Dafür erntete sie böse Blicke und höhnische Kommentare der Umstehenden, was sie jedoch ignorierte.
»Und du?«, wandte Amelie sich nun Hanni zu, die ihre Frage bisher nicht beantwortet hatte. Ihre Freundin hatte sich mit dem für sie so typischen schiefen Lächeln auf dem Gesicht alles angehört, ohne ein Wort dazu zu sagen. »Wartest du auch nur auf den Richtigen?«
»Was meinst du wohl, Albatros?« Hanni suchte in ihrer Handtasche nach dem silbernen Etui, in dem sie ihre Zigaretten aufbewahrte. Mit aufreizender Langsamkeit öffnete sie die elegante Dose, nahm eine Zigarette heraus, zündete sie an. Genießerisch zog sie den Rauch ein, bevor sie ihn langsam wieder ausatmete. »Bin ich eine Frau, die wartet? Wie wichtig ist mir das Fliegen?«
»Die deutsche Frau raucht nicht«, schimpfte ein dicker Mann, das Gesicht rot vor Zorn. Breit wie ein Panzer walzte er auf sie zu. »Du solltest dich schämen.«
»Haben wir schon zusammen Schweine gehütet, oder warum

duzen Sie mich einfach?« Hanni stieß den Rauch aufreizend langsam aus, blies ihn dem Mann direkt ins Gesicht. Erneut konnte Amelie ihre Freundin nur dafür bewundern, dass sie sich von nichts und niemandem ins Bockshorn jagen ließ, sondern sofort Kontra gab, sobald jemand sie angriff. Die meisten Menschen reagierten so wie der Dicke: Sie wandten sich ab und gingen davon, vor sich hin schimpfend, aber zu feige, weiterhin die Konfrontation auszuhalten.

»Dir gehört der Himmel ...«, beantwortete Amelie die Frage ihrer Freundin und damit auch ihre eigene, »... und du gehörst dem Himmel. Nichts wird dich je vom Fliegen abhalten.«

Aus den Augenwinkeln bemerkte Amelie den Blick, mit dem Helma Hanni und sie ansah. Sie meinte etwas wie Neid in deren Blick zu erkennen, Neid und Unverständnis. Jemand wie Helma, für die das Fliegen nur ein Spaß war, würde sicher nie begreifen, wie viel die Freiheit über den Wolken für Hanni und Amelie bedeutete.

»Und du, Amelie? Gibt es etwas, das dich daran hindern wird, unseren Traum zu leben?« Nur zu gut verstand Amelie, was sich hinter Hannis leichthin ausgesprochenen Worten verbarg. Auch der scheinbar spöttische Tonfall verbarg die Wahrheit nicht. Die lag in Hannis Augen. Prüfend musterten sie Amelie, so dass diese sich versucht fühlte, den Blick abzuwenden. »Kann ich mich auf dich verlassen?«

»Ich hole mir etwas zu essen«, sagte Helma, die sich sichtlich unbehaglich fühlte. »Wollt ihr auch etwas?«

»Danke«, antwortete Hanni, ohne ihren Blick von Amelie abzuwenden. »Wir treffen uns nachher am Bahnhof.«

Amelie wartete, bis Helma gegangen war, bevor sie Hannis Fragen beantwortete.

»Du weißt, dass ich mit dir nach Berlin gehen werde, wenn

die Bücker-Werke uns nehmen. Das habe ich dir versprochen.« Sie holte tief Luft. »Aber meine Mutter hat nun einmal niemanden außer mir.«

»Deshalb würdest du mich im Stich lassen?« Wütend warf Hanni die nur zur Hälfte gerauchte Zigarette zu Boden und trat sie aus. »Da hätten wir uns die Reise nach Berlin sparen können.«

Sie drehte sich um und ging mit ausholenden Schritten davon. Ihr weiter Rock schwang um ihre schlanken Beine. Alles an ihr strahlte Abwehr und Zorn aus.

»Hanni!«, rief Amelie, aber ihre Freundin hob nur die Hand als Zeichen, dass sie nichts mehr hören wollte.

Amelie fühlte sich hundsmiserabel. Der Tag hatte so schön begonnen mit ihrem gemeinsamen Ausflug. Sie wollte nicht, dass er in Missstimmung und Zorn endete, und fürchtete, dass es für sie keinen Ausweg gab. Sollte der Brief aus Berlin eintreffen, würde sie sich zwischen den beiden Menschen entscheiden müssen, die ihr am meisten bedeuteten. Ihrer Mutter und Hanni. Für ihre Familie oder für das Fliegen. Amelie wischte sich die Tränen aus den Augen.

»So unglücklich an diesem schönen Sonnentag?«

Überrascht blickte Amelie auf. Vor ihr standen zwei schlaksige Männer, vielleicht zwei, drei Jahre älter als sie, die Gesichter rot, wohl von der Sonne, aber auch vom Bier, dem sie anscheinend reichlich zugesprochen hatten. Jeder von ihnen hielt ein halbvolles Glas in der Hand.

»Komm mit. Wir geben dir ein Bier aus. Oder eine Limonade, und dann kriegst du schon bessere Laune.« Der Sprecher strich sich das blonde Haar aus der Stirn. Dann griff er überraschend nach Amelies Arm, schneller und zielsicherer, als sie erwartet hätte. Mit festem Griff zog er sie so nah an sich heran, dass sie seine Bierfahne deutlich riechen konnte. Seine wasserblauen Augen waren blutunterlaufen, und er grinste sie breit an. »Bist du allein hier?«

»Ich … ich«, stammelte sie, während sie versuchte, sich seinem Griff zu entwinden. Doch er packte nur noch fester zu, so dass sie einen kleinen Schmerzensschrei ausstieß. Hanni wäre sicher eine passende Antwort eingefallen, dachte sie, während sie verzweifelt überlegte, wie sie dieser unangenehmen Situation entkommen könnte. Erneut spürte sie Tränen aufsteigen. Tränen der Wut und der Hilflosigkeit. Jemand stieß den Blonden zur Seite und griff sanft nach ihrem Ellbogen.

»Die Dame ist mit mir hier.« Amelie musste den Kopf verdrehen, um herauszufinden, zu wem die Stimme gehörte. Ihr Retter war ein schlaksiger Mann, etwa im gleichen Alter wie ihr Angreifer, gekleidet in einen dunklen Anzug, der einen Tick zu elegant für die Flugschau wirkte. Seine dunklen Haare waren länger, als es modern war, und in seinen grünen Augen erkannte sie Zorn. »Würden Sie meine Begleiterin jetzt bitte loslassen?«

Derart viel ruhige Autorität lag in seiner Stimme, dass der Blonde Amelies Arm freigab und ein paar Schritte zurücktrat. Dann drehte er sich um und ging davon, wobei er etwas vor sich hin murmelte, was sich wie eine Beleidigung anhörte.

Bevor Amelie ihrem Retter danken konnte, stürmte Helma auf sie zu, blanke Panik auf dem Gesicht, die Augen weit aufgerissen.

»Amelie, Amelie, komm mit! Es ist etwas mit Vera passiert.« So viel Angst klang aus Helmas Stimme, dass Amelie sich von ihrem Retter losreißen musste, was sie zu ihrer Überraschung sofort bedauerte.

»Vielen Dank. Ohne Sie …«, begann sie, doch Helma ließ sie nicht ausreden.

»Amelie, komm. Wir müssen Hanni finden und Vera retten.«
»Felix, da bist du ja.« Eine auffallend schöne Frau mit roten Haaren und heller Haut hakte sich bei Amelies Retter unter. »Die anderen warten schon. Wir wollen zurück nach Frankfurt.«
Amelie und der Mann wechselten einen Blick. Er öffnete den Mund, als ob er etwas sagen wollte, doch da zerrte ihn die Rothaarige schon davon.
»Was ist mit Vera?«, fragte Amelie, während sie sich bemühte, ihrem Retter nicht hinterherzustarren. »Hat sie sich verletzt?«
»Schlimmer.« Helmas Stimme klang wie zersplittertes Glas. »Amelie, sie hat Flugblätter verteilt und ist erwischt worden.«
»Was denn für Flugblätter?«, fragte Amelie, als die Erkenntnis sie mit Wucht traf. Das konnte nicht sein. Nicht Vera, nicht ihre stets fröhliche Flugkameradin. Niemals hätte sie Vera für eine Politische gehalten.

KAPITEL 9

»Das Fliegen ist aufregender als die Liebe zu einem Mann und viel gefahrloser.«

Thea Rasche

Frankfurt am Main, 1935

Du könntest mich heute Nachmittag abholen.« Hannis Augen blitzten. Sie wirkte zufrieden wie schon lange nicht mehr. Geduckt stand sie neben Amelie im Hauseingang und stemmte sich gegen den Wind, der überraschend aufgefrischt hatte. Die Hand hielt sie schützend über die brennende Zigarette. »Oder hast du etwas Besseres vor?«

»Ich muss meiner Mutter bei der Wäsche helfen«, wehrte Amelie ab. Das stimmte, aber ebenso stimmte es, dass sie ungern zum Flughafen ging, wenn sie nur Zuschauerin sein konnte. Auch wenn sich Amelie damit abgefunden hatte, dass sie wenig Geld besaß, schmerzte es dennoch, all die schönen Flugzeuge zu sehen in dem Wissen, sie nicht fliegen zu können. Sie gönnte Hanni deren Flugstunde aus vollem Herzen, aber dennoch brachte Amelie es nicht über sich, am Boden zu bleiben, um auf ihre Freundin zu warten. »Das habe ich ihr versprochen.«

»Ach, mein Albatros.« Hanni schaute Amelie so bittend an, dass diese sofort ein schlechtes Gewissen bekam. »Kannst du dich mit der Wäsche nicht beeilen? Heute lerne ich meinen neuen Fluglehrer kennen und muss wissen, was du von ihm hältst.«

»Er wird schon gut sein«, entgegnete Amelie, während sie überlegte, ob es eine Möglichkeit gäbe, sowohl den Wünschen ihrer Mutter als auch denen Hannis entgegenzukommen. »Wenn Erich Wiegmeyer ihn empfohlen hat, dann kann er fliegen.«

»Mag sein. Aber ich will wissen, ob er für mich der Richtige ist.« Hanni zog eine Schnute. »Aber wenn dir die Wäsche wichtiger ist als ich …«

Amelie fühlte sich erpresst, wusste aber nur zu gut, dass sie sowieso nachgeben würde – so wie immer. Dabei gab es nichts Traurigeres, als am Boden darauf zu warten, dass Hanni ihre Flugstunde beendete. Am Flughafen zu sein, ohne selbst zu fliegen, war wie an einem Buffet zu stehen, ohne davon kosten zu dürfen. Bei den ersten Gelegenheiten, als sie Hanni begleitet hatte, hatte Amelie versucht, sich mit den Männern zu unterhalten, die sich dort aufhielten. Flugbegeisterte, die jeden Flugzeugtyp beim Namen kannten, oder Mechaniker in Blaumännern, die sich nur für Flugzeuge und Windgeschwindigkeiten interessierten. Obwohl auch Amelie es liebte, über die unterschiedlichen Flugzeugmodelle zu reden, blieb das Gefühl, dass die Männer lieber unter sich sein wollten und sie nicht ernst nahmen. Wie hatte Hanni fliegende Frauen genannt? Klavierspielende Katzen – ja, so fühlte Amelie sich am Flughafen. Hanni hingegen bewegte sich dort wie ein Fisch im Wasser. Ihr starrten die Männer bewundernd nach, wenn sie mit beschwingten Schritten zu ihrem Flugzeug ging.

»Ist sie nicht«, beschwichtigte Amelie. »Aber du weißt doch, dass ich meiner Mutter helfen muss. Sie hat ja nur mich.«

»Wenn das so ist …« Hannis Augen wurden schmal. Sie schaute Amelie mit diesem Blick an, den sie nur zu gut kannte und fürchtete. »… dann sollten wir unsere Berlin-Pläne wohl noch einmal überdenken. Obwohl ich ein gutes Gefühl habe. Im Gespräch war ich überzeugend.«

»Aber …« Amelie musste schlucken, damit ihre Stimme nicht versagte. Wie konnte Hanni nur so etwas Grausames sagen? »… wir wollten doch gemeinsam nach Berlin gehen. Ohne dich schaffe ich das nicht.«

Auch sie war nach ihrem Vorstellungsgespräch euphorisch gewesen. Sie hatte alle Fragen beantworten können und den Eindruck gewonnen, dass die Firma Bücker Flugzeugbau ernsthaft an ihr interessiert war. Bei der Rückfahrt von Berlin nach Frankfurt hatten Hanni und Amelie sich ihr zukünftiges gemeinsames Leben in Berlin in den buntesten Farben ausgemalt. Seither warteten sie jeden Tag auf den Brief der Bücker-Werke, hoffentlich mit einem positiven Bescheid. Doch bisher hatten sie vergeblich gewartet. Und nun drohte ihr ihre Freundin auch noch damit, die gemeinsame Zukunft aufgeben zu wollen.

»Ach, Albatros.« Hanni nahm einen Zug von der Zigarette, bevor sie sie auf den grauen Steinen ausdrückte. »Natürlich würde ich dich nicht im Stich lassen. So, wie du mich nicht allein lässt, wenn ich dich brauche, nicht wahr?«

»Ich … ich versuche, dich heute Nachmittag abzuholen.« Amelie hoffte, dass ihre Stimme nicht zu sehr zitterte. Ohne ihre Freundin fände sie niemals den Mut, Frankfurt zu verlassen. Manchmal fürchtete sie, dass Hanni das ahnte und ihr daher ab und zu einen Schrecken einjagen wollte. Bei Hanni wusste man nie, ob sie es nicht doch ernst meinte.

»Wir beide gehen nach Berlin.« Ihre Freundin war wieder ganz die Alte und lächelte. »Und du kommst heute am Flugplatz vorbei.«

Damit war es beschlossene Sache, weil Hanni sicher sein konnte, dass Amelie nun nicht nein sagen würde. *Vielleicht hat Mama ja recht, wenn sie mich vor Hanni warnt,* dachte Amelie. *Sie hat Eltern, die genug Geld haben, ihr das Ganze zu bezahlen. Ich muss mir alles erkämpfen.* Obwohl diese Gedanken sie stachen, würde Amelie es nicht übers Herz bringen, sich Hannis Wünschen zu widersetzen. Schließlich waren sie Freundinnen. Für immer. Nichts und niemand würde sie auseinanderbringen.

Wie lange würde sie Hanni hier wohl noch abholen, fragte sich Amelie, da vor einem Jahr die Ausschachtungsarbeiten für den neuen Flughafen begonnen hatten. Auch wenn sie es Hanni gegenüber nicht zugeben wollte, fühlte Amelie sich am Flughafen Rebstock ähnlich unglücklich wie bei der Flugschau. Den Flugzeugen nachschauen zu müssen in dem Wissen, mangels finanzieller Mittel nur eine Randposition einnehmen zu können, deprimierte sie. Selbst wenn ihr Blick den aufsteigenden Maschinen folgte und sie sich mit viel Phantasie in deren Cockpits versetzte, so gelangte Amelie immer wieder an den Punkt, an dem sie erkannte, dass sie eben nicht flog, sondern nur den Fliegern hinterherschauen konnte. Trotz ihrer Vorbehalte saß sie dennoch, wie sie es ihrer Freundin versprochen hatte, an einem der Tische des Passagier- und Besucherbereichs, um auf Hanni zu warten. Dank der wärmenden Sonne hatte der Außenbereich geöffnet. Geschützt von einem Sonnenschirm, harrte Amelie nun schon mehr als eine halbe Stunde der Ankunft ihrer Freundin.
Die Zeit hatte sie genutzt, um einen Unterstützungsbrief zu entwerfen, mit dem die Segelfliegerinnen sich für Vera einsetzen wollten. Die Gruppe hatte lange darüber diskutiert, ob sie ihrer Kameradin helfen wollten oder ob das zu gefährlich für sie werden könnte. Amelie und Helma hatten sich sehr für Vera eingesetzt und die anderen Fliegerinnen davon

überzeugen können, etwas zugunsten ihrer Freundin zu unternehmen. Allerdings um den Preis, dass Amelie das Schreiben verfassen musste, was ihr unglaublich schwerfiel.
Bestimmt ein Dutzend Briefe hatte sie begonnen und dann wieder verworfen, weil ihr keiner passend erschien. Weil keiner dem Anlass entsprach, weil sie fürchtete, dass Veras Leben auf dem Spiel stand. Wie sollte sie Worte finden, die eine Freundin vor dem Tod bewahrten? Amelie versuchte sich einzureden, dass ihre Sorge unbegründet und übertrieben wäre. Schließlich hatte Vera nur Flugblätter verteilt. Dumm möglicherweise, aber sicher nichts, wofür man den Tod verdiente, nicht wahr? Auch wenn sie dies wiederholte und wiederholte, musste Amelie immer wieder an die Gerüchte denken, die ihr zu Ohren gekommen waren. Von Menschen, die einen Witz mit dem Leben bezahlten, von Menschen, die man nachts aus ihren Häusern gezerrt hatte, weil sie etwas Kritisches gesagt hatten.
Wir kennen Vera seit ihrem Eintritt in unsere Gruppe vor drei Jahren. Wir hatten sehr häufig die Gelegenheit, mitzuerleben, dass unsere Kameradin die Ideale des Fliegerlebens ausdrücklich vertritt. Dies lässt uns zu der Annahme gelangen, dass sie sich auf allen Gebieten derart engagiert. Möglicherweise hat ihre Leidenschaft Vera dazu verleitet, sich für etwas Falsches einzusetzen. Wir sind uns sicher, dass unsere Kameradin ihren Irrglauben einsehen wird, wenn man ihr die Zeit und Gelegenheit gibt. Wir bitten daher das Gericht, in Betracht zu ziehen, dass Vera die Fehler in jugendlichem Überschwang beging, und hoffen, dass sie eine Möglichkeit zur Wiedergutmachung erhalten wird.
Nein, das klang … geschraubt und unglaubwürdig. So würden sie Vera niemals helfen können. Möglicherweise war Amelie einfach nicht die Richtige für so eine heikle Aufgabe.

Sie seufzte, zerknüllte das Papier und steckte es in ihre Tasche. Inzwischen war nur noch ein winziger Rest von ihrer »Hassia«-Limonade im Glas verblieben, aber ein zweites Getränk wollte Amelie sich nicht leisten. Erneut sah sie zu der großen Standuhr, die sich auf der Spitze eines meterhohen Obelisken befand.

Noch zehn Minuten. Dann gehe ich.

Hinter ihr hörte sie, wie ein Flugzeug die Motoren anlaufen ließ. Da sie nichts Besseres zu tun hatte, drehte Amelie sich um. Neugierig waren einige Menschen zu dem schmalen Zaun gelaufen, der den Parkplatz für Flugzeuge von dem Besucherbereich abtrennte. Langsam rollte die Maschine davon, auf die Startbahn zu. Ob sie es wohl je ins Cockpit einer der großen Passagiermaschinen schaffen könnte?, fragte sich Amelie. So wie Marga von Etzdorf, die als Copilotin bei der Deutschen Luft Hansa gearbeitet hatte. Sie schaute dem Flugzeug nach, sah, wie es an Geschwindigkeit gewann, bis es sich von der Rollbahn löste und sich in die Luft erhob. Nein, beantwortete sie sich ihre Frage. *Ich will gar nicht eine der großen Maschinen fliegen; meine Welt sind die kleinen, wendigen Flugzeuge. Die, in denen ich jede Bewegung spüre, in denen ich dem Wind ausgesetzt bin, die alles von mir fordern.*

»Noch etwas zu trinken?« Die Kellnerin, eine schlecht gelaunte Frau mit müden Augen, sah Amelie auffordernd an.

»Nein, nein danke. Ich habe noch.« Amelie zog das Glas zu sich heran und hielt es fest. »Ich bin verabredet.«

»Aber ewig könnense hier nicht sitzen, ohne was zu trinken.«

»Ich weiß.«

Amelie wartete ab, bis die Kellnerin gegangen war. Dann schaute sie ein weiteres Mal auf die Uhr, bevor sie ihre Entscheidung traf.

Jetzt reicht es. Ich gehe.

Amelie trank den letzten Schluck Sprudel, der schal schmeckte, und stand auf. Sie durfte sich das wirklich nicht mehr von Hanni gefallen lassen. In diesem Augenblick, als hätte sie geahnt, dass Amelie gehen wollte, kam ihre Freundin aus der Halle, in der die Schulflugzeuge standen. Sie hatte bei einem Mann untergehakt, auf den sie einredete. Hochgewachsen war er, größer noch als Hanni, und schlaksig wie ein junges Fohlen. Der Wind zerzauste sein dunkles Haar, das er etwas länger trug als die anderen Männer, die Amelie kannte. Sie kniff die Augen leicht zusammen, um gegen die Sonne zu blinzeln. Etwas an ihm kam ihr vage bekannt vor, aber es wollte ihr nicht einfallen, was es war.
Erst als sich die beiden näherten, die so vertraut miteinander wirkten, erkannte Amelie den Mann wieder. Es war ihr Retter vom Tag der Flugschau. Siedend heiß fiel ihr ein, dass sie Hanni nichts von dem Erlebnis erzählt hatte. Zuerst hatte sie es in der Aufregung wegen Veras Verhaftung vergessen, später hatte Amelie es genossen, ein Geheimnis vor ihrer Freundin verbergen zu können. Sie hatte ja auch nicht ahnen können, ihren Retter jemals wiederzusehen. Geschweige denn, dass er an Hannis Arm direkt auf Amelie zukäme. Was sollte sie nur tun?, überlegte sie fieberhaft. Am klügsten erschien es ihr, vorzugeben, dass sie den Mann nicht kannte, dass sie sich nicht an den Tag der Flugschau erinnerte.
Ach, was machte sie sich überhaupt dermaßen viele Gedanken? Ihr Retter würde sich sowieso nicht an Amelie erinnern, und er würde sie gewiss nicht beachten, solange Hanni in der Nähe wäre.
Während Amelie den Mann noch anstarrte, hatte Hanni sie endlich entdeckt und winkte ihr fröhlich zu. Das Lächeln ihrer Freundin wirkte so unbeschwert und glücklich, dass Amelie ihren Ärger über Hannis Verspätung vergaß und ihrer

Freundin entgegenging. Den Kopf hielt sie gesenkt, damit ihr Retter sie nicht erkannte.

»Das ist Felix von Bissing, mein neuer Fluglehrer.« Wie typisch für Hanni, diesen Mann als ihr Eigentum zu betrachten. Ganz selbstverständlich hatte ihre Freundin sich bei dem gutaussehenden Flieger untergehakt, als würde sie ihn schon ewig kennen. »Er sagt, dass ich wirklich gut bin.«

»Guten Tag.« Felix von Bissing streckte Amelie die Hand entgegen. Sie war so bezaubert von ihm, dass sie nicht reagieren konnte, sondern ihn nur anlächelte. »Kennen wir uns? Oder kommt es mir nur so vor, weil Hanni so viel von Ihnen erzählt hat?«

»Hat sie das?«, kiekste Amelie als Antwort. Immerhin brachte sie die Geistesgegenwart auf, ihm die Hand zu schütteln. »Guten Tag.«

Nur Hanni nicht merken lassen, dass ich ihren Fluglehrer interessant finde. Auf keinen Fall darf sie herausfinden, dass er mich gerettet hat. Ich will ein Geheimnis vor ihr behalten.

»Sie fliegen auch?«, fragte Felix von Bissing. »Wenn Sie wollen, gebe ich Ihnen gern Unterricht.«

»Danke, aber das kann ich mir leider nicht leisten«, musste Amelie eingestehen. Warum nur musste sie immer ehrlich sein? Bestimmt verlor Felix von Bissing jetzt jegliches Interesse an ihr. »Aber ich will Werksfliegerin werden.«

»*Wir* wollen Werksfliegerinnen werden«, mischte Hanni sich ein, der es sichtlich missfiel, am Rande des Gesprächs zu stehen. »Um zu beweisen, dass auch Frauen das können.«

»Ein mutiger Traum. Vor allem in heutiger Zeit.« Felix von Bissings Gesicht wirkte düster, was Amelie beunruhigte. »Wo man Frauen lieber am Herd als in den Lüften sieht.«

Amelie erschrak. Wusste der Flieger denn nicht, wie gefährlich seine Worte waren? Nur zu deutlich stand ihr Vera vor

Augen, deren panischer Blick, als sie von den Männern der Gestapo abgeführt worden war. Angespannt schaute sie sich um. Glücklicherweise hatte wohl keiner der Mechaniker oder anderen Flieger diese Worte gehört. Staatskritische Worte, die einen ins Gefängnis bringen konnten. Obwohl sie sich kaum für Politik interessierte, wusste Amelie eines genau: Auch wenn man nicht mit der Politik Adolf Hitlers einverstanden war, hielt man darüber lieber den Mund. Das hatte ihre Mutter ihr immer wieder gepredigt.

»Sei still. Vor allem Hanni gegenüber«, hatte Luise gesagt. »Deren Vater ist ein hohes Tier in der Partei. Der legt bestimmt jedes Wort auf die Goldwaage.«

»Hanni ist meine Freundin«, hatte Amelie widersprochen. »Wenn ich ihr gegenüber nicht ehrlich sein kann, bei wem denn dann?«

»Du musst sie ja nicht belügen«, hatte ihre Mutter abschließend gesagt. »Nur mit deiner Meinung hinterm Berg halten, wenn sie gegen die Partei geht.«

»Mich interessiert nicht, was die NSDAP macht.« Amelie war aufgesprungen und hatte den Tisch verlassen. »Hanni bestimmt auch nicht.«

Inzwischen jedoch, nachdem Vera wegen ein paar Flugblättern verhaftet worden war, konnte Amelie die Vorsicht ihrer Mutter besser verstehen. Wie also kam es, dass Hannis Fluglehrer so deutliche Worte fand? Worte, die nicht nur ihn, sondern auch ihre beste Freundin und sie gefährden konnten.

»So was dürfen Sie nicht sagen«, flüsterte sie und schaute Felix von Bissing ängstlich an. Offen erwiderte er ihren Blick und lächelte, als hätte er nur einen Witz gemacht.

»Ach, lass nur«, warf Hanni ein, die sich immer noch bei ihrem Fluglehrer untergehakt hatte. »Felix schwingt gern

große Reden. Das muss er auch. Schließlich studiert er Jura. Die sind immer so oberschlau.«
Felix von Bissing lachte laut auf. *Ein wirklich angenehmes Lachen,* dachte Amelie, die es piesackte, dass der Fluglehrer nur Augen für Hanni hatte und sich anscheinend nicht mehr an sein Zusammentreffen mit ihr erinnerte. Obwohl Amelie das zur Genüge kannte, traf es sie heute stärker als sonst. Sie wünschte sich, dass der Student mit den frechen Worten und den dunklen Augen anders wäre als all die anderen Männer, dass er sich für mehr interessierte als für blonde Haare und lange Beine. Dann jedoch schämte sie sich für dieses Aufwallen von Eifersucht. Was für eine schlechte Freundin sie doch war, dass sie Hanni den Mann neidete, der ihr so gut gefiel.
»Wo haben Sie fliegen gelernt?«, fragte Amelie daher. Sie hoffte, dass ihre Stimme nicht zu sehr zitterte.

KAPITEL 10

Frankfurt am Main, 1971

Ich brauch' einen klaren Kopf – und Abstand, hat Lieselotte gedacht, nachdem sie den Brief entdeckt hat. Ohne sich eine Jacke überzuziehen, ist sie aus der Wohnung gerannt und einfach drauflosgelaufen, während sich ihre Gedanken überschlagen haben. Immer wieder sind sie zu der Frage zurückgekehrt, wer diese Hanni war. Daher ist Lieselotte umgedreht und zur Wohnung zurückgelaufen. Wenn überhaupt, dann wird sie nur hier Antworten finden.

Kaum wieder in der Wohnung angekommen, zerrt Lieselotte alle Schubladen aus dem Sekretär heraus, dreht sie um, so dass deren Inhalt auf den buntgemusterten Teppichboden fällt. Mit der Hand streicht sie über den Schubladenboden und die Innenseiten, auf der Suche nach einem Geheimfach, in dem ihre Mutter weitere Briefe aufheben könnte. Sie sucht im Innern der Schubfächer, tastet nach weiteren verräterischen Papieren. Doch nichts ist zu finden.

Als Nächstes widmet Lieselotte sich, immer noch getrieben von Wut und Enttäuschung, weil ihre Mutter ein weiteres wichtiges Stück ihres Lebens vor ihr verborgen hat, den Schränken, die im Wohnzimmer stehen. Der Papierberg auf dem Fußboden wächst, ohne dass Lieselotte einen weiteren Brief findet. Das darf doch nicht wahr sein. Jemand wie Amelie, die alles sammelt, was sich noch ansatzweise verwerten lässt, würde nicht ausgerechnet diese Briefe wegwerfen, oder doch? Wer sagt Lieselotte denn, dass es mehr als diesen einen

Brief gegeben hat? Die Ungewissheit lässt ihren Ärger anschwellen.
Erschöpft und enttäuscht setzt sich Lieselotte auf den Teppich, wühlt mit den Fingern durch die Papierberge, bis sie sich an einer scharfen Kante schneidet. Sie stößt einen Schmerzenslaut aus und hebt die Hand zum Mund, um das Blut vom Finger zu lutschen. Der metallische Geschmack ist ihr eklig. Daher steht sie auf, um im Bad Wasser über den Schnitt laufen zu lassen. Nachdem sie ein Pflaster über die kleine Wunde geklebt hat, durchsucht sie den Hängeschrank im Badezimmer. Hier finden sich, wie zu erwarten ist, nur Kosmetika, Zahnbürsten, Zahnpasta und zahlreiche »Lux«-Seifen in hellen Pastelltönen, die ihre Mutter wohl im Sonderangebot ergattert hat. Dieser sichtbare Beweis der Sparsamkeit ihrer Mutter lässt Lieselotte innehalten.
Lieselotte seufzt. Auch wenn sie wütend auf ihre Mutter ist, fühlt es sich unrecht an, in deren Privatsphäre einzudringen. *Ist es wirklich wichtig, wer diese Hanni war? Gibt es nichts Besseres für mich zu tun, als Unordnung anzurichten, auf der Suche nach etwas, was meine Mutter mir nicht erzählen wollte? Mutter liegt im Krankenhaus, kämpft gegen den Tod und ich … ich fleddere ihre Unterlagen, als wäre sie bereits gestorben.*
Wie einfach wäre es, denkt Lieselotte, sich damit zufriedenzugeben und allen Unannehmlichkeiten aus dem Weg zu gehen. Wie leicht wäre es, weiter den Kopf in den Sand zu stecken und alle Geheimnisse im Verborgenen zu belassen. Wenn sie ehrlich ist, fürchtet sie sich vor den Konsequenzen, die das Wissen auch mit sich bringen könnte. Wäre es ihr recht, wäre sie an Amelies Stelle und ihre Mutter würde sich durch Lieselottes Unterlagen und Papiere wühlen? Aber der Arzt hat gesagt, dass es helfen kann, wenn Mutter sich erinnert, versucht

Lieselotte, sich zu beschwichtigen. Doch der schale Geschmack bleibt. Egal, wie sie sich auch entscheiden wird, es fühlt sich falsch an. Sucht sie weiter nach dieser Hanni, bleibt der Eindruck, dass sie die Hilflosigkeit ihrer Mutter ausnutzt, um ihr die Geheimnisse zu entreißen. Gibt Lieselotte die Suche nach dieser Hanni auf, fühlt sie sich feige und klein, wie so oft in ihrem Leben.

»Ach, was soll's. Nun ist es eh zu spät.« Mit neu gewonnener Energie geht Lieselotte ins Schlafzimmer ihrer Mutter, wo sie im Kleiderschrank nach Briefen oder einer Kassette oder einer Hutschachtel oder etwas Ähnlichem sucht. Nichts. Stattdessen findet sie vier Fotoalben. Drei von ihnen erkennt Lieselotte auf den ersten Blick. Oft genug hat sie diese Fotos gemeinsam mit ihrer Mutter angeschaut. Das hellgrüne Album mit seinem glänzenden Einband ist das erste. Hier finden sich Bilder von Lieselottes Geburt über das bei einem Fotografen aufgenommene Kinderbild, sichtbar gestellt wirkt es – das zarte Mädchen mit braver Frisur neben einem riesigen Plüschbären –, bis hin zu ihrer Einschulung. Die Schultüte ist riesig, beinahe so groß wie Lieselotte selbst. In den ersten gemeinsamen Jahren hat ihre Mutter noch sehr viel fotografiert. Später werden es deutlich weniger Bilder. Im Album mit dem roten Einband sind Fotos aus bestimmt fünfzehn Jahren gesammelt – Weihnachtsbäume, Schnappschüsse aus dem Schwimmbad, die letzten Bilder ihrer Großmutter. Lieselotte spürt einen Kloß im Hals, als sie eine Seite nach der anderen umblättert.

Es gibt Bilder von ihr allein, von ihr mit Freundinnen, von ihr mit ihrer Großmutter, aber nicht ein Foto, dass sie gemeinsam mit ihrer Mutter zeigt.

»Ich bin nicht fotogen und stehe lieber hinter der Kamera als davor«, hat Amelie stets abgewehrt.

Das dritte Album, in dunkelblauem Einband, enthält Bilder, die ihre Mutter in den Urlauben geknipst hat, die sie allein unternommen hat. Auch hier findet sich kein Foto, das Amelie zeigt, sondern Landschaften oder Städte, in Amelies ordentlicher Schrift ausgezeichnet: Norwegen, Toskana, Venedig, London, Paris. Dazwischen einzelne Blumen und ab und zu Kühe, Schafe oder Eichhörnchen. Was ihre Mutter wohl dazu bewogen hat, Rindviecher zu fotografieren, kann Lieselotte sich nicht erklären. Sie lächelt.
Endlich schlägt sie das letzte Album auf, das ihr unbekannt ist. Sein Einband ist aus dunkelrotem, inzwischen deutlich verblasstem Stoff, der mit zarten weißen Linien durchzogen ist. Der Fotokarton innen ist schwarz, die Bilder schwarzweiß, teilweise ausgeblichen. *Wir Himmelsstürmerinnen 1935* steht in Weiß auf der ersten Seite. Auch hier erkennt Lieselotte die ordentliche Schrift ihrer Mutter. Himmelsstürmerinnen – was mag das nun wieder bedeuten? Vorsichtig blättert sie um, schiebt das mürbe wirkende, durchsichtige Zwischenpapier zur Seite und sieht ein Foto vor sich. Eine Gruppe von acht Frauen, alle wohl um die zwanzig Jahre alt. Ein paar tragen die Haare zu langen Zöpfen gebunden, andere als kurzen Bubikopf. Einige sind brav in Rock und Bluse gekleidet, andere wiederum in weite Hosen. Auf den ersten Blick kann Lieselotte nichts erkennen, was diese unterschiedlichen Frauen miteinander verbindet, außer dass sie jung wirken und fröhlich. Beinahe hätte sie ihre Mutter übersehen, die etwas versteckt neben einer hochgewachsenen hellhaarigen Frau steht, bei der sie sich untergehakt hat. Das Foto ist draußen aufgenommen worden, erkennt Lieselotte, an einem Hügel. Schade, dass ihre Mutter hier keinen Ortsnamen dazugeschrieben hat.
Wieder einmal wundert sie sich darüber, wie ähnlich sie ihrer

Mutter ist. Seit sie sechzehn Jahre alt ist, überragt Lieselotte ihre Mutter etwa um Haupteslänge. Aber dass sie Amelies Tochter ist, lässt sich nicht verbergen. Je älter sie wird, desto mehr ähnelt Lieselotte ihrer Mutter. Wenn Lieselotte in den Spiegel schaut, sieht sie Amelie. Das dunkle Haar, die grünen Augen mit den dunklen Wimpern, die schmale Nase und die vollen Lippen.

Vielleicht waren die Mädchen Pfadfinderinnen oder Wandervögel oder vom Bund Deutscher Mädel, überlegt sie, aber warum Himmelsstürmerinnen? Neugierig dreht sie das nächste Blatt um, sieht sich aber enttäuscht. Die Seite ist leer, aber verbliebene Fotoecken zeigen deutlich, dass hier einmal Bilder gesteckt haben. Hektisch blättert Lieselotte weiter und weiter und weiter, nimmt keine Rücksicht mehr auf das Fotopapier.

Nichts. Nur das eine Bild ist im Fotoalbum verblieben. Das Bild und die wenigen Worte, die ihre Mutter unter die jeweiligen Bilder geschrieben hat, die nun verschwunden sind. Worte, mit denen Lieselotte wenig anfangen kann.

Auf dem Weg in den Taunus
Nach getaner Arbeit
In voller Montur
Hanni und ich

Mit einem Schulterzucken legt Lieselotte das Album zur Seite und steht auf, um sich die Nachttischschubladen vorzunehmen. In dem Augenblick klingelt es an der Tür. Ihr Herz schlägt schneller, als ob ihre Mutter sie beim Stöbern ertappt hätte. Lieselotte reißt ihre Finger vom Griff der Schublade, als wäre der glühend heiß. Nachdem sie sich etwas beruhigt hat, geht sie zur Tür. Durch den Spion sieht sie die Frau von gegenüber, die einen mit Alufolie abgedeckten Teller in der Hand hält.

Na, die hat ihr gerade noch gefehlt. Einen Augenblick erwägt

Lieselotte, die Tür einfach geschlossen zu lassen, vorzugeben, nicht da zu sein, damit sie ihre Ruhe vor der aufdringlichen Nachbarin hat. Dann jedoch scheint ihr das zu albern, und sie öffnet.

»Guten Tag. Ihren Kater habe ich vorhin in die Wohnung gelassen.«

»Ich weiß. Deshalb bin ich hier.« Die Nachbarin kommt lächelnd so nahe, dass Lieselotte gar nichts anderes übrigbleibt, als zur Seite zu treten und die Frau in die Wohnung einzulassen. »Zum Dank hab ich Kuchen mitgebracht. Außerdem dachte ich, dass du sicher allein bist.«

»Danke, aber ich habe zu tun.« Lieselotte beißt sich in die Wange, als ihr Blick auf die offene Wohnzimmertür fällt. Der Papierberg dort ist nicht zu übersehen.

»Suchst du irgendetwas?« Ohne dass Lieselotte hätte sagen können, wie sie das gemacht hat, ist die Nachbarin um sie herum ins Wohnzimmer getreten. »Brauchst du Hilfe?«

»Nein danke.« Je eher diese aufdringliche Person verschwindet, desto besser. Erkennt sie denn nicht, wie unangenehm Lieselotte ihr Besuch ist? »Aber ich muss jetzt aufräumen. Danke für den Kuchen.«

»Ach, den hatte ich für uns beide gedacht.« Die Nachbarin scheint nicht zu merken, dass sie stört. Oder es ist ihr einfach egal. »Soll ich Kaffee kochen? Wie geht es Amelie? Kann ich sie besuchen?«

Ohne Lieselottes Antwort abzuwarten, geht Marga in die Küche, als wäre sie dort zu Hause. Lieselotte bleibt nichts anderes übrig, als dem Störenfried zu folgen.

»Also: Wie geht es Amelie? Was haben die Ärzte gesagt?«, fragt Marga, während sie Kaffeepulver und Filter aus dem Hängeschrank in der Küche holt. Zielsicher, so als wäre sie häufig hier zu Gast. »Kann ich sie besuchen?«

Obwohl Lieselotte sich fest vorgenommen hat, so wenig wie möglich mit der Nachbarin zu reden, strömen ihr die Worte wie von selbst aus dem Mund.

»Koma. Sie können nicht sagen, wie lange es dauern wird.« Lieselotte muss schlucken, aber mit Macht drängen die Tränen in ihre Augen. »Die Ärzte wissen nicht einmal, ob sie aufwachen wird. Ich … wir … das Letzte, was ich zu ihr gesagt habe …«

Sie bringt die Worte nicht heraus, sondern schluchzt. Laut und voller Schmerz. Marga nimmt sie in die Arme und streicht ihr tröstend übers Haar. Einen Moment lang kommt es Lieselotte albern vor, sich von einer jüngeren Frau trösten zu lassen, dann jedoch denkt sie nicht weiter darüber nach, sondern gibt sich ihren Tränen hin. Zu Lieselottes Überraschung und Erleichterung sagt Marga nichts, sondern hält sie nur fest, teilt ihre Wärme mit ihr. Endlich kommt Lieselotte zur Ruhe.

»Danke«, sagt sie, als sie sich aus Margas Armen löst. »Ich bin sonst nicht so.«

»Ich bin *immer* so.« Marga lächelt. »Setz dich hin. Ich mach uns lieber einen Tee. Das beruhigt.«

»Danke«, sagt Lieselotte erneut, was ihr komisch vorkommt, aber was sonst sollte sie sagen. »Der Arzt meint, es könnte helfen, Mutter etwas vorzulesen.«

»Nennst du Amelie Mutter?« Marga stellt Kaffeepulver und Filter zurück in den Schrank und dreht Lieselotte den Rücken zu.

»Was meinst du?« Margas Frage kommt völlig unerwartet für Lieselotte, und sie kann sich keinen Reim darauf machen. Warum fragt die Nachbarin nicht nach Amelies Gesundheit oder der Diagnose. »Ich verstehe nicht.«

»Na ja, Mutti oder Mama oder Mami ist doch üblicher, oder?«

Inzwischen hat Marga die Teebeutel gefunden und hält sie hoch. »Pfefferminze oder Hagebutte?«

»Hagebutte«, antwortet Lieselotte automatisch. Pfefferminztee erinnert sie immer an die Zeit, als sie die Masern hatte und im abgedunkelten Zimmer liegen musste. »Was ist falsch an Mutter?«

Wieder überrascht Marga sie, weil sie nicht sofort antwortet, sondern überlegt. Den Kopf legt sie dabei ein wenig schief, was Lieselotte an ihre Mutter erinnert.

»Mutter klingt so distanziert. Ich weiß nicht.« Marga zuckt mit den Schultern. Inzwischen hat sie den Wasserkessel gefüllt, zwei Tassen bereitgestellt und die Schnüre der Teebeutel geschickt um die Henkel gebunden. »Für mich passt das nicht zu jemandem, der so lebendig ist wie Amelie. Oh, entschuldige.«

»Schon gut.« Gegen ihren Willen lächelt Lieselotte. Wie beruhigend, dass auch der souverän wirkenden Marga so ein Patzer unterläuft. »Ich habe den Eindruck, du kennst eine ganz andere Frau als ich.«

Wenn man sich an der Schulter von jemandem so sehr ausgeweint hat, dass diese immer noch einen dunklen Tränenfleck auf dem Pullover hat, dann ist es einfach nicht mehr passend, an dem unpersönlichen Sie festzuhalten.

»So lange kenne ich Amelie nicht. Nicht so lange wie du.« Marga gießt das kochende Wasser über die Teebeutel und reicht Lieselotte eine Tasse. »Cat Ballou war schuld.«

»Ist er dir abgehauen?« Lieselotte kann sich gut vorstellen, wie der schwarze Kater an ihrer Mutter vorbei in die Wohnung flitzt, so, wie er das auch bei ihr getan hat. »Ich wusste gar nicht, dass Mutter Katzen mag.«

»Nein, es war viel schlimmer.« Marga tunkt den Teebeutel mehrmals ein, bevor sie ihn aus der Tasse zieht und auf einen

Teller legt. »Der dumme Kater war mir weggelaufen. Vielleicht wollte er zurück in die frühere Wohnung. Jedenfalls ist er unter ein Auto geraten.«

»Ach je!« Erschrocken hebt Lieselotte die Hand zum Mund. Gut, dass dem Kater heute nichts passiert ist. »War es schlimm?«

»Amelie hat ihn gefunden. Er blutete und hat kaum noch geatmet.« Margas Stimme schwankt, als sie sich an den Schrecken erinnert. »Ich war vollkommen paralysiert. Ich konnte gar nichts tun. Amelie hat Cat Ballou vorsichtig in ein Handtuch gewickelt und ist mit ihm und mir zum Tierarzt gefahren.«

»Und du?«

»Ich bin einfach hinterhergetrottet, vollkommen panisch.« Marga lächelt. »Beim Tierarzt wollten sie uns warten lassen, aber Amelie hat so eine Szene hingelegt, dass wir sofort an die Reihe kamen.«

»Das kann ich mir gar nicht vorstellen.« Lieselotte muss sich verhört haben. Ihre Mutter, die stets kontrolliert und kühl wirkt, soll so etwas getan haben? Doch da erinnert sie sich an den Tag, als sie mit dem Fahrrad gestürzt war und sich der Lenker in ihre Wange gebohrt hatte. Amelie hat die Blutung auch mit einem Handtuch gestillt und Lieselotte zum Arzt getragen. Dort hat sie sich nicht abweisen lassen, sondern darauf bestanden, den Doktor sofort zu sehen. Lieselotte erinnert sich an die Gefühlsmischung aus Glückseligkeit, dass sie ihrer Mutter so wichtig war, und Peinlichkeit, weil alle im Wartezimmer sie beide anstarrten. »Gut, dass sie da war.«

»Ja, ohne Amelie hätte mein Kater nicht überlebt.« Erneut dieses kleine Lächeln. »Daher habe ich mich mit Amelie angefreundet. Ich wollte ein bisschen auf sie aufpassen, weil sie so allein ist. Sehr erfolgreich war ich nicht.«

»Du kannst doch nichts für den Unfall.« Kann es sein, dass

Marga sich die gleichen Vorwürfe macht wie sie? »Der Autofahrer ist schuld. Niemand sonst.«

»Ja, aber …« Marga schaufelt den dritten Löffel Zucker in ihren Tee und rührt um, als wäre das das Wichtigste, was zu tun ist. »Eigentlich wollten Amelie und ich an dem Abend ins Kino. Ich habe abgesagt …«

»Nein!« Lieselotte stößt das Wort so laut heraus, dass Marga erstaunt aufschaut. »Mach du dir nicht auch Vorwürfe. Das mache ich schon die ganze Zeit.«

»Was hast du eigentlich gesucht?«, fragt Marga, als wollte auch sie nicht weiter über die Schuldfrage reden. »Bist du fündig geworden?«

Einen Augenblick zögert Lieselotte. Will sie wirklich einer Fremden vom Geheimnis ihrer Mutter erzählen? Aber wer weiß, vielleicht kennt Marga ja die Geschichte von Hanni und kann Lieselottes Fragen beantworten. Nicht zu vergessen die Sehnsucht, nicht mehr allein mit der Angst um ihre Mutter zu sein, ihre Sorgen und Unsicherheiten mit jemandem zu teilen, der Amelie kennt. Eduard war Lieselotte als Erstes in den Sinn gekommen, doch genauso schnell hat sie die Idee verworfen, dass ihr Ehemann ihr in der Not wirklich zur Seite stehen würde. Nur zu gut erinnert Lieselotte sich an den bitteren Geschmack, der mit dieser Erkenntnis verbunden war. Sie vermisst Eduard nicht einmal, sondern hofft im Stillen, dass er sie in Ruhe lassen wird.

»Warte. Ich zeige dir, was ich gefunden habe.« Endlich fasst Lieselotte sich ein Herz. Manchmal muss man es einfach riskieren und jemandem vertrauen, den man nicht gut kennt. Sonst würde man den ja auch nicht besser kennenlernen. »Sagt dir der Name Hanni etwas?«

KAPITEL 11

Frankfurt am Main, 1971

Mitten in der Nacht erwacht Lieselotte aus einem düsteren Traum, in dem ihre Mutter und eine gesichtslose Frau einen erotisch aufgeladenen Tango miteinander tanzen. Lieselotte, die etwa acht Jahre alt ist, klappert am Rand der Tanzfläche mit Kastagnetten, was ihr einen vorwurfsvollen Blick ihrer Mutter einträgt.

»Glaubst du, mit diesem misstönenden Krach weckst du mich auf?«, fragt ihre Mutter und küsst die Frau ohne Gesicht auf den Hals. »Ich will nie mehr zu dir zurückkehren.«

Da erwacht Lieselotte schreiend. Schlaftrunken taumelt sie durch das Zimmer, das dank der fest schließenden Rollläden tief dunkel ist. Noch immer gefangen in den gruseligen Bildern, weiß sie nicht, wo sie sich befindet, stolpert umher, streckt die Arme aus und tastet mit den Händen nach Türen oder Wänden. Endlich, schweißgebadet und mit rasendem Herzen, wird sie fündig. Ihre suchenden Finger ertasten Holz. Neben der Tür ist der Lichtschalter, daran erinnert sich Lieselotte, und ihr wird etwas leichter ums Herz. Doch sie findet keinen Schalter, sondern ertastet auch weiter nur Holz. Panisch zerrt sie an der Tür, bis diese aufspringt. Kein Licht dringt ins Zimmer. Stattdessen dringt Lieselotte der stechende Geruch von Mottenkugeln in die Nase.

Der Schrank. Ich bin im Schrank, erkennt sie, nachdem es ihr gelungen ist, die Panik zu bekämpfen und etwas wacher zu werden. *Ich bin nicht in Kassel, sondern in Frankfurt.*

Nun endlich kann sie sich orientieren und findet den Lichtschalter. Im hellen Schein der Zimmerleuchte verfliegen ihre Ängste und die Erinnerungen an den Traum, aber das Gefühl der Besorgnis bleibt. Sie beschließt, sich einen beruhigenden Tee zu kochen oder eine heiße Milch mit Honig. Einschlafen wird sie jetzt nicht mehr. Dafür schlägt ihr Herz immer noch zu schnell. Ganz zu schweigen davon, wie sehr ihre Gedanken vor dem Einschlafen um die Frage kreisten, wer Hanni war und welche Bedeutung diese Frau im Leben ihrer Mutter hatte.

Nachdem sie Milch in einen Topf geschüttet hat, den sie auf den Herd stellt, sucht Lieselotte sich den Honig und eine Tasse. Als die Milch warm ist, setzt sich Lieselotte an den Küchentisch, an dem sie als Kind ihre Hausaufgaben machte. Ihr Blick fällt auf die Küchenuhr.

3:27 Uhr.

Eine unglückliche Zeit – viel zu früh, um aufzustehen, aber die Müdigkeit ist verflogen. *Vielleicht sollte ich weiter in den Sachen meiner Mutter nach einem Hinweis suchen,* überlegt Lieselotte. *Aber dann bin ich morgen früh völlig zerschlagen.*

Mit kleinen Schlucken trinkt sie die süße Milch, während sie versucht, ihre Gedanken von Hanni abzulenken. Wie es Eduard wohl geht? Lieselottes Ehemann hat gestern kurz angerufen.

»Ferngespräch. Du weißt doch, wie teuer das ist.«

Ihr ist es ganz recht, dass sie die Telefonate kurz halten. Viel zu sagen gibt es ohnehin nicht.

»Wie geht es deiner Mutter?«

»Unverändert.«

»Wann kommst du zurück?«

»Das hängt von den Ärzten ab.« Kurzes Schweigen, bevor Lieselotte die Frage stellt, die Eduard sicher erwartet: »Kommst du ohne mich zurecht?«

»Muss ich ja wohl.«
»Lass es nicht so teuer werden. Tschüs.«
»Tschüs.«
Obwohl sie schon so lange verheiratet ist und Eduard gut genug kennt, muss Lieselotte immer wieder gegen die Enttäuschung ankämpfen, die jedes Telefonat mit sich bringt. Obwohl sie es besser weiß, hofft sie immer noch, dass Eduard ihr in dieser Krisensituation zur Seite steht, dass er wenigstens anbietet, am Wochenende nach Frankfurt zu kommen. Aber er schweigt. In Eduards Augen ist die Pflege ihrer Mutter wohl Lieselottes Sache. Wenn seine Mutter erkrankt wäre, wäre es eine Selbstverständlichkeit, dass Lieselotte ihn begleitet und sich um alles kümmert.
Vielleicht liegen sie ja doch richtig, diese Frauen, die gleiche Rechte für Frauen und Männer fordern. Was wohl Marga von denen hält? Ob Marga sogar zu denen gehört? Lieselotte kann sich ihre Nachbarin gut vorstellen, wie diese auf die Straße geht und ihre Rechte einfordert.
Oh, die Milch ist schon alle. Lieselotte gähnt. Eigentlich müsste sie sich jetzt noch einmal die Zähne putzen, aber dafür ist sie zu müde.
Bevor sie unter die Bettdecke kriecht, zieht sie die Rollläden ein wenig hoch, so dass das Licht der Straßenlaterne ins Zimmer fällt.

Am nächsten Tag fährt sie wieder ins Krankenhaus. Vor der Tür des Zimmers ihrer Mutter steht eine fremde Schwester, die Lieselotte noch nicht hier gesehen hat. Erst als sie direkt vor der Frau steht, kommt sie ihr bekannt vor.
»Oh, ich hätte Sie beinahe nicht erkannt.« Lieselotte mustert Schwester Alix. Wie sehr Haare doch ein Gesicht verändern. Heute sind sie lang, glatt und tiefrot. »Ist das eine Perücke?«

»So schnell wachsen sie leider nicht.« Alix lächelt. »Auch die blonden Locken sind nicht echt. Ist es nicht toll, dass man jeden Tag anders aussehen kann?«
Diese Frage hat sich Lieselotte noch nie gestellt. Obwohl Perücken gerade sehr modern sind, hat sie sich nicht eine einzige gekauft. Eduard würde das sicher nur als Geldverschwendung betrachten, und Lieselotte ist es nicht wichtig, wie sie aussieht.
»Wie geht es ihr?«, fragt Lieselotte die junge Schwester. Ihr vertraut sie mehr als den Ärzten, die es immer eilig haben und mit vielen Fremdwörtern reden. »Bitte sagen Sie mir ehrlich: Gibt es Hoffnung?«
»Wo Leben ist, ist auch Hoffnung.« Schwester Alix lächelt und hebt entschuldigend die Hände. »Ich wünschte, ich könnte Ihnen etwas Konkreteres sagen.«
»Glauben Sie, es hilft, wenn ich meiner Mutter vorlese, wenn ich mit ihr rede?«
»Schaden tut es auf keinen Fall.« Sanft streicht ihr die jüngere Frau über den Arm. »Man weiß von Menschen, die aufgewacht sind, dass sie im Koma gehört haben, was ihre Angehörigen am Krankenbett redeten.«
»Danke.« Lieselotte zieht sich einen orangefarbenen Stuhl ans Bett ihrer Mutter. Glücklicherweise hat Amelie ein Einzelzimmer, so dass Lieselotte ihre Worte nicht allzu sehr abwägen muss. Sie kann frei heraus das aussprechen, was sie ihrer Mutter sagen möchte, ohne überlegen zu müssen, was eine Bettnachbarin von ihnen beiden denken mochte.
»Ich habe den Brief gefunden, Mutter.« Sie leckt sich die trockenen Lippen. Auch wenn sie nicht vollends davon überzeugt ist, dass ihre Mutter sie hören und verstehen kann, fällt es Lieselotte schwer, ihre Gedanken auszusprechen. »Von Hanni.«

Irrt sie sich, oder hat Amelie gerade mit einem Finger gezuckt, als wollte sie ihr antworten? Ohne ein weiteres Wort zu sagen, beugt Lieselotte sich vor und starrt die rechte Hand der Mutter an, bis ihr die Augen brennen. Nein, sie muss sich geirrt haben. Amelie liegt noch immer reglos. Nur das Beatmungsgerät hebt und senkt ihre Brust.

»Hanni?«, versucht Lieselotte es dennoch. »Wer ist Hanni? Wie wichtig war sie in deinem Leben?«

Wofür steht die Abkürzung Hanni wohl? Für Hannelore vielleicht? Kann es wirklich sein, dass ihre Mutter eine Frau geliebt hat? Lieselotte weiß nicht, was sie von dieser Vorstellung halten soll. Wenn sie ehrlich ist, kann sie sich eigentlich nicht vorstellen, dass ihre kühle, stets beherrschte Mutter überhaupt jemanden geliebt hat.

»Warum hast du nicht wieder geheiratet?«, fragt sie ihre schweigende Mutter. Seltsam, wie zart und zerbrechlich Amelie aussieht. Lieselotte war sich immer sicher, dass nichts ihre Mutter besiegen könnte. »Du warst doch erst dreißig Jahre alt, als der Krieg endete. Dein ganzes Leben lag noch vor dir.«

Wen hätte ihre Mutter denn heiraten sollen?, beantwortet sich Lieselotte ihre Frage selbst. Nahezu alle jungen Männer hatte der entsetzliche Krieg verschlungen. Was ihre Mutter in der Kriegszeit und danach erlitten hat, das weiß Lieselotte eigentlich nicht, weil Amelie nicht darüber gesprochen hat. Auch Luise hat sich geweigert, über die Zeit des Nationalsozialismus zu reden.

»Es war eine schlimme Zeit, Lotte.« Luise hat gelächelt, aber gleichzeitig sehr deutlich gemacht, dass sie nicht bereit war, mehr zu sagen. »Als Kind hast du das nicht so mitbekommen.«

Heute würde ich mich nicht so schnell abspeisen lassen. Heute brächte ich den Mumm auf, Luise nach der Wahrheit zu fragen, selbst wenn sie nicht darüber reden wollte.

War das wirklich so? Lieselotte hat bisher nicht den Mut gehabt, ihre Mutter danach zu fragen, wer denn nun ihr Vater war und was für ein Schicksal er hatte. Selbst wenn diese erwachte, könnte Lieselotte nicht sagen, ob sie ihre Mutter auf Hanni ansprechen würde. Sicher interpretiert sie zu viel in den Brief hinein. Doch ihr geht das sehnsuchtsvolle Flehen nicht mehr aus dem Kopf. So schrieb keine schlichte Freundin, nicht wahr? Hätte sie es nicht merken müssen, wenn ihre Mutter eine Lesbierin wäre? Woran erkannte man so etwas überhaupt? Wen könnte sie danach fragen?
Marga wüsste das sicher, aber Lieselotte ist es unangenehm, der jüngeren Frau gegenüber zugeben zu müssen, wie wenig sie von diesen Dingen versteht. Bereits jetzt kommt sie sich Marga gegenüber altbacken und unerfahren vor. Kann es wirklich sein, dass Lieselottes Leben so derart bieder und eintönig ist, dass die spannendste Frage ist, was sie am Wochenende kochen will?
»Was ist dein Geheimnis, Mutter?«, fragt sie, um sich von den Gedanken an ihr ungelebtes Leben, an all ihre unerfüllten Wünsche, an die ungenutzten Möglichkeiten abzulenken. »Was verbirgt sich hinter den leeren Fotoalben und dem Namen Hanni?«
Sanft streicht sie Amelie eine Haarsträhne aus der Stirn, wohl wissend, wie wichtig es ihrer Mutter ist, gepflegt auszusehen. *Ich habe immer damit gerechnet, dass ich mich irgendwann um dich kümmern werde, dass ich dich betreuen und pflegen werde, so, wie du mich als Kind betreut hast. Aber doch nicht so früh!*
Was wäre, wenn ihre Mutter nicht mehr aus dem Koma erwachte? Würde Amelie dann bis zu ihrem Tod – der Gedanke daran schnürt Lieselotte die Kehle zu – im Krankenhaus bleiben, oder wird von ihrer Tochter erwartet, dass sie die Mutter

mit in ihr Zuhause aufnimmt? Eduard wäre sicher nicht begeistert.
Nein, daran darf sie nicht denken. Toi, toi, toi – Lieselotte blickt sich nach etwas Hölzernen um, damit ihre Gedanken nicht den Tod ihrer Mutter heraufbeschwören. Sie muss aufstehen, um an das Tischchen zu klopfen, das an der Wand steht, wohl für Besucher gedacht, die dort Präsente ablegen können.
Die Tür öffnet sich, und eine Krankenschwester kommt herein. Eine, die Lieselotte bisher noch nicht kennengelernt hat. *Dr. von Dewitz* steht auf dem hellgrauen Namensschild.
»Guten Tag.« Die Frau nickt ihr zu. Ganz kühl und professionell wirkt sie, etwa zehn Jahre älter als Schwester Alix. »Ich muss Blut abnehmen und die Werte Ihrer Mutter prüfen. Wenn Sie bitte so lange das Zimmer verlassen.«
Obwohl es Lieselotte widerstrebt, ihre Mutter allein zu lassen, gehorcht sie der Krankenschwester, die wohl gar keine ist, sondern eine Ärztin.
Nur weil sie eine Frau ist, habe ich sofort gemeint, sie gehört zum Pflegepersonal. Einen Mann hätte ich gleich für einen Arzt gehalten.
Lieselotte schüttelt den Kopf über sich und darüber, wie viele ihrer Gewissheiten in den letzten Tagen verschwunden sind.
»Sie können wieder hineingehen.« Die Ärztin nickt Lieselotte zu, etwas freundlicher nun. »Wenn Sie Ihrer Mutter etwas Gutes tun wollen, befeuchten Sie ihr ab und zu die Lippen.«
»Danke.« Lieselotte öffnet die Tür. Sie sollte es besser wissen, aber die Hoffnung hat sich eingeschlichen, dass die Ärztin ein Wunder vollbrachte und ihre Mutter aufgewacht ist. Doch Amelie wirkt unverändert.
Nun setzt sich Lieselotte an die andere Seite des Betts, so dass sie an ihrer Mutter vorbei aus dem Fenster sehen kann.

Passend zu ihrer Stimmung ist der Himmel hellgrau, als drohte ein Regenschauer.
»Ich habe keinen Regenschirm dabei, obwohl du mir das immer gepredigt hast.« Lieselotte streichelt die Hand der Mutter. Wie haben sie diese Ermahnungen früher verärgert. Heute würde sie alles dafür geben, wenn ihre Mutter sie noch einmal aufforderte, das Haus nicht ohne Schirm zu verlassen, weil man sich auf das Wetter in Frankfurt nicht verlassen könne.
Lieselotte mustert ihre Mutter, sucht nach Anzeichen, die einen winzigen Hinweis geben könnten, wer denn Hanni war. Als ob man ihrer Mutter so etwas ansehen könnte. Will Lieselotte wirklich erfahren, wer Hanni war und welche Geschichte die Frau mit Amelie verbindet? Was kann diese Information bewirken? Wird das Wissen über die Vergangenheit ihrer Mutter Lieselottes Blick auf diese verändern? Nein, schließlich kennt sie ihre Mutter schon ihr ganzes Leben lang. Das müsste schon etwas sehr Gewaltiges sein, um Lieselottes Meinung über Amelie zu erschüttern.
Und dennoch! Lieselotte kann nicht aufhören, sich die unterschiedlichsten Geschichten auszumalen, die ihre Mutter und Hanni verbunden haben könnten.
»Wenn ich mehr Phantasie hätte oder wenn du nicht die wärst, die du bist, würde ich ja annehmen, dass es eine Dreiecksgeschichte gab.« Lieselotte lächelt, weil ihr die Idee so abwegig erscheint. »Du, Vater und Hanni.«

KAPITEL 12

Frankfurt am Main, 1971

Den Vormittag verbringt Lieselotte damit, die Wohnung ihrer Mutter auf Hochglanz zu putzen. Heute wird sie erst am Nachmittag ins Krankenhaus fahren, weil es sie deprimiert, jeden Tag damit zu beginnen, Amelie nicht helfen zu können. Also hat sie nach dem Aufstehen Staubsauger und Putzlappen geschwungen, bis die Wohnung so sauber ist, dass sich selbst ihre Mutter nicht beschweren könnte. Wie wohl Eduard allein klarkommt? Selbst mit viel Phantasie kann sich Lieselotte nicht vorstellen, wie ihr Ehemann den Schrubber schwingt oder ein Waschbecken mit »Ata« scheuert. Bei der Vorstellung muss sie kichern. Vielleicht wird Eduard jetzt endlich einsehen, wie viel Arbeit *das bisschen Haushalt,* wie er es immer nennt, mit sich bringt. Möglicherweise tut es ihnen beiden gut, dass sie eine Weile voneinander getrennt sind und so herausfinden können, wie viel sie einander noch bedeuten. *Wie wenig* sie einander bedeuten. Wenn sie ehrlich zu sich ist, muss sich Lieselotte eingestehen, dass sie Eduard nicht vermisst. Selbst jetzt nicht, wo sie sich um ihre Mutter sorgt und Unterstützung brauchen könnte.

Ein letztes Mal wischt sie mit einem Geschirrtuch über das Edelstahl der Spüle, bis auch diese glänzt. Zufrieden schaut Lieselotte sich um. Ja, man sieht der Wohnung an, dass Lieselotte den ganzen Vormittag hier gearbeitet hat.

»Und was mache ich morgen?«, fragt sich Lieselotte. Inzwischen spricht sie mit sich selbst, damit die Wohnung nicht so

leer und einsam wirkt. Falls Cat Ballou für einen Besuch vorbeikommt, redet sie mit dem Kater, der ein guter Zuhörer ist. »Warum werden mir die Tage hier so lang?«
In Kassel hat sie immer etwas zu tun gefunden – einkaufen, putzen, bügeln, für Eduard kochen, abends mit ihm gemeinsam fernsehen. Gelangweilt hat sie sich nie, oder doch? Ihr Leben in Kassel ist durchgeplant und gleichförmig. Montag bis Freitag hat sie tagsüber die Wohnung für sich; die Abende verbringt sie mit Eduard: erst Abendessen, dann Fernsehen. Samstag fährt ihr Ehemann sie zum Großeinkauf; nachmittags schaut er Sport im Fernsehen, und Lieselotte liest etwas. Sonntags kommen entweder seine Eltern und sein Bruder zum Kaffee, oder Eduard und Lieselotte unternehmen einen Ausflug. Meist jedoch kommt seine Familie zu Besuch, für die es selbstverständlich ist, dass Lieselotte Kuchen backt und alle bewirtet. Warum eigentlich?
Bevor ihre Mutter ins Krankenhaus gekommen ist, hat Lieselotte sich diese Fragen nur leise gestellt. Mit etwas Abstand schaut sie nun auf ihr Leben und zweifelt, ob das wirklich alles gewesen sein soll. Wenn es nach Eduards Wünschen geht, wird ihr gemeinsames Leben sich auch weiterhin so gestalten: Er geht arbeiten, Lieselotte kümmert sich um den Haushalt, und einmal im Jahr fahren sie für eine Woche in den Urlaub. An die Nordsee, immer derselbe Ort, immer dieselbe Pension.
Warum nur schnürt sich ihr bei der Vorstellung, dass alles weitergehen wird wie bisher, auf einmal die Kehle zu? Sie ist doch zufrieden mit ihrem Leben, jedenfalls im Großen und Ganzen. Das hat Lieselotte sich doch gewünscht: verheiratet zu sein und eine eigene Wohnung zu haben. Ein eigenes Leben zu führen, unabhängig von ihrer Mutter. Kinder wollte sie nicht. Nicht nachdem sie einmal mit anhören musste, wie

Amelie zu Lieselottes Großmutter sagte: »Ohne das Kind hätte ich mir meine Träume erfüllen können.«
Noch heute schmerzt die Erinnerung an diesen Tag. Noch heute spürt Lieselotte das Entsetzen, die Tränen, die sie still weinte, damit ihre Mutter das nicht bemerkte. Ihre Mutter, die Lieselotte die Schuld am Scheitern ihrer Träume gab. *Und trotzdem bin ich hier, um mich um sie zu kümmern.*
Um sich abzulenken, schaltet sie das kleine Radio ein, das in der Küche steht. Ob es ihrer Mutter wohl auch dazu dient, die Stille der Einsamkeit zu vertreiben? In den Nachrichten berichtet der Sprecher von einem Skandal, der die Fußballbundesliga erschüttert. Gibt es wirklich nichts Wichtigeres auf der Welt? Den Vietnamkrieg oder den Militärputsch in der Türkei zum Beispiel? Lieselotte lächelt. Eduard würde umfallen, ahnte er auch nur, dass sie sich für Politik interessiert, die *Tagesschau* mit großem Interesse verfolgt und nicht nur dabeisitzt, damit er nicht allein ist. Auch die Tageszeitung, die *Hessische Allgemeine,* liest Lieselotte jeden Morgen, wenn Eduard aus dem Haus gegangen ist. Schade, dass ihre Mutter keine Zeitung abonniert hat. Wie viele Menschen, die im Nationalsozialismus lebten, steht Amelie der Politik äußerst skeptisch gegenüber und will wenig davon wissen.
Oh, so spät schon! Lieselotte springt auf, stellt das Radio ab, zieht Straßenschuhe und Mantel an, damit sie rechtzeitig im Krankenhaus ist.

Nichts hat sich verändert. Die Ärzte mahnen Lieselotte zur Geduld, aber sie kann nicht aufhören zu hoffen und ist jedes Mal wieder enttäuscht, wenn sie ihre Mutter still und leblos im Krankenbett liegen sieht. Heute hat sie das nur eine halbe Stunde ausgehalten, bevor sie fluchtartig das Krankenhaus verlassen hat. Nur noch schnell etwas fürs Abendessen einkaufen – und ein bisschen Gehacktes für Cat Ballou –, und dann ist wieder ein Tag vorübergegangen, ohne dass sich etwas geändert hat.

Mit zwei Einkaufstüten in der Hand will Lieselotte zur Straßenbahn eilen, als eine junge Frau, die ein Megaphon in der Hand hält, ihre Aufmerksamkeit weckt.

»Unterschreiben Sie gegen den § 218!«, ruft das blonde Mädchen. »Jede Stimme zählt.«

»Du solltest heiraten und Kinder kriegen«, schnauzt sie ein kräftiger Mann im Anzug an. »Ihr Emanzen habt doch alle nur keinen abgekriegt.«

Als ob er Gottes Geschenk an die Frauen wäre, denkt Lieselotte, die sich an den Straßenrand stellt, um das Ganze noch ein wenig zu beobachten. Marga würde sofort unterschreiben, da ist sie sich sicher. Aber sie schwankt noch immer. Soll jede Frau wirklich allein entscheiden dürfen, ob sie ihr Kind bekommt oder nicht?

Warum eigentlich nicht? Was geht es die Gerichte an, dass ich schwanger bin?, denkt Lieselotte und erinnert sich an die unangenehmen Gespräche mit ihrem Frauenarzt, als sie ihn um ein Rezept für die Pille gebeten hat. Aus medizinischen Gründen, musste sie lügen, weil er sonst Eduard gefragt hätte, ob der damit einverstanden sei.

Als Lieselotte auf den Informationsstand der Frauen zugehen will, wo bereits eine junge Frau im hellen Mantel steht und unterschreibt, beobachtet sie, wie sich langsam eine verhärmt aussehende, ältere Frau nähert. Mit ihren grauen Wasserwellen, der schmetterlingsförmigen Hornbrille und den tiefen Falten um den schmalen Mund erinnert sie Lieselotte so sehr an ihre frühere Handarbeitslehrerin, dass sie lieber Abstand hält. Bestimmt dürfen sich die jungen Frauen am Stand gleich

eine Predigt von der in einen dunklen Mantel gehüllten Alten anhören.
Die Frau wartet geduldig, bis die vor ihr unterschrieben hat. Dann öffnet sie den Mund, und Lieselotte duckt sich ein bisschen, so wie früher, in Erwartung der hohen, schimpfenden Stimme.
»Wo soll ich unterschreiben?«, hört sie überrascht die hagere Frau fragen, deren Stimme doch deutlich angenehmer ist als die der Handarbeitslehrerin. »Gut, dass endlich jemand etwas gegen den Schandparagraphen unternimmt.«
»Danke«, stottert das dunkelhaarige Mädchen am Stand, das sichtlich mindestens ebenso erstaunt ist wie Lieselotte. »Wir wollen die Unterschriften dem Justizminister Jahn übergeben.«
»Viel Erfolg.«
»Danke. Ihnen einen schönen Tag.«
»Danke. Euch auch.«
Da niemand auf Lieselotte wartet, bleibt sie noch ein wenig stehen, um zu beobachten, wer wohl noch alles die Stimme gegen den Abtreibungsparagraphen abgibt. Eine verhuscht wirkende Frau, die einen braunen Kamelhaarmantel trägt, schaut sich mehrmals um, ehe sie sich an den Stand heranwagt. Eine anthrazitfarbene Mütze, die aussieht wie verfilztes Kunstfell, bedeckt ihre Haare. Die Augen verbirgt sie hinter einer riesigen, viereckigen Sonnenbrille, als wollte sie nicht, dass jemand sie erkennen kann. Als sie unterschreibt, sieht Lieselotte, dass ihre Hände zittern. Einen Augenblick überlegt sie, ob sie der Fremden ihre Hilfe anbieten soll, aber da hat diese sich auch schon umgedreht und verschwindet in der Menge.
»Jetzt bin wohl ich dran«, sagt Lieselotte, mehr zu sich selbst als zu dem etwa siebzehnjährigen Mädchen hinter dem Stand, das ihr einen Kugelschreiber reicht.
»Ihre Stimme hilft.«

»Oh, sind das alles Unterschriften?«, fragt Lieselotte und blättert überrascht durch die vielen Seiten, die vor ihr liegen. »Wie lange sammeln Sie denn schon?«
»Erst seit heute Morgen.« Hörbarer Stolz liegt in der Stimme der jungen Aktivistin. »Jetzt kann niemand mehr behaupten, Schwangerschaftsabbruch sei ein Thema, das nur wenige Frauen betrifft.«
»Viel Erfolg weiterhin.«
Nachdem Lieselotte sich umgedreht hat, sieht sie zwei Frauen, wohl Mutter und Tochter, auf sich zukommen, die ein kleines Mädchen an den Händen halten. Sie bleiben am Stand stehen, um dort ihre Unterschrift gegen den § 218 zu leisten, bevor sie weiter einkaufen gehen. Das muss ich Marga erzählen, denkt Lieselotte. Ihre Neugier lässt sie ausharren. Außerdem wartet ja niemand auf sie. Mal sehen, wer alles noch die Frauen unterstützt.
Zu ihrer Überraschung unterschreibt auch ein Mann im mittleren Alter. Konservativ sieht er aus in seiner grauen Hose und dem blauen Parka. Da hätte Lieselotte eher erwartet, dass der junge Mann mit den langen Haaren die Sache der Frauen unterstützt. Aber der hat sie alle beschimpft und versucht, ihnen die Unterschriftenlisten zu entreißen. Meine Menschenkenntnis ist wohl nicht die beste, denkt Lieselotte, oder aber bei diesem Thema verschwimmen die gewohnten politischen Grenzen.
Endlich kommen zwei elegant gekleidete Damen in ihre Richtung; die eine trägt Pelz, die andere ein teuer aussehendes Kostüm unter einem langen roten Wollmantel. Sie unterhalten sich miteinander, während sie mit großen Schritten durch die Fußgängerzone eilen. *Die unterschreiben niemals, da könnte ich Wetten darauf abschließen.*
Dieses Mal scheint Lieselotte mit ihrer Einschätzung richtig-

zuliegen. Die Gutgekleideten würdigen den Stand keines Blickes.

»Unterschreiben Sie für die Streichung des § 218!«, ruft das Mädchen erneut in sein Megaphon, was die Frau im Pelz stutzen lässt. Lieselotte beobachtet, wie sie mit ihrer Freundin diskutiert, bevor sie sich umdreht und ebenfalls ihre Stimme gegen den Abtreibungsparagraphen abgibt. Ihre Freundin im roten Mantel bleibt abseits stehen und schüttelt den Kopf.

Vielleicht sollte ich mich auch politisch engagieren, überlegt Lieselotte, die sich nun endlich auf den Heimweg begibt. Eduard würde der Schlag treffen. *Na und. Ich bin auch nicht mit allem einverstanden, was er so treibt. Dann kann er sonntags zum KSV gehen, und ich … ich mach irgendwas Wichtiges.*

Nachdem sie in der Wohnung angekommen ist, öffnet sie die Fenster, um etwas von der milden Sommerabendluft in die Wohnung zu lassen. Erst dann verstaut sie die Einkäufe im Kühlschrank und im Hängeschrank. *Was soll ich mir heute Abend kochen? Eine Suppe vielleicht, etwas Schnelles, für mich allein lohnt sich der Aufwand kaum. Ob es Mutter auch so ging?*

Allein zu leben, für niemanden als für sich selbst verantwortlich zu sein. Wie wenig sie über Amelie weiß, wie wenig Gedanken sie sich bisher darüber gemacht hat, wie ihre Mutter wohl allein in Frankfurt lebt, ob sie glücklich ist, ob sie noch Wünsche und Träume hat. Wahrscheinlich, so überlegt Lieselotte, machen Kinder sich nie Gedanken darüber, dass ihre Eltern ein eigenes Leben haben, dass ihre Eltern eine Geschichte haben, die vor der Geburt der Kinder begann. Genauso wenig wie sie darüber nachdenken, wie ihre Eltern leben, nachdem die Kinder aus dem Haus sind.

Bevor sie sich weiter mit diesen Fragen beschäftigen kann,

klingelt es an der Haustür. Lieselotte späht durch den Türspion. Schließlich haben Eduard und sie genügend Folgen der Fernsehsendung *Nepper, Schlepper, Bauernfänger* gesehen, als dass sie jemals die Wohnungstür öffnen würde, ohne sich zu vergewissern, wer davorsteht.

Marga, denkt Lieselotte, verwundert, dass sie sich über den Besuch freut. Noch immer kann sie nicht sagen, was sie von der Nachbarin zu halten hat. Obwohl Marga bis in die Puppen schläft, zerzaust wirkt und drauflosduzt, kann Lieselotte sie trotzdem gut leiden. Vielleicht wegen Cat Ballou; vielleicht auch, weil die Nachbarin so lebensfroh und zufrieden wirkt.

»Guten Tag, Marga«, sagt Lieselotte, nachdem sie die Tür geöffnet hat, und ärgert sich über sich selbst, weil sie so steif und altmodisch klingt.

»Hallo.« Marga hält Cat Ballou auf dem Arm, der seinen Kopf unter ihr Kinn schmiegt. »Störe ich?«

»Nein. Ich war gerade einkaufen.«

»Heute Abend kommt *Ein Platz für Tiere.*« Marga legt den Kopf ein bisschen schief. Wenn sie lächelt, sieht man Grübchen in ihren Wangen. »Das haben Amelie, Cat Ballou und ich immer zusammen geschaut … Ich hab ja keinen Fernseher.«

Es braucht ein paar Sekunden, bis Lieselotte begreift, was Marga ihr eigentlich sagen will. Dann benötigt sie noch ein bisschen Zeit, um sich zu überlegen, ob sie diesem Wunsch nachgeben möchte. Ach, warum nicht?

»Klar könnt ihr das bei mir anschauen.« Lieselotte lächelt. »Ich seh den Grzimek auch sehr gern.«

»Guten Abend, meine lieben Freunde«, imitiert Marga überraschend treffend den Tierforscher. »Dann bis nachher.«

Marga dreht sich um, und Cat Ballou schaut über ihre Schulter, auffordernd, so scheint es Lieselotte.

»Wenn du magst, komm rein. Ich wollte gerade etwas zu essen machen.« Sie geht in die Stube, wo der Fernseher bereits eingeschaltet ist. Was soll sie auch sonst mit ihren Abenden anfangen? »Magst du ein paar Schnittchen?«

»Immer.«

Lieselotte geht in die Wohnküche. Kater und Nachbarin folgen ihr wie selbstverständlich.

»Ich hab ein Stückchen Zeppelinwurst für Cat Ballou – mag er die?« Lieselotte öffnet die Kühlschranktür. Ihr selbst ist diese Frankfurter Spezialität zu stark gepfeffert. Daher ist sie auch unsicher, ob der Kater die Leberwurst fressen darf. »Oder ist sie zu sehr gewürzt?«

»Nein, die liebt er.« Marga lächelt. Cat Ballou schaut Lieselotte an, als verstünde er jedes Wort. Der Kater maunzt fordernd. »Aber nur ein kleines Stück. Du verwöhnst ihn zu sehr.«

Lieselotte nimmt die Wurst heraus. Der Aufdruck »Genehmigt von Seiner Exzellenz dem Grafen Zeppelin mit wertem Schreiben vom 15. März 1909« erinnert sie ans Fliegen. Ob ihre Mutter noch Zeppeline im Flugbetrieb gesehen hat?

»Mach dir keine Mühe.« Marga setzt den Kater aufs Sofa, wo er gleich die zusammengefaltete Decke in Beschlag nimmt. »Ich bin gleich wieder da.«

Zu Lieselottes Überraschung läuft Marga zurück in ihre Wohnung. Lieselotte geht in die Küche, wo sie Brot, Käse, Wurst und Radieschen sucht. Sie ist noch mit dem Herrichten der Schnittchen beschäftigt, als Marga wieder in die Küche kommt.

»Hier. Das habe ich heute von einem Lieferanten im Café bekommen.« Die Nachbarin hält eine Flasche hoch. »Mangolikör. Ist das Neueste, hat er auf einer Messe gekauft.«

»Wie trinkt man den?« Neugierig nimmt Lieselotte die Flasche in die Hand. »Nimm du mal die Schnittchen, ich suche die Likörgläser.«

Nach dem gemeinsamen Essen und dem dritten Mangolikör fühlt Lieselotte sich so wohl wie schon lange nicht mehr. Cat Ballou hat es sich auf ihren Beinen bequem gemacht, im Fernsehen laufen Bilder aus der Serengeti, und Marga erzählt Dönekes von ihrer Arbeit.

»Lilo.« Obwohl Lieselotte jedes Mal abwehrt, wenn Marga sie bei diesem beinahe frivol klingenden Spitznamen nennt, ist die Nachbarin nicht davon abzubringen. »Ich habe mir etwas überlegt.«

»Was für eine Idee hast du?«, fragt Lieselotte, nachdem sie sich noch einen Likör eingeschenkt hat. Sie hegt den Verdacht, dass sie den brauchen wird. »Was hast du dir ausgedacht?«

»Warum fängst du nicht bei uns im Café an?« Marga schaut kurz auf, bevor sie sich noch ein Brot mit Käse nimmt. Wenn Lieselotte sich nicht täuscht, mag ihre Nachbarin keine Wurst. Schinken auch nicht. »Ich dachte, bevor du hier den ganzen Tag allein bist …«

Auf so eine Idee kann nur Marga kommen. Wahrscheinlich ist es ihr gestern eingefallen, und heute platzt sie damit heraus. Spontan und voller Vertrauen, dass Lieselotte die Idee gefallen wird.

»Ich?« Lieselotte schmunzelt, weil ihr Tonfall sich anhört, als hätte Marga ihr ein unanständiges Angebot gemacht. »Ich habe noch nie gekellnert.«

»Ach, das lernst du schnell. Das Einzige, worauf du achten musst, ist, keine Getränke auf die Gäste zu kippen.« Nun schaut Marga auf. Sie wirkt erleichtert, als habe sie erwartet, dass Lieselotte wenig erfreut reagieren wird. »Uwe, der Chef, ist wirklich in Ordnung. Das Trinkgeld ist gut und die Gäste freundlich, die meisten jedenfalls.«

Obwohl Margas Frage sie überrascht hat und sie spontan ablehnen will, beginnt Lieselotte doch nachzudenken. Endlich wieder eigenes Geld zu verdienen, Eduard nicht immer um Haushaltsgeld bitten zu müssen, sich einmal wieder etwas gönnen zu können – all das schwingt in Margas Angebot mit. Aber kann sie das überhaupt? Wann soll sie arbeiten? Müsste sie nicht die Zeit bei ihrer Mutter verbringen?

»Du brauchst doch bestimmt Geld, wenn du länger in Frankfurt bleiben willst«, sagt Marga, als hätte sie Lieselottes Bedenken vorausgeahnt. »Außerdem kannst du deine Gedanken dann einmal mit etwas anderem beschäftigen.«

»Aber ich muss doch jeden Tag ins Krankenhaus.« Selbst für Lieselotte klingen ihre Worte nach einer Ausrede. »Ob dein Chef mich überhaupt will? Er denkt bestimmt, ich bin zu alt für den Job.«

»Das ist Uwe egal.« Marga zuckte mit den Schultern. »Ich habe schon mit ihm gesprochen.«

Kurz wallt Ärger in Lieselotte auf, dass die junge Frau meint, über ihr Tun entscheiden zu können, aber dann freut sie sich auf etwas Neues in ihrem Leben.

»Na, du hast mich ja anscheinend schon fest verplant«, sagt sie und lächelt, um ihren Worten die Spitze zu nehmen. »Wann soll ich denn anfangen? Wo ist das Café überhaupt?«

»In der Gräfestraße. Zehn Minuten zu Fuß von hier«, sagt Marga. »Um die Ecke ist das ›Doctor Flotte‹. Vielleicht kennst du das?«

»Ja, das gibt es doch schon ewig, oder?« Dunkel erinnert sich Lieselotte, dass die Kneipe schon in ihrer Jugendzeit bekannt war. »Nimmt es deinem Chef nicht Kunden weg?«

»Nee, durch die vielen Studenten gibt es genug Kundschaft.«

»Und der Häuserkampf?« Erst heute Morgen hat Lieselotte

etwas über die Hausbesetzungen im Westend gelesen. »Hast du da keine Sorgen?«

»Nee.« Marga schüttelt den Kopf. »Ich find's richtig, den Spekulanten Einhalt zu gebieten. Wenn du magst, kannst du morgen Abend mitkommen. Und wegen der Hanni habe ich auch nachgedacht.«

»Ja?«, fragt Lieselotte, noch immer unschlüssig, ob sie wirklich das Geheimnis ihrer Mutter gemeinsam mit Marga lüften möchte. »Hat Mutter von ihr gesprochen?«

»Das nicht.« Marga gibt sich geheimnisvoll. »Könnte ich das Foto haben, bitte? Ich will es jemandem zeigen. Vielleicht kann sie uns helfen.«

KAPITEL 13

Frankfurt am Main, 1971

Zwei Tage später beginnt Lieselotte den Morgen mit der kleinen Kehrwoche. So kann sie sich etwas davon ablenken, dass morgen ihr erster Arbeitstag sein wird. Außerdem wäre sie sonst nur versucht, bei Marga zu klingeln, ob diese etwas herausgefunden hat. Dabei ist es noch viel zu früh am Morgen für eine Studentin.

»Guten Morgen, Lieselotte.« Frau Schiller steht in ihrer Wohnungstür. Mit Argusaugen beobachtet sie, ob Lieselotte auch ordentlich putzt. »Schön, dass endlich jemand die kleine Kehrwoche ernst nimmt.«

»Guten Morgen, Frau Schiller.« Energisch widmet Lieselotte sich den Treppenstufen, möchte nicht mit der Nachbarin darüber tratschen, wer die kleine Kehrwoche nicht gut genug gemacht hat. Vor allem da sie ahnt, wen Frau Schiller meint. Marga ist wirklich niemand, den sich Lieselotte begeistert beim Hausputz vorstellen kann.

»Wenn du Zeit hast, ich habe gerade frischen Kaffee gekocht.«

Danke, aber ich muss gleich noch ins Krankenhaus, will Lieselotte abwehren, aber dann entscheidet sie sich um. Frau Schiller kann ihr vielleicht sogar bei der Suche nach Hanni helfen. Außerdem tut ihr die einsame alte Frau ein wenig leid.

»Gern, aber nur für eine halbe Stunde. Ich muss heute Vormittag noch meine Mutter besuchen.«

Nachdem sie die Treppenstufen gefegt und gewischt hat, verstaut Lieselotte Eimer und Feudel in dem winzigen Bad ihrer

Mutter, bevor sie zu Frau Schiller geht. Im Küchenschrank hat sie eine Packung Erfrischungsstäbchen gefunden – man besucht schließlich niemanden mit leeren Händen.

»Danke, Lieselotte, das wäre doch nicht nötig gewesen.« Frau Schiller nimmt die Süßigkeit mit einem Blick, der ihre Worte Lügen straft. Wenn sich Lieselotte richtig erinnert, gehört die alte Dame auch zu den Frauen, die von einer kleinen Rente ihr Dasein fristen müssen und daher wenig Geld für Leckereien aufwenden können.

»Komm rein.« In der Wohnung liegt ein sehr eigener Geruch: Putzmittel, »4711 Echt Kölnisch Wasser« und etwas leicht Muffiges, als würde Frau Schiller zu selten lüften. Die Nachbarin führt Lieselotte in die gute Stube, wo bereits weiße Porzellantassen mit blauem Zwiebelmuster bereitstehen. Das gute Geschirr, denkt Lieselotte. Genau das Gleiche hat ihre Mutter auch und behält es ebenfalls nur Gästen vor.

»Setz dich.«

Lieselotte nimmt auf der Couch Platz. Das rostfarbene Sofa mit den gelben Lehnen und den dazu passenden Sesseln ist das gleiche Modell, das auch Amelie in ihrer guten Stube stehen hat. Allerdings hat ihre Mutter die Variante in Rot mit beigefarbenen Lehnen gewählt. Lieselotte gefiel die Farbkombination mit Weiß und Blau am besten, aber die fand Amelie zu schmutzempfindlich. Anfang der 1960er Jahre hat ihre Mutter die Wohnzimmermöbel gekauft, wie Lieselotte sich erinnert. Dort an der langen Wand mit der großgemusterten Tapete, wo bei Amelie ein schwerer Bücherschrank steht, hat Frau Schiller einen Wohnschrank aufgebaut. In dem offenen Regal stehen bunte Weinrömer in Rot, Grün und Blau, zwei weiße Vasen und fünf Auswahlbände von *Reader's Digest.*

Mit der Hand streicht Lieselotte über die gehäkelten Platz-

deckchen in Weiß, die auf den Sofalehnen liegen. Ob Frau Schiller die selbst gefertigt hat? Was macht sie eigentlich den ganzen Tag? Wie verbringt sie ihre Zeit? Vielleicht beobachtet sie die Nachbarn ja nur, weil ihr sonst langweilig ist. Ob ich auch so werden würde, wäre ich nicht mit Eduard verheiratet? Bin ich nur einen Ehemann entfernt von der Einsamkeit?
»Wie geht es deiner Mutter?« Frau Schiller kommt aus der Küche. Sie hat einen Kuchen aufgeschnitten und sogar Sahne geschlagen. Lieselotte ahnt, dass sie mit einer halben Stunde nicht davonkommen wird. »Soll ich sie einmal besuchen?«
»Mutter ist noch nicht wieder aufgewacht.« Die Suche nach der geheimnisvollen Hanni hat Lieselotte beinahe vergessen lassen, dass immer noch keine Besserung eingetreten ist. »Ich glaube, nur die Familie darf sie besuchen.«
»Ach so.« Frau Schiller wirkt ein bisschen enttäuscht, was Lieselotte verstehen kann. Schließlich sind ihre Mutter und Frau Schiller seit mehr als fünfundzwanzig Jahren Nachbarinnen. Wie Silberhochzeit, denkt Lieselotte. Aber Freundinnen sind die beiden Frauen nicht geworden. Früher hätte Lieselotte sich das mit dem Altersunterschied erklärt, aber ihre Mutter hat sich ja auch mit der deutlich jüngeren Marga angefreundet. Möglicherweise erklärt das, warum Frau Schiller Marga so gar nicht leiden mag.
»Frau Schiller, hat meine Mutter einmal von einer Hanni gesprochen? Kennen Sie eine Freundin meiner Mutter mit diesem Namen?«
»Hanni? Nein, kenne ich nicht. Hätte deine Mutter von ihr erzählt, wäre sie mir bestimmt im Gedächtnis geblieben.« Frau Schiller tippt sich an die Stirn. »Ich hab ein gutes Gedächtnis.«
Schade. Das wäre ja auch zu einfach gewesen.
»Wie lange kennen Sie meine Mutter jetzt schon?«, versucht

Lieselotte einen anderen Weg, um etwas über die Vergangenheit der Mutter herauszufinden.
»So lange wie dich.« Frau Schiller schenkt Kaffee nach und legt Lieselotte noch ein Stück Marmorkuchen auf den Teller. So perfekt quadratisch ist die Scheibe, dass der Kuchen sicher aus dem Supermarkt und nicht selbst gebacken ist. »Deine Mutter, deine Oma und du, ihr seid damals aus Baden-Baden hierhergezogen. Oder aus Hannover. Es kamen ja viele Flüchtlinge, meist aus dem Osten. Da, wo der Russe war.«
Dunkel erinnert sich Lieselotte, dass sie mit ihrer Mutter eine Weile in Hannover gelebt hat, bevor die Bomben fielen. Dann gingen sie nach Baden-Baden, zu Verwandten. Dort war es sicher.
»Hat meine Mutter je erzählt, was sie in Baden-Baden gemacht hat?« Lieselotte hat sich immer gewundert, warum Amelie nicht in Frankfurt bei ihrer Mutter geblieben ist, vor allem als dann der Krieg herrschte. »Hat sie dort gearbeitet?«
»Du kennst sie doch.« Frau Schiller gibt einen ordentlichen Klecks Schlagsahne auf Lieselottes Kuchen, bevor sie sich selbst davon nimmt. »Deine Mutter ist keine, die viel von früher erzählt.«
Das hat Lieselotte befürchtet, aber gleichzeitig hat sie gehofft, dass die Nachbarin etwas mehr weiß. In fünfundzwanzig Jahren erfährt man doch so einiges vom anderen, oder nicht? Was weiß sie über die Nachbarn in ihrem Mehrparteienhaus, überlegt Lieselotte. Mehr als einen guten Tag oder ein kurzes Gespräch über das Wetter verbindet sie nicht mit den Menschen, mit denen sie ihr Haus teilt. Warum also sollte es ihrer Mutter anders gehen?
Frau Schiller hat Lieselottes Frage zum Anlass genommen, all die Menschen aufzuzählen, die in den letzten Jahren ein- oder ausgezogen sind.

»Früher war alles stabiler«, sagt sie in anklagendem Tonfall. »Früher kannte man seine Nachbarn und musste nicht ständig neue Namen auf dem Klingelschild lesen. Und mit den Neuen muss man jedes Mal wieder über die Hauswoche streiten.«

»Jeder hat halt seine eigene Art zu putzen«, versucht Lieselotte etwas Versöhnendes zu sagen, obwohl sie ahnt, was für eine Tirade jetzt kommen wird.

»Ecken sind nun einmal nicht rund«, predigt Frau Schiller. Sie sticht mit der Gabel in den Kuchen, als wäre dieser einer von den Nachbarn, deren Putzkünste Frau Schillers Ansprüchen nicht genügen. »Diese junge Studentin mit dem Kater, der auch nur Dreck ins Treppenhaus trägt ...«

Frau Schiller hat sich dermaßen aufgeregt, dass sie erst einmal einen Schluck Kaffee zu sich nehmen muss.

»Katzen sind doch sehr sauber«, verteidigt Lieselotte Cat Ballou, der noch nie Schmutz in ihre Wohnung getragen hat. »Sie verbuddeln ja keine Knochen im Garten, so wie Hunde.« Insgeheim bittet sie die Hunde um Entschuldigung, aber der Ablenkungsversuch schlägt fehl.

»Bis mittags schläft das feine Fräulein, und wenn sie mal die Treppe wischen soll, dann geht das so husch, husch.« Frau Schiller sticht mit ihrer Gabel anklagend in Richtung Lieselotte. »Aber du und deine Mutter, ihr habt euch ja gleich mit der angefreundet. Wohl weil sie studiert und was Besseres ist.«

Lieselotte ist baff. Mit so einer Anklage hat sie überhaupt nicht gerechnet. Sollte Frau Schiller etwa recht haben? Ist Margas Gesellschaft ihr lieber, weil sie eine Studierte ist? Nein, da ist Lieselotte sich sicher. Ob Marga zur Universität geht oder nicht, das ist ihr nicht wichtig. Wichtig ist, dass Marga ihr geholfen hat, als sie Hilfe brauchte. Und dass die junge Frau nicht ständig nach etwas sucht, über das sie sich beklagen kann.

»Oh, so spät schon.« Lieselotte stellt die Kaffeetasse auf die Untertasse und erhebt sich. Von dem Kuchen mit der Sahne bleibt ein zu süßer Geschmack im Mund. »Vielen Dank für Kaffee und Kuchen. Ich grüße meine Mutter von Ihnen. Auf Wiedersehen.«

»Komm bald mal wieder vorbei, wenn du jetzt länger in Frankfurt bist.«

Frau Schiller bleibt sitzen und nimmt sich das dritte Stück Kuchen. Ihr Gesichtsausdruck wirkt gleichzeitig bittend und bitter, so dass Lieselotte sich einen Ruck gibt.

»Ganz bestimmt. Bis dahin.«

Heute muss Lieselotte im Krankenhaus vor dem Zimmer ihrer Mutter warten, obwohl Besuchszeit ist, da die Ärzte sich Amelie noch einmal ansehen wollen. Ob das etwas Schlimmes zu bedeuten hat? Lieselottes Hände zittern, als sie sich eine Zeitung nimmt, die auf einem grauen Tischchen liegt. Ohne wirkliches Interesse blättert sie durch die Seiten. Schon wieder ein Bericht über das neue Scheidungsrecht. Ob es ihr etwas sagen will, dass sie in letzter Zeit ständig darüber liest? Lieselotte schüttelt den Kopf über diese Gedanken. Wahrscheinlich fallen ihr diese Bericht nur deshalb ins Auge, weil sie wütend über Eduard ist, der ihr so wenig Unterstützung gewährte, als sie ihn brauchte. Aber sich deshalb gleich scheiden lassen? In guten wie in schlechten Tagen, das hat sie versprochen, auch wenn sie aktuell das Gefühl hat, dass die schlechten Tage überhandnehmen. Wie sollte sie denn leben ohne Eduard? Ob sie eine Stelle finden würde? Etwas Besseres, als eine Aushilfe im Café zu sein? Nach so vielen Jahren, in denen sie nur zu Hause geblieben ist?

Um sich abzulenken, liest Lieselotte den Bericht über die Reform des Eherechts, wie es so hochtrabend heißt. Für eine Scheidung soll es zukünftig ausreichen, wenn die Ehe zerrüttet ist. Man muss keinen Schuldigen mehr finden. Wenn beide sich einig sind, reicht ein Trennungsjahr. Wenn nur einer die Scheidung wünscht, muss man drei Jahre warten.
Endlich öffnet sich die Tür zum Krankenzimmer ihrer Mutter. Lieselotte steht von dem orangefarbenen Stuhl auf. Ernst schauen die Ärzte sie an. So ernst, dass Lieselotte sich wieder setzen muss. Ihre Beine wollen sie nicht mehr tragen. Innerlich wappnet sie sich gegen die schlimme Nachricht, die sie gleich zu hören bekommen wird.
»Frau Frank.« Ein junger Arzt bleibt zurück, während die anderen drei weitergehen. Wahrscheinlich soll er lernen, wie man Angehörigen schlechte Neuigkeiten überbringt. »Leider …«
Lieselotte schließt die Augen, während er seinen Sermon von sich gibt, der mit lateinischen Worten durchsetzt ist. Endlich ist er fertig. Sie öffnet die Augen.
»Danke«, flüstert Lieselotte, aus Höflichkeit und weil er so jung und hilflos aussieht. »Kann ich jetzt zu ihr?«
»Ja.« Er nickt, als wollte er das Wort bestätigen. »Nehmen Sie sich ruhig Zeit. Ich werde mit der Schwester reden, dass die regulären Besuchszeiten für Sie nicht gelten.«
»Danke«, sagt Lieselotte noch einmal. Ihre Kehle ist so trocken, dass sie kein weiteres Wort herausbringt. Sie nickt dem Arzt zu und öffnet die Tür zum Zimmer ihrer Mutter. Wie jedes Mal zieht sie sich einen Stuhl ans Bett heran und streicht Amelie über die Hand.
Keine Veränderung im Zustand ihrer Mutter. Der Arzt konnte nicht sagen, ob das ein positives oder ein negatives Zeichen ist. Es sei zu früh, um weitreichende Prognosen zu stellen, hat er gesagt. Am liebsten hätte Lieselotte eine Antwort aus ihm

herausgeschüttelt, aber er schien es ehrlich zu meinen, und es schien ihm leid zu tun, dass er ihr nichts Besseres sagen konnte.
»Als ich sechs war, habe ich einmal ein Buch gelesen, das *Wahre Geschichten* hieß«, liest Lieselotte ihrer Mutter aus *Der kleine Prinz* vor. So, wie Amelie ihr die Geschichte vorgelesen hat, als Lieselotte noch klein war. Seltsam, das hat sie ganz vergessen. Diese kostbaren Momente, in denen ihre Mutter ihr nahe war, so wie ihren Schulfreundinnen deren Mütter.
Das Buch hat Lieselotte vom ersten Moment an geliebt, als sie es durchgeblättert hat. Das Bild von der Schlange, die einen Elefanten gefressen hat, hat sie sofort verzaubert, obwohl sie es bedauerte, dass auch sie nur einen Hut und nicht die Schlange in der Zeichnung sah. Ihre Mutter ist ein großer Fan von Antoine de Saint-Exupéry. In ihrem Bücherregal stehen alle Bücher, die der Autor geschrieben hat – und die ins Deutsche übersetzt sind.
Weil Lieselotte den kleinen Prinzen so liebte, hat sie auch *Wind, Sand und Sterne* begonnen, aber schon nach wenigen Seiten enttäuscht zur Seite gelegt.
»Das ist langweilig«, hat sie, damals zwölf Jahre alt, zu ihrer Mutter gesagt. »Da kommen ja weder ein Prinz noch ein Fuchs oder eine Rose drin vor. Nicht einmal eine Schlange, die einen Elefanten gefressen hat.«
»Nein«, hat Amelie geantwortet. »Aber viel von dem Zauber des Fliegens. Komm, ich lese dir aus dem *Kleinen Prinzen* vor. So wie früher.«
»Dafür bin ich zu groß«, hat das Kind Lieselotte abgewehrt. Die Frau Lieselotte bedauert es, dass sie die Gelegenheit nicht genutzt hat, mehr über ihre Mutter zu erfahren.
Der Zauber des Fliegens – Himmelsstürmerinnen –, was hält ihre Mutter vor Lieselotte verborgen? Ob Marga etwas herausgefunden hat?

KAPITEL 14

Frankfurt am Main, 1971

Vor lauter Aufregung geht Lieselotte im kleinen Flur der Wohnung ihrer Mutter auf und ab, während sie darauf wartet, dass Marga sie abholt. Immer wieder öffnet sie die Wohnungstür, weil sie meint, dass es geklingelt hat.

»Um fünf müssen wir los«, hat Marga gestern Abend gesagt, als sie kurz vorbeischaute. »Uwe ist damit einverstanden, dass ich dich anlerne.«

Inzwischen ist es zehn nach fünf, und von Marga ist weder etwas zu sehen noch zu hören. Lieselotte ist so nervös, dass sie zur Toilette muss, aber sie fürchtet, dass genau dann ihre Nachbarin klingeln wird. Was für einen Eindruck wird sie nur auf ihren Chef machen, wenn sie bereits an ihrem ersten Arbeitstag zu spät eintrifft.

Es reicht. Dann klingle ich eben bei ihr.

Lieselotte reißt die Wohnungstür auf und prallt gegen Marga, die davorsteht, die Hand erhoben, kurz vor dem Klingelknopf. Ihr Gesicht ist blass, die Haare noch zerzauster als üblich.

»Tut mir leid.« Marga verdreht die Augen. Sie stößt einen kleinen Seufzer aus. »Cat Ballou muss etwas Falsches gefressen haben. Er hat den ganzen Tag gekotzt.«

»Geht es ihm jetzt besser?« Sofort ist Lieselottes Zorn auf ihre Nachbarin verflogen. Der arme Kater! Nicht dass ihn jemand vergiftet hat. Jemand, der meint, dass Cat Ballou schmutzt. Nein, so etwas würde selbst Frau Schiller nicht tun, oder? »Kann ich dir helfen?«

»Vor fünf Minuten hat er wieder etwas fressen wollen.« Marga lächelt erleichtert. »Und es ist dringeblieben. Ich hoffe, er hat das Schlimmste überstanden.«
»Soll ich …« Obwohl Lieselotte sich fürchtet, heute zu scheitern, muss sie ihrer Freundin dieses Angebot unterbreiten. »Soll ich allein ins Café gehen, damit du dich um Cat Ballou kümmern kannst?«
»Das ist wahnsinnig lieb von dir.« Marga umarmt Lieselotte, was diese irritiert, so dass sie stocksteif dasteht. »Aber es wird schon. Da bin ich mir sicher. Komm, ich zieh mich schnell um, und du kannst Cat Ballou hallo sagen.«
»Ich kann auch hier warten.«
Neugier und Scheu tragen einen Kampf in Lieselotte aus. Bisher hat sie Margas Wohnung noch nicht gesehen, während die Nachbarin hingegen bei ihr ein und aus geht. Neugier gewinnt. Wie Marga wohl wohnt?
»Es ist nicht aufgeräumt.« Marga dreht sich kurz zu Lieselotte um. »Aber das hast du bestimmt auch nicht erwartet, oder?«
»Ertappt.«
»Ich brauche nur ein paar Minuten«, sagt Marga und verschwindet hinter einer von vier Türen, die vom Flur abgehen. »Cat Ballou ist in der Küche.«
Das wird wohl das Schlafzimmer sein, denkt Lieselotte. Da Margas Wohnung genauso aufgeteilt ist wie die von Amelie, geht Lieselotte als Erstes in die Küche, wo Cat Ballou seinen Fressnapf ausschleckt, als hätte er seit Tagen nichts zu fressen bekommen. Die Küche ist in Rot und Weiß gehalten. Auf einem kleinen weißen Tisch liegt noch das Frühstücksbrettchen, umgeben von Brötchenkrümeln. An dem Messer klebt Marmelade.
Lieselotte lächelt und geht ins Wohnzimmer, dessen Möblie-

rung sie an die ihrer Mutter erinnert, was sie überrascht. Von Marga hätte sie etwas Moderneres erwartet.
»Ich hab die Wohnung möbliert übernommen.« Marga kommt herein. Mit einem Handtuch frottiert sie sich die Haare. »Das war billig und praktisch. Ich hab's ein bisschen aufgepeppt.«
Mit der Hand deutet sie auf einen roten Teppich mit sternförmigem Muster in Orange und zwei Lavalampen. Auch die bunten Tücher und der grellfarbene Flokati sind bestimmt von ihr, denkt sich Lieselotte.
Auf dem tiefen Wohnzimmertisch aus Holzimitat liegen sechs oder sieben Bücher, zwei davon aufgeschlagen, als ob Marga gerade in ihnen gelesen hätte. Zwei davon kennt Lieselotte. *Und Jimmy ging zum Regenbogen* von Johannes Mario Simmel und *Gruppenbild mit Dame* von Heinrich Böll.
»Eine bunte Mischung liest du da.« Lieselotte nimmt ein Taschenbuch in die Hand, das alt und zerlesen aussieht. »*Das andere Geschlecht.* Was ist das denn?«
»Simone de Beauvoir«, antwortet Marga und senkt wieder den Kopf, um die Haare weiter zu trocknen. »Eine kluge Frau. Sie schreibt darüber, wie die Gesellschaft uns zu Frauen macht.«
»Und das hier?« Lieselotte greift nach dem nächsten Buch, das noch ziemlich neu aussieht und dessen Titel sie gleich neugierig gemacht hat. »*Der dressierte Mann* – geht das in die gleiche Richtung?«
»O nein.« Marga schaut hoch und rümpft die Nase. »Das ist genau das Gegenteil von der Beauvoir. Esther Vilar behauptet, dass die armen Männer die Unterdrückten sind. Was für ein Quatsch.«
»Lohnt sich also nicht, oder?« Auf einmal ist Lieselotte unsicher, ob es nicht unverschämt ist, hier einfach so durch

Margas Bücher zu wühlen. Schließlich ist Lektüre etwas sehr Persönliches, nicht wahr. »Oh, das hier ist ja ganz neu. *Love Story.*«

Bevor Lieselotte den Klappentext lesen kann, nimmt ihr Marga das Buch aus der Hand und plaziert es wieder auf dem Tisch.

»Komm, wir sind etwas spät dran.« Täuscht sich Lieselotte, oder ist ihre Nachbarin wirklich rot geworden?

Vier Stunden später sitzt Lieselotte für einen Augenblick der Ruhe am Tresen in Uwes Café, das schlicht *Gudd Stubb* heißt. Ihr tun die Füße weh – beim nächsten Mal, wenn es denn ein nächstes Mal geben wird, muss sie auf jeden Fall ihre bequemsten Schuhe anziehen. Ihr Kopf schwirrt von all den Bestellungen, die sie heute aufgenommen hat, und sie ist in Sorge, dass sie nicht gut genug war. Fünf- oder sechsmal hat sie Gästen etwas Falsches gebracht, weil sie sich deren Bestellung nicht richtig gemerkt hatte. Aber zu ihrer großen Überraschung haben die jungen Leute freundlich reagiert.

»Kann ja mal passieren.«

»Macht nichts. Dann trinke ich das eben. Schmeckt bestimmt auch.«

Wenn sie sich daran erinnert, wie Eduard sich jedes Mal aufgeführt hat, wenn einem Kellner ein Patzer unterlief, dann schämt sie sich im Nachhinein noch mehr für ihren Ehemann. Niemals hätte sie gedacht, was für eine harte Arbeit kellnern ist. Von jetzt an werde ich mich nie wieder beschweren und sorge dafür, dass Eduard größere Trinkgelder gibt, wenn wir essen gehen.

»Lief doch gut«, sagt Marga und lässt sich auf den Hocker neben Lieselotte fallen. Nur noch ein Pärchen sitzt an einem der Tische und teilt sich eine Cola, in der die Eiswürfel

geschmolzen sind, so dass sie nahezu durchsichtig scheint.
»Hast du ordentlich Trinkgeld bekommen?«
»Ich hatte keine Zeit zum Nachzählen.« Lieselotte legt das Portemonnaie auf den Tresen. »Wie funktioniert das denn? Wer bekommt das Trinkgeld?«
Uwe, der Gläser spült und mit dem Lappen die Spüle reinigt, schaut hoch. Obwohl er einen Kopf kleiner ist als Lieselotte, wirkt er kräftig und so, als könnte er sich gut durchsetzen. Uwe ist einer dieser Männer, deren Alter man nicht schätzen kann. Wenn sie nach seinen fehlenden Haaren und den vielen Falten um seine braunen Augen geht, ist er deutlich älter als sie, aber nachdem sie gesehen ist, wie agil er sich bewegt, ist sich Lieselotte da nicht mehr sicher. Attraktiv ist er nicht, mit seiner großen Nase und dem schmalen Mund, aber ihr Chef strahlt so viel Selbstvertrauen aus, dass er interessant wirkt.
»Glaubste etwa, ich?« Er schüttelt den Kopf. »Das Trinkgeld haste dir verdient. Auch wenn die Studis oft nicht sehr großzügig sind.«
»Die meisten haben selbst nicht viel«, verteidigt Marga ihre Kommilitonen. »Dass sie überhaupt etwas geben, ist schon okay.«
»Wennse sich leisten können, hier was zu trinken, könnense sich auch Trinkgeld leisten.«
Für Lieselotte wirkt es, als führten die beiden diese Diskussion nicht zum ersten Mal. Sie nutzt die Ruhe, um das Geld zu zählen. Deutlich mehr, als sie erwartet hat. Da sie mit gar nichts rechnete, sind die vier Mark zwanzig prima.
»Du musst nachts arbeiten. Wennse getrunken haben, sind die Herren und Damen Studierten generöser.« Uwe schaut Lieselotte an und lächelt ein wenig. »Falls du weiter hier arbeiten willst, natürlich.«

Ein Stein fällt Lieselotte vom Herzen. Wenn Uwe ihr das anbietet, scheint er ganz zufrieden mit ihr zu sein.
»Ja sicher, gern!«, platzt sie heraus. »Aber ich weiß nicht, wie lange ich noch in Frankfurt bin.«
»Das hat Marga schon gesagt.« Uwe zuckt mit den Schultern. »Dann bleibste eben so lange, wie es passt.«
»Danke. Vielen Dank.« Vor Freude umarmt sie Marga. »Ohne dich hätte ich das nie gewagt.«
Bevor Marga noch etwas antworten kann, öffnet sich die Tür, und der frühe Abend spült eine Gruppe junger Männer herein, die kühle Luft mit sich bringen. Lautstark sucht die Gruppe nach einem Platz. Uwe nickt Marga zu, die deren Bestellungen aufnimmt.
»Marga ist 'ne Gute, auch wenn sie 'n bisschen seltsam aussieht.« Nachdem er dieses Lob ausgesprochen hat, widmet ihr Chef sich wieder dem Polieren der Spüle, als könnte er damit einen Preis gewinnen.
Erneut kommen Gäste, so dass Lieselotte wieder an die Arbeit gehen muss. Verstohlen blickt sie auf die Uhr, nachdem sie Uwe die Bestellungen weitergegeben hat. Er nickt und beginnt, mit ruhigen und gemessenen Bewegungen das Bier zu zapfen, stellt Gläser für Cola und Fanta bereit.
Noch eine Stunde bis zum Feierabend. Zu Hause wird sie sich in die warme Badewanne legen, um dem Muskelkater vorzubeugen, der bestimmt auf sie lauert. Lieselotte stützt sich auf den Tresen, während sie wartet, dass Uwe das Bier gezapft hat.
»Lilo, das ist Georgia.« Marga tippt ihr auf die Schulter. »Sie studiert Geschichte. Nicht Mittelalter und das ganze Zeug, sondern das 20. Jahrhundert, vor allem die Weimarer Republik und den Nationalsozialismus.«
»Hallo«, sagt Lieselotte müde. Heute Abend ist sie wirklich

nicht in Stimmung, eine von Margas Freundinnen kennenzulernen. Ihre Füße tun weh, ihr Rücken schmerzt, und sie hat das Gefühl, nach Bier und Pommes frites zu riechen.
Marga schüttelt den Kopf. »Meine Freundin, der ich Amelies Bild gezeigt habe.«
Eine Mischung aus Schrecken und Erwartung durchfährt Lieselotte. Sollte sie jetzt schon erfahren, was ihre Mutter erlebt hat? Hoffentlich hat es nichts mit den Nazis zu tun, denkt sie. Einer der Gründe, warum die Elterngeneration über ihr Leben schweigt. Die entsetzlichen Greueltaten, die unter der Herrschaft Adolf Hitlers und seiner Konsorten stattfanden.
»'tschuldige.« Lieselotte dreht sich zu der Frau namens Georgia um. Sie ist nur wenig kleiner als Lieselotte, zierlich, mit schwarzen Haaren, die sie hochtoupiert trägt, und einer riesigen schwarzen Brille, hinter der sich ein schmales Gesicht verbirgt. »Ich platze gleich mit der Tür ins Haus. Hast du etwas herausgefunden?«
»Guten Abend«, antwortet Georgia und streckt Lieselotte die rechte Hand entgegen, was diese etwas überrascht. So förmlich sind Studenten sonst nicht. »Ja, ich habe das Bild erkannt.«
»Abgestandenes Bier will hier niemand trinken«, mischt sich Uwe ein und wirft Lieselotte einen kritischen Blick zu.
»Verzeihung«, murmelt sie und nimmt das Tablett. Mit den Gedanken ist sie bei der Frage, was Georgia wohl herausgefunden hat, so dass sie die Getränke falsch zuordnet und beinahe einem niedlichen Jungen mit einem Wust brauner Haare ein Bier in den Nacken kippt. Obwohl er lächelt und ihr nicht böse ist, erschrickt Lieselotte genug, um sich fortan auf ihre Aufgabe zu konzentrieren. Die jungen Männer wollen etwas zu essen bestellen, und es dauert, bis sie sich endlich entschieden haben. Hoffentlich geht Georgia nicht weg. Lieselotte

kann es kaum erwarten, endlich zu erfahren, was Margas Freundin herausgefunden hat. Doch zuerst muss sie ihre Arbeit erledigen.

»Zweimal Zwiebelsuppe.« Sie gibt die Bestellung bei Uwe auf, der ihr zunickt und mit dem Kopf nach links deutet. Dort sitzt Georgia an einem Tisch, einen Apfelsaft vor sich.

»Danke, dass du geblieben bist.« Lieselotte setzt sich ihr gegenüber. »Tut mir leid, aber ich muss arbeiten. Heute ist mein erster Tag.«

»Das Bild ist an der Wasserkuppe aufgenommen.« Georgias schroffe Art irritiert Lieselotte, aber das verdrängt sie, weil sie hofft, noch mehr zu erfahren. »War deine Mutter Segelfliegerin?«

Segelfliegerin?

Vor Verblüffung fehlen Lieselotte die Worte. Nein, das kann nicht sein. Georgia muss sich geirrt haben. Oder es gibt eine andere, eine naheliegendere Erklärung für das Foto. Ihre Mutter hat weder etwas davon erzählt, dass sie in ihrer Jugend geflogen ist, noch hat sie sich je für die Fliegerei interessiert. Aber … sie hat Saint-Exupéry gelesen und vom Zauber des Fliegens gesprochen. Und über dem Foto stand auch etwas mit Himmel, oder? Vor Aufregung werden Lieselottes Handflächen feucht. Sollte sich endlich eine Spur ergeben?

»Also, war deine Mutter eine Himmelsstürmerin?« Georgias Stimme klingt ungeduldig, wohl weil Lieselotte ihr noch keine Antwort gegeben hat. »Das wäre ziemlich spannend.«

»Entschuldige. Ich musste nachdenken.« Was hat Margas Freundin nur an sich, dass Lieselotte sich ständig bei ihr entschuldigt? »Nein, meine Mutter hat nie vom Fliegen gesprochen. Kann es etwas anderes sein?«

»Sicher, ein Ausflug, aber dazu passt die Überschrift über dem Bild nicht, oder?«

»Vielleicht BDM-Mädchen auf einem Arbeitseinsatz?«, fragt Lieselotte ins Blaue hinein. Sie hat sich nicht intensiv mit der Zeit des Nationalsozialismus beschäftigt, aber vom Bund Deutscher Mädel hat sie gehört. »Das würde die Überschrift erklären, oder nicht?«

»Ich könnte versuchen, mehr herauszufinden.« Mit zwei Fingern schiebt Georgia das Brillengestell auf der Nase etwas höher. »Aber im Gegenzug will ich auch etwas haben.«

KAPITEL 15

»Ich bin erst glücklich, wenn ich fliegen kann.«

Hilda Hewlett

Frankfurt am Main, 1935

Den gesamten Morgen über hatte Amelies Herz schneller geklopft, ihre Gedanken waren gewandert, bis sie den Stoff, den sie zuschneiden sollte, dermaßen verschnitten hatte, dass die Chefin ihr eine Strafpredigt hielt.

»Was ist denn nur heute mit Ihnen los, Fräulein Melli?« Frau Behrbohm hatte ihr den schweren Kattun entrissen und den Kopf geschüttelt. »Sonst sind Sie doch nicht so. Passen Sie besser auf, oder ich muss Ihnen den Verschnitt vom Lohn abziehen.«

»Entschuldigung«, hatte Amelie gemurmelt und sich ernsthaft bemüht, sich auf ihre Arbeit zu konzentrieren, aber ihre Gedanken wollten sich nicht fügen. *Heute Nachmittag habe ich eine Verabredung.*

Wie hatte das alles nur so schnell geschehen können? Noch immer wartete sie darauf, dass sie erwachte und sich ihr Leben als wundervoller Traum entpuppte, den eine andere, eine glücklichere Frau träumte. Als sie sich mit einer Nadel in den Finger stach, lächelte Amelie trotz des Schmerzes, weil sie nun gewiss war, nicht zu träumen.

Beinahe ging ihr alles zu rasch, ihr Leben überschlug sich, und Amelie blieb nichts anderes übrig, als sich mitreißen zu lassen und zu beten, dass alles ein glückliches Ende nähme.

Zuerst hatte sie gedacht, dass Felix von Bissing sich einen Scherz mit ihr erlaubte, als er einen Tag nach Hannis Flugstunde überraschend vor dem Ladengeschäft stand, in dem Amelie arbeitete.
»Guten Tag.« Äußerst förmlich war seine Begrüßung. »Ich hoffe, Sie erlauben, dass ich Sie nach Hause begleite.«
Nachdem sie sich von ihrer Überraschung erholt hatte, fiel Amelie sogar eine kecke Antwort ein, die sie selbst überraschte.
»Ich hatte angenommen, unter Fliegern wären wir per Du?«
Ihr Herz schlug bis zum Hals, und sie hoffte, dass Felix von Bissing das nicht bemerkte. Aber auch er schien nervös zu sein, was Amelie aus der Art schloss, wie er seine Finger ineinander verschlang, als suchte er Halt. »Oder zähle ich nicht, weil ich nur Segelfliegerin bin?«
»Entschuldige.« Zu ihrem Erstaunen wurde er rot, was Amelie sich bei diesem so selbstsicher wirkenden Mann kaum vorstellen konnte. Doch immer noch blieb ein Hauch des Misstrauens. Vielleicht war das ein dummer Scherz, den Hanni sich mit ihr erlaubte? »Du hast selbstverständlich recht. Ich heiße Felix. Darf ich dich auf einen Kaffee einladen?«
»Grundsätzlich gern«, musste Amelie antworten, die sehr bedauerte, dass sie seine Einladung nicht annehmen konnte. »Aber heute muss ich früh nach Hause. Das habe ich meiner Mutter versprochen.«
Einen Moment schaute er sie ungläubig an, so als fasste er nicht, was sie gesagt hatte, als klängen ihre Worte nach einer Ausrede, um nicht mit ihm ausgehen zu müssen. Bevor er sein Angebot zurückziehen konnte und sie ihn nie wiedersehen würde, platzte Amelie heraus: »Morgen. Morgen Nachmittag habe ich Zeit. Äh, wenn du magst, natürlich.«
»Morgen muss ich an die Uni. Die Tage danach bin ich …

eingeplant«, antwortete er. Das hatte sie befürchtet. Männer mochten es nicht, wenn man ihre Einladung ausschlug. Das war wohl Felix von Bissings Retourkutsche für den Korb, den sie ihm erteilt hatte. »Aber Freitag. Passt es dir Freitag?«

»Ich freue mich.« Nun lächelte er.

Amelies Herz hüpfte, als er sie ansah. Wie konnte es sein, dass dieser schöne Mann sich mit ihr verabreden wollte und nicht mit der blonden, strahlenden Hanni, der doch alle Männerherzen zuflogen? »Hanni hat mir erzählt, dass ihr euch bei Bücker beworben habt. Das finde ich ... mutig.«

Hörte sie da Skepsis, sogar einen leisen Vorwurf in seiner Stimme? Gehörte Felix von Bissing auch zu denen, die nur damit einverstanden waren, dass Frauen flogen, solange diese lediglich Sportmädchen blieben und nicht die ernsthafte Absicht hatten, mit ihrer Fliegerei Geld zu verdienen? Wenn er einer von diesen Männern war, dann konnte er Amelie gestohlen bleiben, egal, wie viel Herzklopfen ihr sein Lächeln verursachte.

»Hast du etwas dagegen, dass Frauen Berufspilotinnen werden?«, fragte sie daher scharf, wobei sie ihn intensiv musterte, als könnte sie so herausfinden, ob er ihr die Wahrheit sagte. »Bist du auch der Meinung, dass der Himmel nur den Männer gehören soll?«

»Oh, was habe ich getan, um deine spitzen Krallen zu verdienen?« Felix von Bissing lächelte, nicht spöttisch, sondern freundlich und verständnisvoll, wie es Amelie schien. »Ich finde es toll, dass ihr das wagt. Es ist nur schade, dass du dann nach Berlin gehen wirst.«

»So ein Wagnis ist das nicht«, antwortete Amelie gelassen, obwohl sie nur denken konnte: *Er bedauert, dass ich Frankfurt verlasse!* »Frauen haben bewiesen, dass sie genauso gut fliegen wie Männer.«

»Auch für Männer ist das Fliegen gefährlich.« Felix zuckte mit den Schultern. »Wo wohnst du denn?«
»In der Kuhwaldstraße.« Warum wollte er das wissen? Aus irgendeinem Grund war es ihr peinlich, dass ihre Straße so einen dummen Namen trug. Schnell fügte sie an: »In Bockenheim.«
Er schob seinen Arm unter ihren. »Darf ich?«
Amelie konnte nur nicken. Ihr fehlten die Worte, weil seine Nähe sie überwältigte. Alles an ihm war überwältigend: seine angenehme Stimme, seine Größe und sein Geruch. Amelie meinte Motorenöl zu riechen, Haaröl und einen Hauch Rasierwasser. Sie schaute nach links zu ihm auf. Ja, seine Wange wirkte frisch rasiert. Ob er das extra für sie gemacht hatte? Als sie Felix so nahe war, entdeckte Amelie, wie ungewöhnlich seine Augen aussahen. Sie waren graublau, mit einem grünen Rand um die Iris.
»Wie bist du zum Fliegen gekommen?«, fragte sie, als das Schweigen ihr unangenehm wurde. Wie wenig sie doch darüber wusste, wie man einen Mann für sich gewinnen konnte. Hanni hätte sicher fröhlich und klug parlieren können und Felix beeindruckt. »Wie lange fliegst du schon?«
»Schon ewig«, wich er ihrer Frage aus. »Bei einer Flugschau habe ich Ernst Udet gesehen … und wusste sofort: Das will ich auch. Meine Eltern haben sich erst geweigert, mir Flugstunden zu bezahlen. Da habe ich mit Segelflug angefangen. So wie du.«
»Ich wollte sein wie Thea Rasche oder Liesel Bach«, erklärte Amelie, auch wenn Felix sie nicht gefragt hatte, wie sie zum Fliegen gekommen war. »Ich habe alles gelesen, was ich über sie finden konnte. Schon bevor ich im Flieger saß, wusste ich, dass ich am Himmel glücklich sein werde.«
Felix schwieg. Oh, dachte Amelie. *Ich habe es wieder übertrieben. Jetzt hält er mich bestimmt für verrückt. Hätte ich*

nur nichts gesagt, sondern ihn reden lassen. Beate sagt immer, dass Männer nicht gern zuhören.

»Ja«, sagte er schließlich und wandte sich ihr zu. »So erging es mir auch. Über den Wolken bin ich frei.«

Auch wenn ihr keine passende Antwort einfiel, empfand Amelie das Schweigen zwischen ihnen nicht mehr als unangenehm, sondern beinahe als etwas Vertrautes. Wie selten fand man Menschen, mit denen man entspannt nichts sagen konnte. Viel zu kurz erschien ihr der Weg, bis sie das Haus sah, in dem sie mit ihrer Mutter wohnte.

»Bis Freitag also.« Felix lächelte ihr zu. Erneut reichte er ihr förmlich die Hand, die Amelie ergriff.

»Bis Freitag«, antwortete sie. »Um achtzehn Uhr habe ich Feierabend.«

Nachdem er sich von ihr verabschiedet hatte, blieb Amelie noch ein wenig im Hausflur stehen, unfähig, ihr heftig klopfendes Herz zu beruhigen. Er musste sich einen Spaß erlaubt haben. Ein Mann wie Felix von Bissing meinte es niemals ernst mit ihr. Sicher würde er sich gleich mit seinen Freunden treffen, um denen zu erzählen, was für einen Streich er der kleinen Näherin gespielt hatte, die meinte, in den Himmel ziehen zu wollen.

Er wird am Freitag nicht kommen. Niemals. Ich darf mir keine Hoffnung machen. Auch wenn sie diese Worte ständig wiederholte, als könnte sie damit ihre Gefühle bannen, wollte ihr dummes Herz nicht auf Amelie hören. Sie verbrachte die Tage bis Freitag in einer Stimmung zwischen überschäumender Freude und tiefdunkler Angst vor Enttäuschung.

Er wird kommen. Er ist ein zutiefst ehrlicher Mensch, dachte sie in einem Augenblick, nur um im nächsten dann wieder in Verzweiflung zu verfallen. *Niemals kann er sich ernsthaft für mich interessieren. Nicht, wenn er Hanni kennt.*

Endlich war es Freitagmorgen, und Amelie konnte die Stunden, Minuten und Sekunden zählen, bis sie endlich Feierabend hätte und Felix von Bissing auf sie wartete. Oder eben nicht. Eigentlich war es ja sogar besser, wenn er sie versetzte und sich ihre erste Begegnung als Scherz entpuppte. Schließlich hatte Amelie ihr Leben bereits geplant. Und eine Liebschaft kam da auf keinen Fall drin vor, passte überhaupt nicht in die Zukunft, die sie sich vorgestellt hatte. Nur: Warum schmerzte dann ihr Herz bei dem Gedanken, dass Felix von Bissing es nicht ehrlich mit ihr meinte?

»Ja, wenn er nicht kommt, bin ich erleichtert«, flüsterte sie, was ihr einen interessierten Blick ihrer Kollegin Beate einbrachte.

»Ist etwas? Hast du was?«

»Nein, ich habe nur laut gedacht.« Amelie musste sich zusammenreißen, sonst würden ihre Kolleginnen und ihre Chefin bemerken, dass sie den Feierabend nicht abwarten konnte. »Der Tag heute will nicht enden, oder?«

Beate nickte und widmete sich wieder dem eleganten Kleid, das sie für einen Ball nähte.

Vielleicht ist es sogar besser, wenn ich gar nicht erst auf ihn warte, überlegte Amelie. *Ich könnte heute früher gehen und werde nicht enttäuscht. Nein, das wäre feige, und feige bin ich noch nie gewesen.*

Endlich, endlich kam der Feierabend. Die Kolleginnen hatten sich längst verabschiedet, nur Amelie trödelte noch herum. Sie wollte den Moment der Wahrheit noch etwas hinauszögern. Außerdem wollte sie auf keinen Fall, dass ihre Kolleginnen sie mit Felix von Bissing sahen. Falls er denn wirklich ihre Verabredung einhalten sollte.

»Wollen Sie heute gar nicht gehen?«, fragte Frau Behrbohm. »Ich möchte langsam abschließen.«

»Entschuldigung.« Amelie spürte, wie ihre Wangen zu glühen begannen. So konnte sie Felix von Bissing nicht gegenübertreten. Aber noch länger warten konnte sie auch nicht. »Einen schönen Feierabend.«

»Einen schönen Abend. Grüßen Sie Ihre Mutter von mir.«

Vor der Tür hielt Amelie noch einen Augenblick inne. *Ich werde nicht enttäuscht sein.*

Doch da stand er, mit einem in rotes Papier eingepackten Geschenk in der Hand, was Amelie verwirrte. Schließlich gingen sie heute das erste Mal miteinander aus. Außerdem fürchtete sie, dass er ihr etwas schenken könnte, was ihr überhaupt nicht gefiel. An der Größe der Verpackung konnte sie erkennen, dass es ein Buch war. Hoffentlich nicht *Mein Kampf*, dachte sie. Viele Männer schienen Adolf Hitlers Buch für ein angemessenes Präsent zu halten. Amelie hatte das Buch aus Neugier angelesen, es aber bald entsetzt und gelangweilt zur Seite gelegt. *Gut, dass Hitler in die Politik gegangen ist,* hatte sie gedacht. Als Schriftsteller wäre er sicher erfolglos geblieben.

»Ich weiß, es ist etwas ungewöhnlich.« Felix zuckte mit den Schultern. »Aber ich fand es so passend.«

»Danke.« Amelie wusste nicht, was sie nun tun sollte. Wäre es unhöflich, das Geschenk auszupacken? Oder gehörte es sich, es auszupacken? Ach, vor Felix' Auftauchen war ihr Leben so viel einfacher gewesen.

»Bitte mach es auf«, erlöste er sie aus ihrer Verlegenheit. »Vielleicht hast du das Buch ja schon.«

Vorsichtig öffnete Amelie das schöne Seidenpapier, das sie gerne aufheben wollte. Darunter entdeckte sie rotkarierten Stoff, der das Buch umhüllte. Vorsichtig steckte sie das Seidenpapier in ihre Handtasche, bevor sie den weichen Schal abwickelte und einen Blick auf das Buch riskierte.

Frauen fliegen – 16 deutsche Pilotinnen in ihren Leistungen und Abenteuern.

»Oh, wie schön! Das habe ich noch nicht. Vielen, vielen Dank.« Spontan, vollkommen ungewöhnlich für sie, umarmte sie Felix. Dann, überrascht von ihrem Handeln, trat sie einen Schritt zurück und sah zu Boden. »Was … was wollen wir jetzt machen?«

»Im Kino geben sie *Wunder des Fliegens.* Mit Ernst Udet.« Felix schaute sie fragend an. »Magst du?«

»Gern.« Kino war wunderbar. Dort müsste Amelie nicht reden und müsste sich keine Sorgen machen, etwas Falsches oder Dummes zu sagen. Außerdem hatte sie schon die Filmfotos im Kinoaushang bewundert, sich jedoch bisher gehütet, ihr Geld dafür auszugeben. Schließlich sparte sie für Berlin und die Flugstunden.

»Was für ein wunderschöner Film. Danke sehr. Die Flugaufnahmen … einfach unglaublich.« Amelie hakte sich bei Felix unter, der nicht auf ihre Worte reagierte. Sie schaute ihn an und wunderte sich, warum er dermaßen grimmig dreinsah. Hatte sie etwas Falsches gesagt? »Hat er dir nicht …?«

Sie konnte den Satz nicht beenden, weil Felix' Gesicht plötzlich undurchdringlich wirkte, so kühl, dass es Amelie fröstelte. Wie konnte es sein, dass ein Abend, der so wundervoll begonnen hatte, so furchtbar enden sollte? Es musste an ihr liegen. Hanni wüsste sicher etwas Kluges zu sagen, mit dem sie Felix' schlechte Stimmung besiegen könnte. Amelie zog ihren Arm zurück und raffte allen Mut zusammen, den sie aufbringen konnte.

»Ich muss jetzt gehen. Morgen früh habe ich viel zu tun.« Eilig drehte sie sich um und ging, nein, rannte davon, damit er ihre Tränen nicht sah. Amelie schniefte. Was hatte sie nur falsch gemacht?

Als jemand sie am Arm packte, schrie sie erschrocken auf.
»Ich bin's nur. Entschuldige, Amelie.«
O nein, nun würde Felix sie auch noch mit verheultem Gesicht sehen. Nichts, was sie anpackte, wollte ihr gelingen. Nichts außer dem Fliegen. Hätte sie sich nur an ihren Schwur gehalten und wäre Männern aus dem Weg gegangen, dann würde ihr Herz jetzt nicht so schmerzen. Was bildete sich Felix nur ein, dass er meinte, sie dermaßen harsch behandeln zu können?
»Du brauchst dich nicht zu entschuldigen. Ich habe schon verstanden.«
Wütend zerrte sie und versuchte, sich aus seinem Griff zu befreien, aber Felix ließ sie nicht gehen. Sollte sie um Hilfe rufen? Nein, das wäre doch zu peinlich.
»Amelie. Bitte.« Felix kam näher, bis er sie in seine Arme ziehen konnte. Immer noch wütend, blieb Amelie stocksteif und drehte den Kopf weg, als er sie küssen wollte. »Es liegt nicht an dir. Es war eine dumme Idee, in den Film zu gehen. Ich … ich …«
»Lass uns nicht hier reden.« Die Traurigkeit in seiner Stimme überwältigte Amelie. Egal, was er sagen würde, sie wollte ihn trösten, sie wünschte sich, dass er wieder fröhlich und glücklich wäre. »Die Leute schauen schon.«
»Wollen wir zu mir gehen?«
Amelie zögerte. Was würde Hanni sagen, sollte Amelie Felix begleiten? Auch ihre Mutter wäre sicher nicht begeistert. Nein, Felix war kein Mann, der so eine Situation ausnutzen würde. Da war Amelie sich sicher. Er würde sich formvollendet benehmen, ein echter Gentleman. Warum nur spürte sie einen Stachel des Bedauerns bei dem Gedanken?
Schweigend lief sie mit ihm durch die Straßen, wunderte sich darüber, dass alle anderen Menschen scherzten und fröhlich

sein konnten, während Felix und sie in Düsternis gefangen waren. Verstohlen schaute Amelie auf die Uhr. Sie hatte nicht gelogen, als sie gesagt hatte, dass morgen viel zu tun wäre. Ganz zu schweigen davon, was ihre Mutter sagen würde, wenn Amelie erst nach Mitternacht nach Hause käme. Doch all das war ihr gleich, sie wollte nur wissen, warum Felix nach ihrem gemeinsamen Kinoabend ein anderer Mensch zu sein schien.

»Die Nazis pervertieren alles, was sie in ihre Finger bekommen«, zischte Felix. »Nicht einmal das Fliegen ist ihnen heilig.«

Angst schnürte Amelie die Kehle zu. Auch wenn sie sich kaum für Politik interessierte, ahnte sie doch, dass Felix' Worte unendlich gefährlich waren, dass es sicher bereits Hochverrat war, ihm nur zuzuhören. *Bitte schweig,* wollte sie ihn anflehen, aber sie brachte kein Wort hervor.

KAPITEL 16

»Das Leben? Lieben, fliegen … fliegen, lieben.«

Léna Bernstein

Frankfurt am Main, 1935

Immer wieder schaute sie auf ihre Uhr, deren Zeiger auf der Stelle traten. Amelie konnte es nicht erwarten, endlich Feierabend zu haben. Eigentlich müsste es Feiermittag heißen, denn sie hatte sich heute einen halben Tag freigenommen. Felix hatte ihr versprochen, dass sie gemeinsam in seiner *Klemm L25* fliegen würden. Wenn sie ehrlich war, konnte Amelie nicht sagen, was ihr Herz schneller schlagen ließ: die Aussicht auf den Nachmittag mit Felix oder die Möglichkeit, endlich einmal in einem Motorflugzeug zu fliegen.

Sicher, sie liebte das Segelfliegen aus ganzem Herzen und würde es um nichts in der Welt aufgeben, aber trotzdem wünschte sie sich nichts sehnlicher, als endlich genug Geld angespart zu haben, um den Pilotenschein für Motorflugzeuge zu machen. Glühend beneidete sie Hanni, die bereits so viel mehr Flugstunden als sie erbracht hatte, so dass sie nur noch wenige Stunden von ihrem Flugschein trennten.

Amelie fürchtete, dass die Firma Bücker Flugzeugbau sie ablehnen würde, weil ihr die Flugerfahrung fehlte. Was dann aus ihrem Leben würde, das konnte sie sich nicht vorstellen. Alles, alles was sie je unternommen und geplant hatte, zielte nur in eine Richtung: gemeinsam mit Hanni nach Rangsdorf zu gehen und Pilotin zu werden.

Wie Felix in diesen Plan passen sollte, das vermochte Amelie nicht zu sagen, aber bisher erschien ihr das auch noch keine Frage, die sie beantworten musste. Schließlich hatten sie beide sich erst ein paar Mal verabredet, so dass Gedanken an eine gemeinsame Zukunft wohl etwas verfrüht wären. Nur warum schlug ihr Herz dann immer etwas schneller, wenn sie nur an Felix dachte? Warum fühlte sie sich allein, wenn sie von ihm getrennt war? Warum ging es ihr stets besser, sobald sie ihn nur sah? Unter Hunderten von Männern hätte sie ihn erkannt. Seine hochgewachsene, schlaksige Gestalt, sein ruhiger, selbstsicherer Gang, sein glattes Haar, durch das sie so gerne mit den Fingern fuhr, um es zu kämmen.
Auch wenn es Amelie schwerfiel, sich das einzugestehen: Sie war verliebt. So verliebt, wie sie es nie erwartet hätte. Für sie hatte es immer nur das Fliegen gegeben. Ihre Mutter und Hanni waren für Amelie die wichtigsten Menschen gewesen – und nun stand ihre Welt auf dem Kopf. Sie, die so sehr auf Sicherheit und Planbarkeit setzte, musste sich dem Leben und der Liebe geschlagen geben. Und das Verrückteste daran war, wie wenig es ihr ausmachte.
Amelie, die immer alles durchdacht und bis in die kleinsten Konsequenzen hinein überlegt hatte, hatte auf einmal alle Planungen und Überlegungen über Bord geworfen und sich staunend damit abgefunden, was für eine Himmelsmacht die Liebe doch war. Jedenfalls wenn es um Felix von Bissing ging. Jeden Tag, jede Stunde, jede Minute kreisten ihre Gedanken um ihn. Ihre Laune wechselte von himmelhoch jauchzend, wenn sie einander wiedersahen, zu tief betrübt, sobald sie ihn verlassen musste. Immer fürchtete sie, er würde erkennen, dass es eine bessere Frau für ihn gab. Dann wieder kamen Momente, wo Amelie sich gewiss war, dass Felix sie genauso stark liebte wie sie ihn.

»Hast du Urlaubspläne? Amelie!«
»Entschuldige, ich war mit den Gedanken woanders.« Amelie lächelte. Sie wollte es sich mit ihrer Kollegin nicht verscherzen, auch wenn sie mit Beate wenig gemeinsam hatte. Ihre Kollegin interessierte sich für Filme und Musik und hatte nur ein Ziel im Leben: möglichst bald zu heiraten. »Was hast du gefragt?«
»Ob du in den Ferien wegfährst.«
»Würde ich gern.« Amelie seufzte. »Obwohl ich so lange gespart habe, reicht das Geld einfach nicht für den Segelflugkurs in Grunau bei Wolf Hirth.«
Obwohl sie die Motorfliegerei mit Felix genoss und immer noch hoffte, dass die Firma Bücker Flugzeugbau sich für sie entschied, gehörte Amelies Herz immer noch dem Segelflug. Einmal mit dem großen Wolf Hirth zu fliegen, der Therese Pogge entdeckt hatte, war Amelies großer Traum, der sich jedoch wohl nie erfüllen würde.
Beate verdrehte die Augen; sie konnte oder wollte einfach nicht begreifen, wie viel das Fliegen Amelie bedeutete. Beates Meinung nach gehörten Frauen auf die Erde, zu einem Mann, der für sie sorgte und mit dem sie viele, viele Kinder bekamen. Aber bisher war ihrer Kollegin wohl noch nicht der Mann begegnet, der ihren hehren Ansprüchen genügte.
»Ich meine *richtigen* Urlaub. In ein fremdes Land reisen.« Verschwörerisch beugte sich Beate zu Amelie und flüsterte: »Ich habe mich für eine KdF-Schiffsreise beworben.«
»Wo willst du hin?«, fragte Amelie mechanisch, da sie dieses Gespräch schon so oft geführt hatten.
»Egal, Hauptsache weg aus Frankfurt.« Beate lächelte. »Auf so einem Schiff fahren bestimmt viele Männer mit.«
»Mhm«, antwortete Amelie, deren Gedanken wieder zu Felix wanderten.

»Woran denkst du denn?« Beate stupste Amelie an. »Du denkst bestimmt an einen Mann. So versonnen und leuchtend, wie du aussiehst.«

»Ist es schon so spät?« Erschrocken blickte Amelie auf die Uhr, deren Zeiger plötzlich nach vorn gesprungen waren. »Ich muss los. Bis morgen.«

»Grüß ihn von mir«, rief Beate ihr nach, aber Amelie gab vor, das nicht gehört zu haben. Sie winkte nur zum Gruß, während sie zur Garderobe lief, um ihren leichten Sommermantel zu holen.

Wie ärgerlich, dass sie so sehr in ihren Gedanken versunken gewesen war, dass ihr nun keine Zeit blieb, sich noch einmal im Spiegel anzusehen. Gestern hatte Amelie sich – das erste Mal in ihrem Leben – einen Lippenstift gekauft, dessen Farbe sich ungewöhnlich auf ihren Lippen anfühlte. Hoffentlich hatte das Rot nicht auf ihre Zähne abgefärbt. Nicht auszudenken, dass sie Felix anlächelte und der nur auf die roten Flecken auf ihren Zähnen starrte. Sollte sie umdrehen und noch einen schnellen Blick in den Spiegel werfen? Dann käme sie nicht pünktlich zu ihrer Verabredung. Amelie hasste Unpünktlichkeit, die sie als unhöflich empfand. Was war schlimmer – unpünktlich zu sein oder Lippenstift auf den Zähnen?

Noch vor vier Wochen wäre das eine Frage vollkommen außerhalb von Amelies Horizont gewesen. Was nur hatte die Liebe zu Felix aus ihr gemacht? Sie unterschied sich kaum noch von den Frauen, über die Hanni und Amelie sich lustig zu machen pflegten. Den Frauen, die nur an Männer und Ehe dachten und darin ihr ganzes Glück sahen, während Amelie und Hanni in Zukunft den Himmel zu erobern planten.

Erneut spürte Amelie einen Stich von schlechtem Gewissen, weil sie Hanni noch immer nichts davon erzählt hatte, wie viel Felix ihr bedeutete. Viel schlimmer noch – bisher hatte

Amelie es vermieden, ihrer Freundin überhaupt von Felix zu erzählen. Er hatte sie verwundert angesehen, als Amelie ihn gebeten hatte, ihre Liebe vor Hanni geheim zu halten, hatte ihr dann aber hoch und heilig versprochen zu schweigen.

Wenn ich ihn wirklich liebte, müsste ich es doch in die Welt hinausrufen wollen, oder nicht? Wenn Hanni wirklich meine beste Freundin ist, müsste sie doch meine Freude mit mir teilen, oder nicht?

Ach, warum nur musste das Leben auf einmal so kompliziert und mit so vielen Unsicherheiten verbunden sein? Als ihre Gefühle Amelie zu verwirrend erschienen waren, hatte sie ihre Mutter um Rat fragen wollen, aber das war ihr wie ein Verrat an Hanni vorgekommen, so dass sie auch weiterhin alles mit sich allein abmachte.

»Amelie.« Als sie Felix entdeckte, der ihr entgegeneilte, vergaß Amelie alle Fragen und Zweifel. Wohin ihr Weg sie auch führen würde, eines war sicher: Sie liebte Felix. Sie würde ihn immer lieben. »Komm. Ich kann es nicht erwarten, mit dir zusammen zu fliegen.«

Felix griff nach ihrer Hand und zog Amelie an sich.

»Nicht einmal für einen Kuss hast du Zeit?«, fragte sie scherzend und wunderte sich über sich selbst. Niemals hätte sie geglaubt, sich jemals solche Neckereien sagen zu hören. Amelie hatte sich immer für einen nüchternen Menschen gehalten, jemanden, der seinen Verstand über alles im Leben entscheiden ließ. Koketterie war etwas für Mädchen wie Beate, deren Lebensglück in der Heirat bestand, die Beate jetzt schon plante, auch wenn es noch keinen geeigneten Kandidaten gab.

»Dann komm.«

Felix zog sie noch ein wenig näher an sich heran, um sie zu küssen. Das ist beinahe so schön wie fliegen, dachte Amelie. Oder ist es sogar schöner als fliegen? Gut, dass ich mich nicht

entscheiden muss. Dann dachte sie gar nichts mehr, sondern ergab sich dem Kuss.
»Nehmt euch ein Zimmer«, zischte ein Mann in grauem Mantel, der an ihnen vorbeiging. »Was ist das nur für eine deutsche Jugend!«
»Eine glückliche«, rief Felix ihm als Antwort nach.
Ertappt löste sich Amelie von ihm. Ihre Wangen brannten vor Scham. Was war nur in sie gefahren, dass sie Zärtlichkeiten in aller Öffentlichkeit austauschte und sich zum Gespött machte? Einen Augenblick lang fürchtete Amelie sich vor der Macht ihrer Gefühle, doch ein Blick in Felix' Augen, der sie voller Liebe ansah, vertrieb alle Zweifel. Er liebte sie, sie liebte ihn. Nichts und niemand würde ihr Glück zerstören, das schwor sich Amelie. Sie würde um Felix kämpfen, sollte das jemals notwendig sein.
Dann jedoch lachte sie laut auf, küsste ihn auf die Wange und vertrieb all die düsteren Gedanken, die ihr den freien Nachmittag nicht verderben sollten.
»Ich kann es kaum erwarten«, sagte sie. »Mit dir in der *Klemm* zu fliegen. Komm, lass uns zum Flugplatz fahren.«
»Geht es um mich oder um das Flugzeug?« Felix zwinkerte ihr zu, aber Amelie meinte entdecken zu können, dass er die Frage nur halb im Spaß gestellt hatte. Es beruhigte sie, dass er sich ihrer genauso wenig sicher war wie sie sich seiner. »Nein, sag es nicht. Ich möchte die Antwort gar nicht wissen.«
Sein Tonfall klang unbeschwert, aber Amelie bemerkte, wie aufmerksam er sie musterte.
»Du liegst falsch«, antwortete sie im gleichen Ton. »Für mich ist es keine Wahl. Ich will beides. Dich und die *Klemm.*«
»Das schätze ich an dir«, antwortete er. »Falsche Bescheidenheit gibt es bei dir nicht.«
Während der Fahrt zum Flughafen bewunderte Amelie, wie

elegant und sicher Felix das Auto lenkte. Eine Leihgabe von einem Freund, wie er sagte. Dennoch fragte sie sich, wie er sich das alles leisten konnte. Das Studium, das Fliegen, eine Wohnung, die größer war als die, die Amelie sich mit ihrer Mutter teilte. Als sie ihn nach seinen Eltern fragte, hatte Felix nur kurz geantwortet: »Sie wohnen auch in Frankfurt. Mein Vater ist in der Partei.«

Sein Gesicht war derart versteinert gewesen, dass Amelie nicht gewagt hatte, weiterzufragen. Obwohl sie nun schon seit einem Monat ein Paar waren, wusste sie nur wenig von ihm. Von seinem Studium sprach er nicht oft, von seinen Freunden auch nicht und von seiner Familie erst recht nicht. Amelie wusste nicht einmal, ob Felix Geschwister hatte, aber sie konnte sich damit arrangieren. Für sie war es nicht von Bedeutung, wer seine Familie war, sondern nur, wer er war. Aber manchmal – das musste sie sich eingestehen – wünschte sie sich schon, dass ihr Geliebter sich weniger geheimnisvoll gäbe.

»Was denkst du?« Felix schaute sie kurz an. »Du bist so still.«

»Ich konzentriere mich auf den Flug. Ich kann es noch gar nicht glauben«, sagte sie leichthin, weil sie ihm nicht verraten wollte, wie oft sie über ihn nachgrübelte. »Ist es noch weit?«

»Nein. Da vorn ist der Flughafen.« Liebevoll lächelte er sie an. »Es wird dir bestimmt gefallen.«

»Da bin ich mir sicher. Alles gefällt mir, wenn wir es gemeinsam erleben.«

»Mir geht es ebenso.« Felix griff nach ihrer Hand, um sie zu drücken. »Mehr, als du ahnst.«

Das Schweigen, das folgte, teilten sie. Ein harmonisches Schweigen, das zeigte, wie stark ihre Liebe war. Obwohl weder sie noch er je von Liebe gesprochen hatten. Obwohl keiner von ihnen die drei Worte ausgesprochen hatte.

»Das ist sie. Meine kleine *Klemm.*« Felix ging vor ihr in den Hangar und zeigte auf das hellbraune Flugzeug. »Die *L 26* konnte ich mir nicht leisten.«

»Darf ich sie anfassen?«, fragte Amelie ehrfürchtig. Verglichen mit ihrem Segelflieger, sah die *Klemm* wie ein echtes Flugzeug aus, auch wenn der Strahlenkranz hinter dem Propeller etwas unproportioniert wirkte. Der Maschine konnte man ansehen, dass sie liebevoll gepflegt wurde. »Sie ist ein Tiefdecker, nicht wahr?«

»Ah, du kennst dich aus!« Felix trat neben sie und strich ebenfalls über den hölzernen Körper des Flugzeugs. »Meine *Klemm* hat einen Daimlermotor und erreicht eine Höchstgeschwindigkeit von hundertsechzig Stundenkilometern.«

»Das weiß ich doch.« Amelie verschlang jedes Buch über Flugzeuge, das sie finden konnte. Selbst technische Details faszinierten sie. »Können wir endlich fliegen? Bitte.«

»Hier.« Felix reichte ihr ein Fallschirmpaket. »Nur zur Sicherheit.«

»Danke.« Amelie bemühte sich, sich die Aufregung nicht anmerken zu lassen. Sie hätte nicht sagen können, was sie glücklicher machte: der bevorstehende Flug in der *Klemm L 25,* oder dass sie gemeinsam mit Felix fliegen würde. Nur eines war gewiss: Noch nie in ihrem Leben war sie so glücklich gewesen. Sie hätte die Welt umarmen wollen. »Ich kann es kaum erwarten.«

Felix half ihr dabei, auf den Sitz zu klettern, bevor er die üblichen Checks vor dem Start vornahm. Nachdem er Brille und Haube aufgesetzt hatte, warf er den Motor an. Er war lauter, als Amelie erwartet hatte. Langsam rollte die *Klemm* aus der Halle und auf das Rollfeld. Endlich gab Felix Gas. Der Motor dröhnte, und das Flugzeug erhob sich in den Himmel. Für Amelie fühlte es sich seltsam an, mit Motorenkraft in die Luft zu steigen. Das laute Geräusch des Propellers der *L 25* störte sie mehr, als sie erwartet hätte. Schließlich hatte sie Hanni oft genug zugeschaut, wenn diese ihre Flugstunden auf der *Raab-Katzenstein Pelikan* absolviert hatte. Aber – so erfuhr Amelie am eigenen Leib – es war ein gewaltiger Unterschied, ob man vom Boden aus sehnsüchtig einem Motorflieger nachschaute oder ob man selbst in einem saß. Die Holzkonstruktion der *Klemm* erschien ihr weniger vertrauenswürdig als ihr Segelflieger.

»Was hast du?«, schrie Felix gegen den Wind an, der sie umtoste. »Du bist so still.«

»Ich muss mich erst umstellen«, rief Amelie als Antwort. »Alles ist gut.«

»An die Lautstärke gewöhnst du dich bald«, schrie Felix, bevor er seine Aufmerksamkeit wieder dem Flugzeug widmete, was Amelie nur recht war. Sie beugte sich etwas zur Seite, um die Landschaft unter sich zu betrachten. Winzig zog sie vorbei – das kannte sie vom Segelfliegen. Die Geschwindigkeit jedoch, die war ihr neu. Einen Moment schloss sie die Augen, um ihr Glück festzuhalten.

Das musste der wunderbarste Augenblick ihres Lebens sein, dachte Amelie. Sie wünschte sich, dass der Flug niemals enden würde, dass Felix und sie einfach weiterfliegen könnten, ohne jemals wieder auf die Erde zurückkehren zu müssen. Vor Glück drohte ihr Herz zu zerspringen. Konnte es so bleiben?, fragte sie sich. Würde es Felix und ihr gelingen, die Intensität ihrer Liebe aufrechtzuerhalten? Warum nur musste sie sich selbst das Leben immer so schwer machen? Amelie ärgerte sich über sich selbst. Anstatt den wunderbaren Flug und ihr Glück mit Felix zu genießen, suchte sie nach dem Haar in der Suppe. Niemand wusste, was die Zukunft einem brachte, also warum erwartete sie immer wieder, dass ihr Glück bald enden würde?

Genieß den Moment, sagte sie sich. *Gib Felix die Chance, dich glücklich zu machen. Gib dir die Chance, ihn glücklich zu machen. Ich werde mir nicht selbst im Weg stehen*, schwor sich Amelie hoch oben über den Wolken.

Viel zu schnell endete der Flug, und sie kehrten auf den Boden zurück. Nachdem die *Klemm* wieder im Hangar war, brauchte Amelie ein wenig Zeit, ihre Fassung wiederzugewinnen.

»Beim nächsten Mal fliegst du«, sagte Felix, was Amelie den Atem nahm. »Vorher erkläre ich dir alles. Du schaffst das bestimmt.«

»Ich danke dir. Für alles«, sagte sie schließlich. Ihr Herz floss über, so dass ihr die Worte fehlten. Gab es überhaupt Worte, die ihre Gefühle ausdrücken konnten? »Ich … es war unglaublich. Wunderbar. Mir fehlen die Worte.«

»Ich weiß.« Felix nahm sie in die Arme. Er küsste sie. Sanft, als wäre sie zerbrechlich wie feinstes Porzellan. »Fliegen ist mein Leben. Fliegen mit dir … ich hätte nie erwartet, eine Frau zu finden, die meine Liebe zum Himmel begreift.«

»Und ich habe nie gedacht, dass es einen Mann gibt, der mich versteht.« Amelie zögerte kurz, dann warf sie alle Bedenken über Bord. »Ich liebe dich. Ich möchte mein Leben mit dir verbringen.«

Felix schwieg, was Amelie in Schrecken versetzte. War sie zu forsch gewesen? Hatte ihre Liebeserklärung Felix etwa verschreckt? *Was kann ich tun? Vielleicht sollte ich es als Scherz darstellen, geboren aus dem Überschwang des wunderbaren Flugs?*

Bevor sie etwas sagen konnte, schaute Felix sie an. In seinem Blick sah Amelie so viel Glück, eine so tiefe Liebe, dass sie sich ihrer Zweifel an ihm schämte.

»Amelie. Ich liebe dich auch.« Nun rang Felix sichtlich nach

Worten, was ein Lächeln über Amelies Gesicht huschen ließ. »Du machst mich so glücklich.«

»Komm.« Sie streckte ihm ihre Hand entgegen. »Lass uns zu dir gehen.«

Er schaute sie an. Fragend. »Bist du sicher?«

»Ja. Ich bin mir sicher.«

Es gab nur wenig in ihrem Leben, dessen Amelie sich so sicher war wie ihrer Liebe zu Felix. Nichts und niemand würde sie dazu bringen, ihn zu verlassen. Selbst die Stelle bei der Firma Bücker Flugzeugbau nicht. Seit heute wusste sie das. Nun musste sie es nur noch Hanni gestehen.

KAPITEL 17

»Wenn ich es schaffe, auch nur das Minimum meiner Wünsche in die Tat umzusetzen, dann bereue ich nichts.«

Bessie Coleman

Frankfurt am Main, 1935

Sie hasste die Universität. Aus vollem Herzen. Alles dort. Die anderen Studierenden, die alle klüger zu sein schienen als sie. Die Professoren, denen ihr Fachgebiet so unglaublich wichtig war und die nur darauf aus schienen, Johanna das Leben schwermachen zu wollen. Wäre ihr Vater nicht gewesen, so hätte Johanna schon längst das Handtuch geworfen. Doch sie hielt durch, zwang sich jeden Tag dazu, in die Vorlesungen zu gehen und Mitschriften zu verfassen, auch wenn sie oft nur die Hälfte von dem verstand, was der Professor sagte.

In diesem Semester war es noch elendiger als in den vorangegangenen. Die Stimmung an der Universität war schlechter geworden, auch unter den Studierenden. Seit die Frauenquote eingeführt worden war, die den Anteil von Studentinnen auf zehn Prozent begrenzte, fühlte sich Johanna noch mehr unter Beobachtung. Die wenigen Frauen, denen es noch erlaubt war, zu studieren, fielen auf. Den Kommilitonen und den Professoren. Wie weiße Raben.

Heute hatte der Professor ihr eine Frage gestellt, die Johanna nicht beantworten konnte, weil sie die letzte Woche mehr mit Fliegen als mit Lernen verbracht hatte. Aber Fliegen war ihr

Leben, Studieren nur der Zwang, dem sie sich unterwerfen musste. Wenn nur Bücker Flugzeugbau endlich antwortete, damit sie diesem Elend entrinnen konnte. Schlimm genug, dass sie stotternd nach einer Antwort gesucht hatte, ohne sie zu finden. Schlimmer noch die scharfen Worte, die der Professor ihr entgegengeschleudert hatte.
»Was wollen Sie überhaupt hier, Fräulein Beese?« Professor Kriek hatte gelächelt, ohne Wärme, aber voller Häme. »So, wie Sie aussehen, sollten Sie sich lieber einen Ehemann suchen und dem Führer eine Schar blonder, hübscher Kinder schenken. Damit wären Sie sicher auch erfolgreicher.«
Lautes Gelächter folgte diesen Worten. Johanna sah sich im Hörsaal um in der Hoffnung, wenigstens zwei oder drei wohlwollende Gesichter zu entdecken. Doch sie fand nur Spott und Arroganz in den Blicken der vielen Männer, Zorn und Verachtung in denen der vier anderen Frauen. Da senkte sie den Kopf. Ihre Wangen brannten, als hätte der Professor ihr eine Ohrfeige verpasst. So durfte sie niemand behandeln. Auch wenn sie sich noch so sehr schämte, sie musste sich ihm entgegenstellen. Stolz hob Johanna den Kopf wieder, um sich nicht anmerken zu lassen, wie sehr sie diese Worte trafen.
»Recht hat er«, zischte ein hässlicher, dicker Student hinter ihr Johanna zu. »Du nimmst nur klügeren Menschen den Platz weg.«
»Und du den schöneren«, zischte sie zurück, wütend über seine Worte, noch wütender aber darüber, dass ihr keine bessere Replik eingefallen war. »Halt einfach den Mund.«
Das musste sie sich nicht gefallen lassen. Heute Abend würde sie ihrem Vater von der Respektlosigkeit erzählen. Natürlich nicht alles, nur die unverschämten Worte des Professors und des dicken Jungen. Sicherlich würde das ihrem Vater nicht gefallen, und er kannte Mittel und Wege, um diese

Menschen in ihre Schranken zu weisen. Das hatten sie alle verdient, gemein, wie sie zu ihr waren. Aber ein Stachel blieb. Johanna fühlte sich hilflos und hasste es, auf die Unterstützung ihres Vaters angewiesen zu sein. *Wenn ich erst eine berühmte Fliegerin bin, hochdekoriert und vom Führer persönlich gelobt, dann wird es ihnen allen leidtun, wie sie mich behandelten.*

Obwohl sie diese Rachegedanken hegte, fühlte Johanna sich nicht besser. Weil sie nämlich zugeben musste, dass in den unfreundlichen Worten ein Körnchen Wahrheit lag. Sie war hier falsch. Sie gehörte nicht an die Universität, auch wenn es ihr bisher gelungen war, das geschickt zu verbergen. Heute nun war das Kartenhaus, das sie aufgebaut hatte, in sich zusammengefallen. Man hatte sie als Hochstaplerin entlarvt und vor allen anderen bloßgestellt. Erneut spürte Johanna die Röte in ihre Wangen steigen. Verbissen senkte sie den Kopf und gab vor, jedes Wort mitzuschreiben, das Professor Kriek von sich gab, als wäre es der Weisheit letzter Schluss. Gut, dass das Semester bald endete. Die wenigen Wochen bis zu den Ferien würde Johanna noch durchhalten. Auch wenn sie am liebsten sofort aufgesprungen wäre, um der Vorlesung und den Kommilitonen zu entfliehen, die sie ebenfalls hasste.

Etliche der jungen Männer hatten versucht, sich mit Johanna zu verabreden, aber sie hatte stets abgelehnt. Keiner von ihnen interessierte sie so sehr, dass sie dafür ihren Traum vom Fliegen aufgeben würde. Sie wollte nicht heiraten und Kinder für den Führer bekommen, wie es der Professor ihr geraten hatte. Sie wollte Fliegerin werden, sonst nichts. Warum nur konnte das niemand begreifen?

Johanna lächelte. Das stimmte ja nicht. Einen Menschen gab es, der sie verstand und ihre Träume und Wünsche teilte. Amelie, ihr Albatros. Gestern hatte Johanna im Schaukasten des *Titania*-Kinos entdeckt, dass dort *Rivalen der Luft* angelaufen war. Ein Film, der sicher auch Amelie gefallen würde. Ja, heute würde sie endlich ihre Freundin besuchen, damit sie gemeinsam ins Kino gehen könnten. *Ich werde meinen Albatros einladen. Amelie hat ja nie Geld.*

Mit der Aussicht auf einen gemeinsamen Abend stieg Johannas Stimmung, so dass sie die Vorlesung hinter sich bringen konnte, ohne in Tränen oder Wut auszubrechen. Wortlos und ohne einen Blick mit ihren Kommilitonen zu wechseln, stand sie auf, raffte ihre Sachen zusammen und lief aus dem Hörsaal.

Vor dem Portal der Universität wandte sie sich automatisch nach links, so wie jeden Tag. Seitdem sie aus Berlin zurückgekehrt war, hoffte Johanna täglich auf eine Nachricht von Bücker Flugzeugbau. Aber noch immer hatten weder Amelie noch sie etwas von dem Unternehmen gehört. Mit jedem verstrichenen Tag wurde Johannas Hoffnung geringer, aber noch wollte sie nicht aufgeben. Daher eilte sie stets nach den Vorlesungen zur Hauptpost auf der Zeil 110, um nachzufragen, ob für sie ein Brief eingegangen war.

Da sie nicht wollte, dass ihre Eltern von der Bewerbung bei Bücker Flugzeugbau erfuhren, hatte Johanna sich erbeten, dass der Brief postlagernd zugestellt würde. Sie fürchtete, dass ihre Mutter die Post einbehalten und erst dem Vater zeigen würde oder – schlimmer noch – dass ihre Mutter das Schriftstück verschwinden ließ. Warum sich Ärger mit den Eltern einhandeln, solange Johanna keine Gewissheit hatte, dass die Firma Bücker Flugzeugbau sie überhaupt einstellen wollte. Das musste einfach klappen! Johanna konnte und wollte sich nicht vorstellen, noch weitere Jahre an der Universität zu verbringen, mit Hängen und Würgen ein Examen abzulegen, um dann in einem ungeliebten Beruf ein elendes

Dasein zu fristen. Eher würde sie sich umbringen, als so einer Zukunft entgegenzusehen.

Unschlüssig blieb sie stehen. Vielleicht sollte sie heute, nach diesem schrecklichen Vormittag, besser nicht zur Post gehen. Noch eine Enttäuschung wäre zu viel für sie. Möglicherweise wäre es klüger, schnell bei Amelie auf deren Arbeitsstelle vorbeizuschauen, auch wenn deren Chefin das gar nicht gern sah. Aber Johanna *musste* mit ihrer besten und einzigen Freundin über den unerfreulichen Tagesbeginn sprechen und Pläne für die Zukunft schmieden. Gemeinsam mit Amelie zu hoffen und sich zu sorgen, dass Bücker Flugzeugbau sich gegen sie entschieden hätte, war leichter, als sich allein diesen Fragen zu stellen. Es musste einfach klappen. In Johannas Leben gab es keinen Notfallplan, keinen Fallschirm und keine Rettungsleine, sollte die Firma Bücker sie ablehnen.

Also lieber direkt nach Hause gehen und erst morgen wieder auf eine Antwort aus Berlin hoffen. Zu spät. Automatisch war sie den Weg gegangen, der sie jeden Nachmittag nach Ende der Vorlesungen zur Hauptpost führte. Passend zu ihrer sich wieder verdüsternden Stimmung, war der Himmel grau geworden, als wollten jeden Moment Regentropfen auf sie niederprasseln. Natürlich hatte sie heute keinen Schirm dabei. Schließlich war es Juni – da sollte das Wetter sommerlich und freundlich sein. Mit gesenktem Kopf eilte sie die Straßen entlang, die Schultern hochgezogen in Erwartung des Regens. Doch ausnahmsweise war ihr das Glück hold. Sie erreichte die Post, ohne nass zu werden.

Sollte sie es wagen oder nicht? Johanna war derart in Gedanken versunken, dass sie die Straßenbahn erst im letzten Moment hörte. Ratternd fuhr diese an Johanna vorbei in den Innenhof des Postgebäudes.

Noch kann ich umkehren. Vielleicht ist es besser, nichts zu

wissen. Nein, Unwissenheit kann ich nicht ertragen. Aber heute, gerade heute … da wird mich nichts Gutes erwarten.
Immer noch zögerte sie vor der Tür des gewaltigen Gebäudes. Das Postamt 1 mit seinen Säulen und Bögen empfand Johanna sonst immer als überladen und kitschig. Heute erschien es ihr dräuend und düster. Noch eine Enttäuschung wäre heute schwer zu ertragen. Dann stieß sie doch die Tür auf. Vieles konnte man ihr vorwerfen, aber feige war Johanna noch nie gewesen.
Als hätte sich alles gegen sie verschworen, musste Johanna sich gedulden, bis die alte Frau vor ihr bestimmt fünfzehn Briefe abgegeben und frankiert hatte. Endlich war sie an der Reihe. Johanna holte tief Luft.
»Mein Name ist Johanna Beese.« Sie lächelte den Mann hinter dem Postschalter an, der ihr Lächeln müde erwiderte. »Ich habe ein Postfach mit der Nummer 339. Könnten Sie bitte nachsehen, ob ein Brief für mich eingegangen ist?«
Der Beamte nickte und verschwand nach hinten zu den Postfächern. Ungeduldig trat Johanna von einem Bein aufs andere. Es konnte doch nicht so kompliziert sein, ihr Postfach zu finden. *Ach, ich warte nicht länger. Ich gehe einfach und komme morgen wieder.*
Nachdem sie diesen Entschluss gefasst hatte und sich umdrehen wollte, sah sie den Beamten zurückkehren. Ihr Herz schlug schneller, ihre Kehle fühlte sich trocken an, und ihr wurde schwindlig. Sie musste sich täuschen. Johanna kniff die Augen etwas zusammen, um besser sehen zu können. Ja, da war er. Ein Brief, den der Mann in seiner Hand hielt. Das Schreiben konnte nur von Bücker sein. Endlich!
Aber was mochte es sein: die heißersehnte Zusage oder – diesen Gedanken wagte Johanna fast nicht zu Ende zu denken – ein freundliches Schreiben, mit dem man sie ablehnte?

Inzwischen war so viel Zeit vergangen, dass es sich eigentlich nur noch um eine Absage handeln konnte. Mit einem tiefen Atemzug wappnete Johanna sich gegen die Enttäuschung, die sie wahrscheinlich erwartete.

»Hier, bitte.« Der Postbeamte hielt ihr den Brief entgegen, als wäre dieser ein belangloses Allerweltsschreiben und enthielte nicht ihr Schicksal. »Das macht zwanzig Pfennig.«

»Ja, Entschuldigung.« Wieder brannten Johannas Wangen, und sie ließ die Hand sinken, die sie schon nach dem grauen Umschlag ausgestreckt hatte. Mit bebenden Fingern öffnete sie ihr Portemonnaie und suchte nach Geld. Endlich wurde sie fündig und legte die zwanzig Pfennig vor sich auf den Tresen. »Bitte sehr.«

»Danke.«

Diese Mal streckte sie ihre Hand nicht vergebens aus, sondern ergriff den Brief, auf den sie so lang gewartet hatte. Zu ihrer Überraschung fühlte sich das Papier vollkommen alltäglich an. Johanna musste über sich lachen, hatte sie etwa erwartet, dass der Brief wie Feuer in ihren Fingern brennen würde?

Nun stand sie vor der Hauptpost und starrte auf das Schreiben, als könnte sie durch den Umschlag sehen und den Inhalt erkennen. Neugier kämpfte mit Furcht, so dass Johanna wie paralysiert war. Sie drehte den Brief mehrmals in ihren Händen, als könnte sie dadurch erkennen, ob er gute oder schlimme Neuigkeiten enthielte. Endlich ertrug sie die Ungewissheit nicht mehr. Mit dem Fingernagel ritzte sie den Umschlag auf und zog das Blatt Papier heraus. Ihre Hände zitterten, als sie das Schreiben entfaltete. Dreimal las sie die wenigen Sätze, die über ihre Zukunft entschieden.

Freude, fassungslose Freude durchströmte ihr Herz. Eine Zusage. Die Firma Bücker Flugzeugbau freute sich, ihr den Ausbildungsplatz anzubieten. Johannas Blick verschwamm,

weil sie weinen musste. Freudentränen, aber auch Tränen des überstandenen Schreckens. Schließlich hätte es auch eine ganz andere Nachricht sein können. Dieser Gedanke raubte Johanna schier den Atem. Doch nein, unwichtig, was gewesen wäre, wenn ... Wichtig war nur, dass ihr Leben sich endlich zum Guten wenden würde.
Zu Albatros! Die wunderbare Neuigkeit musste sie mit Amelie teilen. Ohne sich einen Deut darum zu scheren, was die Menschen auf der Zeil von ihr denken mochten, begann Johanna loszurennen. Ihr Herz jubelte. Die Unbill des Morgens war vergessen angesichts der Freude, nun gemeinsam mit ihrem Albatros nach Berlin zu gehen. Da traf es sie wie ein Schlag, und Johanna blieb stehen. Panik drohte sie zu überwältigen. Was, wenn Amelie noch keinen Brief erhalten oder – schlimmer noch – eine Absage bekommen hätte? Würde sie ohne ihre Freundin nach Berlin ziehen?
Johanna rang nach Luft, als wäre sie nicht nur wenige Meter, sondern einen Marathon gelaufen. Wären die Menschen bei Bücker wirklich so hart, Amelie und Johanna zu trennen? Schließlich waren die beiden gemeinsam zum Vorstellungsgespräch gereist, hatten dort sehr deutlich gemacht, wie wichtig es ihnen war, gemeinsam Fliegerinnen zu werden. Doch was galt Freundschaft, wenn es um wenige kostbare Ausbildungsplätze ging? Johanna lief schneller, um der drückenden Ungewissheit zu entgehen.

Als sie um die Straßenecke bog, erkannte sie die vertraute Silhouette von Amelie, die vor dem Schneidergeschäft stand und wartete. Beinahe so, als hätte ihre Freundin gespürt, dass Johanna eine gute Nachricht erhalten hatte und sie aufsuchen würde. Johanna lächelte. Alles würde gut werden. Sie und ihr Albatros verstanden sich ohne Worte und würden gemeinsam nach Berlin gehen, selbst wenn die Firma Bücker Flugzeugbau Amelie nicht einstellen wollte. Dann könnte ihre Freundin sicher eine Stelle als Näherin finden, um in Berlin weiterhin fliegen zu lernen, bis sie für Bücker interessant wäre. Ja, so würde es gehen. Aber vielleicht hatte Amelie ja auch eine gute Nachricht für sie. Nur noch wenige Schritte und Johanna konnte ihre beste Freundin umarmen.

Doch dann blieb sie stehen. Ungläubig starrte Johanna auf das Bild, das sich ihr darbot. Den Mann, der auf Amelie zutrat und sie in seine Arme zog, kannte sie nur zu gut. Die Art, wie Amelie ihn küsste und sich an ihn lehnte, zeigte deutlich, dass die beiden sich gut kannten. Wie hatte Amelie ihr nur verschweigen können, dass sie sich mit Felix von Bissing traf!

Erschüttert und entsetzt drehte Johanna sich um und hetzte zurück in die Richtung, aus der sie gekommen war. Was würde aus ihrer gemeinsamen Zukunft, nun, wo ihr Albatros eine Liebelei begonnen hatte?

KAPITEL 18

»Ich bin anders als andere Frauen!«

Marie Marvingt

Frankfurt am Main, 1935

Amelie erkannte Hanni sofort, als diese wie von Höllenhunden gehetzt die Straße entlanglief. Nur einen Augenblick zögerte sie. Wollte sie wirklich den kostbaren Abend mit Felix aufgeben? Doch was wäre sie für eine schlechte Freundin, wenn sie Hanni nicht nachliefe. Schlimm genug, dass sie ihre Liebe zu Felix bisher geheim gehalten hatte. Amelie seufzte. Sie hatte nicht voraussetzen können, ein derart großes Geheimnis länger verborgen zu halten.

»Felix. Es … es tut mir leid.«

»Ich verstehe schon.« Felix küsste sie. »Lauf ihr nach.«

Hanni rannte so schnell, dass Amelie sie nicht einholen konnte. So blieb ihr nichts anderes übrig, als an der Wohnung von Hannis Familie zu klingeln, obwohl Amelie genau wusste, wie wenig Hannis Eltern von ihr hielten. Aber diese Kröte musste sie nun wohl schlucken, weil sie aus ihrer Liebe zu Felix ein Geheimnis gemacht hatte.

»Amelie.« Hannis Mutter öffnete die Tür. »Johanna will Sie nicht sehen.«

»Guten Tag, Frau Beese.« Amelie gab vor, die Unhöflichkeit nicht bemerkt zu haben. »Bitte entschuldigen Sie, aber ich muss mit Hanni reden.«

»Sie können es gern versuchen.« Hannis Mutter trat zur Seite.

Täuschte sich Amelie, oder sah Frau Beese wirklich von Mal zu Mal mehr aus wie Magda Goebbels? Nicht nur deren Frisur, auch deren Art sich zu kleiden schien Hannis Mutter zu kopieren.

»Hanni.« Zaghaft klopfte Amelie an die Tür des Zimmers ihrer Freundin. »Bitte, ich möchte mit dir reden.«

»Verschwinde! Ich will nichts mehr von dir hören.«

»Hanni. Bitte. Lass es mich erklären.«

»Was soll es da noch zu erklären geben. Es war deutlich zu sehen, was sich zwischen dir und meinem Fluglehrer abspielt.«

Hanni hatte die Tür aufgerissen, um Amelie ihren Zorn entgegenzuschreien. Amelie nutzte die Chance und schlüpfte unter Hannis Arm hindurch ins Zimmer.

Es kostete Amelie viele Stunden und noch mehr Tränen, bis Hanni bereit war, ihr zu verzeihen.

»Ich war so glücklich, dass Bücker mich anstellen will.« Hanni schniefte. Ihre Augen waren rot vom Weinen, ihre Nase geschwollen, und sie wirkte so unglücklich, dass Amelie sich entsetzlich schuldig fühlte. »Meine Freude wollte ich mit dir teilen. Und dann …«

»Es tut mir leid«, wiederholte Amelie wohl zum fünfzigsten Mal. Was konnte sie denn noch tun, um Hanni zu besänftigen? Schließlich hatte sie sofort Felix stehen lassen und war Hanni nachgelaufen.

»Ich dachte, wir wären Freundinnen.« Amelie hätte nicht sagen können, was sie schlimmer traf: die Anklage in Hannis Worten oder die unendliche Traurigkeit in deren Blick. »Wie konntest du mir das nur verschweigen? Gehen wir nicht mehr gemeinsam nach Berlin?«

Amelie schwieg. Sie hatte gehofft, dass ihr noch mehr Zeit

bliebe, bis sie diese Entscheidung treffen müsste, dass – im besten Fall – das Leben oder die Firma Bücker Flugzeugbau ihr die Entscheidung abnehmen würden. Hätte der Flugzeugbauer Hanni und sie abgelehnt, wäre alles gut geworden. Amelie hätte bei Felix das Fliegen gelernt, mit Hanni gemeinsam ihre Prüfungen bestanden und erst dann, viel, viel später überlegen müssen, wie ihre Zukunft aussehen sollte. Ob sie sich ein Leben mit Hanni und Felix vorstellen konnte und wie dessen Konturen aussehen würden. Bei all dem Durcheinander, das in ihrem Kopf und ihrem Herzen herrschte, wusste Amelie doch eines: Sie war nicht in der Lage, einen der beiden Menschen zu enttäuschen, die ihr am meisten auf der Welt bedeuteten.

Auch wenn sie in den letzten Wochen des verstohlenen und heimlichen Glücks mit Felix ihre beste Freundin vernachlässigt hatte, so gehörte Hanni fest in Amelies Lebenspläne. Niemals wäre sie eine der Frauen, die ihre Freundinnen fallen ließen, sobald ein Mann in ihrem Leben auftauchte. Das musste Hanni doch wissen, oder?

»Gehen wir nicht nach Berlin?«, wiederholte Hanni, ihr Tonfall dermaßen leidend und anklagend, dass Amelies schlechtes Gewissen beinahe einem Anflug von Zorn wich, aber nur beinahe. »Lässt du mich im Stich?«

»Natürlich nicht«, fuhr Amelie auf. »Was hältst du von mir? Ich habe dir versprochen, dass wir gemeinsam fliegen werden. Und meine Versprechen halte ich.«

»Und Felix? Soll er mit nach Berlin kommen?«

»Noch habe ich nicht einmal eine Antwort von Bücker erhalten.« Ja, es war eine Ausrede, aber Amelie fühlte sich nicht in der Lage, jetzt und spontan, ohne langes Nachdenken eine derart weitreichende und wichtige Entscheidung zu treffen. »Ich gratuliere dir, dass sie dich genommen haben.«

»Was soll ich denn in Berlin, wenn du nicht mitkommst?« Immerhin weinte Hanni nun nicht mehr, sondern schniefte nur noch ein wenig. Anklagend deutete sie auf das Schreiben von Bücker. »Es war der schönste Tag in meinem Leben ... und du hast alles kaputt gemacht.«

Erneut stritten Ärger und Schuldgefühle in Amelie um die Oberhand. Wieso bildete Hanni sich ein, ihr Vorwürfe machen zu können? *Das* war genau der Grund, weshalb Felix und sie ihre Liebe geheim gehalten hatten. Amelie kannte ihre Freundin gut genug, um zu wissen, dass diese in Felix einen Konkurrenten sehen würde. Und dennoch musste Amelie auch eingestehen, dass sie es sich zu leicht gemacht hatte. Wie ein Kind hatte sie die Augen vor der Wirklichkeit verschlossen und gehofft, dass sie mit dem Versteckspiel durchkommen würde.

»Das tut mir leid. Das wollte ich nicht.« Amelie seufzte. Mit dem Daumennagel kratzte sie über die anderen Fingernägel, wie immer, wenn sie nervös war. »Hanni, du weißt, ich würde dich nie im Stich lassen. Egal, was sich bei Felix und mir entwickelt, ich komme mit nach Berlin.«

»Auch wenn Bücker dich nicht nimmt?« Es kam Amelie vor, als belauerte ihre Freundin sie, als suchte Hanni nach Anzeichen von Lüge und Verrat. »Selbst dann?«

Amelie schluckte. War Hanni wirklich bewusst, was sie von ihr verlangte? Für die Chance, Fliegerin zu werden, nach Berlin zu gehen und alles in Frankfurt hinter sich zu lassen, war das eine; aber einfach so nach Berlin zu gehen, ohne dort etwas zu haben, was ihr Halt und Freude schenkte?

Wie leicht wäre es, Hanni zu belügen, um damit endlich ihren Frieden zu haben. Aber so ein Mensch war sie nicht. Auch wenn Amelie einen Streit scheute, so war sie zu grundehrlich, als dass sie ihre Freundin belügen könnte.

»Ich … ich weiß es nicht.« Sie betrachtete ihre Fingernägel, an deren Nagelhäuten sie nervös gezupft hatte, bis sie bluteten. »Was soll ich in Berlin, wenn ich nicht fliegen kann?«

»Du schuldest es mir!« Hanni stampfte mit dem Fuß auf wie ein verzogenes Kind. Ihre Augen funkelten, nun nicht mehr von Tränen, sondern vor Wut. »Ich habe dich zum Fliegen gebracht. Ich habe dir geholfen, wo ich nur konnte – und du, du willst mich im Stich lassen. Wegen *ihm.*«

»Das hat mit Felix nichts zu tun«, wehrte Amelie ab. Das Gespräch mit ihrer Freundin verlief genauso, wie sie es befürchtet hatte und weshalb sie ihm bisher aus dem Weg gegangen war. »Ich habe immer gesagt, dass ich nur dann Frankfurt verlasse, wenn ich die Stelle bei Bücker bekomme.«

»Wärst du ohne mich gegangen?«, fragte Hanni lauernd. Wut verzerrte ihr Gesicht, so dass Amelie es mit der Angst zu tun bekam. »Wenn sie nur dich und nicht mich genommen hätten?«

Diese Frage hatte Amelie sich nie gestellt. Für sie war es selbstverständlich gewesen, dass Hanni erfolgreich sein würde; ihre eigene Anstellung hingegen war Amelie fraglich erschienen. Sie brachte einfach zu wenig Flugerfahrung mit.

»Nein«, antwortete sie schließlich und meinte das ehrlich. Sie liebte das Fliegen, aber die Vorstellung, allein in einer fremden Stadt leben zu müssen, erschien ihr bedrohlich. »Nein. Mit dir oder gar nicht.«

»Oh, mein Albatros.« Hanni stürmte auf Amelie zu und zog sie in ihre Arme. So fest drückte sie ihre Freundin, dass Amelie nicht sagen konnte, ob es Zuneigung oder Bestrafung war, was Hanni damit ausdrücken wollte. »Ich wusste, dass ich mich auf dich verlassen kann.«

Bevor Amelie antworten konnte, öffnete sich die Zimmertür, und Hannis Mutter trat ein. Als sie die beiden Frauen in enger

Umarmung sah, huschte ein Ausdruck über ihr Gesicht, eine Mischung aus Neid und Ekel, der Amelie erschreckte.
»Johanna. Möchte deine Freundin zum Abendbrot bleiben?« Frau Beeses Gesicht wirkte unbewegt höflich, so dass Amelie meinte, sich geirrt zu haben. Doch das Unbehagen blieb. »Dann müsstest du noch zum Bäcker, Brot holen.«
»Danke schön, Frau Beese.« Amelie lächelte und schaute Hannis Mutter aufmerksam an, suchte erneut nach diesem seltsamen Ausdruck. »Aber ich muss nach Hause. Meine Mutter wird auch mit dem Essen warten.«
»Gut.« Frau Beese nickte. »Johanna, in einer halben Stunde gibt es Abendbrot. *Pünktlich.*«
»Ja, ich weiß.« Hanni zog eine Grimasse. Nachdem ihre Mutter die Zimmertür hinter sich geschlossen hatte, wandte sie sich Amelie zu. »Verstehst du jetzt, warum ich es hier keinen Tag länger aushalten kann?«
»Deine Mutter meint es bestimmt nur gut«, versuchte Amelie höflich abzumildern, aber auch sie schauderte, wenn sie an die kalte Höflichkeit von Frau Beese dachte. So jemanden als Mutter zu haben war sicher nicht leicht. »Vielleicht kann sie einfach nicht zeigen, wie viel du ihr bedeutest.«
»O doch«, antwortete Hanni und stieß ein Schnauben aus, ein Geräusch zwischen Lachen und Weinen. »Sie macht mir jeden Tag deutlich, wie wenig sie von mir hält. Zum Glück gibt es ja Harri, das Wunderkind.«
Amelie sagte dazu nichts. Sie kannte ihre Freundin lange und vor allem gut genug, um zu wissen, dass Hanni weder Verständnis noch einen Rat wünschte, sondern einfach auf ihre Familie schimpfen wollte.
»Sei froh, dass du ein Einzelkind bist, mein Albatros.« Auf einmal wirkte Hannis Gesicht, das trotz der Tränenspuren immer noch schön war, müde und angestrengt. »So musst du

nicht in einer ständigen Olympiade gegen jemanden antreten, den du eh nicht besiegen kannst.«

Amelie wusste um die Rivalität, die zwischen Hanni und Harri herrschte, aber wie tief der Zorn ihrer Freundin ging, das war ihr bis heute nicht deutlich geworden. Es schien beinahe, als ob Hanni ihren Bruder hasste, weil die Eltern ihn vorzogen.

»Harri kann doch nichts dafür«, wandte Amelie ein, deren Gerechtigkeitssinn dazu führte, dass sie sich häufig auf die Seite derer schlug, die ihr schwächer schienen. »Ich finde ihn ganz in Ordnung.«

»Ja, du und alle anderen.« Hanni warf sich auf ihr Bett, um sich dort lang auszustrecken. Sie zog eine Schnute wie eine verwöhnte Vierjährige, der man Zuckerwatte verweigert hatte. »Jeder findet Harri toll. Er ist ja soooo klug und schreibt nur gute Noten. Sportlich ist er auch und bei den Frauen beliebt. Ein echtes Wunderkind.«

Amelie wusste nicht, was sie sagen sollte. Zu oft hatte sie die Tiraden ihrer Freundin gehört, in denen sie sich über Harri und ihre Eltern beklagt hatte. Sicher, eine Mutter wie Frau Beese wünschte sich Amelie gewiss nicht, aber Harri fand sie wirklich nicht so übel. Er wuschelte ihr immer durch die Haare, nannte sie Mellchen und behandelte sie wie eine weitere kleine Schwester. Wen Amelie überhaupt nicht mochte, vor dem sie sich sogar etwas fürchtete, war Hannis Vater.

Die wenigen Abendessen, die Amelie mit Hannis Familie eingenommen hatte, waren ihr in guter, besser gesagt: in schlechter Erinnerung geblieben. Hannis Vater, der am Kopfende des Tisches thronte, das beste Essen bekam und wenig sprach. Wenn er den Mund öffnete, dann nur, um entweder seine Tochter zu examinieren oder etwas zu wiederholen, was der Führer oder ein anderes hochrangiges Parteimitglied zum Besten gegeben hatte.

»Du kannst mit zu uns zum Essen kommen«, bot Amelie an. Auch wenn es bei ihr zu Hause sicher nur Tomaten, Käse und Brot gab, nicht Kochschinken und kalten Braten wie bei Beeses, so würde es Hanni dort bestimmt besser schmecken. Ihre Mutter würde Anekdoten aus der Arbeit erzählen und sich bemühen, dass Hanni sich wohl fühlte, obwohl Amelies Mutter ebenfalls Vorbehalte gegenüber der Freundin ihrer Tochter hatte.

»Danke.« Hanni lächelte. Sie holte tief Luft, bevor sie den Kopf schüttelte. »Aber nein danke. Ich muss ihnen heute Abend von der Zusage von Bücker erzählen.«

Auch wenn Amelie überhaupt keine Lust verspürte, Zeugin dieses Erlebnisses zu werden, fühlte sie sich verpflichtet, Hanni nicht im Stich zu lassen.

»Soll ich dich unterstützen?«

»Nein, lass mal«, antwortete Hanni. Sie verzog die Mundwinkel und krauste die Nase. »Das wird bestimmt nicht schön. Immerhin wird der wunderbare Harri dabei sein, so dass sie sich nur über *ein* missratenes Kind ärgern müssen.«

»Wenn wir erst in der *Frankfurter Zeitung* oder in der *Woche* stehen, weil wir die ersten Berufspilotinnen sind, werden deine Eltern stolz auf dich sein«, versuchte Amelie, ihre Freundin aufzumuntern. »Vielleicht berichten sie ja sogar in der *Dame* über uns.«

Kaum hatte sie die Worte ausgesprochen, erkannte Amelie, dass sie einen Fehler gemacht hatte.

»Über uns?« Hannis Augen wurden hart, ihr Blick lauernd. »Ja, das hatte ich auch immer gehofft. Aber wenn du mich im Stich lässt …«

Obwohl es Amelie unangenehm war und sie sich in die Ecke gedrängt fühlte, konnte sie nicht anders. Sie legte die linke Hand aufs Herz. »Egal, was geschieht: Ich komme mit dir nach Berlin, und wir werden beide fliegen.« Amelie lächelte, obwohl ihr das Herz schwer wurde. »Großes Fliegerinnen-Ehrenwort.«

Was würde Felix wohl sagen, wenn sie ihm von ihrem Versprechen erzählte? Ob er sie nach Berlin begleiten könnte? Auch ihre Mutter wäre sicher nicht begeistert über Amelies Weggang aus Frankfurt. Aber diese Fragen hatten Zeit, bis Bücker endlich eine Entscheidung getroffen hätte.

»Schwöre es mir.« Hanni setzte sich auf. Ihr Blick hielt Amelies fest. »Schwöre es mir bei deinem Lebensglück.«

»Was ist das denn für ein Schwur?«, fragte Amelie, wobei sie sich um einen leichten Tonfall bemühte. Dennoch konnte sie nicht verhindern, dass der Ernst in Hannis Stimme ihr einen Schauder über den Rücken jagte. *Es sind doch nur Worte, ohne tieferen Sinn. Ich setze doch nicht mein Leben aufs Spiel, oder?* »Das klingt ja mehr nach einer Drohung.«

»Wenn du nicht mit nach Berlin kommst, ist mein Leben zerstört«, antwortete Hanni in tiefem Ernst. Ihre Miene zeigte deutlich, wie wichtig sie den Schwur nahm, den sie von Amelie verlangte. »Also muss der Preis dafür hoch sein.«

So kannte Amelie ihre Freundin nicht. Hanni war doch immer die Stärkere, diejenige, die sich nicht unterkriegen ließ, die das Leben leichtnahm.

»Na gut.« Amelie zuckte mit den Schultern, als nähme sie das alles nicht allzu ernst, aber sie konnte sich dennoch des mulmigen Gefühls nicht erwehren, dass sie sich von Hanni erpressen ließ. »Ich schwöre bei meinem Lebensglück, dass ich mit dir nach Berlin gehe.«

»Und dass kein Mann unsere Freundschaft je zerstören kann.«

»Auch das.« Amelie verdrehte die Augen, lächelte dabei aber, damit Hanni nicht beleidigt war. »Unsere Freundschaft wird mir immer wichtiger sein als jeder Mann.«

Nun fühlte sie sich auf einmal Felix gegenüber schuldig. Ob er wohl verstehen würde, wie tief ihre Freundschaft zu Hanni war? Ob er tolerieren würde, dass ihre Lebensplanung immer auch hieß, Hanni als Teil ihrer Zukunft zu begreifen? Waren Männerfreundschaften auch so intensiv wie Frauenfreundschaften?

Unauffällig blickte Amelie auf ihre schmale Armbanduhr, ein Geschenk ihrer Mutter zur Konfirmation, die sich Luise mühsam abgespart hatte, um ihrer Tochter eine Freude zu machen. Wenn Amelie jetzt aufbräche, bliebe ihr noch Zeit, Felix wenigstens für ein paar Minuten zu sehen. War dies jetzt schon der erste Verstoß gegen ihren Eid?

»Ich muss los. Ihr esst ja gleich.« Amelie stand auf. Sie gab sich Mühe, sich ihre widersprüchlichen Gefühle nicht anmerken zu lassen. Hoffentlich bat Hanni sie nicht zu bleiben. »Hast du morgen wieder Flugstunde? Ich könnte dich abholen.«

»Bei Felix werde ich keine Stunden mehr nehmen«, antwortete Hanni eisig. »Ich muss meinem Fluglehrer vertrauen können. Schließlich vertraue ich ihm in der Luft mein Leben an.«

»Felix wollte dir von uns erzählen. Bestraf ihn nicht für etwas, das ich zu verantworten habe.« Nun würde es bestimmt zum großen Krach kommen, fürchtete Amelie. Sicher hätte sie ihrer Freundin erklären können, warum sie Hanni ihre Liebe zu Felix verschwiegen hatte. Dass genau diese Vorwürfe und Drohungen die Reaktionen waren, die Amelie erwartet und befürchtet hatte und die sie davon abgehalten hatten, Hanni von ihrem Glück zu erzählen.

»Von dir hätte ich etwas anderes erwartet.« Hanni hatte sich ein schwarzes Notizbuch von ihrem Schreibtisch genommen, in das sie jetzt ein paar Worte kritzelte. »Wirklich.«

Sosehr Amelie auch wissen wollte, was ihre Freundin da

schrieb, so wenig war sie bereit, danach zu fragen. Hanni schrieb weiter, so dass Amelie sich etwas verloren fühlte, wie sie so mitten im Zimmer stand. Einfach gehen konnte sie nicht, aber ihr fiel auch nichts ein, was sie sagen konnte, so dass sie mit hängenden Armen wie eine arme Sünderin stehen blieb.

Endlich schaute Hanni auf, ein Lächeln auf dem Gesicht. »Aber du hast mir ja geschworen, dass jetzt alles gut wird, nicht wahr?«

»Ja.« Amelie fürchtete, dass ihr Lächeln weder ehrlich noch fröhlich wirkte, aber inzwischen wollte sie einfach nur noch weg. Zu Felix, dem sie von ihrem verhängnisvollen Schwur berichten wollte. Wahrscheinlich würde er darüber lachen, was Amelie die Sorgen nähme. »Ich gehe jetzt. Sehen wir uns morgen?«

»Vielleicht.« Hanni zuckte mit den Schultern. Wieder schrieb sie etwas in das kleine schwarze Buch. »Vielleicht komm ich am Nachmittag mal vorbei.«

Nachdem Amelie die Haustür hinter sich geschlossen hatte, fragte sie sich, warum sie sich dies von ihrer Freundin gefallen ließ. Aber noch immer fühlte sie das schlechte Gewissen wegen ihrer Lüge, so dass sie Hannis Marotten erst einmal hinnehmen musste.

Hoffentlich verlangt Felix nun nicht von mir, dass ich schwöre, ewig mit ihm in Frankfurt zu bleiben …

KAPITEL 19

»Fliegen ist mein Leben!«

Hanna Reitsch

Frankfurt am Main, 1935

Niemals wieder wollte sie zur Erde zurück. Amelie wünschte sich, dass dieser Augenblick niemals endete, dass er für immer und ewig währte. Nichts konnte schöner sein. Der Wind zerrte an ihren Haaren, das Brummen des Motors dröhnte in ihren Ohren, die Welt unter ihr wurde kleiner und kleiner, bis sie aussah wie die Miniaturlandschaft einer Spielzeugeisenbahn. Sie liebte das Segelfliegen, aber hier – gemeinsam mit Felix – in der *Klemm* durch den Himmel zu rasen, das war etwas ganz anderes. Amelie hätte nicht zu sagen gewusst, ob es die Geschwindigkeit des Motorflugs war oder das gemeinsame Erleben mit dem geliebten Mann, es war ihr auch egal. Sie wünschte sich nur, dass dieser Augenblick niemals endete, dass Felix und sie für immer über den Wolken schweben und die grenzenlose Freiheit genießen konnten.

»Möchtest du das Ruder übernehmen?«, rief Felix über die Schulter nach hinten. In seinen leuchtenden Augen spiegelte sich die Freude und Begeisterung, die auch sie empfand. »Oder wollen wir einen Looping wagen?«

»Ja!«, schrie Amelie gegen das Motorengeräusch und das Brausen des Windes in ihren Ohren an. »Ja! Beide Male ja. Erst der Looping, dann fliegen.«

So zaghaft und nachdenklich sie auf dem Boden häufig war, so wagemutig war sie in der Luft. Keine Flugfigur konnte sie ängstigen, alles wollte sie ausprobieren, ein Abenteuer nach dem nächsten wagen.
»Halt dich gut fest«, rief Felix und drehte sich wieder um. Sie sah seinen Nacken, die Stelle, die sie so gern küsste, und hätte sich am liebsten vorgebeugt, um ihm einen Kuss zuzuhauchen, damit er ihre Liebe spürte, doch der Sicherheitsgurt ließ ihr keinen Spielraum.
Was gut war, als Felix die Nase der *Klemm* absenkte und einen eleganten Bogen nach vorn flog. Eine Flugfigur, die schwieriger war als der Rückwärtslooping, wie Amelie sehr wohl wusste. Aber sie vertraute Felix – jedenfalls wenn sie gemeinsam über den Wolken dahinzogen. Auf dem Boden hingegen blieb er ihr manchmal fremd. Amelies Erinnerung wanderte immer wieder zu dem gestrigen Abend zurück, an dem Felix sie brüsk nach Hause geschickt hatte, als ein Mann, den er nur als Paul vorstellte, gekommen war. Dieser Paul hatte mit geheimnisvollen Gesten auf Felix eingeflüstert, was diesen erbleichen ließ.
»Melli, du musst gehen. Es tut mir leid.« Felix hatte ihr nicht in die Augen sehen können, was Amelies Sorge noch verstärkt hatte. Aber sie war gegangen, so, wie er es wünschte. Heute, als er sie zum Fliegen abholte, hatte sie nur kurz gefragt, ob sein Treffen erfolgreich gewesen war.
»Ja. Ich kann nicht darüber sprechen.« Felix' Gesicht wirkte so unnahbar, dass Amelie ihre Frage bereits bereute. »Bitte versteh.«
Ihr war übel geworden, weil sie fürchtete, ihn zu verlieren. Bei dem Gedanken daran drohte ihr Magen zu revoltieren, doch dann fing sie sich wieder und genoss das Auf und Ab der Bewegung, ließ sich fallen in das unendliche Vertrauen, das sie

in Felix und dessen fliegerisches Können setzte. Ach, könnte sie doch nur weiter mit ihm fliegen, über Frankfurt hinaus, über Deutschland hinaus, über Europa hinaus. Irgendwohin, wo nur sie beide leben würden, ohne dass es Forderungen von anderen gab. Von seinen Freunden, mit denen sie Felix teilen musste, oder von Hanni, die Amelie immer noch spüren ließ, wie enttäuscht sie von ihr war. Ich möchte doch nur fliegen, dachte Amelie. Fliegen mit dem Mann, der den Himmel so liebt wie ich. Warum kann Hanni das nicht verstehen?

Oh, Hanni.

Amelie blickte auf ihre Uhr und tippte Felix auf die Schulter. »Ich muss zurück. Du weißt.«

»Wie schade«, rief er, brachte aber die *Klemm* unverzüglich in den Sinkflug. »Ich fahr dich schnell in die Stadt.«

»Danke.«

Im Auto blickte Amelie immer wieder nervös auf die Uhr. Hanni würde es ihr nie verzeihen, wenn sie sich verspätete. Amelie fühlte sich manchmal wie ein Knochen, an dem zwei Hunde zerrten. Felix wünschte, dass sie Zeit mit ihm verbrachte; Hanni forderte, dass sie Freundinnen wären, die etwas gemeinsam unternahmen. Viel mehr, als in der Zeit vor Felix, dachte Amelie bitter. Aber das schlechte Gewissen war so stark, dass sie Hannis Kapriolen nachgab. Daher musste sie oft ihre Tage aufteilen. Auch heute war es so: Der Nachmittag gehörte Felix, der Abend Hanni.

Aber heute würde sie etwas ändern, hatte Amelie beschlossen. Heute würde der Knochen den Hunden mal zeigen, wo's langging. Ohne Hannis Wissen hatte sie Felix eingeladen, sie beide zu begleiten. Sollte Hanni sich stur stellen, würde Amelie ihrer Freundin ein Ultimatum stellen. *Genug ist genug!*

»Viel Spaß?« Felix' Tonfall klang zweifelnd, als er Amelie in einer Seitenstraße neben dem Kino absetzte. »Bist du sicher wegen nachher?«

»Ja.« Sie nahm seinen Kopf zwischen die Hände, um ihn zu küssen. »Du bist mir sehr wichtig. Das muss Hanni begreifen.«

Schnell sprang sie aus dem Auto und eilte zum Kino, wo sie ihre Freundin schon ungeduldig auf und ab gehen sah. Verstohlen schaute Amelie auf ihre Uhr. Sie war fünf Minuten zu früh.

»Da bist du ja endlich!« Hanni winkte. »Beeil dich, sonst bekommen wir keinen guten Platz.«

»Ich hole die Karten.«

Dass Amelie Hanni einladen musste, war ein Teil von deren Bestrafung. Hanni wusste sehr gut, wie knapp Amelies Finanzen waren und dass sie sich normalerweise einen Kinobesuch versagte. *Was tue ich nicht alles, damit wir wieder Freundinnen sind. Würde Hanni das auch für mich tun?*

Bereits im Kino machte Hanni kein Hehl aus ihrer Meinung. Ihr gefiel *Rivalen der Luft* überhaupt nicht, was Amelie schon befürchtet hatte, nachdem sie gelesen hatte, worum es in dem Film ging. Als die Lichter im Kino angingen, begann Hanni sofort, über den Film zu schimpfen.

»Was für ein Blödsinn!« Hanni schüttelte empört den Kopf. »Wie kann die Frau nur so dumm sein, heimlich zu starten, um dann gerettet werden zu müssen.«

Obwohl auch Amelie sich darüber geärgert hatte, wie die Heldin Christine dargestellt worden war, fand sie Hannis Zorn etwas überzogen.

»Es ist eben ein Film«, sagte Amelie. »Christine musste in Gefahr geraten, damit der richtige Mann sie retten konnte. Damit sie wusste, für welchen Mann sie sich entscheiden muss.«

»Das ist doch der größte Schwachsinn überhaupt.« Hanni blieb so abrupt stehen, dass Amelie in ihre Freundin hineinlief. »Warum muss die Heldin unbedingt einen Mann bekommen? Erst heißt es, ihr bedeutet der Segelflug alles – und dann …«

Amelie überlief es siedend heiß. Nutzte ihre Freundin den Film als Vorwand, um Amelie ein paar unangenehme Wahrheiten nahezubringen? Nein, das konnte nicht sein. So perfide und durchtrieben war Hanni nicht, oder doch?

»Felix lädt uns zum Essen ein«, platzte Amelie heraus, die schon während des Films überlegt hatte, wie sie Hanni die Überraschung am besten verkaufen könnte. Dies war allerdings garantiert nicht der optimale Weg. »Natürlich nur, wenn du magst.«

Hanni musterte Amelie, ohne ein Wort zu sagen. So musste sich ein Insekt fühlen, wenn man es mit einem Brennglas beobachtete, fiel Amelie ein. Obwohl ihr scharfe Worte auf der Zunge lagen, schwieg sie und lächelte Hanni nur an.

»Warum nicht«, lenkte diese schließlich ein. »Wir sind ja alle Fliegerkameraden.«

Obwohl Amelie sich freute, dass ihre Freundin einlenkte, konnte sie nicht wirklich glauben, dass Hanni so leicht nachgab. So ein Mensch war Hanni einfach nicht.

»Guten Abend, Johanna.« Felix lächelte, und Amelies Herz schlug schneller – jedenfalls kam es ihr so vor. Wie selbstverständlich beugte er sich zu ihr, um ihr einen Kuss zu geben. »Liebes.«

Amelie wollte sich den Abend nicht verderben lassen und ignorierte daher den Spott in Hannis Augen.

»Ich habe einen Tisch für uns reserviert. Im *Groß-Frankfurt.*« Wie ein vollendeter Gentleman öffnete Felix die Wagentüre. »Bitte, die Damen.«

»Ich sitze vorn.« Bevor Amelie reagieren konnte, setzte sich Hanni schon neben Felix, ein triumphierendes Grinsen auf dem Gesicht. »Oder willst du?«
»Nein, nein.« Amelie schluckte ihren Ärger herunter. »Das kann ich noch oft genug.«
Während der Fahrt und auch im Restaurant zeigte sich Hanni zu Amelies Überraschung von ihrer charmantesten Seite. Sie erzählte Anekdoten aus der Universität und vom Fliegen, hörte Felix gebannt zu und vermied jedes Thema, das zu Streit hätte führen können.
Beim Dessert, einer wunderbaren Schokoladencreme, brachte Hanni das Gespräch auf einmal auf die Politik, genau wie Amelie es befürchtet hatte. Wusste ihre Freundin doch genau, wie kritisch Felix der Regierung gegenüberstand.
»Da es nun endlich eine Luftwaffe gibt, können wir sicher bald fliegen.« Hannis Augen leuchteten. In ihrer Begeisterung sah sie schöner aus als je und zog die Aufmerksamkeit aller Männer im Lokal auf sich. Aller Männer bis auf Felix, wie Amelie zufrieden dachte. »Männer werden zum Militär gehen, und uns Frauen bleibt die zivile Luftfahrt.«
Bevor Amelie etwas sagen konnte, lachte Felix laut auf. Laut und bitter.
»Bist du wirklich dermaßen naiv?«, zischte er Hanni dann leise zu, damit ihn die Menschen an den anderen Tischen nicht hörten. »Glaubst du wirklich, dass dein geliebter Führer Pilotinnen wünscht?«
»Er ist unser aller Führer.« Hanni schob das Kinn vor, sichtlich bereit, sich in den Kampf zu stürzen. »Therese Pogge arbeitet doch als Testpilotin für die Deutsche Forschungsanstalt für Segelflug in Darmstadt, oder nicht?«
»Ja, und Melitta Schiller ist Diplom-Ingenieurin an der Deutschen Versuchsanstalt für Luftfahrt in Berlin-Adlershof.«

Felix schüttelte den Kopf. »Kannst du mir die Namen von einigen Kollegen von Therese Pogge oder Melitta Schiller nennen? Namen der Männer, mit denen sie arbeiten?«
Erstaunt sah Amelie ihn an. Was sollte diese Frage? Auch Hanni schien ähnlich überrascht wie sie.
»Nein, kann ich nicht. Wieso?«
»Ist doch ganz einfach.« Felix lächelte, aber ganz und gar nicht fröhlich. »Jeder kennt Therese Pogge, Elly Beinhorn oder Melitta Schiller, weil es so wenig fliegende Frauen gibt.«
Auch wenn sie ihrem Geliebten ungern widersprach, wollte Amelie diese Worte nicht so stehen lassen.
»Das stimmt nicht.« Vehement schüttelte sie den Kopf. »Viele Menschen kennen auch Ernst Udet oder den ›Roten Baron‹, einfach weil sie Ausnahmeflieger sind, so wie Elly Beinhorn oder Therese Pogge.«
Sanft strich seine Hand über ihre Wange.
»Ich wünschte, du hättest recht.« Felix lächelte ihr voller Wärme zu. »Aber ich fürchte, nach diesen drei Frauen werden keine weiteren mehr nachkommen. Der Platz der Frau ist am Herd. Kinder sollt ihr bekommen, nicht den Himmel erobern.«
»Wie kannst du so etwas nur sagen?« Hannis Stimme klang so laut, dass sich zwei Männer nach ihnen umdrehten, was Amelie in Schrecken versetzte. Wenn Hanni weiter Aufmerksamkeit auf sie lenkte, würde sich Felix noch gewaltigen Ärger einhandeln. »Anstatt zu feiern, dass wir endlich wieder Flugzeuge bauen, musst du alles zerstören.«
Sie sprang auf. »Ich will jetzt nach Hause. Sofort.«
Felix und Amelie warfen einander einen Blick zu. Felix hob die Schultern. »Ich zahle, und dann fahre ich dich.«
»Nein. Amelie soll mich nach Hause bringen.«
»Hanni. Es ist schon spät. Mit der Bahn brauchen wir ewig.«

»Entweder stehst du zu mir oder zu ihm!«
Bevor Amelie antworten konnte, flüsterte ihr Felix zu: »Geh mit ihr. Ich hole dich dann dort ab.«
Wärme und Liebe durchströmten Amelie, weil er so ein wundervoller Mann war, ein besserer, als sie ihn verdient hatte.

Endlich war der entsetzliche Abend vorüber. Hanni hatte während des ganzen Heimwegs über Felix geschimpft; Amelie hatte geschwiegen. Und sich deswegen schuldig gefühlt. Nachdem Felix sie abgeholt hatte, war sie ihm schluchzend in die Arme gefallen. Fest und schützend hatte er sie gehalten und nur gesagt: »Bist du sicher, dass sie eine Freundin ist?«
»Ich weiß es nicht mehr. Sonst ist sie nicht so.«
»Vielleicht muss sie sich nur an uns gewöhnen.«
Amelie wünschte sich, Felix' Optimismus teilen zu können, aber Hanni war nicht der Mensch, der sich mit irgendetwas einfach arrangierte. Ganz oder gar nicht, so lautete die Devise ihrer Freundin.
Es war ein kurzer Abschied von Felix gewesen. Überschattet von Amelies Entscheidung, Hanni nachzugeben und Felix im Restaurant zurückzulassen. Wie lange wäre er wohl noch bereit, so etwas zu akzeptieren?, fragte sie sich bang, nachdem er gegangen war. Als sie in den Hausflur trat, erwartete ihre Mutter sie bereits.
»Post für dich.« Luise hielt einen Brief in der Hand. Auf ihrem Gesicht lag eine Mischung aus Freude und Sorge – die gleichen Gefühle, die auch Amelie überwältigten. »Aus Berlin.«
»Danke.« Amelie nahm den Umschlag entgegen und drehte ihn. Ja, er war von Bücker Flugzeugbau. Inzwischen hatte sie die Hoffnung beinahe aufgegeben, schließlich hatte Hanni ihre Zusage bereits vor einer Woche erhalten. Sie drehte den

Brief in den Händen und brachte es nicht über sich, ihn zu öffnen, weil sie sich über ihre Gefühle nicht klar war.
Wäre sie sehr enttäuscht, wenn Bücker ihr absagte? Möglicherweise, schließlich war es ihre große Chance. Aber – und dies war ein gewaltiges Aber – eine Zusage würde bedeuten, dass sie Felix verlassen musste. Allein der Gedanke daran schnitt Amelie tief ins Herz. Andererseits hatte sie Hanni versprochen, diese nach Berlin zu begleiten, egal, wie die Firma Bücker sich entscheiden würde. Wie war es nur dazu gekommen, dass Amelie sich derart gefangen fühlte und sich davor fürchtete, das Schreiben zu öffnen?
Warum konnten die beiden Menschen, die ihr so wichtig waren, einander nicht mögen, sondern wollten sie dazu zwingen, eine Wahl zwischen ihnen beiden zu treffen? War es überhaupt Freundschaft oder Liebe, wenn man einen Menschen vor derartige Entscheidungen stellte?
»Hase, wenn du den Kopf in den Sand steckst, vergeht das Problem nicht.« Ihre Mutter strich Amelie über die Wange. »Du weißt, ich würde mich freuen, wenn du bei mir bleibst …«
Amelie konnte nur nicken. Sie fürchtete, ihre Stimme könnte versagen, wenn sie antwortete. Zu stark waren die Gefühle, unter deren Ansturm sie kämpfte.
»Aber das ist deine große Chance, mein Kind! Dein Traum! Lass nicht zu, dass ihn dir jemand wegnimmt.« Ihre Mutter lächelte, aber Amelie meinte, Tränen in ihren Augen schimmern zu sehen. »Ich lass dich jetzt allein. Wenn du mich brauchst, ich bin in der Küche.«
»Danke«, flüsterte Amelie. Sie wartete, bis ihre Mutter die Tür hinter sich zugezogen hatte. Dann schaute sie den Brief wieder an. Wie konnte es sein, dass so ein dünnes Stück Papier ihre Zukunft entscheiden konnte. Mit dem Fingernagel ritzte sie den Umschlag ein und zog einen Briefbogen her-

aus. *Nur ein Blatt. Ist das ein gutes oder ein schlechtes Zeichen?*
Als sie den Brief umdrehte, verschwammen die Buchstaben vor ihren Augen. Amelie blinzelte, aber sie konnte die Schrift nicht lesen. Mit der linken Hand wischte sie sich über die Augen, blinzelte noch einmal und dann – endlich – las sie die Worte, die ihr Leben bestimmen würden.

Sehr geehrtes Fräulein Reichard!
Wir freuen uns, Ihnen eine Stelle als Auszubildende in unserem Hause anbieten zu können.
Bitte teilen Sie uns innerhalb von zwei Wochen mit, ob Sie die Stelle antreten werden.
Wir freuen uns auf die Zusammenarbeit mit Ihnen und verbleiben …

Die abschließende Grußformel interessierte Amelie nicht mehr. Sie ließ den Brief sinken. Erstaunlicherweise fühlte sie gar nichts. Nun, wo die Entscheidung gefallen war, spürte sie nur eine Leere. Vor wenigen Wochen noch hatte sie sich vorgestellt, dies wäre der schönste Tag ihres Lebens, doch heute erschien er ihr eher grau und trist. Alles wegen Felix. Hätte sie sich doch nur an den Schwur gehalten, den die Fliegerinnen einander gegeben hatten: sich nicht zu verlieben, geschweige denn zu heiraten, sondern das Fliegen in den Mittelpunkt des Lebens zu stellen.
Hätte sie den Eid nicht gebrochen, wäre ihr Leben weiterhin klar und einfach. Wahrscheinlich hatte sie diese Strafe verdient, weil ihr ein Mann auf einmal so wichtig geworden war wie die Zeit am Himmel.
Felix. Sie musste Felix davon erzählen.
Mit Macht überfiel sie sogleich das schlechte Gewissen, denn

eigentlich war der erste Mensch, dem sie von dem Brief berichten müsste, Hanni. Aber das brachte Amelie nicht über sich. Zu tief saß der Ärger über Hannis Erpressung, zu bitter schmeckte die Niederlage, dass Amelie nicht mutig genug gewesen war, sich den Manipulationen der Freundin zu widersetzen.

»Mutti.« Amelie trat in die Küche. Wieder verschwamm ihr Blick, weil die Tränen sich nicht aufhalten ließen. »Mutti.«

»Haben sie dir abgesagt?« Luise stand auf und nahm ihre Tochter in den Arm. »Es ist doch noch nicht vorbei. Nächstes Jahr hast du eine neue Chance.«

»Nein.« Amelie schniefte. Umfangen von der Wärme und Liebe ihrer Mutter, fühlte sie sich elend wie noch nie in ihrem Leben. »Nein, sie wollen mich.«

»Aber Hase, das ist doch wunderbar, oder nicht?«, fragte ihre Mutter. Sie strich Amelie sanft über den Rücken. »Felix wird sicher mit dir nach Berlin gehen. Wenn er dich wirklich liebt, wird er dir dabei helfen, deinen Traum zu verwirklichen.«

»Ja, wenn er mich mehr liebt als das, was er tut«, flüsterte Amelie voller Angst, wie ihr Geliebter sich entscheiden würde.

KAPITEL 20

Frankfurt am Main, 1971

Sie weiß nicht, wie lange sie diese Situation noch wird ertragen können. Den Anblick ihrer hilflosen, bewegungslosen Mutter, die langsam zu verlöschen scheint wie eine Kerze. Selbst der immer freundlichen Schwester Alix war es nicht gelungen, Lieselotte aufzumuntern. Zu tief steckt sie in der Verzweiflung, die sie jedes Mal übermannt, wenn sie im Krankenhaus ist.

In ihrer Not hat sie in Kassel angerufen, aber Eduard ist nicht ans Telefon gegangen. Weil sie sich davor fürchtet, allein in der Wohnung ihrer Mutter zu sein, wandert Lieselotte ziellos durch die Straßen Frankfurts; ihr Blick sucht nach bekannten Gebäuden oder Geschäften, damit sie sich wieder heimisch fühlt. Kurz überlegt sie, die *Gudd Stubb* zu besuchen, aber sie fürchtet, dass ihr Chef das übertrieben finden könnte. Also läuft sie weiter und weiter und weiter, bis sie schließlich in Bockenheim angekommen ist.

Als Lieselotte in den Flur der Wohnung tritt, ist sie müde und erschöpft. Zu müde, als dass sie noch Hausarbeit erledigen möchte. Sie schafft es gerade noch, die Schuhe auszuziehen, das Geschirr in die Spüle zu stellen und sich ein Brot zu schmieren. Für sich allein kochen mag sie nicht. Mit dem Teller in der Hand setzt sie sich aufs Sofa, nachdem sie den Fernseher eingeschaltet hat. Ach nein, nicht ausgerechnet das.

Aktenzeichen XY … ungelöst flimmert über den Bildschirm. Mit ernster Miene blickt Eduard Zimmermann in die Kamera,

während er die deutsche Bevölkerung vor ansteigender Gewaltkriminalität warnt und wiederholt darauf hinweist, wie wichtig die Polizei für die Sicherheit auf unseren Straßen ist.
Unser erster heutiger Fall kommt aus Österreich. Ein Verbrechen voller Rätsel und Geheimnisse.
Nein, das mag sie nicht sehen. Nach einer Stunde dieser Sendung verliert man den Glauben an die Menschheit und wittert überall nur noch *Nepper, Schlepper, Bauernfänger.* Lieselotte stellt den Teller ab und steht auf, um das Fernsehgerät auszuschalten. Müde schaut sie sich in dem kleinen Zimmer um. Die Einsamkeit droht sie zu überwältigen.
Kurz entschlossen trägt sie den Teller mit dem Brot wieder in die Küche und spannt Klarsichtfolie darüber, bevor sie ihn in den Kühlschrank stellt. Mit einem Abendessen kann sie sich bei Marga dafür bedanken, dass diese ihr den Job im Café vermittelt hat.
Bereits nach dem ersten Klingeln öffnet Marga die Tür, die Haare noch zerzauster als sonst, einen triumphierenden Ausdruck im Gesicht.
»Kannst du Gedanken lesen?« Ihre Nachbarin gähnt unverhohlen, ohne die Hand vor den Mund zu halten. »Ich wollte gerade zu dir, weil ich etwas herausgefunden habe.«
»Guten Tag oder hallo«, kann Lieselotte sich nicht verkneifen zu erwidern. Manchmal kommt Marga ihr vor wie ein Wolfskind oder wie jemand, der mit Mondraketengeschwindigkeit durch die Kinderstube gesaust ist. »Was hast du denn entdeckt?«
»’tschuldigung. Immer wenn ich aufgeregt bin, vergesse ich jegliche Umgangsformen, die meine Eltern mir so mühsam beigebracht haben.«
»Bevor ich meine vergesse, sag bitte, was so wichtig ist, dass du grinst wie ein Honigkuchenpferd.«

»Magst du hereinkommen?« Marga tritt zur Seite, um Lieselotte Platz zu machen. »Das braucht ein bisschen Zeit.«
»Eigentlich habe ich geklingelt, weil ich dich zum Abendessen einladen wollte. Oder hast du schon gegessen?«
»Nee. Danke.« Hinter Marga taucht der schwarze Kater auf, als hätte er das Wort Abendessen gehört und verstanden. »Wir kommen gern. Ich putz mir nur schnell die Zähne.«
»Ich lass die Tür angelehnt.«
Nachdem Lieselotte in ihre Wohnung zurückgekehrt ist, nimmt sie Möhren, Kartoffeln und Lauch aus dem Kühlschrank und beginnt, das Gemüse zu putzen.
Leise Schritte kündigen an, dass Marga die Wohnung betreten hat. Barfuß, was Lieselotte etwas irritiert, aber warum nicht.
»Ich habe Rotwein.« Marga hält mit der rechten Hand die Flasche hoch, dann hebt sie die linke. »Oder echten Äppelwoi.«
»Lieber den Roten.« Lieselotte schüttelt sich. Mit dem Frankfurter Nationalgetränk kann sie sich nicht anfreunden. »Aber was hältst du erst einmal von einem Kaffee?«
»Auch gut. Der Rotwein muss ohnehin atmen.« Marga öffnet die Schublade mit dem Korkenzieher und holt ihn heraus. Mit einem Geschick, dem man die Übung anmerkt, öffnet sie die Flasche. »Soll ich dir was helfen? Schnippeln kann ich gut.«
»Nein. Ich hab dich eingeladen.« Lieselotte deutet mit dem Kopf zum Küchenschrank. »Weingläser sind oben rechts. Kaffeetassen im Fach darunter. Spann mich nicht länger auf die Folter.«
»Ich weiß. Georgia hat eine Spur gefunden«, sagt Marga, nachdem sie sich an den Küchentisch gesetzt hat und Lieselotte dabei zuschaut, wie diese Kaffee kocht. »Hab ich doch gesagt, dass sie wie ein Terrier ist und nicht nachlässt, wenn man sie auf etwas ansetzt.«

Es kommt Lieselotte vor, als zögere ihre Nachbarin das Erzählen hinaus, um es besonders spannend zu machen. Oder hat Georgia etwas herausgefunden, das Marga unangenehm ist?

»Was ist es denn?« Lieselotte fällt der Porzellanfilter aus der Hand, und das Kaffeepulver ergießt sich über die Arbeitsplatte. Vorsichtig schiebt sie es zusammen und lässt es wieder in den Filter rieseln. Ihre Hände zittern. »Weiß sie etwas über meine Mutter?«

»Lass mich das machen.« Marga ist aufgestanden und schiebt Lieselotte zur Seite. »Man muss sich ja Sorgen machen, dass du dich mit dem heißen Wasser verbrühst. Und von dem Schälmesser solltest du auch erst einmal die Finger lassen.«

»Tut mir leid.« Lieselotte setzt sich an den Tisch. Sie muss mit den Tränen kämpfen, obwohl sie sonst nicht so nah am Wasser gebaut hat. »Ich weiß nicht, was mit mir los ist. Vielleicht erzählst du mir besser nicht, was du erfahren hast.«

»Oh, verdammt, ich wollte dich doch nicht in Angst und Schrecken versetzen!« Marga nimmt Lieselotte in den Arm. »Ich find's nur so spannend, dass Amelie eine der ersten Fliegerinnen in Deutschland war.«

Sie gießt Kaffee in die Henkelbecher. Lieselotte steht auf, um Milch aus dem Kühlschrank zu nehmen. Es fällt ihr immer schwerer, ihre Ungeduld zu zügeln.

»Nun rede endlich.«

Marga kramt in ihrer Patchwork-Handtasche, bis sie ein Bündel karierte DIN-A4-Blätter herausgezerrt hat. Lieselotte kann erkennen, dass sie mit einer überraschend ordentlichen Handschrift bedeckt sind.

»Also«, setzt Marga an. »Ich versuche, mich kurz zu fassen, aber es ist viel.«

»Konzentrier dich auf das Wesentliche, bitte.« Lieselotte steht auf und nimmt sich die Kartoffeln. Die vertraute Bewegung mit dem Schälmesser beruhigt sie. »Was hat Georgia über meine Mutter herausgefunden?«

»Tut mir leid. Ich muss ein bisschen ausholen.« Marga trinkt einen Schluck Kaffee, während sie ihre Papiere sortiert. »Überraschenderweise gab es in der Zeit zwischen den Weltkriegen etliche Frauen, die sich den Himmel eroberten. Sie mussten viele Widerstände überwinden, aber es gelang ihnen, ihren Traum zu leben.«

»Das wusste ich nicht.« Allerdings hat Lieselotte sich bisher noch keine Gedanken über Pilotinnen gemacht. Sie hat ja nicht ahnen können, dass ihre Mutter früher geflogen ist. »Ich dachte immer, Frauen hatten damals so gut wie keine Rechte.«

»1918 haben Frauen in Deutschland das Wahlrecht bekommen.« Marga fährt mit ihrem Finger an dem Blatt entlang, bis sie gefunden hat, was sie sucht. »In den sogenannten Goldenen Zwanzigern haben sie sich viele Freiheiten genommen. Bubikopf-Frisur, Charleston tanzen und auch fliegen. Aber meist als Sportfliegerinnen. Geld damit zu verdienen war schwierig.«

»Gab es damals überhaupt schon die Lufthansa oder Passagierflugzeuge?« Wie wenig sie doch über die Zeitgeschichte weiß, denkt Lieselotte. In der Schule drehte es sich immer nur um längst vermoderte Kaiser und Könige, niemals um das zwanzigste Jahrhundert. »Warum ist mir nie aufgefallen, dass meine Mutter alle diese Fliegerbücher sammelt?«

»Das weiß ich nicht.« Marga lächelt. »Die Lufthansa kam später. Sehr, sehr knapp gesagt, war es Deutschland durch den Vertrag von Versailles verboten, Luftstreitkräfte aufzubauen. Daher gab es viele Segelflieger. Und Zeppeline.«

»Zeppeline?« Lieselotte schwirrt der Kopf. Sie legt die geschälten Kartoffeln zur Seite und putzt die Möhren.

»Damals überquerte man den Atlantik mit Zeppelinen. In

Frankfurt war ein großer Lufthafen. Unglaublich, oder?« Marga scheint von dem Thema ganz gefangen zu sein. »Um es kurz zu machen: Frauen, die fliegen wollten, lebten riskant. Sie verdienten Geld mit Kunstflügen, was etliche von ihnen das Leben kostete. Einige haben sich sogar umgebracht, weil sie keine Perspektive mehr sahen.«

Marga schweigt. Auch Lieselotte weiß nicht, was sie antworten soll. Wie verzweifelt die Fliegerinnen gewesen sein müssen, dass sie in einem Selbstmord den einzigen Ausweg sahen.

»Als die Nazis die Macht an sich gerissen hatten, wurde es für Frauen nahezu unmöglich, als Fliegerinnen Geld zu verdienen.« Marga dreht das Blatt um. »Es gab wenige Ausnahmen wie Elly Beinhorn, Therese Pogge und Beate Uhse …«

»*Die* Beate Uhse?« Lieselotte kann nicht fassen, dass die Frau, deren Namen bestimmt jeder kennt, früher eine Pilotin gewesen sein soll. »Die mit … mit …«

»Ja, die Frau aus Flensburg. Mit den Geschäften für Ehehygiene.« Marga malt mit Mittel- und Zeigefinger Anführungszeichen in die Luft. »Sie war sogar bei der Luftwaffe. Aber Himmelsstürmerinnen passten nicht ins Frauenbild der Nazis. Frauen sollten am Herd stehen und Kinder bekommen.«

»Frauen wurde es also nicht leichtgemacht, wenn sie fliegen wollten«, fasste Lieselotte für sich zusammen, was sie gehört hatte. »Wie ist es denn heute? Fliegen jetzt mehr Frauen?«

»Zählst du Stewardessen mit?« Marga zieht ironisch einen Mundwinkel hoch. »Die Cockpits sind bisher rein männlich, sagt Georgia. Weißt du, woher der Begriff kommt?«

»Wenn es nicht wieder so eine lange Vorlesung wird …« Lieselotte lächelt, um ihren Worten die Schärfe zu nehmen, denn eigentlich findet sie es sehr interessant, was Marga zu erzählen weiß. Vielleicht hätte sie auch studieren sollen. Den Kopf dazu hat sie, das hat ihre Mutter immer gesagt.

»In der Renaissance *amüsierten* sich die Menschen mit Tierkämpfen.« Marga schüttelt mit sichtlichem Abscheu den Kopf. »Bärenhatz, Stierhatz und Hahnenkämpfe. Die fanden dann in einer Grube statt, englisch heißt es *pit.* Das Cockpit ist also eine Hahnenkampfarena. Irgendwie passend, nicht?«
»Weiß deine Freundin, also Georgia, etwas über die Segelfliegerinnengruppe, in der meine Mutter Mitglied war?« Noch benötigt Lieselotte etwas Zeit, sich mit der Tatsache anzufreunden, welch spannende Vergangenheit ihre Mutter offensichtlich gehabt hat. Dass Amelie etwas getan hat, was viel Mut und Widerstandsvermögen erforderte. Man muss das Fliegen schon sehr lieben, um derartige Opfer auf sich zu nehmen, denkt sie. *Ich kann mir meine Mutter einfach nicht dabei vorstellen. Weder in einem Cockpit noch dass sie etwas dermaßen lieben kann. Will ich dieses Geheimnis wirklich lüften?*
»Bisher nicht, aber wenn ich sie darauf ansetze, wird sie uns mit Material überschütten.« Obwohl Marga leichthin spricht, bemerkt Lieselotte, dass die jüngere Frau sie aufmerksam mustert. »Aber das wollte ich nicht tun ohne deine Zustimmung. Schließlich ist Amelie deine Mutter.«
»Danke.« Lieselotte kratzt sich gedankenverloren den Unterarm. Sie fühlt sich wie an einem Scheideweg, als müsste sie nun eine Entscheidung treffen, deren Konsequenzen sie nicht einmal erahnen kann. *Wissen ist Macht,* fällt ihr ein, aber auch *ignorance is bliss,* ein Spruch, den einer der Kollegen damals mit ins Büro gebracht hat. »Gib mir eine Minute zum Überlegen.«
»Lass dir Zeit.« Marga steht auf. »Ist es in Ordnung, wenn ich Cat Ballou hole? Er mag dich so gern und ist ein bisschen einsam.«
»Ja, selbstverständlich.« Lieselotte lächelt. Wenn man Marga

so zuhört, ist Cat Ballou eine eigenständige Persönlichkeit und schlauer als die meisten Menschen. Nun bleibt ihr Zeit, sich zu überlegen, ob sie wirklich mehr über die Vergangenheit ihrer Mutter erfahren möchte. Ein wenig zuckt Lieselotte vor dem Gedanken zurück, weil Amelie eine Frau ist, die sehr viel Wert auf Privatsphäre legt und auch Lieselotte stets ihre Geheimnisse gelassen hat.

Aber zählt das jetzt noch? Wenn es denn so wäre, dass ihre Mutter das Fliegen so geliebt hat wie all die Frauen, von denen Margas Freundin Georgia zu erzählen wusste, dann könnte sie das möglicherweise eher aus dem Koma holen als alle Erinnerungen, die Lieselotte beitragen könnte. Ein wenig schmerzt sie der Gedanke, dass es eine Zeit im Leben ihrer Mutter gab, in der diese glücklich war. Wirklich und wahrhaftig glücklich.

Ohne mich. Ohne mich war sie glücklich – dieser Gedanke lässt Lieselotte nicht mehr los. Obwohl sie dagegen ankämpft, muss sie weinen. Erst leise, dann immer lauter, bis das Schluchzen sie schüttelt. Sie stützt die Ellbogen auf den Tisch und lässt den Tränen freien Lauf.

Ein sanftes Stupsen gegen ihren Kopf lässt sie aufblicken. Vor ihr auf dem Tisch steht Cat Ballou und streicht mit seiner Nase sanft an ihrer Hand entlang, als wollte er sie trösten.

»Lilo?« Marga klingt sanft und etwas unsicher. Sie legt Lieselotte die Hand auf die Schulter. »Kann ich dir helfen? Oder soll ich gehen?«

»Bitte bleib.« Lieselotte versucht, die Fassung wiederzugewinnen, aber die Traurigkeit ist zu groß, so dass sie erneut aufschluchzt. »Sonst bin ich nicht so.«

»Weinen macht die Augen schön, hat meine Oma immer gesagt.« Marga gießt Rotwein in die Gläser und drückt Lieselotte eines in die Hand. »Magst du mir erzählen, warum du so unglücklich bist?«

Lieselotte überlegt. Eigentlich kennt sie Marga ja nicht so gut. Bisher hat sie noch nie jemandem von ihrer Traurigkeit erzählt, nicht den Kolleginnen und Eduard erst recht nicht. Ist Marga wirklich jemand, dem man vertrauen kann? Da wird sie wieder angestupst. Cat Ballou schiebt ihr seinen pelzigen Kopf unter die Hand, damit sie ihn streichelt. *Ach, warum nicht? Was habe ich schon zu verlieren?*

»Meine Mutter … Amelie …«, beginnt sie, aber es fällt ihr schwer, ihre Gedanken und Emotionen in Worte zu fassen. Ein wenig schämt sie sich auch ihrer Eifersucht, wo doch ihre Mutter im Krankenhaus liegt und mit dem Tod ringt. »Es gab eine Zeit, in der sie glücklich gewesen ist. Sie hat mir nie davon erzählt …«

»Du meinst, eine Zeit ohne dich?« Überrascht sieht Lieselotte ihre Nachbarin an. Sie hat nicht erwartet, dass Marga begreifen kann, wie ihr zumute ist. Doch die junge Frau scheint genau zu verstehen, was Lieselotte nicht aussprechen kann.

»Solange ich mich erinnern kann, war meine Mutter … ernsthaft. Sicher, sie hat auch gelacht und Spaß gemacht, aber …« Erneut ringt Lieselotte um Worte, die ihre Gefühle ausdrücken können. »Es wirkte immer so, als wäre ihre Grundstimmung düster, als hätte es in ihrer Vergangenheit ein Unglück oder etwas furchtbar Trauriges gegeben.«

»… und jetzt findest du das Gegenteil heraus.« Marga nickt, als wollte sie ihre Worte bekräftigen. Sie schweigt, als müsste sie genau abwägen, was sie sagen möchte. »Möglicherweise war Amelie auch schon als junge Frau unglücklich. Wir haben nur dieses eine Foto, auf dem sie lacht. Bilder können lügen.«

»Es ist mehr als das. Das, was du erzählt hast, Frauen mussten schon gewaltigen Mut aufbringen, um sich gegen alle und alles zu stellen und zu fliegen.«

Erneut schweigt Marga. Gedankenverloren streichelt sie den

Kater, der es sich inzwischen auf dem Küchentisch bequem gemacht hat. Vor drei Tagen noch hätte sich Lieselotte geschüttelt bei der Vorstellung, ein lebendes Tier auf ihrem Tisch liegen zu haben. Heute freut sie sich, dass Cat Ballou in ihrer Nähe ist. Normalerweise machen Gesprächspausen Lieselotte nervös, weil sie fürchtet, dass es an ihr liegt, dass sie nicht die richtigen Fragen stellt oder keine interessanten Themen anspricht. Doch mit Marga ist alles viel entspannter. Lieselotte gefällt es, dass ihre Nachbarin nicht sofort eine Antwort gibt, sondern erst nachdenkt, bevor sie redet. Jedenfalls jetzt, wo es um wichtige Dinge geht. Sonst plappert Marga oft einfach drauflos. Spannend, dass man immer wieder neue Seiten an jemandem entdecken kann.

»Ich bin mir sicher, dass Amelie dich sehr liebt«, sagt Marga schließlich. Sie schaut Lieselotte nicht an, sondern krault Cat Ballou hinter den Ohren, woraufhin der ein verzücktes Röcheln von sich gibt.

»Ist er krank?«, fragt Lieselotte, froh über die Ablenkung. »Das klingt so komisch.«

»Nö.« Marga schaut auf und lächelt. »So klingt er immer, wenn er zu schnurren versucht. Er ist der perfekte Kater, bis auf sein Schnörcheln. So nenne ich das. Eine Mischung aus Schnurren und Röcheln.«

»Wieso meinst du, dass meine Mutter mich liebt?« Lieselotte denkt nach. »Sie ist stolz auf mich, sorgt sich um mich, aber lieben …«

»Du müsstest nur einmal hören, wie sie von dir redet.« Marga nickt bekräftigend. »Du bist ihr ungeheuer wichtig. Aber … ich glaube, jemand hat ihr sehr weh getan, so dass sie ihre Gefühle tief in sich vergraben hat.«

»Mein Vater«, flüstert Lieselotte. Das, was sie in ihrem tiefsten Innern immer befürchtet hat, scheint sich zu bewahr-

heiten. Ihr Vater hat ihrer Mutter das Herz gebrochen, weshalb Amelie sie nicht wirklich lieben kann. »Bestimmt war er es.«
»Was weißt du von ihm?«
»Nichts. Gar nichts.« Der alte Groll, den sie jedes Mal spürt, wenn es sich um ihren Vater dreht, überkommt Lieselotte auch nun wieder. »Nicht einmal seinen Namen. Angeblich sind alle Unterlagen bei einem Bombenangriff verbrannt.«
»Warum glaubst du das nicht?«
»Weil es zu gut passt. Meine Mutter will nicht über meinen Vater sprechen – und weder das Familienstammbuch noch sonst etwas Offizielles ist da, aus dem ich seinen Namen erfahren könnte.«
Lieselotte erinnert sich daran, wie oft sie als Kind gebettelt hat, wenigstens den Vornamen ihres Vaters zu erfahren, damit sie die Lichtgestalt, die sie sich ausgemalt hat, in ihren Träumen ansprechen könnte.
»Ich möchte wetten, dass wir über die Fliegerinnen auch an deinen Vater herankommen«, sagt Marga energisch. Sie legt ihre Hand auf die von Lieselotte. »Es ist deine Entscheidung. Also, was ist? Sekt oder Selters?«

KAPITEL 21

Frankfurt am Main
und Göttingen, 1971

Drei Tage nachdem Marga sie aufgefordert hat, sich zu entscheiden, findet Lieselotte sich auf dem Weg nach Göttingen wieder. Mit dem alten, roten Käfer, den Marga sich geliehen hat, ist die Fahrt durch die Kasseler Berge ein echtes Abenteuer. Als wäre es nicht schlimm genug, dass der Wagen schnauft und stottert, als wäre sein letztes Stündlein angesprochen, ist der Sitz, auf dem Lieselotte Platz genommen hat, heiß und klebt an ihrem Körper.

»Warum hast du bei dem Wetter die Heizung an?«, fragt sie ihre Freundin. »Ich habe das Gefühl, dass sich das Plastik des Sitzes in meine Hose brennt.«

»Wenn du meinst, dass du einen heißen Hintern hast, sag das doch auch so.« Marga kichert. »Tut mir leid, die Heizung funktioniert gegenläufig.«

»Was soll das bitte heißen?« Lieselotte ist froh, dass der Käfer und das Gespräch mit Marga sie von der Frage ablenkt, was sie wohl in Göttingen erwartet. »Gegenläufiges Funktionieren – das ist garantiert kein Fachbegriff.«

»Ich bin ja auch keine Automechanikerin.« Marga wendet sich Lieselotte zu und feixt. Lieselotte beneidet sie um die Lässigkeit, mit der sie Auto fährt. Eduard war stets der Ansicht, dass es sich für eine Frau nicht gehört, den Führerschein zu machen und Auto zu fahren. »Im Sommer läuft die Heizung volle Pulle. Dafür weigert sie sich, im Winter zu arbeiten. Hinter deinem Sitz ist ein Loch im Bodenblech. Im Winter gibt das eine schöne Eisfläche.«

»Warum repariert dein Freund das nicht?«

»Ach, hat er schon ein paarmal versucht, aber der Käfer will einfach nicht.« Marga setzt den Blinker, um die Ausfahrt nach Göttingen zu nehmen. »Hauptsache, er fährt. Im Winter muss man sich eben dick anziehen.«

Lieselotte leckt sich die trockenen Lippen. Nun sind sie fast am Ziel, und ihre Nervosität steigt. Gestern Nacht hat sie nicht einschlafen können, weil sie nicht weiß, was sie heute erwartet. Eine Segelfliegerin aus dem Frankfurter Club hat Georgia gefunden. Die Frau hat sich ohne zu zögern bereit erklärt, mit Amelie zu reden. Und Marga hat es sich nicht nehmen lassen, ihre Freundin nach Göttingen zu fahren.

Die Namen der acht Fliegerinnen der Frankfurter Gruppe hat Georgia recherchieren können, von denen allerdings vier bereits tot sind. Opfer der Bombenangriffe auf Frankfurt. Als Marga Lieselotte das berichtete, merkte diese wieder, wie wenig sie aus der Kriegszeit erinnert, in der sie ein Kind gewesen ist. Noch viel weniger weiß sie vom Nationalsozialismus. Ihre Mutter hat nie davon geredet, und selbst Luise hat stets abgewehrt, wenn Lieselotte danach fragte.

»Kind, das war eine furchtbare Zeit. Niemand möchte sich daran erinnern.« Ihre Großmutter hat geschaudert, als ginge jemand über ihr Grab. »Sei froh, dass du damals nicht erwachsen warst.«

Als das brave Mädchen, das sie versuchte zu sein, hat Lieselotte nicht weiter nachgefragt, was sie heute bedauert, weil sie so viele Fragen hat, die wohl niemals mehr beantwortet werden.

»Wo bist du mit deinen Gedanken?«, fragt Marga. »Du hast wieder diesen Gesichtsausdruck.«

»Was für einen Gesichtsausdruck?« Lieselotte legt verwundert die Stirn in Falten. »Was meinst du?«
»Immer, wenn du an die Vergangenheit denkst, kriegst du so etwas Trauriges.« Marga lächelt, als wolle sie sich für ihre Worte entschuldigen. »Man kann es dir ansehen.«
»Oh.« Niemals hätte Lieselotte gedacht, dass sie so leicht zu durchschauen ist. Vielleicht ist Marga auch einfach nur eine aufmerksamere Beobachterin als die meisten anderen Menschen. »Ich habe gerade überlegt, wie wenig ich über den Nationalsozialismus weiß. Wie es wohl war, unter Hitler zu leben. Wie wenig ich mich an die Bomben und den Krieg erinnere.«
»Ich habe Amelie mal gefragt, nachdem wir in der Uni eine heftige Diskussion über die Schuld von Frauen an Hitlers Aufstieg hatten.« Marga verzieht den Mund. »Sie hat sofort abgeblockt. So kannte ich sie gar nicht.«
»Hoffentlich haben wir Glück und Frau Görgen ist gesprächiger, was die Vergangenheit angeht.« Lieselotte war überrascht, wie zugänglich die Fliegerin wirkte und wie schnell sie bereit war, sich mit ihr zu treffen. »Am Telefon schien sie interessiert zu sein.«
»Lassen wir uns überraschen«, sagt Marga. Sie konzentriert sich auf den Verkehr, der in der Stadt dichter ist als auf der Autobahn.
»Du kennst dich hier gut aus.« Lieselotte wundert sich, wie sicher Marga ihren Weg in Göttingen findet. »Warst du schon einmal hier?«
»Ich kannte hier mal jemanden«, antwortet Marga, allerdings so schmallippig, dass es Lieselotte angeraten scheint, nicht weiterzufragen. »Die nächste Straße links, und wir sind im Ostviertel. Hier wohnen die Professoren und reichen Leute.«
Neugierig schaut Lieselotte sich um. Breite Straßen mit ge-

pflegt wirkenden Jugendstilhäusern, beinahe Villen. So schöne Straßen gibt es in Kassel nur wenige, im vorderen Westen, in Wilhelmshöhe und am Brasselsberg. Der Rest der Stadt ist im Krieg schwer zerstört und in den hässlichen 1950er Jahren wiederaufgebaut worden.

»Hier ist es.« Geschickt bugsiert Marga den Käfer in eine Parklücke. »Nonnenstieg. Ein toller Name, oder?«

Lieselotte steigt aus. Frau Görgen muss es gutgehen, denkt sie und betrachtet das zweistöckige Haus. Aber wahrscheinlich wohnen hier mehrere Parteien. Sie öffnet das schmiedeeiserne Tor und geht über den gepflasterten Weg, der von einem gepflegten Garten umrahmt ist. Ein Blick auf das Klingelschild zeigt ihr, dass sie mit ihrer Einschätzung falschlag. Ein unauffälliges, aber elegantes Schild neben der Haustür sagt: Görgen, Rechtsanwalt und Notar. Nur zwei Klingeln gibt es – eine für die Rechtsanwaltskanzlei, die zweite für den oberen Stock, wohl für die Privatwohnung. Lieselotte ist neugierig, wer sie wohl erwartet.

»Oh, eine Anwaltsgattin«, sagt Marga mit ironischem Tonfall, der sehr deutlich macht, wie wenig sie von Frauen hält, die man Gattin nennt. »Da müssen wir aufpassen, was wir sagen.«

»Marga!«

»Schon gut, schon gut.« Marga hebt die Hände. »Ich werde brav sein. Versprochen.«

Lieselotte seufzt und schüttelt den Kopf, bevor sie den Klingelknopf drückt. Sofort ertönt das Summen des Türöffners, als würden sie bereits erwartet. Überrascht schaut Lieselotte auf die Uhr – nein, sie sind nicht zu spät. Dann wechselt sie einen Blick mit Marga. Die zuckt mit den Schultern.

Lieselotte drückt die Tür auf. Staunend bleibt sie stehen. Vor ihr erstreckt sich eine breite Treppe, die mit einem roten

Samtteppich bezogen ist. An den Wänden des hohen Flurs hängen dunkle Bilder, die Porträts ernst blickender Männer und Frauen zeigen. Der Stuck an der Decke ist kunstvoll verschnörkelt. Der Eingangsbereich strahlt eine Atmosphäre aus, in der man kaum zu atmen wagt, geschweige denn, laut zu reden.

»Guten Tag. Bitte kommen Sie nach oben«, erklingt eine klare, allerdings etwas kühle Stimme. »Ich habe Kaffee gekocht.«

Die Worte holen Lieselotte aus ihrem Staunen, und sie steigt die Treppe hinauf. Der Samt des Teppichs ist so dicht, dass sie das Gefühl hat, ihre Füße versinken darin.

»Guten Tag, ich bin Lieselotte Frank. Wir haben telefoniert.« Sie streckt die rechte Hand aus. In der linken hält sie den Pappkarton mit einer Torte, die sie im Café Laumer, dem Traditionscafé Frankfurts, gekauft hat. »Wir haben Kuchen mitgebracht.«

»Guten Tag. Wie ich heiße, wissen Sie ja.« Während sie der Frau die Hand schüttelt, mustert Lieselotte ihr Gegenüber. Gudrun-Maria Görgen sieht so gar nicht aus, wie Lieselotte sich eine Fliegerin ausgemalt hat. In Lieselottes Vorstellungswelt sind Fliegerinnen robuste Frauen, die Lederjacke tragen, ihre Augen mit Brillen schützen und Lederkappen auf dem Kopf sitzen haben. Stattdessen öffnet ihr eine Dame die Tür. Stämmig und mittelgroß ist sie und hält sich sehr gerade, als wolle sie dadurch an Größe und Statur gewinnen.

Die dunkelblonden Haare sehen aus wie frisch onduliert; das elegante blaue Kleid wirkt, als wollte Frau Görgen gleich zu einem Empfang aufbrechen.

»Wer trägt denn an einem stinknormalen Mittwoch eine Perlenkette?«, flüstert Marga in Lieselottes Ohr. »Wir sind wohl unpassend gekleidet.«

»Pst«, möchte Lieselotte zischen; stattdessen lächelt sie nur.

»Frau Görgen, danke, dass Sie so kurzfristig Zeit für uns haben.«

»Guten Tag, mein Name ist Marga Paulus«, stellt Marga sich vor. Auch sie wird einer gründlichen Musterung unterzogen. Eine hochgezogene Augenbraue verdeutlicht, dass Marga nicht Frau Görgens Vorstellungen davon entspricht, wie sich eine ordentliche junge Dame zu kleiden hat.

»Bitte kommen Sie herein.« Frau Görgen tritt zur Seite, dreht sich um und geht durch einen hohen Flur, dessen Wände mit einer altrosa Stofftapete beklebt sind. Auch hier hängen Bilder an den Wänden. Stillleben in schweren Goldrahmen, die tote Tiere neben Früchten zeigen. Nichts, was Lieselotte gefällt.

Ihre Gastgeberin führt sie in ein Zimmer, das aussieht, wie man sich eine gute Stube vorstellt. An der Wand ein schwerer dunkler Schrank, in dem Porzellangeschirr und schlicht-elegante Weingläser stehen. Auf dem Tisch eine weiße, gestärkte Decke, von der sich das blaugemusterte Kaffeegeschirr abhebt. Erstaunt bemerkt Lieselotte, dass Kuchengabeln und Kaffeelöffel aus Silber sind und die Servietten aus Stoff – so als wolle ihre Gastgeberin sie beeindrucken. Der Duft nach frisch aufgebrühtem Kaffee kommt aus der Kanne, die neben ein paar Keksen, einer Zuckerdose und einem Milchkännchen steht.

»Bitte nehmen Sie doch Platz.« Frau Görgen deutet auf die mit Stoff bespannten Stühle. Sie selbst verschwindet mit dem Kuchen hinter der Tür. Wahrscheinlich wird sie ihn auf einer eleganten Tortenplatte anrichten, denkt sich Lieselotte. Marga nimmt Platz und verdreht die Augen. Lieselotte schüttelt mahnend den Kopf.

»Bitte, nehmen Sie sich doch einen Keks«, sagt Frau Görgen, nachdem sie ohne Torte zurückgekehrt ist und sich hingesetzt hat. Sie gießt Lieselotte und Marga Kaffee ein. »Warum inter-

essieren Sie sich für unseren Segelflugverein? Das ist doch ewig her.«
»Wie ich bereits am Telefon sagte, bin ich auf der Suche nach Informationen aus der Vergangenheit meiner Mutter.« Lieselotte ärgert sich, dass ihr Gegenüber sie dermaßen einschüchtert, dass sie in eine geschraubte Sprache verfällt. »Amelie Reichard.«
Schweigen statt einer Antwort. Ihre Gastgeberin rührt Sahne in den Kaffee. Langsam und gründlich. So langsam, dass Lieselotte ihre gute Erziehung vergessen und die Frau schütteln möchte. Endlich schaut Frau Görgen auf und lächelt.
»Es tut mir leid, aber Ihre Mutter habe ich nur flüchtig gekannt.« Etwas manieriert nimmt sie einen Schluck Kaffee. »Ich habe 1935 geheiratet und das Segelfliegen dann aufgegeben. Der größte Fehler meines Lebens.«
Sie wirkt vom Leben enttäuscht und verbittert, was Lieselottes Mitgefühl weckt. Gleichzeitig wallt Ärger in ihr auf. *Dass sie Mutter nicht wirklich kennt, hätte sie mir auch am Telefon sagen können.* Marga und sie haben die Fahrt vollkommen umsonst unternommen, weil sie hier nichts erfahren werden. Wie rücksichtslos von der Frau, Marga und sie aus purer Langeweile nach Göttingen anreisen zu lassen. Nur weil Lieselotte zu höflich ist, stellt sie die Kaffeetasse nicht einfach hin und geht, sondern stellt noch eine Frage.
»Wie lange sind Sie geflogen?«
Marga schaut sie an und verdreht die Augen, wohl weil auch sie sich über den vergeudeten Tag ärgert.
»Ich gehörte zu den ersten Frauen, die die Frankfurter Segelfluggruppe aufgebaut haben.« Frau Görgen lächelt versonnen und nippt wieder an ihrem Kaffee. »Sie als junge Frauen von heute können sich gar nicht vorstellen, wie schwierig das für uns war.«

Marga verdreht die Augen noch mehr und deutet mit dem Kopf zur Tür. Aber Lieselotte hofft darauf, wenigstens ein Fitzelchen Information zu erhalten, damit die Reise hierher nicht vollkommen für die Katz war. Vielleicht kann sie aus dem Gespräch ja erfahren, was für Frauen die Fliegerinnen waren. Möglicherweise lernt sie so ihre Mutter besser kennen. Und falls es das alles nicht ist, dann hat sie einer verbitterten Frau wenigstens einen angenehmen Nachmittag beschert.

»Für uns war fliegen das Wichtigste.« Frau Görgen lächelt. »Fliegen und die Kameradschaft untereinander.«

Man kann ihr ansehen, wie ihre Gedanken in die Vergangenheit zurückeilen. In eine Zeit, in der sie sichtlich glücklicher war, was Lieselotte überlegen lässt, ob ihr Leben nicht ebenso traurig ist. Keine schöne Vorstellung.

»Jedes Wochenende haben wir uns morgens um halb sechs getroffen. Sie können sich gar nicht vorstellen, wie das war.« Sie mustert Lieselotte und Marga, als wären diese persönlich dafür verantwortlich, dass die Zeit damals schwerer war als die Zeit heute. »Dreißig Kilometer sind wir mit den Fahrrädern gefahren, nur um ein paar Minuten zu fliegen.«

Sie schweigt. Ihre Erinnerungen scheinen ihr deutlich angenehmer zu sein als die beiden Frauen, die vor ihr sitzen. Marga und Lieselotte wechseln einen Blick.

»Das ist ganz schön weit.« Marga runzelt die Stirn. Lieselotte kann ihr ansehen, wie wenig sie die ehemalige Fliegerin leiden kann. »Was war dort so spannend, dass Sie alle diese Reise auf sich genommen haben?«

»Das Segelfluggelände.« Ihre Gastgeberin lächelt. Ein unfreundliches Lächeln. »Dreißig Kilometer waren es. Aber wir waren ja gut in Form. Damals legte man Wert darauf, Körper und Seele zu stärken.«

»Haben Sie noch Adressen von anderen Frauen der Frankfurter Gruppe?«, fragt Lieselotte, die keine Lust hat, auf diese Spitze einzugehen oder sich mit Frau Görgen zu streiten. »Stehen Sie noch mit jemandem in Kontakt?«

»Nein«, antwortet die Gastgeberin wieder schmallippig und schenkt noch Kaffee nach. »Wie gesagt, ich habe geheiratet und alles für meinen Mann aufgegeben.«

»Sie haben ein schönes Heim«, versucht Lieselotte etwas Positive zu sagen. »… und Ihre Ehe hat gehalten.«

»Was wissen Sie schon?«, faucht Frau Görgen sie plötzlich an. »Mein erster Mann ist verstorben. Nach dem Krieg. Die Russen waren's.«

»Das tut mir leid.« Lieselotte wünscht sich, sie hätte den Mund gehalten. »Vielen Dank für Ihre Mühe. Aber wir müssen jetzt wieder los.«

Als habe sie nur auf das Stichwort gewartet, springt Marga auf.

»Bleiben Sie noch. Nehmen Sie doch noch einen Keks.« Beinahe flehend klingt Frau Görgen. »Ich habe mich oft gefragt, wie mein Leben wohl verlaufen wäre, hätte ich meinen Traum gelebt: fliegen, ich wollte nur fliegen.«

Marga und Lieselotte setzen sich wieder hin.

»Und meine Mutter?«

»Amelie und Hanni, also Johanna, die waren noch fanatischer. Für die beiden gab es nur die Fliegerei und sie selbst.« Frau Görgen mustert Lieselotte. »Sie sehen Ihrer Mutter ähnlich. Uns andere haben die beiden nicht gebraucht.«

»Wissen Sie, was aus Hanni geworden ist?« Hanni ist also die Abkürzung von Johanna – immerhin das hat sie erfahren.

»Wahrscheinlich auch im Krieg gestorben. Wie so viele von uns.« Frau Görgen trinkt von ihrem Kaffee. »Auch ich wurde ausgebombt. Nicht einmal Fotos sind mir geblieben.«

Unter dem Tisch tritt Marga Lieselotte ans Knie. Dann steht sie auf.
»Wir müssen los. Das Auto muss um sechs wieder in Frankfurt abgeliefert werden.«
»Wenn Sie eine von den Kameradinnen finden, geben Sie ihr bitte meine Adresse.« Frau Görgen bemüht sich sichtlich, freundlich zu sein. »Ich würde mich freuen, von jemandem zu hören.«
»Ja, das mache ich.« Lieselotte steht erneut auf. »Warum sind Sie nach dem Krieg nicht wieder geflogen?«
Frau Görgen schaut sie an, als habe sie die Frage nicht verstanden.
»Ich habe meinen zweiten Mann geheiratet. Kinder bekommen. Meine Pflicht erfüllt«, sagt sie schließlich mit leiser Stimme. »Da war kein Platz für Träume.«

KAPITEL 22

Göttingen und Kassel, 1971

Nach dem Gespräch ist Lieselotte in Gedanken versunken und daher froh, dass auch Marga schweigt, während sie den Käfer durch Göttingen in Richtung Autobahn steuert. Lieselotte ist enttäuscht über den Nachmittag und empfindet eine seltsame Mischung aus Ärger über die vergeudete Zeit und Mitgefühl mit Frau Görgen, die so unglücklich zu sein scheint. Die nur für eine kurze Zeit in ihrer Jugend wohl glücklich gewesen ist. Aber geht es ihr selbst denn so viel anders?, muss Lieselotte sich fragen. Ist sie denn glücklich? Lebt sie das Leben, das sie sich wünscht? Hat sie überhaupt noch Träume oder Wünsche, Ziele, die sie freudig in die Zukunft sehen lassen? Sie seufzt leise.

»Na, *die* Fahrt hat sich nicht gelohnt.« Marga schüttelt sich, während sie auf die Autobahn fährt. »Was für eine furchtbare Frau.«

»Was für eine unglückliche Frau«, widerspricht Lieselotte. »Sie hat nichts außer diesem großen Haus, das aussieht wie ein Museum.«

»Oder eine Antiquitätenausstellung. Hast du Mitleid mit ihr? Sie hat sich ihr Leben selbst ausgesucht.«

»Du hast doch gehört, was sie gesagt hat«, verteidigt Lieselotte die Fliegerin. »Sie hat getan, was von einer Frau erwartet wurde. Damals sprach man eben noch nicht von Selbstverwirklichung.«

Kaum hat sie diese Worte ausgesprochen, bereut sie es, Marga so angefahren zu haben. Schließlich kann diese nichts dafür, dass Lieselotte mit ihrem Leben nicht glücklich ist.

»Wenn sie weniger auf Status und schönen Schein Wert legen würde, wäre sie vielleicht glücklicher«, entgegnet Marga. Ihr Ton ist scharf. »*Das* war ihre Entscheidung.«

»Lass uns nicht streiten.« Lieselotte sucht ein unverfängliches Thema. »Unglaublich, dass sie uns nichts von dem Kuchen angeboten hat.«

»Bestimmt sitzt sie jetzt in der guten Stube und gönnt sich ein großes Stück Torte. Mit Sahne.« Marga kichert. So ansteckend, dass auch Lieselotte lachen muss, was die Missstimmung zwischen ihnen vertreibt.

»Könnten wir bei mir vorbeifahren?« Lieselotte hat lange überlegt, ob sie Marga um diesen Gefallen bitten kann. Schließlich war es schon mehr als großzügig von ihrer Freundin, sie nach Göttingen zu kutschieren. »Dann könnte ich noch ein paar Sachen daheim holen.«

»Klar, kein Problem.« Marga zögert einen Augenblick, was sofort das schlechte Gewissen in Lieselotte weckt. Sie hätte nicht danach fragen sollen. Sie mag es nicht, anderen Menschen zu Dank verpflichtet zu sein – eine Gemeinsamkeit mit ihrer Mutter, die ebenfalls ungern um etwas bittet.

»Muss auch nicht sein, wenn es nicht passt«, sagt Lieselotte, die sich nun ärgert, dass sie das Thema überhaupt angesprochen hat. »Für ein paar Tage reicht es noch.«

»Das ist es nicht.« Marga überlegt, scheint nach Worten zu suchen, die höflich umschreiben, was sie eigentlich sagen will. »Weiß dein Mann, dass du kommst?«

»Nein.« Lieselotte zögert, überlegt einen Moment, ob sie Marga die Wahrheit sagen kann. Dann wirft sie ihre Bedenken über Bord. Wenn sie mit Marga befreundet sein möchte, muss sie ihr vertrauen. Das bedeutet auch, dass man manchmal unliebsame Wahrheiten über sich selbst aussprechen muss. »Ich mag ihm nicht begegnen.«

»Okay, aber du musst mich in Kassel lotsen. Ich kenne mich da nicht aus.«

Als sie in die Stadt hineinfahren, verspürt Lieselotte eine Art Beklemmung, die ihr die Luft raubt. Je näher sie der Wohnung kommen, desto größer wird der Druck, bis sie Marga bitten möchte, einfach wieder umzukehren.

»Ist alles in Ordnung?«, fragt ihre Freundin. »Du bist ganz blass.«

»Ja«, antwortet Lieselotte. Dann holt sie tief Luft. »Nein. Nein, nichts ist gut. Ich möchte eigentlich nicht in die Wohnung. Ich möchte nicht mehr nach Kassel zurück.«

Marga fährt rechts ran. Sie hält den Käfer an, um Lieselotte fragend anzusehen.

»Oh«, sagt sie schließlich. »Das war mir nicht klar. Sag mir, wenn du Hilfe brauchst.«

»Danke«, bringt Lieselotte heraus. Margas Freundlichkeit ist ihr zu viel, ruft Tränen hervor, die sie nicht weinen möchte. »Die nächste Straße rechts abbiegen.«

»Klar.« Mehr sagt Marga nicht und fährt wieder los.

Lieselotte dirigiert ihre Freundin bis zu ihrer Wohnung. Sicher werden einige Nachbarn neugierig hinter den Vorhängen hervorspähen. Schließlich macht der Käfer genug Krach, um Aufmerksamkeit zu erregen. Niemand sonst in der Straße fährt so ein Auto, so dass Marga gleich als Fremde erkannt wird.

»Soll ich mit reinkommen?«, fragt Marga. »Oder ist es dir lieber, wenn ich im Auto warte?«

»Ich weiß nicht.« Lieselotte hebt die Hände, erschrocken, dass sie nicht einmal diese einfache Entscheidung treffen kann. »Komm mit, bitte.«

In ihrer Handtasche sucht Lieselotte nach dem Schlüsselbund. Panik überkommt sie, als sie ihn nicht finden kann. O nein, sie hat die Schlüssel in Frankfurt in der Wohnung ihrer Mutter vergessen. Der ganze Ärger umsonst. Sie seufzt. Da ertasten ihre Finger endlich Metall.

Mit zitternder Hand schließt sie die Haustür auf und hält sie für Marga offen. Automatisch öffnet sie den Briefkasten, doch es ist keine Post angekommen. Als sie gemeinsam mit Marga die Wohnungstür erreicht, hat sich Lieselotte beruhigt und wundert sich ein wenig, warum sie sich dermaßen aufgeregt hat. Das muss die Sorge um ihre Mutter sein und das traurige Gespräch in Göttingen.

Bereits als sie die Tür öffnet, bemerkt sie, dass etwas nicht stimmt. Es riecht nach Essen, nach Butter und angebratenen Zwiebeln. Rührei – eine der wenigen Mahlzeiten, die Eduard beherrscht. Aber kann das sein? Er müsste doch noch arbeiten.

»Eduard?« Lieselotte erschrickt, wie hoch und ängstlich ihre Stimme klingt. Was soll Marga nur von ihr denken? »Bist du da?«

Ein Poltern ertönt aus dem Schlafzimmer. Die Tür wird aufgerissen. Eduard steht vor ihnen, einen blaukarierten Schal um den Hals, Nase und Augen gerötet. Er schnieft.

»Gut, dass du da bist. Mir geht es schlecht.«

»Das ist Marga, eine Freundin aus Frankfurt. Marga, das ist mein Mann Eduard.« Schon als sie die Worte ausspricht, droht Lieselotte in Lachen auszubrechen, weil es ihr absurd erscheint, die beiden einander so förmlich vorzustellen. »Ich wollte nur ein paar Sachen holen.«

»Hast du nicht gehört, ich bin krank.« Erneut schnieft Eduard, wohl um seine Worte zu unterstreichen. Er besitzt nicht einmal die Höflichkeit, Marga einen guten Tag zu wünschen. »Und nichts Vernünftiges zu essen ist im Haus.«

»Ich habe dir Essen für zwei Wochen vorgekocht und eingefroren«, verteidigt sich Lieselotte. Warum hat sie sich die ganze Mühe gemacht, wenn er es nicht zu schätzen weiß? »Warst du schon beim Arzt?«

»Es ist eine Grippe, das sieht man doch.« Eduard sucht in den Taschen seiner braunen Cordhose nach einem Taschentuch. Lautstark putzt er sich die Nase. »Du bleibst jetzt ja wohl hier.«

Lieselotte fehlen die Worte. Ihr Ehemann ist nicht einmal auf die Idee gekommen zu fragen, wie es ihrer Mutter geht. Ihn interessiert nur sein kleiner Schnupfen, den er zu einer Grippe hochstilisiert. Wie konnte sie nur auf so einen egoistischen und gefühllosen Kerl hereinfallen? Ist er immer schon so gewesen, oder hat er sich in den letzten Jahren zum Schlechten verändert? Lieselotte schaut sich nach Marga um, die an der Wand im Flur lehnt und bisher nichts gesagt hat. Normalerweise würde Lieselotte keinen Streit beginnen, solange jemand Fremdes dabei ist, aber genug ist genug.

»Nein!«, sagt sie daher. Laut und klar, aber beherrscht. Als sich die Verblüffung auf Eduards Gesicht abzeichnet, erkennt Lieselotte, wie wenig er Widerworte von ihr gewohnt ist. Nun wird es endlich Zeit, dass ihr Ehemann umlernt. »Nein. Ich fahre zurück nach Frankfurt. Meine Mutter liegt immer noch im Koma, auch wenn es dich nicht interessiert.«

»Wir haben doch erst vor drei Tagen telefoniert«, versucht Eduard, sich herauszureden, aber es klingt nicht sehr überzeugend. »Wie geht es Amelie denn?«

»Immer noch nicht besser. Danke der Nachfrage«, antwortet Lieselotte eisig. Sie ist erstaunt über sich und beinahe erschrocken über die Wut, die sich in ihr angesammelt hat und nach außen drängt. »Ich wollte nur ein paar Sachen holen und fahre dann wieder.«

Nach ihren Worten herrscht Stille. Sie kann auf Eduards Gesicht ablesen, welche Gedanken ihm durch den Kopf gehen. Erstaunen, gefolgt von Bitterkeit, verdrängt von Zorn. Ihr Ehemann mag es nicht, wenn etwas nicht nach seiner Nase geht. Auf gar keinen Fall wird er ein Nein von ihr akzeptieren, erkennt Lieselotte. Wenn sie von der Fahrt und dem langen Gespräch nicht so erschöpft gewesen wäre, hätte sie es klüger angestellt, ihre Interessen durchzusetzen. So hat sie Eduard offen widersprochen, und das wird er keinesfalls hinnehmen.

»Du bleibst.« Seine Stimme klingt rauh von der Erkältung, aber auch von der unverhohlenen Drohung, die mitschwingt. »Du bist meine Ehefrau und hast zu bleiben, wenn ich dir das sage.«

»In welchem Jahrhundert leben Sie denn?«, mischt sich nun Marga in das Gespräch ein. Lieselotte hat es ohnehin gewundert, dass ihre Freundin so lange ruhig geblieben ist. »Lieselotte muss sich um ihre todkranke Mutter kümmern. Da werden Sie ja wohl Ihren Schnupfen mit Kamillentee und heißer Milch mit Honig auskurieren können.«

Lieselotte muss ein Kichern unterdrücken, weil die Hausmittelchen, die Marga nennt, so gar nicht zu deren wütendem Tonfall passen. Bevor sie etwas sagen kann, braust Eduard auch schon auf.

»Was fällt Ihnen ein?«, brüllt er Marga an. »Sie sind hier in meinem Haus und kommen mir frech!«

»Eduard, bitte«, beginnt Lieselotte, aber nun ist ihr Ehemann in Rage und lässt sich nicht bremsen.

»Als Erstes verschwindet dieses Frankfurter Fräulein aus meinem Haus.« Seine Stimme überschlägt sich vor Wut. »Dann reden wir beide Tacheles.«

Er greift nach Lieselottes linkem Oberarm, den er mit seiner rechten Hand so fest umklammert, dass sie einen Schmerzenslaut ausstößt. Das hat er bisher noch nie gewagt. Eduard war häufig schlecht gelaunt, hat immer gemacht, was ihm passte, aber weh getan hat er ihr noch nie. Lieselotte ist so erschüttert, dass sie erstarrt.

Marga hingegen tritt Eduard entgegen. Mit leiser, eisiger Stimme sagt sie: »Lassen Sie sofort Ihre Frau los. Sie sehen doch, dass Lieselotte nicht bei Ihnen sein will.«

Ihre Freundin tritt noch etwas näher, die Hände zu Fäusten geballt, als ob sie Eduard schlagen will. Das kann Lieselotte nicht zulassen.

»Marga, bitte nicht.« Lieselotte richtet sich auf. Mit ihrer rechten Hand löst sie Eduards Finger von ihrem Arm. Das ist ihr Streit, den sie allein ausfechten muss. »Bitte warte im Auto. Ich komme gleich nach.«

»Bist du ganz sicher?« Marga wechselt einen Blick mit Lieselotte, die ihr zunickt. Daraufhin geht Marga zur Tür. Dort dreht sie sich noch einmal um. »Es war mir kein Vergnügen, Sie kennengelernt zu haben.«

Mit diesen Worten schließt sie die Tür hinter sich. Lieselotte muss lächeln, weil das so typisch für Marga ist.

»Was grinst du so blöd?«, fährt Eduard sie an. Noch hat er es nicht gewagt, sie wieder zu packen. »Eine feine Freundin hast du dir in Frankfurt gesucht. Gut, dass du wieder hier bist. Wer weiß, was du sonst noch für verrückte Ideen ausgebrütet hättest.«

Erstaunlicherweise wird Lieselotte ganz ruhig. Die Wut ist verraucht, und sie möchte nur noch ihre Sachen packen und gehen. Es hat keinen Zweck, sich mit Eduard zu streiten. Er wird sowieso nicht begreifen, was sie ihm sagen will. Daher geht sie an ihm vorbei ins Schlafzimmer, schiebt einen Stuhl vor den Schlafzimmerschrank, um den zweiten Koffer von dort oben herunterzuholen. Den karierten Koffer legt sie aufs Bett und öffnet dann die Schranktür. Langsam nimmt sie ein paar Pullover, Unterwäsche und zwei Röcke heraus, die sie sorgfältig faltet und in den Koffer legt.

»Das meinst du nicht ernst.« Eduard ist ihr nachgekommen und lässt sich schwer auf das Bett fallen. Er beobachtet jede ihrer Bewegungen dermaßen ungläubig, dass Lieselotte fast wieder zum Lachen zumute ist. »Du lässt mich nicht hier allein, wenn ich krank bin.«

»Eduard«, erwidert sie, immer noch in eisiger Ruhe. »Wie Marga schon sagte, ist meine Mutter sterbenskrank, während du nur einen Schnupfen hast.«

»Es ist eine Grippe«, greint er wie ein verwöhntes Kind, das nicht glauben kann, dass man seine Krankheit nicht ernst nimmt. »Mit Fieber. Seit gestern schon.«

»Wenn es wirklich schlimm ist, geh zum Arzt«, antwortet Lieselotte, während sie Strumpfhosen und zwei Blusen in den Koffer packt. Mit den Sachen, die bereits in Frankfurt sind, und diesen hier hat sie genug Kleidung für zwei Wochen. »Nimm ein paar von den Brausetabletten, schlaf dich aus, und dann geht es dir bald besser.«

»Ich habe nicht geheiratet, damit ich allein bin, wenn ich krank werde.« Im Brustton selbstgerechter Empörung stößt ihr Ehemann diese Worte hervor. Lieselotte weiß nicht, ob sie ihn erbärmlich oder dumm finden soll. Wie hat sie es nur so lange mit ihm aushalten können.

»Und ich habe nicht geheiratet, damit ich allein bin, wenn meine Mutter schwer krank ist«, antwortet sie sachlich, aber die unterdrückte Wut meldet sich zurück. »Muss sich immer alles um dich drehen?«

Eduard ist so perplex, dass ihm die Worte fehlen. Lieselotte nutzt die Gelegenheit, um an ihm vorbei zur Tür zu gehen.

Sie spürt einen Hauch schlechten Gewissens, weil er wirklich krank zu sein scheint, aber eine Erkältung wird er ja wohl bewältigen können. Zu ihrer Überraschung bleibt Eduard auf dem Bett sitzen, versucht nicht einmal, sie aufzuhalten, was Lieselotte enttäuscht. So wenig also bedeutet sie ihm.

»Wenn du jetzt gehst, brauchst du nicht mehr wiederzukommen«, hört sie ihn sagen, als sie die Wohnungstür erreicht. Sie dreht sich um. Ihr Ehemann sitzt immer noch auf dem Bett, das Gesicht rot vor Wut. Oder vom Fieber, das lässt sich nicht sagen. In seinen Augen glitzert der Zorn. »Überleg dir gut, ob du das willst.«

»Ach, Eduard«, antwortet sie. »Wieso meinst du, dass ich wiederkommen wollte?«

Ohne seine Antwort abzuwarten, schließt sie die Tür hinter sich. Im Flur lehnt sich Lieselotte gegen die kühle, grau gestrichene Wand. Der Streit mit ihrem Ehemann, auch wenn er nur kurz und weniger heftig als befürchtet war, hat sie Kraft gekostet. Ob Eduard es wohl ernst meint, dass er sie nicht wiedersehen will? Hat *sie* ihre Worte ernst gemeint, dass sie nicht zu ihm zurückkehren möchte? Ist sie wirklich mutig genug, alle Brücken hinter sich abzubrechen?

KAPITEL 23

Kassel und Frankfurt am Main, 1971

Marga steht vor dem Käfer, eine Zigarette in der Hand, die sie sofort auf den Gehsteig wirft, als Lieselotte aus der Tür tritt. Nach einem langen fragenden Blick öffnet ihre Freundin die Beifahrertür des Autos und klappt den Sitz nach vorn, damit Lieselotte ihren Koffer auf dem Rücksitz verstauen kann.

»Ich wusste gar nicht, dass du rauchst«, sagt Lieselotte mit rauher Stimme. Sie möchte auf keinen Fall über den Streit reden, den Marga mit ansehen musste. Was ihre Freundin wohl von ihr halten muss, so, wie Eduard Lieselotte behandelt hat. »Man riecht es gar nicht.«

»Eigentlich habe ich es aufgegeben.« Marga hebt die Hände, als wolle sie sich entschuldigen. »Im Handschuhfach habe ich eine uralte Packung gefunden. Schmecken tun sie nicht mehr.«

»Lass uns losfahren, bitte.« Lieselotte blickt über die Schulter zurück. Sie fürchtet, dass Eduard ihr folgen und ihr auf dem Gehweg eine große Szene machen könnte, über die ihre Nachbarn noch jahrelang reden würden.

»Alles in Ordnung?« Margas Blick drückt aus, was sie nicht in Worte fasst: Entsetzen über die Art und Weise, wie Eduard mit Lieselotte umzugehen pflegt. »Hätte ich nicht besser bleiben sollen?«

Lieselotte schüttelt den Kopf. Sie kann jetzt nicht sprechen, weil sie fürchtet, dann in Tränen auszubrechen. Ohne ein

Wort setzt sie sich auf den Beifahrersitz und schnallt sich an. Auch Marga schweigt, als sie das Auto startet.
»Jetzt muss ich nach rechts und die nächste links?«, fragt sie, bevor sie aus der Parklücke fährt. »Oder andersherum?«
»Rechts und dann wieder rechts.« Lieselotte ist froh, dass sie sich mit der schlichten Frage, wie sie aus Kassel herauskommen, beschäftigen kann. »Dann lange geradeaus.«
»Das bekomme ich hin.« Marga lächelt und blickt schnell zur Seite, was Lieselotte aus den Augenwinkeln registriert, aber sie schaut weiterhin geradeaus. Endlich sind sie aus Kassel heraus, und Lieselotte wird etwas ruhiger. Als Marga auf die Autobahn fährt, hat Lieselotte sich wieder so weit gefangen, dass sie nicht weinen muss. Stattdessen ist sie wütend. Wütend über ihr Leben, über die verschwendete Zeit, über ihre unglückliche Ehe, an der sie so lange festgehalten hat. *Was stimmt nur nicht mit mir,* fragt sie sich, *dass meine Mutter erst ins Krankenhaus kommen muss, damit ich bemerke, was alles falsch läuft in meinem Leben?*
Marga schaltet das Autoradio ein. Die letzten Töne von *Me and You and a Dog Named Boo* verklingen, bevor ein seriös klingender Nachrichtensprecher über das Weltgeschehen und Studentenproteste in Berlin berichtet.
»In Frankfurt passiert nie etwas Wichtiges«, sagt Marga leichthin, als versuche sie, ein unverfängliches Thema zu finden. »Wenn man politisch wirklich etwas ändern will, muss man nach Berlin.«
Zu ihrer Überraschung erschrickt Lieselotte bei der Vorstellung, dass ihre neu gewonnene Freundin Frankfurt verlassen will.
»Willst du nach Berlin? Mir ist die Stadt zu groß.« Sie überlegt noch ein bisschen. »… und dann immer die Transitstrecke durch die DDR. Das wäre nichts für mich.«

»Manchmal denke ich schon, dass Berlin spannender wäre.« Marga verzieht den Mund. »Dann meine ich, dass eh alles Spannende schon passiert ist. Ich bin zu spät geboren.«

»Zu spät?« Auch wenn sie es nicht sagt, ist Lieselotte ihrer Freundin dankbar, dass diese sie nicht weiter nach Eduard fragt. »Wieso zu spät? Zu spät wofür?«

»Für die Anfänge der Frauenbewegung.« Mit den Fingern trommelt Marga den Rhythmus des nächsten Lieds – *I Beg Your Pardon, I Never Promised You a Rose Garden* – auf das Lenkrad. »Beim Tomatenwurf wäre ich gern dabei gewesen.«

»Tomatenwurf?« Manchmal kommt es Lieselotte vor, als sprächen Marga und sie unterschiedliche Sprachen, als kämen sie aus unterschiedlichen Welten. »Was meinst du?«

»Von der Studentenbewegung hast du aber schon gehört?« Marga klingt so spöttisch, dass Lieselotte bereut, nachgefragt zu haben. »Entschuldige, das war blöd von mir.«

Lieselotte überlegt. Ja, sicher, an der Studentenbewegung kam man ja gar nicht vorbei. Die Demonstrationen in Berlin, der Tod des jungen Mannes, Benno Soundso hat er geheißen, bei einer Demonstration gegen den Schah von Persien, und das Attentat auf diesen Rudi Dutschke, den Eduard überhaupt nicht leiden mag, das hat sie ständig in der *Tagesschau* gesehen. Aber von Tomaten ist da nie die Rede gewesen. Wer wirft überhaupt mit Tomaten?

»Die Frauen im SDS wollten, dass die Männer sich auch mit der Frauenunterdrückung auseinandersetzen«, fährt Marga fort. »Aber das hat niemanden interessiert. Da hat eine von ihnen Tomaten auf die Genossen geworfen.«

Marga grinst. Auch Lieselotte muss lächeln. Die Gesichter der Männer hätte sie zu gern gesehen, als ihnen eine Frau Tomaten vor den Latz knallte.

»SDS ist die Studentenbewegung?«, fragt sie. Den Begriff hat sie schon einmal gehört, aber was er genau bedeutet, kann sie nicht sagen. Obwohl sie jeden Tag die Zeitung liest. In der *Hessischen Allgemeinen* steht mehr über Kassel und die Planungen einer eigenen Hochschule, die in diesem Jahr eröffnet werden soll. »Hat der Tomatenwurf etwas genutzt?«

»Die Frauen haben Weiberräte gegründet.« Marga zuckt mit den Schultern. »Aber die Männer … die machen weiter wie bisher.«

»Vielleicht sind sie einfach langsamer und brauchen länger, bis sie etwas begreifen«, spricht Lieselotte aus, was ihr durch den Kopf geht. Auch Eduard hat nie verstanden, warum sie unzufrieden war, dass ihr etwas in ihrem Leben fehlte. »Sie beschäftigen sich immer mit den großen Fragen, ohne das Unrecht zu sehen, das direkt vor ihnen geschieht. Sagt ihr nicht immer, das Private ist politisch?«

»Du kennst dich ja besser aus, als ich erwartet habe.« Marga verzieht das Gesicht, wie immer, wenn sie überlegt. »Sag mal, willst du zu deinem Mann zurückgehen? Wie soll es weitergehen, wenn Amelie aufgewacht ist?«

Die Frage überrascht Lieselotte – und sie ärgert sie auch. Warum kann Marga nicht weiter schweigen und über etwas Unverfängliches sprechen? Politik oder die Musik im Radio oder das Wetter oder … egal was. Nur bitte nicht über Eduard und Lieselottes vergeudetes Leben.

»Weißt du«, bricht es mit Macht aus Lieselotte hervor. »Weißt du, Frau Görgen mag unzufrieden sein, weil sie ihren Traum nicht leben konnte, aber sie hatte wenigstens einen Traum. Ich habe nichts.«

Marga scheint zu überlegen. Endlich sagt sie: »Was hast du dir als Kind gewünscht? Was wolltest du werden?«

Nun ist es an Lieselotte, nachzudenken. An Tagen wie heute

kommt es ihr vor, als wäre ihre Kindheit schon ewig lange her und auch nicht glücklich gewesen.

»Ich wollte, dass mein Vater kommt und mich mit nach Amerika nimmt«, antwortet sie schließlich mit einem Lächeln. »Dort hatte er eine Ranch wie in den Western, die ich geguckt habe. Ich würde ein eigenes Pony bekommen ... Kleinmädchenträume eben.«

Ja, das hat sie sich mehr als alles andere gewünscht. Ein Pony. Jeden Geburtstag und jedes Weihnachten hat sie ihre Mutter angebettelt, ihr ein Pferd zu schenken. Amelie hat das immer abgewehrt, indem sie gefragt hat, wo das Pony denn leben solle. Für Lieselotte ist es immer das Größte gewesen, wenn sie auf dem Rummel ein paar Runden auf den Ponys reiten konnten, die den ganzen Tag im Kreis trotten mussten. Wie lange das her ist, und wie sehr sie es bereits vergessen hat!

»Als Teenager, was hast du dir da gewünscht?« Margas Stimme ist leise, ein bisschen traurig. Ist das Mitleid mit ihr, fragt sich Lieselotte. Mitleid könnte sie jetzt nicht ertragen. »Was wolltest du werden? Was war dir wichtig? Was hast du für dich gewollt?«

Beinahe ist es ihr peinlich, wie klein ihre Wünsche waren. Nichts Hochtrabendes wie Segelfliegen, so wie Frau Görgen und ihre Mutter, oder die Welt verändern so wie Marga.

»Ich wollte jemanden, der mich liebt«, sagt sie kleinlaut. Als Dreizehn- oder Vierzehnjährige war sie furchtbar unglücklich und hat sich nichts sehnlicher gewünscht, als von zu Hause weg zu können. »Dem ich wichtig bin.«

Marga stutzt. »Aber Amelie liebt dich. Du bist der wichtigste Mensch in ihrem Leben.«

»Das hat sie gut zu verbergen gewusst.« Lieselotte zieht sich zurück in ihre Gedanken und hofft, dass Marga ihr Schweigen richtig interpretiert. »Mutter war immer sehr für sich.

Daher … daher habe ich Eduard geheiratet. In der Hoffnung, nicht mehr so allein zu sein.«
Hat sich die Hoffnung, die sie in ihre Ehe gesetzt hat, erfüllt? Wie war das, als Eduard und sie frisch verheiratet waren? Waren sie da nicht glücklich? Lieselotte erinnert sich an die gemeinsamen Sonntagsausflüge, an Picknicks, an Zoobesuche, an Tage am Meer. Warum ist das verlorengegangen? Hat Eduard sich verändert? Oder sieht sie ihn und ihre Ehe auf einmal anders? So viele Fragen, die sie sich vorher noch nie gestellt hat. Immer wieder gelangt sie zurück zu der einen Frage, die sie noch nicht beantworten mag: Will sie Eduard wirklich verlassen?
Auch wenn es Lieselotte schwerfällt, sich die Wahrheit einzugestehen, so fürchtet sie sich davor, auf einmal ohne Eduard zu sein. Nicht weil sie ihn noch liebt. Ob er ihr noch etwas bedeutet, kann sie im Moment gar nicht sagen. Aber sie weiß sicher, dass sie Angst vor einem Leben ohne ihn hat. Sie kann sich einfach nicht vorstellen, wie so eine Zukunft aussehen soll.
Will sie allein leben wie ihre Mutter? Ist sie mit Eduard nicht einsamer, als wenn sie allein lebte? Einerseits schreckt sie der Gedanke ab, ohne Eduard zu sein; andererseits fühlt sie sich deutlich leichter bei der Vorstellung, nie wieder nach Kassel zurückkehren zu müssen. Heute muss sie keine Entscheidung treffen und wird auch keine Lösung finden. Sie wendet sich Marga zu, die ebenfalls geschwiegen hat.
»Was ist mit dir?«, fragt Lieselotte. So still und in sich gekehrt hat sie Marga bisher noch nicht erlebt. Hat sie ihre Freundin verärgert? Hat sie etwas Falsches gesagt? Hat die Begegnung mit Eduard Marga gezeigt, was für eine langweilige Person Lieselotte tatsächlich ist? »Alles in Ordnung?«
»Ich dachte, du brauchst Ruhe, um deine Gedanken zu ordnen.« Marga wendet sich kurz Lieselotte zu, weicht aber

deren Blick aus. »Nach dem Auftritt deines Mannes. Ist er immer so?«

»Lass uns bitte nicht weiter über Eduard reden.« Lieselotte zieht eine Grimasse. »Ich kenne dich ja noch nicht so lange, aber dass irgendetwas mit dir ist, merke selbst ich.«

Marga lächelt. Sie seufzt.

»Muss man seinen Träumen folgen oder der Vernunft?« Das ist nicht die Antwort, die Lieselotte erwartet hat. »Wie du schon gesagt hast, Frau Görgen wirkt sehr unglücklich. Weil sie sich ein Leben ausgesucht hat, das andere von ihr erwarteten. Und nicht das getan hat, was sie sich wünschte.«

»Vielleicht wollte sie auch beides«, überlegt Lieselotte laut. »Einen Mann, Kinder – und das Fliegen. So, wie Männer Familie und Beruf haben können.«

»Meinst du, sie musste eine Wahl treffen?«

»Das ist das Schwierige mit Entscheidungen«, sagt Lieselotte nach kurzem Nachdenken. Auch wenn ihr Leben ein anderes ist als das der ehemaligen Fliegerin, entdeckt sie Parallelen, die ihr nicht gefallen. Schließlich steht auch sie gerade vor der Situation, ihrem Leben eine neue Richtung geben zu können. »Man weiß nie, ob man mit der Alternative nicht glücklicher geworden wäre.«

Auch ihr hat Frau Görgen leidgetan, die so wirkte, als hätte sie keine Freude am Leben mehr. Aber dass Marga so viel Mitgefühl entwickelt, überrascht Lieselotte doch etwas. Schließlich hat die ehemalige Fliegerin sie beide ziemlich von oben herab behandelt.

»Ich wollte immer Kunst studieren.« Marga schaut geradeaus auf die Autobahn. Sie spricht sehr leise, so als ob sie laut denkt. »Das hätten meine Eltern nie zugelassen. Also habe ich einen Kompromiss geschlossen: studieren, aber das, was meine Eltern wünschten.«

»Ich wusste nicht, dass du malst.« Lieselotte ist überrascht. Nichts in Margas Wohnung deutet darauf hin, dass ihre Freundin künstlerisch tätig ist. »Oder bildhauerst du? Sagt man so?«
»Ja, das kann man sagen. Ich male. Ich *habe* gemalt.« Marga wirft Lieselotte einen schnellen Blick zu, bevor sie wieder geradeaus starrt, als wäre es tiefste Nacht und sie müsste sich konzentrieren. »Ich kann nicht mehr malen, seitdem ich studiere … Ich fühle mich wie eine Lügnerin.«
Lieselotte schweigt. Niemals hätte sie damit gerechnet, dass Marga, die lebenslustige, patente Marga so ein Geheimnis verbirgt. Was kann sie sagen, um ihrer Freundin zu helfen?
»Du könntest das Studienfach wechseln, oder?«, fragt sie schließlich, obwohl es sich falsch anfühlt, Marga einen Rat geben zu wollen. »Schließlich arbeitest du, um dir dein Studium zu verdienen. Da solltest du auch das studieren, was dir Spaß macht.«
»Von dir hätte ich so einen Tipp nicht erwartet.« Marga schneidet eine Grimasse, lächelt aber, damit Lieselotte erkennt, dass sie es nicht böse meint. »Ich hätte gewettet, du rätst mir zu Sicherheit.«
»Du erscheinst mir nicht wie jemand, dem Sicherheit wichtig ist.« Auch Lieselotte lächelt. »Ich dachte, du lebst wild und gefährlich.«
»Das ist nur der äußere Schein.« Erneut wirft Marga ihr einen Blick zu. »Meine Eltern haben so lange auf mich eingeredet, wie brotlos die Kunst ist, dass ich es nun selbst glaube.«
»Macht dir dein Studium keinen Spaß?«
»Doch, aber heute habe ich gesehen, was aus einem wird, wenn man seine Träume verliert.«
»Was hält dich davon ab, neben dem Studium zu malen?«
»Für mich ist die Malerei nichts, was man als Hobby betreibt.«

Margas Leidenschaftlichkeit überrascht Lieselotte. »So etwas, das gelangweilte Hausfrauen – entschuldige …«

»Kein Problem«, sagt Lieselotte, aber sie fühlt einen Stich, weil Marga recht hat. Bevor sie nach Frankfurt ging, war sie eine Hausfrau auf der Suche nach etwas, das sie beschäftigt, das sie *sinnvoll* beschäftigt.

»Malen ist Leidenschaft, kräftezehrend, braucht all deine Energie.« Marga redet sich in Rage. »Daher kann ich jetzt nicht mehr malen. Nicht neben dem Studium. Ich müsste mich entscheiden …«

»Meinst du, Frau Görgen wäre als Fliegerin glücklicher geworden?«, überlegt Lieselotte. »Vielleicht hätte sie dann bedauert, dass sie nicht geheiratet hat, dass sie nicht Mutter geworden ist.«

»Das ist das Gemeine.« Margas Stimme kling gleichzeitig wütend und traurig. »Wie du schon gesagt hast: Frauen müssen sich entscheiden, was ihnen wichtiger ist. Männer können alles haben. Männer müssen sich nie gegen etwas entscheiden.«

KAPITEL 24

»Ich habe leidenschaftlich gern Männer getroffen, aber der Himmel hat mich ein unerklärliches und mächtiges Gefühl gelehrt: die Liebe.«

Beryl Markham

Frankfurt am Main, 1935

Schon von weitem sah sie Felix, der vor dem Opernhaus auf Amelie wartete. Unter Tausenden von Menschen würde sie ihn sofort erkennen, da war Amelie sich sicher. Nicht weil er so besonders auffällig aussah, sondern weil sie ihn so sehr liebte, dass alle anderen Menschen neben ihm verblassten. Heute noch mehr als an anderen Tagen. Weil sie ihm heute etwas Besonderes zu sagen hatte und hoffte, dass er sich ebenso freuen würde wie sie. Am liebsten wäre sie losgelaufen, um ihn endlich in die Arme zu schließen, aber sie wollte keine Aufmerksamkeit auf sich ziehen. Außerdem genoss sie es, ihn beobachten zu können, solange er sie noch nicht gesehen hatte.

Doch was war das? Ein hagerer Mann, der trotz Sonnenscheins einen Mantel trug, dessen Kragen er hochgeschlagen hatte, näherte sich Felix, wobei er immer wieder über seine Schulter blickte, als ob er verfolgt würde. Angst ergriff Amelie. Wer mochte das sein? Wie konnte der Fremde nur so dumm sein, sich so offensichtlich konspirativ zu verhalten? Man konnte ihm ja förmlich ansehen, dass er etwas Unrechtes plante. Sie blieb stehen. Mit angehaltenem Atem verfolgte sie das Geschehen, das sich vor ihren Augen abspielte. Der Hagere näherte sich Felix und tippte ihm auf die Schulter, bevor er auf ihn einredete. Nun begann auch Amelies Geliebter, sich nach allen Seiten umzusehen.

Als wäre dieses Verhalten ansteckend, blickte auch Amelie sich um, ob Felix und der andere Mann die Aufmerksamkeit der Menschen auf sich zogen, die den schönen Sommerabend im Freien verbrachten. Vor allem suchte ihr Blick nach den charakteristischen Braunhemden der SS; die Gestapo trug Zivil und war daher erst dann zu erkennen, wenn sie Verhaftungen vornahm. Amelies Mund fühlte sich trocken an, als sie hilflos mit ansehen musste, wie dieser dumme Mensch weiterhin auf Felix einredete, um ihm schließlich ein Päckchen zuzustecken. In dem Augenblick überquerte ein stämmiger Mann in einem hellen Anzug die Straße und lief geradewegs auf Felix und den Hageren zu. Ohne es zu wollen, stieß Amelie einen kleinen Schrei aus.

Doch der Herr im Anzug schlug einen Bogen um Felix und ging seiner Wege. Amelie konnte sich nicht bewegen, sondern nur auf den Platz vor der Oper starren, wo ihr Geliebter sich gerade in Lebensgefahr begeben hatte. Da erspähte Felix sie und winkte ihr zu, als wäre nichts geschehen. Der Hagere schaute ebenfalls in Amelies Richtung und beugte sich noch näher zu Felix heran, um intensiv auf ihn einzureden. Das war für sie das Signal, Felix zur Seite zu eilen. Als sie ihn beinahe erreicht hatte, warf ihr der Hagere einen argwöhnischen Blick zu, als wäre sie ein Spitzel. Ohne einen Gruß an Amelie eilte er davon, als wäre der Teufel hinter ihm her. Mit einer schnellen, eleganten Bewegung ließ Felix das Päckchen in seiner Manteltasche verschwinden, bevor er sich Amelie zuwandte.

»Wer war das? Was hat er dir gegeben?« Obwohl sie sich vorgenommen hatte, Felix nicht zu bedrängen, musste Amelie ihm diese Fragen einfach stellen. Zu gewaltig drückte sie die Angst, die sie eben um ihn ausgestanden hatte. »Es sah aus, als kann er mich nicht leiden.«

»Ach, Kätzchen.« Gedankenverloren nahm Felix eine Strähne ihres Haars und wickelte sie sich um den Finger. Es ziepte, aber Amelie schwieg, weil sie ihn nicht ablenken wollte. »Es ist besser, wenn ich es dir nicht erzähle.«

Was ist nur mit mir, fragte sie sich, *dass alle Menschen, die mir etwas bedeuten, mich mit tierischen Kosenamen bedenken. Albatros, Hase oder Kätzchen. Warum können weder Hanni noch Felix mich bei meinem Namen nennen? Und warum ärgert mich das so sehr? Wie kann Felix mich bei einem Kosenamen nennen und vorgeben, alles wäre gut?*

»Ich dachte, zwischen Liebenden gibt es keine Geheimnisse«, antwortete sie leichthin und lachte, damit Felix denken sollte, ihre Worte wären scherzhaft gemeint. Aber ihre Stimme zitterte, da sie immer noch fürchtete, dass sich gleich eine Hand schwer auf ihre Schultern legen würde. »Ich verberge nichts vor dir.«

»Ich verberge mein Herz nicht vor dir.« Felix beugte sich zu ihr herab, um sie zu küssen, aber sie drehte den Kopf zur Seite, auf einmal ärgerlich, dass er meinte, sie derart abspeisen zu können. Sanft nahm er ihr Gesicht in beide Hände und schaute ihr in die Augen. »Meine politische Arbeit muss ich dir verschweigen. Um dich zu schützen. Sollten sie mich je fassen, dann …«

»Sprich es nicht aus«, unterbrach sie ihn, ihre Stimme voller Panik. »Sag es nicht. Beschwöre es nicht herauf.«

Um die Worte zu verhindern, die ihre Angst geweckt hatten, küsste sie ihn, legte ihre Sorge und Liebe in diesen Kuss, den er ebenso hungrig erwiderte. Für diesen Moment war alles gut. So, wie wenn sie mit ihm flog. Aber so wie jeder Flug enden musste und sie wieder zur Erde zurückbrachte, so musste auch dieser Kuss enden.

»Melli«, sagte Felix, nachdem sie wieder zu Atem gekommen waren. »Melli-Kätzchen, ich weiß, dass du nicht darüber sprechen willst, aber …«

»In der nächsten Woche fahre ich mit Hanni zu Bücker«, unterbrach sie ihn, weil sie nicht wissen wollte, in was er verwickelt war, in welche Gefahr er sich brachte, ohne daran zu denken, was das für sie bedeutete. Weil er sie damit verletzte, wollte auch sie ihn verletzen. »Wir wollen besprechen, wie unsere Ausbildung aussehen soll.«

Ein Schatten legte sich über sein Gesicht. Bisher hatten sie das Thema von Amelies Lehrzeit in Berlin außen vor gelassen, hatten sich auf ihre Liebe und die innigen Augenblicke miteinander konzentriert, als gäbe es kein Morgen. Als würde nicht eine Zukunft auf sie warten, in der Amelie sich entscheiden müsste: für Frankfurt und Felix oder für Hanni und Berlin. Amelie selbst hatte sich lange geweigert, über die Entscheidung nachzudenken. Nun jedoch hatte sich alles geändert, und sie wusste sich keinen Rat mehr.

»Bitte.« Nur dieses eine Wort, so eindringlich gesprochen, dass Amelies Abwehr in sich zusammenbrach. Ja, Felix hatte eine ehrliche Antwort verdient. Er hatte verdient, dass sie ihn sich anhörte, auch wenn die Angst sie zu ersticken drohte.

»Amelie, ich will dir diesen Teil meines Lebens nicht weiter verheimlichen.«

»Gut, dann sag mir, was du zu sagen hast.« Sie zog ihn hinter sich her. »Aber nicht hier. Nicht in der Öffentlichkeit. Zu viele Augen und Ohren.«

»Du hast recht.« Felix hakte sich bei ihr unter. Er beugte sich zu ihr, als wollte er sie küssen, um ihr stattdessen ins Ohr zu flüstern. »Falls uns jemand folgt und mich verhaftet, lauf davon!«

Amelie konnte nur nicken. Der Weg bis zu seiner Wohnung erschien ihr unendlich lang. Sobald sich Schritte näherten, versteifte sich Amelie, ihr Herz schlug schneller, und sie musste mit aller Kraft gegen die Versuchung ankämpfen, einfach loszulaufen, so schnell sie konnte. Endlich standen sie vor dem kleinen Haus, in dem Felix im Dachgeschoss wohnte. Selbst auf der Treppe noch fürchtete Amelie, dass sie gleich zu Boden gerissen und verhaftet würden. Erst als sich die Wohnungstür hinter ihnen schloss, atmete sie auf. Sie ließ sich gegen die Wand des Flurs sinken, ihre Beine konnten sie nicht mehr tragen. Hätte Felix sie nicht gehalten, wäre sie zu Boden gesunken.

»Mein Kätzchen, es tut mir unendlich leid«, flüsterte Felix ihr zu. Er küsste ihr Haar und hielt sie fest. »Geht es wieder?«

»Ja«, flüsterte sie mit rauher Kehle. Plötzlich zornig, kämpfte sie sich aus seinen Armen. Mit zitternden Händen zog sie ihren Mantel aus und hängte ihn über einen Bügel an der Flurgarderobe.

»Möchtest du einen Kaffee?« Felix musterte sie aufmerksam. Er schien zu spüren, dass ihre Stimmung gewechselt hatte. »Oder lieber einen Cognac?«

»Beides bitte.« Abrupt drehte Amelie sich um und ging in die Küche. Dort setzte sie sich an den Tisch und versuchte, sich zu beruhigen. Schließlich war es nicht Felix' Schuld, dass der Mann im Mantel sich dermaßen dumm und leichtsinnig verhalten hatte. Andererseits – der dämliche Kerl musste ja etwas mit ihrem Geliebten zu schaffen haben. Schließlich hatte Felix das Päckchen angenommen und eingesteckt. »Was hat er dir gegeben?«

»Gleich. Erst der Kaffee.« Felix lächelte. Etwas unsicher, fand Amelie, die das Lächeln nicht erwiderte. Zu stark war der Zorn, weil er sein Leben und auch sie gefährdet hatte. Sie beobachtete ihn, wie er mit sicheren Bewegungen Wasser aufsetzte, Kaffeebohnen mahlte und das Pulver dann in den Filter füllte. Während das Wasser kochte, holte er eine Flasche Cognac und zwei elegante Schwenker aus dem Wohnzimmer. Vorsichtig goss Felix das Wasser in den Filter. Der Duft des frisch gebrühten Kaffees zog durch die Küche. »Möchtest du etwas essen?«

»Mir ist der Appetit vergangen.« Amelie hasste den nörgelnden Ton, der sich in ihre Stimme geschlichen hatte, aber sie kam nicht dagegen an.

Felix schaute sie an, aber er sagte nichts. Stattdessen goss er Kaffee in zierliche Tassen, fügte für Amelie genauso viel Milch hinzu, wie sie mochte, und stellte die Tasse vor ihr ab. Nachdem er großzügig Cognac eingeschenkt hatte, setzte er sich zu ihr.

»Du bist wütend.« Felix gehörte nicht zu den Menschen, die um den heißen Brei herumredeten. »Ich kann das verstehen, aber kannst du nicht verstehen, was ich tue? Was ich tun muss.«

»Was ist es denn, was du tust?«, fragte sie, obwohl sie ahnte, in was er verwickelt war. »Und warum tust du es?«

Felix trank einen Schluck Kaffee. Dann einen Schluck Cognac, was in Amelie den Wunsch weckte, die Worte aus ihm herauszuschütteln.

»Ich gehöre zu einer Gruppe, die kämpft. Im Kleinen«, sagte er endlich. Felix lächelte, aber seine Augen blieben dunkel und wirkten besorgt. »Wir verteilen Flugblätter. Ab und zu schmuggeln wir jemanden aus der Stadt.«

»Flugblätter, so wie Vera?« Amelies Kehle schnürte sich zu. Sie konnte die Worte, die aus ihrem Mund drängten, kaum aussprechen, fürchtete seine Antwort. »Du weißt, was mit ihr geschehen ist.«

Ihre Freundin war nicht zurückgekehrt. Hinter vorgehaltener Hand hieß es, dass sie in eines der Gefängnisse für Politische gekommen wäre.

»Mit ihr und mit so vielen anderen.« Felix nickte. »Aber jemand muss etwas tun. Gegen die Verbrecher, die an der Macht sind.«

»Die Menschen haben Hitler gewählt«, antwortete Amelie mit rauher Stimme. Auch wenn sie sich nur wenig für Politik interessierte, das immerhin wusste sie. »Es war kein Putsch.«

»Willst du wirklich in einem Land leben, das für einen sinnlosen Krieg rüstet?« Felix schaute Amelie so ernst an, dass ihr ein Schauder den Rücken hinunterlief. »Einem Land, in dem Frauen beispielsweise nur schön sein und Kinder zur Welt bringen sollen?«

»Nur weil es wieder eine Luftwaffe gibt, bedeutet es doch nicht, dass Deutschland wieder Krieg will.«

»Was soll es denn sonst bedeuten?«

Amelie schwieg. Derartige Fragen hatte sie sich bisher nicht gestellt. Nur das Fliegen und ihre Freundschaft zu Hanni waren ihr wichtig gewesen. Ihre Liebe zu Felix jedoch brachte sie dazu, Gewissheiten in Frage zu stellen und Themen neu zu denken. Konnte Felix wirklich recht damit haben? Plante die Regierung, sich für die Schmach des Versailler Vertrags, wie die Nationalsozialisten es nannten, zu rächen? Würde Deutschland erneut in einen Krieg ziehen, der nur Tod und Elend mit sich brächte? Nein, das durfte nicht sein.

Warum nur verlangte Felix, dass sie sich mit diesen Fragen auseinandersetzte? Als wäre ihr Leben nicht bereits kompliziert genug. Seit heute Morgen war nichts mehr, wie es war. Noch konnte Amelie nicht sagen, ob sie sich freute oder ob sie sich sorgte, wie ihre Zukunft aussehen würde. Entschlossen schob sie diesen Gedanken zur Seite.

»In seiner Rede hat der Führer ausdrücklich betont, dass Deutschland Frieden will«, widersprach sie Felix. »Außerdem hat er Gespräche mit den Engländern deshalb geführt, oder?«
»Ich wünschte, du hättest recht, aber schau es dir nur an. Sieh dir an, was in diesem Land geschieht.«
»Was willst du tun? Willst du auswandern?« Amelie überlegte einen Moment, ob sie ihm die nächste Frage stellen konnte, aber ohne Ehrlichkeit wäre ihre Liebe zum Scheitern verurteilt. »Oder willst du weiter dein Leben riskieren, indem du Flugblätter schreibst?«
»Würdest du mit mir kommen?« Obwohl Felix lächelte und sein Tonfall unbefangen wirkte, konnte Amelie erkennen, wie ernst ihm die Frage war. Ebenso wie sie bemerkte, dass er dem zweiten Teil ihrer Frage ausgewichen war. »Wollen wir gemeinsam in einem anderen Land neu beginnen?«
»Meinst du das ernst? Würdest du für mich alles aufgeben?«
»Ich kann nicht.« Felix schaute sie kurz an. Dann senkte er den Blick. »Meine politische Arbeit ist zu wichtig. Kannst du das verstehen?«
Wollte sie das verstehen? Zorn überfiel Amelie. Es erschien ihr ungerecht, dass Felix alles haben wollte: das Fliegen, das Studium, ihre Liebe und seine politische Tätigkeit. Sie hingegen fühlte sich immer dem Zwang unterworfen, wählen zu müssen. Zwischen Hanni und ihrer Mutter. Zwischen Hanni und Felix. Und nun zwischen dem Fliegen und …
Nach Felix' Worten drückte sie ihr Geheimnis, so dass sie nicht länger schweigen konnte. Jetzt musste sie reinen Tisch machen, wollte sie ihr kleines Glück retten. Wenn sie das Fliegen aufgeben musste, dann wollte sie wenigstens seine Liebe.
»Ich bin schwanger.«
Sie wusste nicht, was sie erwartet hatte, aber seine Reaktion

überraschte sie. Felix sprang auf und zog sie in seine Arme. Ganz fest hielt er sie. Fest und zugleich zart, als wäre sie ein Porzellanpüppchen, das zu zerbrechen drohte.

»Oh, mein Kätzchen, wie wunderbar. Ich liebe dich.« Immer wieder unterbrach er seine Worte mit Küssen, die er auf ihr Gesicht hauchte, leicht wie der Flügelschlag eines Schmetterlings. »Du machst mich so glücklich.«

Eine kleine Weile gestand sie es sich zu, seine pure Freude zu genießen. Eine Freude, die ihre Zweifel und Ängste besiegen konnte. Die Frage zu unterdrücken, die sie sich immer wieder stellte: War sie bereit, für ein Kind auf das Fliegen zu verzichten? All das aufzugeben, was sie liebte? Ein Teil von ihr freute sich auf das Kind, war glücklich darüber, Mutter zu werden und jemanden zu haben, den sie lieben konnte. Der andere Teil jedoch sah in dem Kind den Tod all ihrer Pläne, Hoffnungen und Wünsche. Felix' Freude ließ Amelie hoffen, dass sie gemeinsam mit ihm beides erreichen könnte: den Himmel und ihr Kind.

Dann jedoch erinnerte sie sich an den Fremden, der sie so geängstigt hatte. Nein, zwinge ihn nicht zu einer Entscheidung, hörte sie ihre innere Stimme sagen. Er wird dich verlassen, wenn du ihm ein Ultimatum stellst. *So kann und will ich nicht leben. Ständig in Angst um ihn,* entgegnete sie sich selbst.

»Wenn du Vater wirst, kannst du nicht mehr deine Abende mit Flugblättern und Politik verbringen.« Amelie erschrak, wie gepresst und verzweifelt ihre Stimme klang. So würde sie Felix niemals überzeugen können, sich von seinen politischen Aktivitäten zu verabschieden. »Wir beide müssen jetzt besonnen handeln. Für unser Kind. Sofern wir es wollen.«

Warum nur fühlte sie sich schuldig, nachdem sie die Worte ausgesprochen hatte? Wie eine Erpresserin, wie eine Frau, die ihr Kind als Waffe einsetzte, etwas, das Amelie immer zutiefst verabscheut hatte. Bis heute. Heute musste sie jedes Mittel nutzen, das ihr zur Verfügung stand, um ihren geliebten Felix zu retten. Sie musste ihn vor sich selbst schützen, sonst würde er ein schreckliches Ende finden. So wie Vera. Der Gedanke schnürte Amelie die Kehle zu, so dass ihr ein kleiner panischer Laut entwich.

Felix schob sie ein Stück von sich, damit er ihr wieder in die Augen sehen konnte. Sie vermochte seinen Blick nicht zu deuten, meinte immer noch Glück über das gemeinsame Kind dort lesen zu können, aber auch etwas Dunkles, einen tiefen Grimm, der wohl ihr galt. Obwohl ihr Herz flatterte, hielt sie seinem Blick stand, selbst als das Schweigen unbehaglich wurde und sie niederdrückte.

»Ich kann nicht«, flüsterte Felix endlich, kurz bevor Amelie sich entschuldigen und ihre Forderungen an ihn zurücknehmen wollte. Wenn sie ihn wahrhaftig liebte, musste sie ihn sein Leben leben lassen, nicht wahr? »Kätzchen. Ich liebe dich. Aber fordere nicht von mir, eine Wahl zu treffen.«

Seine Worte trafen sie so schmerzhaft, als hätte er sie geschlagen. Zutiefst gedemütigt, senkte Amelie den Kopf. Sie hatte alles gewagt – und verloren. Weg, nur weg. Weg von dem Mann, dem sie ihr Herz geschenkt hatte, dem sie sich geschenkt hatte – und der sie nicht genug liebte, um sich für sie in Sicherheit zu bringen. Obwohl sie es nicht wollte, traten Tränen in ihre Augen. Sie biss sich auf die Lippen, wollte den körperlichen Schmerz nutzen, um sich von den seelischen Qualen zu lösen. Aber es funktionierte nicht. Nicht einmal, als sie den süßlichen Geschmack von Blut in ihrem Mund wahrnahm.

»Mein Kätzchen, du bist die Welt für mich«, sprach Felix sanft auf sie ein, als sie schluchzte. Ebenso sanft hob er ihr

Kinn. Amelie blinzelte, bis sie ihren Geliebten wieder klar erkennen konnte. In seinem Lächeln entdeckte sie Besorgnis.
»Ein Kind mit dir ist das schönste Geschenk, das ich mir wünschen kann. Aber …«
»Aber?«, flüsterte sie mit ersterbender Stimme, obwohl sie ahnte, was er sagen wollte.
»Wir leben in schlimmen Zeiten.« Nun entdeckte sie, dass auch Felix' Augen verdächtig glitzerten. »Ich könnte nicht glücklich werden, wenn ich alles um mich herum hinnehme.«
»Warum du?« Diese Frage schmerzte wie ein eingerissener Fingernagel, an dem sie zog und zog und zog. »So viele Menschen kümmern sich nur um ihr eigenes Glück. Warum denn ausgerechnet du nicht?«
»Warum?« Felix zuckte mit den Schultern. »Es sollte viel mehr Menschen geben, die gegen das Unrecht kämpfen.«
Erneut schwieg Amelie. Was hätte sie auch sagen sollen. Wie hätte sie gegen seine Worte argumentieren können? Ihr persönliches Glück gegen das Schicksal so vieler Menschen stellen können? Obwohl sie all dies bedachte, blieb der Wunsch, ihn zu schütteln, ihn anzuschreien, bis er sich endlich ihren Worten beugte. Mit einem Ruck wand sie sich aus seinen Armen, befreite ihren Körper, aber ihr Herz hielt er weiter gefangen.
»Würdest du das Fliegen für mich aufgeben?«, fragte Felix nach langem Schweigen. Verblüfft starrte sie ihn an.
»Ich *muss* das Fliegen aufgeben, wenn ich ein Kind bekomme.« Wie konnte Felix nur so blind sein? Sah er nicht, welches Opfer sie für ihn bringen wollte? »Ich kann die Ausbildung bei Bücker nicht beginnen.«
Sie spürte Tränen, die sie jedoch zurückdrängte. Amelie wollte Felix nicht mit Tränen überzeugen. Entweder er liebte sie und stand zu ihr oder …

»Ich werde dir helfen.« Felix rang sichtlich nach Worten. »Ich könnte mit dir nach Berlin gehen. Mich um unser Kind kümmern.«

»Und dort Flugblätter verteilen?« Amelie hasste sich für den sarkastischen Ton ihrer Worte, aber diese drängten aus ihrem Mund, als führten sie ein Eigenleben. »So lange, bis sie dich fangen und ich allein bin.«

»Ach, Amelie.« Felix zog sie wieder an sich. Amelie streckte die Arme aus, um ihn abzuwehren, doch dann ließ sie ihre Hände sinken. »Ich werde vorsichtig sein. Jetzt noch mehr als vorher.«

Nur zu gern wollte sie nachgeben, wollte sich in die Umarmung und die Liebe fallen lassen, doch sie traf diese Entscheidung nicht mehr für sich allein. Wenn Felix seine politische Arbeit wichtiger war als sie, dann war er nicht der Richtige. Dann konnte er nicht der Vater für ihr Kind sein. Lieber würde sie ihren Sohn allein aufziehen als mit einem Mann, der fortwährend sein Leben riskierte. Für etwas, das Amelie nicht verstehen konnte, nicht verstehen wollte. Wenn sie das Fliegen aufgeben musste, dann für eine Zukunft.

»Dann müssen sich unsere Wege trennen.« Amelie trank den Cognac aus und stand auf. »Ich werde mein Kind nicht der Gefahr aussetzen.«

Felix schaute sie an, als ob sie ihn geschlagen hätte, aber er erhob sich nicht, um Amelie aufzuhalten.

KAPITEL 25

»Frauen sind von Natur aus
bessere Piloten als Männer.«

Louise Thaden

Frankfurt am Main, 1935

Als Amelie nach einem langen Tag an der Nähmaschine nach Hause kam, wartete jemand auf den Stufen vor dem Wohnhaus auf sie. Ihr Herz schlug schneller, als sie die vertraute, schlaksige Gestalt erkannte. In den vergangenen drei Tagen hatte sie immer wieder mit sich gehadert, hatte immer wieder gegen die Versuchung angekämpft, zu ihm zu gehen und alles andere außer ihrer Liebe zu vergessen. Aber die Verantwortung für ihren Sohn ließ sie stark bleiben, ließ sie ihr Herz verhärten, auch gegen das Leid, das der Gedanke an ein Leben ohne Felix in ihr hervorrief. Wenn er nicht bereit war, seiner Verantwortung als Vater nachzukommen, so musste sie eben die Entscheidung für sie alle treffen, auch wenn es noch so sehr schmerzte. Auch wenn sie jedes Mal in Tränen ausbrach, wenn sie im Radio die unverwechselbare Stimme von Pola Negri *Nur eine Stunde* singen hörte. Auch wenn sie weinend in die Arme ihrer Mutter geflüchtet war, nachdem sie sich von Felix getrennt hatte.

»Das Kleine kriegen wir auch zusammen groß, mein Hase«, hatte Luise gesagt. »Aber bist du sicher, dass du Felix nicht mehr sehen willst?«

Und heute stand Felix nun vor ihrer Tür. Warum konnte er

nicht akzeptieren, dass sie ihn verlassen musste? Einen Moment lang war sie versucht, einfach umzudrehen, um der Konfrontation mit Felix aus dem Weg zu gehen, aber das brachte sie dann doch nicht über sich. Was sollte sie sagen, wie sollte sie ihn begrüßen? Während sie noch überlegte, blickte er hoch, sprang auf und lief ihr entgegen.

»Kätzchen, es … es tut mir so leid.« Felix hielt sie in seinen Armen, so fest, als wollte er sie nie wieder loslassen. Was bildete er sich ein? Meinte er wirklich, dass er mit einer Entschuldigung und ein paar Küssen alles ungeschehen machen könnte? Amelie stemmte ihre Hände gegen seine Brust und drückte ihn von sich weg.

»Was willst du?« So hatte sie sich ihre Begrüßung nicht ausgemalt. »Ich habe doch gesagt, ich will dich nicht mehr sehen.« Felix nahm die Arme herunter und schaute sie an. Verwundert und verletzt, sichtlich überrascht von der Härte, mit der sie ihre Worte aussprach. Seine Augen wirkten so traurig, dass Amelie ihn in die Arme nehmen und sich entschuldigen wollte, aber ihr Stolz und ihr Zorn ließen das nicht zu. Felix hob die rechte Hand, um ihr über die Wange zu streichen, aber Amelie drehte den Kopf zur Seite. Mit einem Seufzer zog er die Hand zurück und rang sichtlich nach Worten.

»Ich habe nachgedacht. Über das, was du gesagt hast.«

»Ja.«

»Ach, Kätzchen, sei nicht so. Bitte. Versuch doch, mich zu verstehen.«

»Es war deine Entscheidung.« Amelie suchte in sich nach der Wut, die sie eben noch verspürt hatte, weil sie sonst zu weinen beginnen würde. Sie wollte ihn anschreien, ihm ihren Zorn entgegenschleudern, aber das war nicht möglich. Das, was sie zu sagen hatte, war zu gefährlich. Also zischte sie: »Dir ist der Widerstand wichtiger als ich. Leb mit den Konsequenzen.«

»Komm.« Vorsichtig, als fürchtete er, dass sie ihn zurückstoßen würde, griff er nach ihrem Arm. Amelie zögerte, aber dann gab sie nach. »Lass uns ein bisschen gehen. Wenn du Zeit hast …«

Sie nickte, obwohl sie sich wünschte, er verschwände, damit sie nicht wieder Hoffnung schöpfte, damit ihre Liebe nicht wieder die Oberhand über die Vernunft gewann. Aber trotz aller Wut brachte Amelie nicht die Kraft auf, Felix wegzuschicken. Zu stark war ihre Liebe zu ihm, die sie wünschen ließ, alles vergessen zu können, nur um mit ihm zusammen zu sein.

Schweigend gingen sie den Fußweg entlang. Amelie sah aus den Augenwinkeln, wie sich die Gardine im Fenster der Wohnung von Frau Straßmann bewegte. Sicher starrte die Frau wieder auf die Straße, beobachtete alles, was hier vor sich ging, um es dann dem Blockwart zu melden. Auch wenn sie mit Politik nichts am Hut hatte, so hasste Amelie diese Denunzianten aus tiefstem Herzen. *Petze, Petze, ging in' Laden,* sang sie immer stumm vor sich hin, wenn sie Frau Straßmann begegnete. Was für ein langweiliges und einsames Leben musste diese Frau führen, dass sie ihr Vergnügen daraus zog, andere Menschen auszuspionieren und anzuschwärzen?

»Damit fängt es an.« Mit angeekeltem Gesichtsausdruck deutete Felix auf eines der vielen Plakate, das für die Hitlerjugend warb. »Als Erstes greifen sie sich die Kinder. Ihnen bleibt keine Freiheit, sondern nur der Führerkult.«

Jugend dient dem Führer und *Alle Zehnjährigen in die HJ* war dort zu lesen. Auf dem sienabraunen Plakat war im Hintergrund der Kopf des Führers zu sehen. Davor war ein blonder Junge in HJ-Uniform abgebildet, der Amelie und Felix mit ernstem Blick ansah.

»Ist das jetzt wichtig?«, fauchte sie ihn an. War er nur gekommen, um sie davon zu überzeugen, dass sein Weg der richtige war, dass sein Denken besser und klüger war als ihres? »Wenn du darüber reden willst, such dir jemand anderen.«

»Nein, nein. Du hast recht.« Felix ließ Kopf und Schultern hängen, was Amelie einen Stich versetzte. Sie trug die Schuld daran, dass er so unglücklich war. Sie und ihre Sturheit. »Amelie …«

Er blieb stehen und wandte sich ihr zu. Vorsichtig hob er die Hand, um ihr über die Wange zu streichen, doch wieder entzog sie sich ihm.

»Nicht hier. Lass uns noch ein Stück gehen.«

Er nickte. Schweigend liefen sie nebeneinanderher wie ein Ehepaar, das zu lange verheiratet war, als dass es noch miteinander reden konnte oder wollte. *Immerhin,* dachte Amelie voll Bitterkeit, *bleibt mir dieses Schicksal erspart. Ich werde nie erleben, wie unsere Liebe erkaltet.* Ihre Absätze klackerten auf dem Trottoir, während seine Ledersohlen kaum ein Geräusch machten. Nur wenige Menschen kamen ihnen entgegen, wohl weil der Himmel sich verdunkelt hatte und ein Gewitter drohte, was Amelie nur passend fand. Allzu weit sollten sie nicht mehr gehen, wollte sie noch trocken nach Hause kommen.

»Was willst du?«, fragte sie daher, nachdem sie in die Voltastraße eingebogen waren, in der die Menschen sie wahrscheinlich nicht kannten. »Ich habe doch gesagt, dass ich dich nicht mehr sehen will.«

»Wenn ich weiter Flugblätter verteile.« Felix blieb stehen. Er wandte sich Amelie zu. Sein Gesicht wirkte schmal und traurig. Ihre Schuld, dachte sie, war aber dennoch nicht bereit, einen Schritt auf ihn zuzugehen. »Ich habe lange nachgedacht. Ich hasse es, dass du mir ein Ultimatum gestellt hast.«

Seufzend stieß er die Luft aus und ging mit großen Schritten weiter. So schnell, dass Amelie kaum mit ihm mithalten konnte. Warum konnte er nicht stehen bleiben, damit sie ihm in die Augen sehen konnte? Sie wollte wissen, ob er genauso litt wie sie.

»Was hätte ich sonst tun sollen?«, entgegnete sie ihm brüsk. Erneut kehrte der Zorn zurück, der für kurze Zeit hinter der Freude verschwunden war, Felix wiederzusehen. »Du gefährdest nicht nur dich, sondern auch mich, deine Eltern, meine Mutter, dein Kind. Selbst Hanni, die Flugunterricht bei dir hatte. Wenn sie dich erwischen, sind wir alle dran.«

Amelie mahnte sich zur Ruhe. Vorwürfe würden Felix' Meinung nicht ändern. Er hatte sich gegen sie entschieden – und damit auch gegen ihr ungeborenes Kind.

»Ich weiß. Aber das, was wir tun, ist wichtig.« Felix ließ die Schultern hängen. Selbst seine dunklen Haare wirkten heute matt und glanzlos. Auch wenn sie immer noch zornig auf ihn war, konnte Amelie es kaum ertragen, ihren geliebten Felix so leiden zu sehen. »Aber … aber du bist mir wichtiger. Du und unser Kind. Ihr bedeutet mir mehr als alles andere. Das habe ich in den letzten Tagen gelernt.«

Abrupt blieb sie stehen. Sie musste sich verhört haben. Felix hatte sich schließlich doch für sie entschieden? Ungläubig sah Amelie ihn an, der Blick verschwommen von Tränen, die sie nun nicht mehr zurückhalten konnte.

»Du … du …?« Von Gefühlen überwältigt, konnte sie den Satz nicht beenden.

»Kätzchen, Liebes«, flüsterte Felix und zog sie in seine Arme. Ganz zart hielt er sie fest, so dass sie sich geborgen und sicher fühlte. Sein Atem strich über ihre Haare, als er weitersprach. »Für dich würde ich alles aufgeben. Ich liebe dich. Mehr, als du weißt.«

Nun, wo sie dem Ziel ihrer Wünsche so nah war, fühlte

Amelie sich nicht glücklich, sondern schuldbewusst. Konnte sie wirklich von Felix verlangen, dass er diesen wichtigen Teil seines Lebens einfach abschnitt? Doch nur kurz blieb dieser Zweifel. Auch sie war schließlich bereit, ihr Leben für ihn zu ändern. Außerdem waren alle diese Fragen und Ungewissheiten erst einmal vollkommen unwichtig. Jetzt zählte nur, dass er sie liebte, dass sie eine gemeinsame Zukunft vor sich hatten.

»Ich liebe dich auch«, flüsterte sie und schniefte. Das Glück, wieder mit Felix leben zu können, von ihm geliebt zu werden, überwältigte Amelie, so dass ihr die Worte fehlten. »Ich liebe dich.«

Auch wenn ihr Leben von nun an ganz anders verlaufen würde, als sie es geplant hatte, war sie doch glücklich wie noch nie zuvor. Felix liebte sie mehr als seine politische Arbeit. Er war bereit und willens, für sie sein Leben zu ändern. So, wie auch sie alles für ihn aufgeben wollte. Sie bedauerte nicht, dass sie nun nicht mehr als Fliegerin für Bücker arbeiten könnte, dachte nicht mehr daran, dass all ihre Pläne und Wünsche durch die Schwangerschaft nichtig waren. Stattdessen freute sie sich gemeinsam mit dem Mann, den sie liebte, darauf, dass sie bald Eltern wurden.

Alles würde gut werden, nun, wo Felix seine politischen Aktivitäten aufgab. Das schlechte Gewissen, weil sie ihn zu diesem Verzicht gezwungen hatte, ignorierte Amelie. Schließlich würde sie für ihn und ihr gemeinsames Kind auch ihren Traum vom Fliegen für immer aufgeben. Das gehörte wohl dazu, wenn man erwachsen wurde. Träume waren etwas für junge Menschen, nicht für Eltern. Träume waren etwas für Menschen, die keine Verantwortung tragen mussten.

»Nur heute muss ich noch einmal zu einer Versammlung.« Felix sah sie flehend an. »Das letzte Mal. Bitte.«

»Ja, geh.« Sie lächelte. In ihrem Kopf spielte sie bereits ihre gemeinsame Zukunft durch, fragte sich, wie sie wohnen würden, wie sie ihr Kind nennen sollten. Dann jedoch fiel ihr Hanni ein, die von alldem nichts wusste. »Ich … ich muss ohnehin zu Hanni.«

»Ich bringe dich dorthin.« Felix deutete zum Himmel, der sich noch mehr verdüstert hatte. »Mit dem Auto. Dann wirst du nicht nass.«

»Ja. Ich liebe dich.«

Im Wagen lehnte sie sich an ihn, legte den Kopf an seine Schulter und träumte mit halb geschlossenen Augen von der gemeinsamen Zeit, die auf sie wartete.

»Wünschst du dir einen Jungen oder ein Mädchen?« Mit den Fingern kämmte sie durch sein Haar. »Hast du schon einen Namen im Sinn?«

»Ich wünsche mir ein Kind mit dir.« Er griff nach ihrer Hand und küsste ihre Fingerspitzen. »Mehr Glück kann ich mir nicht vorstellen.«

Viel zu schnell erreichten sie die Straße, in der Hanni wohnte.

»Lass mich an der Ecke raus.« Amelie wünschte sich, noch länger mit Felix im Auto zu sitzen, ihm ihre Gefühle zu offenbaren und mit ihm gemeinsam ihre Zukunft als Familie zu planen. Aber dafür blieb ihnen nun noch genügend Zeit, jetzt, wo er sich für sie entschieden hatte.

»Ich liebe dich. Pass auf dich auf.« Sie beugte sich zu ihm, um ihm einen letzten Kuss zu geben. »Sehe ich dich morgen?«

»Ich hole dich ab.« Felix schaute ungewohnt ernst. »Amelie, es ist kein Opfer für mich. Ich tue das Richtige, weil ich es will.«

»Danke.« Ihr Herz fühlte sich nun leichter an. Mit dem Wissen, dass Felix für immer zu ihr stehen würde, konnte sie auch Hanni entgegentreten. Amelie wartete, bis der Wagen mit Felix nicht mehr zu sehen war. Sie blieb noch einen Augenblick stehen, um ihre Gefühle zu zügeln. Hanni würde nicht begeistert sein, dass Amelie nicht nach Berlin mitkam. Eilig, damit sie dem drohenden Regen entging, lief Amelie die Basaltstraße entlang. Vor dem *Titania* standen viele Menschen, die auf Einlass warteten. Froh über den Anlass, das Gespräch mit Hanni noch ein wenig hinauszuzögern, blieb Amelie stehen und schaute, was die Menschen hier sehen wollten.

Ihr Blick fiel auf ein Plakat, das sicher Felix' Zorn hervorgerufen hätte. *Triumph des Willens* – dem Film konnte man nicht entkommen, obwohl er doch schon vor einem halben Jahr Premiere gehabt hatte. Vor einem halben Jahr noch hätte Amelie die Plakate und Ankündigungen mit einem Achselzucken zur Kenntnis genommen; jetzt – aufmerksamer durch ihre Diskussionen mit Felix – schaute sie sich die Bilder in den Schaukästen an und fragte sich, ob sonst niemand bemerkte, wie künstlich und gestellt all diese monumentalen Bilder wirkten. Sie zuckte mit den Schultern und ging endlich zu Hannis Wohnhaus.

»Guten Tag, Frau Beese.« Selbst Hannis Mutter, die sie wieder einmal anschaute, als wäre Amelie aus dem Rinnstein gekrochen, konnte ihr heute nicht die Stimmung verderben. »Ist Hanni da?«

»Es ist schon spät.«

»Ich bleibe auch nicht lange.« Wollte Frau Beese sie wirklich vor der Tür stehen lassen wie einen lästigen Hausierer? Endlich trat Hannis Mutter zur Seite, um Amelie hereinzulassen.

Nachdem sie geklopft hatte, trat Amelie in Hannis Zimmer. Ihre Freundin lag auf dem Bett und las die *Berliner Illustrirte.* Als Amelie hereinkam, schaute sie auf und lächelte.

»Gut, dass du da bist. Elly Beinhorn plant eine neue Weltreise.« Hanni runzelte die Stirn. »Wenn sie so weitermacht, bleibt für uns andere bald nichts mehr übrig, was wir unternehmen können. Ich gönne ihr den Erfolg, aber …«

Ihre Freundin musste nichts mehr sagen, hegte Amelie doch ähnlich ambivalente Gefühle. Einerseits freute sie sich, dass es einer Frau gelang, mit ihrer Fliegerei so viel Aufmerksamkeit zu erlangen; andererseits fürchtete sie, dass keine andere Frau Elly Beinhorn das Wasser würde reichen können. Doch sie konnte auch verstehen, dass die Fliegerin jede Gelegenheit nutzen musste, auf sich und ihre Leistungen aufmerksam zu machen, einfach weil es für Frauen so wenig Möglichkeiten gab, mit dem Fliegen Geld zu verdienen.

»Ich habe gehört, sie will mit diesem Flug für das neue Modell werben – die *Me 108.*«

»Ja, ›Taifun‹ hat sie die Maschine getauft.« Hanni seufzte. »Wenn ich nur früher geboren wäre, dann könnte ich auch eine Pionierin sein. So müssen wir beide schauen, dass wir uns bei Bücker einen Namen machen.«

»Du kannst doch immer noch Großes leisten.« Amelie spürte, wie sie der Mut verließ. Hanni setzte so sehr darauf, dass sie gemeinsam nach Berlin gingen. Wie würde ihre Freundin es aufnehmen, dass Amelies Leben eine andere Richtung eingeschlagen hatte? Würde sie sich mit ihr freuen oder ihr Vorwürfe machen? »Hanni, ich … ich muss dir etwas sagen.«

KAPITEL 26

Frankfurt am Main und Fulda, 1971

Pünktlichkeit ist nicht Toms Stärke.« Marga lächelt entschuldigend. »Aber da er mir immer sein Auto gibt, kann ich damit leben.«

»Soll ich uns einen Kaffee kochen?«, fragt Lieselotte, die mit ihren Gedanken schon bei ihrem Ausflug ist. Hoffentlich erwartet sie nicht wieder so eine Enttäuschung wie in Göttingen. »Oder Tee?«

Sie tritt ans Fenster und hält Ausschau nach dem Käfer. Doch die Straße ist leer, als habe jemand ein Autofahrverbot ausgesprochen. Um sich abzulenken, geht Lieselotte zur Spüle und lässt Wasser in den Kessel laufen.

»Kaffee ist keine gute Idee. Du bist schon nervös genug.«

Lieselotte stellt den Kessel ab und beginnt stattdessen, Brote zu schmieren. Für ihre Fahrt, aber auch für ein schnelles Mittagessen hier. »Soll ich den Fernseher anstellen?« Lieselotte seufzt. »Ich kann Warten nicht leiden.«

»Den Fernseher nicht. Aber …«, antwortet Marga mit einem Lächeln. »Es ist so still hier. Dabei hat Amelie doch eine hochmoderne Musiktruhe.«

Die hat Lieselotte auch schon entdeckt und sich sehr darüber gewundert. Die Möbel ihrer Mutter sind alle aus den 1950er oder 1960er Jahren, der Kühlschrank röchelt vor Altersschwäche, und der Fernseher ist wohl eins der ersten Modelle, das auf den Markt gekommen ist. Aber die Musiktruhe ist höchstens ein Jahr alt.

»Amelie und ich haben immer meine neuen Platten gehört.« Marga lächelt ein bisschen schief. »Ich gebe viel zu viel Geld für Musik aus, aber ich mag nicht warten, bis die Scheiben billiger werden.«
»Meine Mutter hat sich für *deine* Musik interessiert?« Lieselotte kann es nicht fassen. Erst da geht ihr auf, was sie gesagt hat. »Entschuldige, ich habe es nicht so gemeint.«
»Hast du gedacht, Amelie sei ein Fan von Marianne Rosenberg?« Marga schüttelt den Kopf. »Sie schaut lieber *Disco* als die *Hitparade.*«
Das muss Lieselotte erst einmal verdauen. Ihre Freundin scheint eine ganz andere Frau zu kennen als sie. Die Amelie, von der Marga spricht, kommt Lieselotte vor wie eine Fremde. Eine Fremde – und das erschüttert Lieselotte am meisten –, die sie gern kennenlernen würde, weil sie ihr sympathisch erscheint.
»Hast du etwas Neues?«, fragt Lieselotte, neugierig auf die Musik, die ihre Mutter und die junge Nachbarin geteilt haben. »Wenn du magst.«
»Gerade heute habe ich mir die *Aktuelle Musicbox* gekauft«, antwortet Marga. Ihre Augen leuchten vor Begeisterung. »Das wäre toll, wenn ich sie hier hören könnte. Mein Plattenspieler ist alt. Ich fürchte immer, dass er mir die Scheiben ruiniert.«
Bevor Lieselotte etwas erwidern kann, ist Marga aufgesprungen und läuft in ihre Wohnung. Innerhalb weniger Minuten hört Lieselotte die Wohnungstür zweimal knallen – Marga kann Türen einfach nicht leise schließen. Dann steht Marga wieder in der Küche, mehrere Schallplatten unterm Arm, auf dem Cover der ersten ist eine halbnackte junge Frau zu sehen. Dass Marga sich so etwas kauft, wundert Lieselotte dann doch. Dass Cat Ballou hinter Marga in die Küche schlüpft, überrascht sie hingegen nicht. Manchmal hat sie den Eindruck, der Kater hat sie adoptiert.

»Wollen wir?« Margas Augen leuchten vor Begeisterung. »Tom ist frühestens in einer halben Stunde hier. Ich habe ihm gesagt, dass wir um elf Uhr loswollen.«
»Um elf?« Sie hatten doch verabredet, sich um halb zwölf auf den Weg zu machen, und nun ist es schon Viertel vor zwölf. »Hast du dich geirrt?«
»Nein, Toms normale Verspätung einberechnet, aber er schafft es dennoch, zu spät zu kommen. Es ist eine Gabe.«
»Warum ist da eine halbnackte Frau vorn drauf?«, kann Lieselotte sich nicht verkneifen zu fragen.
»Ich ärgere mich auch jedes Mal.« Marga zuckt mit den Schultern. »Aber die *Musicbox* hat den besten Sampler.«
Vorsichtig legt sie die Schallplatte auf den Plattenteller.
Chirpy Chirpy Cheep Cheep heißt der erste Song. Leise singt Marga mit, erstaunlich ton- und textsicher, wie Lieselotte bemerkt.
»Es ist schwer, einen Sampler zu finden, auf dem alle meine Lieblingslieder sind.« Marga wiegt sich im Rhythmus der Musik. »Daher versuche ich oft, etwas vom Radio auf Kassette aufzunehmen, aber meistens quatschen die Moderatoren da rein. Also muss ich mir noch Singles kaufen.«
Sie zeigt Lieselotte die Auswahl, die sie mitgebracht hat. Lieselotte nimmt die Single auf, deren Cover ihr am interessantesten erscheint.
»The Night They Drove Old Dixie Down«, liest Lieselotte. Ihre Englischkenntnisse sind wirklich eingerostet. »Was ist das denn für ein Titel?«
»Das ist mein aktueller Lieblingssong«, antwortet Marga, während sie zur Musiktruhe geht und die Schallplatte dort auflegt. »Joan Baez. Eine amerikanische Protestsängerin. Es geht um den Bürgerkrieg in den USA.«
»Ungewöhnlich«, sagt Lieselotte, nachdem die ersten Takte

des Lieds erklungen sind. »Aber ich mag es. Hast du noch etwas Ähnliches?«

»Ja. Bin gleich wieder da.«

Während Marga noch einmal in ihre Wohnung läuft, nutzt Cat Ballou die Gelegenheit. Er springt auf Lieselottes Schoß und angelt von dort aus mit der Pfote nach einem Stückchen Wurst, das sie nicht gegessen hat.

»Ich weiß, dass du das nicht darfst. Und dass ich dir das nicht durchgehen lassen sollte«, flüstert Lieselotte und streichelt den Kater. »Also beeil dich, bevor Marga zurückkommt und uns beide erwischt.«

Als verstünde er jedes Wort, schnappt Cat Ballou sich die Wurst, hüpft wieder von Lieselottes Schoß, springt aufs Sofa und hat seine Beute verspeist, bevor Marga wieder hereingekommen ist.

»Hier. Das ist von Melanie.« Vorsichtig nimmt Marga die Joan-Baez-Single vom Plattenteller und verstaut sie in ihrer Hülle. Auch die nächste Platte behandelt Marga wie ein rohes Ei. »Der Text ist nicht so toll, aber der Rhythmus …«

What They Have Done to My Song, Ma? hat gerade begonnen, als die Türklingel schrillt.

»Da bist du ja endlich.« Marga war schneller an der Tür als Lieselotte. »Hier, das soll ich dir von Lieselotte geben.«

Weil sie Fremden nicht gern etwas schuldig bleibt, hat Lieselotte Marga gefragt, was sie Tom schenken kann – als Dankeschön für das Auto, das er ihnen nun bereits zum zweiten Mal leiht. Erst hat Marga das abgelehnt, dann hat sie Lieselotte die Titel von ein paar Büchern genannt, die Tom gefallen könnten. Zwei davon hat Lieselotte gekauft.

Vorsichtig stellt sie die Musiktruhe aus, nimmt die Platte vom Teller und steckt sie in ihre Hülle, bevor sie zu Marga in den Flur geht.

»Hallo. Danke für die Bücher.« Der junge Mann, der ganz anders aussieht, als Lieselotte ihn sich vorgestellt hat, nickt ihr zu. Seine Haare sind kurz, sein Gesicht rasiert. Er trägt ein weißes Hemd und eine gebügelte Jeans. Als er ihren erstaunten Blick bemerkt, hebt er die linke Hand. »Ich muss zu meinen Eltern. Vaters Geburtstag. Tschüs.«

»Tschüs«, sagt Lieselotte, aber da ist Tom schon die Treppe hinuntergerannt. Sie dreht sich zu Marga um. »Wollen wir?«

»Aber sicher.« Ihre Freundin schnalzt mit der Zunge. »Ich bin ja neugierig, was uns heute erwartet.«

Nach dem Besuch bei Frau Görgen in Göttingen ist Lieselotte nun sehr gespannt, wie Frau Pogge wohl sein wird. Georgia hat die Frau in Fulda ausfindig gemacht und Lieselotte die Telefonnummer gegeben. Lange hat Lieselotte überlegt, ob sie Frau Pogge überhaupt anrufen soll. Warum sollte diese mit ihr sprechen wollen? Die Frau, die das Fliegen nie aufgegeben hat, sondern auch heute noch im In- und Ausland als Segelfliegerin Anerkennung findet und Rekorden nachjagt. Wie Georgia herausgefunden hat, hat Therese Pogge nie geheiratet, sondern für das Fliegen gelebt. Führt diese Frau das Leben, das sich Lieselottes Mutter gewünscht hat? Hat ihre Mutter sie deshalb nicht lieben können, weil Lieselottes Geburt ihr die Möglichkeit nahm, weiterhin eine Himmelsstürmerin zu sein? Das würde vieles erklären, aber gleichzeitig macht es Lieselotte unglaublich zornig. Schließlich hat sie es sich nicht ausgesucht, geboren zu werden. Bisher hat sie gehofft, dass ihre Mutter aufwacht, damit sie ihr sagen kann, wie viel sie ihr bedeutet. Inzwischen jedoch wünscht Lieselotte sich, dass Amelie aus dem Koma erwacht, damit sie mit ihrer Mutter über all das reden kann, was diese ihr jahrelang verschwiegen hat.

Bevor sie losfahren, sucht Marga im Radio den Sender *AFN*,

der ihrer Meinung nach die beste Musik spielt. Dafür nehmen sie in Kauf, dass sie die Moderationen zwischen den Songs nicht verstehen.
»Wenn die auch wieder so zickig ist, bleiben wir nicht lange, oder?« Marga schüttelt sich. »Wie war sie denn am Telefon?«
»Fröhlich. Freundlich.« Lieselotte überlegt, wie sie ihren Eindruck in Worte fassen kann. »Aber irgendwie aufgesetzt. Künstlich.«
»Das kann ja heiter werden.« Marga dreht am Knopf des Radios. »Oh, den Song liebe ich.«
Den Rest der Fahrt verbringen sie schweigend, was Lieselotte ganz recht ist. So kann sie ihren Gedanken nachhängen und sich überlegen, ob sie Frau Pogge nach ihrem Vater fragen möchte. Wenn ihr Vater nicht in die Verbrechen des Nationalsozialismus verstrickt gewesen wäre, hätte ihre Mutter sicher von ihm gesprochen. Was bedeutet es für Lieselotte, sollte ihr Vater ein Kriegsverbrecher sein? Sie möchte das Bild von ihm nicht ändern, möchte sich weiter an ihn als an den Mann erinnern, den sie sich als Kind ausgemalt hat.
»Wir sind da.« Marga stellt das Radio aus, nachdem sie den Käfer eingeparkt hat. Sie mustert Lieselotte. »Wenn du nicht willst, können wir absagen.«
»Nein, nein.« Lieselotte reißt sich zusammen. »Jetzt sind wir schon einmal hier.«
Vor der Tür des schlichten Reihenhauses holt sie tief Luft, bevor sie den Klingelknopf drückt. Erst nach dem dritten Klingeln öffnet sich die Tür. Das also ist eine der Frauen, die in schwierigen Zeiten nicht aufgegeben haben. Die ihren Traum gelebt haben, obwohl man ihnen Steine in den Weg legte. Eine Fliegerin. Lieselotte spürt Enttäuschung, weil die Frau, die Marga und ihr die Tür geöffnet hat, so normal aussieht. Wäre Lieselotte ihr auf der Straße begegnet, hätte sie

niemals vermutet, dass diese in beige gehüllte Dame in ihrer Jugend den Himmel erobert hat. Vor allem, weil sie so winzig ist – zwei Köpfe kleiner als Lieselotte.

»Guten Tag. Wir haben telefoniert.« Lieselotte streckt ihrem Gegenüber die Hand entgegen und kann nicht umhin, die Frau vor ihr neugierig zu mustern. Von den vernünftigen Schuhen über das nahezu farblose Tweedkostüm bis hin zu den hellbraunen Haaren, in denen etliche graue Strähnchen zu entdecken sind. Nur die braunen Augen, die von Fältchen umgeben sind, und das intensive Lächeln fallen etwas aus dem Bild. »Ich bin Lieselotte Frank. Das ist Marga Paulus.«

»Kommen Sie herein. Ich habe uns Kaffee und Kekse bereitgestellt.« Erneut dieses künstlich wirkende Lächeln, als wäre Therese Pogge wirklich hocherfreut über Lieselottes Besuch. Marga schaut Lieselotte an; in ihren Augen ist deutliches Erstaunen und eine Frage zu lesen. Lieselotte zuckt mit den Schultern und folgt ihrer Gastgeberin, die drauflosplappert.

»Wenn Sie lieber Tee mögen, kann ich auch Tee kochen. Oder Saft anbieten.«

»Kaffee ist wunderbar. Danke.« Lieselotte kann es kaum erwarten, den schmalen dunklen Flur zu verlassen und die gute Stube der Fliegerin zu sehen. Ob es dort wohl Fotos von ihrer Mutter gibt?

Frau Pogge führt sie in ein winziges Wohnzimmer, das mit einer geblümten Couchgarnitur und einem schweren Eichentisch mit passender Anrichte vollkommen überladen wirkt. Auf Anrichte und Tisch liegen bunte Häkeldeckchen, an den Wänden hängen Bilder und Auszeichnungen. Neugierig möchte Lieselotte näher treten, aber die Höflichkeit gebietet es, dass sie sich an den Couchtisch setzt und erst einmal Kaffee trinkt.

»Sie sind also die Tochter von unserem Albatros«, sagt Therese

Pogge, nachdem sie Amelie und Marga Kaffee aus der weißblauen Kanne eingeschenkt hat. Ein knallgelber Tropfenfänger stört den harmonischen Farbeindruck. »Wie geht es Amelie? Sie liegt im Krankenhaus, sagten Sie?«

Mit der Frage hat Lieselotte nicht gerechnet und muss schlucken. Noch immer fällt es ihr schwer, über das Schicksal ihrer Mutter zu reden. Aber sie kann wohl nicht erwarten, dass Fremde ihr einfach so alle Fragen beantworten, ohne selbst neugierig zu sein. Außerdem ist sie irritiert über den Spitznamen ihrer Mutter. Beim besten Willen gelingt es ihr nicht, sich Amelie als einen Menschen vorzustellen, den ihre Freundinnen Albatros nennen. Was es mit diesem Namen wohl auf sich hat? Diese Frage kann sie später immer noch stellen.

»Die Ärzte hoffen, dass Mutter bald aufwacht.« Lieselotte schluckt. »Aber sie können nicht sagen, wann.«

Frau Pogge mustert sie aufmerksam. Dann nimmt sie Lieselottes Hände in ihre. »Ich werde für sie beten.«

Marga verdreht die Augen, aber Lieselotte empfindet Trost bei dem Gedanken, dass das Schicksal ihrer Mutter deren alter Freundin so nahegeht, dass sie Amelie in ihre Gebete einschließt. Das freundliche Lächeln ihres Gegenübers gibt Lieselotte den Mut, ihre Fragen und Zweifel offen auszusprechen.

»Meine Mutter hat mir nie erzählt, dass sie früher einmal geflogen ist.« Lieselotte knetet ihre Finger. Irgendwie ist es schon peinlich, dass sie fremde Menschen mit derartigen Fragen belästigen muss, weil ihre Mutter sich immer nur in Schweigen gehüllt hat. »Wie lange kannten Sie beide sich?«

»Albatros und ich waren gemeinsam bei den Frankfurter Segelfliegerinnen.« Frau Pogge steht auf, um ein Fotoalbum zu holen, das auf einem dunklen Tischchen liegt. Natürlich auf einer weißen Decke mit gehäkelter Spitze. »Wir waren nur

Kameradinnen. Zwischen Hanni und Melli passte niemand anders.«
Sie reicht Lieselotte das Fotoalbum. Marga rückt ihren Stuhl näher heran, damit sie ebenfalls hineinspähen kann.
»Danke.« Lieselotte öffnet das Album. Auf dem schwarzen Karton der ersten Seite steht mit einem silbernen Stift geschrieben: Segelflug Wasserkuppe 1935. Auf der nächsten Seite ist das Foto, das Lieselotte bereits kennt: die Gruppe junger Frauen, die auf den ersten Blick so wenig gemeinsam zu haben scheinen. »Das ist die Segelfluggruppe?«
»Ja. Melli. Hanni. Gudrun, Vera, Helma, Hertha, Irma und ich.« Frau Pogge ist aufgestanden und steht nun neben Lieselottes Stuhl. Mit dem Finger deutet sie auf die Frauen, wenn sie deren Namen nennt. »Ich erinnere mich noch gut an den Tag, an dem das Bild aufgenommen wurde.«
»Für Frauen war es damals doch nicht einfach, eine Flugausbildung zu bekommen«, mischt Marga sich ein, als wolle sie verhindern, dass ihre Gastgeberin zu nostalgisch wird. »Wie haben Sie es geschafft?«
»Man muss das Fliegen lieben, um unser Leben zu verstehen.« Frau Pogges Augen leuchten. »Ich hätte alles getan, um fliegen zu können. Gehungert habe ich. Und das Geld dann für Flugstunden ausgegeben.«
»Warum?« Lieselotte ist sich noch nicht sicher, ob sie fasziniert oder abgestoßen von dieser Frau ist, die so fanatisch wirkt. Vielleicht liegt es daran, dass es in ihrem Leben nichts gibt, das sie so sehr liebt. »Ich dachte, in den 1930ern ging es wirtschaftlich bergauf.«
»Das schon, aber meine Eltern wollten nicht, dass ich fliege.« Die kleine Frau lächelt, was Lieselotte eine Gänsehaut verursacht, weil es so künstlich wirkt. »Sie wollten, dass ich studiere.«

»Und?« Marga klingt ungehalten. Sie mag die Fliegerin nicht, das ist sehr deutlich zu merken.
»Jedes Mal, wenn sie mir Geld fürs Studium schickten, hatte ich die Wahl, ob ich Essen kaufe oder Flugstunden bezahle.« Wieder lächelt die Fliegerin. »Eigentlich war es keine Wahl, weil meine Entscheidung immer schon feststand.«
»Meine Mutter«, fragt Lieselotte. »War sie auch so fana… begeistert?«
»O ja. Amelie wollte mit Johanna zusammen nach Berlin gehen. Zu Bücker Flugzeugbau.« Frau Pogge trinkt einen Schluck Kaffee. »Wenn Sie nicht zur Welt gekommen wären, hätte Albatros sicher viel erreicht.«
Lieselotte zuckt zusammen, als hätte die Frau sie geschlagen. Die Fliegerin hat das ausgesprochen, was sie befürchtet, seitdem sie von der Flugbegeisterung ihrer Mutter erfahren hat.
»Sie waren damals sehr erfolgreich.« Zum Glück springt Marga in die Bresche, so dass Lieselotte ihre Fassung wiedergewinnen kann. »Aber nach dem Krieg nicht unumstritten, nicht wahr?«
Erstaunt sieht Lieselotte auf. Das hat Marga ihr bisher nicht erzählt. Aber muss ihre Freundin ausgerechnet jetzt ein schwieriges Thema anschneiden, wo sie noch nicht allzu viel von Frau Pogge erfahren haben?
»Ich habe meine Pflicht erfüllt. Als Patriotin«, antwortet die kleine Fliegerin schmallippig. Ihr Lächeln wirkt eingefroren. »Ich wollte immer nur fliegen und meinem Land dienen.«
»Bereuen Sie nicht, dass Sie so eng mit den Nationalsozialisten verbandelt waren?« Marga beugt sich vor. »Und sind Sie jetzt nicht Schweizerin?«
Lieselotte wirft ihrer Freundin einen bösen Blick zu. Marga soll gefälligst aufhören, einen Streit vom Zaun zu brechen.
Frau Pogge rührt in ihrer Kaffeetasse. »Ja, ich habe die

Schweizer Staatsbürgerschaft. Weil man mich in diesem Land dafür angefeindet hat, was ich in gutem Glauben getan habe. Damals war nicht alles schlecht. Hitler hat viel Gutes für die Deutschen getan.«

Lieselotte kann kaum glauben, was die kleine Fliegerin da von sich gibt. Am Telefon klang sie so … harmlos. Nachher muss sie Marga fragen, was diese alles über Frau Pogge erfahren hat.

»Das ist ja nicht zum Aushalten.« Marga fährt auf, doch Lieselotte sendet ihr einen bittenden Blick. Frau Pogge ist die Einzige, die ihnen helfen kann, mehr über Amelie zu erfahren. Marga schüttelt den Kopf.

»Bitte«, flüstert Lieselotte. »Bitte.«

Marga presst die Lippen zusammen. Dann schaut sie auf ihre Armbanduhr und springt auf. »Oh, so spät schon. Ich muss los.«

»Sie etwa auch?« Beinahe ängstlich schaut Frau Pogge Lieselotte an, der auf einmal klar wird, wie wichtig ihr Besuch für die Fliegerin ist. Trotz ihrer krampfhaften Fröhlichkeit und der ständigen Betonung, wie zufrieden sie mit ihrem Leben ist, scheint die Frau sehr einsam zu sein. »Ich habe Schnittchen für später vorbereitet.«

Lieselotte fühlt sich hin- und hergerissen. Auf der einen Seite versteht sie Marga nur zu gut. Die naive Art, wie ihre Gastgeberin Adolf Hitler freispricht, ist nur schwer zu ertragen. Auf der anderen Seite tut die Fliegerin ihr leid, weil sie in der Vergangenheit lebt, weil anscheinend alles, was gut und wichtig in ihrem Leben war, schon lange vorbei ist. Das entschuldigt nichts, aber … Offen gestanden ist Lieselotte bereit, sich weiterhin die Schwärmereien von Frau Pogge anzuhören, wenn sie im Gegenzug nur etwas über ihre Mutter erfährt.

»Geh du nur«, sagt sie daher zu Marga, die noch einmal

wütend den Kopf schüttelt. »Ich kann mit dem Zug zurückfahren. Ich melde mich, wenn ich wieder zu Hause bin.«
»Wenn du meinst«, antwortet ihre Freundin verkniffen. »Vielen Dank, Frau Pogge. Für Kaffee, Kekse und … Es war ein *interessanter* Nachmittag. Lilo, ich warte draußen.«
Wütend stapft sie hinaus. Lieselottes Blick folgt ihr, und sie fragt sich, ob es nicht ehrlicher wäre, ebenfalls zu gehen. Frau Pogge sieht Marga ebenfalls nach.
»Dass Sie mit so einer befreundet sind.« Die kleine Frau schüttelt den Kopf. »Die Jugend von heute weiß nichts von Pflicht und Ehre.«
Nun hat Lieselotte genug. So dringend sie etwas über die Fliegerinnen und ihre Mutter erfahren möchte, so wenig ist sie bereit, ihre Freundin schlechtmachen zu lassen. Sie setzt die Kaffeetasse ab und will gerade aufstehen, um Marga nachzueilen. In dem Moment sagt Frau Pogge gedankenverloren: »Nichts und niemand schien Melli und Hanni trennen zu können. Bis Felix kam. Er ist doch Ihr Vater, nicht wahr?«

KAPITEL 27

Frankfurt am Main, 1971

Mechanisch wischt Lieselotte über das Resopal der Tischplatte. Gut, dass ihre Arbeit heute kaum Aufmerksamkeit erfordert, weil ihre Gedanken ständig wandern. Noch immer kann sie es nicht glauben, wie einfach sich das Geheimnis ihres Vaters lüften ließ. Felix heißt er. Den Nachnamen wusste Frau Pogge nicht, weil es unter Fliegern üblich war, sich zu duzen und mit dem Vornamen anzusprechen. Aber so viele Männer namens Felix, die Segelflieger waren, ja sogar Fluglehrer, wird es wohl damals nicht gegeben haben. Georgia ist bereits auf der Suche, und es ist nur eine Frage der Zeit, bis die Historikerin ein Ergebnis vorweisen kann.

»Meinst du nicht, dass der Tisch inzwischen sauber ist?«, spottet Uwe, Lieselottes Chef. Erschrocken schaut sie auf. Er lächelt und scheint seinen Spott nicht böse gemeint zu haben. Inzwischen hat Lieselotte sich an ihn und seine Sprüche gewöhnt und fragt sich, warum sie ihm gegenüber so misstrauisch gewesen ist. »Schau lieber mal dahinten, ob das Pärchen endlich etwas bestellen oder sich nur weiterhin tief in die Augen schauen will.«

»Wird gemacht, Chef«, erwidert sie und bringt Wischlappen und Eimer hinter den Tresen, bevor sie zu den jungen Leuten geht, um deren Bestellung aufzunehmen.

»Zwei Cola, bitte«, sagt der Junge, vielleicht siebzehn Jahre alt. Er wendet seinen Blick nicht von dem Mädchen ihm

gegenüber, das wohl ein, zwei Jahre jünger ist als er. Auch sie schaut ihn an, als gebe es nichts Wichtigeres auf der Welt.
»Kommt gleich«, antwortet Lieselotte, auch wenn sie nicht sicher ist, ob die beiden ihre Antwort überhaupt hören. So jung zu sein, so verliebt zu sein. Mit Eduard hat sie das nicht erlebt. Ob ihre Mutter und ihr Vater einmal glücklich miteinander waren? Aber warum erzählt Amelie dann nie von ihm, erwähnt nicht einmal seinen Namen? Ob Felix wohl ein Nazi war, fragt sich Lieselotte, während sie zwei Gläser hinstellt, die Colaflaschen aus dem Kühlschrank holt und öffnet.
»Bitte schön.«
»Danke«, antwortet das Mädchen. Sie schaut auf und lächelt Lieselotte an. Lieselotte lächelt zurück, doch das Mädchen hat ihren Blick bereits wieder abgewandt. Lieselotte nimmt den Aschenbecher vom Tisch und stellt dafür einen sauberen hin. Dieses Mal bedankt sich der Junge.
»Ich geh in die Küche«, ruft Lieselotte Uwe zu, der hinter dem Tresen steht und seinen Blick durch den Raum wandern lässt. Heute ist wirklich wenig los. Nur das junge Paar und zwei Jungs, die sich am Flipper einen Wettkampf liefern. Uwe nickt.
In der hellen Küche bereitet Lieselotte alles für den abendlichen Ansturm der Gäste vor. Sie wäscht Salatköpfe und zupft Blätter mit dunklen Stellen heraus. Dabei kreisen ihre Gedanken um die Frage, die ihr Marga gestern Abend auf der Rückfahrt gestellt hat, nachdem Lieselotte ihr erzählte, was sie von Frau Pogge erfahren hat.
»Willst du ihn suchen?«
Nur vier Worte, die Lieselottes Leben auf den Kopf zu stellen drohen. Bisher ist sie davon ausgegangen, dass ihr Vater verstorben ist und ihre Mutter deshalb nichts von ihm erzählt hat. Amelie hat immer behauptet, dass Lieselottes Vater

gefallen ist. In dem furchtbaren Krieg. Wie so viele Männer, Frauen und Kinder.

»Ich … ich weiß nicht«, hat Amelie ihrer Freundin geantwortet und die halbe Nacht wach gelegen, weil sie sich mit dieser Frage beschäftigt hat. Eine Antwort hat sie nicht gefunden. Will sie ihren Vater finden? Jetzt, nach all den Jahren, die sie ohne ihn aufgewachsen ist. Sollte er noch leben, was sie nicht glauben kann, dann hat er sich sowieso nie für seine Tochter interessiert. Sollte er, so, wie Amelie es behauptet, im Krieg gefallen sein, so nützt ihr das neu gewonnene Wissen auch nichts. Und doch. Wie ein Splitter, den man sich in den Finger eingezogen hat, bohrt der Gedanke und sticht und will sie nicht in Frieden lassen. *Endlich kann ich mehr über meinen Vater erfahren. Endlich kann ich ihm näherkommen. Dem wahren Menschen, und nicht meinem Phantasiebild von ihm.* Sorgfältig schneidet sie Tomaten auf, großzügig entfernt sie das Grün, bevor sie die Scheiben auf dem Käsebrot verteilt. Studi-Baguette nennt Uwe dieses Essen, eine Spezialität, die bei den Gästen gut ankommt.

Vielleicht sollte ich einfach das Leben entscheiden lassen, überlegt Lieselotte. *Wenn heute Abend alle Baguettes verkauft werden, dann suche ich nach meinem Vater. Wenn nicht, lasse ich alles, wie es ist.* Nein. Diese Entscheidung ist zu wichtig, als dass Lieselotte sie dem Zufall anvertrauen will.

»Was machst du, wenn er ein übler Nazi war?«, hat Marga gestern Abend gefragt, wohl immer noch wütend und entsetzt über das Gespräch mit Therese Pogge. »Es muss einen Grund geben, warum Amelie nicht über ihn redet.«

»Vielleicht ist es wirklich besser, nicht alles zu wissen, was damals war«, hat Lieselotte halbherzig gesagt. Für Marga ist alles so einfach. Sie lehnt die Nazis ab und würde sicher einen Vater verdammen, der in der NSDAP aktiv war. Lieselotte hingegen weiß nicht, ob man aus heutiger Sicht wirklich beurteilen kann, wie das Leben zwischen 1933 und 1945 in Deutschland war. Aber eigentlich ist das nicht wichtig. Die Frage, der sie sich stellen muss, lautet, ob sie mutig genug ist, sich mit dem Mann zu konfrontieren, von dem sie sich als Kind so ein heroisches Bild gemalt hat.

Kann sie überhaupt noch zurück, jetzt, wo Georgia schon auf der Suche nach Felix ist? Natürlich. Sie könnte Georgia heute Abend anrufen und sie bitten, die ganze Sache zu vergessen. Aber Lieselotte fürchtet, dass es dafür längst zu spät ist. Seit sie den Vornamen ihres Vaters kennt und erfahren hat, dass er Fluglehrer war, ist sie dazu verdammt, die ganze Wahrheit über ihn zu erfahren.

»Ich suche meine Frau«, hört sie eine laute Stimme, die ihr nur zu bekannt vorkommt. Vor Schrecken schneidet sie sich mit dem scharfen Küchenmesser in den Zeigefinger.

»Au.« Lieselotte zieht den Finger zum Mund. Der Blutgeschmack reizt sie zum Würgen. Sie spuckt aus, spült mit Wasser nach und atmet tief ein. Alle Gedanken an ihren Vater sind verschwunden, verdrängt von der unliebsamen Überraschung. Wie hat Eduard sie hier nur finden können?

»Ihre Frau?« Uwes Stimme klingt so wie immer, ein bisschen von oben herab, ein bisschen spöttisch. Eduard wird ihn auf den ersten Blick hassen. »Hier ist nur ein Mädchen.«

»Lieselotte soll hier arbeiten. Wo ist sie?« Eduard klingt wütend. Am liebsten würde Lieselotte sich durch die Hintertür davonschleichen, aber sie wird ihrem Ehemann auf Dauer nicht entkommen können. Da hört sie ihn auch schon rufen: »Lotte! Lotte, wo bist du?«

»Hier.« Lieselotte trocknet sich die Hände ab und presst ein Taschentuch auf den Schnitt in ihrem Finger. Dann geht sie nach vorn ins Lokal. »Guten Tag, Eduard. Was willst du?«

»Dass du mit mir nach Hause kommst.« Sein Blick ist kalt, seine Stimme bebt vor unterdrückter Wut. »Ich will nicht, dass meine Frau in einer *Kneipe* arbeitet.«
Der verächtliche Tonfall, in dem er das Wort ausspricht, trägt ihm einen kritischen Blick von Uwe ein, der jedoch nichts sagt, sondern Eduard nur beobachtet. Lieselotte ist es peinlich, wie ihr Ehemann sich aufführt.
»Lieselotte?« Uwe schaut sie prüfend an. »Du hast erst in zwei Stunden Feierabend.«
»Was bildest du dir ein?« Eduard, der deutlich massiger ist als der schmale Uwe, tritt drohend auf Lieselottes Chef zu. »Sie ist meine Ehefrau. Du hast ihr gar nichts zu sagen.«
»Ihre Gemahlin ist bei mir angestellt und hat einen Arbeitsvertrag unterschrieben, der sie verpflichtet, heute bis zwanzig Uhr zu bleiben.« Obwohl Uwe eigentlich zu Eduard hochschauen müsste, wirkt es, als blicke er auf ihn herab. »Wenn Sie sich also bis dahin gedulden wollen.«
Inzwischen haben die beiden Jungs ihren Wettkampf am Flipper eingestellt und sind an den Tresen herangetreten. Selbst das verliebte Paar schaut neugierig auf.
»Meine Frau kann bei dir unterschrieben haben, was sie will.« Eduards Lächeln ist verschlagen. Vor Scham, dass sie mit diesem Menschen verheiratet ist, möchte Lieselotte am liebsten im Boden versinken. Wie hat er nur herausfinden können, dass sie hier arbeitet? »Ohne meine Zustimmung gilt das nicht.«
»Ich arbeite gern hier«, antwortet sie schärfer, als sie es beabsichtigt hat. »Du kannst es mir nicht verbieten.«
»Oh, da irrst du dich. Ich habe das Recht, deine Stelle zu kündigen.« Eduards Lächeln ist so bösartig, dass Lieselotte sich fragt, wie sie es nur so lange mit ihm aushalten konnte. »Was ich hiermit tue. Komm sofort mit.«
Lieselotte ist wie vor den Kopf geschlagen. Sie spürt, wie ihr

der Mageninhalt in die Kehle hochsteigt. Das kann doch nicht sein! Eduard hat doch nicht das Recht, einfach so ihr neues Leben zu zerstören. Hat sie wirklich alle Entscheidungsmacht verloren, als sie ihn geheiratet hat? Sie ist doch nicht sein Besitz, sein Eigentum, über das er nach Gutdünken bestimmen kann, oder etwa doch? Hätte Lieselotte nur besser zugehört, was die Frauen fordern, die auf die Straße gehen.
Aber niemals hätte sie erwartet, dass solche Fragen in ihrem kleinen Leben einmal eine Rolle spielen werden. Niemals hätte sie gedacht, dass ihr Ehemann sie dermaßen blamieren würde. Was wird Uwe nur von ihr denken nach dieser Szene, die Eduard sich gerade geleistet hat? Wenn nur Marga hier wäre. Ihre Freundin wüsste Eduard sicher etwas entgegenzuhalten.
»Sie mögen das Bürgerliche Gesetzbuch auf Ihrer Seite haben«, sagt Uwe mit kühler Stimme. Von ihr unbemerkt, ist er an Lieselottes Seite getreten und legt ihr nun die Hand auf den Arm. »Aber was Recht ist, muss nicht richtig sein.«
Obwohl Lieselotte sich freut, dass ihr Chef ihr helfen möchte, spürt sie eine kleine Welle von Ärger. Hält Uwe sie für so schwach, dass sie ihre Angelegenheiten nur mit seiner Unterstützung klären kann? Lieselotte holt tief Luft. Nein, sie braucht keinen Ritter auf weißem Ross, der ihr zu Hilfe eilt. Ihrem Ehemann kann sie selbst die Stirn bieten.
»Danke, Uwe«, sagt sie daher zu ihrem Chef und lächelt ihm zu. »Entschuldige, aber das muss ich mit meinem Mann allein klären.«
Eduard grinst Uwe an, als hätte er einen Sieg errungen. Lieselottes Ärger wächst. Was bildet er sich nur ein? Nur weil sie damals vor dem Standesbeamten ja gesagt hat, hat sie nicht ihre Persönlichkeit und ihre Würde aufgegeben.
»Bist du sicher?«, flüstert Uwe ihr zu. Er schaut zu ihr hoch, was Lieselotte zum Lächeln bringt. Uwe ist viel kleiner als

Eduard, was ihn jedoch nicht davon abgehalten hat, ihr zur Seite zu stehen. »Ich kann ihn auch rauswerfen.«
»Ja, danke.« Lieselotte nickt zur Bestätigung. Dann schaut sie Eduard an. »Lass uns bitte vor die Tür gehen.«
»Komm.« Ihr Mann mustert sie von oben bis unten, als könnte er nicht glauben, was er da sieht. Hätte sie nur nicht den bunten Rock angezogen, den Marga ihr aufgeschwatzt hat. Eduards Blick sagt überdeutlich, wie wenig er von ihrer Aufmachung hält. »Die Parkuhr läuft ab.«
»Ist es in Ordnung, wenn ich jetzt gehe?«, fragt sie Uwe leise. »Ich kann Marga fragen, ob sie für mich einspringt.«
»Willst du wirklich gehen?« Uwe richtet sich auf und ballt die Hände zu Fäusten, als wolle er es unbedingt mit Eduard aufnehmen. Lieselotte lächelt ihm beruhigend zu und nickt, weil sie nicht mehr sprechen kann. Uwes Mut und seine Bereitschaft, für sie einzustehen, schnüren ihr die Kehle zu.
»Komm jetzt.« Rauh packt Eduard ihren Ellbogen und zerrt sie hinter sich her zur Tür.
Lieselotte meint die Blicke der Gäste und ihres Chefs in ihrem Rücken zu spüren, aber sie dreht sich nicht um. Sonst müsste sie weinen – und diese Genugtuung will sie Eduard nicht gönnen. Mit gesenktem Kopf folgt sie ihrem Ehemann und fragt sich, ob sie je wieder hierher zurückkehren wird. Kann sie Uwe noch einmal in die Augen sehen, nachdem ihr Ehemann hier so ein Theater aufgeführt hat? Woher nimmt er sich nur das Recht, sie derartig zu behandeln?
»Was fällt dir ein?«, schnauzt Eduard sie an, sobald sich die Tür hinter ihm geschlossen hat. Es scheint ihm vollkommen egal zu sein, dass sie mitten auf dem Gehweg stehen. »Jobbst in einer Kneipe, als würde ich nicht genug Geld verdienen. Was sollen die Leute denken?«
»Das kann dir doch egal sein«, antwortet Lieselotte spontan.

Sie hat die Nase gestrichen voll davon, immer ruhig und friedlich zu sein, stets nachzugeben, egal, wie dämlich sich ihr Ehemann benimmt. »Hier kennt dich ohnehin niemand.«
Einen Augenblick lang stutzt Eduard. Widerworte von ihr ist er nicht gewohnt. Doch dann fährt er in seiner Litanei fort, als hätte Lieselotte gar nichts gesagt. »Als ob mein Gehalt nicht genügt. Meine Frau muss nicht arbeiten gehen.«
Es reicht. Lieselotte hat sich viel zu lange alles von ihrem Ehemann bieten lassen. Damit ist Schluss – ein für alle Mal. Niemand hat das Recht, sie so zu behandeln. Wie kann Eduard es nur wagen, ohne Vorwarnung nach Frankfurt zu kommen, um ihr Vorschriften zu machen? Er hat nicht mit einem Wort gefragt, wie es ihrer Mutter geht oder ob er Lieselotte unterstützen kann. Für ihn scheint die Ehe eine sehr einseitige Angelegenheit zu sein, in der er nur nimmt und Lieselotte sich zu fügen hat. Doch jetzt nicht mehr.
»Ich will die Scheidung«, sagt sie mit ruhiger Stimme und ist selbst überrascht, wie leicht ihr diese Worte über die Lippen gehen. »Ich will nicht mehr mit dir verheiratet sein.«
Ja. Genauso ist es. Sie will einfach nicht mehr. Selbst die Vorstellung, allein zu leben, erscheint ihr nicht mehr so beängstigend. Ihr Leben weiterhin mit Eduard zu verbringen ist hingegen keine Option mehr für sie. Obwohl sie nur wenige Wochen aus Kassel fort ist, scheint für sie fast ein Jahr vergangen zu sein. Sie hat sich verändert, ihr Ehemann nicht.
»Das … das kannst du nicht machen!« Großäugig schaut Eduard sie an, wie ein kleiner Junge, dem man ein Spielzeug weggenommen hat. »Lotte, eine Ehe wirft man nicht so einfach weg. Lass uns drüber reden.«
Zu wenig, zu spät, denkt sie. Erst jetzt, wo sie mit Scheidung droht, ist ihr Ehemann bereit, mit ihr zu sprechen. Aber nun will *sie* nicht mehr.

»Nein.« Immer noch bleibt sie ruhig, als spreche sie für jemand anderen. »Es gibt nichts mehr zu reden. Was bildest du dir ein? Tauchst hier auf und willst mir verbieten zu arbeiten?«

»Das war vielleicht ein bisschen übertrieben«, gesteht Eduard kleinlaut ein. »Aber, Lotte, unsere Ehe. Das, was wir zusammen haben …«

»Ich will es nicht mehr.« Sie dreht sich um und geht zurück in die *Gudd Stubb.* »Alles Gute für dich, Eduard.«

KAPITEL 28

»Und doch bin ich Fliegerin mit ganzer Seele, nur mit der einen Einschränkung, dass ich dabei eine Frau geblieben bin, mit all meinen Schwächen.«

Margret Fusbahn

Frankfurt am Main, 1935

Schon wieder hatte Amelie nur von Felix erzählt. Schlimmer noch – ihre Freundin war schwanger. Johanna spürte noch immer den Schrecken, gepaart mit Übelkeit und Zorn, den Amelies Geständnis in ihr ausgelöst hatte. Wie konnte Amelie ihr das nur antun? Wie konnte ihre beste, ihre einzige Freundin sie nur so verraten – und das alles für einen Mann? Hatten sie einander nicht geschworen, dass sie gemeinsam ihren Weg gehen wollten, dass nichts und niemand sich zwischen sie beide und das Fliegen stellen durfte? Johanna erkannte ihren Albatros nicht wieder. Amelie war stets zuverlässig gewesen, der Fels, auf dem Johanna ihre Zukunft aufbauen konnte. Nun auf einmal konnte sie nur noch von Felix reden, von einem Kind, von einer Familie, vom Erwachsenwerden, von Opfern, die man bringen musste. Schöne Worte, gesetzte Worte, die nur einen Zweck hatten: zu verschleiern, dass Amelie eine Lügnerin und Verräterin war.

»Was wird aus uns?«, war Johannas erste Frage gewesen. Ihre schönen Zukunftspläne, die gemeinsame Wohnung in Berlin, das gemeinsame Leben als Fliegerinnen – all das wollte Amelie aufgeben für ein Leben als Ehefrau und Mutter. Bedeutete es ihr denn gar nichts, dass sie zu den ersten Frauen gehören könnten, die nicht nur Sportfliegerinnen wären, sondern Geld mit ihrer Arbeit verdienen würden? Die ersten Frauen, die einen so wichtigen Schritt auf dem Weg zur Anerkennung als gleichwertige Piloten gingen. All das wollte Amelie wegwerfen. Für Felix. Für einen Studenten, der kluge Reden schwang und meinte, es besser zu wissen als der Rest der Welt.

Als Johanna mit ihrer ehrlichen Meinung herausplatzte, kam es zu einem hässlichen Streit, einem Streit, wie sie und Amelie ihn nie zuvor geführt hatten. Selbst als Amelie weinte, loderte der Zorn in Johanna immer noch so hoch, dass sie nicht aufhören konnte, ihre Freundin mit Vorwürfen zu überschütten. Amelie schien nicht zu verstehen, was Johanna ihr vorwarf; sie schien die Tiefe ihres Verrats nicht zu begreifen. Getrieben von hilfloser Wut und unendlicher Enttäuschung, war Johanna schließlich aus ihrem Zimmer gestürmt, hatte den Mantel genommen und die Wohnungstür hinter sich zuknallen lassen. Blind vor Tränen war sie in den Abend hinausgelaufen. Der Sommerregen peitschte in ihr Gesicht und durchnässte sie schon nach kurzer Zeit, aber Johanna rannte weiter und weiter. Sollte Amelie ruhig auf sie warten und sich Gedanken darüber machen, wie falsch ihre Entscheidung war.

Als sie wieder nach Hause zurückkehrte, musste Johanna voller Bitterkeit und Enttäuschung erkennen, dass Amelie bereits gegangen war. Früher, in der Zeit vor Felix, hätte ihr Albatros die ganze Nacht auf sie gewartet, um sich zu entschuldigen.

Schlaflos wälzte Johanna sich in dieser Nacht von einer Seite zur anderen, ohne dass ihr Zorn schmolz. Am liebsten wäre sie aufgesprungen und mitten in der Nacht zu Amelie geeilt, um diese zur Rede zu stellen. Aber die Furcht, dass ihre Freundin ihr ausweichen würde, ließ Johanna davon Abstand nehmen.

Den Morgen an der Universität nahm sie wie durch einen Nebelschleier wahr. Selbst ein erneuter Angriff von Professor Kriek glitt an ihr ab, als wäre sie durch ihren Zorn und ihre Trauer gegen alles andere immun. Endlich, endlich war die Vorlesung vorbei, und Johanna sprang auf. Heute konnten sie weder die irritierten Blicke ihrer Kommilitonen noch eine gezischte Beleidigung treffen. Es gab Wichtigeres in ihrem Leben als das Studium. Ihre Zukunft stand auf dem Spiel. Wenn sie nicht bald einen klugen Plan fasste, müsste sie im schlimmsten Fall ihr Studium fortführen und ihre Träume für immer aufgeben.

Nein! Das durfte niemals geschehen.

Auf dem Heimweg rief sich Johanna noch einmal das Gespräch mit Amelie und die Folgen, die es für ihr Leben haben würde, ins Gedächtnis. Sicher, sie konnte auch allein nach Berlin gehen. Die Firma Bücker Flugzeugbau würde Johanna gewiss die Ausbildung zur Pilotin ermöglichen. Schließlich hatte sie die schriftliche Zusage bereits erhalten. Aber das war nicht das Problem. Sie wollte nicht allein dorthin gehen, wollte nicht der weiße Rabe unter all den männlichen Lehrlingen sein. Gemeinsam mit Amelie könnte sie es ertragen, immer wieder als Frau aufzufallen. Zu zweit hätten sie sich dem Gespött und den Streichen der jungen Männer entgegengestellt und irgendwann gewonnen. Ob sie das allein schaffen konnte, wusste Johanna nicht. Sie wollte es auch nicht ausprobieren.

Allein nach Berlin zu gehen kam in ihrem Lebensplan nicht vor. Immer waren es Albatros und sie gewesen, die sich allen Herausforderungen stellten. Wie zwei Musketiere. Hätte sie nur niemals die Flugstunden bei Felix genommen, dann hätte Amelie ihn gar nicht erst kennengelernt.

»Ich bin selbst an meinem Unglück schuld«, murmelte Johanna. Erneut kochte die Wut in ihr hoch. Sie ballte die Hände zu Fäusten und sehnte sich danach, ihren Zorn hinauszuschreien, etwas zu zerstören. Etwas, das Amelie wichtig war, etwas, dessen Verlust Amelie mindestens so schmerzen würde wie Johanna das bittere vorzeitige Ende ihrer goldenen Zukunft.

»Passen Sie doch auf«, bellte eine Frau sie an, die Johanna angerempelt hatte. Sie hatte die Frau nicht wahrgenommen, weil sie sich nur auf ihren Schmerz konzentrierte.

»'tschuldigung«, murmelte Johanna und ging weiter, nahm ihre Umgebung nun aber etwas bewusster wahr. In einen Streit mit Fremden wollte sie nicht geraten. Das wäre zu einfach. Nein, ihre Wut sollte dort ankommen, wo sie hingehörte – bei der Verräterin Amelie. Albatros sollte büßen für den Verrat an ihrer Freundschaft, an allem, was ihnen wichtig und heilig war.

Wie zum Hohn präsentierte sich das Wetter heute in bester Laune. Während Johanna sinnlose Stunden in der Vorlesung verbracht hatte, hatte der Himmel aufgeklart. Die Luft roch frisch, als hätte der Regen allen Schmutz und allen Staub davongewaschen. Fremde Menschen, die Johanna entgegenkamen, lächelten sie an, als brächte die Sonne in ihnen das Beste hervor, als kehrte mit dem Sommer die Fröhlichkeit nach Frankfurt zurück.

Nur für Johanna blieb die Welt düster. Ihr wäre es lieber, wenn es regnete, stürmte, donnerte. Dieser Himmel, dieses leuchtende Blau erinnerte sie nur an das, was sie zu verlieren drohte. Es war ein Himmel, der wie geschaffen war zum Fliegen. Ein Himmel, der Amelie und ihr gehören sollte. Gäbe es nur Felix nicht.

Unvermittelt blieb Johanna stehen, so dass ein stämmiger Mann in der Uniform der SS auf sie prallte. Sein Ellbogen traf ihren Rücken, doch Johanna nahm den Schmerz kaum wahr, zu wertvoll erschien ihr der Gedanke, der sie hatte anhalten lassen.

»Hast du keine Augen im Kopf?«, schnarrte der Mann, doch dann musterte er sie von Kopf bis Fuß, und ein schmieriges Grinsen trat auf sein Gesicht. »Sie sehen etwas bleich aus, Fräulein. Soll ich Ihnen einen Kaffee spendieren?«

Das fehlte gerade noch, dachte Johanna, aber sie lächelte. Jemanden von der SS sollte man besser nicht verärgern, selbst wenn er ein ekliger Lustmolch war.

»Vielen Dank«, flötete sie und strahlte ihn an, als meinte sie ihre Worte ehrlich. »Doch ich muss zu einer BDM-Kameradin. Wir wollen gemeinsam Strümpfe stricken, für einen Basar.«

Die Lüge ging ihr glatt über die Lippen, so dass ihm nichts anderes übrigblieb, als ihr freundlich zuzunicken.

»Immer brav handarbeiten für den Führer. Heil Hitler!«

Johanna blieb gedankenverloren stehen, nachdem der SS-Mann schon längst seines Wegs gegangen war. Seine Uniform und der Wunsch, sich an Amelie zu rächen, brachten sie auf die Idee, die ihren Gedanken von eben zur Vollendung führte. Warum nur war ihr das nicht schon früher eingefallen? Manchmal sah man den Wald vor lauter Bäumen nicht.

Ja, das wäre das einzig Richtige. So gelänge es, all ihre Probleme zu lösen. Johanna lächelte. Frohgemut und leichteren Herzens ging sie weiter, ihrem Zuhause und dem Ende ihrer Zukunftssorgen entgegen.

Allerdings musste sie klug überlegen, musste ihr Vorgehen planen und die Folgen bedenken, damit ihr nicht erneut so ein vermaledeiter Fehler passierte wie das Zusammentreffen von Amelie und Felix. Dieses Mal musste das Schicksal sich so fügen, wie Johanna es sich wünschte.

Die Stunden bis zum Abendessen wollten nicht vergehen. Unruhig lief Johanna in ihrem Zimmer auf und ab, setzte sich an den Schreibtisch und holte das Fotoalbum mit den Bildern ihrer Segelfliegerinnengruppe hervor. Auf jedem Bild stand Amelie neben ihr, in ihrem Schatten. Niemals war eine der anderen Fliegerinnen zwischen sie getreten. Immer hieß es Johanna und Amelie, Amelie und Johanna. Niemals hätte eines der anderen Mädchen sie auseinanderbringen können.
»Dafür brauchte es einen Mann«, zischte Johanna dem Foto entgegen, das eine glückstrahlende Amelie nach dem Bestehen ihrer Flugprüfung zeigte. »Ich sollte dich einfach vergessen. Du hast mich nicht verdient.«
Eine Weile spielte Johanna mit diesem Gedanken. Warum nicht einfach den Verrat ihrer Freundin als Gelegenheit begreifen. Sicher, als einzige Frau unter den Lehrlingen bei Bücker würde Johanna auffallen und mehr Aufmerksamkeit erhalten, als ihr lieb war. Doch warum sollte das unbedingt schlecht sein? Die Begegnung mit dem SS-Mann hatte ihr erneut vor Augen geführt, wie begehrenswert die meisten Männer sie fanden. Warum sollte sie nicht dieses Interesse nutzen und so das Beste für sich herausholen? Warum nicht mit den Waffen einer Frau kämpfen, um ihre Ziele zu erreichen?
»Weil ich nicht so eine Frau sein will«, flüsterte Johanna dem Foto zu. »Ich will keinen Erfolg, weil ich blond und hübsch bin. Ich will etwas erreichen, weil ich gut bin, weil ich die beste Fliegerin bin, die Bücker sich wünschen kann.«
Ja, das war ihr Ansporn und ihr Ziel. Sie wollte es allen Zweiflern zeigen, wollte beweisen, dass Frauen genauso gut, wenn nicht sogar besser fliegen konnten als Männer. Sie wollte Ruhm und Anerkennung für ihr Können, nicht für ihr hübsches Gesicht.
»Aber dafür brauche ich dich.« Mit dem Finger strich Johanna

über Amelies Gesicht, das ihr vom Foto entgegenlächelte. »Ohne dich, mein Albatros, bin ich nur halb so gut.«

Aber – das schwor sie sich – Johanna würde ihre Freundin dennoch dafür büßen lassen, dass Amelie ihr einen Mann vorgezogen hatte. Strafe musste sein, doch zuerst galt es, ihren Plan von heute Nachmittag in die Tat umzusetzen. Mehrere Ideen hatte Johanna geschmiedet und wieder verworfen, bis sie endlich die richtigen Worte gefunden hatte.

Vor dem gemeinsamen Essen wusch sich Johanna dreimal die Hände, die vor Nervosität schwitzten. Hoffentlich würden ihre Eltern nicht bemerken, wie angespannt sie war, denn das würde ihren schönen Plan gefährden. Vor dem Spiegel holte sie tief Luft und übte ein Lächeln, das natürlich und unauffällig wirken sollte. Endlich war sie mit dem Resultat zufrieden und ging in die Küche, wo sie ihrer Mutter beim Tischdecken half. So wie jeden Tag. Als würde heute nicht ihr Glück auf dem Spiel stehen.

Pünktlich um achtzehn Uhr saß ihr Vater am Tisch. Auch Johanna setzte sich, nachdem sie die Schüssel mit den Pellkartoffeln serviert hatte. Ihre Mutter brachte die Bratheringe und nahm dann ebenfalls Platz. Zuerst wählte der Vater die schönsten Kartoffeln aus und nahm sich zwei große Heringe. Gerade als Johanna die Schüssel entgegennahm, platzte Harri herein. Seine Haare waren feucht und kräuselten sich von der Nässe.

»Verzeihung«, sagte er und setzte sich hin.

Johanna warf ihm einen wütenden Blick zu. Musste ihr Bruder immer alle Aufmerksamkeit auf sich ziehen?

»Wo kommst du her?« Der Vater legte Messer und Gabel kurz nieder, um Harri strafend zu mustern. »Wir essen Punkt sechs. Das weißt du.«

Das durfte nicht sein. Wenn Vater sich mit Harris Eskapaden

beschäftigte, dann blieb Johanna keine Zeit für ihren Plan. Ohne ihre wohlbedachten Worte einzusetzen, platzte sie heraus: »Vater, der Felix von Bissing, der führt immer so freche Worte gegen unseren Führer.«

»Ist er nicht Amelies Freund, dein Fluglehrer?«, fragte Harri. Verflixt. Warum musste er gerade heute nach Hause kommen? »Gehört deine stille Freundin etwa auch zu denen, die solche Reden schwingen?«

»Nein!« Johanna trat ihrem Bruder unter dem Tisch gegen das Bein, damit er endlich schwieg, aber Harri lächelte sie nur an. »Amelie ist unpolitisch. Ihr kennt sie doch.«

Schweiß trat auf die Handflächen. Wie hatte das nur geschehen können? Wenn sie nicht gewaltig aufpasste, würde ihr Plan sich in sein Gegenteil verkehren und Amelie gefährden. Nur weil sie nicht bedacht hatte, dass Harri keine Chance auslassen würde, Johanna dumm aussehen zu lassen. Schnell, sie musste schnell überlegen, wie sie die Situation wieder wenden konnte.

»Mir kam deine Freundin immer schon ein bisschen suspekt vor«, warf ihre Mutter ein, die sich natürlich die Gelegenheit nicht nehmen ließ, Amelie schlechtzumachen. »Eine Näherin, Tochter einer Schneiderin. Man weiß doch, dass solche Leute gerne Sozialdemokraten oder Kommunisten sind.«

O nein, was passierte da nur? Dass ihre durchdachte Strategie auf einmal in diese Richtung abglitt, damit hatte Johanna beim besten Willen nicht rechnen können. Wenn sie nicht schnell handelte und alles wieder auf den rechten Weg führte, gefährdete sie das, was sie eigentlich gewinnen wollte.

»Es geht nicht um Amelie. Außerdem ist es zwischen den beiden aus«, log sie, um ihre Freundin aus der Schusslinie zu ziehen. »Felix von Bissing ist derjenige, der an allem etwas zu meckern hat. Ich glaube, der redet nicht nur …«

Absichtlich ließ Johanna die Details ungesagt und ungewiss, um das Interesse ihres Vaters zu wecken, der bisher geschwiegen und sein Abendessen in sich hineingeschaufelt hatte, als hätte er seit Wochen nichts mehr gegessen. Endlich schaute er auf, musterte sie so intensiv, dass Johanna fürchtete, er würde sie durchschauen.

»Was sagt er denn so? Der junge Herr von und zu.« Ihr Vater lächelte wölfisch. »Der denkt wohl, dass sein Titel ihn vor den Konsequenzen schützt.«

KAPITEL 29

»Je länger ich fliege, desto mehr liebe ich es.«

Hélène Boucher

Frankfurt am Main, 1935

Als sie ein zaghaftes Klopfen an der Tür hörte, spürte Amelie sofort, dass etwas Schlimmes geschehen war. Felix hatte einen Schlüssel – er brauchte also nicht anzuklopfen. Außerdem war er seit einer halben Stunde überfällig, dreißig Minuten, in denen Amelie wie ein gefangener Tiger in seiner Wohnung herumgelaufen war. Niemals war Felix bisher zu spät gekommen; das passte einfach nicht zu ihm. Vor zehn Minuten hatte sie überlegt, ihn suchen zu gehen, aber sich dagegen entschieden, weil sie nicht wusste, wo sie ihre Suche beginnen sollte. Also blieb ihr nichts anderes übrig, als weiter zu warten.

Sie rannte zur Tür und riss sie auf. Vor ihr stand ein junger Mann, den sie schon einmal anlässlich eines Besuchs bei Felix gesehen hatte. Er war ihr etwas unheimlich gewesen mit seinen langen dunklen Haaren, der hageren Gestalt und den fanatischen Augen. Ihr Geliebter hatte ihr damals den Namen des Mannes genannt, den Amelie jedoch gleich wieder vergaß. Als er nun vor Felix' Tür stand, erinnerte sie sich schlagartig wieder, vielleicht weil ihr Verstand nicht darüber nachdenken wollte, warum der Mann wohl gekommen war. Paul hieß er, Paul Stunz.

Vollkommen erschöpft sah er aus. Stunz atmete keuchend, als

wäre er eine weite Strecke in höchster Eile gelaufen. In seinen dunklen Augen entdeckte Amelie eine Panik, die sofort auf sie übersprang. Abwehrend hob sie die Hände. Sie wollte nicht wissen, welche furchtbare Nachricht der Mann mitbrachte.

Aber Stunz kannte kein Erbarmen. Er ging an ihr vorbei in die Küche, als wollte er ihr den Schock nicht im Flur verpassen. Ohne nachzudenken, schloss Amelie die Wohnungstür, bevor sie Stunz folgte. Der stand am Fenster und schaute hinaus, offensichtlich wollte er Amelies Blick ausweichen.

»Sie haben Felix geholt«, stieß er hervor. »Er schickt mich zu dir.«

»Wo ist er?« Ihre Stimme war kaum hörbar, so eng war ihre Kehle. Amelie fühlte sich dem Ersticken nah. »Wo haben sie ihn hingebracht?«

Sie musste nicht fragen, wer ihn abgeholt hatte. Enttäuschung paarte sich mit der Sorge um den Mann, den sie liebte. Felix hatte ihr doch hoch und heilig versprochen, dass er nicht mehr im Widerstand arbeiten würde. Für sie und für ihr Kind wollte er alles aufgeben, was gefährlich und unsinnig war. Niemals hätte Amelie gedacht, dass er sein Versprechen brechen würde.

»Ich weiß es nicht.« Paul Stunz rang nach Atem. Sanft streckte er die Hand aus und strich Amelie über die Wange. »Es tut mir so leid. Du kannst nichts tun.«

»Doch!«, schleuderte sie ihm entgegen. Es *musste* etwas geben, das sie tun konnte, um Felix zu retten. Sie musste nur nachdenken, einen Plan fassen, Hilfe suchen. »Ihr müsst mir helfen. Schließlich tragt ihr alle Mitschuld daran, dass …«

Sie konnte die Worte nicht aussprechen und fröstelte. Erneut fühlte es sich an, als tanzte jemand auf Amelies Grab. Sie schlang die Arme um den Leib, um sich zu schützen und zu wärmen, aber die innere Kälte ließ sich nicht vertreiben. Wie konnte die Sonne scheinen? Wie konnten die Amseln singen, als wäre es ein Tag wie jeder andere? Müsste die Welt nicht stehenbleiben, so, wie auch ihr Herz sich anfühlte, als wollte es seine Schläge für immer einstellen?

»Amelie«, sagte Paul mit leiser, aber energischer Stimme. »In unserer Gruppe haben wir besprochen, was zu tun ist, wenn … wenn sie einen abholen.«

Felix hatte ihr nie davon berichtet, dass seine Freunde und er derartige Pläne geschmiedet hatten. »Wenn sie einen abholen« – wie harmlos das klang. Dabei wusste sie nur zu gut, welche Folgen das nach sich ziehen konnte. Prügel, Folter, Tod. Amelie taumelte. Wäre Paul Stunz ihr nicht zur Seite gesprungen, wäre sie zu Boden gesunken.

Mit aller Kraft kämpfte Amelie gegen die Übelkeit an, die in ihr aufstieg. Sie durfte jetzt nicht schwach werden. Sie musste stark bleiben, musste für ihren Geliebten kämpfen. Einen Moment der Schwäche gönnte sie sich noch, schloss die Augen und atmete tief durch.

»Wir müssen jemanden finden, der uns hilft, Felix aus der Haft zu holen.« Noch ein harmloses Wort für etwas Entsetzliches, Lebenzerstörendes. »Einen Anwalt. Jemand Wichtiges. Ihr müsst doch wen kennen, der uns helfen kann.«

Verlegen knetete Paul wiederum seine Hände. Würde sie sich nicht so elend fühlen, dann täte er Amelie leid. Wie er dastand, sichtlich überfordert mit der Rolle als Überbringer der schlechten Nachricht. Getrieben von dem Wunsch, einen Kameraden zu unterstützen, gefangen zwischen dieser Pflicht und dem Drang, Amelies anklagenden Worten zu entkommen. An der Art, wie Paul ihrem Blick auswich, konnte sie erkennen, dass es niemanden gab, dass Paul und seine Freunde Felix bereits aufgegeben hatten. Nein. Das durfte nicht sein. Niemals würde Amelie kampflos ihren Geliebten der Gestapo überlassen.

Der Gestapo.

Ihr Mund wurde jäh trocken. Kalt griff das Entsetzen nach ihr. Nach dem ersten Schreck, in dem Amelie nur an Rettung hatte denken können, fielen ihr nun all die Gerüchte ein, die sie gehört hatte. Über die Folterkeller der Gestapo. Über die Lager, in denen Menschen verschwanden, nachdem die Gestapo alle möglichen Geheimnisse aus ihnen herausgepresst hatte. Unbezwingbar türmte sich die Situation vor ihr auf. Nein! So gering ihre Chancen auch sein mochten, sie würde für Felix kämpfen.

»Solange er lebt, gibt es Hoffnung«, flüsterte sie. Felix war stark. Felix liebte sie. Felix hatte ein Kind, für das er kämpfen musste. »Sie können ihn doch nicht einfach so verhaften ...«

Paul schaute sie an, einen derart gequälten Ausdruck auf dem Gesicht, dass sie ihn wortlos verstand. Die Gestapo hatte Felix in ihrer Gewalt, der er nicht entkommen konnte. Sie würden Felix foltern. So lange, bis er alles preisgab, was er wusste. Die Namen der Freunde, der Kameraden, der Liebsten. War sie wirklich auch in Gefahr? Schon griff die Angst mit kalten Fingern nach ihr. Amelie schauderte. Sie schüttelte den Kopf, um die Bilder abzuwehren, die vor ihrem inneren Auge aufblitzten. Bilder von Qualen, von Schlägen, von Fußtritten, von Gummiknüppeln. Sauer stieg der Mageninhalt in ihre Kehle auf. Mit letzter Kraft gelang es ihr, den Abfalleimer an sich zu reißen, bevor sie sich erbrechen musste. Ermattet ließ sie sich dann auf einen Stuhl fallen und schloss die Augen.

»Wir wissen nicht, wo sie ihn hinbringen.« Verlegen knetete Paul seine Hände. Starke Hände. Die Hände eines Mannes, der sein Leben lang körperlich gearbeitet hatte. Eines Mannes, dem es schwerfiel, die richtigen Worte zu finden. »Amelie. Wir … wir wissen nicht einmal, ob er noch lebt.«

»Wie kannst du das sagen?«, fauchte sie ihn an. »Für so … so feige hätte ich dich nicht gehalten.«

Kaum waren die Worte gesagt, bereute sie es bereits, Paul so harsch angegriffen zu haben. Weil der Arme nichts dafürkonnte, aber auch weil er der Einzige war, der ihr helfen könnte, Felix zu retten.

»Wie haben sie ihn fassen können?« Das war die Frage, die ihr nicht aus dem Kopf gehen wollte. »Felix hat mir versprochen, dass er aufhören will. Er hat es mir *versprochen.*«

Sehr genau erinnerte sie sich an die Worte ihres Geliebten, als er ihr geschworen hatte, für sie und ihr gemeinsames Kind alle Aktivitäten aufzugeben, die sein Leben gefährden könnten. Sie hatte ihm geglaubt, weil sie ihm glauben wollte, dass er sie mehr liebte als die Arbeit im Widerstand. Konnte es sein, dass Felix sie belogen und hinter ihrem Rücken weiterhin die Gefahr gesucht hatte?

»Jemand hat ihn verraten.« Pauls Augen wirkten hart wie Glasmurmeln, sein Gesicht war eine Maske der Wut. Hilfloser Wut. Wie konnte er es nur ertragen, tagtäglich in der Gefahr zu leben, verhaftet zu werden? Oder Freunde zu verlieren, mit denen er so viel teilte. »Wir werden nicht ruhen, bis wir ihn gefunden haben.«

»Rettet lieber Felix«, wollte Amelie antworten, aber die Hoffnungslosigkeit hüllte sie ein und raubte ihr alle Energie. Mit letzter Kraft flüsterte sie: »Was ist mit Felix' Eltern?«

Obwohl sie ein Kind von ihrem Geliebten erwartete, obwohl sie ihr Leben mit ihm verbringen wollte, hatte sie seine Eltern bisher nicht kennengelernt. Felix sprach weiterhin nicht von seiner Familie, obwohl diese auch in Frankfurt wohnte, wie

Amelie herausgefunden hatte. Im Norden der Stadt wohnten sie, in Seckbach. Amelie wusste nicht, was zwischen Felix und seinen Eltern vorgefallen war, aber was immer es auch gewesen sein mochte, es wäre sicher ohne Bedeutung, sobald sein Leben auf dem Spiel stand. Sie schloss die Augen. Ihr wurde übel bei dem Gedanken, Felix' Eltern mit solch einer Nachricht gegenübertreten zu müssen.

»Hier. Bitte.« Paul hielt ihr ein Glas Wasser hin. Amelie hatte nicht einmal bemerkt, dass er zur Spüle gegangen war. *Er kennt sich gut hier aus,* schoss es ihr kurz durch den Kopf. *Wahrscheinlich war er öfter in dieser Wohnung als ich. Möglicherweise kennt er sogar Felix besser als ich. Ich sollte auf Paul hören … ich sollte, aber ich will es nicht.*

»Danke.« Amelie trank gierig, aber es gelang ihr nicht, den schalen Geschmack im Mund zu vertreiben. Als sie das Glas geleert hatte, setzte sie sich aufrecht hin und holte tief Luft. »Ich werde alles versuchen, um Felix zu retten.«

»Aber …«, begann Paul, doch eine Handbewegung von ihr brachte ihn zum Schweigen.

»Wenn ihr mir nicht helfen wollt, dann kämpfe ich allein.« Sie meinte jedes Wort ernst. Gleichzeitig meldeten sich Zweifel und offene Fragen. Wie sollte ihr gelingen, was der Widerstandsgruppe nicht gelungen war, die schließlich viel mehr Erfahrung mit derartigen … Maßnahmen hatte? Durfte sie sich denn selbst in Gefahr bringen? Nicht nur sich selbst, sondern auch ihren ungeborenen Sohn? Felix würde ihr nicht verzeihen, wenn sie ihr Kind und sich selbst gefährdete.

Amelie brach in Tränen aus, weil sie sich auf einmal mit Fragen beschäftigen musste, die zu gewaltig für sie waren. Fragen, die Politiker lösen sollten, nicht einfache Menschen wie sie. Sie wünschte sich doch nur, mit Felix glücklich zu werden und zu fliegen. Niemals hatte sie etwas getan, um die

Aufmerksamkeit der Obrigkeit auf sich zu ziehen, um sich fürchten zu müssen, wenn es an der Tür klopfte.

Eine sinnlose, aber mächtige Wut auf Felix erfasste sie. Warum hatte er sich nicht anpassen können wie so viele andere? Warum musste er gegen die Regierung kämpfen, die schließlich von der Mehrheit der Bevölkerung gewählt worden war? Oder war sie das gar nicht? Amelie hatte sich bisher von Politik ferngehalten, außer es ging um fliegerische Belange. Zur Wahl war sie nur gegangen, weil ihre Mutter ihr eine Predigt gehalten hatte, wie lange Frauen dafür gekämpft hatten, endlich wählen zu dürfen. Wichtig war ihr weder gewesen, wen sie wählte, noch wie die Wahl ausgegangen war. Als Vera die Flugblätter bei der Flugschau verteilt hatte und erwischt worden war, war Amelie entsetzt gewesen. Entsetzt über das Schicksal, das einer Fliegerkameradin drohte, aber auch entsetzt darüber, dass die Politik plötzlich in ihre heile Welt des Segelfliegens eingedrungen war.

»Amelie«, sagte Paul sanft. »Ich helfe dir.«

Sie schaute ihn aus tränenverschleierten Augen an. Er kniete vor ihr, als wollte er ihr einen Heiratsantrag machen, was Amelie zum Lachen reizte. Ihre Gefühle spielten verrückt, was wohl auch an der Schwangerschaft lag. Wie sollte sie die nur ganz allein durchstehen?

»Was ist mit Felix' Eltern?«, fragte sie, nachdem sie ihre Fassung wiedergewonnen hatte. »Was weißt du über sie?«

Paul schluckte. »Sein Vater ist in der NSDAP. Ein hohes Tier. Felix hasst ihn.«

»Das ist jetzt gleich.« Amelie richtete sich auf. »Kommst du mit?«

Obwohl man ihm ansehen konnte, wie wenig ihm der Gedanke gefiel, nickte Paul. »Wir können die Straßenbahn nehmen.«

Amelie griff nach ihrem hellen Mantel. Einen Augenblick

überlegte sie, ob sie sich nicht besser kleiden sollte, wo sie doch bald das erste Mal Felix' Eltern gegenüberstünde. Aber nein, das war vollkommen unwichtig. Selbst wenn die von Bissings sie ablehnten, jetzt ging es nur darum, Felix dem Griff der Gestapo zu entreißen.
In der Straßenbahn saßen Paul und Amelie schweigend nebeneinander, als wären sie ein Ehepaar, das sich nichts mehr zu sagen weiß. Was hätte sie auch sagen können?
Schließlich erreichten sie die Endhaltestelle. Mit sicheren Schritten ging Paul voran. Er schien nicht das erste Mal in Seckbach zu sein. Vor einer Villa blieb er stehen. Ein prächtiges Gebäude, umgeben von einem äußerst gepflegten Garten.
»Hier wohnen sie. Vorher hat die Familie im Gallus gelebt.« Amelie meinte Hass in Pauls Stimme wahrzunehmen. »Dank Hitler und Konsorten geht es ihnen jetzt richtig gut.«
So wie Hannis Familie. Wie kam es nur, dass einige wenige so viel gewannen, während andere, wie Amelie und ihre Mutter, weiterhin von der Hand in den Mund lebten?
»Woher kennst du sie?«
»Ich habe Felix einmal begleitet, als er etwas abgeholt hat.«
»Wie sind sie? Meinst du … werden sie uns helfen?«
Paul zuckte mit den Schultern. »Du wirst sehen.«
Zu Amelies Überraschung öffnete eine junge Frau in der Uniform eines Dienstmädchens. Ihr verschlug es die Sprache, so dass Paul das Reden übernahm.
»Guten Tag. Wir müssten Herrn oder Frau von Bissing sprechen. Es geht um ihren Sohn.«
»Die gnädige Frau ist krank.« Das schlanke, blonde Mädchen, das aussah wie einem Werbeplakat für den BDM entsprungen, musterte Paul und Amelie von oben bis unten. »Der gnädige Herr erwartet Sie?«
»Nein«, mischte sich jetzt Amelie ein. »Bitte, es ist wichtig.«

»Warten Sie hier.«
Sicher war es kein gutes Zeichen, dass das Dienstmädchen sie nicht einmal hereinbat, sondern ihnen die Tür vor der Nase zuschlug. Amelie wechselte einen Blick mit Paul, sagte aber kein Wort, weil sie fürchtete, damit Unheil – noch mehr Unheil – heraufzubeschwören.
Endlich öffnete sich wieder die Tür. Amelie erschrak. Vor ihr stand ein Mann, der aussah wie Felix in vielleicht fünfundzwanzig oder dreißig Jahren. Das gleiche dunkle Haar, die unverwechselbaren Augen, die schmale Nase – genau wie der Mann, den sie liebte. Felix' Vater war jedoch deutlich schwerer, was wohl vom guten Leben herrührte. Rote Äderchen an seiner Nase und in seinen Wangen ließen darauf schließen, dass er dem Alkohol mehr zusprach, als gut für ihn war. An dem Revers seines dunklen Anzugs steckten sowohl das goldene Parteiabzeichen als auch das Koburger Ehrenzeichen. Ob er diese Orden wohl täglich trug?, fragte sich Amelie.
»Was wollt ihr? Freunde meines missratenen Sohnes sind mir nicht willkommen.«
»Entschuldigung.« Sosehr es Amelie widerstrebte, höflich zu bleiben, so wenig wollte sie Felix' Rettung gefährden. »Felix ist verhaftet worden. Er braucht Ihre Hilfe.«
»Felix hat seine Entscheidungen getroffen. Die Folgen muss er tragen.« Wie konnte ein Vater nur so hart bleiben? Felix war das einzige Kind, wie Amelie von Paul erfahren hatte. »Der Junge hatte alle Möglichkeiten.«
»Bitte«, flehte Amelie. »Felix ist doch Ihr Sohn. Es geht um sein Leben.«
Für einen Moment sah es so aus, als könnte sie Herrn von Bissing erreichen, als würden ihre Worte sein verhärtetes Herz berühren, doch er starrte sie nur an.
»Wer bist du? Seine neue Gespielin?« Voller Verachtung

musterte er Amelie von oben bis unten. Sie fühlte sich nackt und bloßgestellt unter diesem Blick, hielt ihm aber stand. »Ich dachte, mein Sohn hätte einen besseren Geschmack.«

»Wolf?«, hörte Amelie eine schwache Stimme fragen. Eine Frau mit braunen, zerzausten Haaren über einem bleichen Gesicht beugte sich über das Geländer der geschwungenen Treppe. Sie trug einen hellen, seidenen Morgenmantel über einem geblümten Nachthemd. Um den Hals hatte sie einen grauen Wollschal gewickelt. »Ist etwas mit dem Jungen?«

»Nein, leg dich wieder hin.« Scharf klangen Worte und Stimme.

Amelie nutzte die einzige Chance, die sie sah. »Frau von Bissing, bitte, Sie müssen Felix helfen. Sein Leben steht auf dem Spiel.«

Sie konnte erkennen, dass Felix' Mutter sie anstarrte, als würde sie den Sinn von Amelies Worten nicht begreifen. Mit einem leisen Seufzen sank Frau von Bissing zu Boden.

»Seht hin, war ihr angerichtet habt«, zischte ihr Ehemann Amelie und Paul zu. »Ihr und mein Sohn. Verschwindet, sonst rufe ich die Polizei.«

KAPITEL 30

»Die Frauen müssen es selbst schaffen, das zu tun, was die Männer bereits gemacht und gelegentlich noch nicht gemacht haben.«

Amelia Earhart

Frankfurt am Main, 1935

Tränenblind lief Amelie die Kuhwaldstraße entlang. Ihre Gedanken kreisten fieberhaft um die immer gleiche Frage: Wen konnte sie noch um Hilfe bitten? Wer könnte ihr bei der Suche nach Felix behilflich sein? Was konnte sie tun, um das Leben des Mannes zu retten, den sie liebte?

In den vergangenen drei Tagen hatte sie alles versucht. Gegen den Rat von Paul Stunz war sie zum Polizeigefängnis in der Klapperfeldstraße gegangen und hatte nach Felix gefragt. Stundenlang hatte man sie dort warten lassen, ohne ihr etwas über Felix' Verbleib sagen zu können oder zu wollen. Zur Gestapo in die Bürgerstraße wagte sie sich nicht; zu groß war ihre Angst vor der Polizei. Ob es Zweck hätte, den Gauleiter Jakob Sprenger um Hilfe zu bitten, der in der Franz-Rücker-Straße wohnte? Amelie kannte den Mann flüchtig aus der Zeit, als er noch beim Postamt 13 am Rohmerplatz gearbeitet hatte. Aber ihre Mutter hatte ihr davon abgeraten.

Dann war sie zu Felix' Freunden gegangen, den wenigen, die sie mit Namen kannte, hatte gebettelt und gefleht, gedroht und geweint, ohne dass es einen Erfolg gezeigt hätte. Sicher,

Felix' Kameraden wollten helfen, wollten ihn retten, aber sie hatten genauso wenig Macht wie Amelie.
Selbst Paul Stunz, der ihr nach dem entsetzlichen Besuch bei Felix' Eltern zur Seite gestanden hatte, zog sich nach und nach von Amelie zurück.
»Es tut mir leid.« Paul hatte ihr nicht in die Augen sehen können. »Du ziehst zu viel Aufmerksamkeit auf dich. Du gefährdest dich … und uns.«
In ihrer Verzweiflung hatte Amelie schließlich noch einmal den Weg zu seinen Eltern auf sich genommen, auch wenn sie sich nicht allzu viel davon erhoffte. Doch sie konnte nicht vergessen, dass Frau von Bissing nach ihrem Sohn gefragt hatte. Selbst wenn der Vater sein Herz verhärtet hatte, so betete Amelie darum, dass Felix' Mutter noch Gefühle für ihren Sohn hegte.
»Sie sind nicht da.« Das Dienstmädchen schaute Amelie voller Mitgefühl an. »Er hat seine Frau vorgestern nach Berlin bringen lassen. Gestern ist er hinterhergefahren.«
Nach dieser Nachricht hatte Amelie aufgeben wollen. Nur der Gedanke, dass ihr Sohn seinen Vater nicht verlieren sollte, hielt sie noch aufrecht, ließ sie einen weiteren Plan schmieden, um Felix zu retten.
Heute schließlich war sie zum Flugplatz gefahren, hatte an seine Fliegerkameraden appelliert, hatte diese gebeten, sich für Felix zu verwenden. Doch auch hier herrschte Angst vor Repressalien oder selbstgerechte Borniertheit.
»Wem haben wir es denn zu verdanken, dass wir endlich wieder fliegen dürfen?«, hatte einer der Männer Amelie entgegengehalten. »Ohne unseren Führer wären wir immer noch durch die Fesseln des Versailler Vertrags gebunden und dürften nur segelfliegen.«
Obwohl Zorn in ihr aufstieg, war Amelie zu müde und zu

erschöpft, als dass sie sich auf diesen Streit einlassen wollte. Sie hatte den Mann nur stumm gemustert, bevor sie sich umdrehte und hocherhobenen Hauptes davonging. Bis sie in die Straßenbahn einstieg, konnte sie ihre Tränen zurückhalten. Die ganze Fahrt über jedoch weinte sie – leise, mit bebenden Schultern und voller Verzweiflung. Selbst als sie schon an der Haltestelle ausgestiegen war, konnte sie nicht aufhören zu weinen.

Der Weg bis zu ihrer Wohnung kam ihr endlos vor. Immer wieder rempelte sie Menschen an, die ihr entgegenkamen, musste sich Flüche und Beschimpfungen gefallen lassen, erhielt aber auch Hilfsangebote, die sie nicht einmal dankend ablehnen konnte, weil sie kein Wort hervorbrachte.

Ich habe ihn verloren. Ich habe Felix nicht retten können. Mein Sohn wird ohne seinen Vater aufwachsen.

Wieder und wieder gingen ihr diese Gedanken durch den Kopf, ohne dass sie einer Lösung näher kam. Sie hatte alles getan, was in ihrer Macht stand, hatte viel riskiert und dennoch verloren.

Was blieb ihr noch? Sollte sie sich vor das Polizeigefängnis stellen, mit einem Schild in den Händen, auf dem sie »Freiheit für Felix« forderte? Sollte sie zur Gestapo gehen und denen anbieten, ihnen alles zu sagen, was sie über Felix' Freunde wusste – im Austausch für dessen Freilassung? Das brachte Amelie nicht über sich. So einen Verrat würde ihr Felix niemals verzeihen, und auch sie selbst würde sich nicht mehr im Spiegel ansehen können, sollte sie etwas dermaßen Verwerfliches tun. Ganz zu schweigen davon, dass sie kaum etwas wusste und der Gestapo so gut wie nichts anbieten konnte.

Wer hatte Felix nur verraten? Paul hatte ihr berichtet, dass die Gruppe sich mit der Frage beschäftigt hatte und keine Antwort gefunden hatte. Allerdings waren sie übereingekommen,

einander erst einmal nicht mehr zu sehen. Der Verrat hatte Misstrauen zwischen ihnen gesät, ein Misstrauen, das jegliche gemeinsame Arbeit fürs Erste zum Erliegen brachte.
War es wirklich von Bedeutung, wer ihren Liebsten denunziert hatte? Nein, wichtig war, Felix zu retten ... und damit war Amelie wieder an dem Punkt angelangt, wo ihr keinerlei Mittel und Möglichkeiten mehr blieben, ihren Liebsten zu retten. Trauer drohte sie zu überwältigen. Sie wünschte sich nur noch eines: sich ins Bett zu legen, die Decke über den Kopf zu ziehen und ihr Zimmer nie wieder zu verlassen.
Bei der Arbeit hatte sie sich krankmelden wollen, sich dann jedoch dafür entschieden, Urlaub zu nehmen. Ihre Chefin hatte Amelie immer gut behandelt, so dass sie diese nicht anlügen wollte. An Tagen wie heute wünschte Amelie sich, dass ihr Leben noch wäre wie früher. Arbeiten, fliegen, auf die Zukunft hoffen. Sie war so müde. Sie wollte nicht mehr kämpfen, wollte aufgeben.
Doch das konnte sie nicht. Sie musste stark sein – für ihren Sohn. Für das Kind, das Felix ihr schenkte, auch wenn Amelie es sich nicht gewünscht hatte. Erst einmal hatte sie ihre Ausbildung aufnehmen und Fliegerin werden wollen. Ein Kind hatte sie frühestens in fünf oder zehn Jahren haben wollen ... so war ihr Lebensplan gewesen. Doch ihre Liebe zu Felix hatte alles verändert. Und jetzt? Nun liebte sie ihn immer noch, trug seinen Sohn unter dem Herzen und wusste nicht einmal, ob er noch am Leben war.
Was war das nur für eine unselige Zeit, in der sie lebten? Eine Zeit, in der man fürchten musste, seine Meinung zu sagen, weil es einen ins Gefängnis bringen konnte. Eine Zeit, in der man nicht lieben sollte, weil Liebe nur Schmerzen und Sorgen mit sich brachte. Eine Zeit, in der man besser kein Kind in die Welt setzen sollte.

Amelie blieb abrupt stehen. So abrupt, dass ein Mann, der hinter ihr ging, sie anrempelte und zum Stolpern brachte.
»Pass doch auf, Mädchen«, maulte er sie an. »Heul dir nicht die Augen aus dem Kopf, sondern pass auf, wo du hintrittst.«
»Tut mir leid«, antwortete sie mechanisch, während ihre Gedanken immer wieder zu dem zurückkehrten, was sie eben gedacht hatte. Es war weder die Zeit noch die Welt, in die man guten Gewissens ein Kind hineinsetzen konnte. Amelie schluckte. Ohne dass es ihr bewusst war, legte sie die Hand auf den Bauch, als wollte sie ihr ungeborenes Kind schützen. *Bleibt mir nur diese Möglichkeit?*, fragte sie sich. *Soll ich die Schwangerschaft beenden?* Tief holte sie Luft, wagte es kaum, sich die Konsequenzen vorzustellen.
Amelie wusste von einer Freundin ihrer Kollegin, die ungewollt schwanger geworden war und der nichts anderes übriggeblieben war, als zu einer Engelmacherin zu gehen. Bei dem Eingriff war die junge Frau so schwer verletzt worden, dass sie wenige Tage später im Krankenhaus verstorben war.
Wieder ärgerte sich Amelie über ihre Unwissenheit – sie meinte sich dunkel zu erinnern, dass Abtreibung unter Strafe gestellt war. Aber wie hoch die Strafe war und ob sie der Frau oder dem Arzt galt, das wusste sie nicht. Wo konnte sie das erfahren? Wen konnte sie danach fragen? Ihr wollte niemand einfallen. Vielleicht eine Kameradin aus ihrer Segelfluggruppe? Sie war doch wohl nicht die einzige Frau, die sich mit diesen Fragen beschäftigte.
Wollte sie denn wirklich Felix' Kind nicht austragen? Langsam setzte Amelie sich wieder in Bewegung, drehte und wendete diese Frage in ihrem Kopf. Welche Folgen hätte es, wenn sie – wie ihre Mutter – ihr Kind allein großziehen müsste? Luise war es gelungen, auch wenn es ihnen beiden finanziell

nicht allzu gut ging. Aber zum Zeitpunkt von Amelies Geburt war die Welt eine andere gewesen.

Heute – daran erinnerte Amelie sich aus einer Debatte mit Felix – mischte sich der Staat viel mehr ins Leben der Menschen ein. Felix hatte behauptet, dass Himmler Heime für ledige Mütter gründen wollte, in denen sie Hilfe fanden – jedenfalls sofern ihre Kinder der arischen Rasse angehörten.

»Du sprichst davon, als wollte man Pferde züchten«, erinnerte Amelie sich noch sehr gut ihrer Zweifel an dem, was Felix behauptete. »Das ist … einfach unglaublich.«

»Nein«, hatte Felix vehement widersprochen. »Unglaublich ist, dass wir alle so etwas zulassen, dass niemand von uns sich dagegen wehrt.«

»Wie soll das denn gehen?« Amelie hatte einfach nicht nachgeben können; zu abwegig erschien ihr die Vorstellung. »Wie will man denn wissen, ob die Kinder arisch sind?«

»Es werden nur Frauen dort aufgenommen werden, die den Rassekriterien genügen.« Felix hatte angeekelt das Gesicht verzogen. »Groß gewachsen, blond.«

»So wie Hanni.« Amelie wollte einfach nicht weiter darüber reden, wollte die Zeit mit ihm nicht mit politischen Diskussionen vergeuden, sondern lieber über ihre Zukunft und das Fliegen reden. Leichthin hatte sie gesagt: »Mich würden sie dort niemals aufnehmen.«

Sollte das etwa die Zukunft für sie sein? Dem Regime, das ihr den geliebten Mann genommen hatte, ein Kind zu schenken, das seinen Vater später verleugnen würde?

Nein, niemals. Lieber würde sie vom Eisernen Steg aus in den Main springen, als dass sie ihr Kind den Nationalsozialisten schenkte.

Das Kind wäre das Einzige, was ihr von Felix bliebe. Nein! Das durfte sie nicht einmal denken. Noch gab es Hoffnung, dass Felix lebte und dass er aus den Fängen der Gestapo entkommen könnte. Schließlich hatte er kein Verbrechen begangen, nicht wahr? Er hatte weder gestohlen noch betrogen oder gar jemanden ermordet.

Ja.

Darauf wollte sie ihre Hoffnung aufbauen. Sicher wusste sie von Paul, dass sein Bruder in den Kellern des Gestapo-Gefängnisses getötet worden war. Sicher hatte Amelie die Gerüchte gehört, welche unvorstellbaren Greuel in diesen Konzentrationslagern geschehen sollten, aber dort saßen doch nur Verbrecher ein. Wirkliche Verbrecher – Mörder, Vergewaltiger, Räuber. Jedenfalls versuchte Amelie, sich das einzureden, aber sie konnte sich nicht wirklich etwas vormachen. Selbst wenn man versuchte, die Augen davor zu verschließen, konnte man den Berichten über willkürliche Verhaftungen von Gewerkschaftern und Sozialdemokraten, von Kommunisten und Juden nicht entgehen.

Im Nachbarhaus hatte eine Familie gelebt, die eines Nachts von Braunhemden der SA aus der Wohnung gezerrt wurde, nur weil der Vater für die SPD im Stadtrat gewesen war. Wie alle Nachbarn hatten Amelie und ihre Mutter es vorgezogen, nicht darüber zu reden, vor allem nicht mit den anderen Mietern. Man wusste schließlich nie, wo solche Worte landeten. Drei Tage später waren die Frau und die drei Kinder zurückgekehrt, hatten ihre Koffer gepackt und waren verschwunden. Niemand wusste, wohin. Niemand wollte es wissen. Zwei Tage später war ein Lastwagen vorgefahren, und Männer in Braunhemden hatten Möbel und Hausrat aus der Wohnung geschleppt. Vier Tage später war ein Ehepaar dort eingezogen. Der Mann trug die schwarze Dienstuniform der SS, die Frau war in der NS-Frauenschaft und versuchte, Luise dafür anzuwerben.

Was aus dem Sozialdemokraten geworden war, das hatte niemand von ihnen je erfahren. Allerdings hatte auch niemand danach zu fragen gewagt, obwohl man viele Jahre als gute Nachbarn nebeneinander gelebt hatte.
Nein. Daran wollte sie jetzt nicht denken. Amelie blieb stehen, hob den Daumen zum Mund und knabberte an der Nagelhaut. Sie brauchte Hilfe, denn auf sich gestellt würde sie die kommenden Tage und Wochen nicht durchstehen. Allein würde sie diese Fragen nicht lösen können. Ihre Mutter hatte ihr beigestanden und Amelie getröstet, aber sie verfügte nicht über Verbindungen oder Kontakte, die Felix helfen konnten.
Amelie öffnete die Tür zu ihrem Wohnhaus. Die alte Frau in der unteren Etage hatte das Radio wieder auf höchster Lautstärke laufen. Durch das Treppenhaus ertönte einer dieser Schlager, die sich für Amelie alle gleich anhörten. Die Melodien ähnelten sich, und die Texte drehten sich fast immer um Liebe, Herz oder Vaterland. *Schön wie der junge Frühling* hieß das Lied, das eben verklang. *Auf der Heide blühn die letzten Rosen* folgte als Nächstes.
Felix hasst diese Musik. Bisher habe ich das nicht verstanden, aber jetzt, jetzt begreife ich es endlich. Diese Musik soll nur vom Elend ablenken, das Hitler über uns bringt. Wir singen über die Heide, während geliebte Menschen einfach verschleppt werden.
Sie musste etwas tun. Mit jedem Tag, der verging, schwanden Felix' Chancen. Obwohl Amelie sich mit aller Kraft bemühte, nicht daran zu denken, welche Schrecken Felix wohl gerade erdulden musste, überfielen sie immer wieder Bilder des Entsetzens. Jedes Mal meinte sie, es nicht länger aushalten zu können, aufgeben zu wollen. Jedes Mal fand sie jedoch in sich wieder die Kraft, einen neuen Rettungsversuch zu starten. Doch nun blieben ihr nicht mehr viele Optionen. Während

sie sich die Treppe zu ihrer Wohnung hinaufschleppte wie eine alte Frau, ging Amelie im Kopf die Namen aller Menschen durch, die sie bereits um Hilfe gebeten hatte. Allzu lang war die Liste nicht; die Liste derjenigen, die sie noch ansprechen konnte, war noch viel kürzer.
Ob es wohl Veras Familie und Freunden nach ihrer Verhaftung ähnlich ergangen war? Immerhin hatte ihre Segelfluggruppe gemeinsam einen Brief verfasst, um die Kameradin zu retten. Genutzt hatte das allerdings nichts. Vera war in ein Lager gesteckt worden, und sie hatten nie wieder von ihr gehört. So durfte es Felix nicht ergehen.
Immer wieder fiel Amelie ein bestimmter Name ein. Die eine Person, die sie noch nicht um Hilfe gebeten hatte, obwohl sie über gute Beziehungen verfügte. Der eine Mensch, dem Amelie einmal bedingungslos vertraut hatte, bis er sie hinausgeworfen hatte. Trotz des hässlichen Streits, der sie entzweit hatte, konnte Amelie nicht vergessen, dass sie einmal beste Freundinnen gewesen waren.
Hanni.
Morgen würde sie Hanni anflehen, Felix und ihr beizustehen. Koste es, was es wolle.

KAPITEL 31

*»Ich mag in einem Schuppen geboren sein,
aber ich bin dazu bestimmt, mit dem Wind
und den Sternen zu reisen.«*

Jacqueline Cochran

Frankfurt am Main, 1935

Bereits das Klopfen an der Tür kündete von Unheil. Seit dem Tag, an dem sie von Felix' Verhaftung erfahren hatte, fuhr Amelie jedes Mal zusammen, wenn jemand klopfte. Sie schaute auf. Einen Moment lang war sie versucht, einfach sitzen zu bleiben, die Tür verschlossen zu lassen, um nicht zu erfahren, welcher Schrecken sie erwartete. Aber die Neugier und ein letzter Rest Hoffnung siegten. Schwerfällig stand sie auf, schlurfte zur Tür wie eine alte Frau, die der Lebensmut schon vor langem verlassen hat. Genau das war sie ja auch, eine Frau, die keine Träume mehr hatte und sich vor jedem neuen Tag fürchtete, der vor ihr lag.

»Amelie.« Nur Paul Stunz sprach sie mit ihrem ganzen Namen an. Die Fliegerinnen nannten sie Albatros, ihre Mutter sagte Hase oder Melli zu ihr, und in der Schneiderei hieß sie ebenfalls Melli. Seltsam, wohin ihre Gedanken wanderten, nur um sich nicht mit der Frage zu beschäftigen, welche Nachricht Paul ihr zu überbringen hatte. Eigentlich brauchte er gar nichts mehr zu sagen. Auf seinem offenen Gesicht konnte Amelie bereits ablesen, was geschehen war. »Amelie. Es tut mir unendlich leid.«

»Bist du sicher? Ganz sicher?« Zu ihrer Überraschung fühlte Amelie nichts. Weder Zorn noch Trauer noch Schmerz. Das Einzige, was sie verspürte, war eine gewisse Taubheit, als wäre ihr Körper unter einer dicken Eisschicht gefangen. »Woher weißt du …?«
»Darf ich reinkommen?« Verlegen drehte Paul seine Mütze in den Händen. Schweren Händen, wie Amelie bemerkte, mit kurzen Fingern. Die Hände eines Mannes, der körperlich arbeitete. Nicht so elegant und schmal wie Felix' Hände. »Soll ich dir einen Tee kochen?«
Beinahe hätte Amelie gekichert, weil Paul dermaßen unbeholfen wirkte, wie er so vor ihr stand und nicht wusste, was er sagen oder tun sollte. Sie trat zwei Schritte zur Seite und winkte ihn in die Wohnung herein. Noch immer weigerte sich ihr Verstand, den Schrecken, den Paul mitgebracht hatte, in Worte zu fassen.
»Nein, keinen Tee«, sagte sie schließlich. Amelie lotste ihren ungebetenen Gast in die Küche, wo Paul stehen blieb, als wollte er so schnell wie möglich wieder fliehen. »Setz dich. Mutter hat ›Stroh-Rum‹. Zum Backen.«
Was plapperte sie da nur? Was sollte Paul bloß von ihr denken, der sich an den Tisch gesetzt hatte, auf die Kante der Eckbank, sprungbereit, wie es Amelie schien. Ob er wohl oft den Freundinnen seiner Kameraden Todesnachrichten überbringen musste? Aus dem Hinterhalt überfiel sie das Entsetzen. Felix war tot. Ermordet von der Gestapo. Zu Tode gefoltert. Allein und deren Willkür ausgeliefert. Er hatte nicht einmal erfahren, dass sie ihn retten wollte. Amelie schluchzte auf.
»Setz dich.« Paul war aufgesprungen und griff nach ihrem Arm, als sie taumelte. Sanft führte er sie zur Eckbank, auf die sich Amelie fallen ließ. Ihr Körper fühlte sich kraftlos an, als

könnte er das Gewicht der Neuigkeit nicht tragen. »Sag mir, wo der Rum ist. Ich mache dir einen Grog.«
»Oben im Küchenschrank«, flüsterte Amelie, dankbar, dass er ihr eine Frage stellte, die sich so einfach beantworten ließ. »Der Wasserkocher ist in der Schublade neben dem Herd. Ich hole Tassen.«
»Bleib sitzen«, sagte er mit sanfter Stimme, viel sanfter, als sie es ihm zugetraut hätte. Er öffnete die Schranktür und fand nach einigem Suchen die dunkelbraune Flasche mit dem orangefarbenen Etikett. Dann ließ er Wasser in den Kocher einlaufen und stellte ihn auf den Herd. »Sag mir einfach, wo die Tassen sind.«
»Links im Schrank.« Mit schwerer Hand, die sie kaum heben konnte, deutete Amelie auf das Tassenfach. »Hat er … hat er sehr leiden müssen?«
Obwohl er sich bemühte, die Fassung zu wahren, konnte Amelie sehen, dass Paul unter ihrer Frage zusammenzuckte, als hätte sie ihn geschlagen.
»Wir wissen es nicht«, antwortete er leise. Dass er ihr dabei nicht in die Augen schauen konnte, ließ Amelie vermuten, dass er sie anlog. Zu ihrem Besten anlog, wie er bestimmt meinte. Dabei wollte sie die ganze Wahrheit erfahren. »Tut mir leid.«
»Wie hast du überhaupt davon erfahren?« Plötzlich und überraschend regte sich ein Fünkchen Hoffnung, das Amelie die Tränen in die Augen trieb. Der Schreck und das Entsetzen hatten sie erstarren lassen, die Hoffnung ließ sie zusammenbrechen. »Vielleicht lebt Felix noch.«
Paul schwieg. Amelie starrte ihn an, aber er wich ihrem fordernden Blick aus, räumte die Tassen hin und her, goss etwas Rum ein. Durchdringend gellte der Pfiff des Wasserkessels durch das Schweigen. Amelie zuckte zusammen. Paul stieß

eine Tasse um. Dunkelbraun ergoss sich der Rum auf das Weiß der Arbeitsplatte. Wie getrocknetes Blut, musste Amelie denken. Erneut verschwamm ihr Blick vor Tränen.
»Sie … sie haben ihn zu seinen Eltern gebracht.« Paul wischte den Rum auf und hantierte mit dem Wasserkessel. Es kam Amelie vor, als kehrte er ihr den Rücken zu, damit sie in seinem Gesicht nicht lesen konnte, was seine Worte ihr verschwiegen. »Heute Morgen. Die Beerdigung ist in drei Tagen.«
»Lebte er noch?« Die verpasste Gelegenheit, Felix ein letztes Mal gesehen zu haben, schnitt in ihr Herz. Sie hatte sich nicht von ihm verabschieden können. Warum nur hatten seine Eltern sie nicht geholt? Weil Amelie eine Fremde für sie war. »Hat Felix noch etwas gesagt?«
»Nein, er war bereits tot.« Paul stellte eine Tasse, aus der beißend der Geruch von heißem Rum aufstieg, vor Amelie hin. »Sein Herz hat versagt, hat die Gestapo behauptet.«
Pauls Mundwinkel verzogen sich nach unten, seine Unterlippe zitterte, als würde er gleich anfangen zu weinen. Dann schluckte er, trank von dem Grog und hustete.
»Amelie, du bist in Gefahr. Du musst weg aus Frankfurt.«
»Was? Wie bitte? Ich …« Auch sie nahm einen Schluck von dem heißen Getränk, obwohl der Rumgestank ihr Übelkeit verursachte. »Ich verstehe nicht.«
»Selbst wenn Felix nichts von dir gesagt hat …« Er konnte nicht weitersprechen, stand auf und drehte ihr erneut den Rücken zu. Aus der Gesäßtasche seiner dunklen Drillichhose zog Paul ein kariertes Taschentuch, in das er lautstark hineinschnaubte. Nach einer kurzen Pause fing er noch einmal mit brechender Stimme von vorn an: »Selbst wenn Felix geschwiegen hat …«
Amelie knallte die Tasse auf den Tisch. Sie wollte auffahren, wollte Paul anschreien, wie er nur auf so eine Idee kommen

könnte. Niemals hätte ihr Felix seine Freunde an die Gestapo verraten! Aber konnte sie wirklich sicher sein? Man hörte so schlimme Dinge, die hinter vorgehaltener Hand über die Folterkeller der Geheimen Staatspolizei geflüstert wurden. Sicher war Felix ein starker Mann, mutig und loyal seinen Freunden gegenüber, aber brach nicht jeder irgendwann unter den Qualen zusammen? Was nützte es jetzt noch, den armen Paul anzubrüllen? Immerhin hatte er den Mut gehabt, ihr die furchtbare Wahrheit mitzuteilen. Felix' Eltern hingegen …

»Du musst weg aus Frankfurt«, wiederholte Paul. Inzwischen hatte er sich so weit gefasst, dass er sich wieder zu Amelie umdrehen konnte. »Es kann nicht mehr lang dauern, dann wissen sie von dir.«

Mehr musste er nicht sagen. Er musste das Entsetzliche nicht aussprechen. Wenn die Gestapo erfuhr, dass sie Felix' Freundin war, dann würden die Schergen auch sie abholen.

»Aber ich weiß doch nichts«, flüsterte Amelie, nachdem sie begriffen hatte, was Paul ihr sagen wollte. Sie wollte nichts davon hören, dass sie ihre Heimatstadt verlassen sollte, wollte nicht darüber nachdenken, ob Pauls Worte wahr sein könnten. »Felix hat mir nie etwas gesagt. Ich … ich wollte nichts wissen.«

Nun bedauerte sie beinahe, dass sie ihn nie nach seiner Arbeit im Widerstand gefragt hatte, dass sie es stets abgelehnt hatte, sich damit zu befassen. Ihm war es wichtig gewesen. Wäre ihre Liebe nur tief genug, dann hätte sie auch diesen Teil seines Lebens geliebt, selbst wenn er ihr Angst gemacht hatte. Zu spät. Zorn auf Felix wallte in ihr auf. Obwohl sie sich geweigert hatte, mehr über die Tätigkeit im Widerstand zu erfahren, musste sie nun fürchten, von der Gestapo abgeholt zu werden. Nur weil sie den falschen Mann geliebt hatte. Nein! So durfte sie nicht denken. Nicht Felix trug die Schuld an dem

Schrecken, sondern Hitler und die Nationalsozialisten, die jede kritische Stimme verfolgten und sogar umbrachten. *Vielleicht sollte ich Felix' Position im Widerstand einnehmen, um sein Andenken zu ehren.* Doch ein anderer Gedanke, ein wichtigerer Gedanke verdrängte diese Überlegung.

»Wo soll ich denn hin?«, flüsterte sie. Übelkeit ergriff Amelie. Sie sprang auf und lief ins Bad. Dort spie sie den Grog aus und erbrach auch das Brot, das sie als Mittagessen zu sich genommen hatte. Wieder und wieder würgte sie, bis nur noch Galle kam, deren bitterer Geschmack Amelies Mund füllte. Mühsam erhob sie sich, wischte sich den Schweiß von der Stirn und spülte ihren Mund mit Wasser und Zahnpasta aus. In den Spiegel schaute sie nicht, denn sie fürchtete sich vor dem Anblick, den sie sicherlich bot. Endlich fand sie die Kraft, zu Paul in die Küche zurückzukehren.

Aufmerksam sah er ihr entgegen. Als sie taumelte, sprang er vom Stuhl und fing sie auf. »Was ist mit dir? Soll ich einen Arzt holen?«

»Nein.« Amelie schüttelte den Kopf. Sie wollte keinen Arzt, sie wollte sich in ihr Bett vergraben, die Decke über den Kopf ziehen und so tun, als gäbe es die Welt vor ihrer Zimmertür nicht. Aber das konnte sie nun nicht mehr. Sie war jetzt nicht mehr nur für sich allein verantwortlich. »Wo soll ich hin? Ich kann doch meine Mutter nicht im Stich lassen.«

»Wir könnten dich nach Schweden bringen«, sagte Paul mit eindringlicher Stimme. Mit der linken Hand rieb er sich die Stirn, als ob ihm dies das Nachdenken erleichterte. »Dort haben wir einige Leute, die dich verstecken könnten.«

Nach Schweden? Amelie griff sich an die Kehle, weil sie das Gefühl hatte, keine Luft mehr zu bekommen. In ein fremdes Land, in dem sie keinen Menschen kannte. Vielleicht konnte ihre Mutter ja mitkommen? Wie hatte das alles nur geschehen können? Noch vor einem Jahr hatte sie nur einen sehnlichen Wunsch gehabt – zu fliegen und gemeinsam mit Hanni in Berlin eine Fliegerausbildung zu machen. Und heute – heute sollte sie aus ihrer Heimatstadt fliehen und in der Fremde ihr Kind bekommen. Wollte sie wirklich, dass Felix' Sohn in Schweden aufwuchs?

»Ich kann nicht«, flüsterte sie. »Ich bekomme ein Kind.«

Hörbar holte Paul Atem, aber er sagte nichts zu dieser für ihn sicherlich überraschenden Neuigkeit. Fieberhaft überlegte Amelie, welche Möglichkeiten ihr blieben. In Frankfurt untertauchen und hoffen, dass die Gestapo die Suche nach ihr aufgäbe. Aber wer sollte sie aufnehmen? Wer sollte sein Leben riskieren, indem er sie versteckte? Ihr fiel niemand ein, dem sie so sehr vertraute, niemand, den sie gefährden wollte. Nach Schweden gehen und auf die Freundlichkeit und den Trost von Fremden hoffen. Nein, bei dem Gedanken daran, von unbekannten Menschen abhängig zu sein, rang sie erneut nach Luft. Außerdem – und dieser Gedanke wollte nicht vergehen – verdiente sie die Unterstützung des Widerstands nicht. Schließlich hatte sie nie etwas dazu beigetragen, deren Ziele zu verwirklichen. Sie hatte nur eines getan: sich in den falschen Mann verliebt. Nein! Felix war nicht der falsche Mann für sie gewesen. Felix war alles für sie. Schlimm und falsch war die Zeit, in der sie lebten, die ihr alles genommen hatte. Das Fliegen und Felix. Jetzt blieben ihr nur noch ihre Mutter und Hanni. Ein Gedanke schlich sich heran, leise und heimlich, aber so wahnwitzig er zuerst wirkte, desto hilfreicher erschien er Amelie bei tieferem Nachdenken.

»Nicht Schweden«, sagte sie mit fester Stimme. So laut, dass Paul aufschaute. Sie starrte ihn an, wollte ihn zwingen, den Blick nicht wieder abzuwenden. »Meinst du, sie würden mich in Berlin finden?«

»Berlin?« Er schaute sie weiterhin an, so dass sie beinahe sehen konnte, wie intensiv er über ihre Frage nachdachte. Schließlich zuckte Paul mit den Schultern. »Die Stadt ist groß … und wenn niemand wüsste, dass du dorthin gehst …«

»Was mache ich mit meiner Mutter?«, überlegte Amelie laut. Die Sorge um die Zukunft ihres ungeborenen Kindes verdrängte alle Trauer um Felix. Zum Weinen blieb ihr später noch Zeit. Jetzt musste sie einen Weg finden, ihren Sohn vor der Gestapo zu beschützen. »Ist sie in Gefahr?«

»Ich weiß es nicht.« Paul rang sichtlich nach Worten. »Vielleicht finden sie dich nicht, aber … es ist riskant.«

»Können wir nicht behaupten, ich sei nach Schweden geflohen?« Amelie hob die linke Hand zum Mund und knabberte an ihrem Daumennagel. Je mehr sie darüber nachdachte, desto klüger erschien ihr der Plan. Allerdings – und hier musste sie schlucken – setzte er voraus, dass Hanni bereit wäre, ihr Unterschlupf zu bieten und viel zu riskieren. Aber wer, wenn nicht ihre beste Freundin, sollte ihr sonst helfen? »Ist das möglich? Habt ihr so etwas schon einmal gemacht?«

Ihr – für Amelie würden Felix' Freunde oder Kameraden oder wie immer er sie auch genannt hatte, stets Fremde bleiben. Sie fühlte sich ihnen nicht zugehörig, nur weil sie jetzt gemeinsam mit ihnen um Felix trauerte. Sie war kein Mensch für den Widerstand, war es nie gewesen und würde es auch jetzt nicht sein. Aber sie würde alles dafür tun, ihre Mutter zu schützen und Felix' ungeborenen Sohn. Dafür würde sie lügen und Frankfurt verlassen und Hanni mit in ihr Gespinst hineinziehen. Aber niemals würde sie sich dem Widerstand anschließen, den Menschen, für die Felix sein Leben geopfert hatte.

»Niemand von uns dürfte wissen, wo du hingehst. Wir könnten dir in Berlin nicht helfen.« Paul fuhr sich mit der Hand durch die Haare. Er sprach leise und gehetzt, als würde

jemand vor der Tür lauschen und jedes Wort von ihm protokollieren. »Auch deine Mutter muss glauben, dass du Deutschland verlassen hast.«
Erneut musste Amelie schlucken. War sie bereit, diese Konsequenzen auf sich zu nehmen? Was blieb ihr für eine Wahl? *O Felix*, dachte sie, *hättest du je gedacht, dass ich einmal deinetwegen flüchten muss?* Vielleicht war es doch klüger, auf Pauls Vorschlag einzugehen. Wenn nicht Schweden, dann eben Amerika oder ein anderes Land. Aber sobald sie einen solchen Gedanken fasste, zog sich alles in ihr zusammen, als weigerte sich ihr Körper, sich diesen Weg auch nur vorzustellen.
»Wie viel Zeit bleibt mir?«, fragte Amelie schließlich. »Wann, denkst du, werden sie mich wohl holen?«
»In zwei, drei Tagen.« Paul hob die Schultern. Er kratzte sich am Kopf, schlug die Beine übereinander und sprang dann auf. »Es ist verrückt. Schweden ist besser.«
»Ich will nicht, dass mein Kind aus meiner Heimat vertrieben wird«, sagte Amelie schließlich. Sie hätte es nicht begründen können, hätte Paul insistiert, aber sie war bereit, den Weg zu gehen, der sich ihr eröffnete. »Danke, dass du mir geholfen hast.«
»Falls du es dir anders überlegst – du weißt, wo du mich findest.« Paul war aufgestanden und streckte ihr die Hand entgegen. Amelie schlug ein, was sie zum Kichern reizte. Irgendwie erschien es ihr unendlich albern, derart förmlich zu sein, wenn man vorher über Flucht und Tod und Widerstand gesprochen hatte. »Alles Gute für dich.«
»Danke. Für dich auch. Warum gehst du eigentlich nicht nach Schweden?« Diese Frage war ihr in den letzten Minuten erst gekommen. Warum blieb Paul, für den es sicherlich noch gefährlicher war als für sie, in Deutschland?
»Sie können nicht ewig an der Macht bleiben. Der braune

Terror wird irgendwann den Widerstandsgeist der Menschen wecken.« Pauls Worte klangen eher wie eine Beschwörung als wie etwas, an das er wirklich glaubte. »Es sei denn, es kommt zu einem Krieg.«

Krieg? Daran wollte Amelie auf keinen Fall denken. Ihr Leben war auch so schon kompliziert genug. Einen Schritt nach dem anderen. Erst musste sie ihre Flucht planen, dann würde sie um Felix trauern und überlegen, wie ihre Zukunft wohl aussehen könnte. *Nun geht es mir wie meiner Mutter. Ich werde meinen Sohn allein großziehen müssen.*

Amelie begleitete Paul bis zur Haustür. Dann eilte sie in das Schlafzimmer, zog den alten Reisekoffer hervor und warf wahllos Wäsche, Röcke, Hosen und Pullover hinein. Als sie den rotgemusterten Schal in die Hand bekam, den Felix ihr geschenkt hatte, fingen ihre Hände an zu zittern. Ihr Herz raste, und Amelie musste sich aufs Bett setzen. Das Schluchzen schüttelte ihren Körper, und ihre Augen waren blind vor Tränen. Rotz lief ihr aus der Nase, aber sie war zu erschöpft und zu verzweifelt, um nach einem Taschentuch zu suchen. Stattdessen fuhr sie sich mit dem Ärmel über die Nase. Amelie schlug die Hände vors Gesicht, um dem Schluchzen Einhalt zu gebieten, aber es half nicht. Sie weinte und weinte. Um ihren geliebten Felix, um ihr Leben, um ihre Zukunft.

Endlich gewann sie ihre Fassung wieder. Amelie blickte auf den halb gepackten Koffer und spürte erneut die Verzweiflung nach ihr greifen. *Ich muss zu Hanni. Nur sie kann mir jetzt noch helfen.*

Amelie sprang auf, ging schnell ins Badezimmer, um sich Wasser ins Gesicht zu spritzen und ihre Haare zu kämmen. Dann nahm sie ihre Handtasche und schloss die Wohnungstür hinter sich. Im Magen war ihr flau, weil sie sich immer wieder die eine Frage stellte: *Ob Hanni mir helfen wird?*

KAPITEL 32

Frankfurt am Main, 1971

Felix von Bissing. Dann müsste ich Lieselotte von Bissing heißen. Geheißen haben – schließlich trage ich jetzt den Namen von Eduard. Noch. Bisher hat er sich nicht gemeldet, ob er in die Scheidung einwilligt. Ob ich väterlicherseits Verwandte habe? Wo werden die wohl leben? Werden die mich überhaupt treffen wollen? Will ich *sie überhaupt kennenlernen?*

Vor drei Tagen hat Georgia Lieselotte den Namen ihres Vaters genannt.

»Hier ist alles, was ich auf die Schnelle über ihn herausfinden konnte.« Georgia überreicht ihr einen Schnellhefter mit wenigen Seiten, die in einer sauberen Handschrift eng beschrieben sind. »Durch die Bombenangriffe sind viele Unterlagen vernichtet. Etliches haben auch Gestapo und Polizei in den letzten Tagen der Nazis geschreddert.«

»Danke.« Lieselotte dreht den Hefter in ihren Händen. Sie kann nicht sagen, ob sie sich darüber freut, dass Georgia so schnell ein Ergebnis gefunden hat. »Was bekommst du eigentlich für deine Arbeit?«

»Informationen.« Zum ersten Mal, seit sie Georgia kennt, lächelt diese. Mit der typischen Geste schiebt sie ihre Brille auf der Nase etwas nach oben. »Schreib mir einfach hinterher auf, was Marga und du herausgefunden habt. Und …«

»Ja?«

»Falls … wenn deine Mutter aufwacht, würde ich gern mit ihr

reden.« Wieder dieses schüchterne Lächeln. »Also, nur wenn sie mag natürlich. Aber es wäre toll.«

»Ich werde sie darum bitten«, erwidert Lieselotte, die einen Stich von schlechtem Gewissen verspürt, weil sie in den letzten Tagen mehr um die Fragen ihrer Scheidung und ihres Vaters kreiste, als sich mit ihrer Mutter zu beschäftigen. »Versprechen kann ich nichts.«

»Schon klar.« Georgia nickt. »Wenn du Fragen zu den Ergebnissen hast …«

»Ich melde mich«, hat Lieselotte geantwortet. Den Schnellhefter hat sie in der Wohnung ihrer Mutter auf die Anrichte gelegt und seitdem noch keinen Blick hineingeworfen. Aus Sorge, was darinstehen könnte.

Schon seit dem Besuch bei Therese Pogge beschäftigt Lieselotte sich ständig mit der Frage, ob sie wirklich mehr über ihren Vater erfahren will, ob sie möglicherweise lebende Onkel und Tanten, Nichten und Neffen überhaupt kennenlernen möchte. Von allen Seiten hat sie diese Fragen betrachtet, ohne einer Antwort, geschweige denn einer Entscheidung näher gekommen zu sein.

»Wenn du Hilfe brauchst, klingel einfach«, hat Marga ihr angeboten. »Tom leiht uns bestimmt wieder den Käfer, wenn du irgendwohin fahren musst. Willst du deinen Vater suchen?«

»Danke. Ich weiß nicht«, hat Lieselotte gestammelt. »Ich brauche wohl noch ein bisschen Zeit, um das zu verdauen.«

Zu unverhofft hat sie der Name ihres Vaters getroffen. Vielleicht war er ja gar nicht ihr Vater, hat sie sich zu beruhigen versucht, aber Lieselotte kann sich beim besten Willen nicht vorstellen, dass ihre Mutter in ihrer Jugend ein wilder Feger gewesen ist. Amelie und Männer, die sie umschwärmen? Nein, das ist kein Bild, das Lieselotte sich vorstellen kann.

Nun sind weitere drei Tage vergangen, an denen sie immer

ihre Mutter im Krankenhaus besucht hat, ohne dass sich eine Veränderung ergeben hat. Weder ist Amelie erwacht, noch hat Lieselotte entschieden, ob sie der Spur ihres Vaters nachgehen will.

»Mutter, wenn du mir wenigstens einen Hinweis gegeben hättest.« Lieselotte streichelt Amelies Hand. Kommt es ihr nur so vor, oder wirkt ihre Mutter wirklich von Tag zu Tag blasser und durchscheinender? »Wenn du mir zumindest verraten hättest, warum du mir meinen Vater verschweigst.«

Kaum hat sie die Worte ausgesprochen, muss Lieselotte über sich selbst lächeln. Wie durcheinander sie doch ist, dass sie so einen Blödsinn verzapft. Aber die Entscheidung fiele ihr leichter, wenn sie auch nur eine Ahnung davon hätte, warum ihre Mutter niemals über Felix von Bissing gesprochen hat.

Vielleicht war er verheiratet und hat ihr versprochen, seine Ehefrau zu verlassen, was er dann natürlich nicht über sich brachte und Amelie so das Herz brach. Mit dieser Version könnte Lieselotte sich anfreunden.

Die Alternative erscheint ihr eindeutig schlimmer: Ihr Vater war ein hochrangiger Nazi, möglicherweise sogar ein Kriegsverbrecher, so dass ihre Mutter alle Erinnerungen an ihn aus ihrem Leben verbannt hat. Aber wäre Amelie wirklich auf so einen Mann hereingefallen?

Die Ungewissheit bringt immer wildere Spekulationen und Geschichten hervor, so dass Lieselotte inzwischen meint, es wäre besser, der Wahrheit ins Auge zu blicken, als sich weiterhin mit diesen Überlegungen herumzuschlagen. Aber noch fühlt sie sich nicht mutig genug, es akzeptieren zu können, sollte ihr Vater – Felix von Bissing, sie muss sich erst an den Namen gewöhnen – ein furchtbarer Mensch gewesen sein. Er *muss* ein furchtbarer Mensch gewesen sein, sagt ihr eine innere Stimme – sonst hätte meine Mutter doch über ihn gesprochen.

»Ach, Mutter. Was für Geheimnisse hast du noch vor mir verborgen?« Lieselotte hat gehofft, dass der Name Felix von Bissing ihre Mutter aufwecken könnte oder wenigstens eine Reaktion hervorriefe, aber Amelie ist weiter ohne Bewusstsein. Wie Schneewittchen in ihrem gläsernen Sarg, hat Lieselotte gedacht und sich für einen so banalen Gedanken geschämt.
»Wie geht es Ihnen?« Schwester Alix schaut ins Zimmer. »Wenn Sie mögen, habe ich noch ein Stück Kuchen für Sie.«
»Danke.« Lieselotte ist froh über die Ablenkung. »Das ist sehr nett von Ihnen.«
»Allein essen macht keinen Spaß, habe ich mir gedacht.« Schwester Alix kommt herein. Sie trägt zwei Teller mit Apfelkuchen und zwei Tassen mit Kaffee auf einem Tablett. »Brauchen Sie Milch und Zucker?«
»Schwarz ist prima. Danke.« Lieselotte trinkt einen Schluck Kaffee. »Wie geht es Ihnen? Fragt Sie das überhaupt mal jemand?«
»Eher selten.« Schwester Alix zuckt die Achseln. »Aber ich verstehe das. Die meisten Menschen sind mit sich und der Krankheit beschäftigt. Da bleibt kaum Platz für etwas anderes.«
»Ihnen glaube ich. Bitte, sagen Sie mir die Wahrheit.« Lieselotte holt tief Luft. »Gibt es überhaupt noch Hoffnung für meine Mutter?«
»Geben Sie nicht auf.« Die junge Krankenschwester legt ihre Hand auf die von Lieselotte. »Man kann es wirklich nicht sagen. Die Medizin macht täglich Fortschritte. Das klingt wie eine Ausrede, ist aber wahr.«
»Es ist nur …« Irgendetwas hat die junge Frau an sich, dass Lieselotte ihr alles erzählen möchte. Vielleicht eine Ausstrahlung, wie nur Krankenschwestern sie haben. Oder vielleicht ist sie auch einfach so verzweifelt, dass sie mit jemandem reden

muss. »Ich habe nach etwas gesucht, das ich meiner Mutter vorlesen kann. Dabei habe ich meinen Vater gefunden.«

»Das klingt spannend.« Schwester Alix legt die Kuchengabel zur Seite. »Wenn Sie mögen, erzählen Sie. Ich habe gerade ein bisschen Zeit.«

»… und jetzt überlege ich, ob ich meinen Vater suchen soll oder nicht«, beendet Lieselotte ihre Geschichte. »Was würden Sie tun?«

»Schwierig.« Nachdenklich schiebt die Krankenschwester die Kuchenkrümel mit der Gabel über den weißen Teller. »Ich bin jemand, der lieber weiß, woran er ist. Ich mag keine offenen Fragen. Was sind Sie für ein Mensch?«

»So habe ich das noch gar nicht gesehen.« Lieselotte stutzt. Was ist sie für ein Mensch? »Darüber muss ich nachdenken. Danke sehr.«

»Gern geschehen.« Alix springt auf, stellt Tassen und Teller auf dem Tablett zusammen und geht zur Tür. »Ich muss weiter. Erzählen Sie mir, wie Ihre Geschichte ausgeht?«

»Aber sicher. Vielen Dank fürs Zuhören.«

Lieselotte wartet, bis die Tür sich hinter der Krankenschwester schließt. Dann setzt sie sich wieder zu ihrer Mutter.

»Was bin ich für ein Mensch?«, grübelt sie laut. »Ich kann es nicht sagen. Komisch, Mutter, nicht wahr? Ich weiß nicht, wie ich bin. Ich weiß, *wer* ich bin, aber nicht, *wie* ich bin.«

Ja, denkt sie. *Genauso ist es. Ich kann sagen, dass ich Eduards Ehefrau bin, Amelies Tochter, von Beruf Sekretärin, Margas Freundin, Cat Ballous Ab-und-zu-Zuhause und bestimmt noch vieles mehr. Aber ich habe mir nie die Zeit genommen zu überlegen, wie ich bin.*

Halblaut liest sie die letzten Kapitel des Fliegerbuchs *Flug nach Arras.* Ihr ist die Geschichte zu techniklastig und zu wenig poetisch, aber sie hofft, dass ihrer Mutter das Buch gefällt.

»Ich muss los, Mutter.« Sanft gibt sie Amelie einen Kuss auf die Stirn. »Bis morgen.«
Das ist eine Lüge. Lieselotte hat keinen Termin; sie erträgt es nur nicht mehr, ihre starke Mutter so hilflos zu sehen. Mit jedem Tag, der vergeht, schwindet Lieselottes Hoffnung, und es fällt ihr immer schwerer, ins Krankenhaus zu fahren. Gleichzeitig fühlt sie sich schuldig, dass sie derartige Gedanken überhaupt hegt. Manchmal wird alles überschattet von Wut auf ihre Mutter, die Lieselotte so vieles verschwiegen hat und jetzt nicht da ist, um die Fragen zu beantworten. Und als wäre dies alles nicht schon genug an komplizierten Gefühlen, soll Lieselotte jetzt auch noch entscheiden, ob sie ihren Vater weiter suchen will.
In der Straßenbahn schaut sie aus dem Fenster und lässt ihre Gedanken wandern. Allerdings fällt es ihr schwer, sich zu konzentrieren, weil sich zwei Männer hinter ihr lautstark unterhalten.
»Kannst du dir das vorstellen: Die Kickers werden aus der Bundesliga ausgeschlossen?« Weil dermaßen viel Empörung im Tonfall mitschwingt, dreht Lieselotte sich kurz um. Zwei Männer, etwa in ihrem Alter, sind so in die Diskussion des Fußballskandals vertieft, dass sie nicht einmal bemerken, wie Lieselotte sie mustert.
Man kommt an dem Thema einfach nicht vorbei. Selbst Lieselotte weiß dank der Zeitungsschlagzeilen, dass Arminia Bielefeld und Kickers Offenbach aus der Bundesliga fliegen. Angeblich soll es Bestechungen gegeben haben, damit Vereine nicht absteigen. Was genau passiert ist, hat Lieselotte noch nicht verstanden, aber ehrlich gesagt interessiert es sie auch nicht besonders. Die Fußballbegeisterung ihres Ehemanns und seiner Freunde hat sie nie nachvollziehen können.
Eduard. Ihr Ehemann hat nicht einmal angerufen, nachdem

Lieselotte die Scheidung eingefordert hat, was sie etwas enttäuscht, auch wenn sie andererseits froh darüber ist, sich nun nicht mit ihm streiten zu müssen. Vielleicht ging es ihrer Mutter ja ähnlich mit Felix von Bissing. Vielleicht hat sich der Mann ja als Enttäuschung erwiesen, so dass Amelie sich entschlossen hat, ihr Kind lieber allein aufzuziehen. Das wird sie nur dann erfahren, wenn sie sich endlich auf die Spur ihres Vaters begibt.

Leichten Herzens, weil sie endlich eine Entscheidung getroffen hat, geht Lieselotte beschwingt von der Straßenbahnhaltestelle nach Hause. Da fällt ihr Blick auf die parkenden Autos, und ihre gute Stimmung löst sich auf wie Nebel in der Sonne. Den bronzefarbenen *VW K70* kennt sie. Vor allem das Kasseler Kennzeichen verrät ihr, dass sie sich nicht geirrt hat. Was will Eduard von ihr? Wo ist er? Im Auto sitzt er nicht. Suchend schaut Lieselotte sich um, aber sie kann ihren Ehemann nirgendwo entdecken.

Ihr erster Impuls ist es, umzudrehen und davonzulaufen. Hat Eduard nicht begriffen, was sie ihm nun schon zweimal gesagt hat? Sie will ihn nicht mehr sehen. Sie will diese Ehe nicht mehr weiterführen, weil sie mit Eduard einsamer ist als ohne ihn. Jedenfalls meint sie das.

Wenn ich in der Wohnung bin, muss ich ihn ja nicht hereinlassen, wenn er klingelt, schmiedet Lieselotte sich einen Plan. Noch einmal schaut sie schnell über die Schulter, aber ihr Ehemann ist nicht zu sehen. Rasch schlüpft sie durch die Haustür und rennt die Treppe hinauf, als stünde Eduard bereits an der Klingel.

Stattdessen sitzt er auf den Treppenstufen vor der Wohnungstür. Mit einem Strauß Blumen in der Hand. Ihr Ehemann lächelt sie an; Lieselotte erstarrt. Wie ist er nur hereingekommen?

»Grüß dich, Lieselotte. Da bist du ja endlich.« Frau Schiller späht neugierig aus ihrer Wohnung. »Ich habe deinem Mann angeboten, dass er bei mir warten kann, aber das wollte er nicht.«
Na, vielen Dank, denkt Lieselotte, macht aber gute Miene zum bösen Spiel.
»Danke, Frau Schiller.« Ihrem Ehemann nickt sie zu. »Guten Tag, Eduard. Komm doch herein.«
»Hallo, Lieselotte.« Eduard steht auf und will ihr einen Kuss geben. Er meint wohl, weil Frau Schiller zusieht, würde Lieselotte das zulassen. Da hat er sich geirrt. Sie dreht den Kopf weg.
»Was willst du?«, fährt sie ihn an, nachdem sich die Wohnungstür hinter ihnen geschlossen hat. Beinahe tut er ihr leid, wie er so vor ihr steht, in Hut und Mantel, die angewelkten Blumen in der Hand, den Kopf gesenkt. »Ich habe doch gesagt, dass ich die Scheidung will.«
»Lotte.« So erschüttert hat sie ihren Ehemann noch nie erlebt. »Es tut mir so leid. Ich ... ich hätte mich mehr kümmern sollen. Wie geht es Amelie?«
»Keine Veränderung.« Obwohl sie sich vorgenommen hat, hart zu bleiben und ihn so schnell wie möglich wieder hinauszukomplimentieren, gibt Lieselotte nach. »Komm rein. Ich mach uns Kaffee.«
»Ich kann ja verstehen, dass du die Scheidung willst.« Eduard hat ganz viel Kreide gefressen. Er sitzt angespannt am Couchtisch, als fürchte er, dass Lieselotte ihn gleich aus der Wohnung werfen wird. »Ich hab unsere Ehe schleifen lassen. Aber ... du musst mir glauben ... ich ... ich kann nicht ohne dich leben.«
Lieselotte kommt es vor, als sehe sie einen Film im Fernsehen oder im Kino. Das ist doch nicht ihr Ehemann. Niemals in

ihrer Ehe hat Eduard je über Gefühle gesprochen oder darüber, wie viel sie ihm bedeutet. Kann sie ihm wirklich glauben? Während Eduard weiter von den Fehlern redet, die er gemacht hat, schweifen Lieselottes Gedanken ab. Sie fühlt sich, als stünde sie an einem Scheideweg. Entweder bleibt sie in Frankfurt und sucht nach der Vergangenheit ihrer Mutter, oder sie geht zurück nach Kassel und führt ihr altes, behagliches, sicheres Leben weiter.

»Bitte, Lotte«, sagt ihr Ehemann und blickt sie an wie ein treuer Hund. »Bitte gib mir, gib uns noch eine Chance.«

KAPITEL 33

Kassel, 1971

Als das Telefon klingelt, möchte Lieselotte nicht an den Apparat gehen. Seitdem sie vor vier Tagen mit Eduard nach Kassel zurückgekehrt ist, fühlt sich Lieselotte müde und leer. Jeden Tag fällt es ihr schwerer, aus dem Bett zu kommen, um das Frühstück für Eduard zuzubereiten. Wenn er dann zur Arbeit gegangen ist, bleibt sie auf dem Küchenstuhl sitzen, am gedeckten Tisch, und beobachtet, wie die Butter schmilzt und die Ränder der Käsescheiben sich wellen.

Für die einfachsten alltäglichen Verrichtungen benötigt Lieselotte unendlich viel Zeit. Ehe sie sich versieht, ist es Mittag, und sie hat es gerade einmal geschafft, den Frühstückstisch abzuräumen und das Abwaschwasser einzulassen.

Auch heute ist so ein Tag. Die große Uhr in der Küche zeigt halb drei, der Staubsauger steht seit zwei Stunden im Flur, ohne dass Lieselotte sich dazu aufraffen kann, ihn endlich anzustellen. Bisher ist es Eduard noch nicht aufgefallen, wie sehr Lieselotte mit der Hausarbeit schludert, aber wenn sie so weitermacht, wird selbst ihr Ehemann es bemerken. *Vielleicht sind es die Wechseljahre,* denkt Lieselotte, während sie das Telefon weiterklingeln lässt, ohne sich zu rühren. *Aber bin ich dafür nicht noch zu jung?*

Endlich schrillt das Telefon nicht mehr, und sie kann sich in Ruhe dem Kreuzworträtsel widmen, das sie seit gestern beschäftigt. Vielleicht war es das Krankenhaus, fällt ihr ein, aber selbst dieser Gedanke kann Lieselotte nicht aus der Ruhe

bringen. Als sie Frankfurt verlassen hat, ging es ihrer Mutter unverändert.
»Sie müssen nicht jeden Tag hier sein«, hat ein junger Arzt gesagt, den Lieselotte noch nie vorher gesehen hatte. Beruhigend hat er ihre Schulter getätschelt, was Lieselotte unpassend erschien, weil er aussah, als hätte er erst vor einem Jahr sein Abitur abgelegt. »Wir informieren Sie, sobald sich am Zustand Ihrer Mutter etwas ändert.«
Am Zustand – ob er wohl wusste, wie seltsam sich das anhörte? Aber Lieselotte hat darauf verzichtet, ihm das zu sagen, sondern nur genickt. Wenn sie sich recht erinnert … da fing es an, die unendliche Mattigkeit, mit der sie sich seitdem herumschlägt. Vielleicht wird es besser, wenn sie in drei Tagen mit Eduard nach Frankfurt fährt. Das hat ihr Ehemann ihr angeboten, einen Tauschhandel sozusagen. Lieselotte kommt wieder heim nach Kassel, Eduard fährt sie am Wochenende nach Frankfurt – und alle sind glücklich. Nur, warum fühlt sie … gar nichts?
Obwohl Eduard versprochen hat, dass er sich ändern wolle, dass er an ihrer Beziehung arbeiten wolle – wo er solche Begriffe nur herhat? –, hat er sich wieder dem alten Schlendrian ergeben. Kaum waren sie beide in der Kasseler Wohnung angekommen, hat ihr Ehemann erwartet, dass Lieselotte für ihn kocht, dass sie putzt und dass überhaupt alles so wird wie vorher. Aber das stört Lieselotte nicht, weil es die dumpfe Mattigkeit, in der sie sich befindet, nicht durchdringen kann. Eigentlich ist ihr alles egal. Sie hat versagt. Ihre einzige Chance auf einen Neuanfang hat sie aus Mutlosigkeit vertan. Dann muss sie sich eben mit ihrem alten Leben arrangieren, muss sich damit abfinden, dass Eduard nur große Worte geschwungen hat, denen er keine Taten folgen lassen wird. Sie hat es auch nicht besser verdient. Schließlich kennt sie ihren Ehe-

mann lange genug, um zu wissen, dass er sich nicht so einfach ändern wird. So, wie auch sie nicht bereit gewesen ist, ihr altes Leben aufzugeben und in Frankfurt neu anzufangen.

Ob Marga ihr wohl verzeihen wird? Aus Feigheit hat Lieselotte ihrer Freundin nur einen Brief geschrieben und sich nicht persönlich verabschiedet. Sie hat befürchtet, dass Marga ihr Vorwürfe machen oder versuchen würde, Lieselotte zum Bleiben zu überreden. Beides hätte sie nicht ertragen. Da hat sie sich lieber davongestohlen wie ein Dieb in der Nacht. Bisher hat sie von ihrer Freundin nichts gehört. Weder ein Anruf noch ein Brief sind eingegangen. Das enttäuscht Lieselotte mehr als Eduards Rückkehr in den alten Trott. Eine Träne tropft auf das rauhe Papier des Kreuzworträtselhefts. Mit dem Handrücken wischt Lieselotte sie weg und konzentriert sich auf das Rätsel.

Deutscher Dichter mit H und fünf Buchstaben. Das ist leicht. Als Lieselotte den Kugelschreiber aufs Papier setzt, beginnt das Telefon erneut zu klingeln. Da scheint jemand keine Ruhe geben zu wollen. Mühsam erhebt sie sich vom Stuhl, als wäre sie um Jahrzehnte gealtert.

»Frank.« Ihre Stimme klingt dermaßen müde, dass es Lieselotte beinahe peinlich ist. Was soll der Anrufer nur von ihr denken?

»Verdammt, warum gehst du nicht ans Telefon?«

»Grüß dich, Marga. Schön, dich zu hören.« Lieselottes Herz schlägt etwas schneller. Wäre sie nur nicht ans Telefon gegangen! Marga ist bestimmt immer noch wütend, weil Lieselotte Frankfurt und Uwes Café holterdiepolter verlassen hat. »Ich habe eben staubgesaugt und das Klingeln nicht gehört.«

»Ist ja auch egal. Ich habe sie gefunden.« Marga schweigt einen Moment. »Na gut, Georgia hat sie gefunden.«

Obwohl Lieselotte sich vorgenommen hat, nicht weiter nach

ihrem Vater zu suchen, nicht weiter in der Vergangenheit zu verharren, übermannt sie die Neugier.
»Hanni?«
»Nein, nein. Nicht Johanna.« Marga stößt hörbar die Luft aus. Lieselotte kann die Ungeduld ihrer Freundin förmlich mit Händen greifen. »Von der gibt es keine Spur. Nicht mal für Georgia. Nein, ihre Mutter. Johannas Mutter. Sie ist in einem Altenheim in Vegesack. Bei Bremen.«
»Mhm.« Will sie wirklich eine alte Frau mit Fragen nach der Vergangenheit behelligen? Vielleicht will Johannas Mutter nicht über das alles reden? Vielleicht ist sie ja auch ein Mensch, der lieber den Kopf in den Sand steckt, so wie Lieselotte? »Eduard meint, ich verrenne mich da in etwas.«
»Mensch, Lilo. Ich kann's nicht begreifen, warum du in Kassel bist, aber ich muss es akzeptieren.« Marga klingt eher traurig als wütend. »Aber warum du die Suche nach Amelies Geschichte aufgeben willst, das kapiere ich nicht.«
»Es hat doch keinen Zweck.« Lieselotte kämpft gegen die Tränen an, die ihr plötzlich in die Augen steigen. »Eduard sagt, es ist sinnlos, in der Vergangenheit zu leben. Er findet, ich sollte mich auf das Hier und Jetzt konzentrieren.«
»Eduard meint, Eduard sagt, Eduard glaubt …«, äfft Marga sie nach. »Was der denkt, interessiert mich nicht. Ich will wissen, wie es *dir* geht.«
»Gut«, antwortet Lieselotte automatisch und kann ihren Worten selbst nicht glauben. »Es war die richtige Entscheidung, zurück nach Kassel zu fahren.«
»Wenn du meinst.« Marga schweigt einen Moment. Dann seufzt sie. »Man kann nur jemandem helfen, der sich helfen lassen will.«
»Ich brauche keine Hilfe. Alles ist gut.«
Kaum hat sie die Worte ausgesprochen, beginnt Lieselotte

auch schon, haltlos zu schluchzen. So heftig, dass sie gerade noch den Telefonhörer in der Hand halten kann. Falls Marga etwas sagt, bekommt Lieselotte es nicht mit. Endlich gelingt es ihr, die Fassung wiederzugewinnen.

»Entschuldige«, sagt sie und schnieft. »Ich weiß nicht, was mit mir los ist.«

»Lilo.« Margas Stimme klingt weicher, als Lieselotte sie je gehört hat. Selbst mit Cat Ballou spricht ihre Freundin nicht so sanft. »Es tut *mir* leid. Ich wollte dich nicht unglücklich machen.«

»Das hast du nicht. Unglücklich habe ich mich selbst gemacht.« Zum ersten Mal findet Lieselotte den Mut, sich das einzugestehen. Niemand anders als sie selbst trägt die Schuld daran, dass sie hier in Kassel sitzt und bei jeder Kleinigkeit in Tränen ausbricht. »Weil ich zu feige war und den bequemen Weg gegangen bin.«

Marga schweigt. Was könnte sie darauf auch erwidern? Auch Lieselotte sagt kein Wort mehr, weil sie den Gedanken Raum geben will, die sich gerade in ihrem Kopf überschlagen. Sie ist ja nicht in Kassel gefangen. Selbst wenn Eduard ihre Arbeitsstelle im Café kündigen würde, findet sich etwas anderes. Ein paar Ersparnisse hat Lieselotte vor ihrem Ehemann verstecken können. In der Wohnung ihrer Mutter kann sie mietfrei wohnen – und wenn Amelie erwacht, muss Lieselotte eben von neuem überlegen.

Ja, das ist es. Sie hat einen großen Fehler gemacht, was jedoch nicht zwangsläufig bedeutet, dass sie ihn nicht wieder korrigieren könnte. Zum ersten Mal seit ihrer Rückkehr nach Kassel sieht Lieselotte so etwas wie einen Lichtstreif am Horizont. *Vielleicht bin ich einfach ein Mensch, der langsamer lernt und Fehler zweimal machen muss, bevor er sie erkennt.*

»Meinst du ehrlich, es hat Sinn, Johannas Mutter zu besuchen?«, fragt Lieselotte schließlich. Allen anderen Fragen kann sie sich heute noch nicht stellen. »Wie alt ist sie denn? Doch bestimmt fast hundert.«
»Wie alt wäre deine Großmutter denn jetzt?« Auch Marga scheint mit dem Themenwechsel zufrieden zu sein. »Auf keinen Fall hundert, oder?«
Nun muss Lieselotte lächeln. Sie hat Marga vermisst, deren Art, alles auf den Punkt zu bringen und logisch klingen zu lassen. Warum war sie bloß zu feige, sich von ihrer Freundin zu verabschieden? Wie eine Diebin hat Lieselotte sich davongeschlichen, weil sie fürchtete, dass Marga etwas sagen könnte, was Lieselottes Entschluss ins Wanken brächte.
»Marga, es tut mir leid. Ich ...«
»Schon gut. Ich bin ja froh, dass du endlich mal ans Telefon gehst.«
»Wieso? Ich habe es doch nur einmal durchklingeln lassen.«
Was meint Marga? Sicher, ihre Freundin ist ungeduldig, aber das ist doch etwas übertrieben. »Ich hatte Angst, dass es das Krankenhaus ist.«
Einen Augenblick herrscht wieder Schweigen, so dick, dass Lieselotte Margas Verblüffung wahrnimmt.
»Hat dein Mann dir nicht gesagt, dass ich jeden Abend angerufen habe?«
»Warum hast du denn nicht tagsüber angerufen?«, fragt Lieselotte, damit sie nicht dem Zorn nachgibt, der in ihr aufwallt. Wie kann Eduard es wagen, sie einfach zu belügen? Als sie ihn gestern fragte, wer angerufen hat, meinte er nur: »Ein Kollege. Nicht für dich.«
Das hätte sie schon misstrauisch machen sollen, aber Lieselotte war zu müde gewesen, um nachzuhaken. Wie konnte sie nur so dumm sein, Eduard zu glauben, dass es ihm ernst ist

mit einem Neuanfang? Hat sie wirklich gedacht, ihr Ehemann würde sich ändern, nur weil er es ihr versprochen hat? Oder *wollte* sie nur glauben, dass er die Wahrheit sagt, damit sie sich nicht verändern muss?

»Hallo?«, sagt Marga in der für sie typischen Art. »Tagsüber bin ich an der Uni oder übernehme deine Schicht bei Uwe. Du kannst gern wiederkommen, wenn du willst, hat er gesagt.«

Lieselotte braucht nicht zu überlegen. Sie schaut auf die Uhr an ihrem Handgelenk, die mit dem schmalen goldenen Armband, die Eduard ihr zu Weihnachten geschenkt hat, obwohl er wissen sollte, dass sie Silber vorzieht. Aber Gold macht eben mehr her. So sehen seine Eltern und Kollegen, wie großzügig er zu seiner Ehefrau ist. Ob es ihr gefällt oder nicht, ist da zweitrangig.

»Ich packe meine Sachen. Heute Abend bin ich wieder in Frankfurt.« Sie atmet tief aus. Es ist, als falle ihr eine Riesenlast von den Schultern. Ein Klischee, denkt sie, aber so fühlt es sich nun mal tatsächlich an. »Musst du arbeiten?«

»Ich bin zu Hause. Soll ich etwas kochen?« Freude klingt aus Margas Stimme. »Nur was Kleines. Du weißt ja, ist nicht so mein Ding.«

Lieselotte muss lächeln. Ihre Freundin scheint sie mehr vermisst zu haben, als sie ahnte.

»Lass mal. Das übernehme ich. Bring du den Wein mit.«

»Ich freu mich.« Lieselotte hat gelesen, dass man es am Telefon hören kann, wenn jemand lächelt. Heute nun erlebt sie es zum ersten Mal selbst. Im Hintergrund hört sie ein Maunzen. »Cat Ballou freut sich auch. Soll ich dich abholen?«

»Ich nehme die Straßenbahn.« Lieselotte merkt, dass sie grinst. Wie ein Honigkuchenpferd, hat ihre Oma immer gesagt. Bis heute hat Lieselotte sich nie gefragt, wie Honig-

kuchenpferde wohl grinsen. Das wird sie irgendwann herausfinden. »Ich muss mich beeilen, damit ich den nächsten Zug bekomme. Ich freu mich auch. Tschüs.«
»Pass auf. Der Bahnhof ist eine Riesenbaustelle.« Lieselotte meint Marga wieder lächeln zu hören. »Tschüs, bis später.«
Alle Erschöpfung ist verflogen. Energiegeladen läuft Lieselotte ins Schlafzimmer, zerrt den Koffer vom Schrank, reißt die Schranktüren auf und wirft Kleidungsstücke einfach so in den Koffer. Sie will sich nicht damit aufhalten, Röcke, Blusen und Hosen ordentlich zusammenzulegen. Dafür ist keine Zeit. Jetzt noch Unterwäsche und die Kulturtasche, und sie ist reisefertig. Dem Zimmer gönnt sie einen letzten Blick, wissend, dass sie wirklich und wahrhaftig nicht zurückkehren wird. Kurz fühlt sie Angst, die jedoch sofort von Vorfreude auf das neue Leben, das eigene Leben, den Neuanfang verdrängt wird. Ja, es ist die richtige Entscheidung.
Eduard wird sich nicht ändern, aber sie hat sich in den Tagen in Frankfurt so verändert, dass sie nicht mehr mit ihm zusammenleben kann. *Ich weiß nicht, was kommen wird, aber es kann nur besser werden.*
Als sie bereits in der Tür steht, wendet sie sich noch einmal um. Nein, so will sie nicht gehen. Auch wenn Eduard und sie nicht mehr glücklich sind, falls sie es denn je waren, so will Lieselotte nicht ohne ein Wort verschwinden. Sie stellt den Koffer an der Tür ab und kehrt zurück in die Küche. In der Schublade liegen Papier und Stifte, mit denen sie immer ihre Einkaufslisten erstellt hat. Sie nimmt den Block heraus und setzt sich an den Küchentisch.
Was soll sie ihrem Ehemann schreiben? Wird Eduard den Brief überhaupt lesen? Wie kann sie ihre Entscheidung so begründen, dass er sie versteht? Muss sie ihm gegenüber überhaupt etwas begründen? Lieselotte klopft mit dem Stift gegen

die Zähne, während sie überlegt. Dann schaut sie auf die große Küchenuhr. Viel Zeit bleibt nicht mehr, bis Eduard von der Arbeit nach Hause kommt. Oder soll sie hier auf ihn warten und mit ihm reden?
Nein. Geredet hat sie genug, ohne dass er je begriffen hätte, was sie ihm sagen wollte. Es ist sinnlos, wenn sie die Zeit ihrer Ehe und ihre Wünsche jetzt, heute, in zehn Minuten und fünf Zeilen aufarbeiten will. Eduard hat einen Abschiedsgruß verdient, nicht mehr, aber auch nicht weniger.

Eduard, es tut mir leid, aber es war ein Fehler, einen Neuanfang zu versuchen.
Ich wünsche Dir alles Gute.
Lieselotte

Hoffentlich reicht das aus, damit er begreift, wie ernst ihr die Entscheidung ist. Sie liest die wenigen Worte, die ihre Ehe beenden. Sicherheitshalber schreibt sie noch ein Postskriptum dazu, bevor sie die Wohnung und damit ihre Ehe hinter sich lässt.

PS: Bitte versuche nicht noch einmal, mich zum Bleiben zu überreden. Mein Entschluss steht fest.

KAPITEL 34

Frankfurt am Main und Bremen, 1971

Es ist schön, dass du wieder da bist.« Marga starrt geradeaus durch die Windschutzscheibe des Käfers, als wagte sie nicht, Lieselotte anzusehen. »Hat er sich gemeldet?«

Lieselotte kann sich ein Lächeln nicht verkneifen. Marga nennt Eduard niemals bei seinem Namen. Irgendwann hat Lieselotte sich die Frage gestellt, ob sich hinter Margas Verhalten möglicherweise Eifersucht verbirgt, ob ihre Freundin sich mehr als nur Freundschaft von ihr wünscht, aber das kann sie sich nicht vorstellen. Wenn Lieselotte sich nicht vollkommen täuscht, dann kann Marga Eduard einfach nicht leiden, weil er so spießig ist, weil er nur seine Interessen kennt und sich nicht darum kümmert, was Lieselotte sich wünscht.

»Eduard hat gestern angerufen.« Ein unerfreuliches Gespräch. »Er versteht einfach nicht, warum ich ihn verlassen habe. Ich fürchte, er wird es nie begreifen.«

»Ich war dir doch immer treu und habe gutes Geld verdient«, hat Eduard wieder und wieder gesagt, als erwachse ihm daraus das Anrecht, die Ehe für immer und ewig weiterzuführen. »Was willst du eigentlich mehr?«

»Ich will alles«, hat Lieselotte gesagt und das Telefonat beendet.

»Solange du dir sicher bist, das Richtige zu tun.« Marga schaut kurz nach rechts. »Hoffentlich ist sie heute ansprechbar.«

»Was hat die Pflegerin gesagt?« Inzwischen hat Lieselotte sich daran gewöhnt, dass ihre Freundin zu abrupten Themenwechseln neigt. Nach kurzem Nachdenken kann sie Margas Gedankensprüngen meist folgen, ohne sich allzu sehr anstrengen zu müssen. »Wie stehen unsere Chancen?«

»Frau Beese hat wohl klare Momente, aber das ist tagesformabhängig.«

Vor zwei Tagen, nachdem Lieselotte in der Frankfurter Wohnung angekommen ist und sich eingerichtet hat, haben Marga und sie besprochen, wann sie nach Bremen fahren wollen. »Je schneller, desto besser«, hat Marga gesagt, weil Johannas Mutter verwirrt ist. Marga hat bereits in dem Altenheim angerufen, um einen Termin zu vereinbaren. Am Telefon hat sie erfahren, dass Frau Beese ganz allein sei, niemals Besuch bekomme und nicht gut beieinander sei, wie die Pflegerin es ausdrückte.

Marga und Lieselotte haben hin und her überlegt, ob sich der Weg nach Bremen wirklich lohnt. Mehr als 900 Kilometer sind es, hin und zurück. Marga ist dafür, das Risiko einzugehen, während Lieselotte den Aufwand für ein möglicherweise total enttäuschendes Ergebnis scheut. Außerdem fürchtet sie sich abergläubisch davor, eine verwirrte Frau im Pflegeheim zu besuchen, als könnte sie dadurch das weitere Schicksal ihrer Mutter heraufbeschwören. Trotzdem hat Lieselotte schließlich nachgegeben und sich gemeinsam mit Marga auf den Weg gemacht.

Glücklicherweise ist es heute nicht so heiß, so dass die Temperatur im Käfer erträglich ist. Kurz nachdem sie losgefahren sind, spuckte und hustete der Käfer so laut, dass Lieselotte befürchtete, er werde seinen Geist aufgeben, bevor sie Bremen-Vegesack erreichen. Aber nach zehn Kilometern hat sich der Wagen wieder gefangen und läuft jetzt schnörchelnd wie Cat Ballou, wenn man ihm Gehacktes zu fressen gibt.

»Ich habe irgendwie ein schlechtes Gewissen, Frau Beese zu

überfallen«, spricht Lieselotte ihre Befürchtungen endlich aus. »Johanna scheint nicht mehr zu leben. Sonst hätte sie bestimmt ihre Mutter besucht, oder?«

»Du meinst, dass wir traurige Erinnerungen wecken?« Marga schüttelt den Kopf. »Vielleicht freut sich Frau Beese einfach nur, dass sie endlich einmal Besuch bekommt.«

»Wenn wir merken, dass sie unglücklich ist, fragen wir nicht weiter nach«, beharrt Lieselotte, obwohl sie sich eigentlich nicht vorstellen kann, dass Marga eine verwirrte alte Frau bedrängt, nur um an Informationen zu kommen. »Nicht dass ich dir etwas unterstellen will …«

»Schon gut.« Marga zuckt mit den Schultern. Sie schaut in den Rückspiegel, blinkt und zieht den Käfer nach links, um einen Lkw zu überholen, der schon einige Zeit vor ihnen herkriecht. »Ich weiß, dass ich manchmal etwas übers Ziel hinausschieße. Aber … ich möchte doch auch, dass Amelie zurückkommt.«

Zurückkommt – was für ein harmloses Wort. Es klingt, als wäre ihre Mutter nur kurz verreist und könnte jeden Tag heimkehren. Aber welche Ausdrücke soll man sonst benutzen? Erwachen klingt noch viel verharmlosender. Heute Morgen sind Lieselotte und Marga gleich zum Krankenhaus gefahren, um Amelie zu erzählen, dass sie Johannas Mutter gefunden haben. Auch das hat Lieselottes Mutter nicht aus dem Koma geholt, was Lieselotte allerdings auch nicht erwartet hat. Inzwischen erhofft sie überhaupt keine Wunder mehr, sondern wünscht nur noch, dass die Ärzte recht behalten, die davon ausgehen, dass Amelie eines Tages aufwachen wird.

Bis dahin wird Lieselotte weiter nach der Vergangenheit ihrer Mutter forschen, um so ihren Teil dazu beizutragen, Amelie am Leben zu halten. Sind Erinnerungen wirklich stark genug, um Menschen von der Schwelle des Todes zu holen?, hat

Amelie sich im Zug gefragt, als sie aus Kassel weggefahren ist. So pathetisch denkt sie normalerweise nicht, aber schließlich verlässt man nicht jeden Tag den Ehemann, um sich in ein neues, unbekanntes Leben zu stürzen.

»Kannst du mal auf der Karte gucken, welche Ausfahrt ich nehmen muss? Es kann nicht mehr allzu weit sein.«

Als ob Marga ahnt, welche düsteren Gedanken Lieselotte umtreiben, gibt sie ihr eine Aufgabe, auf die sie sich konzentrieren muss. Lieselotte ist nicht sehr gut darin, Karten zu lesen. Jedenfalls hat Eduard das immer gesagt, der sofort ungeduldig und unwirsch reagierte, wenn Lieselotte nicht auf Anhieb die Ausfahrt oder Straße fand, nach der er suchte. Marga hingegen bleibt ruhig, selbst wenn Lieselotte eingestehen muss, dass sie gerade eben an der richtigen Ausfahrt vorbeigefahren sind. Daher fürchtet Lieselotte sich nicht mehr vor dem Kartenlesen, was ihr zu ihrer Überraschung von Fahrt zu Fahrt besser gelingt. So entdeckt sie auch auf Anhieb die Ausfahrt, die sie demnächst nehmen müssen.

»Die übernächste ist es. Was machen wir, wenn der Besuch vergebens war?«

»Falls wir wirklich nicht mit Frau Beese reden können, dann suchen wir uns eine Eisdiele und gönnen uns einen Riesenfruchtbecher.« Marga scheint wirklich für jedes Problem eine Lösung zu wissen. »Oder lieber Amarena. Magst du Amarenakirschen?«

»Äh … ja, ich glaube schon.« Margas Frage hat Lieselotte überrascht, die gerade damit beschäftigt ist, die Karte zusammenzufalten, was ihr jedoch einfach nicht gelingen will. Warum können die Menschen, die Straßenkarten und Stadtpläne herstellen, diese nicht so produzieren, dass man sie einfach wieder zusammenklappen kann? »Nein, weißt du was, ich habe noch nie Amarenakirschen gegessen. Wie schmecken die?«

»Echt nicht? Dann müssen wir das unbedingt nachholen.« Marga wendet sich Lieselotte kurz zu. Sie lächelt, bevor sie ihren Blick wieder auf die Autobahn richtet. »Wie Sommer und Sonne und Honig. Das kann man nicht beschreiben.«
»Jetzt müssen wir runter.« Lieselotte deutet auf die Ausfahrt, die vor ihnen liegt. »Dann nach rechts, glaube ich.«
»Wir waren schneller, als ich dachte.« Souverän wechselt Marga die Spur, was Lieselotte wieder an ihren Wunsch erinnert, Autofahren zu lernen. »Sie erwarten uns erst gegen Mittag.«
»Dann essen wir eben unser Eis zu Mittag.« Das hat sie noch nie gemacht und findet die Idee einfach wunderbar. »Ich lade dich ein. Meinst du, ich bin schon zu alt, um Autofahren zu lernen?«
»Dann halte mal Ausschau nach einer Eisdiele.« Marga folgt Lieselottes Anweisungen, die sie in Richtung Vegesack führen. »Warum solltest du es nicht lernen können? Du wirst nur etwas mehr Stunden benötigen. Aber in Frankfurt brauchst du kein Auto, oder?«
»Ja, aber … ich wäre unabhängiger.« Ein anderer Gedanke greift nach Lieselotte. »Hättest du Spaß am Fliegen?«
Marga schweigt. Sie verzieht den Mund, wie immer, wenn sie nachdenkt, fällt Lieselotte auf. Es ist schön, jemanden so gut zu kennen, dass man solche Eigenheiten interpretieren kann.
»Ich hab Höhenangst.« Fast scheint es Marga peinlich zu sein, eine Schwäche eingestehen zu müssen. Sie hebt die Hände kurz vom Lenkrad – eine Geste der Ohnmacht. »Außerdem begreife ich nicht, wieso ein Segelflieger nicht wie ein Stein vom Himmel fällt. Bei Flugzeugen mit Motoren hätte ich noch ein bisschen Vertrauen, aber die Segler … nee.«
»Es hat mit Aufwinden zu tun.« Lieselotte hat sich zwei Bücher aus der Stadtbibliothek geholt, die sich mit der Technik

des Segelflugs beschäftigen, aber sie fand beide so langweilig, dass sie nur ein paar Seiten gelesen hat. »Ich hätte nie gedacht, dass meine Mutter so mutig war. Dass es etwas gab, was ihr so wichtig war. Dass sie Träume hatte.«

»Ich glaube, man kann sich nie vorstellen, dass Eltern ein eigenes Leben hatten.« Marga lächelt wieder. »Hast du schon mehr über deinen Vater herausgefunden?«

»Ich habe nicht gesucht«, muss Lieselotte zugeben. »Ich fürchte mich ein bisschen vor dem, was ich finden könnte. Wenn er ein Nazi war …«

»Vielleicht kann uns Frau Beese ja auch dazu etwas sagen.«

»Wenn sie ansprechbar ist.« Nun, wo sie nicht mehr weit von Johannas Mutter entfernt sind, wird es Lieselotte wieder etwas mulmig. Auch wenn sie es Marga gegenüber herunterspielt, so sorgt sie sich, was sie über ihre Mutter herausfinden mag. Schließlich klang der Brief von Johanna nicht wie der einer Freundin, sondern wie der einer Liebenden. Wäre es so schlimm, wenn ihre Mutter eine Frau geliebt hat? »Glaubst du, dass Amelie und Johanna, dass sie …?«

»Eine Beziehung hatten?«, antwortet Marga wie aus der Pistole geschossen, woran Lieselotte erkennt, dass ihre Freundin wohl auch schon derlei Überlegungen angestellt hat. »Wenn sie nicht nur Fliegerkameradinnen waren, sondern Lebensgefährtinnen. Kann sein, aber wie passt Felix von Bissing in die ganze Sache?«

»Das frage ich mich auch schon die ganze Zeit. Guck, da ist eine Eisdiele.«

Marga wird etwas langsamer, aber sie fährt nicht an den Randstein, um anzuhalten. Stattdessen wendet sie sich Lieselotte zu. »Ich weiß nicht, wie es dir geht, aber ich halte die Warterei nicht aus.« Marga zieht einen Mundwinkel nach oben, ein halbes Lächeln der Entschuldigung. »Deinen ersten Amarenabecher solltest du genießen. Ungeplagt von so vielen offenen Fragen.«

»Da hast du mir ja geschickt den schwarzen Peter zugeschoben.« Lieselotte stößt einen gespielten Seufzer aus. »Nicht deine Neugier ist schuld, sondern meine fehlende Erfahrung mit übersüßem Eis.«

»Soll ich anhalten?«

»Komm, fahr weiter. Ich will endlich wissen, was es mit der ganzen Sache auf sich hat.«

Nach kurzer Zeit haben sie das Altenheim erreicht. Es liegt idyllisch in einem Park, man muss sicher Geld haben, um sich das hier leisten zu können. Eine freundlich-distanzierte Krankenschwester begleitet Marga und Lieselotte bis zu dem Zimmer, in dem Frau Beese lebt.

»Amelie. Wie schön, dass du mich besuchst.« Johannas Mutter erhebt sich aus dem Lehnstuhl, in dem sie etwas verloren gesessen hat. »Kommt Johanna auch noch?«

Die Enttäuschung darüber, dass sie von Frau Beese wohl nichts zu erwarten hat, verschlägt Lieselotte die Sprache. Sie kann die Frau vor sich nur stumm mustern. Johannas Mutter sieht ganz anders aus, als Lieselotte sie sich vorgestellt hat. Nach den Fotos zu urteilen, die sie von der hochgewachsenen, blonden Johanna gesehen hat, hat sie eine ähnlich gesund und stabil wirkende alte Frau erwartet. Stattdessen sitzt dort eine vogelzarte Person mit Haaren wie eine Pusteblume. Schneeweiß umrahmen sie ein schmales blasses Gesicht, in dem tiefe Falten und Tränensäcke von Kummer sprechen. Wird Lieselotte den Kummer noch vergrößern, wenn sie Frau Beeses Begrüßung korrigiert?

»Ich bin nicht Amelie«, beginnt sie, aber eine Geste von Marga lässt sie ihren Satz nicht weiterführen. Sie rettet sich in eine Floskel. »Guten Tag, Frau Beese. Wie geht es Ihnen?«

»Seit wann bist du so förmlich, Amelie?« Die alte Dame mustert Lieselotte mit blinzelnden Augen, als könnte sie nicht gut sehen. »Du konntest mich nie leiden, nicht wahr?«
Lieselotte wechselt einen hilfesuchenden Blick mit Marga. Wenn sie doch nur mehr von ihrer Mutter wüsste, wenn sie nur eine Idee hätte, was es mit Johanna und deren Familie auf sich hatte.
»Guten Tag«, sagt Marga in das Schweigen hinein, bevor es zu schwer für sie alle wird. »Ich bin Marga, eine Freundin von Lilo, äh, von Amelie.«
»Johanna hat nie von Ihnen erzählt.« Frau Beese schließt die Augen. Ihre Stimme klingt träumerisch. »Meine Tochter mochte mich auch nicht. Weil sie gemerkt hat, wie viel mir mein Harri bedeutet hat. Mein wunderbarer Junge.«
»Mhm«, macht Lieselotte, die es nicht wagt, die alte Dame aus ihrer erinnerungsseligen Stimmung zu reißen.
»Harri ist tot. Im Krieg gefallen.« Als Frau Beese die Augen wieder öffnet, wirkt ihr Blick kraftvoller und klarer. Lieselotte schöpft Hoffnung. »Mein Junge war kein Nazi. Harri war ein gutes Kind. Nicht so wie Johanna. Wer sind Sie?«
»Ich bin Amelies Tochter, Lieselotte Frank.« Lieselotte schöpft Hoffnung. Vielleicht hat Johannas Mutter jetzt einen klaren Moment, um ihr einige Fragen beantworten zu können. »Meine Mutter ist schwer krank. Ich … ich suche nach ihrer Vergangenheit.«
Frau Beese starrt Lieselotte an, als hätte diese etwas zutiefst Unanständiges gesagt. Lieselotte wird es unter dem forschenden Blick immer unbehaglicher. Sie möchte etwas sagen, sich erklären, sich rechtfertigen, doch Marga schüttelt den Kopf. Also schweigen sie.
»Die Vergangenheit sollte man ruhen lassen«, sagt Johannas Mutter schließlich, nachdem Lieselotte schon überlegt hat, ob

sie nicht besser gehen sollten. »Deine Mutter hat dir bestimmt nichts von früher erzählt, oder?«
Wie kommt diese Frau dazu, mich zu duzen?, ist das Erste, was Lieselotte durch den Kopf schießt. Dann allerdings bemerkt sie, wie lauernd Frau Beese sie ansieht, so als wüsste sie genau, was Lieselotte denkt.
»Sie haben recht. Meine Mutter hat über alles geschwiegen.«
Marga greift nach Lieselottes Hand, um sie kurz zu drücken. Lieselotte sendet ihrer Freundin einen dankbaren Blick, bevor sie ihre Aufmerksamkeit wieder auf die alte Frau vor sich konzentriert.
»Ich habe erst vor kurzem den Namen meines Vaters erfahren. Kannten Sie Felix von Bissing?«
»Ich nicht.« Frau Beese verzieht den Mund zu einer Grimasse, die wohl ein Lächeln sein soll. »Aber Johanna kannte ihn.«
Die Greisin beugt sich nach vorn und umklammert mit ihren verkrümmten Fingern Lieselottes Handgelenk. Ihre Augen glitzern, als sie flüstert: »Meine Johanna hat deinen Vater ermordet.«
»Was? Wie?« Lieselotte versucht, ihren Arm aus der Umklammerung zu lösen, doch Johannas Mutter ist stärker, als zu erwarten war. »Was soll das heißen? Bitte, sagen Sie mir doch, was das bedeutet?«
»Johanna hat deinen Vater verraten, weil sie deine Mutter ganz für sich haben wollte.« Frau Beese schüttelt den Kopf, als könnte sie nicht fassen, was ihre Tochter getan hat. »So eine war sie, meine Tochter. Immer nur: ich, ich, ich.«
Lieselotte findet keine Worte. Mit vielem hat sie gerechnet, viele Annahmen über ihre Mutter und Johanna entwickelt, aber das … das trifft sie vollkommen unerwartet. Wieder schaut sie hilfesuchend zu Marga. Ihre Freundin löst Frau

Beeses Finger von Lieselottes Handgelenk, so dass diese sich befreien kann.

»Was hat Johanna denn getan?«, fragt Marga sehr ruhig, sehr sanft, als fürchtete sie, ihr Gegenüber sonst zu verschrecken. »Wie hat sie Felix verraten?«

»Johanna hat Felix ermordet, und ich … ich habe meine Tochter getötet.« Die hellen Augen der alten Frau verschleiern sich, als blickte sie in die Vergangenheit. Mit leiser, brüchiger Stimme sagt sie: »Nicht ich, sondern mein Harri. Mein lieber Junge.«

KAPITEL 35

»Keine Frau, welche Ausnahmeerscheinung sie auch sein möge, wird jemals die Höhen erreichen können, die ein außergewöhnlicher Mann erreicht.«

Antonie Straßmann

Frankfurt am Main, 1935

Amelie. Es geht mich nichts an, aber …« Was wollte Harri von ihr? »… aber ich finde, du solltest die Wahrheit erfahren.«

Amelie musterte Hannis Bruder. Verlegen hielt er den Kopf gesenkt und drehte seine Kappe in den Händen, als könnte er dadurch wie ein Zauberer von seinen Worten ablenken. Inzwischen sah Harri aus wie ein Burschenschaftler, einer von denen, die Felix so gehasst hatte. Obwohl – heute gab es die ja nicht mehr. Heute waren auch sie Kameradschaften im Nationalsozialistischen Deutschen Studentenbund.

Verschwinde, wollte Amelie ihm entgegnen. *Mit solchen wie dir will ich nicht reden.* Aber seine Worte und mehr noch seine sichtbare Nervosität hatten sie neugierig gemacht. Gleichzeitig jedoch jagte ihr die Frage, welche Wahrheit er ihr wohl beichten wollte, einen Schauder über den Rücken. Die Art, wie er ihrem Blick auswich und die Schultern gesenkt hielt, ließ nichts Gutes erwarten.

»Wenn du etwas zu sagen hast, heraus damit.« Selbst in ihren Ohren klang ihre Stimme harsch und böse, aber ihre Freundlichkeit war mit Felix gestorben. Mit Felix, der so viel wert-

voller gewesen war als ein Mann wie Harri, der sein Fähnchen nach jedem Wind hing. Wie hatte sie Hannis Bruder nur je mögen können? »Was musst du mir unbedingt erzählen?«
Nun schaute er auf, fing ihren Blick, und das düstere Gefühl, das sein Besuch mit sich brachte, verstärkte sich. Dunkle Ringe zeichneten sich unter Harris hellen Augen ab, als hätte er nächtelang wach gelegen, geplagt von einer Entscheidung. So kannte sie Hannis Bruder nicht. Harri war Amelie immer wie ein Mensch mit dem Gemüt eines Fleischerhundes erschienen, wie ihre Mutter solche Männer zu bezeichnen pflegte. Ein Mann, der stets nur sein eigenes Bestes im Sinn hatte und nicht danach fragte, wie er anderen Menschen etwas Gutes tun könnte. Wenn so jemandem ein Geheimnis den Schlaf raubte, dann musste es schon etwas sehr Übles sein. Amelie schluckte. Konnte sie noch mehr ertragen? Hatte sie in den letzten Tagen und Wochen nicht schon genug erlitten?
»Dein Felix«, begann Harri, nur um seinen Blick gleich wieder zu senken und die alberne Kappe zwischen den schlanken, eleganten Fingern zu drehen. Dann holte er tief Luft und stieß den Atem wie einen Seufzer wieder aus. »Johanna hat ihn verraten.«
Langsam, zäh wie Sirup sickerten die Worte in Amelies Bewusstsein. So langsam, dass sie nichts, überhaupt nichts fühlte. Dann jedoch stieg Wut in ihr hoch, rasende Wut. Nur mit Mühe konnte sie sich davon abhalten, mit den Fäusten gegen Harris Brust zu schlagen. Stattdessen gab sie ihm die einzig passende Antwort – sie lachte ihm ins Gesicht.
»Du warst immer schon eifersüchtig auf Hannis und meine Freundschaft.« Am liebsten hätte Amelie ihrem Gegenüber ins Gesicht gespuckt, entrüstet über dessen dreiste und bösartige Lüge. »Aber dass du so tief sinken kannst …«
Ihr fehlte die Kraft, den Satz zu beenden. Nach Felix' Tod

war Amelie alle Stärke abhandengekommen. Selbst ihre Wut glomm nur noch schwach, ein winziger Funke, fast erstickt von der Asche des bitteren Verlusts. Nicht einmal ihr Zorn verlieh ihr die Stärke, Harri die Tür zu weisen, so, wie es richtig gewesen wäre.

Nun schaute Hannis Bruder sie wieder an. Deutlich zeichneten sich Kummer und Unbehagen auf seinem attraktiven Gesicht ab. Auf dem Gesicht, das Amelie so sehr an Hanni erinnerte. Der Gedanke an ihre Freundin ließ die Wut wieder auflodern. Wie konnte Harri es wagen, seine Spielchen mit ihnen zu spielen? Hanni hatte es stets gehasst, dass ihr Bruder hinter ihrem Rücken gegen sie intrigierte, dass er den Eltern Lügen erzählte.

Kannte Harri denn überhaupt keine Grenzen? Aber irgendetwas in seinen Augen hielt sie davon ab, ihn anzugreifen, ihn aus der Wohnung zu werfen, wie er es für seine Lüge verdient hätte. Harri sah nicht aus wie jemand, der sich einen üblen Scherz erlaubte, sondern wie ein Mann, den sein Wissen so sehr quälte, dass er es nicht für sich behalten konnte.

»Es ist also wahr?«, flüsterte Amelie und meinte zu spüren, wie das Leben aus ihrem Körper wich. So als müsste sie gleich umfallen – für immer. »Warum? Warum hat sie das getan?«

Bevor Harri antworten konnte, setzte sie nach: »Und warum erzählst du mir das?«

»Ich … ich …« Er hob die Hände, als könnte das alles erklären. »Ich fand, du solltest es wissen.«

Diese Worte weckten jedoch erneut Amelies Misstrauen. Nein, so ein Mensch war Harri nicht. Da musste mehr dahinterstecken. Hannis Bruder war weder eine Person, die das Gewissen plagte, noch eine, die klug genug war, eine solche Intrige zu spinnen.

»Warum?«, fragte sie daher noch mal. Auf einmal erschien ihr die Antwort auf diese Frage sehr wichtig. Vielleicht weil sie dann nicht über die Worte nachdenken musste, die Harri gesagt hatte. Weil sie dann nicht überlegen musste, wie sie ihr Leben weiterführen sollte, nachdem ihre einzige Freundin den Mann verraten hatte, den Amelie geliebt hatte. Nein, den sie immer noch liebte.

Harri starrte sie an. »Wie? Was meinst du mit *warum?*«

»Warum findest du, ich sollte es wissen?«, beharrte Amelie. Sie fühlte sich wie ein Terrier, der sich in ein Hosenbein verbissen hat und es nicht loslassen will, egal, was um ihn herum geschieht. »Und wieso hast du es mir nicht schon früher erzählt?«

Großäugig glotzte er sie an. Amelie durchlief eine Welle der Erleichterung. Ja, sie hatte von Anfang an richtig vermutet. Hannis Bruder hatte sich die ganze bittere Geschichte nur ausgedacht, um ihre Freundin in Misskredit zu bringen. Was für ein erbärmlicher Kerl er doch war.

»Mutter schickt mich«, flüsterte Harri schließlich. »Sie hat gemeint, ich soll dir die Wahrheit sagen.«

Ja, das passte. Dass Frau Beese ihren Sohn schickte, einen Keil zwischen Amelie und Hanni zu treiben, das konnte Amelie sich sehr gut vorstellen. Ebenso wie sie sicher war, dass Hannis Mutter die Wahrheit sagen würde. Frau Beese war zu schlau, als dass sie sich bei einer plumpen Lüge erwischen lassen würde. Je mehr sie darüber nachdachte, desto mehr musste Amelie sich der bitteren Wahrheit stellen, die Harri in ihr Haus geführt hatte.

Hanni hatte sie verraten. Schlimmer noch, Hanni hatte Felix – wie auch immer – bei der Gestapo angeschwärzt und so dessen Tod zu verantworten. Aber warum? Amelie konnte nicht begreifen, was ihre Freundin zu einer dermaßen perfiden Tat getrieben haben sollte. Sicher, Hanni handelte manchmal vorschnell und unbedacht, war egoistisch und eigensinnig, aber eine kaltblütige Denunziantin und Mörderin? Nein, das … das konnte nicht sein. Es musste eine Erklärung dafür geben, eine Wahrheit hinter der Wahrheit, die Aufschluss darüber geben konnte, was wirklich geschehen war.

»Warum sollte Hanni mir das antun?«, flüsterte Amelie, mehr als Frage an sich selbst als an ihn gerichtet. »Sie ist doch meine Freundin. Meine beste Freundin. Meine einzige Freundin.«

»Halte ihr zugute, dass sie nicht wusste, was sie damit anrichtet.« Auch Harri sprach so leise, dass Amelie sich sehr konzentrieren musste, um ihn zu verstehen. Inzwischen hatte er die Kappe aufgesetzt. Seine Hände, nun ohne Halt, hingen an seinen Seiten herab. »Ich denke, sie war eifersüchtig. Sie fürchtete, dass du euren Traum aufgibst. Für ihn.«

»Hanni hat nie etwas gesagt.« Wieder sprach Amelie nur für sich, nicht für ihn. Wie konnte es nur sein, dass sie nicht bemerkt hatte, was ihre Freundin fühlte? Wieso hatte Hanni glauben können, dass Amelie ihren gemeinsamen Traum aufsteckte? »Ich wollte doch weiterfliegen. Mit ihr. Bei Bücker.«

»Du bekommst ein Kind.« Harri sagte das, als wäre Amelies Zustand eine tödliche Krankheit. »Johanna hat für sich keinen Platz mehr in deinem Leben gesehen. Glaube ich.«

Amelie musste sich eingestehen, dass Harri recht haben könnte. Hanni hatte sich immer mehr zurückgezogen, hatte Arbeit für die Uni vorgeschoben, wenn Amelie sie einlud, mit Felix und ihr ins Kino zu gehen. Ja, im Nachhinein zeichnete sich ein deutliches Bild ab. Hanni war Felix aus dem Weg gegangen. Selbst als Fluglehrer hatte sie ihn abgelehnt.

»Wie habe ich das nicht bemerken können?«

»Es ist vielleicht ein Trost …« Harri kam näher, hob die Hand, als wollte er ihr über die Wange streicheln. Abwehrend hob Amelie den Arm. Niemals sollte er sie berühren. Der Mann, der ihr Leben gerade endgültig zerstörte. »… dass es Johanna nicht bewusst war, welche Folgen es haben würde.«

»Was soll das heißen?« Suchte Harri etwa nach einer Entschuldigung für das, was seine Schwester ihr angetan hatte? Niemals würde Amelie Hanni verzeihen können, dass diese ihr den Mann genommen hatte. »Sie musste doch wissen, was passiert, wenn man jemanden der Gestapo meldet.«

»Nein.« Harri schien in sich zusammenzusinken, zu schrumpfen, als läge ein unendlich schweres Gewicht auf seinen Schultern. Wäre sie nicht gefangen in ihrem eigenen Leid, Amelie hätte Mitgefühl für ihn empfunden. »Sie hat ihn nicht dort angezeigt.«

»Was verschweigst du?« Nur mühsam konnte Amelie sich zügeln, aber sie fürchtete, dass er endgültig verstummen würde, wenn sie ihn zu sehr bedrängte. »Nun sag schon. Bitte.«

»Sie hat es Vater erzählt.« Harri schaute an Amelie vorbei, als fände er hinter ihr die Erlösung. »Beim Abendessen. Bestimmt wollte sie nur, dass Felix … etwas Ärger bekommt.«

»Woher willst du das wissen?« Eine tiefe, eisige Ruhe breitete sich in Amelies Herz aus. Als wollte es sich davor schützen, jemals wieder verletzt zu werden. »Woher willst du wissen, was Hanni wollte? Sie wusste, was sie tat.«

»Amelie.« Hilflos hob Harri die Hände, als könnte auch er nicht fassen, was er ihr da mitgeteilt hatte. Nun fuhr seine Hand durchs Haar und warf dabei die Kappe zu Boden. Gemeinsam bückten sie sich danach. Amelie war schneller und reichte ihm die Kopfbedeckung. Zum Dank nickte er ihr zu.

»Hanni handelt unüberlegt, aber sie ist nicht böse. Gib meinem Vater die Schuld. Er hat es verdient.«

So viel Bitterkeit lag in seiner Stimme, dass Amelie ihn erstaunt musterte. Anscheinend hatte Hanni sich geirrt. Harri war zwar das Lieblingskind des Vaters, aber die Zuneigung

beruhte nicht auf Gegenseitigkeit. Dann jedoch konzentrierte sie sich wieder auf die wirklich wichtige Frage.
»Warum erzählst du mir das? Willst du Hanni eins auswischen?«
»Nein.« Harri schüttelte den Kopf. »Auch wenn sie das denken wird. Ich kann die Lügen und den Hass nicht mehr ertragen.«
Obwohl seine Worte mehr Fragen als Antworten mit sich brachten, bohrte Amelie nicht weiter. Eigentlich war es vollkommen egal, was Hannis oder Harris Motive gewesen waren, die Tatsache blieb bestehen, dass ihre Freundin Felix verraten hatte.
»Danke, Harri.« Amelie bemühte sich, ihre Worte freundlich klingen zu lassen, aber ihre Kehle war rauh. Jedes Wort schmerzte, als wäre es in Stacheldraht gewickelt und risse ihre Kehle blutig. »Nun geh bitte.«
»Ich … ich …« Wieder nahm Harri seine Kappe ab und hielt sich an ihr fest. »Ich wünschte, ich könnte etwas für dich tun.«
»Es ist schon gut. Danke.«
Er öffnete den Mund, als ob er noch etwas sagen wollte, doch dann schloss er ihn wieder und nickte Amelie nur zu. Sie blieb bewegungslos stehen, bis sie hörte, wie die Wohnungstür hinter ihm ins Schloss fiel. Auch danach verharrte sie reglos, versuchte, das Unbegreifliche zu begreifen, den Schrecken zu fassen. Ohne Erfolg.
Hanni hat Felix und mich verraten. Sie trägt die Schuld, dass der Vater meines Kindes ermordet wurde. Sie hat mich die ganze Zeit belogen. Ist mit mir nach Berlin gegangen, als wäre nichts geschehen. Was für ein Mensch ist sie nur!
Wieder und wieder glitten ihr diese Gedanken durch den Kopf. Jedes Mal wollte Amelie dann den Kopf schütteln, die

Gedanken herausschleudern, aber sie blieben einfach und setzten sich fest, als hätten sie Widerhaken. *Wie soll ich Hanni nur entgegentreten?*
Überrascht von dieser Frage sah Amelie auf und musterte das kleine Wohnzimmer, das sie gemeinsam eingerichtet hatten, als sähe sie es zum ersten Mal. *Will ich Hanni überhaupt wiedersehen? Wie soll ich je wieder mit ihr sprechen können?*
Wie gut, dass ihre vormals beste Freundin in dieser Woche mit Bücker Flugzeugbau in Wien war, um dort die *Bücker Bü 133 Jungmeister* zu präsentieren. Es war Hanni, die ihren gemeinsamen Traum lebte, während sie dafür gesorgt hatte, dass Amelies Leben in Scherben zerbrach. Der Zorn verdrängte die Starre. Ein heißer, rasender, tobender Zorn, der Amelie antrieb, der ihr die Stärke verlieh, die nötigen Schritte zu unternehmen.
Kurz überlegte sie, sich eine Bahnfahrkarte nach Wien zu kaufen und dorthin zu reisen, um Hanni ihren Hass und ihre Wut ins Gesicht zu schleudern, um sie spüren zu lassen, wie es sich anfühlte, wenn das Leben vollständig in die Brüche ging.
Aber nein, entschied Amelie, nachdem sie in der Küche fünf Teller und drei Tassen an die Wand geschmettert hatte. Hanni würde viel mehr leiden, wenn Amelie einfach aus ihrem Land verschwand.
»Ohne dich, mein Albatros, kann auch ich nicht fliegen.« Wie oft hatte Hanni das gesagt, um Amelie zu versichern, dass sie eines Tages wieder gemeinsam den Himmel stürmen würden. »Ich bin jetzt etwas schneller, aber wenn du das Kind erst hast, dann …«
Schon damals hätte es Amelie auffallen müssen, wie Hanni immer nur von *dem* Kind sprach. Wie ihre Freundin in Felix' Kind nur eine Belastung sah, die Amelie vom Fliegen abhielt.

Womit Hanni allerdings recht hatte, wie Amelie sich eingestehen musste. Ohne das Kind wäre auch sie jetzt in Wien, um gemeinsam mit Hanni die Bücker-Flugzeuge vorzuführen.
Aber ohne die niederträchtige Intrige ihrer Freundin hätte Amelies Kind noch einen Vater, mit dem gemeinsam sie für ihren Sohn sorgen könnte. Wenn Felix noch lebte, hätte Amelie beides haben können: eine Familie und den Himmel.
Jetzt blieb ihr nichts. Weder das Fliegen noch die Liebe. Als ihre Gedanken diesen Punkt erreichten, fröstelte Amelie. Sie spürte eine tiefe, schneidende Kälte, die aus ihrem Innern kam und nie mehr vergehen würde.
Kühl und beherrscht ging sie zur Post, um dort zu telefonieren. Ruhig packte sie dann ihre wenigen Habseligkeiten in den Koffer, mit dem sie zuletzt hier eingezogen war. Nur die Bilder, die Hanni und sie beim Fliegen oder vor Berliner Sehenswürdigkeiten wie dem Brandenburger Tor zeigten, die ließ sie zurück.
Schließlich blieb ihr nur noch eines zu tun. Amelie nahm einen von Hannis blassblauen Briefbögen. Sie musste nur kurz überlegen, was sie schreiben wollte.

Ich weiß, was du Felix angetan hast.
Ich will dich nie wieder sehen und nie wieder von dir hören.

KAPITEL 36

»Wir Fliegerinnen sind keine Suffragetten.«

Melitta von Stauffenberg

Hannover, 1935

Der Himmel über Hannover war grau. Leichter Nieselregen fiel auf Amelie, die mit geducktem Kopf die Husarenstraße entlangeilte. Sie wollte nicht zu spät kommen, schließlich trug sie in ihrer Tasche die Kartoffeln fürs Abendessen. Und das alles nur, weil sie zu höflich gewesen war; weil sie der neugierigen alten Frau, bei der sie das Gemüse einkaufte, Rede und Antwort stand, anstatt einfach zu sagen: »Tut mir leid. Zu Hause warten sie auf mich.«

Seitdem sie in Hannover lebte, wagte Amelie gar nichts mehr. Ständig schlich sie wie auf Zehenspitzen durchs Leben, stets freundlich und höflich zu jedermann. Weil sie sich fürchtete. Weil sie sich sorgte, dass die Gestapo sie schließlich doch noch aufspüren würde, dass Hanni nicht nur Felix verraten hatte, sondern auch Amelie ans Messer lieferte.

Hanni.

Der Name allein rief bereits Bitterkeit hervor. Ihrer vormals besten Freundin *verdankte* Amelie es, dass sie geduckt und gesenkten Hauptes durch die Straßen eilte, dass sie bei jedem kleinsten Geräusch zusammenzuckte. Schritte auf der Treppe vor der Wohnung ihrer Verwandten ließen Amelie erstarren. Ein Fremder, der sie länger als einen Moment ansah, bewirkte, dass sie weglaufen wollte, so schnell sie nur konnte.

Je länger sie in Hannover lebte, desto mehr wünschte sich Amelie, sie hätte auf Paul Stunz gehört und wäre nach Schweden gegangen. Vorgestern hatte sie versucht, ihn anzurufen, aber nur erfahren, dass Paul untergetaucht war. Hoffentlich konnte er entkommen und musste nicht Felix' Schicksal teilen.

Starrte der Mann dort gegenüber sie an? Der Mann in dem unauffälligen Staubmantel, das Gesicht unter seiner Hutkrempe verborgen. Amelie zog das Kopftuch weiter in die Stirn, senkte den Kopf noch tiefer und beschleunigte ihre Schritte. Ihr Herz schlug schneller, als sie meinte, dass der Mann auf sie zukam. Doch kurz bevor er sie erreichte, lächelte er und nahm eine Frau in die Arme. Diese verfluchte Angst. Würde sie denn nie aufhören.

Doch die Angst war es nicht allein. Beinahe schlimmer noch empfand Amelie den Zwang, dankbar sein zu müssen. Ihren Verwandten dafür, dass sie ihr Obdach gaben, obwohl sie sich weigerte, über das Kind und dessen Vater zu reden. Ihrer Mutter dafür, dass sie die Idee gehabt hatte, Amelie nach Hannover zu schicken. Weg aus Frankfurt, weg aus Berlin. Dankbar sein dafür, dass Luise weder Fragen gestellt noch Amelie Vorwürfe gemacht hatte, als diese plötzlich nachts vor ihrer Wohnungstür stand.

»Mutter, ich muss irgendwohin, wo ich mit meinem Kind sicher bin.«

»Komm schnell rein. Wir finden einen Ausweg.« Luise hatte Amelie zwar aufmerksam gemustert, aber keine Fragen gestellt. »Heute Nacht bist du hier außer Gefahr. Morgen früh sehen wir weiter.«

»Haben sie dich verhört?«, hatte Amelie wissen wollen, als sie endlich in der warmen Küche saß, die zitternden Finger um einen Becher heiße Schokolade geschlungen, als könnte deren

Wärme ihr Kraft und Mut verleihen. »Die Gestapo. Wegen Felix.«
»Nur der Paul war hier.« Erneut der aufmerksame Blick, den Amelie vorgab, nicht zu bemerken. »Felix' Vater hat sich schließlich wohl eingemischt, so dass sie den Rückzug angetreten haben. Keiner seiner Freunde hat bisher Ärger bekommen.«
Felix' Vater. Hass wallte in Amelie auf. Nach dem Tod seines einzigen Sohnes konnte er endlich handeln. Warum hatte er seinen Einfluss nicht dazu benutzt, ihren Felix zu retten? Zu spät. Sinnlos, sich diese Fragen zu stellen und irgendwem Vorwürfe zu machen; jetzt ging es nur darum, einen sicheren Ort zu finden, an dem sie ihr Kind bekommen konnte. Einen Ort, an dem Hanni, die Verräterin, sie nicht vermutete.
»Ich kann trotzdem nicht hierbleiben.« Amelie konnte ihrer Mutter nicht in die Augen sehen. Sie wollte nicht über das sprechen, was Hanni ihr angetan hatte. »Ich muss aus Frankfurt weg. Bitte hilf mir.«
»Tante Martha und Onkel Horst«, überlegte Luise laut. Sanft legte sie ihre Hände um Amelies, die sich immer noch eiskalt anfühlten. Eine Kälte, die aus ihrem Innern kam und der weder die heiße Schokolade noch die Liebe ihrer Mutter beikommen konnten. »Sie haben keine Kinder und mögen dich sehr.«
Die Schwester ihrer Mutter, die Amelie zuletzt vor drei Jahren an Luises Geburtstag gesehen hatte. Sie konnte sich nicht vorstellen, dass Tante Martha wirklich begeistert wäre, wenn Amelie dort überraschend vor der Tür stünde. Onkel Horst hingegen – der tat eh nur das, was seine Frau ihm sagte. Obwohl Amelie noch weiter grübelte, wollte ihr niemand anders einfallen. Der jüngere Bruder ihrer Mutter, der in München lebte, war ein strammer Nationalsozialist. Also Hannover und Tante Martha und Onkel Horst.

»Auch als gefallenes Mädchen?« Amelie trug nur noch Bitterkeit und Hass in sich. Selbst die Liebe zu Felix schien ihr weit, weit entfernt, wie etwas, das einer anderen Frau geschehen war. »Was soll ich ihnen darüber sagen?«

Amelie zeigte auf ihren Bauch, der sich längst nicht mehr verbergen ließ. Seit einer Woche fühlte sie sich schwer und müde, als zöge ihr Sohn alle Kraft aus ihrem Körper. Sie wünschte sich ein Zuhause, in dem sie sich auf ihre Schwangerschaft konzentrieren konnte und nicht mehr über all das Schlimme nachdenken musste, das ihr geschehen war.

»Fast die Wahrheit.« Luise lächelte. »Der Vater deines Kindes war Flieger und ist abgestürzt. In Frankfurt erinnert dich zu viel an ihn und macht dich unglücklich.«

Sosehr Amelie es verabscheute zu lügen, diese Ausrede war ihr recht. Ein ehrenvoller Tod als Flieger erschien ihr für Felix angemessener als die bittere Wahrheit – Tod wegen Hochverrats. Durch die Intrige einer Frau, die Amelie für ihre beste Freundin gehalten hatte. Weil ihre Mutter nicht danach gefragt hatte, hatte Amelie ihr nicht erzählt, warum sie aus Berlin zurückgekehrt war. Sie hatte Hannis Namen nicht erwähnt, sondern über alles geschwiegen, was seit ihrer Flucht aus Frankfurt geschehen war. Am nächsten Morgen hatte sie ihren Koffer gepackt, Luise fest umarmt und den Zug nach Hannover genommen. Ihre Verwandten hatten sie großherzig aufgenommen, ohne allzu viele Fragen zu stellen.

Trotzdem fühlte Amelie sich als Störenfried und bemühte sich, sich unauffällig zu verhalten und durch Hilfsbereitschaft ihre vermeintliche Schuld abzugelten. Sie ging einkaufen, sie kochte, sie besserte Onkel Horsts Hosen aus und stopfte Strümpfe. Für Tante Martha nähte sie Kleider nach den neuesten Schnittmustern aus *Mode und Heim.* Ein kleines Leben, ein ruhiges Leben – genau wie Amelie es sich wünschte.

Beinahe hatte sie ihren Frieden gefunden, als der verhängnisvolle Brief eingetroffen war. Auf den ersten Blick hatte Amelie die Schrift erkannt – so elegant und schwungvoll schrieb nur Hanni. Woher wusste sie, wo Amelie zu finden war?
Nach dem ersten Schock hatte Amelie begonnen nachzudenken. Natürlich gab es nur eine Erklärung: Hanni hatte ihre Mutter aufgesucht, die Amelies Adresse an deren vermeintlich beste Freundin weitergegeben hatte. Warum auch nicht? Schließlich wusste Luise nichts von Hannis Verrat. Amelie hatte es ihr ja verschwiegen.
Nur mit Überwindung hatte sie den Brief an sich genommen, ohne ihn sofort vor den Augen ihrer Tante zu zerreißen. Erst in der Stille des winzigen Zimmers, das sie bewohnte, gab Amelie ihren Gefühlen nach und zerfetzte das Schreiben in winzige Schnipsel. Die Wut hatte etwas Befreiendes. Zum ersten Mal seit dem verhängnisvollen Tag, an dem Harri ihr die Wahrheit überbracht hatte, fühlte Amelie etwas anderes als Kälte und dumpfe Trauer. Niemals würde sie Hanni antworten. Schließlich hatte Amelies Brief sehr deutlich gesagt, dass sie niemals wieder von ihrer vormals besten Freundin hören wollte. Sie wollte nur noch vergessen, wollte die Erinnerung an Felix nicht mit Gedanken an Hanni beschmutzen.
Als jedoch am nächsten Tag ein weiterer Brief auf sie wartete und am übernächsten Tag auch und am Tag darauf ebenso, verwandelte sich Amelies Wut in Hass. Jeden Abend, wenn sie sich schlaflos im Bett wälzte, stellte sich Amelie vor, wie sie nach Berlin fuhr, um Hanni mit ihrem Hass zu konfrontieren. Jeden Abend malte sie sich das Wiedersehen mit ihrer ehemaligen Freundin in allen Details aus, bis sie kurz davor war, zum Bahnhof zu eilen, um eine Karte nach Berlin zu kaufen. Stattdessen suchte sie jeden Abend einen neuen Weg,

um Hannis Schreiben zu vernichten. Zerreißen allein reichte Amelie nicht aus.
Den zweiten Brief verbrannte sie. Mit stoischer Ruhe hielt sie das Schreiben zwischen Daumen und Zeigefinger, als sie es mit einem Streichholz entzündete. Erst als die Hitze ihr die Finger zu versengen drohte, warf sie das brennende Papier in den Aschenbecher, den Onkel Horst für seine Zigarren benutzte, die er sich nach dem sonntäglichen Mittagessen gönnte.
Den dritten Brief zerschnitt Amelie. Systematisch schnitt sie den verschlossenen Umschlag in schmale Streifen, die sie wiederum in winzige Fitzelchen zerschnitt, die aussahen wie viereckiges Konfetti. Niemals hätte die Amelie von früher so viel Geduld aufgebracht, aus kleinen Streifen noch kleinere zu schneiden, doch hier und heute in Hannover gelang es ihr, sich ganz auf diese Aufgabe zu konzentrieren.
Den vierten Brief, den sie gestern erhalten hatte, ertränkte Amelie. Sie wartete, bis Onkel und Tante schliefen, um sich eine große Emailleschüssel aus der Küche zu holen. In die füllte sie Wasser und legte den Brief hinein. Lange dauerte es, bis das Wasser die Tinte aufgelöst hatte. Gelassen beobachtete Amelie, wie ihr Name und ihre Adresse nach und nach zu dunkelblauen Schlieren verschwammen, die das Wasser durchzogen. Schließlich hatte sie das tropfnasse Papier aus der Schüssel gefischt und zu einem Papierball zusammengeknüllt, aus dem das tintenblaue Wasser lief.

»Amelie, du bist spät dran.« Tante Martha stand im Flur, als hätte sie bereits Ausschau nach ihr gehalten. »Onkel Horst kommt bald nach Hause. Da muss das Essen auf dem Tisch stehen.«
Die seltsame Angewohnheit ihrer Tante, den Ehemann als

Onkel Horst zu bezeichnen, irritierte Amelie immer wieder aufs Neue, aber sie fragte nicht danach. So, wie sie auch sonst keine Fragen stellte, sondern sich zurückhielt und hoffte, unsichtbar zu werden. Ihre Tante musterte sie aufmerksam, als könnte sie Amelies Gedanken lesen. Doch die lächelte nur, während sie ihre Tante beobachtete. So wie jeden Werktag trug Tante Martha eine praktische Kittelschürze über dunklem Rock und heller Bluse. Die Hausfrauenuniform, hatte Amelie gedacht, als sie in Hannover eingetroffen war. Wenn man ihre Tante und ihre Mutter nebeneinanderstellte, würde man niemals vermuten, dass die beiden Frauen Schwestern waren. Wo Luise klein und zierlich war, war Martha rundlich und stämmig und beinahe einen Kopf größer als Amelie. Wohlgenährt und gesund sah Martha aus, mit fülligem, rosigem Gesicht unter dunkelblondem Zopfkranz. Eine Frau, die man sich gut inmitten einer Horde ebenso rundlicher und rosiger Kinder vorstellen konnte, doch ihre Tante hatte keine bekommen können. Eine Frauensache, hieß es. Statt der Kinder bemutterte Martha ihren Mann und nun auch Amelie, wenn diese sich nicht der Aufmerksamkeit entzog.
»Es tut mir leid. Die Frau vom Gemüsestand hat wieder versucht, mich auszufragen.«
Amelie zog ihren Mantel aus, um ihn an die Garderobe im Flur zu hängen. Als sie sich bückte, um die Schnürsenkel zu lösen, drückte das Kind auf ihren Magen. Schnell richtete sie sich wieder auf und schüttelte die Schuhe von den Füßen. Gegen die Übelkeit ankämpfend, konzentrierte Amelie sich darauf, ihre geschwollenen Füße in die Pantoffel zu schieben, die ihre Tante auf dem Flur stehen hatte.
»Schon gut. Komm, hilf mir beim Kartoffelschälen.« Tante Martha wandte sich ab, um in die Küche zu gehen. Auf einmal blieb sie stehen, als wäre ihr etwas eingefallen. Sie drehte

sich zu Amelie um und suchte in der Tasche ihrer Kittelschürze, bis sie einen Brief hervorzog. »Schon wieder von Hanni. Was ihr Mädchen euch nur immer zu schreiben habt.«
»Danke, Tante.« Amelie versuchte ein Lächeln, als sie nach dem Brief griff. »Du weißt doch, wie wir sind. Es geht immer ums Fliegen.«
»Na, davon musst du dich ja wohl für eine lange Zeit verabschieden«, entgegnete Tante Martha und bedachte Amelies Bauch mit einem liebevollen Seitenblick. »Mit einem Kind kannst du nicht mehr so viel riskieren.«
Als ob sie das nicht wüsste, als ob ihr das nicht jeden Tag vor Augen stünde, wenn sie in den Himmel sah, selbst wenn der so grau war wie heute. Niemals mehr würde der Himmel ihr gehören. An dem Tag, an dem sie sich für Felix und ihren Sohn entschieden hatte, hatte Amelie den Traum vom Fliegen erst einmal aufgegeben. Damals jedoch hatte sie noch gedacht, dass er nur aufgeschoben wäre. Wenn das Kind erst auf der Welt wäre, würden Felix und sie schon Möglichkeiten finden, Familie und Fliegen zu vereinbaren. Das war nie eine Frage für sie gewesen.
Felix hätte zu ihr gestanden und ihr geholfen, alles in ihrem Leben zu erreichen, was sie sich wünschte. Ohne ihn blieb Amelie nichts. Nur ein Kind, das sich zwischen sie und den Himmel stellte. Ein Kind, das sie sich nicht gewünscht hatte und für das sie nun zwiespältige Gefühle hegte. Sicher, es mochte ungerecht ihrem Sohn gegenüber sein, aber ohne ihn hätte sie nach Felix' Tod neu beginnen können, hätte immer noch den Himmel und das Fliegen gehabt. Jetzt blieb ihr nur die Erinnerung an eine bessere Zeit. Eine Zeit, in der sie so glücklich gewesen war, wie sie es nie wieder sein würde.
»Träumst du?« Tante Martha stemmte die molligen Hände in die runden Hüften. Sie konnte es gar nicht leiden, wenn

Menschen ihren Gedanken nachhingen. *Wahrscheinlich weil sie selbst so wenig nachdenkt,* hatte Amelie in einem Anflug von Boshaftigkeit gedacht. »Die Kartoffeln schälen sich nicht von allein.«

»Tut mir leid.« Amelie senkte den Kopf und trottete hinter ihrer Tante in die Küche. Dort nahm sie ein Schälmesser aus der Schublade und setzte sich an den Tisch, bereit, ihrer Aufgabe nachzukommen. Hannis Brief konnte sie später noch zerstören. Die stupide Arbeit des Kartoffelschälens konnte sie dazu nutzen, um sich einen Weg zu überlegen, wie sie diesen Brief vernichten wollte.

KAPITEL 37

»Der Himmel ist meine Bühne.«

Baronin Raymonde de Laroche

Rangsdorf, 1935

Steil zog sie die *Bücker Bü 133 Jungmeister* in den Himmel, bis sie den vertrauten Druck auf der Brust und im Magen spürte. Noch ein wenig mehr, nur noch ein kleines bisschen weiter. Die Grenzen erkennen und sie überschreiten. Johanna zog den Steuerknüppel noch weiter heran, obwohl Möhring, ihr Fluglehrer, sie bereits zweimal verwarnt hatte, weil sie zu riskant flog. Aber was verstand er schon davon? Möhring war ein alter Mann, der seine besten Fliegerzeiten schon lange hinter sich hatte. Niemals würde so jemand begreifen, was das Fliegen ihr bedeutete. Niemals würde er nachvollziehen können, wie sehr sie die Freiheit liebte, wie wunderbar die Einsamkeit des weiten Himmels war, der sich leuchtend blau vor ihr erstreckte. Die paar wenigen Wolken wirkten, als hätte ein Maler sie mit zarten Pinselstrichen hingetupft.

Es war ihre Art, dieser Schönheit Tribut zu zollen, indem Johanna die Grenzen des fliegerisch Möglichen weiter und weiter auslotete. Je besser sie fliegen lernte, desto mehr musste sie ausprobieren, wie weit sie die Maschine und sich selbst ausreizen konnte. Möhring konnte das nicht begreifen. Auch kein anderer Flugschüler konnte verstehen, warum Johanna sich in immer riskantere Manöver stürzte und die *Jungmeister* bis an ihre Grenzen forderte. Amelie hätte es vielleicht verstanden. Die Amelie, der Fliegen die Welt bedeutete, bevor sie alles für einen Mann aufgegeben hatte. Nicht die Amelie, die sie im Stich gelassen hatte.

Der Gedanke an ihre beste Freundin und deren Verrat schmerzte – so wie jedes Mal. Mit dem Schmerz einher ging Unaufmerksamkeit, so dass die *Bücker Jungmeister* ins Trudeln geriet. In letzter Sekunde konnte Johanna die Herrschaft über ihr Flugzeug wiedergewinnen. Wenn sie nicht besser aufpasste, würde sie Amelies wegen noch den Fliegertod sterben. Und ihre Freundin würde es nicht einmal erfahren, weil sie bisher auf keinen der Briefe geantwortet hatte, die Johanna ihr jeden Tag schrieb. So kannte sie ihre Freundin nicht. Amelie war stets zuverlässig gewesen, der Fels, auf dem Johanna ihr Leben und ihre fliegerische Zukunft aufgebaut hatte.

Vielleicht bekam ihr Albatros die Schreiben ja gar nicht, hatte Johanna sich schon überlegt. Vielleicht hatte Amelies Mutter ihr eine falsche Adresse gegeben, weil sie nicht wollte, dass Johanna ihre Tochter fand. Luise Reichard hatte Johanna nie leiden können, hatte deren Freundschaft zu Amelie nie gutgeheißen. Das wusste Johanna sehr wohl; allerdings war auch Johannas Mutter der Ansicht, dass Amelie nicht der passende Umgang für ihre Tochter war.

Ihre Mutter. Das brachte Johanna zurück zu der Frage, über die sie seit Amelies Flucht nachdachte. Wie hatte Amelie davon erfahren können, dass Johanna Felix von Bissing bei ihrem Vater angeschwärzt hatte? Nur ihre Familie wusste davon, aber niemand von denen war nach Berlin gekommen, oder? Bitter schmeckte die Erkenntnis, dass Vater, Mutter oder Bruder sich zwischen Amelie und sie gedrängt haben könnten. Dann wieder redete Johanna sich – wie schon in den vergangenen Tagen – ein, dass ihr Vater Felix von Bissing bei der Gestapo gemeldet hatte, was dazu führte, dass immer mehr Menschen von dessen Verfehlungen erfuhren. Es gab einfach zu viele Verdächtige, die Johanna verraten haben konnten.

Sich um verschüttete Milch zu sorgen lohnte sich nicht. Selbst wenn sie herausfand, wem sie die Schuld geben konnte, hätte Johanna nichts gewonnen. Sie musste sich stattdessen einen Weg überlegen, wie sie ihren Albatros wieder für sich gewinnen konnte. Briefe waren eindeutig nicht geeignet, Amelie zu erreichen. Aber was dann?

Erneut brach die *Bücker Jungmeister* aus, als spürte sie, dass ihre Pilotin unkonzentriert und mit den Gedanken nicht bei der Sache war. Vorsichtig steuerte Johanna gegen, bis das Flugzeug wieder auf Kurs war. »Am Himmel kannst du dir keine Fehler leisten. Entweder du fliegst mit ganzem Herzen und ganzem Verstand oder gar nicht«, das hatte Felix von Bissing ihr gesagt, nachdem sie das erste Mal gemeinsam geflogen waren.

Felix. Erneut spürte sie das schlechte Gewissen wegen dem, was sie ihm angetan hatte. Johanna hatte doch nicht ahnen können, welche furchtbaren Konsequenzen ihr gedankenloser Plan nach sich ziehen würde. Sie hatte Felix doch nur aus Amelies Leben entfernen wollen. Ihre Freundin sollte erkennen, dass der junge Fluglehrer nicht der Richtige für sie war, dass er sie durch seine unbedachten Äußerungen gefährdete. Eine Weile im Gefängnis sollte er schmoren, der Mann, der Johanna ihren Albatros abspenstig gemacht hatte. Niemals hätte Johanna erwartet, dass die Gestapo ihn umbringen würde. Für ein paar freche Reden, vielleicht ein oder zwei Flugblätter.

Der Schrecken darüber hatte Johanna beinahe dazu gebracht, Amelie die Wahrheit zu sagen, aber sie fürchtete, dass ihr Albatros nicht verstehen könnte, warum Johanna dies hatte tun müssen. Alles, alles hätte sie unternommen, um ihre Freundin zu behalten. Stattdessen hatte sie Amelie verloren. Für immer verloren, wenn sie an die wenigen Zeilen dachte, die ihr Albatros hinterlassen hatte. Nur zwei Sätze, aber die waren derart voller Wut und Hass, dass Johanna den Zettel im Küchenherd verbrannt hatte.

Ohne nachzudenken, nahm Johanna die Hand vom Steuerknüppel und überließ die *Bücker Jungmeister* dem Spiel von Wind und Schwerkraft. Das Flugzeug senkte seine Nase. Der Boden kam bedrohlich schnell näher, ohne dass es Johanna ängstigte. Was hatte ihr Leben noch für einen Sinn? Ihr größter Wunsch hatte sich erfüllt – sie gehörte zu den Glücklichen, die hier fliegen lernen durften. Aber was bedeutete das schon, wo sie hier allein war, ohne ihren Albatros. Sicher sehnte sich Amelie genauso nach ihr, wie sie sich nach der Freundin verzehrte.

Ja, Amelie war wütend und enttäuscht. Zu Recht, wie Johanna eingestehen musste. Aber irgendwann würde ihre Freundin den Zorn überwinden; schließlich waren sie seit Jahren beste Freundinnen. Das gab man doch nicht einfach so auf. Schon gar nicht für einen Mann, selbst wenn es Felix von Bissing war. Sie musste nur einen guten Plan entwickeln, wie sie Amelies Zorn überwinden und ihre Freundschaft und ihr Vertrauen wiedererlangen konnte.

Dafür lohnte es sich zu kämpfen. Dafür lohnte es sich zu leben. Gedankenschnell griff Johanna zum Steuerknüppel. Nach einem kurzen Kampf beugte sich die *Bücker Jungmeister* ihrem Willen, so dass sie eine elegante Kurve flog, bevor sie in Richtung Landebahn steuerte. Weich setzte das Flugzeug auf – eine Landung wie aus dem Lehrbuch.

Die anderen Flugschüler würden Johanna sicher beneiden und ihre Leistung herunterspielen, so, wie sie es immer taten.

Egal, wie großartig Johanna flog, immer blieb sie für die jungen Männer nur das Mädchen, das fliegen wollte. Es kam ihr vor, als ob die Flugschüler nur darauf lauerten, dass ihr endlich ein großer Flugfehler passierte. Doch das war Johanna egal. Hier gab es niemanden, dessen Meinung über ihre Fähigkeiten sie auch nur annähernd interessiert hätte.

Na gut, auf die Ansichten des alten Möhring legte sie Wert, einfach weil er einmal ein großartiger Pilot gewesen war und auch jetzt noch, obwohl er uralt war, die meisten der Schüler in die Tasche stecken konnte. Sie wusste, dass ihr Fluglehrer viel von ihr hielt, auch wenn er es nicht sagte oder sie jemals lobte. Möhring war einer von der alten Schule. Wenn er seine Schüler nicht in Grund und Boden stampfte, dann mussten sie gut sein.

Ja, ich *bin* gut, dachte Johanna, als sie ihre *Bücker Jungmeister* geschickt in den Hangar steuerte, wo Möhring und die Mechaniker bereits auf sie warteten. *Aber ich kann besser sein, wenn ich nur endlich Amelie an meiner Seite habe. Wenn sie heute wieder nicht geantwortet hat, dann … Wenn ich sie nicht zurückgewinne, dann …*

»Hanni, Mädchen.« Der alte Möhring zog sich am Flügel hoch, um zu ihr ins Cockpit zu schauen. Wie immer kaute der Fluglehrer auf dem Zigarrenstummel, der mit seinem linken Mundwinkel verwachsen schien. Johanna konnte sich nicht erinnern, ihn jemals ohne den Stumpen gesehen zu haben. Auch wenn er die Zigarre anscheinend nie anzündete. »Du bist gut. Du brauchst mir nix zu beweisen.«

Für den alten Möhring war das schon eine lange Rede. Normalerweise beschränkte er seine Kommunikation mit den Flugschülern auf kurze, gebellte Befehle: Links! Rechts! Nach oben! Nach oben! Dämlack, pass auf!

Johanna nickte und wollte aus dem Cockpit klettern, aber

Möhring hielt sie am Arm fest. Auf seiner sonst so stoischen Miene meinte Johanna beinahe so etwas wie Besorgnis zu erkennen. Doch nicht etwa ihretwegen? Nur weil sie ein- oder zweimal ihren Gedanken nachgegeben und kurz die Gewalt über ihre *Bücker Jungmeister* verloren hatte? Es war doch alles gut ausgegangen. So, wie es immer gut ausging.

»Nicht so schnell.« Der Flieger starrte sie aus zusammengekniffenen Augen an. Er musterte sie dermaßen intensiv, dass Johanna fürchtete, er könnte in ihr Herz sehen. Könnte die Dunkelheit erkennen, die dort wohnte. »Fräulein. Ich rede mit dir.«

Sein befehlsgewohnter Ton ließ sie erstarren. Tief holte sie Luft, um sich gegen alles zu wappnen, was er ihr sagen würde. Aber niemals würde sie ihm ihr Geheimnis verraten. Ihre Pläne, die sie in immer waghalsigeren Manövern ausführte.

»Das war knapp eben. Am Schluss.« Möhring musterte sie immer noch. Seinen Blick konnte sie nicht ganz deuten – war er wütend oder eher erschüttert? Johanna zwang sich zu einem Lächeln. »Ich lass dich nicht mehr fliegen.«

O nein! Das durfte nicht geschehen. Er durfte ihr nicht das Einzige wegnehmen, das in ihrem Leben noch Bedeutung hatte. Fieberhaft überlegte sie, wie es ihr gelingen könnte, Möhring davon zu überzeugen, dass sie nur waghalsig war. Dass sie nur beweisen wollte, wie gut sie flog. Dass sie mit den Männern konkurrierte. Nur niemals eingestehen, dass sie mit ihren eigenen Dämonen kämpfte. Dass jeder Looping, den sie vollzog, sie befreien sollte. Dass sie sich durch jedes riskante Manöver bestrafte. Dass sie immer wieder den Himmel herausforderte, Gerechtigkeit auszuüben. Nein, niemals durfte Möhring oder einer ihrer Kameraden auch nur ahnen, was Johanna bewegte. Also setzte sie ein Lächeln auf, straffte den Rücken und zwinkerte dem Fluglehrer zu.

»Ich fürchte, du wirst alt«, sagte sie und schnalzte mit der Zunge. Herausfordernd und frech, so, wie alle hier sie kannten und schätzten. »Wenn dir bei meinen Loopings das Herz in die Hose rutscht.«
»Übertreib es nicht.« Ihr Fluglehrer starrte sie immer noch an, als könnte er die Wahrheit in ihrem Gesicht lesen. Offen erwiderte sie den Blick, bis er seine Augen abwandte. »Heute Nachmittag gehst du zu den Mechanikern.«
»Aber morgen fliege ich wieder?«
»Dich kann ich vom Himmel nicht fernhalten.« Stolz sprach aus Möhrings Stimme, als hätte er ihr das Fliegen höchstpersönlich beigebracht. Aber inzwischen kannte Johanna ihren Fluglehrer gut genug, um zu wissen, dass sein Misstrauen noch nicht verschwunden war. Mit großen Schritten stapfte er davon. Ein alter Mann, nur noch wenige Haare auf dem Hinterkopf, die er militärisch kurz geschnitten hielt. Seine Fliegerjacke schien ihm zu groß zu sein. Als hätte er sie seit seiner Jugend getragen und wäre nun geschrumpft.
Johanna spürte Zuneigung zu Möhring in sich aufwallen. Schließlich war er vom ersten Tag an fair zu ihr gewesen. Stets hatte er sie nur als Fliegerin behandelt, sie gegenüber den Männern weder bevorzugt noch benachteiligt. Genauso wie sie es sich immer gewünscht hatte. Warum nur wollte der schale Geschmack nicht vergehen? Der Geschmack, der sie begleitete, seitdem Amelie sie verstoßen hatte. Nur selten gelang es Johanna, wütend auf ihre Freundin zu werden, die sie für einen Mann hatte aufgeben wollen. Meist siegte die Traurigkeit, die Einsamkeit, verbunden mit dem Wunsch, die Zeit zurückdrehen zu können. In die Vergangenheit des glücklichen Segelflugs, als Kameradschaft und Freundschaft noch etwas bedeuteten.
»Es war unser Traum, mein Albatros«, flüsterte Johanna. Sie

spürte Tränen aufsteigen, die sie hastig zurückblinzelte, um nicht weich und weiblich zu wirken. Dann schaute sie Möhring wieder hinterher, der an einer *Bücker Bü 131 Jungmann* stehen blieb und in deren Motor schaute. »Es tut mir leid, Möhring.«

Ohne Amelie schmeckte dies alles schal. Selbst am Himmel war Johanna nicht so glücklich, wie sie es sich vorgestellt hatte. Zu stark waren die Gedanken und Zweifel, die sie hegte. Zu schwer wog das Wissen, dass sie auf den Boden zurückkehren musste, wo niemand auf sie wartete. Keine Amelie, mit der sie ihre Erlebnisse teilen konnte. Lohnte es sich überhaupt noch, bei Bücker zu bleiben? Lohnte es sich, weiter darum zu kämpfen, dass sie als Frau von den anderen Fliegern Anerkennung erhielt?

Nein. Sie wollte nicht einfach aufgeben und wegrennen. Dafür hatte sie zu lange und zu viel kämpfen müssen, um das zu erreichen, was sie jetzt erreicht hatte. Sie gehörte zu den wenigen Frauen, die als Fliegerin Geld verdienten. So, wie Amelie und sie es sich immer gewünscht hatten.

Ja. Es war ein furchtbarer, ein entsetzlicher Fehler gewesen, ihrem Vater von Felix' defätistischen Reden zu berichten. Ihren Vater und seine Parteifreunde dafür einzuspannen, Felix aus Amelies Leben zu entfernen. Aber sie hatte es doch für sie beide getan, für sich und ihren Albatros. Das musste Amelie begreifen. Warum nur hatte ihre Freundin sie verlassen, ohne Johanna die Möglichkeit zu geben, ihre Version der Geschichte zu erzählen?

Genau. Darin lag alles Düstere begründet – wenn sie mit Amelie reden könnte, dann könnte Johanna ihrer Freundin sicher begreiflich machen, was sie zu ihrem Handeln bewogen hatte. Sie müsste nur an ihre gemeinsame Vergangenheit appellieren, an die guten Zeiten im Segelflug erinnern, zusammen mit Amelie in dem Fotoalbum blättern, das ihre gemeinsamen Erinnerungen bewahrte.

Ja, das war die Lösung. Johannas Herz fühlte sich leicht an wie schon lange nicht mehr. Endlich wusste sie, was sie zu tun hatte, um ihre Freundin zurückzugewinnen. Die Briefe, das musste Johanna sich eingestehen, waren ein Ausdruck ihrer Feigheit gewesen, weil sie es nicht gewagt hatte, Amelie gegenüberzutreten. Weil sie sich davor gefürchtet hatte, wie ihre Freundin sie ansehen würde. Weil sie sich sorgte, dass Amelie sie als Verräterin beschimpfte. Furcht war dazu da, überwunden zu werden. Sie wusste nicht mehr, wer das gesagt hatte, aber es könnte ihr Lebensmotto sein.

»Möhring!« Johanna rannte dem Fluglehrer nach. Sie konnte es nicht mehr erwarten, ihren soeben getroffenen Entschluss in die Tat umzusetzen. »Möhring! Bitte warte auf mich.«

KAPITEL 38

»Wenn andere fliegen können,
warum dann nicht ich?«

Katherine Stinson

Hannover, 1935

Es war die richtige Entscheidung gewesen, auch wenn Möhring nicht sehr erfreut gewesen war, dass Johanna sich ein paar freie Tage ausbedungen hatte. Das gehörte einfach nicht zu den Dingen, mit denen er sich herumschlagen wollte, wie er ihr deutlich sagte.

»Entweder du meinst es ernst mit dem Fliegen«, hatte der Fluglehrer gesagt und dabei auf seinem Stumpen herumgekaut. »Oder du suchst dir 'nen Mann und heiratest.«

»Ich will keinen Mann.« Johanna hatte sich nicht beirren lassen. Zu viel stand für sie auf dem Spiel. »Ich muss nach Hannover. Bitte. Es sind doch nur zwei Tage.«

»Was willst du in Hannover?« Möhring hatte sie so intensiv gemustert, dass Johanna kurz davor stand, ihm alles zu beichten. »Ist es wirklich wert, deine Ausbildung zu vernachlässigen? Du fällst schon genug auf.«

»Ja, ich weiß«, hatte sie nur gesagt. Sie wollte sich nicht erklären, wollte nicht die ganze traurige Geschichte ihres großen Fehlers vor ihm ausbreiten. Auch weil sie fürchtete, dass er sie auslachen würde, dass kein Mann verstehen könnte, was sie mit Amelie verband. »So weit musst du mir vertrauen.«

»Also gut.« Ihr Fluglehrer gab sich geschlagen, so, wie es

Johanna erwartet hatte. »Aber am Dienstagabend bist du wieder zurück. Sonst werfe ich dich raus.«
»Danke.« Am liebsten hätte sie Möhring umarmt, aber der Fluglehrer verbat sich alles, was ihm zu nahe kam. »Du kannst dich auf mich verlassen. Das weißt du.«
Mit Möhrings Segen war Johanna zurück nach Berlin gefahren, in ihre kleine Wohnung, die ihr riesig erschien, seitdem Amelie Hals über Kopf ausgezogen war. Dort hatte Johanna hastig ein paar Sachen in ihre Reisetasche geworfen und sich beeilt, damit sie den Zug nach Frankfurt noch bekam. Ihren Reiseweg hatte sie dem Fluglehrer nicht mitgeteilt, weil er sie sonst sicher gefragt hätte, warum sie so weite Wege auf sich nahm.
Das erste Ziel auf dem Weg zur Versöhnung war Frankfurt. Vielleicht, so hoffte Johanna, war Amelie ja inzwischen nach Hause zurückgekehrt. Falls ihre Freundin immer noch in Hannover wäre, so könnte Johanna immerhin von Amelies Mutter erfahren, ob ihre Reise aussichtsreich wäre, ob ihr Albatros bereit wäre, Johanna endlich zu verzeihen.
»Mir hat sie nichts gesagt«, hatte Amelies Mutter erklärt und Johanna etwas verwirrt angesehen. »Nichts von dir. Nur dass sie aus Berlin wegmusste.«
Da hatten Johanna das erste Mal Zweifel beschlichen, ob es wirklich so klug war, Amelie mit einem Besuch zu überraschen. Aber nein, nun war sie schon auf dem Weg. Außerdem wollte sie unbedingt erfahren, warum ihre Freundin sie verlassen hatte. Sosehr Johanna auch überlegt hatte, ihr wollte einfach nicht einfallen, wie Amelie die Sache mit Felix hätte erfahren sollen.
Nur Johannas Familie wusste davon – und die würde sie doch wohl nicht verraten. Ihre Eltern waren überrascht gewesen, dass Johanna sie ohne Ankündigung besuchte, aber nichts in

ihren Worten deutete darauf hin, dass sie etwas mit Amelies Flucht zu tun hatten. Vielleicht war alles nur ein dummes Missverständnis. Was es auch sein mochte, Johanna wollte einfach nicht weiter darüber spekulieren, sondern von ihrer Freundin erfahren, warum diese Hals über Kopf aufgebrochen war.

»Die nächste Station ist Hannover.« Der Schaffner lächelte Johanna an. Bereits vorhin, als er ihre Fahrkarte kontrolliert hatte, hatte er versucht, Johanna in ein Gespräch zu verwickeln. Sie war nicht darauf eingegangen, weil ihre Nervosität gewachsen war, je näher sie Hannover kamen. Auch dieses Mal nickte sie ihm nur zu und senkte dann ihren Kopf, gab vor, in das Buch vertieft zu sein, das sie in ihren Händen hielt. Nicht ein Wort davon hatte sie bisher wahrgenommen. In ihrer Aufregung flimmerten die Buchstaben auf den Seiten wie der Himmel an einem sonnigen Tag.

Wovor fürchtete sie sich eigentlich? Schließlich wollte sie Amelie besuchen, ihren Albatros, ihre Freundin, die sie besser kannte als sonst ein Mensch. Was immer auch Amelie veranlasst hatte, Berlin und Johanna zu verlassen, es würde sich aus der Welt schaffen lassen, davon war Johanna überzeugt. Man warf die gemeinsamen Jahre, die geteilten Träume doch nicht einfach so fort.

Dennoch konnte Johanna die kleine Stimme nicht zum Schweigen bringen, die sie daran erinnerte, dass sie niemals von ihrem Albatros erwartet hätte, sie wegen eines Mannes zu verlassen. Wegen eines Mannes und dessen Kind. Selbst wenn sie sich sehr bemühte, konnte Johanna nichts Besonderes an Felix von Bissing entdecken. Gut sah er aus, gewiss, aber das taten tausend andere auch. Ein guter Flieger war er, aber es gab bessere. Warum gerade ihre Freundin sich für diesen Mann begeistern konnte, das vermochte Johanna nicht zu

begreifen. Hatte Felix ihr wirklich das Gleiche bieten können, was sie beide miteinander geteilt hatten?
Amelie musste doch auch Sehnsucht nach ihr verspüren, musste ihre stundenlangen Gespräche vermissen, die Gemeinsamkeit, die sie verbunden hatte. Kein anderer Mensch würde ihre Freundin so verstehen wie Johanna. Das war gewiss. Mochte Amelie auch in Felix von Bissing verliebt gewesen sein, er hätte niemals die gleiche Nähe erlangt, wie sie unter Frauen möglich war.
Felix hatte niemals um den Zugang zum Fliegen kämpfen müssen so wie Amelie und Johanna. Er hätte nie nachvollziehen können, was es bedeutete, der eigenen Familie und einer Welt, die Frauen nur am Herd sehen wollte, zu trotzen, um sich den Traum vom Fliegen zu erfüllen. Daran musste Johanna ihre Freundin erinnern, musste die Erfahrungen wachrufen, die sie gemeinsam gemacht hatten, musste Träume und Ziele wiedererwecken, die Amelie unter dem langweiligen Leben als Mutter verschüttet hielt.
Als der Zug langsamer wurde, stand Johanna auf und griff nach ihrer Reisetasche. Ganz gleich, warum Amelie ohne ein Wort abgereist war, Johanna würde ihre Freundin an all das erinnern, was sie über Jahre geteilt hatten, so dass ihr Albatros zu ihr zurückkehren würde. Nach der Zeit ihrer Trennung würden sie es beide genießen, den Himmel miteinander zu teilen. Möhring wäre sicher hocherfreut, wenn sie Amelie nach Rangsdorf mitbrächte. Schließlich hatte er sich sehr dafür ausgesprochen, dass beide Frauen ihre Ausbildung dort beginnen konnten. Sicher, Amelie würde einiges nachholen müssen, aber ihr Albatros war eine der Besten beim Fliegen gewesen, besiegt nur von ihr selbst.
Je mehr sie sich ihr zukünftiges Leben ausmalte, desto mehr Details fielen Johanna ein. Kleinigkeiten, die sie glücklich

machten. Die Wohnung in Berlin würden sie aufgeben, damit sie beide nicht mehr an das unglückliche Ende ihrer dortigen gemeinsamen Zeit erinnert würden. Außerdem war es ohnehin klüger, nach Rangsdorf zu ziehen, um möglichst nah am Flugplatz zu sein.

Für das Kind würde sich auch eine Lösung finden. Auch wenn Johanna die Vorstellung, dass ein schreiender Säugling mit ihnen leben würde, nicht sehr ansprechend fand, würde sie das Kind in Kauf nehmen, damit sie wieder mit ihrem Albatros zusammen sein könnte. Kindermädchen würde sie auf keinen Fall spielen, aber sie würde Amelie helfen, eine Betreuung zu finden, damit sie gemeinsam fliegen könnten. Es gab ja mehr als genug Frauen, die sich nichts Schöneres vorstellen konnten, als sich um Säuglinge zu kümmern.

Ja, so würde es kommen. Amelie und sie gemeinsam am Himmel, frei und über alle Sorgen und Fragen erhaben. Es würde nicht einfach werden, Möhring davon zu überzeugen, dass er ihrem Albatros noch eine Chance gab, aber – hier lächelte Johanna – sie vertraute darauf, dass es ihr gelänge, ihn um den Finger zu wickeln. Eine goldene Zukunft wartete auf sie beide.

Heute Morgen hatte seit langem einmal wieder die Sonne geschienen. Kumuluswolken waren über den Hannoveraner Himmel gezogen, was die Sehnsucht in Amelies Herz geweckt hatte. Ideales Segelflugwetter. Stunden könnte man mit Sonne und Wind in der Luft verbringen, schwebend und frei. Stattdessen saß sie auf dem Erdboden fest, wo sie sich von Tag zu Tag schwerer fühlte. Ihr Bauch wuchs und wuchs, was mit Rückenschmerzen einherging. Wie sehr wünschte sie sich die Leichtigkeit des Fliegens herbei. Nur sie allein mit dem Wind, den Wolken und dem leisen Gleiter, der sie höher und höher

hinauftragen würde. Sosehr sie den Motorflug mit Felix geliebt hatte, im tiefsten Herzen war Amelie eine Segelfliegerin geblieben.
Heute würde sie in keinen der filigranen Flieger mehr passen, breit und schwer, wie sie inzwischen war.
Ihre Füße waren so stark geschwollen, dass sie kaum noch in die Halbschuhe passten. Dazu kam noch eine unendlich bleierne Müdigkeit, die Amelie wünschen ließ, sie lebte noch bei ihrer Mutter, die sie mit heißer Schokolade und viel Liebe verwöhnte. Ganze Tage würde sie dort im Bett verbringen, bis sie endlich ihr Kind bekäme und die Last nicht mehr mit sich herumtragen müsste.
Zu ihrer Überraschung vermisste sie nicht nur die Liebe ihrer Mutter, sondern auch Frankfurt. Die Leine konnte den Main nicht ersetzen, nicht einmal die Nidda; der Welfengarten nicht ihren geliebten Palmengarten. Selbst die Hannoveraner Fliegergruppe blieb Amelie fremd. Sie fühlte sich wie ein Baum, den der Sturm des Lebens entwurzelt hatte. Eine Linde, deren Krone ihre Blätter verlor und deren Äste nie wieder austreiben würden.
Mit derart trübseligen Gedanken schleppte sie sich durch die Hannoveraner Tage, stets erschöpft und auf der Suche nach Ruhe und Einsamkeit. Stattdessen war sie ihrer Tante und ihrem Onkel verpflichtet und arbeitete mit, soweit es ihr möglich war. Die Zähne zusammenbeißen und sich nicht anmerken lassen, wie entkräftet sie war.
Jeden Morgen musste Amelie sich zwingen, aus dem Bett aufzustehen, dem Tag mit einem falschen Lächeln zu begegnen, damit ihre Verwandten keinen Verdacht schöpften. Vielleicht sollte sie es riskieren und wieder nach Frankfurt fahren. Schließlich hatte selbst Paul, der Amelie immer ein wenig paranoid erschienen war, gesagt, dass es für sie sicher wäre.

Aber Frankfurt barg die Gefahr, Hanni zu treffen, sollte diese ihre Familie besuchen.
Hanni. Amelie griff sich an den Hals, weil ihr bereits der Gedanke an ihre vermeintliche Freundin die Luft abschnürte. Den gestrigen Brief hatte sie mit einem Messer zerstört. Sie hatte sich ein Holzbrett geholt, den Brief mit zwei Fingern festgehalten und ihn solange mit der Messerspitze bearbeitet, bis er nur noch aus Fetzen bestand. Heute war der Postbote noch nicht da gewesen, was Amelie Zeit gab, sich zu überlegen, wie sie das erwartete Schreiben vernichten konnte.
An den Briefen konnte sie all den Zorn, all den Hass, all die unausgesprochene Wut auf Hanni ausleben. Vielleicht hätte sie nicht einfach so gehen sollen, sondern ihrer ehemaligen Freundin alles entgegenschleudern, was in ihr brodelte. Wenigstens eine Antwort hätte sie auf Hannis ersten Brief schreiben sollen, damit diese wusste, dass Amelie über Hannis unsäglichen Verrat informiert war. Ein kurzes Schreiben, das all das ausgedrückt hätte, was Amelie empfand. Den Zorn, den Hass, die tiefe Enttäuschung.
Möglicherweise hätte Hanni sie dann nicht weiter mit Briefen belästigt, sondern Amelie in Ruhe gelassen. Aber so jemand war Hanni nicht. Sosehr Amelie ihre frühere Freundin auch verachtete, sie musste ihr zugestehen, dass Hanni niemals aufgab, wenn ihr etwas wichtig war.
Ob Hanni sich fragte, wer ihren Verrat preisgegeben hatte? Amelie hatte bewusst ihrer früheren Freundin nichts hinterlassen, nichts offenbart, damit diese sich mit der Frage quälen musste, was wohl geschehen war. Für Amelie war es eine gewaltige Genugtuung, Hanni im Dunkeln zu lassen, ihre Zweifel zu schüren.
So, wie es ihr eine Befriedigung war, jeden Brief ungelesen zu vernichten. Manchmal stellte Amelie sich vor, wie Hanni in

der kleinen Berliner Wohnung am Küchentisch saß und ein weiteres Schreiben verfasste, das nie gelesen werden würde. Obwohl sie sich für diese Gedanken schämte, musste sie sich eingestehen, dass es sie befriedigte, auch Hanni unglücklich zu wissen.

Niemals würde sie ihrer ehemaligen Freundin vergeben können, egal, wie sehr diese sich auch bemühte. Was hatte Hanni nur geritten, Felix bei ihrem Vater anzuschwärzen? Wie konnte sie nur jemanden verraten, den sie so gut gekannt hatte, mit dem sie geflogen war?

Selbst wenn sie sich noch so sehr bemühte, Amelie konnte einfach nicht verstehen, was einen Menschen zu einer derart widerlichen und zutiefst feigen Tat antrieb. Immer wieder hatte sie sich gefragt, ob sie Hanni vollkommen falsch eingeschätzt hatte, ob sie ein zu leuchtendes Bild von ihrer vermeintlichen Freundin gezeichnet hatte. Es konnte doch nicht sein, dass man jemanden so lange kannte, ohne zu ahnen, zu welch furchtbarer Tat derjenige fähig war. War wirklich alles falsch und hohl, was Hanni und sie verbunden hatte?

Wenn nur Felix noch lebte! Mit ihm hätte sie über ihre Fragen und Zweifel reden können. Felix hatte so vieles verstanden und in Worte fassen können, wofür Amelie nur Stottern und falsch klingende Begriffe kannte.

Als sie sich der Trauer um ihren verlorenen Geliebten hingeben wollte, spürte sie einen Tritt. Ihr Sohn konnte es wohl nicht leiden, wenn sie traurig war. Nicht nur deshalb hatte sich Amelie in den letzten Tagen jeden Gedanken an Felix verboten. An Felix zu denken hieß, etwas zu spüren. Liebe, aber auch Verlust; Glück, aber auch tiefstes Unglück; Freude, gefolgt von Traurigkeit. Diese Mischung gegensätzlicher Gefühle konnte sie nicht mehr ertragen. Bevor sie weiterhin zwischen Schmerz und Jubel schwankte, ergab sie sich lieber der

dumpfen Mattigkeit, die sie seit Hannis Verrat überkommen hatte.
Genug davon! Amelie straffte die Schultern. Heute würde sie der Marktfrau nicht wieder Rede und Antwort stehen, sondern das Brot kaufen, das sie holen sollte, und sofort zu ihren Verwandten zurückkehren. Ihre Tante würde sicher eine Hausarbeit finden, mit der sie Amelie beschäftigen konnte. Alles war Amelie lieber, als weiterhin ihrem Leben, wie es noch vor wenigen Monaten gewesen war, nachzutrauern. Niemals wieder wollte sie an Hanni denken.
Als sie diesen Schwur leistete, war Amelie derart tief in ihren Gedanken an die Vergangenheit versunken, dass sie die Frau, die sich ihr in den Weg stellte, erst bemerkte, als sie in diese hineinlief.
»Amelie«, flüsterte die Frau. »Mein Albatros.«
Sie musste träumen. Amelie schüttelte den Kopf, schloss die Augen und öffnete sie wieder. Nein! Das konnte nicht sein. Wie war Hanni hierhergekommen? Woher wusste ihre ehemalige Freundin, wo sie Amelie finden konnte?
Doch all diese Fragen erschienen ihr unwichtig, fortgeschwemmt von der Welle des Hasses, die Amelie mit sich riss.
»Du wagst es?« Amelie musste nach Luft ringen, so heiß loderte ihr Zorn. »Was fällt dir ein?«

KAPITEL 39

»Für jemanden, der verrückt nach dem Fliegen ist, gleicht das Sterben auf der Erde einer Abdankung.«

Maryse Bastié

Hannover, 1935

Ein leises Klopfen, sehr sanft und daher ungewohnt, weckte Amelie aus düsteren Träumen. Schlaftrunken richtete sie sich auf, benötigte einen Augenblick, um sich zu orientieren, um wieder zu wissen, wo sie sich befand. Seit Hannis Überfall und dem furchtbaren Streit danach fühlte sie sich noch matter und erschöpfter. Der Appetit hatte sie verlassen, und nur die Sorge um ihren Sohn brachte Amelie überhaupt dazu, etwas zu essen. Egal, was die Tante auf den Tisch brachte, Amelie aß es, ohne etwas zu schmecken. Sie bedankte sich mechanisch, so, wie sie alles mechanisch tat: aufstehen, einkaufen, auf Fragen antworten, essen, trinken, schlafen.

Obwohl Amelie in einen Kokon aus Mattigkeit eingesponnen war, hatte sie bemerkt, welche Blicke ihre Tante und ihr Onkel wechselten. Den beiden war Amelies Stimmung höchst verdächtig, so dass sie sicher überlegten, sie wieder nach Frankfurt zu senden. Selbst diese Perspektive rief kein Gefühl bei Amelie hervor. Ihr war es egal, ob sie in Frankfurt oder Hannover lebte. Ebenso egal war es ihr, ob sie einen Sohn oder eine Tochter bekam. Wenn sie an das Kind dachte, das sie erwartete, spürte Amelie nur Müdigkeit und den Wunsch, dass die Schwangerschaft endlich vorüber wäre.

Erneut ertönte das Klopfen, dieses Mal etwas energischer. Mühsam schwang Amelie ihre Beine aus dem Bett, um zum Fenster zu gehen und die Vorhänge aufzuziehen. Sie fröstelte, als sie mit bloßen Füßen über das Linoleum des Bodens tapste. Der Tag war genauso grau wie ihre Stimmung. Feiner Nieselregen spannte seine Fäden vor ihrem Fenster.
»Herein«, sagte Amelie schließlich, nachdem ein drittes Klopfen erklungen war. Sie drehte sich zur Tür, erwartete, ihre Tante dort zu sehen. Niemals kam ihr Onkel in ihr Zimmer, als fürchtete er, dass Amelie vor ihm in Tränen ausbrechen könnte. Wenn sie nicht so müde wäre, brächte der Gedanke sie zum Lachen.
»Amelie.« Ihre Mutter stand in der Tür, das Gesicht bleich, die Augen dunkel. »Liebes.«
Also hatten Tante Martha und Onkel Horst wohl die Initiative ergriffen und ihre Mutter gerufen, damit diese Amelie aus ihrer Schwermut holte. Einfacher wäre es gewesen, sie nach Frankfurt zu schicken. Warum Onkel und Tante wohl nicht auf diesen Gedanken gekommen waren, fragte sich Amelie. So hatte ihre Mutter diese sinnlose Reise auf sich genommen, nur um sie abzuholen.
»Mutti.« Nicht einmal die Überraschung half, die Mauer aus Mattigkeit zu durchbrechen. Auch wenn sie ihre Mutter liebte, freute Amelie sich nicht über deren unverhofften Besuch. »Soll ich packen?«
»Wieso? Was meinst du?« Luise schaute ihre Tochter verwundert an, deutlich verblüfft über deren Frage. »Ich muss dir etwas sagen.«
»Hat Tante Martha dir etwa nicht geschrieben, dass du mich nach Hause holen sollst? Warum bist du dann hier?«
Kaum hatte sie die Frage gestellt, fiel ihr auf, dass ihre Mutter noch in Hut und Mantel war; die große Handtasche hielt sie

vor den Bauch, als suchte sie dahinter Schutz. Im trüben Licht des Morgens wirkte der Mantel abgetragener, als Amelie ihn in Erinnerung hatte. Ihre Mutter sah furchtbar müde aus. Wie zeitig musste sie in den Zug gestiegen sein, dass sie dermaßen früh in Hannover angekommen war? Was konnte so wichtig sein, dass Luise diesen weiten Weg mitten in der Nacht auf sich genommen hatte?

Milde Neugier regte sich in Amelie. Was konnte ihre Mutter nur meinen? Was konnte furchtbarer sein als das, was ihr schon geschehen war? Felix ermordet, der Traum vom Fliegen für immer verloren, von der einzigen Freundin verraten.

Ich will es nicht wissen, konnte Amelie nur denken. *Ich ertrage keine weiteren schlechten Neuigkeiten mehr. Ich habe genug Schlimmes in meinem Leben erlitten. Bitte, warum kann ich nicht einfach meine Ruhe haben?*

»Nein, Amelie. Martha hat nichts gesagt.« Die Stimme ihrer Mutter brach, als könnte sie die Worte nicht aussprechen, die sie sagen musste. »Liebes. Es ist etwas Furchtbares geschehen.«

»Mutti, bitte. Sag, was du zu sagen hast.« Die Ungewissheit, die galoppierenden Gedanken, die einen Schrecken nach dem anderen heraufbeschworen, schienen Amelie den Atem zu rauben. Ihr schwindelte. Mit letzter Kraft schlurfte sie zum Bett und ließ sich darauf nieder. Die Müdigkeit war einfach überwältigend. »Felix' Eltern … wollen sie mir mein Kind wegnehmen?«

Ihre Mutter holte tief Luft, als könnte ihr das helfen, die Nachricht auszusprechen, die sie überbringen wollte.

»Mutti, zieh doch erst einmal den Mantel aus.« Aus ihr unerfindlichen Gründen war es Amelie plötzlich immens wichtig, dass Luise ihr die schlechte Nachricht nicht überbrachte, solange sie noch aussah, als wäre sie gerade erst angekommen oder im Aufbruch.

Luise nickte, stellte ihre Handtasche auf den Boden und zog den Mantel aus. Einen Moment hielt sie ihn in den Händen, unschlüssig, wo sie ihn hinlegen sollte. Dann strich sie den Stoff mit der Hand glatt und hängte das Kleidungsstück über den schlichten Holzstuhl, der vor dem ebenso schlichten Tisch stand, auf dem Amelies Bücher lagen. *Nachtflug* hatte sie begonnen, aber nicht wirklich gelesen, weil ihr die Konzentration fehlte.

»Johanna ist tot.« Mit kleinen Schritten trat Luise an das Bett heran. Sie streckte Amelie die rechte Hand entgegen, in der sie einen Brief hielt. Die Hand zitterte, so dass Amelie nach dem Schreiben griff, bevor es zu Boden fallen konnte. »Amelie, es tut mir so leid.«

»Tot? Wie?« Obwohl sie die Worte ihrer Mutter gehört hatte, weigerte sich Amelies Verstand, sie zu begreifen. »Das kann nicht sein. Ich habe sie doch noch vor einer Woche gesehen. Sie war hier. In Hannover.«

Hanni konnte nicht tot sein. Nicht die blonde, lebenshungrige Frau, die zwar immer nur an sich selbst dachte, der es aber dennoch gelang, andere mitzureißen. Kein Mensch, den Amelie in ihrem Leben bisher getroffen hatte, war so lebendig wie Hanni. Ihre Mutter musste sich geirrt haben: Hanni konnte nicht tot sein.

Erstaunt und mechanisch stand sie auf und taumelte auf ihre Mutter zu, die ihre Arme ausbreitete. Einen Augenblick scheute Amelie vor der Umarmung zurück, fürchtete, dass diese ihren Panzer durchbrechen könnte, doch dann flüchtete sie an die Brust ihrer Mutter.

Als Luise sie in die Arme genommen hatte und tröstende Laute von sich gab, horchte Amelie in sich hinein. Nichts. Sie spürte gar nichts. Weder Trauer noch Zorn. Nur Verwunderung und tiefe, eisige Gleichgültigkeit. Stocksteif stand sie in der Umarmung, als wüsste sie nicht, wie sie damit umgehen sollte. Endlich lockerte ihre Mutter den Griff und trat ein paar Schritte zurück.

Die Tränenspuren auf ihrem Gesicht irritierten Amelie. Wurde von ihr erwartet, dass auch sie weinte? Erneut horchte sie in sich hinein, ob nicht doch ein wenig Gefühl für ihre ehemals beste Freundin zu entdecken wäre. Nein, so tief sie auch suchte, es blieb eine dumpfe Indifferenz. Weder Trauer noch Bedauern, dass Hanni so früh gestorben war. Vielleicht ein wenig Neugier, was wohl geschehen war.

Nicht einmal Freude oder Befriedigung empfand sie, dass der Mensch, der ihr Felix genommen hatte, seine verdiente Strafe erhalten hatte. Es schien Amelie, als hätte ihr Herz sich entschieden, weder das Gute noch das Schlechte zu spüren, sondern sich abzuschalten. Wer nichts fühlte, konnte nicht verletzt werden. Wer seine Gefühle verbarg, den konnten weder Verrat noch Tod erreichen.

»Was ist passiert?«, fragte Amelie schließlich, um das Schweigen zu beenden, das sich zwischen ihrer Mutter und ihr aufbaute. Ein Schweigen, das Luise mit einem forschenden Blick verband, der Amelie unbehaglich war. Eigentlich konnte es nur eine Ursache für Hannis Tod geben. »Ist sie abgestürzt?« Ein ehrenhafter Tod. Ein Fliegertod. Ein Tod, der viel zu gut für eine Verräterin war, dachte Amelie in einem Anflug von Hass, der sich jedoch so schnell verflüchtigte, wie er über sie gekommen war. An seine Stelle trat Verwunderung darüber, dass eine Fliegerin, die so begabt war wie Hanni, abgestürzt war. Sicher, Hanni liebte das Risiko, aber gleichzeitig beherrschte sie sowohl den Segelgleiter als auch die kleinen Motorflugzeuge wie keine andere.

Das hatten Amelie und die anderen Fliegerinnen ihrer Gruppe stets neidlos anerkannt. Als Mensch hatten viele der Ka-

meradinnen Hanni nicht leiden können; die Fliegerin Hanni jedoch hatten sie alle bewundert.
»Ja. Wenn ich es richtig verstanden habe, ist sie in eine Nebelwand geraten und hatte keine Orientierung mehr. Sie hat wohl zu viel Höhe verloren, so dass ihr Flugzeug die Bäume streifte.« Ihre Mutter schluckte, wohl in Erinnerung daran, dass auch Amelie gefährdet gewesen war, so einen Tod zu erleiden. Damals, als sie noch den Himmel bezwingen wollte. In einer besseren Zeit, an die Amelie sich nicht mehr erinnern wollte.
»Ein entsetzlicher Unfall, den niemand verhindern konnte.«
Zu ihrer Überraschung verspürte Amelie nun doch Bedauern. Nicht wegen Hanni, sondern weil es so viele wundervolle und mutige Fliegerinnen gegeben hatte, die ihren Traum mit dem Leben bezahlt hatten. Sei es von eigener Hand wie Marga von Etzdorf; sei es durch Unfall wie Baronin Raymonde de Laroche, die erste Frau mit Pilotenschein, oder Bessie Coleman, die erste schwarze Pilotin.
Oder sie waren einfach verschwunden bei dem Versuch, einen Rekord aufzustellen, so wie die berühmte Amerikanerin Amelia Earhart oder die Britin Anne Prinzessin zu Löwenstein-Wertheim-Freudenberg, die als 63-jährige den Atlantik überqueren wollte. Mutige Frauen, starke Frauen, die ihrem Traum ihr Leben geopfert hatten.
So wie jetzt auch Hanni, die dem Nebel zum Opfer gefallen war. Wenn es wirklich ein Unfall gewesen war. Eigentlich hätte Hanni es besser wissen müssen. Sich im Nebel zu orientieren, sich von Wolken nicht verwirren zu lassen, das war eine der ersten Lektionen, die sie als Segelfliegerinnen gelernt hatten. Sollte Hanni etwa …? Einen Moment lang fühlte Amelie sich schuldig, weil sie die ehemals beste Freundin so grausam davongejagt hatte. Hatte sie Hanni damit den Lebenswillen geraubt?

Nein. Niemals. Amelie lächelte böse. So viel Bedeutung hatte sie sicher nicht für ihre frühere Freundin gehabt. Hanni war kein Mensch, für den andere Menschen wichtig waren. Für ihre frühere Freundin hatte es immer nur einen Menschen gegeben, der im Mittelpunkt ihres Denkens und Handelns stand: sie selbst. Hannis Welt hatte sich immer nur um Hanni gedreht. Es musste also wirklich ein Unfall gewesen sein. Vielleicht ein Augenblick der Unaufmerksamkeit oder ein technisches Problem. Wahrscheinlich würde sie es nie erfahren. Aber wenn sie ehrlich war, wollte Amelie es auch gar nicht wissen. Aber eine Frage blieb: Wie hatte ihre Mutter von Hannis Tod erfahren?

Die Frage erschien ihr ein wenig unpassend, aber gleichzeitig unglaublich wichtig. Wer war auf die Idee gekommen, dass es für Amelie von Bedeutung sein könnte, von Hannis Tod zu erfahren? Wer wusste von ihnen beiden und vermutete, dass sie davon wissen sollte? Hanni konnte es nicht gewesen sein. Und Hannis Eltern sicher auch nicht. Nicht der Vater, der Felix an die Gestapo ausgeliefert hatte. Auf keinen Fall die Mutter, die sowieso nur tat, was der Vater ihr befahl, und die ihre Tochter nicht einmal mochte, sondern sie ablehnte. Es blieb nur einer. Jemand, der sich viel schuldiger fühlen musste als sie. Derjenige, der Hannis Verrat Amelie verraten hatte. Ja, er musste es gewesen sein.

»Harri?«, fragte sie daher, nachdem sie alle Möglichkeiten durchdacht hatte. »Hat er dir von Hannis … Tod … berichtet?«

»Nein«, antwortete ihre Mutter und warf Amelie einen langen Blick zu, in dem diese Erstaunen zu lesen meinte. »Ein Herr Möhring. Von der Firma Bücker Flugzeugbau.«

»Der Ausbilder«, sprach Amelie aus, was ihr spontan in den Sinn kam. Nur zu gut erinnerte sie sich an den kleinen alten

Mann, der ihr so viele Fragen über das Fliegen gestellt hatte. Der Mann, der auch ihr Lehrer geworden wäre, hätte ihr Leben nicht einen anderen Weg eingeschlagen. »Wie kommt es, dass er sich an mich erinnert? Woher hat er meine Adresse? Warum hat er nicht nach Hannover geschrieben?«

»Komm.« Ihre Mutter griff nach Amelies Arm. So vorsichtig, als wäre diese zerbrechlich. Als könnte eine Berührung Amelie in Scherben gehen lassen. Wenn ihre Mutter nur wüsste. Nichts mehr konnte Amelie zerstören. Sie war unzerbrechlich, verborgen unter dem Eis der Gleichgültigkeit. »Ich mache uns einen Kakao. Mit echter Blockschokolade.«

»Danke«, antwortete Amelie, weil es sich so gehörte. Nicht, weil sie wirklich Dankbarkeit empfand. Nach Hannis Verrat und Felix' Tod war etwas in ihr zerbrochen. Nie wieder wollte sie jemanden lieben, hatte sie sich geschworen. Nie wieder einem anderen Menschen rückhaltlos vertrauen. Wenn man liebte und vertraute, riskierte man nur, verletzt zu werden. Diesen Schmerz konnte und wollte sie nicht noch einmal ertragen. Amelie fürchtete, dass sie beim nächsten Mal zerbrechen würde, dass ihre Stärke ein für alle Mal verschwunden war. Also zog sie es vor, nichts mehr zu fühlen. Weder Trauer noch Freude. Weder Glück noch Leid.

»Es tut mir leid, mein Kind«, flüsterte Amelie und legte die Hand auf den Bauch, der wie ein runder Hügel nach vorn ragte. »Ich werde gut für dich sorgen. Ich werde alles tun, damit es dir gutgeht, aber lieben … nein, das kann ich dir nicht versprechen.«

»So etwas darfst du nicht sagen!« Die Stimme ihrer Mutter klang hoch und schroff. »Amelie, deine Tochter oder dein Sohn, dein Kind … es ist ein Geschenk. Eine Erinnerung an Felix.«

»Nein«, antwortete sie mit dunkler Stimme. Zorn war das

einzige Gefühl, das noch ab und zu an die Oberfläche trat. Felix hatte sie verlassen, weil ihm seine politische Arbeit wichtiger gewesen war als ihre Liebe. Wichtiger als das Kind sogar, das sie nun allein aufziehen musste. »Nein. Kein Geschenk. Ein Hindernis. Ohne das Kind könnte ich jetzt wenigstens fliegen. Nicht einmal der Himmel ist mir geblieben.«

KAPITEL 40

Frankfurt am Main, 1971

Wenn sie nicht wüsste, dass es ein Friedhof ist, würde Lieselotte den Ort mit seinen hohen alten Bäumen, den wild wuchernden Büschen und Sträuchern und den breiten Wegen für einen Park halten. Doch bald schon sieht sie die ersten Grabsteine, etliche alt und vom Wetter verwittert, weitere noch beständig im Kampf gegen Regen und Sonne. Manche schlicht und bescheiden, andere ausladend und mit Figuren geschmückt. Putten hat Lieselotte bisher entdeckt, kleine dicke Engel, die ein Grab bewachen.

Besonders beeindruckt hat sie die lebensgroße Statue einer Frau, die trauernd an einem hohen grauen Grabstein lehnt, den linken Arm auf den Stein gestützt, den Kopf gesenkt, die Schultern hängend. In ihrer rechten Hand hält sie beinahe achtlos einen Kranz. Grün und grau ist die Figur, als stünde sie schon sehr, sehr lange hier.

»Viele Frauen gibt es hier«, sagt Lieselotte, um die Stille zu durchbrechen. Sie deutet auf eine weiße Figur, ebenfalls lebensgroß, die eher aussieht wie eine Frühlingsgöttin als wie eine Trauerstatue. Die Frau erhebt sich vor einem weißen Hintergrund; sie trägt ein zartes Gewand, das selbst in Stein nahezu durchscheinend wirkt und unter dem sich ihr schlanker Körper deutlich abzeichnet. Wie die erste Figur stützt auch sie ihren linken Arm auf den Stein und hält den Kopf gesenkt. In der rechten Hand hält sie ebenfalls einen Kranz. Während die erste Figur aber deutlich trauert, wirkt diese

Frau eher in sich versunken, als grübelte sie über das Leben nach.
»Hier ist ein Mann.« Marga hält an und deutet auf einen marmornen Engel, der sich aus einem schwarzen Rahmen erhebt. Mit der rechten Hand deutet der Engel zum Himmel. In goldener Farbe stehen die Worte *Fürchte dich nicht – glaube nur* über seinem Kopf. »Oder ein Engel, der sehr männlich aussieht.«
»Die Frauen wirken freundlicher«, antwortet Lieselotte. Will sie wirklich hier sein?
»Dort hinten muss es sein.« Marga greift nach Lieselottes Hand, um sie zu drücken. »Soll ich dich allein lassen?«
»Nein.« Lieselotte lächelt ihre Freundin an und erwidert den Händedruck. Sie muss einen Moment innehalten, um sich zu sammeln. »Bitte komm mit. Ohne dich hätte ich meinen Vater nie gefunden.«
Nur noch wenige Schritte trennen sie vom Grab Felix von Bissings. Wenige Schritte und ihre Unsicherheit. Lieselotte bleibt stehen, um die Schrift auf einem Grabstein zu lesen. *Schlafe sanft* steht dort. Ungewöhnlich findet sie das. Ja, sie sucht nach immer neuen Ausreden, um nicht weitergehen zu müssen. Je näher sie dem Grab ihres Vaters kommt, desto mehr fragt sie sich, warum sie hier ist. Als ob ihr eine Grabstelle etwas sagen könnte über den Mann, der hier begraben liegt.

Nachdem sie vom Schicksal Johannas erfahren hat, war Lieselottes Neugier stärker gewesen als die Sorge, was sie über ihren unbekannten Vater herausfinden könnte. Endlich hat sie den Mut gefunden, das Material zu lesen, das Georgia für sie zusammengestellt hat. Ihre Befürchtungen sind umsonst gewesen: Ihr Vater Felix von Bissing war kein Nationalsozialist, sondern hat sich gegen deren Schreckensherrschaft aufgelehnt.

Sogar drei Fotos hat Georgia gefunden: Gruppenaufnahmen am Flughafen. Georgia hat Felix von Bissing markiert, aber das Bild ist so klein, dass Lieselotte den Mann nur verschwommen erkennt. Sie fühlt sich ihrem Vater fremder denn je.

Als sie Marga davon erzählt hat, hat diese kurz überlegt, bevor sie sagte: »Vielleicht hilft dir das Grab. Manche Menschen brauchen einen Ort der Trauer.«

Erst hat Lieselotte abgewehrt, doch dann hat sie gedacht: Warum nicht? Was hat sie schon zu verlieren?

Nun war nur noch eine Frage offengeblieben – wo ihr Vater begraben ist. Zu Lieselottes Überraschung war das einfach herauszufinden. Nicht einmal zwei Tage hat Georgia benötigt, um die Grabstätte zu entdecken. Auf dem Frankfurter Hauptfriedhof liegen Felix von Bissing und seine Familie begraben. Auch das hat Georgia während ihrer Recherchen herausgefunden: Lieselotte hat keine lebenden Verwandten auf der Seite ihres Vaters mehr. Felix' Eltern sind Opfer der verheerenden Tausend-Bomber-Angriffe der Alliierten auf Frankfurt im März 1944 geworden wie so viele Menschen: Frankfurter, Flüchtlinge, Kriegsgefangene.

»Das ist also alles, was mir von meinem Vater bleibt«, hat Lieselotte gesagt, nachdem Georgia ihr und Marga von ihren Forschungsergebnissen berichtet hat. »Ein Grab. Vielen Dank, Georgia. Ehrlich.«

»Und Fotos und Zeitzeugenberichte.« Für Georgia als Geschichtsstudentin mag das alles bedeutsam und interessant sein, Lieselotte jedoch fühlt sich irgendwie betrogen. »Ich habe dir Abzüge von den Bildern erstellt.«

»Vielen Dank.« Das meint Lieselotte ehrlich, weil sie Georgias

Bemühungen wirklich zu schätzen weiß. Außerdem kann die Historikerin nichts dafür, dass Lieselotte sich mehr erwartet hat. Was eigentlich verrückt ist. Vor zwei Monaten kannte sie nicht einmal den Namen ihres Vaters, und heute ist sie unzufrieden, weil ihr nicht mehr von ihm geblieben ist als ein Grab und Bilder und Papiere. Was hat sie denn erwartet? Eine neue Familie, die sie in die Arme schließt?

Nachdem Georgia gegangen ist, hat Marga Lieselotte kritisch angeschaut: »Dein Vater ist gestorben, weil er sich nicht mit dem abfinden wollte, was Hitler und seine Schergen getan haben. Deine Mutter gehörte zu den wenigen Frauen, die den Himmel eroberten. Damit bist du nicht zufrieden?«

Für einen Moment stutzt Lieselotte. Damit hat sie nicht gerechnet. Was maßt Marga sich an? Wie kann sie es wagen, Lieselotte anzugreifen? Kann ihre Freundin nicht begreifen, wie es Lieselotte gerade geht? Ihr ganzes Leben war eine Lüge. Ihre Mutter hat ihr verschwiegen, dass ihr Vater im Widerstand war. Schlimmer noch, ihre Mutter hat für sich behalten, wie tief sie der Tod ihres Geliebten und der Verrat ihrer ehemals besten Freundin getroffen haben.

Doch am meisten schmerzt Lieselotte, dass sie Johanna für ein Opfer hielt, das unter Amelies Härte gelitten hat. Lieselotte fühlt sich getäuscht, weil sie einem Phantom nachgejagt ist. So schwer es ihr auch fällt, sie muss sich eingestehen, dass sie hoffte, in Johanna eine Verbündete zu finden. Eine weitere Frau, die sich Amelies Freundschaft, nein: Liebe wünschte und an deren Kälte zerbrach.

Stattdessen hat Lieselotte die Frau gefunden, die die Schuld daran trägt, dass ihre Mutter ihr Herz verhärtet hat. Sie fühlt sich betrogen, auch wenn ihr Kopf ihr sagt, wie unlogisch dieses Gefühl ist. Außerdem fühlt Lieselotte sich auf eine seltsame Art schuldig, weil ihr die Suche nach Johanna wichtiger gewesen ist als die Suche nach ihrem Vater, weil sie ihre Hoffnungen und Wünsche auf den falschen Menschen gerichtet hat.

»Bitte lass mich allein«, sagt sie schließlich zu Marga. »Ich muss mit mir ins Reine kommen.«

»Lilo.« Margas Stimme klingt sanfter als eben noch. »Mach nicht den gleichen Fehler wie Amelie. Lass nicht zu, dass Johanna dich unglücklich macht.«

Erst will Lieselotte aufbrausen und Marga entgegenhalten, wie blödsinnig das ist, was ihre Freundin ihr vorwirft. Dann jedoch muss sie erkennen, wie recht Marga mit ihrer Einschätzung hat. Johanna sollte all das sein, was Lieselottes Mutter nicht gewesen ist. Anstatt sich zu freuen, dass sie die Geheimnisse der Vergangenheit endlich lüften konnte, dass sie den Namen und das Schicksal ihres Vaters kennt, hat sich Lieselotte nur auf Johanna und deren Verrat konzentriert. Genau wie ihre Mutter.

»Warum bist du manchmal so viel klüger als ich?«, fragt sie leichthin, um ihre aufgewühlten Emotionen wieder in den Griff zu bekommen. Sie lächelt Marga an, die ihr zunickt. »Warum hast du das durchschaut und ich nicht?«

»Weil ich nicht so nah dran bin wie du.« Wenn Marga so etwas sagt, klingt es logisch und selbstverständlich. »Wenn du magst, begleite ich dich auf den Friedhof.«

»Ich weiß noch gar nicht, ob ich da wirklich hingehen will.« Lieselotte seufzt. »Ich kann mit Gräbern nicht viel anfangen. Ich kannte meinen Vater doch gar nicht.«

Nach dem Tod ihrer geliebten Großmutter ist Lieselotte drei- oder viermal auf dem Bockenheimer Friedhof gewesen, bis sie erkannte, dass ihr das Grab nichts bedeutet. Sie erinnert sich an Luise, wenn sie in ihrer Wohnung ist oder wenn sie an einem Marktstand Grüne-Soße-Kräuter sieht und deren unverwechselbaren Geruch riecht. Das Frankfurter Gericht verbindet Lieselotte immer mit ihrer Großmutter, für die es nichts Besseres gab als Pellkartoffeln mit Frankfurter Grüner Soße.

Lieselottes Mutter hingegen ist jeden Sonntag auf den Friedhof gegangen.

»Ich spreche dort mit meiner Mutter«, hat Amelie gesagt, als Lieselotte sie danach gefragt hat. »Ich fühle mich ihr dort nah. Näher sogar als hier in unserer Wohnung.«

Ob ihre Mutter auch das Grab von Felix von Bissing besucht hat?, fragt sich Lieselotte, oder hat Amelie ihn ganz aus ihrem Leben verbannt? Noch immer kann sich Lieselotte nicht erklären, warum ihre Mutter ihren Vater verlassen hat. Sie kann nur hoffen, dass Amelie aus dem Koma erwachen wird, um ihr diese Frage zu beantworten. Diese Frage und die vielen anderen, die sich Lieselotte inzwischen stellt.

Aber die Frage zu Felix von Bissing ist die wichtigste von allen. Seltsam, denkt sie, dass ich an meinen Vater immer noch mit seinem Nachnamen denke. *Der Mann, den ich gefunden habe, ist mir so viel fremder als der Mann, den ich mir in meinen kindlichen Träumen ausgemalt habe.*

»Dafür hast du Georgias Fotos und Berichte.« Marga schweigt einen Moment. »Ein Grab kann ein Ort sein, der dir einen Abschied ermöglicht. Und wenn das für dich nicht funktioniert, leg dort wenigstens ein paar Blumen ab. Als einen Gruß an Felix von Bissing.«

»Ich überleg's mir«, hat Lieselotte abschließend gesagt und zwei Tage darüber nachgedacht, bevor sie Marga gebeten hat, mit ihr gemeinsam zum Friedhof zu gehen.

Als Vorbereitung auf den Friedhofsbesuch, was selbst für Lieselotte seltsam klingt, hat sie die letzten Unterlagen gelesen, die Georgia herausgesucht hat. Sie hat sich die neuen

Fotos angesehen, die die Studentin im Archiv ausgegraben hat, und sich wieder einmal gewundert, wie anders Menschen vor vierzig Jahren ausgesehen haben. Das Porträt hat Lieselotte sich lange angeschaut und versucht, das Bild mit der Vorstellung in Einklang zu bringen, die sie sich von ihrem Vater gemacht hat. Attraktiv, dunkle Haare, dunkle Augen, markante Gesichtszüge, aber … Lieselotte fühlt nichts, wenn sie das Foto betrachtet. Der Mann ist ein Fremder für sie, auch wenn ihr Kopf ihr sagt, dass dieser Mensch ihr Vater ist. Er ist so unglaublich jung. Auf dem Bild sieht er aus wie jemand, der seinen Platz im Leben noch sucht. Er ist jünger als ich, er wird immer jünger bleiben als ich, denkt Lieselotte und spürt einen Kloß im Hals. Ungeweinte Tränen, weil sie ihn nie kennenlernen wird, weil sie nie mehr die Chance bekommt, mehr über ihn zu erfahren.

Das Einzige, was ihr bleibt, ist ein Grab. Endlich setzt sie sich wieder in Bewegung. In diesem Augenblick reißt der graue Himmel auf, die Sonne taucht den Weg und die Gräber in ein freundliches Licht. Lieselottes Herz wird leichter, das muss ein Zeichen sein.

Felix von Bissing, 1914–1935

Nur der Name und die beiden Jahreszahlen stehen auf dem hellgrauen Grabstein, dem man ansieht, dass er fast vierzig Jahre alt ist. Zu Lieselottes Überraschung ist das Grab nicht verwildert und von Unkraut überwuchert, wie sie es erwartet hat. Schließlich soll niemand aus der Familie von Bissing mehr leben.

Charlotta von Bissing, geborene Kunath, 1894–1944
Harold von Bissing, 1890–1944
Felix von Bissing, 1914–1935

Nur die Namen und die Jahreszahlen stehen auf dem Grabstein. Kein begleitender, liebevoller Spruch wie *Hier ruhen in Frieden* oder *Geliebt. Beweint. Unvergessen.*

Das sind also ihre Großeltern, denkt Lieselotte, aber sie spürt weder Trauer noch Freude, dass sie diesen Teil ihrer Familie nun endlich gefunden hat. *Ich habe mir nie Gedanken über meine anderen Großeltern gemacht,* denkt sie. *Wer mein Vater war, das wollte ich wissen, aber als Oma hat mir Luise vollauf genügt.*
»Einundzwanzig Jahre. Jünger als ich«, flüstert Marga, die neben ihr steht und ebenfalls Blumen vor den Grabstein legt. »Verrückt, nicht wahr? Ich kann mir deinen Vater nicht so jung vorstellen. Er hatte sein Leben noch vor sich.«
»Es geht mir auch so. In meiner Vorstellung war er immer älter.« Nun spürt Lieselotte auf einmal die Tränen, mit denen sie niemals gerechnet hätte. Schließlich ist ihr Vater schon so lange tot. Schließlich hat sie ihn niemals gekannt. »Wie mutig er war. So jung sein Leben aufs Spiel zu setzen.«
Sein Leben und seine Liebe zu meiner Mutter, denkt sie und fühlt sich ungerecht, weil sie ihrem Vater vorwirft, dass er so jung gestorben ist.
»Ich sollte stolz auf ihn sein, weil er kein Nazi war. Auch kein Mitläufer«, versucht sie, ihre ambivalenten Gefühle in Worte zu fassen. »Aber ich kann immer nur daran denken, dass er Mutter und mich verlassen hat.«
»Nicht freiwillig«, sagt Marga sanft, aber bestimmt. »Er hat sich nicht aus der Verantwortung euch gegenüber gestohlen, sondern wurde von der Gestapo ermordet.«
»Ich weiß.« Soll sie Ruhe geben, oder kann sie ihrer Freundin genug vertrauen, dass sie alle Gedanken ausspricht, selbst wenn diese so ungerecht erscheinen? »Aber ein Teil von mir denkt, dass er sich für seine Familie hätte entscheiden müssen. Ich frage mich, wie meine Mutter sich fühlte, als er sie für den Widerstand verließ.«
»Vielleicht hat er das gar nicht.« Marga fährt mit dem Zeige-

finger Felix' Namen auf dem Grabstein nach. »Das wirst du erst erfahren, wenn deine Mutter aufgewacht ist.«

»Gibst du mir eine Minute allein mit Felix?«, bittet Lieselotte, die sich mit der Hand über die Wange streicht, um die Tränen fortzuwischen. »Mit … mit meinem Vater.«

»Ich warte am Ausgang auf dich.« Marga umarmt sie rasch, bevor sie den Weg zurück zum Ausgang nimmt. Lieselotte sieht ihr nach. Dann wendet sie sich dem Grab zu, verschiebt die Blumen ein wenig, bis sie für sie passend liegen.

»Ich kenne deinen Namen, ich weiß, dass du Flieger warst. Ich weiß, dass du im Widerstand warst«, flüstert sie. Ihren Tränen lässt sie nun freien Lauf. »Aber ich weiß immer noch nicht, was du für ein Mensch warst, Papa. Selbst die Frau, die dich verraten hat, kenne ich mittlerweile besser als dich.«

KAPITEL 41

Frankfurt am Main, 1971

Das schrille Klingeln des Telefons reißt Lieselotte aus tiefem Schlaf. Zum ersten Mal seit langem hat sie eine ruhige Nacht verbracht, wohl weil sie ihren Frieden mit ihrem Vater gemacht hat. Sofort ist sie hellwach. Ihr Herz schlägt schneller. Im Dämmerlicht des Morgens schaut sie auf das Zifferblatt des großen Weckers, der neben ihrem Bett steht. Zehn vor sieben. Wenn jemand so früh anruft, hat das meist nichts Gutes zu bedeuten. Lieselotte kämpft mit der Bettdecke, als sie aufzustehen versucht. Das Telefon schrillt weiter. Hoffentlich legt der Anrufer nicht auf.

Endlich ist es ihr gelungen, die Bettdecke zur Seite zu schieben. Sie springt aus dem Bett, eilt zur Tür, rutscht auf dem glatten Boden des Flurs aus, kann sich aber abfangen. Lieselotte streckt die Hand nach dem Telefon aus, reißt den Hörer hoch.

»Frank.« Ihre Stimme klingt abgehetzt, ihr Herz rast. Wie ärgerlich, falls ihr Gegenüber schon aufgelegt hat. »Hallo? Sind Sie noch da?«

»Schwester Alix hier.« Sofort ist Lieselotte hellwach. Sie versucht, aus den wenigen Worten etwas herauszuhören, aber es gelingt ihr nicht. »Entschuldigen Sie, dass ich so früh störe …«

»Bitte, sagen Sie mir, was ist mit meiner Mutter?« Nun ist nicht die Zeit für Höflichkeit oder Zurückhaltung. Jetzt will sie einfach nur hören, was ihr die freundliche Schwester zu sagen hat. »Was ist denn los?«

Für Lieselotte klingt die Stimme von Schwester Alix erschöpft, so als falle es ihr schwer, die schlechten Nachrichten am Telefon zu überbringen. *Ich wusste doch, dass es passieren kann, aber ich wollte es nicht wahrhaben.*

»Entschuldigen Sie, ich bin zu müde. Der Nachtdienst.« Man merkt selbst übers Telefon, wie Schwester Alix versucht, sich zu konzentrieren. »Bitte kommen Sie her. Ihre Mutter ist aufgewacht. Sie ist ansprechbar. Es geht ihr gut.«

Lieselotte, die mit dem Schlimmsten gerechnet hat, bringt keinen Ton heraus, zu sehr überwältigt sie die gute Nachricht. Wie kann es sein, dass es ihr nicht möglich ist, sich zu freuen? Wieso fühlt sie … gar nichts?

»Hallo, Frau Frank?« Schwester Alix wirkt verwirrt. »Haben Sie mich gehört? Sie können Ihre Mutter sofort besuchen, wenn Sie wollen.«

»Ja, ja sicher. Vielen Dank«, stammelt Lieselotte, die immer noch um Fassung ringt, die sich kneifen muss, weil sie nicht glauben kann, was sie gehört hat. »Bis gleich.«

Wie in Trance geht sie ins Bad. Heute muss eine Katzenwäsche reichen. Als sie vor dem Spiegelschrank steht, beginnt sie langsam, die Bedeutung der Worte zu begreifen. Ihre Mutter ist aus dem Koma erwacht. Nicht nur das, es geht Amelie so gut, dass Lieselotte mit ihr reden kann. Endlich. Mit den Handrücken wischt Lieselotte die Tränen weg, die sich ihr aufdrängen. Weinend putzt sie sich die Zähne, schnieft und schluchzt, bis sie langsam ruhiger wird.

Im Spiegel, unter dem erbarmungslosen Licht der Neonröhre, sieht sie verheult und alt aus. So kann sie nicht ins Krankenhaus fahren. So kann sie ihrer Mutter nicht gegenübertreten. Mit den Händen schöpft Lieselotte kaltes Wasser in ihr Gesicht, was sie aufweckt, aber wenig gegen die Röte ausrichtet. Hektisch verteilt sie Make-up in ihrem Gesicht, was

alles nur schlimmer macht. Also alles abwischen und wieder von vorn beginnen. Endlich sieht sie einigermaßen präsentabel aus.
Mit fliegenden Fingern greift sie wahllos Unterwäsche, Strümpfe, eine Bluse und eine Hose aus dem Schrank. Während sie sich anzieht, gehen ihr all die Fragen durch den Kopf, die sie ihrer Mutter stellen möchte. Wie war mein Vater? Warum hast du nie von ihm gesprochen? Hast du Johanna je verzeihen können? Warum bist du nie wieder geflogen?
Dann schüttelt sie den Kopf über sich selbst. Sosehr ihr die fehlenden Antworten auch auf der Seele brennen, sie kann ihre Mutter heute nicht damit überfallen. Heute nicht und wahrscheinlich auch in den nächsten Tagen nicht. Erst einmal muss Amelie wieder zu Kräften kommen. Lieselotte hat so lange ohne das Wissen gelebt, da wird sie es auch noch ein paar weitere Tage aushalten können. Sie seufzt. Geduld war noch nie ihre starke Seite.
Als sie die schmale Armbanduhr umbindet, schaut sie nach der Uhrzeit: kurz nach sieben. Marga wird sicher noch schlafen, denn sie hat gestern die Abendschicht in Uwes Café übernommen. Lieselotte überlegt einen Augenblick. Soll sie bei ihrer Freundin klingeln, oder genügt es, wenn sie Marga einen Zettel unter der Tür durchschiebt? Nein, das wäre nicht fair. Ohne Marga wüsste Lieselotte immer noch nicht, wer ihr Vater war, was Johanna ihrer Mutter angetan hatte. So viel Zeit muss sein.
Zu Lieselottes Überraschung öffnet Marga bereits nach dem zweiten Klingeln. Ihre Freundin sieht aus, als hätte Lieselotte sie aus dem Bett geworfen. Auf ihrer linken Wange zeichnen sich deutliche Falten ab, die vom Kopfkissen stammen; die Haare sind zerzaust und stehen in alle Richtungen ab.

»Tut mir leid, dich geweckt zu haben«, beginnt Lieselotte, aber Marga unterbricht sie sofort.
»Du warst das nicht«, sagt sie mit anklagender Stimme. »Er war es. Herr Cat Ballou meint, dass es heute zu nachtschlafender Zeit Frühstück für ihn zu geben hätte.«
Marga gähnt, ohne die Hand vorzuhalten.
»Entschuldige. Was treibt dich so früh zu mir?« Sie blinzelt ein paarmal, um richtig wach zu werden. »O nein! Ist etwas mit Amelie?«
»Ja.« Aufregung, Freude und der Schock führen dazu, dass Lieselotte erneut in Tränen ausbricht. »Nichts Schlimmes. Mutter ist wach. Ich fahre ins Krankenhaus. Willst du mit?«
»Gib mir zehn Minuten. Ich muss duschen, mich anziehen, Cat Ballou füttern.«
»Das übernehme ich.«
»Gut, dann fünf Minuten.«
Lieselotte sucht ein Taschentuch und schneuzt sich. Cat Ballou, der sie beobachtet hat, springt vom Stuhl, um sich an ihre Beine zu schmiegen.
»Ja, ja, es gibt gleich Essen.« Sie streicht dem Kater über den Kopf, was er mit einem fordernden Miauen beantwortet. »Dein Leben ist ziemlich einfach. Essen, schlafen, essen, schlafen, bisschen rausgehen.«
Cat Ballou würdigt sie keiner Antwort, sondern lässt sie nicht aus den Augen, als sie eine Dose Katzenfutter aus dem Küchenschrank nimmt. Beim Geräusch des Dosenöffners spitzt er die Ohren und wirft sich an ihre Beine.
»Meine Güte, das stinkt.« Lieselotte rümpft die Nase. Mit einem Löffel schaufelt sie die übelriechende Pampe in Cat Ballous Futterschüssel. Kaum hat sie diese auf den Boden gestellt, stürzt sich der Kater darauf, als hätte er wochenlang hungern müssen. »Na dann, guten Appetit.«

»Was sagen die Ärzte?« Marga kommt in die Küche. Sie ist bereits angekleidet und frottiert sich die Haare mit einem Handtuch. »Lass das, Cat Ballou!«
Der Kater hat begonnen, Futterstücke mit den Krallen aus dem Napf zu holen und sie daneben abzulegen. Ob er sich Fressen für später aufhebt?, fragt sich Lieselotte.
»Sie ist ansprechbar. Das ist bestimmt etwas Gutes, oder?«
»Komm. Ich kann nicht länger warten.« Marga greift nach einer Jacke, die über dem Küchenstuhl hängt, und wirft sie sich über. »Wenn wir laufen, erwischen wir die Straßenbahn noch.«

Vor der Tür des Krankenzimmers verharrt Lieselotte einen Augenblick. Obwohl ihr Schwester Alix versichert hat, dass mit ihrer Mutter alles in Ordnung ist, droht eine vollkommen irrationale Furcht sie zu überwältigen. Was ist, wenn Amelie sie nicht erkennt oder wenn sie sich an nichts mehr erinnert? Aus unerfindlichen Gründen ist sich Lieselotte auf einmal vollkommen sicher, dass ihre Mutter ihr niemals die letzten verbleibenden Fragen beantworten wird, dass sie niemals erfahren wird, was es wirklich mit Felix und Johanna auf sich hatte.
»Komm. Alles wird gut.« Marga öffnet die Tür zum Krankenzimmer. »Ich steh dir zur Seite.«
»Danke.«
Schwester Alix hat einen Moment gezögert, ob sie Marga überhaupt den Besuch erlaubt. »Nur Familienangehörige«, hat die junge Frau gesagt.
»Bitte. Marga ist die Nachbarin meiner Mutter und meine Freundin«, hat Lieselotte gefleht. Ohne Marga wird sie es nicht schaffen, das Krankenzimmer zu betreten. »Bitte. Allein …«

»Schon gut, gehen Sie, aber verraten Sie mich nicht.«
Als sie beide ins Zimmer treten, hebt sich Lieselottes Mutter leicht aus ihrem Kissen. Amelie ist immer noch blass und sieht müde aus. Wie kann das sein, fragt sich Lieselotte, sie hat doch wochenlang geschlafen?
»Lotte. Marga.« Ihre Mutter lächelt. »Wie schön, dass ihr euch versteht.«
»Wie geht es dir?« Das ist die einzige Frage, die Lieselotte zu stellen wagt. Sie fühlt sich unbeholfen, wie sie hier steht, auf halbem Weg zwischen Tür und Krankenbett, die Flasche Orangensaft in der Hand. »Ich … ich such mal einen Stuhl für Marga.«
»Lass mich das machen.« Marga schubst Lieselotte in Richtung Bett. »Wie schön, dass es dir bessergeht. Cat Ballou lässt grüßen.«
Nachdem sich die Tür hinter Marga geschlossen hat, geht Lieselotte zum Bett, zieht sich den Stuhl heran und setzt sich zu ihrer Mutter. So wie in den vergangenen Wochen. Heute fehlen ihr die Worte, während sie sonst immer etwas zu sagen wusste, als ihre Mutter noch im Koma gelegen hat. Ob Amelie sich daran erinnert? Verlegen blickt Lieselotte auf ihre Hände.
»Ich habe mich von Eduard getrennt«, sagt sie schließlich das Erste, was ihr in den Kopf kommt und was nichts mit der Vergangenheit zu tun hat. »Ich arbeite jetzt mit Marga im Café. Entschuldige, wie fühlst du dich?«
»Erschöpft.« Ihre Mutter lächelt. Noch immer ist Lieselotte erschrocken, wie schmal und zierlich Amelie wirkt. »Und müde. Dabei sollte man meinen, dass ich für Jahre im Voraus geschlafen habe. Bist du jetzt glücklicher?«
»Ich bin mir nicht sicher. Auf jeden Fall ist es ohne Eduard besser als mit ihm.« Lieselotte schaut ihre Finger hinunter.

Unter dem prüfenden Blick ihrer Mutter fühlt sie sich wieder wie ein Teenager. »Als ich ihn gebraucht habe, war er nicht für mich da. Marga schon.«
Ihre Mutter schweigt. Was ihr wohl durch den Kopf gehen mag? Wahrscheinlich interpretiert Lieselotte viel zu viel in die Blicke und das Schweigen ihrer Mutter hinein. Schließlich weiß Amelie nicht, dass ihre Tochter sich auf die Suche nach der Vergangenheit begeben hat.
»Was sagen die Ärzte?«, fragt sie, als das Schweigen ihr unbehaglich wird. »Wie lange musst du noch im Krankenhaus bleiben?«
»Ja, wie lange«, echot Marga, die inzwischen zurückgekehrt ist, einen weiteren orangefarbenen Stuhl in der Hand. »Den hier müssen wir nachher wieder ins Nebenzimmer stellen, hat die Schwester gesagt. Also: Wie lange?«
»Zehn Tage.« Amelie lächelt. Dann lässt sie den Kopf auf das Kissen zurücksinken und schließt die Augen, was Lieselotte wieder an die vergangenen Tage und Wochen erinnert. »Vielleicht sogar weniger.«
»Bist du müde? Sollen wir gehen?« Lieselotte fürchtet, dass ihr Besuch ihrer Mutter zu viel werden könnte. Auch wenn ihr die Ärzte mehrfach erläutert haben, was sie über das Koma wissen, so ist eine irrationale Furcht geblieben, dass Amelie sofort wieder einschlafen könnte, sollte sie überfordert werden. »Wir können später wiederkommen.«
»Ja.« Die Stimme ihrer Mutter klingt wie ein Hauch, was Lieselottes Ängste nur schürt. »Ein, zwei Stunden Schlaf wären gut.«
Lieselotte wechselt einen Blick mit Marga, die zur Tür deutet. Nachdem Lieselotte genickt hat, schleichen beide Frauen auf Zehenspitzen hinaus. Vor der Tür kämpft Lieselotte gegen Tränen an, die mit der Angst zusammen gekommen sind.

»Entschuldigung«, spricht sie eine stämmige, dunkelhaarige Krankenschwester an. Schwester Alix ist jetzt wohl im verdienten Feierabend. »Können Sie mir sagen … ist es normal, dass meine Mutter so müde ist?«

»Tut mir leid. Das müssen Sie einen Arzt fragen.« Mitleidig schaut die Schwester Lieselotte an. »Die kommen so gegen neun Uhr zur Visite. Aber glauben Sie mir, dass Ihre Mutter wach ist, das ist ein gutes Zeichen.«

»Danke.« Die Ungewissheit zerrt an Lieselotte. Wie kann das sein, dass kein Arzt hier gewesen ist, als ihre Mutter endlich aufgewacht ist? Sie will jetzt sofort mit jemandem sprechen, der ihr Auskunft geben kann. Lieselotte holt tief Luft.

»Komm, wir gehen einen Kakao trinken.« Marga greift nach ihrem Arm. Sie schüttelt den Kopf. »Es ist nur noch eine halbe Stunde bis zur Visite.«

Schweigend folgt ihr Lieselotte. In dem kleinen Café des Krankenhauses sitzen bereits vier Menschen, wohl eine Familie, da sie sich sehr ähnlich sehen. Schweigend starren die drei Frauen und der junge Mann in ihre Getränke, als warteten sie auf etwas. Als ein älterer Herr in gestreiftem Pyjama, der einen Tropf an einem Infusionsständer neben sich herschiebt, hereinkommt, schauen alle auf. Der Mann schüttelt den Kopf. Die älteste der Frauen springt auf. Sie läuft auf ihn zu und umarmt ihn. Lieselotte entdeckt, dass sie weint. Schnell schaut sie weg, um diese Menschen in ihrer Trauer nicht zu stören.

Sie sucht sich einen schmalen Tisch, der möglichst weit von der Familie entfernt ist. Marga steht bereits an der Theke und bestellt Getränke. Sie wendet sich zu Lieselotte um und fragt: »Möchtest du etwas essen?«

»Nein danke, ich hab keinen Hunger.« Bereits bei dem Gedanken an eines der pappigen Brötchen dreht sich Lieselotte der Magen um. Sie starrt auf die kleingeblümte Plastikdecke, während sie wartet, dass Marga bezahlt. *Das Geld muss ich ihr gleich zurückgeben.*

»Wie viel bekommst du?«, fragt sie daher, als Marga mit einem grauen Tablett an den Tisch kommt.

»Lass mal stecken.« Marga nimmt zwei Becher und einen Teller mit einem Stück Apfelkuchen vom Tisch. Der Geruch von Kakao und Sahne bringt Lieselotte zum Würgen. »Du hast mir mehr als genug Spritgeld für den Käfer gegeben.«

»Sie sieht nicht gut aus, oder?«, spricht Lieselotte ihre Befürchtungen aus. »So blass und erschöpft. Wenn sie jetzt wieder ins Koma fällt?«

»Lilo.« Marga greift nach Lieselottes Händen und drückt sie fest. »Die Schwester hat gesagt, es ist ein gutes Zeichen. Ich kann verstehen, dass du dich sorgst, aber mach dich nicht verrückt.«

»Du hast bestimmt recht, aber …« Lieselotte findet nicht die Worte, die ausdrücken können, was ihr durch den Kopf geht. »Ich möchte ihr noch so viel sagen.«

»Man kann nie all das sagen, was man wollte.« Sanft streicht Marga ihr über die Hände. »Du warst für sie da. Du hast ihr vorgelesen. Es ist gut, glaub mir.«

EPILOG

Frankfurt am Main, 1971

Endlich das erwartete Klingeln an der Tür. Da sie Tom inzwischen kennt, hat Lieselotte eine großzügige halbe Stunde auf den Termin draufgeschlagen, damit sie pünktlich wegkommt.

»Hallo. Hier ist er.« In Margas Hand baumelt der Autoschlüssel. Ihr grauer Kittel ist mit Farbspritzern übersät. Auch in ihren Haaren kann Lieselotte rote, grüne, blaue und gelbe Flecken entdecken. »Ich wünsche euch viel Spaß.«

»Hoffentlich.« Lieselotte tritt von einem Fuß auf den anderen. Hoffentlich hat sie keinen furchtbaren Fehler begangen.

»Magst du reinkommen? Ich hab noch etwas Zeit.«

»Klar. Ich wollte sowieso zu dir.« Marga legt den Autoschlüssel auf die Kommode im Flur. »Du hast Toms Verspätung bereits eingeplant.«

In der Küche hat Lieselotte bereits eine zweite Kaffeetasse für Marga hingestellt. Und Kekse, die sie selbst gebacken hat. Für Uwes Café, aber ein paar hat sie für sich zurückbehalten.

»Weshalb wolltest du zu mir?«, fragt Lieselotte, nachdem sich Marga hingesetzt hat. »Willst du deine Schicht tauschen?«

»Hast du Lust, mit mir ins Kino zu kommen?« Marga wirkt ein wenig verlegen, was Lieselotte wundert. So kennt sie ihre Freundin gar nicht. »Also, du musst nicht, aber zu zweit ist's halt netter.«

»Kommt auf den Film an.«

Nun schüttet Marga Milch in den Kaffee und rührt in der Tasse, als wäre es ihr peinlich.
»Ähem, also.« Ihre Freundin schaut auf und zuckt mit den Schultern. »Wehe, du lachst.«
»Mach es nicht so spannend.«
»Love Story.« Marga hebt entschuldigend die Hände. »Uwe hat Premierenkarten fürs *Alemannia* geschenkt bekommen und will sie nicht.«
»Du würdest dir *Love Story* anschauen?«
»Na ja, wenn man die Karten geschenkt bekommt.«
»Ach ja.« Lieselotte muss grinsen. »Und dass du dir die *Bunte* vom August gekauft hast, weil da Ali McGraw und Ryan O'Neal auf dem Titelbild waren …«
»Ertappt. Kommst du nun mit oder nicht?«
»Klar.« Lieselotte schaut auf die Küchenuhr. »Oh, ich muss los. Ziehst du bitte die Tür hinter dir zu, wenn du den Kaffee ausgetrunken hast.«
»Mach ich. Sei vorsichtig mit dem Käfer«, ruft Marga ihr nach. »Der Motor spuckt und stottert wieder.«
»Okay. Bis nachher.«

Vorsichtig und etwas ängstlich steuert Lieselotte den alten Käfer durch den Frankfurter Verkehr. Sie konzentriert sich auf die Straße, beobachtet aufmerksam die anderen Autofahrer und fürchtet sich vor Straßenbahnen, die ohne Vorwarnung auftauchen können. Gleichzeitig fühlt sie unbändigen Stolz, dass sie es geschafft hat, dass sie gleich im ersten Anlauf die Führerscheinprüfung bestanden hat und sich auf die Straßen Frankfurts wagt.
»Wo fahren wir hin?« Amelies Stimme klingt gepresst, als müsste sie Warnhinweise und Tipps zum richtigen Fahren unterdrücken. Als sie ihre Mutter von deren Arbeitsstelle

abgeholt hat, hat Lieselotte deutlich gesagt, dass sie derartige Kommentare nicht hören will. Nach einem überraschten Schweigen hat Amelie genickt. Und dann gelächelt. »Kannst du mir nicht wenigstens einen Hinweis geben?«

»Lass dich überraschen.« Lieselotte schaut kurz zur Seite, sieht ihre Mutter, die den Straßenverkehr ähnlich gespannt wie sie beobachtet, die Augen starr geradeaus gerichtet. Obwohl Amelie keinen Führerschein hat, bemerkt Lieselotte, dass ihre Mutter im Fußraum Bremsbewegungen macht und sich zurückhalten muss, um nichts zu sagen. »Du musst mir vertrauen.«

»Ich hätte nie gedacht, dass du mal den Führerschein machst. Wie viele Stunden hast du gebraucht?«

»Viele.« Lieselotte erinnert sich nur ungern an die Fahrstunden, an ihre Verzweiflung, weil sie anscheinend nie in der Lage sein würde, rückwärts einzuparken. An ihre Panik, als sie das erste Mal im Stadtverkehr unterwegs war. An die Furcht vor der Prüfung. Aber sie erinnert sich gern an den Prüfer, der sie lobte, als er ihr den Führerschein überreichte. »Aber ich hatte einen guten Lehrer. Sehr ruhig, sehr gelassen.«

»Wollte Marga nicht mit?« Ein wenig sticht es Lieselotte, dass ihre Mutter anscheinend nicht mit ihr allein sein möchte. »Ihr beide versteht euch gut, oder?«

»Marga erstellt ihre Mappe für die Bewerbung an der Kunsthochschule.« Lieselotte lächelt. »Ihr bleiben nur wenige Tage. Außerdem dachte ich, es wäre schön, wenn wir mal gemeinsam etwas unternehmen.«

»Ich will meinen Träumen später nicht nachweinen«, hat Marga gesagt, nachdem Lieselotte und sie Amelies Geheimnis gelüftet hatten. »Ich möchte später nicht bereuen, dass mir der Mut fehlte.«

Dann hat Marga sich exmatrikuliert und für ein Kunststudium beworben. Eine Woche lang war ihre Freundin wie paralysiert, unfähig, einen Pinselstrich auf die Leinwand zu setzen. Auf einmal jedoch hat Marga mit dem Malen begonnen und scheint nicht mehr aufhören zu können.

»Es ist schön, etwas mit dir zu unternehmen. Ich wollte nicht sagen, dass ich lieber mit Marga als mit dir zusammen bin. Das weißt du hoffentlich.«

Lieselotte unterdrückt einen Seufzer. Seitdem ihre Mutter aus dem Koma erwacht ist, schleichen sie beide umeinander herum, entschuldigen sich für jedes Wort, das falsch verstanden werden könnte, und ziehen sich in die Sicherheit alltäglicher Belanglosigkeiten zurück. Ab und zu hat Lieselotte versucht, die Vergangenheit, Johanna oder das Schicksal ihres Vaters anzusprechen, aber ihre Mutter hat sofort abgeblockt, so dass Lieselotte in zorniges Schweigen verfallen war. Nachdem sie lange mit Marga nach einer Lösung gesucht hat, hat Lieselotte eine Idee bekommen, die sie heute in die Tat umsetzt. Wenn das auch nicht dazu führt, dass ihre Mutter mit ihr redet, wird Lieselotte die Hoffnung aufgeben, je alle Geheimnisse zu entschlüsseln.

»Mutter«, beginnt sie, aber dann fehlen auch ihr die Worte. Es ist so viel zu sagen, dass es einfacher ist, zu schweigen. »Schau nur, ein Segelflugzeug.«

Lieselotte deutet aus dem Seitenfenster, wo ein weißer Segler seine Kreise vor einem tiefblauen Himmel zieht. Also kann es nicht mehr weit bis zu ihrem Ziel sein. Amelie beugt sich nach vorn, um das Flugzeug zu sehen. Für einen winzigen Augenblick erkennt Lieselotte unbändige Sehnsucht auf dem Gesicht ihrer Mutter, bis diese sich wieder in den Griff bekommt. Lieselotte schaut auf die Straße. Sie lächelt. Marga war hundertprozentig davon überzeugt, dass Lieselottes Idee ihrer

Mutter gefallen wird. Sie selbst hat erst gezweifelt, doch jetzt, nachdem sie gesehen hat, wie tief die Liebe zum Fliegen in ihrer Mutter verwurzelt ist, jetzt ist sich Lieselotte sicher, das Richtige zu tun. Sie setzt den Blinker, schaut dreimal über die Schulter und fährt in Richtung Egelsbach ab.

»Ich will mir eine Wohnung suchen«, sagt Lieselotte, um die Aufmerksamkeit ihrer Mutter von ihrem Fahrtziel abzulenken. »Möglichst bei dir in der Nähe.«

»Du kannst doch weiter bei mir wohnen.« Ihre Mutter schaut Lieselotte an; das Gesicht ruhig, so dass Lieselotte nicht erkennen kann, was Amelie wohl denkt. »Also, natürlich nur, wenn du willst.«

»Ich bin eine andere als früher«, antwortet Lieselotte. Sie bemüht sich, das Gesagte leichthin klingen zu lassen, aber es ist ihr ernst. Sie hat sich von Eduard nicht vorschreiben lassen, wie sie leben will. Von ihrer Mutter wird sie sich das auch nicht mehr sagen lassen. »Kannst du dich damit arrangieren?«

»Wenn du akzeptieren kannst, dass ich auch anders bin, als du es dir immer vorgestellt hast.« Amelie seufzt. »Dass ich Geheimnisse hatte, die nun keine mehr sind.«

Lieselotte nickt. Früher hätte sie ihrer Mutter sicher Vorhaltungen gemacht, weil diese ihr Leben geheim hielt; die Lieselotte von heute kann billigen, dass ihre Mutter das Recht auf ein eigenes Leben, auf Geheimnisse und eigene Freundschaften besitzt.

»Wir sind gleich da.« Sie fährt an den Straßenrand und hält an.

»Wo sind wir?« Amelie schaut aus dem Auto. Langsam scheint ihr ein Verdacht zu kommen. Bevor sie ihr die Überraschung verderben kann, handelt Lieselotte.

»Marga und ich haben zusammengelegt. Hier, bitte.« Lieselotte, die sich stark zusammennehmen muss, damit sie nicht breit grinst vor Stolz über die gelungene Idee, überreicht ihrer Mutter den Umschlag. »Alles Liebe.«

»Ich habe doch gar nicht Geburtstag.« Amelie beäugt den Umschlag, als enthielte er etwas Gefährliches. »Das wäre doch nicht nötig gewesen.«

»Doch. Da kannst du Marga und mir vertrauen.«

»Wenn du meinst.«

Mit dem Fingernagel schlitzt ihre Mutter den Umschlag an der Seite auf und zieht die Karte heraus. Die Karte, die Marga gezeichnet hat. Lieselottes Herz schlägt schneller, als sie Amelie beobachtet. Hoffentlich haben Marga und sie sich nicht geirrt. Ihre Mutter liest die Karte. Sie schweigt. Schließlich wendet sie sich zu Lieselotte um. »Danke.«

Auf ihrem Gesicht kann man wieder nicht ablesen, ob ihr das Geschenk gefällt oder nicht. Lieselotte spürt die Gefühle in sich aufsteigen, die sie aus ihrer Kindheit nur zu gut kennt: Unsicherheit, Enttäuschung und Wut, weil es ihr wieder einmal nicht gelungen ist, ihrer Mutter eine Freude zu bereiten.

»Du kannst dir aussuchen, wann du mit den Flugstunden beginnst«, sagt sie verzweifelt und hofft, noch etwas retten zu können. »Vielleicht ist es jetzt zu windig. Ich weiß nicht.«

»Danke schön, aber …«, sagt ihre Mutter mit der zweifelnden Stimme, die Lieselotte nur zu gut kennt. »Dafür bin ich doch schon zu alt. Das lohnt sich nicht mehr.«

Etwas in Lieselotte will sagen: »Dann eben nicht. Bestimmt kann ich den Gutschein zurückgeben oder jemandem verkaufen, der sich darüber freut.« Stattdessen holt sie tief Luft, zählt stumm bis zehn, bevor sie antwortet.

»Ich habe gesehen, wie du das Flugzeug eben beobachtet hast.« Sie lächelt ihrer Mutter zu. »Außerdem kannst du sicher sein, dass ich gefragt habe, ob es Altersgrenzen fürs Segelfliegen gibt.«

Ihre Mutter schweigt. Sie starrt aus dem Fenster, das Gesicht emotionslos.
Wenn sie nicht gleich etwas sagt, schreie ich!
»Was glaubst du, wie oft ich daran gedacht habe«, flüstert sie dann, so leise, dass Lieselotte sie kaum versteht. »Wie oft ich mir gewünscht habe, wieder zu fliegen.«
»Warum hast du es nicht getan? Nachdem ich geboren war, hättest du doch wieder anfangen können.«
»Erst kam der Krieg, dann der Wiederaufbau …« Ihre Mutter zuckt mit den Schultern. »Dann fühlte ich mich, als wäre ich zu alt für Träume. Vielleicht traute ich mich nicht, glücklich zu sein. Welches Recht hatte ich denn auf Glück, wo doch Felix tot war.«
Lieselotte kann nichts sagen. Sie spürt einen Kloß im Hals. Vorsichtig streckt sie ihre Hand aus, legt sie auf die ihrer Mutter und drückt sie.
»Können wir zum Flugplatz fahren?« So fröhlich und jung hat Lieselotte ihre Mutter noch nie gesehen. »Ich möchte gern wissen, was für Flugzeuge sie haben.«

Stunden später, Stunden, die für Lieselotte langweilig waren, aber ihre Mutter glücklich gemacht haben, gehen sie zurück zum Auto. Amelie wirkt immer noch aufgeregt und strahlend. Zu Lieselottes Überraschung ist ihre sonst so spröde Mutter sofort auf einen der Flieger zugegangen, um ihn in ein Gespräch zu verwickeln. Nachdem der Mann herausgefunden hat, dass Amelie zu den ersten fliegenden Frauen Frankfurts gehört hat, holte er andere Flieger dazu, was zu endlosen Gesprächen über Aufwinde, Flugzeugtypen und Rekorde führte. Im Mittelpunkt hat ihre Mutter gestanden, die eine Anekdote nach der anderen übers Fliegen erzählte. Das hat Lieselotte noch Spaß gemacht. Als die Gespräche dann technischer geworden sind, hat sie öfter weggehört und nur ihre Mutter beobachtet. Gelöst und fröhlich, hat Amelie die Aufmerksamkeit auf sich gezogen. Lieselotte hat eine Idee davon bekommen, wie ihre Mutter als junge Frau gewesen ist. Daher ist sie geblieben, bis Amelie ihr das Zeichen zum Aufbruch gegeben hat.

Als sie im Käfer sitzen und auf der Autobahn zurück nach Frankfurt fahren, holt Lieselotte tief Luft. Selbst Marga war sich nicht sicher, ob Lieselottes Plan wirklich eine gute Idee ist. Aber sie will es wenigstens versucht haben.

»Eines möchte ich gern noch tun.« Prüfend schaut Lieselotte ihre Mutter an. Sie ist sich nicht sicher, was Amelie von ihrem Vorschlag halten wird. Falls ihre Mutter nicht mitkommen will, wird Lieselotte den Weg allein gehen, aber sie wird ihn gehen. Das ist gewiss. »Ich habe Johannas Grab gefunden.«

»Nein!« Hart und kalt klingt Amelies Stimme, ganz so, wie Lieselotte es befürchtet hat. Wie ist sie nur auf die Idee gekommen, dass ihre Mutter vergeben und vergessen könnte. Selbst nach über dreißig Jahren nicht. »Du weißt inzwischen, was sie mir angetan hat. Was sie deinem Vater angetan hat.«

Lieselotte schweigt. Sie könnte den Streit hier, an diesem Punkt beenden und ihrer Mutter ihren Willen lassen. Oder sie entscheidet sich dafür, sich Amelie zu widersetzen und ihr deutlich zu machen, dass ihre Sichtweise der Welt nicht die einzige und vor allem nicht unbedingt die einzig richtige sein muss. Nachgeben wäre leicht – und vor allem erprobt. Nichts anderes hat Lieselotte ihr ganzes Leben lang getan. Aber dieser Mensch will sie nicht mehr sein. Also holt sie tief Luft, bereit, ihrer Mutter die Stirn zu bieten.

»Ja, du hast recht. Die Folgen von Johannas Verrat waren entsetzlich …« Warum nur klingen die Worte so hohl und

inhaltsleer? Gibt es überhaupt Worte, um das bittere Schicksal ihres Vaters erfassen zu können? »Aber ich bin mir sicher, das hat sie nicht beabsichtigt. Sie …«
»Woher willst du das wissen?« Der Blick ihrer Mutter ist genauso scharf wie ihr Tonfall. »Du hast sie nicht gekannt. Ich auch nicht. Niemals hätte ich gedacht, dass …«
»Der Brief, den sie dir geschrieben hat.« Lieselotte stößt die Luft aus. Sie bewegt sich auf dünnem Eis. »Den du nicht geöffnet hast. Ich habe ihn gelesen.«
»Selbst wenn sie es nicht wollte, Johanna trägt die Schuld am Tod von Felix«, beharrt ihre Mutter. »Das kann ich nicht vergeben.«
»Dann musst du im Auto warten.«
Die verbleibende halbe Stunde schweigt ihre Mutter. Auch Lieselotte sagt kein Wort, obwohl es ihr unangenehm ist. Endlich hat sie den Hauptfriedhof erreicht. Irgendwie erscheint es ihr seltsamerweise passend, dass Johanna und Felix am selben Ort begraben sind.
»Du kannst zu Vaters Grab gehen«, flüstert Lieselotte, nachdem sie endlich eine Parklücke gefunden hat, die ihr groß genug ist. »Wir treffen uns in einer halben Stunde.«
»Ich komme mit.«
Schweigend gehen sie über den Friedhof. An dem Gräberfeld, auf dem unendlich viele Grabsteine an die Toten des Zweiten Weltkriegs erinnern, bleibt Amelie kurz stehen. Sie verzieht den Mund, als ob sie weinen muss.
»So viele Gräber. So viele Menschen«, flüstert sie. »Es erschüttert mich jedes Mal.«
Lieselotte wartet, bis ihre Mutter wieder weitergeht.
»Da vorne links ist es.«
Versteckt hinter einem schwarzen Grabstein, der von Efeu überwuchert ist, liegt Johannas Grab. Auf dem verwitterten

grauen Stein stehen ihr Name, zwei Jahreszahlen und die Worte *Fliegen muss man, leben nicht.*
Zu Lieselottes Überraschung beginnt ihre Mutter leise zu weinen. Amelie tritt an den Grabstein heran und streichelt ihn, als wäre es die Schulter eines Menschen.
»Ach, Hanni«, sagt sie leise, mehr zu sich selbst als für Lieselotte bestimmt. »Hättest du mir nur mehr vertraut. Hätte ich unseren Traum nur nicht aufgegeben.«
Auch Lieselotte hat einen Kloß in der Kehle. Sie hat nicht gedacht, dass der Friedhofsbesuch ihrer Mutter so nahegehen würde. Daher tritt sie etwas zur Seite, um Amelie ungestört trauern zu lassen. Leise spricht ihre Mutter weiter, als könnte ihre frühere Freundin sie noch hören. Endlich wischt sie sich die Tränen ab und kehrt zu Lieselotte zurück.
»Danke.« Mehr sagt Amelie nicht, aber Lieselotte versteht auch das, was ihre Mutter verschweigt. »Nächste Woche nehme ich eine Flugstunde. Kommst du mit?«
»Ich?« Im ersten Moment will Lieselotte ablehnen. Sie in einem winzigen Flugzeug – nein, da würde sie sich lieber einen Zahn ziehen lassen. Dann jedoch überlegt sie es sich anders. »Ja, warum nicht. Vielleicht habe ich das Fliegerinnen-Gen von dir geerbt und weiß es nur bisher noch nicht.«
»Es könnte dir gefallen.« Sehnsucht steht ihrer Mutter ins Gesicht geschrieben. »Nichts ist wie Fliegen. Die Freiheit, die Weite … ich verstehe nicht, wie ich mein Leben lang darauf verzichten konnte.«
»Vielleicht mag Marga ja auch mitkommen.« Lieselotte muss lächeln, als sie an ihre Freundin denkt, die Tag und Nacht malt, als müsste sie die Jahre ohne ihre Kunst nachholen. »Gemeinsam stürmen wir den Himmel.«

NACHWORT UND HINTERGRUND

Am Beginn der Geschichte von Amelie und Johanna stand die Idee, eine Dreiecksgeschichte zu erzählen: die zweier Frauen und eines Mannes, die unglücklich enden würde. Meine Heldinnen sollten etwas Besonderes haben, etwas, das sie einzigartig und faszinierend macht. Ich spielte mit unterschiedlichen Berufen wie Schauspielerin, Artistin, Malerin oder Schriftstellerin, aber nichts erschien mir passend für die beiden Frauen, die mir inzwischen ans Herz gewachsen waren. Und dann kam mir der Zufall zu Hilfe – oder das Schicksal –, in Form einer Fernsehdokumentation über Himmelsstürmerinnen. Die Biographien dieser mutigen Frauen, die sich gegen vielfältigste Widerstände durchsetzen mussten, um ihren Traum zu verwirklichen, faszinierten mich. Je mehr ich über die ersten Himmelsstürmerinnen las, desto mehr Geschichten entdeckte ich, die alle erzählenswert sind. Als kleine Hommage an die Pionierinnen der Fliegerei habe ich mir deren Namen für meine Heldinnen und begleitende Figuren ausgeliehen.

Frauen, die bis Ende der 1920er Jahre ihren Sportflugschein erwarben:

- Liesel Bach
- Elly Beinhorn
- Vera von Bissing
- Lisa Döhle

- Marga von Etzdorf
- Margret Fusbahn
- Therese Görgen
- Elisabeth Hartmann
- Katharina Heidrich
- Luise Hoffmann
- Lotte Horwege
- Georgia Lind

Bis Ende 1932 erwarben folgende Frauen den A2-Schein:

- Lucie Byczkowsky
- Eva-Essa von Dewitz
- Agathe Gerdes
- Hertha Mirow
- Thea Knorr
- Anneliese Lieben
- Gudrun-Maria Pogge
- Lola Schröter
- Vera Seele
- Johanna Treede

Sportfliegerinnen, die bis zum Ausbruch des Zweiten Weltkriegs den Flugschein erwarben:

- Ilse Fastenrath
- Anneliese Frank
- Lieselotte Georgi
- Hanna Hübner-Kunath
- Beate Köstlin-Uhse

- Irene Purschke
- Charlotta Scheidt
- Rose-Marie S.
- Eva Schmidt
- Susanne Wobst-Wettley

Fliegen als Beruf für Frauen:

> *»Fliegergeist, er lebt auch in Frauen!« … Sie haben durch ihre Taten der Flugsportbewegung einen Auftrieb gegeben, wie es sonst kein anderes Moment fertiggebracht hat. Sie haben in flottem Schwung einer Welt gezeigt, dass das Fliegen ja gar keine so große Kunst und gar nicht so gefährlich ist, dass Fliegen uns eine weite Welt öffnet und sie uns erobern hilft. Ihre Taten haben mehr dazu beigetragen, das Vertrauen des Publikums in die Fliegerei und ihre Zukunft zu festigen, als alle schönen Worte es fertigbringen konnten.*
>
> (Hermann Köhl, Vorwort zu *Frauen fliegen*, 1931)

Diese Haltung ist symptomatisch für die Vorurteile, gegen die fliegende Frauen in den 1930er Jahren ankämpfen mussten. Mann traute ihnen wenig zu. In den »Goldenen Zwanzigern« hingegen passten sportliche, ehrgeizige und mutige junge Frauen in die neue Zeit. Allerdings nur, solange sie Sportfliegerinnen blieben. Als Pilotinnen Geld verdienen konnten Frauen nicht. Wollten sie ihren Lebensunterhalt mit dem Fliegen verdienen, mussten sie das riskante Feld der Kunstfliegerei nutzen oder durch Rekordflüge auf sich aufmerksam machen, was ihnen Werbewert verlieh.

Flugzeughersteller nutzten gerne die Zusammenarbeit mit Rekordhalterinnen wie Elly Beinhorn oder Marga von Etzdorf, ohne den Frauen jedoch eine dauerhafte berufliche Perspektive zu geben. Eine löbliche Ausnahme war die Bücker Flugzeugbau GmbH in Rangsdorf, die Frauen Ausbildungsstellen anbot. Luise Hoffmann erhielt dort als erste Frau in der deutschen Flugzeugindustrie eine Festanstellung als Einfliegerin und Vorführpilotin.
Während US-Fliegerinnen wie Amelia Earhart im Fliegen emanzipatorisches Potenzial sahen, waren deutsche Fliegerinnen deutlich unpolitischer. Häufig betonten sie in Interviews, dass sie trotz des Fliegens weiterhin Frauen geblieben wären und außerdem wenig von Technik verstünden.
Mit der Machtübernahme der Nationalsozialisten verschlechterten sich die ohnehin begrenzten Chancen von Frauen weiterhin. »Mädchen gehören an den Kochtopf, aber nicht auf den Flugplatz«, lautete die nationalsozialistische Position. Pilotinnen wie Elly Beinhorn oder Hanna Reitsch waren Ausnahmen, die dem NS-Regime als Vorzeigepilotinnen dienten.

Amelie und Johanna hofften im Jahr 1935, dass die Lufthansa bald Frauen als Pilotinnen zulassen würde. Damit waren sie ihrer Zeit weit voraus. Erst 1988 traten Evi Hetzmannseder und Nicola Lisy als erste Lufthansa-Copilotinnen ihren Dienst an und wurden im Jahr 2000 die ersten Flugkapitäninnen der Lufthansa.

Wer mehr über die Geschichte der Fliegerinnen erfahren möchte, dem empfehle ich diese Bücher:

- Evelyn Zegenhagen: *»Schneidige deutsche Mädel«. Fliegerinnen zwischen 1918 und 1945.* Wallstein Verlag, 2007
- Jutta Rebmann: *Als Frau in die Luft ging. Die Geschichte der frühen Pilotinnen.* Stieglitz Verlag, 2001
- Gertrud Pfister: *Fliegen – Ihr Leben. Die ersten Pilotinnen.* Orlanda Frauenverlag, 1989
- Susanne Aeckerle (Hg.): *Am liebsten in der Luft. Abenteuerliche Fliegerinnen.* Piper Verlag, 2000
- Bernard Marck: *Frauen erobern die Lüfte: Pionierinnen – Rekorde – Tragödien.* Flammarion, 2009
- Franz Kurowski: *Berühmte Fliegerinnen.* W. Fischer Verlag, 1974
- Carl Maria Holzapfel/Käthe Stocks: *Frauen fliegen – 16 deutsche Pilotinnen in ihren Leistungen und Abenteuern.* Mit einem Geleitwort von Hermann Köhl. Deutsche Verlagsgesellschaft, 1931

Ausgewählte Ereignisse aus der Geschichte des (Frauen-)Fliegens:

22.10.1797	Elise Garnerin wagt als erste Frau den Absprung aus 1000 Meter Höhe.
16.4.1811	Wilhelmine Reichard wagt als erste Frau den Ballon-Aufstieg vom Garten der Berliner Tierarznei-Schule aus.
1856	Der Seemann Jean-Marie Le Bris entwirft einen dem Vogel Albatros nachempfundenen Gleiter.
17.12.1903	Orville und Wilbur Wright fliegen in Kitty Hawk das erste Mal mit einer Flugmaschine.
8.3.1910	Die Französin Baronin Raymonde de Laroche erwirbt als erste Frau der Welt einen Flugschein; 35 Männer besitzen ihn bereits.
13.9.1911	Die Deutsche Amelie (Melli) Beese legt als erste Frau Deutschlands die Flugprüfung ab. Die US-Amerikanerin Harriet Quimby erwirbt den Flugschein.
1912	Melli Beese eröffnet gemeinsam mit dem Franzosen Charles Boutard die Melli-Beese-Flugschule GmbH in Johannisthal.
09.11.1916	Ruth Law startet von Chicago zu einem Nonstop-Flug nach New York und erfliegt einen Streckenrekord.
1925	Die »Internationale Kommission für die Luftfahrt« beschließt den Ausschluss von Frauen aus der Verkehrsfliegerei.
April 1926	Gründung der Deutschen Luft Hansa.
Sept. 1926	Thea Rasche fliegt beim Berliner Flugtag als einzige Frau unter 33 Männern.

1927	Thea Rasche gewinnt mit ihrem *Flamingo* in Essen gegen 28 männliche Konkurrenten.
1927	Marga von Etzdorf erwirbt als erste Deutsche den Berufspilotenschein.
31.8.1927	Anne Löwenstein-Wertheim, 63 Jahre alt, will als erste Frau eine Atlantiküberquerung versuchen und verschwindet spurlos. Sie bleibt verschollen.
1929	Powder Puff Derby (»Puderquasten-Rennen«) in den USA als erster Frauenflugwettbewerb der Welt.
2.11.1929	Gründung des Pilotinnen-Vereins »Club der Neunundneunzig« in den USA.
29.8.1931	Ankunft Marga von Etzdorfs in Tokio.
1931	Elly Beinhorn unternimmt den ersten Alleinflug nach Afrika.
1931/1932	Elly Beinhorn fliegt um die Welt.
1932	Die US-Amerikanerin Amelia Earhart überquert den Atlantik.
30.11.1935	Luise Hoffmann stirbt bei einem Flug von Wien nach Berlin, als sie im Nebel abstürzt.
1937	Hanna Reitsch wird als erste Frau Flugkapitänin und Testpilotin.

Warum Frankfurt?

Die Stadt Frankfurt am Main gehört in Bezug auf Luftfahrttechnik zu den interessantesten Städten Deutschlands, da ihre Geschichte der Luftfahrt bis ins Jahr 1785 zurückreicht. Am 3. Oktober 1785 führte der Franzose Jean-Pierre Blanchard den ersten Ballonflug Deutschlands in Frankfurt durch. Die Fallschirmspringerin und Ballonfahrerin Katharina (Käthchen) Paulus trat zwischen 1894 und 1912 mindestens einmal im Jahr in Frankfurt auf, das sie als ihre Heimatstadt betrachtete.

1908 wurde der »Frankfurter Verein für Luftschiffahrt« gegründet, der sich unter anderem dafür einsetzte, die Internationale Luftschifffahrtausstellung 1909 in Frankfurt am Main durchzuführen.

1912 gründete Oskar Ursinus den »Verband der Deutschen Modell- und Segelflugvereine« in Frankfurt. Im selben Jahr wurde der Flughof am Rebstock fertiggestellt, von dem aus der Zeppelin *Viktoria Luise* den Linienbetrieb zwischen Frankfurt und Baden-Baden aufnahm.

Das Jahr 1935

Im Jahr 1935 konsolidierten die Nationalsozialisten ihre Macht. Entgegen den Bedingungen des Versailler Vertrags führte Adolf Hitler die Wehrpflicht wieder ein und baute die Luftwaffe auf. Arbeitsmarktpolitisch ist in diesem Jahr vor allem das Projekt »Reichsautobahn« von Bedeutung, das neben der beschäftigungspolitischen auch eine militärstrategische Komponente enthält, 1935 rund 700 Millionen RM kostet und durchschnittlich 90 000 Personen mit Tiefbauarbeiten beschäftigt. Durch die Wehrpflicht und den ab 1935 obligatorischen Arbeitsdienst werden Hunderttausende junger Männer für eine begrenzte Zeit vom Arbeitsmarkt ferngehalten. Frauen werden durch Diffamierungen als »Doppelverdiener« sowie mittels Ehestandsdarlehen vom Arbeitsmarkt verdrängt.

Bei den Nahrungsmitteln im Deutschen Reich führen Roggenbrot, Kohl, Kartoffeln und Margarine. Für ein halbes Pfund Butter muss ein Facharbeiter seinen durchschnittlichen Stundenlohn von 78 Reichspfennig bezahlen. Männliche Hilfsarbeiter verdienen brutto 62 Reichspfennig pro Stunde, Frauen als Hilfsarbeiterinnen nur 45 Reichspfennig.

Kosten für Lebensmittel:

1 Kilogramm Butter	3,00 Reichsmark
Eier pro Stück	0,11 Reichsmark
1 Kilo Schweinefleisch	1,60 Reichsmark
1 Kilo Rindfleisch	1,46 Reichsmark
1 Kilo Weizenmehl	0,47 Reichsmark
1 Kilo Zucker	0,77 Reichsmark
1 Kilo Reis	0,45 Reichsmark
1 Kilo Weißkohl	0,19 Reichsmark
1 Kilo Salzheringe	0,64 Reichsmark
1 Kilo Räucherspeck	2,17 Reichsmark
1 Kilo Kaffee	5,27 Reichsmark
5 Kilo Kartoffeln	0,46 Reichsmark
1 Liter Vollmilch	0,23 Reichsmark
1 Liter Bier	0,73 Reichsmark

(Quelle: *Chronik 1935*)

Weitere Literaturhinweise:

Falls die Geschichte von Amelie und Johanna Ihr Interesse an der Luftfahrt, an fliegenden Frauen und an der Zeit geweckt hat, stelle ich Ihnen hier noch einige lesenswerte Bücher vor.

Luftfahrt und Fliegen allgemein:

- Alexis von Croy: *Abenteurer der Lüfte: Die besten Geschichten über das Fliegen.* Piper Verlag, 2003
- David Nevin: *Die Geschichte der Luftfahrt – Die ersten Langstreckenflüge.* »Time Life«-Bücher, 1980
- Schmitt/Schwipps: *Pioniere der frühen Luftfahrt.* Gondrom Verlag, 1995
- Wolfgang Behringer/Constance Ott-Koptschalijski: *Der Traum vom Fliegen. Zwischen Mythos und Technik.* S. Fischer Verlag, 1999
- *50 Jahre Flughafen Frankfurt. 1936–1986. Geschichte eines europäischen Flughafens.* Herausgegeben aus Anlass des 50-jährigen Bestehens des Verkehrsflughafens von der Flughafen Main AG. Frankfurt am Main, 1986
- Markus Kutscher: *Geschichte der Luftfahrt in Frankfurt am Main. Von Aeronauten und Jumbo-Jets.* Wiss. Beratung Michael K. Wustrack. Umschau Buchverlag, 1995

(Auto-)Biographien fliegender Frauen:

- Dieter Wunderlich: *WageMutige Frauen. 16 Porträts.* Verlag Friedrich Pustet, 2004
- Dieter Wunderlich: *EigenSinnige Frauen: Zehn Porträts.* Piper Verlag, 11. Auflage 2011
- Dieter Wunderlich: *AußerOrdentliche Frauen: Achtzehn Porträts.* Piper Verlag, 4. Auflage 2013

- Elly Beinhorn: *Alleinflug.* Herbig Verlag, 2007
- Thomas Medicus: *Melitta von Stauffenberg: Ein deutsches Leben.* Rowohlt Verlag, 2013
- Gerhard Bracke: *Melitta Gräfin Stauffenberg. Das Leben einer Fliegerin.* Langen Müller, 1990
- Hanna Reitsch: *Das Unzerstörbare in meinem Leben. Autobiographie.* Heyne Verlag, 4. Auflage 1975
- Hanna Reitsch: *Fliegen – mein Leben.* J.F. Lehmanns Verlag, 4. Auflage 1976

Zeitgeschichte 1935 und 1971:

- Frauke Geyken: *Wir standen nicht abseits: Frauen im Widerstand gegen Hitler.* Bundeszentrale für politische Bildung (Schriftenreihe Band 1473), 2014
- Hermann Vinke: *Cato Bontjes van Beek: »Ich habe nicht um mein Leben gebettelt«.* Arche Verlag, 2. Auflage 2003
- Peter Ochs: *Wir Kinder der 60er & 70er Jahre. Aufgewachsen in Kassel.* Wartberg Verlag, 2008
- Meyers Jahreslexikon 1971/72. *Was war wichtig?* (1.7.1971–30.6.1972)
- *Chronik 1971*
- Renate Wiggershausen: *Frauen unterm Nationalsozialismus.* Peter Hammer Verlag, 2000
- Klaus Meier-Ude: *Frankfurt am Main – Das waren die »wilden« 1970er Jahre.* Wartburg Verlag, 2001
- Helmut Becker (Hg.): *»Es hat immer nur grad' so gereicht …« Arbeiterkinder und -jugendliche in Bockenheim; 1918–1933.* dipa-Verlag, 1986
- Adolf Diamant: *Gestapo Frankfurt am Main. Zur Geschichte einer verbrecherischen Organisation in den Jahren 1933–1945.* Erschienen im Eigenverlag, 1988

- Eike Hennig (Hg.): *Hessen unterm Hakenkreuz. Studien zur Durchsetzung der NSDAP in Hessen.* Suhrkamp Verlag, 1983
- Gerda Stuchlik: *Goethe im Braunhemd: Universität Frankfurt 1933–1945.* Röderberg Verlag, 1984
- Wolfgang Wippermann: *Das Leben in Frankfurt zur NS-Zeit. Bd. III: Der Alltag.* Kramer Verlag, 1986
- Wolfgang Wippermann: *Das Leben in Frankfurt zur NS-Zeit. Bd. IV: Der Widerstand.* Kramer Verlag, 1986

DANKSAGUNG

Wie immer an dieser Stelle danke ich den Menschen und Katern, die dazu beigetragen haben, dass aus einer Idee dieser Roman erwuchs.

Zum Teil wurde dieser Roman durch ein Arbeitsstipendium des Hessischen Ministeriums für Wissenschaft und Kunst ermöglicht, wofür ich mich herzlich bedanke. Frau Karin Karn hat das Stipendium begleitet und viel Geduld bewiesen, was den Abgabetermin des Abschlussberichts betraf.

Ein großer Dank gebührt meinen Testleserinnen, deren Anmerkungen und Fragen dazu führten, dass die Geschichte besser und die Fehler weniger wurden. Mit Sabine Lindecke sind die Himmelsstürmerinnen bis nach Patagonien gereist. Anne Sachs verdanke ich wertvolle Hinweise zu Kassel in den 1970er Jahren und Anregungen zu Lieselottes Entwicklung. Martina Lüke danke ich für ihren kritischen Blick auf die Freundschaft zwischen Amelie und Johanna sowie für ihre Anmerkung zu Amelies Mutter. Katja Schöne gab mir wichtige Anregungen zu Amelies innerem Konflikt. Außerdem hat sie darauf bestanden, dass Lieselottes Abschiedsbrief noch kürzer ausfiel. Evelyn Leip danke ich darüber hinaus für unseren gemeinsamen Nachmittag auf dem Frankfurter Hauptfriedhof. Es ist schön, Freundinnen zu haben, die eine Autorin zu ungewöhnlichen Orten für Sonntagstreffen begleiten. Claudia Siegmann danke ich für unsere Kaffeenachmittage; Yvonne Winkler für aufbauende Mails.

Herrn Michalek von der Literaturagentur AVA International danke ich für die Vermittlung des Manuskripts.

Ein herzliches Dankeschön gilt Christine Steffen-Reimann vom Droemer Knaur Verlag für ihre Begeisterung über diese

Geschichte und ihre wunderbar aufbauende Mail, nachdem sie den ersten Entwurf gelesen hat.
Silvia Kuttny-Walser hat durch ihr Sprachgefühl sowie ihre klugen Nachfragen an den richtigen Stellen geholfen, dass das Manuskript ein abgerundeter Roman wurde. Danke sehr.
Matthias Hofinger gebührt großer Dank, weil er die Endphase des Schreibens heldenhaft mit mir durchgestanden hat. Glaub mir, ich weiß, dass es keine einfache Zeit war.
Nicht vergessen will ich meine Musekater, die mir während vieler Schreibstunden Gesellschaft leisteten.
Dieser Roman ist mein Erinnerungsbuch für Schwarzbrot, der Vorbild für Cat Ballou ist. Wir vermissen dich, mein Schöner.

CLARISSA LINDEN

ICH WARTE AUF DICH, JEDEN TAG

ROMAN

Erin steht vor den Scherben ihres Lebens: Ihr Mann hat sie verlassen, und ihr Job ist gefährdet. Auf dem Speicher ihres Elternhauses findet sie unter den Hinterlassenschaften ihres Großvaters ein Flugticket nach Deutschland und einen alten Liebesbrief, unterschrieben von einer Lily. Erin hat ihren Großvater stets als kalten und unnahbaren Menschen kennengelernt. Und ausgerechnet er soll eine heimliche Liebe gehabt haben? Unfassbar! Erin reist nach Deutschland und begibt sich auf die Spur der geheimnisvollen Lily, die in den dreißiger Jahren eine leidenschaftliche Gegnerin der Nazis war …

KNAUR